FINS DE LA VIE :
LES DEVOIRS D'UNE DÉMOCRATIE

Sous la direction de

EMMANUEL HIRSCH

FINS DE LA VIE :
LES DEVOIRS
D'UNE DÉMOCRATIE

LES ÉDITIONS DU CERF

www.editionsducerf.fr
24, rue des Tanneries
75013 Paris

ISBN 978-2-204-1728-37

La commission entend à l'issue de son travail souligner qu'il serait illusoire de penser que l'avenir de l'humanité se résume à l'affirmation sans limite d'une liberté individuelle, en oubliant que la personne humaine ne vit et ne s'invente que reliée à autrui et dépendante d'autrui.
Un véritable accompagnement de fin de vie ne prend son sens que dans le cadre d'une société solidaire qui ne se substitue pas à la personne mais lui témoigne écoute et respect au terme de son existence.

« Penser solidairement la fin de vie »,
rapport à François Hollande, président
de la République française, commission
de réflexion sur la fin de vie en France,
18 décembre 2012.

Emmanuel Hirsch
Professeur émérite d'éthique médicale – Université Paris-Saclay, membre de l'Académie nationale de médecine et de l'Académie nationale de chirurgie, coordonnateur du Collectif Démocratie, éthique et solidarités[1].

INTRODUCTION

Les devoirs d'une démocratie

> Peu de gens comprennent qu'il y a un refus qui n'a rien de commun avec le renoncement. Que signifient ici les mots d'avenir, de mieux-être, de situation ? Que signifie le progrès du cœur ? Si je refuse obstinément tous les « plus tard » du monde, c'est qu'il s'agit aussi bien de ne pas renoncer à ma richesse présente. Il ne me plaît pas de croire que la mort ouvre sur une autre vie. Elle est pour moi une porte fermée.
> Albert Camus, *Noces*[2].

Ils défendent les valeurs de fraternité, de sollicitude et de solidarité

S'agit-il de médicaliser le mourir jusqu'à dépénaliser l'acte létal, ou plutôt de comprendre le soin d'accompagnement comme notre témoignage en société de la fraternité et de la sollicitude humaines auprès de celui qui va mourir, auprès de ses proches ?

Dans un document publié le 16 février 2023, treize sociétés savantes proposent une réflexion éthique et politique qui est la véritable leçon éthique que nous devons à la décision du président de la République d'avoir choisi

1. Laurent Frémont, juriste, enseignant à Sciences Po, Paris, est lui aussi co-fondateur et coordonnateur du CDES.

2. A. Camus, *Noces*, Alger, Éd. Albert Charlot, 1939.

de proposer un nouveau chemin à la phase ultime du parcours dans la vie le 13 septembre 2022.

Le manifeste « Donner la mort peut-il être considéré comme un soin ? Réflexions éthiques interprofessionnelles sur les perspectives de légalisation de l'assistance au suicide et de l'euthanasie et leurs impacts possibles sur les pratiques soignantes » est l'appel citoyen de soignants[1] à défendre ensemble nos valeurs : celles qui font sens, humanité, dignité, démocratie et société, lorsque la personne est exposée à sa finitude et aux souffrances d'un renoncement à ce qui ne sera plus et dont nous devrons faire mémoire. Ils s'offusquent qu'un jour prochain leur esprit d'engagement puisse être confondu avec l'*aide active à mourir*, avec leur consentement au suicide ou à l'euthanasie proposés comme option médicale alternative à la présence d'une bienveillance humaine témoignée à la personne jusqu'au terme d'un chemin vécu parmi nous en société. Ce que certains jugent comme une résistance éthique inopportune au regard d'une « demande sociétale » inévitable et pressante, ou comme l'obstination déraisonnable et inconvenante de professionnels arrimés à un « pouvoir » caduc car soumis aujourd'hui à l'autorité d'une souveraineté de la personne sur son existence ainsi qu'à la faculté de l'abolir sur simple ordonnance, incarne et maintient une fidélité et une promesse plus attendues que la désertion indifférente ou la compassion terminale. Ces soignants estiment que la relation de confiance – d'autant plus dans les circonstances intimes, délicates, complexes et paradoxales de vulnérabilités réciproques – impose un devoir de retenue, de rigueur, d'intégrité, de clarté et de responsabilité. Cette résolution doit être assumée dans la concertation, avec loyauté, justesse, bienveillance et circonspection. Leurs positions que légitime un investissement sans relâche, si souvent à contre-courant des résolutions factices ou des approches rapides et simplificatrices éprises de procédures qui facilitent le processus décisionnel y compris en des arbitrages discutables et injustes, n'ont rien à voir avec les postures apparemment vertueuses qui, à force de théories et de spéculations conjoncturelles, relativisent les principes, favorisent les approximations au détriment de la personne fragilisée au moment même où nous devrions la rassurer, la soutenir, lui reconnaître une position sociale dont aucune idéologie, aucun prétexte ne sauraient la spolier.

---

1. Société française du cancer, Association francophone des soins oncologiques de support, Groupe de soins palliatifs UNICANCER, au même titre que les sociétés savantes de gérontologie, les médecins coordonnateurs et du secteur médico-social, l'hospitalisation à domicile, le Conseil national professionnel infirmier et la SFAP.

Que signifie, dans le contexte des défis – y compris moraux – auxquels nos sociétés démocratiques sont aujourd'hui confrontées, cette injonction empressée à légiférer une cinquième fois afin de parvenir à une libéralisation des conditions de la mort médicalement provoquée, à l'avènement d'une « ultime liberté » ? Que nous révèle-t-elle en vérité du souci accordé aux droits de la personne malade qui, sans être assurée de l'accès inconditionnel aux traitements et aux soins de vie qui devraient lui être proposés dans un contexte favorable à un accueil et à un suivi respectueux de ce à quoi elle aspire immédiatement, entend que sa liberté et sa dignité sont conditionnées par l'avènement du droit de bénéficier d'une *assistance active à mourir* qu'aucun médecin ne devrait entraver ?

Faut-il rappeler que dans les années 1980, le mouvement des soins palliatifs a été porteur des prémices de la démocratie en santé auxquels les « militants du sida » conféreront une portée politique[1] ? À l'époque il s'agissait de réhabiliter, voire d'inventer une éthique du soin opposée aux mentalités d'une biomédecine fascinée de pouvoirs scientifiques inédits. Le médecin n'éprouvait alors aucun scrupule à abandonner la personne malade à la solitude, à la souffrance et au désespoir, voire à confier à un membre de son équipe la tâche de procéder à une injection létale (« cocktail lithique »), s'estimant exonéré de tout devoir d'accompagnement dès lors que la médecine était mise en échec par la maladie. Ce reniement des principes d'une déontologie soignante respectueuse de la personne dans son humanité et sa dignité jusqu'à sa mort a mobilisé la démarche éthique exemplaire qui y oppose ces soins de vie soucieux de partager avec la personne le temps d'un achèvement d'autant plus précieux qu'on en sait les précarités et en respecte à la fois son rythme et sa signification.

Y intégrant les membres d'associations représentatifs de la présence de notre collectivité nationale aux côtés de celui qui va mourir, ces soignants ont conçu, dans la tradition du « mouvement des hospices »[2], un soin de la personne, soucieux de ce qu'elle est, de ses droits fondamentaux, de ses valeurs, de ses attachements, de sa volonté et de ses choix d'existence. Ce soin est l'expression exigeante et si souvent difficile d'une obligation morale qui rassemble et renforce une société là où ses valeurs essentielles sont engagées.

Ne nous contentons donc pas des hommages solennels aux soins palliatifs, en des propos convenus requis pour donner à croire qu'un

1. E. Hirsch, *Aides. Solidaires*, Paris, Éd. du Cerf, 1991, 2024 (réédition).

2. M.-L. Lamau, « Origine et inspiration. Cicely Saunders à la naissance des soins palliatifs », *Revue d'éthique et de théologie morale*, 2014/5, n° 282, p. 55-81.

tel attachement prononcé comme un gage moral autoriserait à soutenir l'idée émancipatrice d'une mort à la demande induisant des pratiques médicalisées à visée létale. Le jour où des professionnels de santé, des membres d'associations et tant d'entre nous auront renoncé à tout tenter pour préserver cette part d'humanité dont témoigne leur conception éthique de la solidarité d'humain à humain et du juste soin, il n'est pas certain que notre société soit en capacité de résister à d'autres renoncements.

« Vis jusqu'à ce que tu meures[1] »

Au moment où le service public hospitalier français subit une crise structurelle dont on ne sait quelle en sera l'issue, que l'accès juste aux traitements et aux soins est entravé par un déficit en recours de proximité, que les professionnels du sanitaire et du médico-social dénoncent les incuries qui provoquent des maltraitances indignes des valeurs attachées à leurs pratiques[2], que les associations de patients déplorent que les principes difficilement acquis de la démocratie en santé soient bafoués par des arbitrages et des renoncements provoquant notamment les déprogrammations de soins indispensables et accentuant les détresses des plus vulnérables, une législation favorable à l'*assistance médicalisée active à mourir* constitue-t-elle le signe espéré d'une solidarité nationale, d'un pacte social que nous prétendons refonder ?

Dans son avis du 4 avril 2024 sur un projet de loi relatif à l'accompagnement des malades et de la fin de vie[3], l'Assemblée générale du Conseil d'État précisait que « le projet de loi introduit ainsi une double rupture par rapport à la législation en vigueur, d'une part, en inscrivant la fin de vie dans un horizon qui n'est plus celui de la mort imminente ou prochaine et, d'autre part, en autorisant, pour la première fois, un acte ayant pour intention de donner la mort ».

Même si ce projet de loi en tant que tel n'est plus d'actualité[4], la « double rupture » qu'il visait à légitimer s'est transposée dans la

1. S. Rushdie, « La vie et rien d'autre », entretien avec N. Crom, *Télérama*, n° 3875, 17 avril 2024.

2. E. Hirsch, *Anatomie de la bienveillance*, Paris, Éd. du Cerf, 2025.

3. https://conseil-etat.fr/avis-consultatifs/derniers-avis-rendus/au-gouvernement/avis-sur-un-projet-de-loi-relatif-a-l-accompagnement-des-malades-et-de-la-fin-de-vie

4. Au moment où est rédigée cette introduction, deux propositions de loi ont été déposées pour discussion au Parlement en mai 2025 : la proposition de loi n° 1100 relative à la fin de vie ; la proposition de loi n° 1102 relative aux soins palliatifs et d'accompagnement.

proposition de loi relative à la fin de vie qui s'y substitue. L'urgence d'une conscience et d'un engagement éthiques qui n'abdiquent pas, est désormais d'affronter dans l'argumentation, sans concessions et sans compromissions, les conditions d'application ainsi que les conséquences de cette « double rupture » dans l'exercice des missions du soin d'accompagnement et dans celui, fondamentalement opposé, de l'*aide à mourir*[1]. Cette mutation éthiquement et socialement disruptive nous a été imposée dans l'agenda politique comme l'engagement du chef de l'État au cours de la présidentielle de 2022. En 2025, nous constatons les réticences à décevoir « une attente » que l'on aurait trop différée. Les pays qui depuis 2001 ont légiféré à propos de la mort provoquée sous assistance médicalisée doivent-ils inspirer un « modèle à la française » tenant compte de leur expérience que certains estiment exemplaire, en dépit des critiques portées sur l'extension peu contrôlable des pratiques euthanasiques ?

Dois-je confesser que depuis des années j'estime que ma conception de l'éthique et de la fonction soignante, mais plus encore mes engagements auprès de ceux qui vivent les vulnérabilités autrement que dans la rhétorique, m'ont appris à comprendre l'humilité, la prudence, la discrétion, la qualité d'une écoute et d'une compréhension vraies, l'esprit de discernement, la faculté de reconnaissance et parfois l'exigence de résistance de ceux qui parmi nous ne cèdent rien des responsabilités qui leur sont confiées ? Je me situe donc du côté de ceux qui, plus que jamais, dans le contexte actuel, doivent veiller à ce que la lumière de la vie (invoquée par les impatients d'une légalisation de son « interruption ») ne s'estompe pas dans les équivoques de procédures médico-légales instaurant les normes d'un « bien mourir » idéalisé dans sa version de maîtrise de la vie jusqu'au bout, et de choix de la mort sur demande, quand on la veut[2]. Si l'objectif est la délivrance d'une vie dont on ne souhaiterait pas qu'elle se prolonge, il provoque en « double effet » la délivrance de toute référence et de toute norme contraignante, dès lors qu'il s'avère d'expérience qu'aucun pays n'est parvenu à encadrer durablement une législation favorable à la mort donnée.

La première proposition de loi déposée au Sénat le 6 avril 1978 portant sur la mort provoquée avait pour intitulé une option philosophique. Elle pouvait même être comprise sans impliquer la revendication d'un acte létal médicalisé : « proposition de loi relative au droit de vivre

1. « Fin de vie : les enjeux d'une loi en faveur d'une mort programmée », avis n° 1, Collectif Démocratie, éthique et solidarités, 3 avril 2025.

2. E. Hirsch, *Soigner par la mort est-il encore un soin ?*, Paris, Éd. du Cerf, 2024.

sa mort ». Vivre sa vie jusqu'à sa mort aurait toutefois été la nuance proposée par les soins palliatifs. Les multiples tentatives qui suivront solliciteront les concepts philosophiques et politiques de la dignité et de la liberté pour justifier le recours à une *assistance médicalisée* proposée comme euphémisation de l'euthanasie qui pourtant sera mentionnée à deux reprises par des parlementaires intègres dans l'affirmation de leurs aspirations. Ainsi, pour n'en citer que quelques-unes, le 10 avril 2003 était déposée à l'Assemblée nationale la proposition de loi relative au droit de finir sa vie dans la liberté ; le 14 octobre 2004 (Sénat) la proposition de loi relative au droit de bénéficier d'une euthanasie ; le 13 octobre 2010 (Sénat) la proposition de loi relative à l'euthanasie volontaire ; le 2 octobre 2013 (Sénat) la proposition de loi relative au choix libre et éclairé d'une assistance médicalisée pour une fin de vie digne ; le 17 octobre 2017 (Assemblée nationale) la proposition de loi donnant le droit à une fin de vie libre et choisie.

En 2025, il ne semble plus nécessaire de convoquer les principes, de discuter les valeurs et d'affirmer dans la clarté et en responsabilité ce dont le législateur décidera au nom de la nation en faveur de l'euthanasie et du suicide assisté. La proposition de loi n° 1100 du 11 mars 2025 relative à la fin de vie sera discutée au Parlement, ainsi que la proposition de loi n° 1102 du 11 mars 2025 relative aux soins palliatifs et d'accompagnement[1]. C'est en mobilisant la notion imprécise de fin de vie que le législateur aura à prendre position en faveur d'une ouverture de l'éthique médicale et de l'espace du soin à l'euthanasie et au suicide assisté.

Même dissimulée sous un intitulé qui se refuse à la loyauté de la transparence, la « double rupture » est assumée dans la proposition de loi n° 1100 du 11 mars 2025 relative à la fin de vie[2] : elle ne serait être en rien relativisée par la discussion simultanée d'une loi relative aux soins palliatifs dont la philosophie s'exprime et s'affirme dans un devoir d'accompagnement opposé, sans la moindre ambiguïté, à toute justification de l'acte létal.

Une législation octroyant au médecin le droit de donner la mort, constitue-t-elle la réponse attendue et recevable aux défis d'une souffrance existentielle ?

1. Cf. Annexe N° 1, « Le choix responsable du Premier ministre François Bayrou est de distinguer les soins palliatifs de la mort provoquée », Collectif Démocratie, éthique et solidarités, communiqué de presse n° 4, 22 janvier 2025.

2. L'avis n° 1 « Fin de vie : les enjeux d'une loi en faveur d'une mort programmée », Collectif Démocratie, éthique et solidarités, 3 avril 2025, propose une analyse détaillée de la proposition de loi.

La réplique au « mal de vivre » est-elle dans la revendication d'un « bien mourir » sous injection létale ?

Est-il des critères pertinents de hiérarchisation de la gravité à vivre ou à survivre pour discriminer les personnes justifiant ou non le recours d'un dispositif légalisé de mort médicalisée ?

Est-il un encadrement possible et soutenable, dès lors que le médecin ne doit pas entraver la personne qui, même sans pronostic vital explicitement et effectivement engagé (pour autant que l'on puisse s'assurer de la pertinence d'un pronostic en termes de qualité et de continuité d'une existence), est en droit de s'estimer fondée à requérir d'un médecin le geste létal ou l'assistance létale selon ce qu'elle exprime comme étant sa volonté ?

Il y a même une « triple rupture » quand ces enjeux sont révoqués ou estimés inconvenants et inappropriés parce que, bien que théorique au regard de réalités d'une tout autre complexité, prime la souveraineté de la personne sur son existence. Ce postulat ne permet plus la moindre observation contradictoire, le moindre dialogue approfondi, la moindre tentative d'une réponse autre que létale à une souffrance existentielle qui pourraient, en bien des circonstances, faire apparaître la lueur d'une échappée autre qu'une délivrance de la vie par mort anticipée.

Constitué le 15 mai 2024, le Collectif démocratie, éthique et solidarités s'est fixé l'objectif de contribuer à limiter les conséquences d'une rupture « démocratique et éthique [1] ». Alors que notre société est fragile de ruptures qui détissent l'unité nationale et attisent les braises de la division, il est prioritaire de renforcer ce qui fait lien, ce qui rassemble autour de valeurs qui servent le bien commun.

Ce n'est pas tant la vie que l'on est tenté de fuir que ce qui devient invivable. Quels indicateurs permettent d'évaluer ce qu'une personne estime pouvoir encore espérer d'un temps à vivre ou ce qu'elle affirme ne plus avoir à endurer ?

Notre vigilance collective devrait se soucier de nos concitoyens délaissés en pleine vie, ceux qui parfois revendiquent le droit à la mort faute d'être reconnus dans la plénitude de leurs droits à la vie. Aucune loi ne saurait nous permettre de surmonter les dilemmes redoutés de notre confrontation à l'expérience intime et ultime de la fin de vie.

Au cours d'un entretien publié par *Télérama* le 17 avril 2024, Salman Rushdie évoque avec la force du survivant ce que vivre signifie, et en

1. « "L'aide à mourir" à la française » : une rupture démocratique et éthique », manifeste du Collectif Démocratie, éthique et solidarités (CDES), *Libération*, 3 juin 2024.

quoi la vie de l'autre nous engage auprès de lui afin qu'il puisse partager avec nous l'instant présent. Une leçon de vie qui devrait s'imposer à nous dans son évidence, sa simplicité et la fragilité qu'elle exprime de notre condition humaine, de ce aussi à quoi elle nous attache et qu'il nous faut préserver. « Dans le roman de Joseph Conrad, *Le Nègre du Narcisse*, à un marin atteint de tuberculose que tout le monde évite, un autre marin demande : "Pourquoi es-tu monté sur le bateau, alors que tu te savais malade ?" Et lui répond : "Il faut bien que je vive jusqu'à ma mort, non ?" C'est une phrase magnifique. Pour moi, c'est devenu une sorte de devise : vis jusqu'à ce que tu meures.[1] »

« Cette amarre qui puisse résister »

Cet ouvrage est un acte politique, l'expression d'un engagement qui est partagé au sein du Collectif Démocratie, éthique et solidarités (CDES). Il a été rédigé début 2025 et reprend dans une approche étayée par les expériences et les expertises les points essentiels et récurrents des débats relatifs aux évolutions législatives relatives à la fin de vie. Les lois du 9 juin 1999 visant à garantir le droit à l'accès aux soins palliatifs, du 4 mars 2002 relative aux droits des malades et à la qualité du système de santé, du 22 avril 2005 relative aux droits des malades et à la fin de vie et du 2 février 2016 créant de nouveaux droits en faveur des malades et des personnes en fin de vie, constituaient « un modèle français » garant des valeurs de dignité, de liberté, d'autonomie et de responsabilité – pour certains même « un trésor national dont nous pouvons et devons être fiers[2] ». Il s'inscrit en quelque sorte dans cette filiation qui impose d'intervenir dans l'espace public au moment où l'étape d'une loi légalisant la mort provoquée sur ordonnance médicale est inscrite à l'agenda parlementaire au mois de mai.

---

1. S. Rushdie, « La vie et rien d'autre », entretien avec N. Crom, *Télérama* n° 3875, 17 avril 2024.

2. P. Dharréville, C. Fourcade, « La loi Leonetti est un trésor national », Tribune, *Le Journal du Dimanche*, 18 mars 2023 : « La loi Leonetti trace une voie française de l'accompagnement. C'est un trésor national dont nous pouvons et devons être fiers. [...] La loi Leonetti, renforcée en 2016 par la loi Claeys-Leonetti, est un chemin de crête : nous voulons accompagner et soulager toujours, nous acceptons collectivement la mort de l'autre mais nous nous refusons à le faire mourir. Ces lois ont dessiné un chemin français, fondé sur la liberté du patient de choisir l'intensité des soins souhaités en refusant l'acharnement, l'égalité des conditions d'accès aux soins palliatifs et la fraternité entre le malade, ses proches et les soignants. »

Représentatif de la société dans sa diversité, le CDES regroupe des citoyens issus de multiples disciplines et domaines, impliqués dans la réflexion portant sur les questions de vulnérabilité dans la société, notamment sur les conditions d'accompagnement de la fin de vie et les changements législatifs éventuels qui pourraient en bouleverser les principes, les règles et les pratiques.

L'objectif essentiel de ses auteurs est de contribuer à une concertation citoyenne sérieuse qui jusqu'à présent a démontré ses limites, en soumettant dans la clarté aux débats et aux arbitrages publics des données argumentées, des témoignages trop souvent ignorés ou disqualifiés. Si un nouveau chemin vers la mort programmée est institué par notre représentation nationale, assurons-nous qu'il ne nous détourne pas de nos obligations et de nos responsabilités à l'égard des plus vulnérables parmi nous.

Le manifeste du Collectif DES pose un constat :

> « En l'état actuel, l'aide à mourir conçue par le projet de loi relative à l'accompagnement des malades et de la fin de vie expose les plus vulnérables d'entre nous à des risques réels d'injustices, de violences, de maltraitances, d'abus d'influence ou encore d'abandon, contraires aux droits fondamentaux que tout État démocratique doit garantir. Elle ouvre la voie à des pressions psychologiques et économiques qu'elle n'encadre pas, les seules dérives passibles de poursuites judiciaires concernant les médecins qui refuseraient le geste létal pour des motifs éthiques et déontologiques. Elle a également pour effet de remettre en cause les valeurs et le sens du soin, de la relation à l'autre, de nos solidarités humaines et sociales, indispensables pour faire face aux défis existentiels les plus délicats, auxquels nous confrontent l'approche de la mort et les souffrances qui l'accompagnent[1]. »

Les membres du CDES se sont rassemblés autour d'une conception commune des « droits fondamentaux que tout État démocratique doit garantir », ces droits qui ne sauraient être davantage fragilisés par des équivoques relativisant nos devoirs d'humanité et nos règles d'hospitalité là où dans la maladie, la perte d'autonomie, la souffrance et la précarité de son existence une personne espère le regard bienveillant et le geste de sollicitude qui ne trahira pas la valeur d'un engagement.

Le CDES s'impose désormais comme une force d'analyse, de recherche et de propositions réunissant des membres de la société civile. La confrontation des expériences, des expertises et des opinions associées à cette initiative permet de contribuer au discernement de chacun,

1. Publié dans *Libération*, 3 juin 2024.

et peut-être d'encore mieux identifier et caractériser ce à quoi nous estimons ne pas devoir nous soumettre. Nous sommes les uns et les autres passionnés de cette liberté de pensée, de cette exigence du débat contradictoire étayé par l'expertise, les témoignages et des données fiables, de ce souci de l'inaliénable dignité reconnue à la personne pour estimer responsable d'intervenir ensemble dans l'espace public. Y compris à rebours des discours qui sollicitent la variabilité de nos principes, l'indifférence ou le détachement à l'égard de repères ou de règles auxquels doit s'arrimer la vie démocratique. Il nous faut comprendre, approfondir et si nécessaire sauvegarder la valeur du patrimoine moral et social dont nous sommes personnellement et collectivement comptables, exercer au prix du courage d'une contestation de l'inacceptable ces devoirs de démocrates dont notre honneur est d'en être collectivement les garants. Sans obstination, dans la retenue et la justesse d'une approche rétive au dogmatisme, prudente et attentionnée, mais qui se refuse à abdiquer lorsqu'une analyse mobilisant dans le dialogue les savoirs et les expériences assigne au devoir de lucidité, de vigilance et parfois d'alerte.

En témoigne l'avis n° 1 publié par le CDES le 3 avril 2025 : « Fin de vie : les enjeux d'une loi en faveur d'une mort programmée ». La proposition de loi n° 1100 du 11 mars 2025 relative à la fin de vie y est étudiée et discutée.

Il nous importait d'aller plus avant dans le plaidoyer et de développer notre argumentation et de proposer, dans le cadre d'un ouvrage de référence, la diversité d'analyses : d'éclairages qui, en 2025, justifient plus encore d'être contributifs aux débats qu'il convient de poursuivre afin de servir l'exigence de préserver les conditions d'intelligibilité d'un réel complexe, irréductible en ce dont il témoigne de la singularité humaine à des procédures indifférenciées, fussent-elles légalisées. Demain, en effet, notre représentation nationale pourrait décider de légitimer les pratiques d'un soin à visée intentionnellement létale, directement sous forme d'euthanasie ou indirectement par suicide assisté.

L'ouvrage *Fins de la vie : les devoirs d'une démocratie* est rédigé par soixante-douze auteurs. Il s'est également construit dans le cadre de nos échanges réguliers au sein du CDES.

Notre objectif est d'approfondir six champs de vigilance qu'il importe de scruter et de problématiser en ces temps de ruptures éthiques et démocratiques annoncées :

1. L'État peut-il répondre à la demande de mort ?
2. Fin de vie, quelle société voulons-nous ?
3. Responsabilités, droits et engagements du soin ;

4. Suicide, euthanasie : face à la souffrance ce qu'est l'attente ;
5. Accompagner : notre devoir de non-abandon ;
6. Là où le suicide et l'euthanasie sont légalisés.

Nombreuses sont les personnes qui, au-delà du CDES, ne renoncent pas à maintenir au vif de leurs engagements le souci éthique du bien commun, les principes d'un vivre ensemble si peu compatibles avec la rhétorique de l'*aide active à mourir* promue comme dernier devoir d'une société à l'égard de la personne qui n'y croit plus, au point de revendiquer comme un dernier droit celui de s'en extraire, d'en être délivrée. Leurs témoignages et leurs implications courageuses et constructives, parfois aux marges d'une société qui aurait été incitée à désapprendre et à déconstruire ce qu'ils signifient et honorent de ce que nous sommes ensemble, de ce qui fait société, inspirent et éclairent nos réflexions, renforcent notre mobilisation. Nous leur exprimons notre gratitude.

Quelques mois avant sa mort, J., 30 ans, me confiait :

> Pour la souffrance, il n'y a ni jour ni nuit, tout se passe dans un parfait silence. Toute souffrance est une errance. Du moins la mienne.
>
> Je veux continuer, lutter et aller de l'avant, même si la souffrance doit sillonner mes jours et mes nuits. Je n'ai rien à perdre, sinon la vie. Mais qu'est-ce que la vie sinon cet éphémère passage dans un temps si limité entre jours et nuits ? Je demande seulement une amarre, et que cette amarre puisse résister[1].

C'est en pensant à J. et à tant d'autres personnes rencontrées, que ce livre constitue dans l'intention de ses auteurs « cette amarre [qui] puisse résister ».

1. E. Hirsch, *La lutte, la révolte et l'espérance. Témoigner jusqu'au bout de la vie*, Paris, Éd. du Cerf, 2019.

Jean Leonetti
Ancien ministre, membre de l'Académie nationale de médecine

Avant-propos

DROIT À LA MORT : LA TRIPLE RUPTURE

> « Cette rupture d'équilibre entre vulnérabilité et autonomie est de triple nature : médicale, législative et anthropologique. La main qui soigne ne peut être la main qui tue et il est impensable d'envisager que la délivrance d'un produit létal puisse être considérée comme un soin auquel il met justement fin. »

Le respect des libertés fondamentales qui nous obligent

Le débat éthique s'inscrit le plus souvent dans le cadre d'un conflit de valeurs. La réflexion sur l'euthanasie et le suicide assisté, et plus largement sur la fin de vie, n'échappe pas à cette règle.

L'éthique qui est une interrogation morale recherche alors l'équilibre entre le respect de l'autonomie de la personne qui exprime sa volonté au nom de la liberté, et le respect de la fragilité de l'humain qui doit être protégé et qui se réfère à la fraternité.

Par ailleurs, tout projet de société tente d'établir à la fois une continuité et un changement dans ces équilibres. Continuité car il conforte une série de comportements et d'habitudes de vie qui prennent racine dans une culture, elle-même en conformité avec des valeurs qui constituent le socle d'une civilisation. Changement parce que, sous l'évolution des croyances, des mœurs, des connaissances techniques et scientifiques, la pensée commune se modifie, appréhende et hiérarchise les valeurs de manières différentes.

Pour porter à son terme législatif ce débat qui se réfère à une vision commune de l'humain et à l'intime de chacun, on dispose de deux voies.

La première est de considérer le fait démocratique de l'instant comme un critère absolu. Le fait majoritaire impose la loi en acceptant le risque – tout autant démocratique que la loi change à la faveur d'une échéance électorale nouvelle. La seconde est d'accompagner de manière consensuelle et pérenne l'évolution des pensées sans aboutir à des ruptures qui divisent l'opinion et remettent en cause les valeurs fondamentales sur lesquelles s'est bâtie notre société.

Jusqu'à présent les lois successives sur ce sujet s'inscrivent dans une continuité sur la base de l'interdit de tuer. Certains textes actuellement proposés se positionnent en rupture avec les législations antérieures en créant, sous certaines conditions, un « droit à la mort ».

Cette rupture d'équilibre entre vulnérabilité et autonomie est de triple nature : médicale, législative et anthropologique.

La rupture médicale, bien qu'elle ne concerne en apparence que les professions de santé est loin d'être négligeable puisqu'elle redéfinit la notion de soin. La médecine a depuis toujours, d'Hippocrate aux temps modernes, pour but de prolonger la vie et d'améliorer sa qualité, allant jusqu'à définir avec l'OMS, la santé comme « un état de complet bien-être physique mental et social ». *Medicina* signifiant l'art de guérir chez les Latins, on imagine la profonde modification qu'impliquerait l'autorisation de l'acte de donner la mort, qui pourrait désormais être accordée aux soignants. La main qui soigne ne peut être la main qui tue et il est impensable d'envisager que la délivrance d'un produit létal puisse être considérée comme un soin auquel il met justement fin.

La deuxième rupture est législative. Les textes de loi de 1999 permettant à chacun d'avoir droit à l'accès aux soins palliatifs, ceux de 2002 renforçant le droit des patients à l'information et à la décision, comme ceux de 2005 et de 2016 condamnant « l'acharnement thérapeutique » et faisant du soulagement de la souffrance un droit, n'ont pas légitimé l'homicide par compassion. « Le fait de donner volontairement la mort à autrui est un meurtre » dit la loi et cet acte n'a jamais en dehors de la légitime défense d'excuse légale.

Ce « nouveau droit » modifierait donc profondément la législation française.

On a cependant le droit, ou plutôt, la liberté de se donner la mort et donc le suicide n'est pas pénalisé. D'où l'idée d'autoriser l'assistance ou l'aide au suicide répondant ainsi au besoin de liberté sans altérer la nécessaire fraternité. C'est oublier que le « suicide assisté » est un oxymore car, dès l'instant où il y aurait l'aide d'une tierce personne, ce n'est plus la personne elle-même qui se donne la mort et ce n'est donc plus un suicide au sens étymologique du terme.

C'est méconnaître surtout le fait que toutes les sociétés considèrent, à juste titre, le suicide comme un marqueur de souffrance sociale et luttent légitimement contre cette pratique. Il y aurait donc deux catégories de suicides, ceux illégitimes que l'on combattrait et ceux légitimes que l'on favoriserait. Devant une personne ayant porté atteinte à ses jours, comment trouver une juste attitude ? Y aura-t-il un jour dans notre organisation sanitaire des lieux où l'on tentera de sauver les suicidés et d'autres qui leur permettront d'accomplir leur projet mortifère ?

De plus, dans tous les pays qui ont légalisé un « droit à la mort », on constate un élargissement progressif des cadres limitatifs initialement imposés jusqu'à créer un droit opposable indépendant du pronostic vital de la personne. Si la souffrance ressentie est le seul critère d'accès à l'aide à mourir, ce droit deviendra opposable.

La troisième rupture est plus fondamentale puisqu'elle est anthropologique. Certains veulent présenter cette rupture majeure comme un affranchissement de règles religieuses dans un pays laïque, considérant que le « Tu ne tueras pas » a pour référence le sixième commandement du Décalogue inscrit sur les tables de la loi que l'Éternel a remis à Moïse et repris dans l'Évangile.

L'interdiction du meurtre qui, dans les démocraties, trouve son expression ultime, dans l'abolition de la peine de mort, répond en réalité au rejet d'une transgression majeure d'enlever la vie à l'autre considéré à la fois comme un autre et mon semblable, et donc mon frère en humanité. Le philosophe Emmanuel Levinas défend l'idée que « le visage de l'autre m'interdit de le tuer » dans cette altérité fraternelle reconnue.

Robert Badinter a déclaré devant la représentation nationale au sujet de l'euthanasie : « On ne donne pas la mort en démocratie. » Il existe en effet, venue du fond de notre humanité, une règle élémentaire de survie de l'espèce transcendée dans une règle morale, « un impératif catégorique » dirait Kant, transcrit dans le respect des libertés fondamentales qui nous obligent.

Didier Sicard

Professeur émérite de médecine à l'Université Paris Cité, président d'honneur du CCNE

LE POINT DE VUE DU VIVANT SUR LA FIN DE VIE

Une loi devrait considérer avant tout que notre fin de vie est un moment crucial de nécessité de solidarité, et non l'expression d'un simple individualisme inconscient de ses conséquences pour les autres. La mort n'est pas un instant que l'on peut détacher de la vie. Elle en est la conclusion et elle nous fait découvrir des espaces de paroles parfois inconnues de nous-mêmes que nous n'avons jamais dites. Les débats relatifs à une nouvelle législation n'en tiennent pas compte, détachant la mort de la vie.

La mort n'est pas un instant que l'on peut détacher de la vie

Il n'y a pas de plus grand paradoxe que l'écart du regard porté sur la mort entre nous humains, refoulant sans cesse ce moment de la mort à venir en craignant de l'aborder en situation de souffrance, et nous humains confrontés à son imminence. Ce paradoxe est à la source d'une demande de fin de vie autoréalisée, au moment même de ce refoulement comme une façon de l'escamoter : « Je ne la subirai pas mais je l'anticiperai. C'est ma liberté. Je suis autonome. Je ne dépends de personne. Je veux bien mourir mais sans souffrance. »

Ce discours est d'ailleurs très séduisant pour la plupart de ceux qui y adhèrent, gardant un très mauvais souvenir d'une ou de plusieurs morts cruelles dans leur environnement familial.

La mort, en effet, a changé depuis un demi-siècle. Elle n'est plus un moment de rassemblement autour du lit, ce rite collectif peut-être le plus important de la vie. Elle est habituellement médicalisée et déléguée à une équipe de soignants. Les personnes sont souvent dans une grande solitude ou parfois accompagnées d'un entourage, limité par un horaire hospitalier indifférent au sens de ce moment ultime.

Le second paradoxe est que la confiscation de la mort par la médecine se double de l'abandon qu'elle a pour elle justement à ce moment. Les études universitaires médicales n'offrent aucun temps de réflexion sur ce sujet. La mort est un « échec » pour une médecine de plus en plus fascinée par elle-même, ses progrès, ses réussites. Les hôpitaux sont généralement inadaptés à cette situation (les brancards aux urgences pour accueillir les mourants !). Le nombre de soignants médecins et infirmières ne cesse de baisser. Ce paradoxe d'une médecine qui a capturé la mort mais ne sait qu'en faire, est à la source d'une angoisse légitime pour nous les vivants qui avons le sentiment d'abdiquer notre liberté à ce moment, et revendiquons de pouvoir mettre fin à notre vie en cas de souffrance insupportable (près de 95 % des citoyens). On peut se demander ce que pensent les 5 % restants !

Cette revendication oublie simplement l'essentiel. Au moment d'affronter la mort – notre adieu au monde en effet – nous vivants sommes en état d'hétéronomie absolue. Jamais notre existence n'aura été aussi fragile. L'autonomie d'une liberté revendiquée s'efface, oublieuse de sa revendication au profit d'une demande d'aide comme jamais nous ne l'avons eue. Une aide à mourir, parfois, pour 2 % des citoyens mais aussi une demande de retarder la mort : « Je veux bien mourir, mais ne veux pas qu'on me tue » me disait un malade en fin de vie.

Ces deux paradoxes – changement de notre regard sur la mort selon le moment, médecine toute-puissante, mais peu intéressée par la mort – nourrissent les débats politiques sur la fin de vie, monopolisés par cette illusion d'autonomie, de « consentement libre et éclairé » plutôt que d'interrogations sur la perception du sens de sa vie, du sentiment d'inutilité sociale, d'abandon, de réaction émotionnelle à un événement, etc., de discernement qui finit par faire de notre mort, un projet comme un autre. Nous faisons tous des projets, mais une loi ne peut jamais faire d'un projet une réalité contrainte. La mort n'est pas un instant que l'on peut détacher de la vie. Elle en est la conclusion et elle nous fait découvrir des espaces de paroles parfois inconnues de nous-mêmes que nous n'avons jamais dites. Les débats relatifs à une nouvelle législation n'en tiennent pas compte, détachant la mort de la vie, l'inscrivant comme le comble de l'autonomie, comme s'il s'agissait d'une réglementation d'exercice ou d'accès à un droit au logement !

Certes, les articles concernant les soins palliatifs répondent à cette situation très particulière qui est à ce moment le besoin de l'écoute de la personne, une écoute qui accueille le brouillard de la pensée, voire le désir réel d'en finir. Mais le décalage entre le projet et la réalité est considérable. Que signifie un droit opposable à des soins palliatifs en l'absence d'accueil disponible ?

La création de maisons d'accompagnement est une excellente intention, mais son nombre sera bien loin de répondre à la demande.

Un droit car un droit inscrit toujours des limites

Une loi devrait donc considérer avant tout que notre fin de vie est un moment crucial de nécessité de solidarité, et non l'expression d'un simple individualisme inconscient de ses conséquences pour les autres. Proposer ainsi « une aide à mourir » – euphémisme pour euthanasie ou suicide assisté – qui répondrait aux vœux de 95 % des citoyens oublie le fait qu'elle repose sur le vœu de citoyens, loin de leur mort, faisant l'impasse sur l'évaluation de ses conséquences sur les publics dits vulnérables, fragilisés, blessés, stigmatisés, personnes vieillissantes, en situation de handicap ou de précarité sociale évoluant dans des contextes de situation personnelle bien souvent dégradée, en fonction d'un environnement plus ou moins délétère. Mais aussi le surgissement d'une culture nouvelle fait de la mort programmée le refus du vieillissement, de l'affaiblissement de nos facultés, comme si un humain n'avait de sens que dans la plénitude de ses moyens. Le concept persistant de « dignité » finit par imposer sa marque et par être intégré dans l'imaginaire collectif comme une norme souhaitable, une adaptation à l'air du temps. En Belgique, les personnes qui devancent la mort précocement sont héroïsées, leurs portraits sont affichés dans les Ehpad comme autant d'exemples à suivre ! Encore une fois c'est le regard qui crée l'indignité, et à ce moment de la fin de vie la dignité est un ressenti à peu près toujours absent.

« À quoi bon vivre ? » À cette question qui est un appel à l'aide, la loi devrait répondre « je vous comprends, il vaut mieux mourir et nous pourrons vous y aider ». Une loi qui, qu'on le veuille ou non, ouvre de nouvelles perspectives qui vont de la résignation des plus vulnérables des plus fragiles, à l'encouragement des plus nantis à ne pas accepter une finitude naturelle. C'est d'ailleurs cette dernière dimension qui est la plus active, la plus militante, qui fait de la fraternité un encouragement à la mort, qui refuse la solidarité et ignore qu'il n'y a pas un « je » sans « tu », avec ce décalage entre la demande et l'inconscience du risque pour les autres. « Mon corps m'appartient, mon ultime liberté », etc. sont des slogans de l'association pour le droit de mourir dans la dignité (ADMD), emblématiques de cette militance sociologiquement très significative, relevant de revendications libertaires ; militance des combats pour l'avortement calqués sur la fin de vie, alors que justement une loi permettant l'avortement a pour finalité de protéger la vie des mères. Une liberté ne constitue pas toujours un droit car un droit inscrit toujours des limites.

Plus concrètement, le projet de loi discuté au parlement en mai-juin 2024 intégrait l'inscription d'un « délit d'entrave » (comme pour la lutte contre l'avortement) destiné aux soignants qui refuseraient une demande d'assistance au suicide ou d'euthanasie en souhaitant prendre un temps d'écoute, tout en n'inscrivant pas dans la législation le délit d'incitation. C'est abroger la transgression de ne pas tuer par un autre impératif, celui de « faites votre devoir », les soignants attentifs au serment d'Hippocrate pouvant alors être condamnés par un tribunal pour s'y être refusés. Permettre à toute personne choisie par les malades de procéder à la mise à mort méconnaît les conséquences incalculables à long terme d'un tel geste pour celle-ci, les conflits familiaux, etc. Décider d'une temporalité « légale » de mise à mort, aux conditions floues, sans prendre en compte les facteurs sociaux, psychologiques ou médicaux qui peuvent déterminer cette demande, est d'une ignorance tragique de la réalité.

Une telle loi refuserait d'anticiper les conséquences autres que celles prévues, comme un aveuglement volontaire. Il s'agirait d'une loi pour les vivants en bonne santé et non pas pour les personnes en fin de vie qui pourraient trouver un encouragement à mourir avant l'heure tant les structures de soins antidouleur, de soins palliatifs sont difficiles d'accès et le resteront encore longtemps.

Certes, la possibilité de demander la mort conduit naturellement à l'intégrer dans l'imaginaire pour le meilleur et pour le pire. Le meilleur réside dans les garanties futures que mon dernier vœu sera exaucé, et que cette garantie sera alors la source d'une sérénité inconnue. Mais aussi pour le pire, en introduisant ce vœu comme un droit, comme un encouragement qui peut venir court-circuiter les assistances qui se voient rejetées avant même leur existence ou leur mise en œuvre. L'expérience montre comment un stress terrible après un accident ou l'annonce d'une maladie neurologique grave peuvent conduire à souhaiter mourir de façon quasi absolue, et que six mois après, étrangement, le désir de vivre ressurgit en chacun d'entre nous. La maladie de Charcot demeure emblématique de ce désir. Si quelques situations médiatiques occupent le devant de la scène (lettre au président de la République, émissions de radio ou de télévision, éditoriaux), l'immense majorité de ces malades, s'ils sont bien entourés, demandent à vivre avec la promesse d'une fin qui ne sera pas insupportable, comme celle qui est proposée dans les centres dédiés à cette maladie. Ces centres constatent la très grande rareté des demandes à mourir (moins de 5 %) contrairement aux affirmations sans cesse réitérées à des fins plus opportunistes que charitables.

Mais peut-être, avant tout, une loi doit-elle anticiper les demandes d'élargissement permanent des indications à demander la mort comme nous l'enseignent les lois du Benelux et du Canada, qui en élargissent sans cesse l'accès en fonction de demandes jugées de plus en plus légitimes. L'ADMD ne s'y trompe pas, sachant que la brèche entrouverte ne se refermera pas et qu'une banalisation permettra de repousser les limites toujours plus loin. Enfin, il ne faut pas se leurrer à propos des non-dits relatifs à la rentabilité d'une telle loi. Le Canada a le courage de produire des données chiffrées claires. Les dépenses des six derniers mois de l'existence qui sont les plus coûteuses pour l'assurance-maladie seront ainsi à la source d'économies non négligeables.

Mais il y aura une loi. Comment rendre cette loi la plus humaine possible ? La médecine a le devoir d'aider à mourir afin d'éviter des agonies cruelles au malade qui le demande et à son entourage. En 2000, sous ma présidence, le CCNE avait rendu un avis[1] adopté à l'unanimité proposant, lorsqu'un malade qui ne supporte plus la vie, demande à mourir, que son désir est validé par la médecine, que son entourage le souhaite, qu'une exception d'euthanasie puisse être envisagée. Un magistrat devait être saisi et pourtant ne pas poursuivre en raison de l'invocation de ce principe d'exception. La transgression demeurait avec des exceptions. Toutefois la justice a jugé qu'en droit il ne pouvait y avoir d'exception !

Dans le rapport de 2012 au président François Hollande[2], nous avions introduit le concept de sédation profonde et prolongée jusqu'au décès, après l'arrêt des traitements et de l'alimentation : cette proposition a été intégrée à la loi du 2 février 2016 créant de nouveaux droits en faveur des malades et des personnes en fin de vie. Mais le recours à cette sédation reste marginal. Certains médecins la considèrent comme une euthanasie déguisée, ce qu'elle n'est pas, et l'ADMD s'y oppose en estimant que la sédation empêche d'affronter lucidement la mort et que l'arrêt des boissons et de la nourriture est une torture, ce qu'elle n'est pas, là non plus, car à ce moment de la fin de vie ce sont la boisson et la nourriture qui constituent des tortures.

---

1. « Fin de vie, arrêt de vie, euthanasie », avis n° 63, CCNE, 27 janvier 2000.

2. « Penser solidairement la fin de vie », Commission de réflexion sur la fin de vie en France, 18 décembre 2012.

Il existe, et il existera toujours des personnes qui souhaitent mourir avant l'heure. Apporter une réponse humaine, sans mettre en péril les plus vulnérables d'une société, permettrait que la sédation profonde et prolongée jusqu'à la mort soit autorisée dans les cas où la personne le demande sous couvert d'une autorisation collégiale à définir.

La loi actuelle le permet. La formation des médecins dans ce domaine deviendrait essentielle. En revanche, la médecine doit rester à l'écart d'une assistance à un suicide revendiqué ou à une euthanasie comme une liberté qui ne doivent en aucune façon l'obliger.

I

L'ÉTAT PEUT-IL RÉPONDRE À LA DEMANDE DE MORT ?

Il convient enfin de se garder de l'illusion que le droit pourrait se substituer à [...] la « sagesse pratique », celle qui « consiste à inventer les comportements justes et appropriés à la singularité des cas ». Appréhender les situations de fin de vie à travers le seul instrument juridique risque de paralyser le jugement éthique qui, bien souvent, suffit pour qu'une décision juste soit prise et que personne ne se sente menacé par le point de vue d'autrui.
En la matière, encore plus que dans d'autres, le Conseil d'État ne peut que faire sienne la mise en garde du doyen Carbonnier : « Ne légiférer qu'en tremblant, préférer toujours la solution qui exige moins de droit et laisse le plus aux mœurs et à la morale. »

« Révision de la loi de bioéthique :
quelles options pour demain ? »,
Conseil d'État, 28 juin 2018.

Jean-Marc Sauvé
Fonctionnaire honoraire[1]

POURQUOI UNE NOUVELLE LOI SUR LA FIN DE VIE ?

Le projet de loi sur l'accompagnement des malades et de la fin de vie qui a été déposé par le gouvernement à l'Assemblée nationale le 10 avril 2024 a été présenté comme un texte d'équilibre. À la vérité, il ne l'était pas, tout comme la proposition de loi déposée le 11 mars 2025 qui a pris sa suite pour une très large part. S'il n'est pas douteux que ce texte entende se placer sous l'égide de la devise de la République, il est clair, à la lumière des expériences étrangères, qu'il ne garantira pas la liberté de la personne, l'euthanasie étant trop souvent suggérée ou dictée par des facteurs exogènes. Il n'assurera pas l'égalité, les personnes les plus fragiles et vulnérables aux plans économique et social ayant bien plus de « chances » d'être concernées par ce texte. Enfin, il ne peut être qualifié de « loi de fraternité » que par un abus de langage. La fraternité ne consiste pas à donner une dose létale à un malade. Ce que veulent les patients atteints de maladies graves et incurables provoquant des souffrances insupportables ou réfractaires, c'est de la sollicitude, de la présence et de la bienveillance.

D'une législation pensée et progressive à une rupture anthropologique

1. De 1999 à 2016, la loi française a successivement garanti l'accès aux soins palliatifs ; elle a prohibé l'obstination déraisonnable ; elle a encadré l'arrêt des traitements selon une procédure collégiale et

1. Jean-Marc Sauvé a présidé en 2014 les séances de jugement du Conseil d'État sur l'affaire Vincent Lambert.

transparente ; elle a accordé la prééminence à la volonté du patient et, en cas d'impossibilité d'exprimer sa volonté, ses directives anticipées s'imposent au médecin, sauf urgence ou caractère inapproprié. La loi a aussi autorisé la sédation profonde et continue jusqu'à la mort pour les malades atteints d'une affection grave et incurable dont le pronostic vital est engagé à court terme. Autant d'avancées permettant d'affirmer que le cadre légal de la fin de vie a été profondément transformé et même refondé dans l'intérêt des patients et de leurs proches.

Certes, notre législation s'applique encore imparfaitement, quand on sait que des soins inutiles continuent d'être prodigués à des malades en fin de vie, que la moitié des personnes éligibles aux soins palliatifs meurent sans y avoir eu accès et que plus de la moitié des départements sont dépourvus de tout dispositif d'accès à ces soins.

2. Plutôt que de traiter sérieusement ces questions dont la résolution est essentielle pour permettre à nos concitoyens de « mieux mourir », notre société est invitée à s'inscrire dans une perspective radicalement nouvelle. Il lui est proposé de faire droit à une revendication voilée, mais parfaitement claire et assumée par ses promoteurs, consistant à permettre à toute personne malade, âgée ou simplement « fatiguée de la vie » de décider du moment de sa mort et, à cette fin, de créer un droit opposable à mourir : après avoir consacré le droit à la vie – article 2 de la convention européenne des droits de l'homme –, la loi devrait promouvoir le droit à la mort. Ce projet qui n'est pas publiquement avoué est bien le terme de la légalisation de l'euthanasie ou du suicide assisté. Pour les promoteurs de ce projet, c'est à chaque personne qu'il reviendrait de déterminer le moment où ses souffrances ou son mal-être ne seraient plus supportables et devraient prendre fin : face à cette demande, la société devrait y faire droit. C'est une rupture anthropologique majeure qui serait ainsi consommée.

Comme un tel projet serait de nature à effrayer une partie de l'opinion, il ne peut pas se traduire dans le droit et les faits sous cette forme, au moins dans l'immédiat. On met donc en avant, pour le justifier, des situations très douloureuses, telles que celle des patients atteints de la maladie de Charcot, comme si la mort administrée était, pour ces personnes, le seul terme digne et légitime de leur vie. Mais ces cas étant soulignés avec force, l'on se garde bien de proposer des critères stricts en adéquation avec la situation des patients mis en avant avec une certaine complaisance : ceux-ci servent simplement d'amorce. Dans le même but, on propose une apparence d'encadrement, le moins contraignant possible, avec l'arrière-pensée de faire rapidement sauter les quelques conditions et critères auxquels il aura bien fallu un temps consentir.

C'est du reste ce qui se passe dans tous les pays qui ont précédé la France dans la voie de la légalisation de l'euthanasie : les garde-fous des lois initiales sont vite levés et l'encadrement qui subsiste n'est le plus souvent qu'un leurre. Il est impressionnant de voir comment les stricts critères médicaux de l'euthanasie sont vite dilués, comment la procédure d'accès à la mort administrée est simplifiée et accélérée et comment les rares contrôles a posteriori mis en place n'ont d'autre objet que de légitimer l'application de législations permissives. À titre d'exemple, le critère de la maladie physique, brandi comme la garantie d'un champ d'application strict, est vite complété par l'adjonction des maladies mentales, comme c'est le cas en Belgique depuis 2002 et comme cela s'appliquera au Canada en 2027. La notion de maladie grave et incurable engendrant des souffrances réfractaires fait de son côté place à des définitions floues et extensives permettant dans les faits de déclencher une procédure de mort administrée pour des polypathologies dont souffrent la grande majorité des personnes âgées[1]. Enfin la restriction de l'euthanasie aux personnes majeures cède rapidement et les mineurs deviennent éligibles à cette procédure au nom du principe d'égalité qui ne manque pas d'être invoqué.

Un texte qui ne dit pas son nom

3. Certes, une première difficulté a été surmontée, celle qui proposait de légiférer par un texte unique sur deux sujets différents : un sujet médical, les soins palliatifs renommés soins d'accompagnement, et un sujet qui ne traite pas de soins, ni de santé publique, mais de mort administrée. La scission du texte en deux permet de remédier au risque d'un double débat se concluant par un vote unique. Encore faut-il veiller à ce que les soins d'accompagnement – catégorie juridique et médicale nouvelle qui ne s'imposait nullement, alors qu'existent les soins palliatifs, concept universellement reconnu – ne deviennent pas la rampe de lancement de l'euthanasie ou du suicide assisté : ces actes ne sont pas et ne sauraient devenir un soin. Les ambiguïtés du texte sur les soins d'accompagnement doivent donc être levées.

Par ailleurs, le texte sur la fin de vie continue de ne pas nommer correctement ce qu'il autorise : à la différence de toutes les lois

1. Les polypathologies ont été à l'origine de 27 % des euthanasies en Belgique en 2024. Dans ce contexte, les euthanasies ont augmenté l'an passé de 16,6 % dans ce pays et représentent 3,6 % des décès.

étrangères, sauf la canadienne – les francophones sont très pudiques –, il ne prononce jamais les mots d'« euthanasie » ou de « suicide assisté » totalement adéquats pour désigner ce qu'il permet, mais trop directs et de nature à heurter certaines sensibilités. Il se réfugie donc derrière les mots d'« aide active à mourir », qui pourraient valablement désigner la sédation profonde et continue jusqu'à la mort, mais qui, en l'occurrence, sont incorrects : légaliser un geste létal et donc faire mourir, ce n'est pas aider à mourir. Cette euphémisation destinée à rassurer une partie de l'opinion en dit long sur la gêne des auteurs du texte, la nécessité pour eux d'avancer en partie masqués et les habiletés auxquelles contraint le travail législatif. Mais en succombant à la tentation orwellienne de la novlangue, on ne fait que nourrir l'une des racines du malaise démocratique. Ici comme ailleurs, le public finit par comprendre qu'à force de jouer avec les mots, on dénature les choses.

Un texte qui propose un encadrement très lacunaire

4. Le texte soumis au Parlement ne propose qu'un encadrement très lacunaire de l'euthanasie, contrairement à ce qui est répété à satiété. Hormis le fait que les mineurs et les personnes atteintes de maladies psychiques ne sont pas éligibles à la mort administrée – de telles restrictions disparaissant progressivement dans les pays ayant précédé la France dans la voie de la légalisation de ces mesures –, pourrait être éligible à ces procédures toute personne atteinte d'une affection grave et incurable en phase avancée ou terminale entraînant des souffrances réfractaires : à cette aune, les patients atteints des maladies de Parkinson ou d'Alzheimer, les insuffisants cardiaques ou respiratoires graves, les malades atteints de cirrhoses même stabilisées pourraient avoir accès à la mort administrée. Cet encadrement en apparence restrictif ne peut convaincre que les personnes non informées ou favorables à une loi permissive.

La procédure proposée est par ailleurs si peu contraignante qu'elle en est expéditive. La demande d'accès à l'euthanasie ou au suicide assisté n'est en effet entourée d'aucun formalisme ; les délais sont très courts et peuvent être drastiquement abrégés, y compris pour la confirmation de la demande (un minimum de deux jours !)[1] ; il n'y a pas de véritable collégialité, même si une deuxième intervention médicale est prévue avec

1. Il faut rapprocher le délai minimal pour confirmer une demande d'euthanasie (deux jours) de celui requis pour renoncer à un prêt à la consommation (14 jours) et du délai de réflexion pour un prêt immobilier (10 jours avec un droit de rétractation).

la possibilité d'un échange à distance. Il devrait donc être plus facile et rapide de donner la mort que d'interrompre les soins, ce qui est pour le moins incohérent et troublant.

Le texte en débat n'impose en outre aucun contrôle par un psychiatre de la volonté libre et éclairée du patient.

Enfin, alors qu'au début des travaux était évoquée une « exception d'euthanasie », la voie de droit commun pour la mort administrée étant le suicide assisté, la proposition de loi déposée le 11 mars 2025 n'évoque plus que de manière indirecte et implicite cette dernière méthode et consacre l'euthanasie pleine et entière, c'est-à-dire le passage de l'auto-administration par le patient de la substance létale à son administration par un tiers sans aucune restriction, ce qui change profondément le rôle des médecins et des personnels de santé appelés à directement donner la mort. Rappelons que le projet initial du gouvernement prévoyait même la possibilité qu'un proche du patient puisse administrer au patient la dose létale, dans une indifférence complète aux abus de faiblesse et au mépris des plus évidents conflits d'intérêts. Il ne peut être exclu que cette clause revienne au cours du débat parlementaire.

Comme beaucoup de législations en vigueur dans le monde, le projet proposé « consacre », ainsi que l'a écrit M. Jean Leonetti dans un autre contexte[1], « le pouvoir médical ». Le médecin endosse en effet simultanément les fonctions d'expertise, de décision et d'exécution de l'acte.

Des circonstances aggravantes : la création d'un délit d'entrave et des voies de recours à sens unique

5. Ajoute à toutes ces préoccupations la création d'un délit d'entrave à « l'aide active à mourir », qui achève le renversement de perspectives : s'il était créé, ce délit fragiliserait la recherche des alternatives à la mort provoquée, notamment par les soins palliatifs. Hier prohibée, l'euthanasie deviendrait, au moins symboliquement, la voie prioritaire de la fin de vie et l'expression suprême de l'autodétermination de la personne. Il convient de réfléchir plus avant à ces enjeux et de s'interroger en particulier sur l'articulation de ce délit d'entrave avec le délit d'incitation au suicide. La cohérence entre ces deux infractions ne va pas de soi et il est à craindre que la première ne conduise à l'effacement de la

1. Rapport d'information fait au nom de la Mission d'évaluation de la loi du 22 avril 2005 relative aux droits des malades et à la fin de vie et présenté par M. Jean Leonetti. Le commentaire cité se rapportait à la législation néerlandaise.

seconde. En filigrane se pose aussi la question de la légitimité des politiques publiques de prévention des suicides, alors même que le nombre de ceux-ci augmente. En clair, va-t-on pouvoir continuer à ranimer une personne qui a fait une tentative de suicide ? Ces questions sous-jacentes à la légalisation de la mort administrée sont fondamentales, mais complètement négligées et même occultées dans le débat actuel.

6. La question des voies de recours ne manque pas non plus d'interpeller : le texte en débat ne permet de recours que si la demande de mort administrée est refusée. Il ne peut pas y avoir de recours dans le cas contraire. C'est donc donner la priorité absolue à la demande de mort par rapport au maintien en vie et à la demande du patient au regard de la position éventuelle de ses proches (famille…). Or aujourd'hui, ce sont les décisions d'arrêt de soins – et non les décisions contraires – qui font l'objet de contestations devant les juridictions. Demain, ce sera impossible. L'autodétermination de la personne qui demande l'euthanasie l'emporte si nettement sur les intérêts légitimes des proches du patient que ceux-ci sont déchus d'un droit qu'ils exercent en l'état actuel de la législation. Est-ce là le juste point d'équilibre entre les droits du patient et ceux de ses proches ou entre l'individu et la communauté de vie dans laquelle il s'inscrit ? Par ailleurs, une procédure d'urgence, menée en quelques jours, contre une décision autorisant une euthanasie serait-elle à ce point dilatoire et intolérable qu'elle justifierait une pareille atteinte au droit au recours pour des personnes y ayant pourtant un intérêt évident ? On ne peut pas se dérober face à ces questions et ce débat. Les droits de la personne qui veut mourir ne peuvent s'exercer au détriment des droits légitimes de son entourage proche, en tant qu'il n'adhérerait pas à ce projet.

Un texte qui façonne une société en délicatesse avec les principes de la République

7. Ce texte dit beaucoup de choses sur notre société. En apparence, il consacre une nouvelle étape dans la conquête des libertés. La volonté du malade en cas de maladie grave et incurable assortie de souffrances insupportables ou réfractaires devrait *a priori* prévaloir.

Mais on peut douter que la liberté de la personne, si hautement revendiquée par les partisans de ce texte, soit aussi simple et claire qu'ils le donnent à croire. Le « Je suis maître de moi comme de l'univers[1] » n'existe que dans le théâtre de Corneille. Le malade qui n'a pas accès

1. P. Corneille, *Cinna*, acte V, scène 3.

aux soins palliatifs, celui qui vit dans une solitude complète ou celui qui ne dispose pas des ressources permettant de soulager son existence, est-il vraiment libre de choisir l'euthanasie ? Ou y est-il incité plus ou moins subtilement, voire contraint ? La société se donne bonne conscience en couvrant du manteau de la liberté individuelle ses manques et ses lacunes.

En tout état de cause, la liberté ne suffit pas, à elle seule, à rendre compte de notre pacte social. Il y a aussi l'égalité. Or les données disponibles, provenant en particulier du Canada et l'État d'Oregon aux États-Unis, suggèrent que les catégories sociales les moins favorisées et les personnes les plus isolées et fragiles sont surreprésentées parmi celles qui « font le choix » de l'euthanasie ou du suicide assisté : plus on est pauvre, plus on recourt à cette modalité de fin de vie. Plus on est riche et socialement intégré, moins on y recourt. C'est un fait qui dérange et qui est contesté, mais qui, en l'état, est difficilement réfutable[1]. Il faut en prendre acte et se positionner par rapport à lui. Qu'est-ce qui importe ? Exalter la liberté individuelle au point de se désintéresser de ses conséquences dans une sorte d'approche libertarienne dans laquelle le plus fort gagne, le plus faible perd et l'État doit surtout ne rien faire ? Ou prendre en compte les impacts sociaux de mesures, fussent-elles libérales, qui devraient a priori susciter notre sympathie, avant de se prononcer sur notre adhésion ou non à ces mesures ? L'éthique de la responsabilité commande de choisir la seconde option. Il est en tout cas d'intérêt public que, dans tous les pays qui ont légalisé la mort administrée, les données sociales afférentes aux personnes euthanasiées soient mises sur la table de manière transparente et contradictoire. La vérité ne saurait faire peur à personne.

8. En l'état de nos connaissances, une loi qui légalise l'euthanasie ne peut non plus être qualifiée de loi de fraternité que par un abus de langage. Aussi bien, la fraternité ne consiste pas à donner une dose létale à un malade. Ce que veulent les patients atteints de maladies graves et incurables provoquant des souffrances insupportables ou réfractaires, c'est de la sollicitude, de la présence et de la bienveillance. C'est une main tendue de manière inconditionnelle par les proches et les personnels soignants. Ce sont des soins palliatifs aptes à soulager leurs souffrances. C'est tout cela que font, avec un engagement et une délicatesse admirables, les professionnels de ces soins. C'est cela que l'on va – sans forcément le vouloir – démanteler avec la légalisation de la mort administrée, comme le montre une fois de plus l'exemple de beaucoup de pays qui se sont engagés avant nous dans la voie de cette légalisation.

1. Voir Y.-M. Doublet et P. Favre, *Les non-dits économiques et sociaux du débat sur la fin de vie*, Fondation pour l'innovation politique, janvier 2025.

On sait que très peu de malades demandant à mourir persistent dans leur demande s'ils sont correctement pris en charge et accompagnés. En réalité, ce que beaucoup de malades expriment en pareil cas, c'est d'abord un appel au secours. Cet appel exige de notre part une réponse humaine nous engageant individuellement et collectivement en profondeur, qu'il serait inconvenant de réduire à un geste létal.

L'euthanasie que l'on présente comme une sorte de nouvelle frontière dans la garantie des droits ne peut pas et ne doit pas non plus être la réponse à l'incapacité de la collectivité à mettre en place, pour tous ceux qui en ont besoin, les soins palliatifs solennellement promis par l'État et le législateur depuis des décennies. On ne peut nommer « droit nouveau » ce qui est l'aveu de notre misère et de notre impuissance.

Un texte qui consacre la liberté ou l'injonction de mourir ?

9. Il faut aussi mesurer que derrière la liberté et la fermeté apparentes du choix de mourir, il y a beaucoup d'incertitudes, de doutes et de revirements : l'exemple de l'Oregon aux États-Unis montre de manière saisissante à quel point la volonté de mourir n'est en réalité ni ferme, ni stable, ni continue. La fragilité de ce dessein conduit à ce que depuis 1997 un tiers des personnes ayant obtenu une prescription létale n'en ont pas fait usage, ce qui pose d'ailleurs un problème de santé publique, car ces doses peuvent être utilisées par erreur. Derrière la liberté apparente du patient, il peut aussi y avoir beaucoup de pressions sociales et familiales explicites et souvent bien plus subtiles : les personnes disant vouloir mourir pour ne pas être à la charge de leurs proches agissent-elles d'elles-mêmes ou sur la base d'injonctions intériorisées ?

Dans un autre contexte, la Cour constitutionnelle fédérale d'Allemagne, pourtant favorable au droit de choisir sa mort, a relevé dans son arrêt du 26 février 2020 le phénomène du transfert en Allemagne de résidents d'EHPAD néerlandais lassés des rappels périodiques de la possibilité d'être euthanasiés et craignant de l'être sans leur consentement. Il faut être lucide : le désir de mort que l'on entend consacrer comme une nouvelle liberté masque trop souvent l'intériorisation par les personnes âgées et dépendantes des représentations négatives que la société ou leur environnement véhicule sur la vieillesse, le handicap et la maladie. Les illusions sur cette liberté alléguée doivent être mises à nu. Ce serait une erreur profonde et une grande naïveté de croire que les personnes demandant à mourir ont une pleine maîtrise de leur destin.

Le débat sur la mort administrée conduit aussi à reposer la question des finalités de la vie en société. Cette vie ne peut se réduire à la juxtaposition d'atomes indépendants les uns des autres et indifférents à ce que l'autre peut ressentir, penser, vivre et faire. Faire société, c'est s'engager dans la construction d'un monde commun ; c'est assumer une interdépendance ; c'est participer à une communauté de vie et de destin. Ce n'est pas se borner à dire : « Tu veux partir ; eh bien, voici ta dose létale ».

Un texte qui révèle en creux la dépréciation de la vulnérabilité, de la vieillesse et du handicap

10. L'affirmation de la liberté et de l'autodétermination de la personne est aussi un paravent commode pour faire des économies sur l'État-providence, s'accommoder du départ des plus fragiles et des plus vulnérables, voire accélérer la transmission des patrimoines et donc dynamiser l'économie. Il est par exemple clair que la légalisation de l'euthanasie permet de réaliser des économies significatives sur les dépenses de l'assurance maladie, de l'assurance vieillesse et de la dépendance. Le Canada a l'honnêteté de le reconnaître et de chiffrer sans fard l'impact budgétaire positif de cette mesure.

Cette légalisation peut ainsi, d'une certaine manière, être regardée comme une forme de triomphe de l'utilitarisme et de la rationalité économique. Un marxiste pourrait sans trop de difficultés discerner sous un alibi parfait – la liberté et l'autodétermination de la personne – une nouvelle ruse, voire la ruse ultime du libéralisme économique. Ces enjeux sont d'autant plus sensibles que la mort administrée représente un nombre croissant de décès dans les pays qui l'ont légalisée depuis une dizaine d'années – 5 % environ des décès au Canada en 2023 et plus de 7 % au Québec – et qu'elle a déjà un impact budgétaire, voire macro-économique, significatif. En outre, sauf rares exceptions, le taux annuel de croissance des pratiques euthanasiques dans ces pays est et reste très élevé.

11. La légalisation de l'euthanasie révèle en creux la dépréciation de la vulnérabilité, de la vieillesse et du handicap et, corrélativement, la fascination de nos sociétés pour la toute-puissance, la performance et l'autosuffisance. L'utilité d'un individu et sa valeur ajoutée, comme son coût, deviennent de manière cachée, mais réelle, sous le couvert de l'autodétermination de la personne, la mesure suprême de la vie et de la mort : de plus en plus, tout se juge en fonction de ces critères. Une vie de performance vaut pleinement d'être vécue. En revanche, la vie d'une personne fragile ou atteinte de multiples maux est-elle légitime ?

La réponse sourde, mais claire, du corps social à cette question tend de plus en plus à être négative. C'est, à partir de situations douloureuses montées en épingle pour indigner l'opinion, la cause de l'apparente adhésion du corps social aux projets sur la fin de vie proposés ou adoptés en France, comme dans les États d'Europe et d'Amérique du Nord. Il est désolant que les courants politiques progressistes de ces pays ne paraissent pas conscients de ce qui se joue en profondeur.

Pour un sursaut de la fraternité

12. Il ne paraît pas possible de se résigner à une telle situation. Certes, les gens brillants et bien-portants ont beaucoup à apporter à notre vie collective. Mais les souffrants, tout comme les sans grade, les personnes en situation de handicap ou en périphérie de nos sociétés, ont aussi une dignité : celle-ci ne saurait se limiter au droit qui leur serait concédé de demander à être euthanasiés. Eux aussi peuvent beaucoup apporter au corps social et devenir à leur manière nos inspirateurs et nos maîtres. Entre ceux qui vont bien et ceux qui vont mal, nous avons l'impérieux devoir de construire une passerelle qui a tout simplement pour nom « fraternité ». De notre capacité à l'ériger et à la maintenir sur les fondations de l'État-providence, dépend pour partie l'avenir de nos sociétés. C'est donc un choix civique et social majeur, un choix politique au sens le plus noble du terme, qui est proposé en toile de fond du débat sur l'euthanasie au Parlement. Il ne saurait y avoir une humanité à deux vitesses avec ceux qui seraient dignes de vivre et les autres. Il n'y a qu'une seule humanité dont les membres doivent assumer leur interdépendance et leur solidarité.

13. Et si l'on venait, pour tenter de contrebalancer ces arguments politiques et éthiques essentiels, soutenir qu'il est inhumain de refuser la mort à un malade la demandant de manière indubitablement éclairée, une réponse s'imposerait avec évidence : mieux vaut prendre le risque de refuser de donner la mort à une personne la souhaitant vraiment que de l'infliger à quelqu'un qui la demanderait sous la pression insidieuse de son environnement. Or la seconde situation est bien plus probable que la première. Les milliers de citoyens américains de l'Oregon qui vivent encore parce qu'ils n'ont pas consommé la dose létale qui leur a été prescrite – ce sont des survivants au sens littéral – ne sont pas moins dignes de vivre que leurs concitoyens qui ne se sont jamais posé la question de mourir.

Jacques Ricot
Agrégé, docteur en philosophie, chercheur associé, département de philosophie – Université de Nantes

LA FONCTION EXPRESSIVE DE LA LOI

Le « droit au suicide », si l'on veut garder ce terme pour désigner cette éventualité laissée au sujet, ne signifie pas qu'il existe un « droit de se suicider » qui devrait être garanti par l'État, une forme de droit opposable en quelque sorte et que l'on appelle parfois un droit-créance. La loi est générale, c'est même sa définition depuis Aristote. Aucune loi n'est adaptée aux différentes situations rencontrées et ce n'est pas sa fonction de répondre *a priori* à toutes les situations. La loi est générale et c'est le fruit du travail législatif ; son interprétation est singulière et c'est le rôle du jugement.

La question du suicide

Robert Badinter[1], ancien président de la commission de révision du Code pénal, avait déclaré en préambule de son audition devant la mission parlementaire chargée d'évaluer la loi du 22 avril 2005 relative aux droits des malades et à la fin de vie, que « le droit pénal n'a pas qu'une

1. Les citations de Robert Badinter sont issues des auditions lors des missions parlementaires sur la fin de vie dont Jean Leonetti était le rapporteur. La première, en 2004, est issue du rapport de *La Mission d'information sur l'accompagnement de la fin de vie* (tome II). La seconde, en 2008, est issue de celui de *La mission d'évaluation de la loi du 22 avril 2005* (tome II).

On n'ignore pas que Robert Badinter, au soir de sa vie, selon des témoignages dignes de foi, a approuvé l'activité d'Olivier Falorni dont les positions sont pourtant très différentes de ce que l'ancien garde des Sceaux avait toujours affirmé. Mais ces témoignages n'invalident en rien la qualité et l'intérêt des propos qu'il a tenus avec une constance remarquable quand il exerçait de hautes responsabilités officielles et qui ont fait l'objet de transcriptions écrites. Remarquable est aussi la préface qu'il a rédigée pour le livre de Jean Leonetti, *C'est ainsi que les hommes meurent*, Plon, 2015.

fonction répressive, mais qu'il a aussi une fonction expressive et que, à ce titre, il doit traduire les valeurs d'une société. » (2008, p. 570). Et lors de la préparation de cette même loi, il avait rappelé la règle d'or de la confection de la loi : « Il y a un principe absolu selon lequel il ne faut jamais légiférer à partir d'un cas particulier ou pour un cas particulier. » (2004, p. 892)

Il convient donc d'examiner soigneusement comment les dispositions législatives peuvent traduire les valeurs communes d'une société, à distance des « affaires » dont le monde médiatique et politique s'empare sans retenue. Pour Robert Badinter, ces valeurs communes trouvent leur fondement dans les droits de l'homme. Et il précise que « si le droit à la vie est le premier des droits de tout être humain », son corollaire est que chacun dispose de la liberté se suicider car « chacun est maître de son corps, et donc libre de disposer de son corps et de sa vie » (2008, p. 570). Il n'est pas du tout assuré que cette liberté en soit une au sens philosophique ni même existentiel[1], mais elle en est une aux yeux du juriste.

Examinant la question du suicide, Robert Badinter observait donc que le suicide, relevant d'une liberté individuelle, ne pouvait pas être un délit au regard du Code pénal et, par conséquent, le suicide est un « droit » que le suicidaire peut exercer sans encourir une sanction quand son acte n'aboutit pas. Mais ici le mot droit souffre d'une équivoque. Selon un vocabulaire courant, cela signifie que le suicide est un droit-liberté au sens où chacun a le droit de se suicider sans que cela relève d'une infraction, ce qui est acquis depuis 1791. Car, ce « droit-liberté » est plus exactement une « possibilité » laissée à l'appréciation du sujet et que l'État, à travers son Code pénal, n'interdit pas. On peut comparer ce droit de se suicider à toutes les possibilités très variées qui ne sont pas interdites comme la liberté d'exprimer des opinions, de se réunir ou encore, celle de voyager.

Mais le « droit au suicide », si l'on veut garder ce terme pour désigner cette éventualité laissée au sujet, ne signifie pas qu'il existe un « droit de se suicider » qui devrait être garanti par l'État, une forme de droit opposable en quelque sorte et que l'on appelle parfois un droit-créance : il n'existe pas en France (pas encore ?) de maison du suicide.

Aux yeux du juriste, se pose alors une question. Puisque le suicide n'est pas un délit, comment la complicité du suicide pourrait-elle en

1. « Les gens qui décidaient que le moment était venu d'en finir ne pensaient pas être en mesure de vouloir autre chose que de mourir. Alors, lorsqu'on finit par se résoudre à ce qui s'impose à soi, ce à quoi on ne peut échapper, cela s'appelle une contrainte, et en aucun cas une liberté », A. Kahn, *Ultime liberté ?*, Paris, Plon, 2008, p. 42.

être un ? Robert Badinter répondait clairement que la complicité du suicide n'étant pas un délit, elle ne relevait donc pas du Code pénal. Et il s'interrogeait sur le bien-fondé de l'incrimination de la provocation au suicide, pourtant inscrite dans le Code pénal français depuis 1987. En réalité, l'ancien garde des Sceaux savait bien que pouvait se produire une perversité évidemment répréhensible de la part de quiconque aurait poussé autrui au suicide ou ne chercherait pas à protéger les personnes vulnérables. Mais il estimait que la mise à disposition d'autrui d'un produit létal s'apparentait à la simple fourniture d'un moyen technique qui, dans le cas d'un adulte conscient (et dans ce cas seulement), ne pouvait pas être considérée comme une provocation perverse au suicide. On pouvait peut-être alors penser à la situation en Suisse…

Ce pays, contrairement aux onze États des États-Unis qui à ce jour ont dépénalisé le suicide assisté, n'a jamais voté une loi sur le suicide assisté. Mis en place en 1942, un article du Code pénal suisse avait voulu condamner l'incitation et l'assistance perverses au suicide quand celles-ci répondaient à des mobiles égoïstes. Et donc, alors que cette conséquence n'avait pas été anticipée, la société civile suisse s'est emparée de cette disposition pour promouvoir et organiser des suicides assistés dès lors qu'ils étaient censés ne pas répondre à des mobiles égoïstes. Mais la Suisse, à l'image des États-Unis, maintient une stricte interdiction pour tout citoyen, y compris pour le personnel soignant, de pratiquer une euthanasie. On n'analysera pas ici le dispositif du suicide assisté en Suisse, et on renverra au travail très critique et bien documenté de François-Xavier Putallaz[1]. Mais on doit constater que le débat français, tel qu'il a été lancé par l'avis du Comité consultatif national d'éthique en septembre 2022, puis par la Convention citoyenne au printemps 2023, et enfin par les débats de l'Assemblée nationale au printemps 2024, juste avant la dissolution, a rapidement dépassé l'intention première des initiateurs du projet de loi. Celle-ci, limitée au début à la seule question du suicide assisté a très vite évolué vers une ouverture à l'euthanasie, au motif d'une supposée incapacité à se suicider. Ce qui était une manière de dépasser la simple question du suicide assisté et de s'orienter vers une « exception d'euthanasie » dont la dynamique d'élargissement, dès lors, serait inarrêtable.

Quoi qu'il en soit, l'ancien garde des Sceaux semblait ne pas s'émouvoir outre mesure de l'assistance au suicide telle qu'elle était pratiquée

1. Voir dans cet ouvrage : F.-X. Putallaz « Assistance au suicide : le contre-exemple suisse », p. 483. Son livre : *La déroute de la raison, Les enjeux du suicide assisté*, Paris, Éd. du Cerf, 2024.

en Suisse. En revanche, en cohérence avec les considérations strictement juridiques rappelées ci-dessus il était vigilant sur la nécessité d'une vigoureuse et totale interdiction de l'euthanasie au nom de « la valeur expressive » de la loi.

L'interdit de tuer

On n'a pas de peine à comprendre les raisons des fortes objections du père de l'abolition de la peine de mort, face au risque d'entailler, fût-ce sous le régime de l'exception, l'interdit fondateur de toute civilisation, celui de donner la mort.

Après la loi du 4 mars 2002 relative aux droits des malades et à la qualité du système de santé qui donnait la priorité au patient pour consentir ou refuser des traitements dans le cadre de l'alliance thérapeutique, la loi du 22 avril 2005 avait donné des repères précis pour accompagner la vie finissante, en particulier pour affirmer l'interdiction de l'obstination déraisonnable et la nécessité de soulager la souffrance quelles qu'en soient les conséquences. La loi française a cette vertu de laisser la mort survenir dans des conditions supportables sans avoir à la donner. En effet, un refus de traitement de la part du patient, une limitation ou un arrêt de traitement au nom de l'obstination déraisonnable ou un soulagement de la souffrance pour un malade en phase terminale, ont pour conséquence éventuelle l'abrègement des jours restant à vivre. Dans ces trois situations, on consent à la mort qui vient mais sans avoir à la provoquer et ce point est décisif. En effet, ce consentement n'a rien à voir avec l'euthanasie car, pour prendre le cas de la limitation ou de l'arrêt des traitements, Robert Badinter reconnaissait une distinction fondamentale : « une chose est le refus de l'acharnement thérapeutique, une autre chose est la décision de mettre fin à ses jours par l'acte médical d'autrui. » (2004, p. 890)

Lors de la préparation de la loi de 2005, avait été envisagée une possibilité d'exception d'euthanasie sous la forme d'une irresponsabilité pénale, mais Robert Badinter avait mis en doute l'usage de cette catégorie et donc l'intérêt de légiférer, car on quitterait alors, disait-il, la question du suicide puisque la mort ne serait plus l'acte d'une volonté mais « l'acte d'un autre qui serait censé répondre à une volonté. » (2004, p. 889)

Et en 2008, devant la mission d'évaluation de la loi de 2005, l'ancien président du Conseil constitutionnel avait clairement signifié sa claire opposition à toute forme de légalisation de l'euthanasie. Un bilan de la loi était utile, des modalités d'application étaient nécessaires.

> Mais de là à proposer une nouvelle loi dont le premier effet serait de légaliser l'euthanasie, il y a un pas qui n'est pas inévitable. Vous pouvez très bien dresser le bilan de votre loi, mesurer ses difficultés de mise en œuvre, indiquer les moyens de les résoudre sans pour autant reprendre nécessairement le débat sur l'euthanasie.
>
> Dans ce débat qui se poursuit depuis si longtemps et qui n'est pas près de s'arrêter, ma position est celle que je viens d'évoquer : fournir à autrui des moyens de se donner la mort, ce n'est pas donner la mort, c'est prêter la main à un suicide. Autre chose est le fait de donner la mort à autrui parce qu'il la réclame et pour ma part, je n'irai jamais dans cette direction. (2008, p. 571)

Et reprenant son affirmation liminaire, il avait redit avec solennité : « *Le code pénal a une fonction expressive ; elle est à son plus haut niveau quand il s'agit de la vie et de la mort. Sur ce point, je ne changerai jamais. Nul ne peut retirer la vie à autrui dans une démocratie.* » (2008, p. 572)

Déclarant la loi actuelle « tout à fait satisfaisante », Robert Badinter considérait qu'il y avait un abîme entre le suicide et l'euthanasie. Le premier relevait de la liberté individuelle, y compris avec la complicité éventuelle d'autrui, la seconde devait rester rigoureusement prohibée. Telle devait être la position du législateur invité à refréner « la fureur de légiférer ». Sénateur en 2008, et donc législateur, Robert Badinter avait écarté par avance la possibilité de s'associer personnellement à une loi définissant les conditions d'une exception d'euthanasie dont les modalités définiraient les excuses légales.

La place du jugement

Bien sûr, le tragique de l'existence conduit souvent à transgresser l'interdit de tuer et, à chaque transgression, les circonstances sont examinées par l'instance judiciaire. C'est ainsi que la légitime défense peut être invoquée pour apprécier une blessure grave infligée à autrui, voire le meurtre lui-même, dans des situations où l'urgence et la nécessité ont conduit à user d'une contre-violence. Et c'est alors au magistrat d'apprécier la légitimité d'un acte, qui peut être rendu inévitable en raison des circonstances, bien que prohibé. Mais en aucune façon, l'instance juridique ne délivre un permis de tuer. La légitime défense, avec son critère de réponse proportionnée, ne vaut pas légalisation du meurtre. Elle permet seulement, et après coup, à la personne s'étant défendue d'une agression, d'être exemptée de sa responsabilité pénale. Son acte ne saurait être légitimé *a priori*, par la loi, mais, éventuellement, seulement *a posteriori* par le tribunal.

Donner la mort à une personne dans l'intention d'abréger ses souffrances (comme s'il n'existait pas d'autres moyens que cette solution expéditive) est toujours une transgression de l'interdit civilisateur majeur. Robert Badinter n'avait pas souhaité affaiblir cet interdit et donc inscrire dans la loi, par avance, des critères pour apprécier les circonstances de la transgression, refusant d'imaginer des procédures particulières. « Je me place là dans l'appréciation "après coup" ; quant à l'autorisation donnée "avant", je ne la conçois même pas. » (2008, p. 573)

En clair, il s'agissait de laisser l'appréciation de chaque cas à l'instance judiciaire dont l'expérience montre la capacité à exercer sa clémence dans la grande majorité des situations de transgression qui lui sont proposées.

Pour le dire dans le vocabulaire le plus classique de la philosophie, et avec les mots d'un autre opposant déterminé à la légalisation de l'euthanasie, le philosophe Paul Ricœur, inquiet à l'idée de définir des exceptions, avait déclaré : « Si l'éthique de détresse est confrontée à des situations où le choix n'est pas entre le bien et le mal, mais entre le mal et le pire – même alors le législateur ne saurait donner sa caution. ». Et il ajoutait : « A-t-on oublié la réflexion d'Aristote sur l'équité confiée au sage lorsque la loi, trop abstraite et trop générale, ne peut plus prononcer une parole de justice dans une situation concrète marquée par l'urgence et la détresse ? ».

Il est singulier d'observer qu'un autre grand nom de l'histoire de la pensée du XXe siècle, le philosophe et médecin Georges Canguilhem, avait eu des mots très durs sur une éventuelle légalisation de l'euthanasie. Pourtant très soucieux de respecter la liberté des patients et pas opposé, dans une relation intime avec un patient, à poser éventuellement un geste euthanasique, il avait pressenti le danger de légiférer sur la fin de vie et s'était opposé à cette perspective en des termes catégoriques. « Il ne peut pas être question selon moi de légiférer en la matière. [...] J'ai dit tout à l'heure qu'il était nocif de légiférer[1] ». Sans doute peut-on trouver hasardeux qu'un médecin s'affranchisse de la loi commune sans autre règle que celle de sa conscience et de l'écoute de la volonté de son patient, mais, à tout prendre, Canguilhem préférait courir ce risque plutôt que celui d'une modification législative dont il mesurait la gravité et la nocivité. Il percevait clairement, lui aussi, la fonction expressive de la loi pour exprimer les valeurs communes d'une société.

---

1. G. Canguilhem, « Le droit à la mort », dans *Histoire des sciences, épistémologie, commémorations 1966-1995, Œuvres complètes*, V, Paris, Vrin, 2011, p. 730 et 732.

Faire la loi, ce n'est pas suivre les mœurs du moment, ni les sondages d'opinion. Cela demande un certain héroïsme parfois. On prête à Abraham Lincoln, cette définition de la démocratie : « Le gouvernement du peuple, par le peuple et pour le peuple ». N'oublions pas le sens de cette dernière expression : « pour le peuple », ne veut pas dire « pour des individus du peuple pris isolément », mais pour l'intérêt général, ou pour le dire encore mieux, en faveur du bien commun. Et c'est pourquoi le droit pénal n'a pas qu'une fonction répressive, il a aussi une fonction expressive et symbolique, et à ce titre il traduit les valeurs d'une société.

Une grande référence de Robert Badinter, Portalis, l'architecte du Code civil napoléonien, disait que, dans un siècle trois ou quatre lois sont appelées à survivre. Mais alors, que signifie cette course éperdue pour modifier les quatre lois votées en seulement dix-sept ans sur la fin de vie ? Cette agitation parlementaire donne le sentiment que l'on confond le débat permanent propre aux sociétés démocratiques avec la fureur de légiférer.

La loi est générale, c'est même sa définition depuis Aristote. Aussi la question qui fut posée à la Convention citoyenne paraît étrange : « Le cadre de l'accompagnement de la fin de vie est-il adapté aux différentes situations rencontrées ou d'éventuels changements devraient-ils être introduits ? ». Aucune loi n'est adaptée aux différentes situations rencontrées et ce n'est pas sa fonction de répondre *a priori* à toutes les situations. La loi est générale et c'est le fruit du travail législatif ; son interprétation est singulière et c'est le rôle du jugement. Place donc au judiciaire. Mais place aussi à l'éthique médicale et au jugement « en situation ».

Si un jour, on devait organiser en France l'assistance au suicide, ce qui n'est pas souhaitable, car on transférerait au champ juridique ce qui appartient au champ judiciaire, il conviendrait d'ajouter un article interdisant rigoureusement la pratique euthanasique, même à titre exceptionnel.

Laurent Frémont
Juriste, enseignant à Sciences Po, Paris,
coordonnateur du Collectif Démocratie, éthique et solidarités

L'ÉTAT ET LA DEMANDE DE MORT ADMINISTRÉE

Une contradiction juridique et axiologique au cœur de l'ordre juridique démocratique

Cet article examine, dans une perspective de philosophie du droit, la question de la légitimité de la légalisation de la mort administrée par l'État (euthanasie active et suicide assisté). Il soutient que l'État ne peut, sans contradiction, consentir à la demande de mort administrée, sans trahir ses fonctions fondamentales : protéger les plus vulnérables, garantir la cohérence du droit, et préserver l'universalité des droits fondamentaux. En s'appuyant sur les apports de la philosophie politique contemporaine, l'article montre que la reconnaissance d'un tel « droit à mourir » non seulement fragilise le fondement du droit subjectif mais ouvre aussi la voie à une dislocation du lien entre dignité, autonomie et protection juridique.

Une mutation profonde de l'ordre juridique

Dans les démocraties libérales contemporaines, la question de la mort administrée – qu'elle prenne la forme de l'euthanasie ou du suicide assisté – occupe une place croissante dans les débats bioéthiques, médiatiques et politiques. Portée par des revendications d'autonomie, de dignité et de compassion, elle tend à s'imposer comme une « évolution inévitable » du droit dans des sociétés soucieuses de liberté individuelle et de maîtrise de la fin de vie.

Pourtant, derrière cette apparente modernité morale se cache une mutation profonde de l'ordre juridique : le passage d'un droit fondé sur la protection inconditionnelle de la vie humaine à un droit susceptible de légitimer sa suppression sur demande. Car consentir à la mort administrée, même dans un cadre strictement encadré, revient à admettre que la vie puisse être évaluée, hiérarchisée, et juridiquement disponible.

Or, cette inflexion normative appelle une réflexion philosophique rigoureuse : peut-on parler de « droit à la mort » au même titre qu'on parle de droit à la santé ou à la liberté ? En quoi la reconnaissance d'un tel droit reconfigure-t-elle la nature du sujet de droit, et l'autorité symbolique de l'État de droit ? Peut-on invoquer l'autonomie pour justifier un acte qui détruit irréversiblement le sujet autonome ? Peut-on garantir l'égalité devant la loi tout en validant, pour certains, le renoncement au droit à la vie ?

Cet article entend démontrer que l'État ne doit pas consentir à la demande de mort administrée, non par refus de la souffrance, mais parce qu'un tel consentement heurte les fondements ontologiques et axiologiques du droit dans les sociétés démocratiques.

Ce sont ces tensions fondamentales qu'on se propose d'explorer. Il s'agira de démontrer que l'État ne doit pas consentir à la demande de mort administrée, car un tel consentement contredit les fondements juridiques, moraux et politiques de l'État de droit, en rupture avec les principes de dignité, de protection et d'égalité qui structurent le droit moderne.

La vie comme condition de possibilité du droit subjectif

Le principe d'indisponibilité de la vie humaine

La vie humaine, au fondement de tout ordre juridique, ne peut être juridiquement conçue comme un bien disponible. Elle est indisponible au sens où nul ne peut en disposer librement, même sur lui-même, sans contrevenir aux principes fondamentaux du droit moderne. Cette indisponibilité repose sur des sources historiques, dogmatiques et normatives. Accepter juridiquement la demande de mort administrée suppose de rompre avec cette structure classique, au risque de dérégler la hiérarchie des normes et de saper les fondements du droit.

- L'héritage classique : vie humaine et *res extra commercium*

Dans la tradition juridique occidentale issue du droit romain, certaines choses sont hors commerce (*res extra commercium*), c'est-à-dire qu'elles ne peuvent faire l'objet d'une transaction, d'un contrat, ni être volontairement aliénées. La vie, le corps humain, les organes ou encore la liberté personnelle relèvent historiquement de cette catégorie. Il faut aussi rappeler la maxime classique[1] : « *Hominum causa omne ius constitutum est*[2] ».

Cette maxime fonde le caractère indisponible de la personne humaine : le sujet de droit n'est pas un objet de droit. La vie n'est donc pas un bien que l'on possède comme une chose. Elle est constitutive du sujet, non instrumentalisable, et hors de la logique de contrat ou de transfert.

Cette tradition s'est prolongée dans le droit civil français, avec l'article 16 du Code civil, issu de la loi du 29 juillet 1994 relative au respect du corps humain, « La loi assure la primauté de la personne, interdit toute atteinte à la dignité de celle-ci et garantit le respect de l'être humain dès le commencement de sa vie. » Dans sa décision « Bioéthique » du 27 juillet 1994 rendue à propos de ces lois, le Conseil constitutionnel reconnut au principe de dignité une valeur constitutionnelle en énonçant que « la sauvegarde de la dignité de la personne humaine contre toute forme d'asservissement et de dégradation est un principe à valeur constitutionnelle ».

Ainsi, même avec le consentement de la personne, la vie et le corps ne peuvent être objets de contrat ni de disposition juridique à des fins létales ou commerciales. Ce principe de respect de la dignité de la personne humaine est d'ordre public[3]. Il s'oppose directement à l'idée d'un « droit à mourir » comme acte volontaire juridiquement recevable.

- La vie comme bien indisponible au nom de la dignité humaine

Au cœur du droit international des droits de l'homme, le principe de dignité renforce l'idée de non-disponibilité. La dignité n'est pas une valeur subjective, mais une qualité ontologique attribuée à toute personne humaine, indépendamment de son état, de sa volonté ou de son utilité.

L'article 1er de la Charte des droits fondamentaux de l'Union européenne est explicite : « *La dignité humaine est inviolable. Elle doit être respectée et protégée.* » De même, la Convention d'Oviedo (1997), adoptée par le Conseil de l'Europe, stipule en son article 5 que le consentement ne peut justifier une atteinte à la personne incompatible avec la dignité humaine. Or, selon cette logique, choisir la mort assistée – même volontairement – ne saurait être justifié par la seule autonomie,

1. Probablement issue du code Hermogénien.
2. « *Tout le droit est constitué en vue de l'homme.* »
3. CE, Ass., 27 octobre 1995, *Commune de Morsang-sur-Orge*, n° 136727.

car cela reviendrait à traiter sa propre personne comme un moyen, ce que la dignité interdit. Comme le souligne Robert Alexy[1], théoricien du droit constitutionnel, « Les droits fondamentaux expriment des principes d'optimisation, mais ils sont limités par des principes plus élevés, notamment la protection de la vie et de la dignité. »

La vie humaine n'est donc pas seulement protégée en tant que droit subjectif. Elle est portée par un principe axiologique de dignité, ce qui la rend indisponible, même pour son titulaire.

- Le consentement ne fonde pas la légitimité d'un acte létal

En droit, le consentement est un élément essentiel de la validité d'un acte juridique. Toutefois, il ne suffit pas à rendre un acte licite. Le droit civil et le droit pénal établissent clairement que certains actes demeurent illicites même s'ils sont librement voulus par les parties. Par exemple, un contrat de vente d'un organe, même consenti, est nul pour cause illicite. Le duel, même consenti entre deux adultes, est interdit par le Code pénal.

Pourquoi ? Parce que le droit protège l'ordre public, la morale et l'intégrité de la personne humaine, au-delà de la volonté individuelle. Ainsi, le principe de non-disponibilité de la vie humaine s'impose même contre la volonté du sujet. L'État de droit ne peut donc pas, sans se contredire, reconnaître un acte de mort administrée au nom de l'autonomie, car cela revient à faire primer la volonté individuelle sur la substance même de la personne humaine. Comme l'écrit Paul Ricœur : « Ce n'est pas le respect de l'autonomie qui fonde le respect dû à toute personne, mais la reconnaissance de la personne comme un autre soi-même[2] ». Ricœur montre que la dignité de la personne ne découle pas simplement de sa capacité à vouloir ou à consentir (autonomie), mais d'une relation éthique plus profonde, celle de la reconnaissance mutuelle. Cela revient à dire qu'il y a une limite morale à ce qu'une personne peut vouloir pour elle-même, même de manière lucide ou consentie. Ce raisonnement s'oppose aux dérives d'un subjectivisme pur où l'autonomie serait l'unique critère du juste.

- La non-disponibilité de la vie comme condition de l'égalité juridique

Le caractère indisponible de la vie garantit également son égale protection pour tous les individus. Dans un État de droit, ce qui est indisponible ne peut faire l'objet de privilèges, d'exceptions ou de régimes

1. *Theorie der Grundrechte*, 1986.
2. P. Ricœur, *Soi-même comme un autre*, Paris, Éditions du Seuil, 1990, p. 203.

différenciés. Toute personne, quels que soient son âge, sa condition, sa santé, bénéficie de la même protection de sa vie par la loi.

Autoriser certaines personnes à demander légalement la mort revient à introduire un régime juridique discriminatoire, contraire au principe d'égalité devant la loi (cf. article 1er de la Déclaration des Droits de l'Homme et du Citoyen de 1789). Le principe de non-disponibilité est donc aussi une garantie égalitaire : il place toutes les vies hors d'atteinte du droit de suppression, y compris sous forme de consentement.

Ainsi, la non-disponibilité juridique de la vie humaine est un principe fondamental du droit civil, du droit international des droits de l'homme, et de la philosophie juridique contemporaine. Elle repose sur trois piliers convergents : le statut du corps humain comme *res extra commercium* ; la dignité humaine comme valeur absolue et inviolable ; l'invalidité juridique du consentement à l'auto-annihilation.

Consentir à la mort administrée reviendrait à abandonner ce principe fondateur, au nom d'une autonomie individuelle érigée en valeur suprême. Mais cette autonomie, si elle devient une licence à se détruire juridiquement, sape l'édifice même du droit comme protection de la personne. Dès lors, l'État ne peut, sans se renier, admettre la mort volontaire comme un droit. Ce serait transformer le droit en instrument d'auto-exclusion et d'auto-négation, contraire à sa vocation première.

La vie comme présupposé logique du droit

Dans toute architecture juridique, la vie humaine apparaît non seulement comme une valeur à protéger, mais plus fondamentalement comme une condition logique et ontologique du droit lui-même. Loin d'être un droit parmi d'autres, la vie constitue le fondement ontologique du sujet de droit, sans lequel aucun système normatif ne saurait exister ni s'appliquer. En ce sens, toute volonté de légaliser la mort administrée engage bien plus qu'un droit subjectif : elle remet en cause la possibilité même de la normativité juridique.

- Le sujet de droit comme entité vivante

Le droit ne s'adresse pas à des abstractions, mais à des personnes physiques et morales existantes. Dans *Reine Rechtslehre* (1934), Hans Kelsen souligne que le droit appartient au domaine du devoir-être (*Sollen)*, en ce qu'il prescrit des conduites aux individus. Cette « conduite » implique nécessairement l'existence d'un agent capable d'agir, de vouloir, de répondre. La vie biologique - ou, plus largement, la vie humaine – est donc une condition sine qua non de l'application du droit – même si « le respect dû à la dignité de la personne humaine ne cesse pas avec la mort. » comme l'a souligné le Conseil constitutionnel dans une décision récente[1].

La volonté d'instaurer un « droit à mourir » administrativement implique donc une contradiction logique : l'autorisation d'un acte juridique qui vise à éteindre son propre fondement. Cela revient à instituer un « droit à la négation du droit », autrement dit, un droit à l'auto-exclusion de la sphère juridique, ce qui est philosophiquement et juridiquement paradoxal.

On se trouve donc là face à une aporie : un « droit à mourir » – au sens d'une revendication d'une autorisation légale d'en finir avec la vie – impliquerait la disparition du sujet de droit lui-même. Cela conduirait à instituer un droit à l'auto-exclusion de la sphère juridique, ce qui interroge profondément la cohérence interne du droit.

- Le droit à la vie comme droit fondamental

Dans les systèmes juridiques modernes, le droit à la vie est généralement formulé comme un droit fondamental, inscrit dans les textes constitutionnels et internationaux. Article 2 de la Convention européenne des droits de l'homme : « Le droit de toute personne à la vie est protégé par la loi. » ; Article 6 du Pacte international relatif aux droits civils et politiques (ONU) : « Le droit à la vie est inhérent à la personne humaine. »

Mais ce « droit à la vie » n'est pas un droit subjectif comme les autres. Il s'agit d'un droit sans lequel aucun autre droit n'est intelligible ou applicable. Dans cette perspective, le droit à la vie précède même l'État : ce n'est pas l'État qui donne le droit à la vie, mais plutôt, c'est pour protéger ce droit que les hommes choisissent de former une société politique[2].

En d'autres termes, tous les droits dépendent de la vie pour être activés, exercés, respectés ou violés. Autoriser juridiquement l'extinction volontaire de cette condition revient à considérer la vie comme une valeur instrumentale, et non comme une valeur intrinsèque. Ce glissement fait perdre au droit son ancrage anthropologique : défendre la vie humaine non pas en tant qu'objet, mais en tant que sujet porteur de dignité.

---

1. Décision n° 2024-1110 QPC du 31 octobre 2024.
2. Cf. J. Locke, *Second Treatise of Government (1690).*

- La contradiction performative du « droit à mourir »

Sur le plan logique, instituer un « droit à la mort » (sous contrôle étatique ou médical) pose une contradiction performative : on utilise un système de normes conçu pour protéger la vie, la dignité, la liberté – afin d'autoriser sa propre disparition.

La contradiction apparaît clairement : si un droit vise à garantir une liberté, il suppose que cette liberté puisse être exercée de manière continue ; or, le « droit à mourir » est un acte unique, irréversible, qui met fin à l'agent du droit. Le langage même du droit échoue ici à formuler ce qu'il prétend reconnaître. Car le droit, fondamentalement, n'organise pas la fin de son propre exercice, pas plus que la démocratie n'organise démocratiquement sa propre suppression.

On ne donc peut parler de droit à la mort que par analogie trompeuse avec d'autres droits. Car la mort n'est pas un bien, ni un objet que le droit pourrait garantir. La mort est la fin de tout sujet de droit. C'est ce que rappelait Robert Badinter en 2008 : « le droit à la vie est le premier des droits de tout être humain – c'est le fondement contemporain de l'abolition de la peine de mort – et je ne saurais en aucune manière me départir de ce principe. Tout être humain a droit au respect de sa vie, y compris de la part de l'État, surtout en démocratie[1] ».

- La hiérarchie axiologique des droits fondamentaux

Même dans une logique positiviste tempérée, la plupart des ordres juridiques admettent une hiérarchie des droits fondamentaux, où certains droits – dits « absolus » – priment sur d'autres. C'est le cas du droit à la vie, du droit à ne pas être torturé, ou encore du droit à un procès équitable.

Dans sa jurisprudence constante, la CEDH considère que l'article 2 (droit à la vie) n'autorise pas de dérogation, même en cas d'urgence ou de consentement (voir *McCann c. Royaume-Uni*, 1995 : l'article 2 n'admet des exceptions que si le recours à la force est rendu « absolument nécessaire », ces termes indiquant qu'il faut appliquer un critère de nécessité plus strict et impérieux que celui employé pour déterminer si l'intervention de l'État est « nécessaire dans une société démocratique »). Le système de la Convention européenne repose ainsi sur une architecture axiologique dans laquelle la vie est la valeur-pivot.

Reconnaître un « droit à la mort » dans ce cadre suppose une reconfiguration complète du système des droits fondamentaux, et une forme de relativisme normatif aux conséquences imprévisibles.

---

1. Audition par la mission d'évaluation de la loi du 22 avril 2005 relative aux droits des malades, 16 septembre 2008.

Ainsi, la vie humaine n'est pas seulement une valeur protégée par le droit ; elle est le préalable logique, ontologique et pratique de toute expérience juridique. Le droit présuppose le vivant, le sujet apte à vouloir, agir, répondre, exister. Autoriser juridiquement un acte qui met fin à cette condition d'existence, même sur demande, revient à introduire une rupture radicale dans la logique interne du droit : on transforme un présupposé fondateur en variable optionnelle.

En ce sens, la demande de mort administrée, aussi sincère soit-elle, ne peut recevoir une validation juridique sans saper la cohérence du droit lui-même. L'État de droit, fondé sur la reconnaissance universelle de la personne comme sujet porteur de droits inaliénables, ne peut pas autoriser sa propre négation. Car le droit ne peut survivre à la mort de son sujet.

L'autonomie : fondement juridique ou illusion dans le contexte de la mort ?

La conception kantienne : l'autonomie comme législation universelle

Le débat autour de la mort administrée se présente souvent comme une question d'autonomie individuelle : la possibilité pour une personne rationnelle, lucide et libre de choisir sa propre mort, surtout en situation de souffrance. Pourtant, dans la tradition de la philosophie morale et juridique, l'autonomie n'est pas synonyme de liberté absolue, encore moins de licence destructrice. Elle est, chez Emmanuel Kant, une capacité morale d'auto-législation rationnelle, soumise à des principes universalisables.

Or, une demande de mort administrée – même sincère, lucide et volontaire – n'est pas moralement légitime dans ce cadre, car elle implique l'auto-négation du sujet moral, et viole la maxime fondamentale de l'agir éthique kantien. À ce titre, l'État de droit qui s'inspire des principes de la raison pratique ne peut reconnaître une telle demande sans renier les conditions de possibilité de la moralité du droit.

- L'autonomie kantienne : se donner à soi-même des lois universelles

Dans la pensée kantienne, l'autonomie est l'obéissance à la loi morale que la raison pratique se donne à elle-même. Elle ne réside pas dans la capacité de choisir librement n'importe quel but, mais dans la faculté de vouloir selon une maxime qui puisse être érigée en loi universelle. C'est la formulation centrale de l'impératif catégorique : « Agis uniquement d'après la maxime qui fait que tu puisses vouloir en même temps qu'elle devienne une loi universelle. » (Fondements de la métaphysique des mœurs, 1785).

Cela signifie que tout acte moralement légitime doit pouvoir être universalisé sans contradiction. Il doit respecter la dignité rationnelle de soi-même et des autres comme fins en soi, jamais comme moyens. Ce cadre exclut tout acte qui aurait pour conséquence de détruire l'auteur de l'obligation morale, c'est-à-dire le sujet lui-même.

L'autonomie n'est donc pas la capacité de se supprimer librement, mais la capacité de se gouverner selon la raison, dans le respect de la condition commune de tous les êtres humains. Autrement dit, la liberté ne s'exerce que dans le cadre de la loi morale, et non en dehors ou contre elle.

- Le suicide comme contradiction morale dans le système kantien

Kant traite explicitement du suicide dans les *Fondements de la métaphysique des mœurs*, comme exemple d'une maxime immorale : « Un homme accablé de malheurs désespérants sent monter en lui un dégoût de la vie… mais il se demande cependant s'il n'est pas contraire au devoir envers soi-même de s'arracher à l'existence. »

Comme le soutient Kant « Celui qui médite le suicide se demandera si son action peut s'accorder avec l'idée de l'humanité comme fin en soi. Si, pour échapper à une situation pénible, il se détruit lui-même, il se sert d'une personne, uniquement comme d'un moyen destiné à maintenir une situation supportable jusqu'à la fin de la vie. Mais l'homme n'est pas une chose ; il n'est pas par conséquent un objet qui puisse être traité simplement comme un moyen ; mais il doit dans toutes ses actions être toujours considéré comme une fin en soi[1]. »

Ainsi, l'autosuppression violerait l'impératif moral selon lequel l'humanité, en ma propre personne, doit toujours être considérée comme une fin en soi.

Ce raisonnement repose sur l'idée que l'être rationnel ne peut se traiter lui-même comme un simple instrument. Se donner la mort, c'est instrumentaliser sa propre existence, la subordonner à une finalité subjective (souffrance, désespoir), ce qui viole le second impératif catégorique : « Agis de telle sorte que tu traites l'humanité, aussi bien dans ta personne que dans la personne de tout autre, toujours en même temps comme une fin, et jamais simplement comme un moyen. »

---

1. E. Kant, *Fondation de la métaphysique des mœur*s, trad. L. Laugel, Paris, Librairie Ch. Delagrave, 1900, p. 53.

Il ne s'agit pas ici de mépriser la souffrance, mais de rappeler que la valeur morale de la personne humaine ne dépend pas de sa condition physique ou psychique. La vie humaine a une valeur intrinsèque, non conditionnelle.

- L'inhérence du devoir envers soi-même et son implication juridique

Un autre aspect central de la pensée kantienne est l'idée que nous avons des devoirs envers nous-mêmes, en tant qu'êtres rationnels. Le suicide – même consenti – est donc une transgression morale, non pas envers la société ou autrui, mais envers soi-même en tant qu'être moralement obligé.

Dans une perspective juridique inspirée de Kant, cela signifie que l'État a pour fonction de garantir les conditions de la moralité autonome, et non de valider des actes qui ruinent cette moralité à sa racine.

Dans *Soi-même comme un autre*, Ricœur introduit le concept d'« attestation », défini comme l'« assurance d'être soi-même agissant et souffrant ». Cette notion souligne la capacité de l'individu à se reconnaître comme auteur de ses actes, impliquant une responsabilité inhérente à l'exercice de la liberté. Ainsi, choisir de mettre fin à sa propre vie pourrait être interprété, dans cette perspective, comme une négation de cette responsabilité et de cette capacité d'agir.

- Une autonomie qui exclut la négation de soi

Reconnaître un droit à la mort administrée au nom de l'autonomie suppose une redéfinition radicale de cette autonomie : elle devient la liberté de s'exclure du champ du droit et de la raison. Mais une telle liberté est, au regard de Kant, une contradiction performative : on invoque la raison pratique pour justifier un acte qui détruit le sujet rationnel.

Dès lors, si l'État venait à légaliser la mort administrée, il agirait en contradiction avec sa propre vocation morale. Il ne se contenterait pas de tolérer un acte moralement répréhensible selon Kant, mais il en reconnaîtrait la validité, en fournissant un cadre juridique qui permettrait, voire faciliterait, la transgression du devoir de respect envers soi-même. Cela reviendrait à éroder l'autorité morale de la loi elle-même, en autorisant un acte qui détruit les conditions de toute loi morale : l'existence libre et rationnelle d'un sujet.

Dans cette perspective, l'État perdrait sa légitimité comme instance rationnelle : car il ne peut pas, sans se contredire, garantir la moralité autonome tout en validant des actes qui la ruinent à sa racine. L'État ne doit donc pas être le garant de la seule liberté de choix subjective, mais de la possibilité pour tous les citoyens d'agir conformément à la loi morale.

Ainsi, la conception kantienne de l'autonomie s'oppose radicalement à l'idée d'un droit à mourir. Elle rappelle que la liberté ne consiste pas à se donner la mort, mais à se donner des lois morales rationnelles, valables pour tous. Se supprimer ne peut être universalisé, car cela revient à nier la condition même de la moralité, à savoir l'existence du sujet.

Par conséquent, un État de droit fondé sur une éthique de la dignité, de la raison et de l'universalité ne peut pas consentir à une demande de mort administrée sans trahir les fondements philosophiques qui légitiment sa propre autorité normative. Loin d'être un respect de l'autonomie, une telle légalisation serait une abdication face à une conception pervertie de la liberté, vidée de sa substance morale.

L'autonomie réelle : critique des conditions du choix

L'un des arguments les plus fréquemment avancés en faveur de la mort administrée est celui de l'autonomie personnelle : le droit de chacun de choisir librement le moment et les conditions de sa mort. Cette conception, héritée d'une vision libérale-individualiste de la personne, présuppose que les individus sont toujours des agents rationnels, cohérents, lucides et informés, capables de prendre des décisions fondamentales en toute indépendance.

Or, cette vision idéalisée fait abstraction des conditions réelles dans lesquelles ces décisions sont prises, notamment dans les contextes de maladie grave, de souffrance chronique, de solitude ou de marginalisation. Loin d'être le produit d'un acte pur de liberté, la demande de mort est souvent l'expression d'un isolement, d'une détresse psychologique ou d'une perte de reconnaissance sociale.

Dès lors, une réflexion sérieuse sur l'autonomie dans le contexte de la fin de vie exige de la recontextualiser : de la penser comme une autonomie réelle, c'est-à-dire toujours dépendante de structures relationnelles, économiques, affectives et médicales. Cette perspective invite à remettre en question la validité juridique et éthique d'un consentement à mourir, même lorsqu'il semble libre.

- L'autonomie comme fiction libérale : le mythe du sujet isolé

La tradition libérale conçoit le sujet autonome comme un individu libre, rationnel, maître de lui-même et de ses décisions. Ce paradigme pourrait sous-tendre l'idée selon laquelle toute volonté individuelle claire doit être juridiquement respectée, même si elle conduit à la mort.

Mais cette conception est remise en cause par de nombreux penseurs contemporains, notamment dans l'éthique du *care*. Carol Gilligan (*In a Different Voice*, 1982) montre que les individus, en particulier dans les situations de fragilité, ne prennent pas leurs décisions de manière isolée, mais dans des contextes de relations, de dépendance et d'interdépendance. Dès lors, l'autonomie ne peut exister que dans un tissu de relations, où les autres comptent non pas comme des limites à ma liberté, mais comme les conditions mêmes de son exercice.

Martha Fineman, dans *The Autonomy Myth* (2004), affirme que l'individu autonome est une fiction normative construite par le droit, qui masque la réalité de la vulnérabilité humaine universelle. Pour elle, une société juste ne peut pas fonder ses lois sur un idéal d'autonomie abstraite, mais doit organiser activement la protection des personnes dans leur réalité concrète de dépendance.

Ainsi, présenter la mort administrée comme un droit autonome revient à ignorer les conditions sociales, émotionnelles et matérielles qui rendent certaines personnes beaucoup plus susceptibles de « choisir » la mort que d'autres.

- Vulnérabilité, souffrance et consentement : une autonomie fragilisée

Dans les situations de maladie grave, de fin de vie, de handicap ou de détresse mentale, la capacité à exercer un consentement libre et éclairé est profondément altérée. La douleur, la fatigue, la peur de devenir un fardeau, le sentiment de solitude ou d'inutilité peuvent fortement influencer le jugement.

Paul Ricœur rappelle, dans *Soi-même comme un autre*, que le consentement n'est jamais un acte pur de la volonté, mais toujours influencé par un contexte existentiel, symbolique et affectif. Cela est encore plus vrai dans les moments de grande vulnérabilité. Ricœur insiste sur un « soi capable », toujours inscrit dans une histoire, un corps, un langage, des relations, et appelle à une attestation, c'est-à-dire une confiance lucide dans ce soi incarné.

Les données empiriques des pays ayant légalisé la mort administrée confirment cette réalité. Au Canada, un nombre croissant de personnes ayant recours à l'aide médicale à mourir déclarent se sentir « seules », « délaissées », « dépendantes » comme motifs principaux (Rapports de Santé Canada, 2021-2023).

Ces éléments montrent que le « choix » de mourir est souvent une demande de secours, de reconnaissance, de lien, plus qu'une volonté délibérée de mourir. En l'interprétant comme un exercice de liberté, on valorise le désespoir, et l'on fait peser la responsabilité du renoncement sur l'individu seul.

- L'autonomie comme responsabilité collective : le rôle de l'État et des institutions

Une approche éthique et juridique de la fin de vie ne peut se contenter d'enregistrer des volontés individuelles. Elle doit interroger les causes profondes du désespoir. Pourquoi une personne demande-t-elle la mort ? Est-elle suffisamment entourée, écoutée, soignée, valorisée ? A-t-elle accès à des soins adaptés ? Est-elle victime de pressions, explicites ou implicites, économiques ou affectives ?

Dans cette optique, l'autonomie devient un enjeu collectif, et non purement individuel, dont l'effectivité dépend des conditions sociales, politiques et institutionnelles qui la rendent possible. Si la tradition libérale a souvent valorisé l'individu autonome comme fondement de la liberté politique, cette conception abstraite oublie que nul ne devient libre sans un cadre structurant qui soutient sa capacité à choisir. Dans cette perspective, John Rawls insiste, dans *Théorie de la justice* (1971), sur le fait que la justice sociale consiste à garantir à chacun les « bases sociales du respect de soi » – condition essentielle pour que l'individu puisse réellement exercer sa liberté. Cela implique que l'État ne se contente pas de protéger des droits formels, mais qu'il assure activement l'accès équitable aux biens premiers (éducation, santé, revenus, sécurité, etc.). L'autonomie devient ainsi une construction sociale, soutenue par un réseau d'institutions justes, qui permettent à chacun d'être véritablement acteur de sa vie.

Dès lors, reconnaître la capacité d'autonomie suppose de créer les conditions matérielles et relationnelles de son exercice : un système de santé accessible, une société solidaire, des relations humaines soutenantes. En l'absence de telles conditions, la décision de mourir n'est pas libre, mais induite par la défaillance du lien social et institutionnel.

- Le piège compassionnel : quand la liberté cache l'abandon

L'argument de la compassion – « comment refuser à quelqu'un qui souffre le droit de mettre fin à sa vie ? » – est souvent mobilisé pour justifier la mort administrée. Mais cette compassion, lorsqu'elle se traduit en législation, peut masquer un abandon silencieux des plus vulnérables.

Zygmunt Bauman a introduit le concept de « société liquide » pour décrire une modernité où les structures sociales sont en constante mutation, rendant les relations humaines plus éphémères et les individus plus isolés. Dans ce contexte, la « liberté » offerte peut être perçue comme une simple permission de se retirer ou de disparaître, plutôt qu'une véritable émancipation.

Derrière la rhétorique de la liberté se profile une logique utilitariste : éliminer la souffrance en éliminant le sujet souffrant. En ce sens, une société réellement éthique ne peut pas se contenter de « respecter » la demande de mort. Elle doit créer les conditions d'une vie digne jusqu'au bout, ce qui est bien plus exigeant.

Ainsi, loin d'être une expression pure de la liberté individuelle, la demande de mort administrée est souvent le symptôme d'un environnement défaillant, d'un lien social abîmé, d'un soin insuffisant. Présenter cette demande comme un droit autonome, c'est confondre la liberté avec l'abandon, et le consentement avec le désespoir.

Le droit ne peut entériner cette confusion. L'autonomie véritable, comme capacité morale et juridique, suppose des conditions : de reconnaissance, de soutien, de protection. C'est à l'État de les garantir. C'est pourquoi l'État ne doit pas consentir à la mort, mais réaffirmer, par le soin et la solidarité, la valeur de toute vie, même blessée, même fatiguée.

La fonction du droit : protéger, non entériner la désespérance

Le rôle protecteur de l'État de droit

Le fondement de l'État de droit dans les traditions constitutionnelles modernes repose sur une fonction éthique et politique essentielle : protéger les droits fondamentaux des individus, et plus particulièrement ceux qui ne peuvent se protéger eux-mêmes. Dans cette optique, la vie humaine constitue non seulement un bien à protéger, mais le bien premier, condition de tous les autres droits.

Dès lors, le rôle de l'État ne peut consister à valider une demande de mort, même lorsqu'elle est formulée avec insistance ou dans un cadre de souffrance extrême. Car autoriser la mort administrée reviendrait non pas à exercer une fonction de garantie, mais à devenir l'agent de l'effacement du droit lui-même, à travers la suppression du sujet de droit. Une telle mutation transformerait l'État de protecteur en opérateur du renoncement existentiel, renversant ainsi sa mission première.

- L'État de droit comme garant des droits non négociables

L'État de droit désigne un système dans lequel le pouvoir est limité par le droit, et dans lequel les droits fondamentaux ne sont pas des concessions politiques, mais des exigences morales institutionnalisées. Ces droits sont opposables à l'État, et non négociables selon des logiques utilitaires ou contextuelles.

Parmi ces droits, le droit à la vie occupe une position unique, comme le rappelle la jurisprudence européenne que nous avons pu évoquer plus haut.

Cette obligation positive de l'État implique un devoir d'empêcher la mort évitable, même lorsque celle-ci est souhaitée. Par conséquent, une personne en détresse ne peut réclamer de l'État qu'il exécute un acte contraire à sa mission protectrice. La demande de mort ne crée pas de droit opposable, car elle est dirigée contre le fondement même de la relation juridique entre l'État et le citoyen.

- Protéger, y compris contre soi-même : l'État comme rempart contre l'abandon

L'un des aspects essentiels de la fonction protectrice de l'État consiste à garantir la protection des personnes contre elles-mêmes dans certaines circonstances, lorsque leur jugement est altéré ou leur liberté compromise par la souffrance, l'isolement ou la pression sociale.

C'est ce qu'exprime le principe du « paternalisme juridique », débattu par des philosophes comme Joel Feinberg (*Harm to Self*, 1986), qui reconnaît à l'État le droit d'intervenir pour empêcher qu'une personne ne se nuise de manière irréversible, même si elle en exprime la volonté. Le droit positif reconnaît donc déjà la nécessité de protéger les personnes contre des décisions qu'elles pourraient regretter, ou qui sont irréversibles, dès lors qu'elles touchent à l'intégrité de la personne ou à la vie elle-même.

Ainsi, le suicide est dépénalisé dans de nombreux pays, mais l'assistance au suicide demeure interdite dans la plupart des législations, précisément parce que la société considère que le devoir de non-abandon prime sur la liberté de mourir. Cette posture affirme que l'autonomie n'est pas absolue, et que l'État doit résister à la tentation de transformer la souffrance en critère de disparition autorisée.

- L'État de droit face à la vulnérabilité : une exigence de justice substantielle

Les sociétés démocratiques ont reconnu, au fil des décennies, que la vulnérabilité n'est pas une anomalie, mais une condition universelle de l'existence humaine. C'est à ce titre que l'État a le devoir d'adopter des politiques publiques centrées sur la solidarité, la dignité et le soin, en particulier à l'égard des personnes âgées, handicapées ou malades.

L'éthique du soin (*ethics of care*) insiste sur le fait que la justice ne peut se contenter d'assurer des droits abstraits, mais doit répondre concrètement aux besoins relationnels et matériels des plus faibles. Dans cette optique, la demande de mort est souvent le symptôme d'un abandon systémique, plus que l'expression pure d'une autonomie rationnelle.

Légaliser la mort administrée reviendrait à acter, en droit, l'impuissance ou le refus de la société à répondre à cette vulnérabilité. L'État, au lieu de réparer le lien social, validerait son effondrement par l'homologation de la disparition. Ce serait non pas une avancée éthique, mais un aveu d'échec de la solidarité politique.

• La mort administrée, un retournement de la fonction régalienne

La tradition politique classique conçoit la fonction régalienne de l'État comme celle qui garantit la sécurité des personnes, y compris contre la violence d'autrui et la violence de soi. L'un des fondements du contrat social réside dans le transfert du droit de vie et de mort à une autorité publique chargée de la paix civile.

Or, en autorisant la mort administrée, l'État redevient ce qu'il avait renoncé à être : un distributeur légitime de la mort, cette fois sur demande. Il assume de nouveau la puissance létale, non plus pour punir ou défendre, mais pour « répondre » à la souffrance. Ce changement de paradigme fait du pouvoir d'État un opérateur technique du désespoir, en contradiction avec l'évolution historique du droit occidental, qui tendait à retirer à l'État le droit de tuer (abolition de la peine de mort, dépénalisation du suicide, développement des soins palliatifs).

L'exécution d'un acte de mort par des agents publics, sous couvert de légalité et d'éthique, marque une rupture avec la symbolique protectrice du pouvoir étatique. Ce n'est pas un progrès démocratique, mais une régression biopolitique, au sens de Michel Foucault, où l'État gère les corps, y compris jusqu'à leur suppression volontaire.

Ainsi, la mort administrée ne relève pas d'une simple évolution du droit médical : elle engage une mutation profonde de la fonction de l'État, qui passe de protecteur inconditionnel de la vie à gestionnaire des demandes d'extinction. En renonçant à défendre inconditionnellement la vie, l'État abdique sa mission essentielle de garant du droit dans sa dimension humaniste.

Un véritable État de droit ne cède pas à la souffrance par la suppression, mais y répond par la solidarité, la médecine, la justice et la relation. La réponse juridique à la vulnérabilité ne peut être la disparition du sujet, mais son accompagnement jusqu'au bout, dans sa pleine humanité.

La justice comme égalité dans la protection des vies

Le principe de justice dans les sociétés libérales-démocratiques repose sur l'idée d'une égale considération des personnes. À ce titre, le droit ne peut pas établir de hiérarchie entre les vies : il est tenu de les protéger toutes, indépendamment de leur valeur sociale, de leur utilité économique, de leur état de santé ou de leur autonomie fonctionnelle. Autoriser la mort administrée pour certaines catégories de personnes revient à rompre cette égalité ontologique et juridique, fondement de la justice moderne. Dans cette perspective, l'État qui consent à la mort de certains, sous certaines conditions, institutionnalise une discrimination morale entre les vies - même si cette différenciation se veut compatissante ou autonome.

- Une égalité ontologique au fondement du droit

Dans la philosophie politique moderne, notamment chez John Rawls, la justice est conçue comme « l'équité ». Cela signifie que les institutions doivent traiter les individus selon des principes qui seraient acceptables dans une situation d'égalité radicale, c'est-à-dire derrière un « voile d'ignorance » (Rawls, *A Theory of Justice*, 1971). Or, si l'on ne sait pas si l'on naîtra en bonne santé, valide, autonome ou dépendant, il serait rationnel de vouloir que la société protège chaque vie humaine de manière égale, y compris celle marquée par la souffrance ou la dépendance. Rawls accorde une importance capitale à ce qu'il appelle les « bases sociales du respect de soi » : chacun doit pouvoir se percevoir comme un membre à part entière de la société, capable de participer à la vie civique et de poursuivre ses propres objectifs.

La légalisation de la mort administrée introduit, en ce sens, un critère implicite de valeur conditionnelle des vies humaines. Seules certaines situations (souffrance incurable, perte de l'autonomie, etc.) ouvriraient droit à la demande de mort. Le système juridique devient alors évaluatif : il distingue entre des vies qui méritent d'être soutenues, et d'autres qu'il peut légitimement aider à supprimer. Cette rupture dans l'égalité ontologique des sujets constitue une inflexion majeure du droit.

- Le risque d'une « justice différenciée » fondée sur la vulnérabilité

Les dispositifs de mort administrée instaurent, souvent à leur insu, une justice à deux vitesses. Ceux qui sont jeunes, en bonne santé ou bénéficiant de réseaux familiaux solides n'envisagent presque jamais le suicide assisté. À l'inverse, les personnes âgées, isolées, dépendantes, en situation de handicap ou atteintes de maladies mentales sont surreprésentées dans les demandes d'euthanasie dans les pays où elle est légalisée (ex. Pays-Bas, Belgique, Canada).

Cette asymétrie sociologique révèle une faille éthique : les plus vulnérables sont ceux dont le « choix » de mourir est le plus probable, et ce « choix » est souvent structuré par le manque de soutien, de soins palliatifs ou de reconnaissance sociale. Le risque est alors grand que qui est présenté comme une décision autonome soit en réalité souvent une réponse désespérée à des conditions de vie indignes.

Des penseurs comme Robert Castel, dans *L'insécurité sociale* (2003), ou Axel Honneth, avec sa théorie de la reconnaissance (*La lutte pour la reconnaissance*, 1992), ont montré que la perte de statut social, d'intégration et de reconnaissance affective fragilise profondément l'identité du sujet. Dans ce contexte, la demande de mourir peut être l'expression non d'un désir librement assumé, mais d'une intériorisation de l'exclusion, du désespoir et de la perte de sens. Plus encore, comme le souligne Cynthia Fleury (*Les irremplaçables*, 2015), la fragilité humaine appelle une éthique du soin et de la responsabilité, non une légalisation de l'effacement.

Laisser le droit organiser l'administration de la mort sans interroger les conditions sociales qui la rendent « souhaitable » pour les plus vulnérables, c'est transformer le droit en instrument d'un consentement résigné, voire contraint. Cela revient à faire peser la responsabilité morale du « choix » de mourir sur ceux à qui la société offre peu de réels choix. Le droit, censé protéger contre l'exclusion, devient alors l'instrument d'un abandon.

- Les dérives du relativisme juridique

Du point de vue strictement juridique, le principe d'égalité devant la loi impose que des situations similaires soient traitées de manière similaire. Or, la mort administrée n'est jamais universalisable : elle est réservée à des individus remplissant des conditions spécifiques, largement subjectives (souffrance « intolérable », maladie « incurable », etc.). Cela signifie que certaines souffrances ouvrent droit à la mort, d'autres non. Cette différenciation repose souvent sur des critères médicaux flous, voire arbitraires.

Ce système ouvre la voie à un relativisme moral encadré par le droit, où la valeur d'une vie humaine devient matière à interprétation. Le philosophe Michael Sandel, dans *Justice : What's the Right Thing to Do ?* (2009), critique ces formes de justice procédurale déconnectées de principes moraux substantiels. Lorsque la loi devient le simple enregistrement des préférences individuelles, elle perd sa capacité à exprimer un bien commun.

Le danger est que la norme juridique ne soit plus fondée sur une idée forte de la dignité humaine, mais sur des critères évolutifs, contextuels, changeants. Cela fragilise la stabilité du droit et sa fonction symbolique de repère éthique collectif.

- L'inévitable extension progressive du champ d'application

L'extension progressive du champ d'application démontre que le principe d'égalité devant la vie se dilue une fois que l'État accepte, même dans un cadre limité, de hiérarchiser les vies.

L'exemple canadien illustre parfaitement cette dérive. En 2015, dans Carter v. Canada, la Cour suprême du Canada a reconnu le droit au suicide assisté dans des cas exceptionnels. À peine quelques années plus tard, le Canada élargissant le régime de l'aide médicale à mourir (AMM) à des personnes non en fin de vie, puis, depuis 2021, à des personnes souffrant uniquement de troubles mentaux (loi C-7, modifiant le Code criminel afin de permettre aux personnes dont la mort naturelle n'est pas raisonnablement prévisible d'obtenir l'aide médicale à mourir).

De nombreux bioéthiciens comme Trudo Lemmens[1] dénoncent cette pente glissante. Ce qui était présenté comme un recours d'ultime dignité est devenu une option de prise en charge pour les exclus, les malades chroniques, les personnes en détresse.

Ainsi, l'égalité, au cœur de la philosophie du droit et de la théorie de la justice, suppose une même valeur attribuée à chaque vie humaine, quels que soient ses attributs contingents. La légalisation de la mort administrée, même encadrée, introduit une faille dans cette égalité : certaines vies sont jugées « légitimement supprimables », d'autres non. Cette distinction, une fois instituée, est difficilement contenable sur le plan moral, juridique et politique.

---

1. T. Lemmens (2023) When Death Becomes Therapy : Canada's Troubling Normalization of Health Care Provider Ending of Life, *The American Journal of Bioethics*, 23:11, 79-84.

Cf. dans ce livre, T. Lemmens, « Transformer la mort en thérapie : des leçons du régime canadien « d'aide médicale à mourir » pour la France », p. 541.

Une justice qui se veut véritablement universelle ne peut tolérer qu'une catégorie de citoyens – les plus vulnérables – soit « éligible » à une assistance à mourir, là où d'autres bénéficient d'un accompagnement, de soins et de soutien. En cela, l'État ne peut pas, sans trahir sa mission fondamentale, consentir à la demande de mort administrée. Il romprait ainsi le pacte égalitaire fondateur du droit moderne.

En conclusion, l'État ne doit pas consentir à la demande de mort administrée, non par refus de l'autonomie et par négation de la souffrance, mais par fidélité à sa vocation de protection universelle. Le droit n'est pas l'instrument de la volonté individuelle, mais le garant des conditions qui rendent cette volonté possible, cohérente, et respectueuse de la dignité humaine.

Reconnaître un droit à la mort administrée dans un ordre juridique fondé sur la dignité, l'égalité et la protection des plus vulnérables constitue une contradiction normative. Derrière l'autonomie invoquée se dissimule une logique d'abandon et une régression de la fonction protectrice du droit. Un ordre juridique juste ne saurait organiser la suppression de ses propres sujets, même avec leur accord.

Loin d'être un progrès, la légalisation de la mort administrée signerait une rupture dans la continuité juridique de la modernité : celle qui place la vie humaine comme principe premier, indisponible et inviolable. L'État ne doit donc pas y consentir – non par autoritarisme, mais par fidélité à sa mission la plus noble : défendre inconditionnellement chaque vie humaine.

La demande de mort, aussi sincère et désespérée soit-elle, ne crée pas un droit, mais appelle une responsabilité collective : accompagner sans supprimer, protéger sans juger, soigner sans éliminer. Le véritable humanisme juridique se mesure à la manière dont une société traite ceux dont la vie est fragilisée, non à sa capacité à organiser leur disparition.

Bibliographie

Badinter R., *Contre la peine de mort*, Paris, Fayard, 2006.

Bauman Z *La vie liquide*, Paris, Éditions du Rouergue/Chambon, 2006. (Titre original : *Liquid Life*, Polity Press, 2005).

Fabre Magnan M., *L'institution de la liberté*, Paris, PUF, 2e éd., coll. « Quadrige », 2023.

Fineman, Martha A. *The Autonomy Myth : A Theory of Dependency*, New Press, 2004

Ricœur P., *Soi-même comme un autre*, Paris, Éd. du Seuil, 1990.

Rawls J., *Théorie de théorie de la justice* (1971), trad. française, Paris, Éd. du Seuil, 1987.

Gérard Reach
Professeur émérite – Université Sorbonne Paris Nord, membre de l'Académie nationale de médecine[1]

FAUT-IL VRAIMENT LÉGALISER L'AIDE À MOURIR ? CONSTRUCTION D'UNE RÉPONSE INDIVIDUELLE

Ce texte explore les arguments mis en jeu dans la construction d'une réponse individuelle à la possibilité de légaliser l'aide à mourir. Une telle réponse individuelle a pour seule valeur sa sincérité et elle pourrait ainsi avoir plus d'authenticité qu'une réponse collective. Il propose les arguments qui conduisent l'auteur à répondre non à la question posée. L'ouverture de cette possibilité de tuer dans des conditions médicales relève d'un changement de paradigme qui risque de modifier considérablement le cadre dans lequel se construit toute relation de soin entre une personne qui a une maladie et la personne qu'elle appelle pour la soigner : comment en serait-il autrement puisqu'un pivot de la relation de soin est la confiance ?

La prétendue plus-value de l'opinion collective pourrait bien être, paradoxalement, une illusion

Une réponse individuelle à une question telle que celle de la possibilité de légaliser l'aide à mourir traduit l'expression de valeurs profondes qui sont elles-mêmes élaborées dans le cadre d'une réflexion intime, philosophique, culturelle, et, pour certains, religieuse. Une telle réponse, même si elle est plus ou moins consciente, est donc réfléchie et non pas instinctive. Elle ne peut être neutre : il arrive un moment où la personne

1. À lire notamment : G. Reach, *Pour une médecine humaine, étude philosophique d'une rencontre*, Paris, Éd. Hermann, 2022.

dit si elle approuve ou désapprouve cette possibilité, sortant ainsi d'un « je ne sais pas ».

Cependant une telle réponse n'est pas, en général, construite d'un seul tenant, de manière linéaire, la personne pouvant tergiverser, restant dans le « je ne sais pas », et même changer plusieurs fois d'avis au gré de sa réflexion en prenant en compte à la fois l'expression d'opinions d'autrui, par exemple publiées dans des tribunes, et la survenue d'événements, personnels ou externes, générant des émotions qui entraînent une révision de ses croyances et de ses désirs. Mais il arrive un moment où, ayant tout bien considéré, elle interrompt sa réflexion et devient capable de formuler sa réponse.

Toutefois, elle peut aussi en rester indéfiniment incapable. La possibilité d'une telle incapacité n'a en fait rien de surprenant si on prend en compte la complexité de l'esprit humain : en effet, pour être capable d'arriver à une réponse claire à une question aussi importante qui, au fond, est *une question de vie ou de mort*, il faut une certaine cohérence intellectuelle et émotionnelle, alors que l'esprit humain est souvent partagé.

Cela peut être pris en compte si on considère qu'une *légalisation* de l'aide à mourir doit passer par un vote parlementaire. Les députés et les sénateurs, quand ils vont devoir s'exprimer à propos d'un texte par une réponse se résumant à un oui, un non ou l'abstention, devront le faire en fonction de la réponse qu'ils se seront forgée. Ici, il pourrait ne pas s'agir seulement d'une réponse individuelle mais aussi d'une réponse partisane. On peut se demander si cette dernière est pertinente car il est douteux que les électeurs aient choisi leur « représentation nationale » en pensant à la question de l'aide à mourir, question qui n'a pas fait l'objet de débat électoral et dont ils pourraient eux-mêmes ne pas connaître clairement leur réponse.

Enfin, l'intérêt d'une réponse individuelle à ce type de question doit être discuté. On pourrait considérer que seule une réponse collective a une valeur qui puisse orienter les décisions politiques parce qu'une question de type sociétal attend un avis qui reflète l'opinion de différentes personnes qui composent une société. Ainsi, celui dégagé de la Convention citoyenne du printemps 2023 réunissant un grand nombre d'individus tirés au sort a pu sembler avoir une valeur supérieure à celle des opinions individuelles. Cependant, ces dernières sont issues d'une délibération dont on a vu la complexité et la difficulté – elle peut même ne pas aboutir – et on peut se demander si l'effet de groupe ne fait pas perdre l'authenticité de la réponse : la constitution en forêt fait disparaître la forme originelle des arbres dont elle est faite. Dans ce cas, la prétendue plus-value de l'opinion collective pourrait bien être ici, paradoxalement, une illusion.

La légalisation de l'aide à mourir ne saurait attendre une réponse qui relèverait de ce qui est vrai ou faux

Lorsqu'elle est donnée, une réponse individuelle n'est qu'une réponse parmi plusieurs réponses possibles et ne saurait par conséquent avoir une valeur universelle. Elle peut donc être réfutée, simplement parce qu'elle ne traduit pas une vérité : en effet, la question de la légalisation de l'aide à mourir ne saurait attendre une réponse qui relèverait de ce qui est épistémologiquement vrai ou faux. La réponse donnée relève plutôt du bon ou du mauvais, c'est-à-dire de ce qui est éthiquement acceptable ou inacceptable, mais ici à nouveau seulement du point de vue de la personne qui la donne et sans jamais avoir une valeur universelle. Ceci peut sembler surprenant puisqu'on devrait attendre de l'éthique une certaine universalité, au moins dans le contexte civilisationnel sur lequel elle a été construite. On peut résoudre ce paradoxe apparent en remarquant que ce qui est mis en jeu dans la réponse donnée par la personne, ce n'est pas « l'éthique » mais seulement l'utilisation par la personne *d'arguments de nature éthique* qu'elle choisira pour construire sa réponse. Par exemple, certains mettront en avant le principe d'autonomie pour demander une légalisation ; d'autres, le principe de justice pour insister sur la priorité à donner au développement des soins palliatifs ; d'autres utiliseront le même principe de justice pour plaider pour la légalisation afin d'éviter l'inégalité face à la possibilité du « voyage en Suisse ».

Si celui qui la donne est médecin, la réponse à la question de la légalisation de l'aide à mourir est aussi la traduction de son engagement dans sa vie professionnelle, au cours de laquelle il a tenté de mettre en pratique ses valeurs. On pourrait lui faire remarquer que donner un avis *ès qualité* sur un tel sujet sociétal relève d'une certaine arrogance et que le médecin qu'il est n'est pas plus légitime à donner une réponse que n'importe quel citoyen, puisque la question porte sur un sujet de société. Il peut objecter à cela que la question posée est pour lui littéralement *essentielle*, dans la mesure où la médecine est d'abord censée protéger la santé et la vie et non pas faciliter la mort. Ainsi, c'est bien de l'essence de la médecine dont il s'agit ici et il peut se croire autorisé, pour des raisons existentielles, à défendre cette essence en rétorquant : n'est-ce pas pour être d'abord la sauvegarde de la vie que la médecine a été inventée à l'aube de la civilisation ?

Disparitions conceptuelles ouvrant la porte à ce que l'on appelle des dérives

Lorsqu'on tente de construire une réponse à la question de la possibilité d'une légalisation de l'aide à mourir en fin de vie, on doit s'interroger séparément sur ses deux modalités possibles, le suicide assisté et l'euthanasie. Car il y a une différence de taille : le suicide assisté est, au sens propre, un suicide-assisté, le sujet se suicidant alors que dans l'euthanasie c'est un tiers qui réalise le geste. *Je* me tue ou *quelqu'un* me tue : on distingue ici les formes réfléchie et transitive du verbe tuer ou, dit de manière moins brutale et plus poétique, du verbe *mettre fin aux jours* : je mets fin à mes jours, ou quelqu'un met fin à mes jours, cette dernière expression prenant soudain une terrible connotation. De plus, le suicide assisté peut être organisé et mis à la disposition du patient sans être jamais réalisé ; l'euthanasie, quand elle est décidée est accomplie sauf si le rendez-vous pris est décommandé.

Or ces deux possibilités sont toutes les deux gênantes. Ceci est révélé par l'observation que le législateur, dans la construction du projet de loi sur la fin de vie, a fait disparaître les deux termes en les remplaçant par celui, neutre, d'aide médicale active à mourir : il ne lui a certainement pas échappé que la légalisation du suicide assisté est gênante en raison de la contradiction évidente qui existerait avec le refus du suicide qui est depuis toujours la réponse que donnent dans l'urgence la société et la médecine à une tentative de suicide (on sauve celui qui s'est jeté d'un pont, on réanime celui qui a avalé la boîte de comprimés) ; c'est aussi dans ce cadre que l'on développe la prévention du suicide. L'idée de l'euthanasie est plus gênante encore parce qu'elle introduit l'intervention d'un tiers dans la réalisation d'un geste dont la personne serait pour des raisons motrices incapables. Certes, la personne peut demander cette intervention ou bien elle peut l'avoir exprimée dans des directives anticipées au temps où elle était capable d'exprimer sa volonté ; répondre à sa demande serait respecter son autonomie. Cependant, la personne n'a-t-elle pas changé d'avis depuis, comme le fait au dernier moment le Bûcheron de la fable ? Et si pour se prémunir de ce risque on exige que la personne au moment du geste soit en mesure d'exprimer sa volonté, ne va-t-on pas empêcher certains patients d'y avoir accès, en raison d'un terrible « c'est trop tard » ?

La présence de ces interrogations ouvrant autant de paradoxes explique sans doute que certains, qui accepteraient d'ouvrir la voie au suicide assisté dans le souci du respect du principe d'autonomie, se refusent catégoriquement à ouvrir celle de l'euthanasie parce qu'ils se sentent incapables de sortir du labyrinthe fait de ces paradoxes. Il semble cependant que ce refus ait perdu son caractère absolu au fil de la discussion parlementaire comme si la meilleure façon de sortir du labyrinthe était d'oublier les paradoxes qui le constituent. Cette disparition simplificatrice pourrait bien présager d'autres disparitions conceptuelles ouvrant la porte à ce que l'on appelle des dérives.

L'ouverture de cette possibilité de tuer dans des conditions médicales

Pour pouvoir tout de même légiférer, on change le vocabulaire, la loi porte sur une formulation inventée à son occasion, « l'aide médicale active à mourir » qui englobe les deux possibilités mais ne serait ni l'une ni l'autre. Il y a tout de même un point commun : « aider à mourir » consiste à faciliter la survenue d'un événement, un mourir. Le mot faciliter est ici ambigu. On pourrait voir dans « l'aide » la seule idée d'assistance qui consiste à adoucir le mourir inéluctable. Mais, hélas, cette idée généreuse s'efface devant celle qui met en jeu dans l'aide à mourir une accélération, un coup de pouce pourrait-on dire.

On remarquera aussi que, grammaticalement, « aider à mourir » n'est pas un verbe intransitif qui n'exige pas de complément d'objet et qu'obligatoirement on aide à mourir *quelqu'un*. La reformulation « aider à mourir » est donc non seulement hypocrite dans son souci d'éviter les termes de suicide assisté et d'euthanasie mais de plus est choquante en ce sens qu'elle semble faire disparaître par sa neutralité ce complément d'objet direct, ce *quelqu'un*, conduisant à une question inquiétante : le moment de mourir est-il le meilleur moment pour assurer la disparition de la personne humaine et ce tour de passe-passe sémantique n'a-t-il pas *ipso facto* un caractère déshumanisant ?

On peut aller plus loin dans cette analyse grammaticale. Il faut un sujet au verbe aider à mourir, parce qu'il faut bien la présence de quelqu'un pour que l'événement du mourir ait lieu. Par ailleurs, il faut si possible que l'événement *se passe bien*, qu'il s'agisse réellement d'une *eu-thanasie* (ceci valant pour les deux modes du suicide assisté et de l'euthanasie proprement dite). C'est pour cela que certains disent que « l'aide à mourir » est *un soin* et pas seulement, par exemple, un geste altruiste. Mais cela a une conséquence : si l'événement que représente la mise en œuvre de l'aide à mourir nécessite la présence d'un sujet qui le cause et qui de plus ait la compétence pour que l'événement *se passe bien*, alors il doit s'agir *obligatoirement, directement ou indirectement, d'un soignant*. Cette implication d'un soignant, et *a priori* d'un médecin, est sans doute ce qui est le plus gênant pour ceux qui accepteraient le suicide assisté (le médecin ne serait qu'un assistant) mais refusent l'euthanasie (le médecin accomplit authentiquement le geste).

Le médecin aura alors à cœur d'appliquer des recommandations de *bonne* pratique, dont la rédaction sera sans nul doute de la responsabilité de la Haute Autorité *de santé* qui pourrait être amenée dans sa réflexion à se demander par exemple : faut-il une *prémédication* ?

L'ouverture de cette possibilité de tuer dans des conditions médicales relève d'un changement de paradigme qui risque de modifier considérablement le cadre dans lequel se construit toute relation de soin entre une personne qui a une maladie et la personne qu'elle appelle pour la soigner : comment en serait-il autrement puisqu'un pivot de la relation de soin est la confiance, c'est-à-dire ce qui conduit quelqu'un à déposer auprès de quelqu'un d'autre ce qu'il considère comme son bien le plus précieux, en l'occurrence sa vie ? Si lui-même est opposé à l'idée de suicide assisté ou d'euthanasie, voudra-t-il connaître la position de son médecin sur cette question de vie ou de mort avant de lui accorder sa confiance ?

« Tu ne tueras point. » Plus que d'une restriction religieuse, il s'agit d'un interdit anthropologique fondamental. Selon Emmanuel Levinas, c'est la relation avec autrui qui confère à l'Être sa dimension humaine ; or, dit Levinas, le visage qui se révèle à moi lors de notre rencontre m'interpelle et me dit : tu ne me tueras pas. Le *tu ne tueras* pas apparaît ainsi comme un principe d'humanité au fondement de toute éthique dans la mesure où l'éthique peut être vue avec Paul Ricœur comme l'ensemble des règles qui permettent une vie humaine bonne, pour moi et toi nous rencontrant dans le cadre d'une collectivité régie par des institutions justes. Les opposants à une légalisation de « l'aide à mourir » utilisent parmi leurs arguments ce principe anthropologique qui va bien au-delà des quatre principes éthiques traditionnels de bienfaisance, de non-malfaisance, d'autonomie et de justice.

En médecine, ce principe est exprimé dans le serment d'Hippocrate qui interdit explicitement de provoquer la mort. Le texte actuel du Conseil National de l'Ordre des Médecins est : « Je ferai tout pour soulager les souffrances. Je ne prolongerai pas abusivement les agonies. Je ne provoquerai *jamais* la mort délibérément. » S'il devait y avoir une légalisation de l'aide à mourir, on devrait assurément modifier le serment en retirant un énoncé important au point que le texte se soit cru obligé d'utiliser le mot « jamais ».

On remarquera qu'il s'agit d'un serment, prêté en public, et non d'une simple promesse. On ne peut être dégagé d'un serment que l'on a prêté et certains médecins qui s'y refuseraient en ayant le sentiment que ceci les conduirait à être parjures doivent donc pouvoir bénéficier d'une clause de conscience.

Mais ceci a une conséquence au niveau de l'enseignement des futurs médecins, cette transmission d'un savoir qui est un élément important de l'éthique hippocratique. Comment enseigner à ceux qui auront à prêter un serment d'Hippocrate modifié que donner la mort est un acte de soin ? Doit-on aussi prévoir une clause de conscience pour permettre à des maîtres de refuser d'enseigner les principes et les techniques d'un geste qu'ils désapprouveraient en leur âme et conscience ?

Une transgression exceptionnelle

Mais écoutons les arguments des tenants de la légalisation. Cette position est présentée comme une réponse à la question posée par ceux, ou au nom de ceux qui sont en proie à des souffrances physiques ou psychiques intolérables impossibles à soulager et qui appellent la mort. Comment répondre à Franz Kafka agonisant de manière atroce et implorant son médecin et ami Robert Klopstock : « tue-moi, ou sinon tu es un assassin » ? C'est l'alternative du diable : dans les deux cas, si tu me tues mais aussi si tu ne me tues pas, tu es un assassin. Quel assassinat préférer ?

Les tenants de la légalisation utilisent un argument éthique qui est l'application du principe de bienfaisance (soulager la souffrance) et du principe de non-malfaisance (ne pas laisser souffrir) pour rendre possible ce qui serait sinon au fond un assassinat. Ils souhaitent une légalisation qui permette d'éviter la réalité sinistre de ce qui arrive actuellement : l'acte effectivement réalisé, mais de manière confidentielle, cachée, *en douce* pourrait-on dire. Ceux qui s'opposent à une légalisation peuvent répondre que cette réalisation peut relever d'une transgression *exceptionnelle* dans tous les sens du terme (le caractère exceptionnel répondant à des normes précises), pratiquée en conscience par un médecin dans le cadre de la relation de confiance qui existe entre lui et son patient et ses proches, et qu'il n'y a donc pas besoin d'une loi. Ils font valoir qu'une telle transgression n'a rien de sinistre et qu'elle est au contraire l'honneur de celui qui, de manière exceptionnelle, la pratique, non pas comme un soin, mais bien dans le cadre de la relation de soin.

On peut espérer qu'aujourd'hui, conformément à la loi du 2 février 2026 créant de nouveaux droits en faveur des malades et des personnes en fin de vie, Kafka aurait pu bénéficier d'une sédation profonde et continue maintenue jusqu'au décès (SPCMD). Cette pratique n'est pas de l'euthanasie car l'intention est de sédater jusqu'à la mort qui est *prévue mais non voulue*. Si la SPCMD risque d'accélérer l'évolution vers la mort, il s'agit d'un effet secondaire et en aucun cas la conséquence d'une intention. Ainsi, conformément au Serment d'Hippocrate, *on ne provoque pas* délibérément la mort. Il n'y a ici aucune hypocrisie : les philosophes de l'action insistent sur le fait que lorsque j'appuie sur l'interrupteur, le fait de mettre de la lumière est le résultat de mon action qui l'a causé ; si celle-ci fait fuir les cambrioleurs, leur fuite n'est pas le résultat de mon action mais fait seulement partie de sa description.

Cependant, la loi de 2016 est mal connue et donc non appliquée et il serait important de se demander pourquoi. De plus, certains patients ne peuvent pas en bénéficier car leur pronostic vital n'est pas engagé à court terme, comme le veut la loi actuelle même s'ils sont, comme on dit maintenant grâce à un nouveau changement de sémantique « en phase avancée ou terminale » pour éviter le caractère flou du « à moyen ou court terme » bien qu'on ait du mal à discerner en quoi cette phraséologie est plus précise. Certainement, cette insuffisance actuelle de la loi doit être considérée. Une nouvelle définition, retravaillée par la Haute autorité de santé (HAS) dont c'est vraiment le rôle, des termes « court, moyen et long terme » ou, si l'on préfère, « phase avancée et terminale », pourrait étendre les conditions de mise en œuvre organisée de la SPCMD et permettre aux médecins de répondre aux demandes des patients en toute transparence. Ici encore, il n'y aurait pas besoin d'une nouvelle loi.

Mourir dans la dignité d'une présence

Comment mourir ? Le mieux possible ou plutôt le moins mal possible. Un tel vœu ne saurait surprendre et c'est sans doute pourquoi dans leur majorité, les Français sont pour aller dans le sens d'une aide à mourir, entendez : d'une aide à mourir *vite* si la vie n'en finit pas d'être accompagnée de douleurs insupportables qu'il serait impossible de soulager. Mais en même temps, le plus grand nombre d'entre eux donnent une réponse à une autre question qui est non pas *comment*, mais *où* mourir : ils veulent mourir chez eux, à la maison.

Je crois qu'en fait c'est qu'ils ont peur de mourir seuls, la nuit, aux urgences, sur un brancard ou dans une chambre d'Ehpad, sans personne pour leur tenir la main, les embrasser et recueillir ce qui aura été leur dernier instant. Parce que le plus grand malheur serait de mourir dans la solitude. Être seul au moment ultime, ne pas bénéficier de la présence de l'autre, de cette présence qui permet l'existence de la relation à autrui qui me définit comme un Être et véritablement comme une personne humaine, fait alors de la mort une indignité.

Il apparaît ici que *mourir dans la dignité*, c'est d'abord ne pas mourir seul. À la maison, la présence d'autrui peut être assurée par le conjoint s'il y en a un, ou par la famille ou par les amis s'ils ont été prévenus que le moment est venu. Pour les résidents en Ehpad, la manière d'assurer dans les moments ultimes la présence qui abolit la solitude pourrait représenter un sujet de réflexion pratique majeur.

À l'évidence, c'est ici que se situe la signification de ce que l'on appelle les soins palliatifs, les soins à l'état pur pourrait-on dire, lorsque le *care* se substitue enfin complètement au *cure*, lorsque toute médecine est devenue illusoire et que seuls les soins demeurent. Ces soins ne visent plus à guérir mais à soulager ; mais surtout, ils visent à accompagner celui qui va mourir afin qu'il meure dans la dignité d'une présence. Ce pourrait être cela, *la véritable aide à mourir*.

Si la dignité se construit par l'abolition de la solitude et par l'existence d'un accompagnement, elle se construit en fait dans l'amour. Car l'accompagnement, ce n'est rien d'autre que l'amour. Dans un débat remarquable avec le philosophe Raphaël Enthoven, l'écrivain Michel Houellebecq a répondu à la question : « face à cette personne qui vous demande de l'aider à mourir, vous ne faites rien ? », « Non, je ne fais rien ». « Vraiment ? » « Oui, parce que je pense que s'il en est là, c'est que *je ne l'aime pas assez »*. « Parce que vous pensez que l'amour peut éviter cette demande ? » « Oui, oui, a-t-il répondu. »

Dans ce cas, légaliser l'aide à mourir dans la même loi que celle qui vise à développer les soins palliatifs présente le risque de méconnaître l'effet du développement des soins palliatifs comme prévention de la demande suicidaire. Il ne s'agit pas de réglementer l'un et l'autre, mais bien d'assurer l'un, les soins palliatifs, afin d'éviter l'autre, la demande de l'aide à mourir ; demande qui traduirait l'inhumanité de notre société, son manque d'amour qui en vient à accepter la possibilité d'une dignité de la mort dans la solitude. Oui, la véritable dignité de la fin de la vie et de son terme, la fin de vie, c'est qu'elle soit vécue dans l'amour qui est simplement présence.

Mais comment répondre alors à la supplique de Kafka ? En imaginant d'autres réponses que « l'assassinat » auquel il semble nous forcer : certainement, rendre plus accessible le soulagement définitif de la douleur en élargissant les indications temporelles de la SPCMD ; certainement, développer les soins palliatifs permettant une mise en œuvre effective de la SPCMD, même à domicile ; certainement, former les professionnels de santé à l'accompagnement humain (ceci ne vaut d'ailleurs pas que pour la situation de la fin de vie).

Mais ces développements sont lents et coûteux alors que la légalisation de l'aide à mourir se ferait par une loi, puis par décrets d'application. On peut craindre que le choix de ce processus cède à la tentation de la facilité et de l'économie.

La place de l'identité de la vie et de l'amour dans le concept même de personne humaine

Évidemment, on peut objecter à cette vision de la demande d'aide à mourir comme la conséquence d'un manque d'amour que répondre à la demande de quelqu'un d'en finir est au contraire une ultime preuve d'amour à son égard. Si le médecin et ami Klopstock a euthanasié Kafka, il l'a sûrement fait par et avec amour.

Sans doute, mais au risque de choquer, je voudrais aller plus loin que Houellebecq et suggérer que le fait pour quelqu'un en fin de vie, en proie à des douleurs physiques et psychiques intolérables, *de ne pas demander* d'aide à mourir (après tout, ce que l'on oublie peut-être trop, c'est l'attitude de l'immense majorité des gens qui contraste avec « l'avis de la majorité des Français » qui a la faiblesse de ne pas être donné en situation), pourrait représenter une preuve encore plus poignante d'amour devant laquelle il convient de s'émerveiller : je t'aime au point de ne pas demander à mourir et de ne pas te demander de m'y aider, ce qui pourrait être pour toi une source supplémentaire de tristesse, mais au contraire de vouloir, malgré ma souffrance, rester en vie, avec toi, pour répondre à ton propre amour qui transcende ton rôle d'aidant en te redonnant ta véritable place d'aimant. Et, dans la continuité de ce qui aura été notre vie, de vouloir prolonger malgré la maladie et ses souffrances notre vie d'aimants, et cela le plus longtemps possible. Cette ultime déclaration d'amour pourrait s'adresser au conjoint s'il y en a un, aux enfants et aux petits-enfants s'il y en a, à la famille et aux amis s'ils sont présents. En un mot à tous ces autres dont la présence a fait que l'Être a vécu sa vie en tant que personne. Une telle attitude révèle finalement de manière tragique la place de l'identité de la vie et de l'amour dans le concept même de personne humaine.

Elle aura aussi, le moment venu, un effet réconfortant. Car il viendra bien le moment où, la mort étant venue emporter la personne malade, ceux qui resteront devront affronter la solitude. Il leur restera le souvenir de cette période lumineuse d'amour mutuel, où donner ou demander la mort aura été au nom de l'amour exclu du champ du possible en donnant toujours au contraire la priorité à la vie.

En conclusion, la réponse à la question posée telle qu'elle a ici été construite à partir de ces arguments se positionne résolument contre une légalisation de ce que l'on a appelé l'aide à mourir. Elle repose sur la conviction que la question posée par la possibilité de légaliser l'aide à mourir reflète celle de la primauté que notre société veut bien donner à *thanatos* ou à *éros*, à une aide à mourir ou au contraire à vivre. Elle se positionne en faveur de la vie (ou de l'amour, parce que c'est la même chose) en demandant au temps de suspendre son vol : encore un peu de temps, le plus longtemps possible, avant ce moment terrible parce que définitif où la mort, et elle seule, décidera d'intervenir, transformant, comme le dit Levinas, le visage en masque.

Encore un peu de temps : c'est le temps de la présence jusqu'au dernier souffle du dernier jour, instant qui aura ainsi lieu le moment venu et non à un moment décidé.

Olivier Joël
Ancien universitaire – Université Paris-Dauphine

FRONTIÈRES ET TRANSGRESSION

Une des questions à intégrer et combattre dans les réflexions et propositions actuelles est la suivante : pourquoi les débats sur la fin de vie ne sont-ils ni apaisés, ni dans l'écoute et l'altérité mais, dans la violence et ce, trop souvent, aussi, pour chacun des participants ? Quelle que soit la prise de position de principe, on constate un décalage entre les actions sur le terrain et les intentions dans la vraie vie empreintes de sollicitude et le débat qui s'enflamme.

L'objectif de rendre ce débat plus apaisé plus serein

Pendant et lorsqu'une lumière s'éteint, accompagnée par les pleurs, les cris, les prières, les silences, tous ceux qui assistent à ce passage seront à la recherche d'apaisement, de liens qui unissent, dans la reconnaissance et l'altérité, car nous sommes humains.

Passage évoque aussi frontière, passer la frontière, et s'ouvrent alors d'une certaine façon les termes du débat sur l'accompagnement de la fin de vie.

Sans évoquer par analogie facile, les expressions liées à la problématique de l'accueil des migrants, de nombreux thèmes vont émerger. Quelles souffrances, quelles réponses, quelles transgressions des lois du serment d'Hippocrate ?

Associer ainsi frontières et transgression prend une dimension, ouvrant toutes sortes de problématiques s'efforçant de concilier le socle commun de l'éthique, la spiritualité et l'humanisme, face aux évolutions sociétales actuelles.

Alors s'impose aussi de définir de façon simple les quatre mots d'ordre : collectif, démocratie, éthique et solidarité.

Collectif : regroupement de membres, partageant les mêmes valeurs, capables de s'écouter, sans partager toujours les mêmes points de vue et capables de s'entendre sur des analyses et propositions communes.

Démocratie : n'être pas d'accord avec l'opinion majoritaire de nos concitoyens, et ce quels que soient la méthodologie souvent contestable des sondages et le rôle très actif des influenceurs, ne nous permet pas d'ignorer les angoisses existentielles de nos concitoyens face à la mort, et leur souhait de voir évoluer la loi « Claeys-Leonetti ».

Il convient de faire la part des choses entre le fait que la vision sociétale de la mort a changé, moins collective, plus individualiste et le développement légitime du droit du patient.

Éthique : la démarche éthique consiste à rechercher, non la meilleure et idéale solution à nos yeux, mais la moins mauvaise, en intégrant, en particulier la différence entre éthique de conviction et éthique de responsabilité.

Solidarité : pouvoir s'adresser au plus grand nombre et éviter d'apparaître comme des experts et des sachants dont l'attitude, la sémantique et l'expression nous éloigneraient de nos concitoyens, lesquels attendent d'être rassurés en particulier par les lois et règlements.

Cela posé, une des questions à intégrer et combattre dans les réflexions et propositions actuelles est la suivante : pourquoi, trop souvent, les débats sur la fin de vie ne sont-ils ni apaisés, ni dans l'écoute et l'altérité mais, dans la violence et ce, trop souvent, aussi, pour chacun des participants ? Quelle que soit la prise de position de principe, on constate un décalage entre les actions sur le terrain et les intentions dans la vraie vie empreintes de sollicitude et le débat qui s'enflamme.

Dès lors ce qui suivra a pour objectif de rendre ce débat plus apaisé plus serein, car ce débat est trop important pour tolérer que la surenchère s'installe, en particulier de la part des tenants d'une évolution radicale des lois actuelles.

Constats et pistes pour l'action

Ces réflexions intègrent principalement une lecture critique de la proposition de loi relative à l'accompagnement des malades et de la fin de vie du 17 septembre 2024, après les modifications du texte suite au débat parlementaire, mais de façon plus large, elle analyse aussi les arguments des militants de l'aide active à mourir ainsi que d'autres considérations ayant pour objet d'éclairer le débat. Même si la proposition de loi relative à la fin de vie s'est substituée en 2025 à cette rédaction initiale, les éléments présentés conservent leur pertinence.

Défendre, et pour cette fois au nom de l'éthique de conviction, qu'il faut maintenir le principe de l'interdit en matière d'euthanasie sans pour autant refuser les situations dans lesquelles une transgression de cet interdit, avec des principes clairs, et une écoute empathique est possible.

L'euthanasie ou le tri des patients ont toujours existé dans notre société, qu'il s'agisse de la médecine d'urgence ou de pratiques encore récentes d'administration de la substance létale « sous le manteau » à l'hôpital ou au domicile, condamnables par leur hypocrisie et leur silence.

Le paradoxe est que les soins palliatifs après avoir tant œuvré pour accompagner avec empathie et dignité la fin de vie, se voient accusés d'acharnement thérapeutique, et de positions dures et idéologiques.

Une des raisons principales, laquelle mérite que l'on s'y arrête, est que la pratique de la sédation profonde et continue doit être mieux expliquée.

Sur un plan sémantique, d'abord, et surtout en acceptant de ne pas mettre la non-intentionnalité de donner la mort comme un argument excluant tout dialogue et en niant le fait que les effets de la sédation, selon les cas, peuvent agir plus ou moins rapidement, voire en quelques heures, et que toute l'équipe travaille collégialement en écoute et empathie avec le patient et son entourage, ou souvent et/ou compte tenu de l'état du patient.

Dénoncer le fait que la proposition de loi ne tient pas suffisamment compte de la situation de précarité d'un certain nombre de patients, potentielles victimes d'abus de faiblesse de toutes sortes, ou fragiles sur un plan psychologique.

Protester contre la possibilité qu'un proche, par exemple le conjoint, soit amené à administrer lui-même la substance létale. La violence de cet acte provoquerait un sentiment de culpabilité renforcé par la fatigue psychique de l'accompagnant. Rappelons par ailleurs que chez la personne âgée, la dépression est une des premières pathologies, d'où des conséquences psychologiques sévères et graves pour le conjoint, lequel serait déjà souvent âgé.

S'étonner que les points de vue des psychiatres aient été si peu intégrés dans les débats en particulier parlementaires.

Leur engagement est précisément de prévenir les risques de suicide et leur participation au débat serait fort utile, étant observé que les problématiques divergent pour les situations de souffrances violentes et réfractaires par exemple, et aussi compte tenu du délai de rétractation.

Le temps du chronomètre n'est pas le temps de la médecine aiguë ou du temps de la psychiatrie, ou… de la psychanalyse.

Mettre en garde contre la création d'un délit d'entrave.

C'est un point très sensible, lequel contourne la liberté de conscience et ouvre une brèche importante pour la déontologie médicale. Il faut cependant intégrer le fait que la question du retrait du corps médical est un des sujets les plus sensibles et que comme cela a été dit plus haut, la pratique de la sédation a bien été acceptée en tout cas chez les médecins de soins palliatifs. Comment appréhender ce que représente l'exigence de la prise en compte des souffrances physiques, existentielles des patients alors que l'insuffisance de la mise en place de soins palliatifs à l'hôpital ou via les équipes mobiles, est réelle aujourd'hui ? La diffusion et l'appropriation de la culture et la pratique de la médecine palliative en général, en tant que politique de santé publique, demeurent une priorité.

Cette appropriation devrait inciter les médecins à pratiquer la sédation, sans attendre la couverture complète de la France en services de soins palliatifs. Cela implique que la sédation profonde et continue soit pratiquée en dehors des services ou des équipes mobiles de soins palliatifs. Certes, il sera objecté qu'il n'est pas question de proposer la sédation en dehors de tout encadrement répondant aux critères de la médecine palliative. Il sera répondu qu'il existe des équipes mobiles internes de soins palliatifs en soutien des autres services, et que l'éthique de responsabilité permettrait d'adopter une solution dont les mérites seraient supérieurs aux limites. Cette proposition mériterait une discussion approfondie.

Réfléchir sur les directives anticipées et la personne de confiance

La rédaction des directives anticipées et la désignation de la personne de confiance sont un sujet délicat, la lecture, les explications de celles-ci sont parfois plus violentes qu'apaisantes pour le signataire, trop techniques. Certes il ne s'agit pas de les remettre en cause, c'est un progrès, mais pour certains la première des directives, voire la seule utile est de faire confiance au médecin, en discutant du refus d'acharnement thérapeutique, ou de la délivrance de soins, traitements ou opérations reflétant une obstination déraisonnable. Pie XII lui-même pourtant critiqué pour son conservatisme, avait dénoncé l'acharnement thérapeutique, tournant la page de la vielle idée qu'il fallait favoriser l'oblativité de la douleur.

Enfin, comment rendre moins éprouvante, plus supportable en cas de demande, le poids de la responsabilité de la personne de confiance ? Comment éviter les contestations, les critiques des proches lorsque ces directives ne font pas consensus, pour de bonnes ou mauvaises raisons ?

Une proposition serait de désigner d'autres personnes, par exemple cinq ou six, pas forcément membres de la famille directe, que la personne de confiance pourrait ou non consulter.

En ne suivant pas forcément leurs recommandations, cela conforterait ou réconforterait à tout le moins la personne de confiance et surtout lui permettrait de faire valoir la qualité et la représentativité de ce groupe désigné par le patient. Les opposants aux décisions extérieures au groupe seraient privés de légitimité dans les débats, et seul le non-respect de la loi pourrait être invoqué.

S'intéresser aux personnes en situation d'EVC (état végétatif chronique) et aux patients pauci-relationnels

Il serait passionnant de développer une approche approfondie de ces patients, à l'aune des discussions autour de l'aide à mourir. Comment peut-on communiquer avec peu de moyens et à quel point l'état de ces malades le plus souvent silencieux nous interpelle-t-il, en matière de communication et de liens à créer dans la durée ?

Bien évaluer l'impact et la pertinence de nos arguments

Par exemple, rappeler que la quasi-totalité des demandes d'euthanasie disparaît lorsque le patient est pris en charge par les soins palliatifs, ne règle pas la situation de ceux des patients qui maintiennent cette demande.

De même, l'extension sur tout le territoire français des soins palliatifs sera longue, essentiellement pour des raisons budgétaires ou de manque de médecins qualifiés dans certaines régions, et ne réglera pas toutes les situations.

Ne pas apparaître comme des experts et des sachants, usant trop largement d'arguments d'autorité.

Ces débats indiquent à quel point il est facile de forcer les oppositions alors qu'en réalité il faut les apaiser. Les frontières entre des perspectives, certes divergentes, témoignent plus de zones grises, de frontières, lesquelles ne doivent pas être des rideaux de fer. C'est protéger nos concitoyens que ne pas être violent en proposant des transgressions trop fortes, entraînant soit des drames, soit un retour en arrière, l'expérimentation n'est pas de mise pour des sujets aussi fondamentaux ; le corps médical, les soignants devraient assumer l'essence de leur mission. Il convient de poser la question suivante : doit-on considérer que la loi actuelle permet une transgression minimale et suffisante de l'interdit ou ne doit-on pas au terme de débats apaisés, documentés, élargir les conditions de la transgression, avec prudence, discernement et humanité, et ainsi organiser un dialogue et pourquoi pas une co-construction avec toutes les bonnes volontés ?

François Vialla
Professeur de droit privé, Chaire Épione, Université de Montpellier[1]

MÉTAMORPHOSES DE LA FIN DE VIE

Regard d'un juriste sur le curriculum mortis

Métamorphose, indique, au sens propre, un changement de forme. Au sens figuré le terme désigne l'évolution des mœurs et de la société. Les questions soulevées par la mort et par la fin de vie ne sont pas épargnées par de telles métamorphoses, terminologiques, sociales et juridiques. Les lois successives ont renforcé l'autonomie de la personne qui peut exposer sa vie en refusant ou en interrompant tout traitement. Loin de la neutralité qui leur est reprochée, les textes ont considérablement ouvert le champ des possibles. Derrière la formule euphémique « mettre sa vie en danger »[2] c'est bien la possibilité d'engager son pronostic vital qui est consacré.

Une mutation de société se profile. On peine à envisager qu'elle puisse être réalisée sur la base d'un non-dit et d'une ambiguïté terminologique. « Nous vivons dans l'oubli de nos métamorphoses[3] », celles-ci sont pourtant inéluctables. Comment aborder ces questions ? Empruntons au principe réthorique des circonstances et son hexamètre à Quintilien.

N'accepte de faire de loi que si tu y crois, non pas à la loi, mais à la nécessité d'en faire une[4].

1. À lire, notamment : F. Vialla, P. Vielfaure *et al.*, *Douleurs et souffrances, de l'Antiquité au XXIe siècle*, Bordeaux, Éd. Les Études hospitalières, 2025.
2. CSP, art. L1111-4.
3. P. Éluard, « Notre mouvement ».
4. J. Carbonnier, « Leçons de lois, II », *Essais sur les Lois*, Paris, Defrénois, 1995, p. 228.

Quid[1]

Qu'est que la mort ? Qu'est que la fin de vie ? Aucune n'est légalement définie : « de manière générale, le droit définit peu les termes qu'il utilise […] définir la vie et la mort à longtemps paru inutile […] aujourd'hui, alors que les progrès de la science ont estompé leurs frontières, cela semble impossible. En tout cas ni le législateur, ni le juge ne s'y sont risqués »[2]. Comme la naissance, la mort est un fait médicalement constaté, puis déclaré.

« Fin de vie ». Si la notion « n'existe pas en droit civil »[3] elle est présente dans le Code de la santé publique mais « les critères d'inclusion dans la phase appelée "fin de vie" ne sont pas précisés […] pour conférer la souplesse requise par la complexité et la variété des situations cliniques »[4].

Εὐθάνατος. Une clarification est impérative. Associer le préfixe *Εὖ* et le substantif masculin *Θάνατος* n'est pas anodin : « Dans l'imagerie le Thanatos viril peut revêtir la figure même du guerrier qui a su trouver, dans ce que les Grecs appellent "la belle mort", le parfait accomplissement de sa vie »[5]. Ce sens premier[6] est présent dans les reproches qu'Atticus adresse à Cicéron[7]. L'approche diffère avec Suétone[8] ou Bacon[9] et elle prend de nos jours une tout autre signification : « acte pratiqué par un tiers, qui met intentionnellement fin à la vie d'une personne, à la demande de celle-ci ».

Ces évolutions terminologiques sont révélatrices des profondes mutations sociales : « Comment est-on passé du concept de "bonne mort"

1. Quoi.

2. B. Apollis, D. Truchet, *Droit de la santé publique*, Paris, Dalloz 10e Éd. 2020, p. 20.

3. C. Labrusse-Riou, « Quelques regards civilistes sur la fin de vie », *Écrits de bioéthique*, coord. M. Fabre-Magnan, Paris, PUF, 2007, p. 235.

4. R. Delpech, B. Couderc B., F. Taboulet, *Médecine & Droit*, Vol. 2022, Issue 177, Dec. 2022, p. 108-113.

5. J.-P. Vernant *L'individu, la mort, l'amour*, Paris, Gallimard, coll. « Folio histoire », p. 131.

6. A. Bailly, Dict. Grec-Français, *εὐ·θανατέω* « mourir d'une belle mort, bien mourir », *εὐθάνατος : «* mort qui est une belle mort *» ;* toutefois *εὐθανασία* : « mort douce et facile » ; F. Vialla « *Curriculum mortis* […] », in *Acceptabilité sociale et mutation des droits de la biomédecine et de la santé,* dir. B. Legros, LEH 2023, p. 135.

7. Cicéron, « Lettre à Atticus » XVI, 17 : « Venez donc, vous qui cherchez une belle mort [*εὐθανασίαν*] ! ».

8. Suétone, *La vie des douze Césars*, Auguste XCIX.

9. F. Bacon, *Du progrès et de la promotion des savoirs*, livre II, partie 3, Paris, Gallimard, 1991, p. 150.

baconienne à celui de “bonne mort” donnée ? Sans nul doute à cause de la médecine et d’un rapport nouveau à la société de plus en plus sécularisée »[1].

On conçoit dès lors que le mot doive être utilisé avec circonspection, surtout lorsqu’on ajoute à la confusion en l’affublant de qualificatifs (active-passive).

Suicidium. Remplaçant le désuet verbe *s’homicider*[2], le terme suicide est récent, même si l’acte n’a pas d’âge[3]. Dans l’*Utopia* l’implacable condamnation laisse parfois place à une incitation et une assistance au suicide, voire à une euthanasie :

> Ceux qui se laissent persuader mettent fin à leurs jours par l’abstinence volontaire ; ou bien on les endort au moyen d’un narcotique mortel, et ils meurent sans s’en apercevoir[4].

La difficulté tient moins à l’approche du suicide qu’aux termes qui lui sont adjoints : *assistance/assisté.*

Assistance désigne le *concours apporté à quelqu’un.* La mobilisation du tiers *se limite* à la fourniture de moyens[5]. Pour le suicide assisté le suicidant « a besoin, pour aller au bout de sa décision, de l’aide active d’un tiers »[6].

La distinction entre ces deux formes *d’assistanat* « tiendrait donc à l’intensité du rôle de l’intervenant extérieur »[7].

Récemment sont apparues les expressions *aide active à mourir, aide médicale à mourir.* Les qualificatifs *médicale* ou *active* étaient escamotés dans le projet de loi relatif à l’accompagnement des malades et de la fin de vie et le Conseil d’État soulignait les risques liés au flou terminologique[8]. C’est bien un acte *médico-létal* et *thanato-légal* qui se profile dans l’article 5 du projet de loi n° 2462 du 10 avril 2024 relatif à l’accompagnement des malades et de la fin de vie, 10 avril 2024[9] :

---

1. D. Sicard., *L’Alibi éthique*, Paris, Plon 2006, p. 191.
2. Scarron, *Dom Japhet d’Arménie*, IV, 5.
3. F. Vialla, P. Vielfaure, S. Joly (Dir.), *Le suicide de l’Antiquité au XXIe siècle*, LEH2022.
4. T. More, *Utopia*, Titre 6 *Des esclaves* ; T. Thominet, *Médecine palliative* 2008, Vol. 7 – N° 5, p. 266.
5. « Fin de vie, autonomie de la personne, volonté de mourir », avis n° 121, CCNE, 2013.
6. *Ibid.*
7. F. Vialla, « Vouloir mourir », *Droit, Santé et Société* 2023/2 n° 2, p. 70.
8. « Avis sur un projet de loi relatif à l’accompagnement des malades et de la fin de vie », Conseil d’État, 10 avril 2024.
9. Au moment où je rédige cet article (février 2025) 2 autres textes de lois sont évoqués. L’analyse relative au projet de loi de 2024 demeure pertinente dès lors que si la dissolution de l’Assemblée nationale n’était pas intervenue le 9 juin 2024, il aurait constitué l’armature de la nouvelle législation sur la fin de vie.

> L'aide à mourir consiste à autoriser et à accompagner la mise à disposition, à une personne qui en a exprimé la demande, d'une substance létale [...] afin qu'elle se l'administre ou, lorsqu'elle n'est pas en mesure physiquement d'y procéder, se la fasse administrer par un médecin, un infirmier ou une personne volontaire qu'elle désigne. L'aide à mourir est un acte autorisé par la loi au sens de l'article 122-4 du Code pénal.

Aïe[1]. Aider peut signifier *soutenir/secourir* mais encore *contribuer à/favoriser/faciliter*[2]. *Aider au mourir* c'est soutenir le mourant, le secourir. *Aider à mourir* pourrait consister à *contribuer, favoriser, faciliter* à faire mourir : « le projet de loi crée une procédure autorisant l'assistance au suicide et l'euthanasie à la demande de la personne »[3] !

Pourquoi nommer *aide à mourir* ce qui relève d'une tout autre appellation : « un langage impropre n'est pas seulement défectueux en soi, mais qu'il fait encore du mal aux âmes[4] ».

Quis[5]

Ces questions nous concernent tous. Selon le CCNE la voie référendaire n'est pas opportune, le *débat citoyen* est préférable[6]. Dont acte.

Espérons qu'une éventuelle évolution soit fondée sur une réelle acceptabilité sociale. Dans une société où « je suis libre de... » semble supplanté par « j'ai droit à... », le risque ne doit pas être négligé d'une confusion entre acceptabilité sociale et revendication sociétale. Il serait paradoxal que l'adhésion puisse être proclamée alors que la discussion reste vive et « met en lumière un défaut d'acceptabilité des professionnels de santé [...] et le sort des plus vulnérables interroge »[7].

Chaque situation de fin de vie mobilise nombre d'intervenants.

Les textes rappellent que la décision est individuelle : celle du patient ou, lorsqu'il n'est plus à même d'exprimer sa volonté, celle du médecin. Les lois successives ont renforcé le caractère essentiel

---

1. Déverbal de l'ancien français *aïer, aidier.*
2. https://www.dictionnaire-academie.fr
3. Conseil d'État, 10 avril 2024, *ibid.*
4. Platon, *Phédon,* LXIV.
5. Lequel.
6. « Questions éthiques relatives aux situations en fin de vie : autonomie et solidarité », avis n° 139, CCNE, 2023.
7. B. Legros, *RGDM, 2023,* n° 88, p. 95.

de la volonté, le cas échéant exprimée de manière anticipée : « Qui décide de l'obstination déraisonnable ? Le malade s'il est lucide et éclairé [...][1]. »

La raison ne saurait être abandonnée à la seule logique médicale, la soi-disant irrationalité du patient mérite une attention soutenue. Nous sommes invités à nous interroger sur *le sens de la vie*[2].

Lorsque le malade n'est plus à même d'exprimer sa volonté et en l'absence de directives anticipées, son entourage est sollicité. La place et le rôle respectifs de la personne de confiance, de la famille et des proches ont été redéfinis en 2016.

Encadrée par une procédure collégiale la prise de décision mobilise *les membres présents de l'équipe de soins* et un ou plusieurs médecins *consultants*. Les premiers sont sollicités dans le cadre d'une concertation, les seconds pour rendre un avis motivé. Tous ont pour rôle de vérifier que les conditions légales sont remplies. Le terme *procédure*, à connotation juridique, n'est pas anodin. Des approximations persistent alors que depuis 2013 il est affirmé que « de tels manquements procéduraux caractérisent une atteinte grave et manifestement illégale à une liberté fondamentale »[3].

Dans l'hypothèse d'une évolution législative une question demeure : qui serait chargé de contribuer à l'aide à mourir ? Certaines interventions (prescription ; délivrance ; pose de dispositifs médicaux) nécessitent des qualifications. L'acte devrait être accompli par la personne. En cas d'impossibilité, cependant, l'épineuse question de la qualité du *tiers assistant* demeure.

Cur[4]

L'évolution de notre rapport à la mort est manifeste, « *l'en deçà* nous préoccupe désormais bien davantage que *l'au-delà* »[5].

Nos anciens, conscients de ne pouvoir vaincre la mort, exhortaient de s'y préparer. L'inversion des valeurs est flagrante, la liberté ne tient plus

1. http://www.assemblee-nationale.fr/14/rapports/r3402.asp
2. A. Camus, *Le mythe de Sisyphe. Essai sur l'absurde*, in *Œuvres complètes*, t. 1, Paris, Gallimard, coll. « Bibliothèque de la Pléiade », 2007, p. 221.
3. TA Châlons-en-Champagne, ord. réf., 11 mai 2013, n° 1300740.
4. Pourquoi.
5. F. Vialla, « Vouloir mourir », *préc.* p.70 ; A. Boulanger (Dir.) *La mort provoquée : les enjeux d'une légalisation*, Paris, Mare & Martin 2024.

au *savoir mourir*[1] mais au *vouloir mourir* : « je veux bien mourir, mais je ne veux pas avoir à mourir »[2].

Sinon désirée du moins acceptée, non sans fatalisme, la mort était ritualisée et le deuil était affiché et codifié. À défaut d'être familière la mort était souvent familiale.

Conjonction de facteurs médicaux et sociaux le temps de la fin de vie « s'est transporté au sein d'établissements [...] pareillement le temps d'après s'est déplacé vers des espaces dédiés sans âme » [3].

Les progrès médicaux ont fait vieillir la mort, ils l'ont aussi hospitalisée. L'entourage n'a aucunement déserté, mais sa présence doit s'adapter aux contraintes d'institutions accentuant probablement la solitude du mourant.

Dans nos sociétés sécularisées une question nouvelle se pose : *rendre l'âme... mais à qui* ? Une réponse s'est imposée : à la médecine. Celle-ci est invitée à chaque étape de nos existences : « en prenant sous son contrôle exclusif la phase terminale de la vie, la médecine concourt parallèlement à rendre inévitable les douleurs [...] qui s'éteignaient naguère plus rapidement dans la mort »[4].

Avec une mauvaise foi manifeste nous lui reprochons « de s'être accaparée une autorité sur la vie et la mort [...] Une réappropriation de l'ultime décision est revendiquée au nom d'une autonomie du sujet [...] au risque de confiner les soignants dans un rôle d'exécutants »[5].

Médecine et droit sont ébranlés : « les questions bioéthiques les plus sensibles proviennent [...] d'aspirations sociales qui, au nom du principe d'égalité et du respect dû à la vie privée, réclament l'assouplissement d'un certain nombre de règles »[6].

Quando[7]

Longtemps sont demeurés intangibles des interdits fondamentaux[8]. Certains revendiquent un renversement des valeurs et une modification

---

1. M. de Montaigne, *Essais*, I, 20.
2. D. Sicard, *L'alibi éthique*, préc., p. 191.
3. F. Vialla « *Cupio dissolvi* », préc., p. 370.
4. D. Le Breton. *Anthropologie de la douleur*, Paris, Métailié 2006, p. 29.
5. F. Vialla., « *Cupio dissolvi* » préc., p. 373.
6. Cf. note n° 39.
7. Quand.
8. Exode 20, 13 « Tu ne tueras point » ; Deutéronome 5, 17 ; maxime hippocratique ou serment d'Hippocrate « Je ne remettrai à personne du poison, si on m'en demande, ni ne prendrai l'initiative d'une pareille suggestion ».

de la norme. Oublieux des enseignements de Montesquieu[1] nous légiférons de manière compulsive et « Le rôle modérateur du droit quant à l'accélération de l'histoire »[2] semble contesté. En 2025 on en appelle à la loi pour pallier la méconnaissance et l'insuffisant déploiement de la loi[3] ! Le texte à venir sera source d'insatisfactions puisque « déplacer la frontière de l'interdit ne supprimerait pas cette frontière »[4].

Le temps de la mise en œuvre des mesures annoncées pourrait bien se révéler ambivalent. Le développement de la stratégie décennale *des soins d'accompagnement* s'étendra, logiquement, sur une décennie. L'*aide à mourir* sera d'une effectivité bien plus immédiate !

Poser la question de la temporalité c'est aussi s'interroger sur les critères, non définis dans la loi, de *court* ou de *moyen* terme. Qui sont les maîtres de l'horloge ? Là encore l'emprise de la médecine semble avoir confisqué la question : la personne doit être *in articulo mortis*[5].

Comme pour l'*obstination déraisonnable* on peut toutefois suggérer que la temporalité de l'échéance ultime fasse une place à la conception qu'en a la personne elle-même.

Évoquer le temps nécessite de revenir sur les notions de mort et de fin de vie car, « contrairement à ce que l'on croyait depuis toujours la mort n'est pas un phénomène instantané mais un continuum [...] la personne va "entrer en phase de mort" »[6]. Les frontières de la fin de vie sont mouvantes. Si le *terminus ad quem* est connu, le *terminus a quo* est incertain et ne saurait être soluble dans les seuls critères médicaux.

Assurément « On ne meurt qu'une fois et c'est pour si longtemps ! »[7], mais les chemins du mourir varieront, nonobstant des situations cliniques voisines.

La fin de vie n'est pas nécessairement la fin de la vie : « Encore vivants, voilà le mot important »[8]. Encore faudrait-il avoir le temps, ou savoir le prendre, alors qu'il est contraint.

Recherched la volonté, souvent fluctuante, d'une personne ne peut que s'inscrire dans la durée : « Il semble que la société ait intégré dans

1. Montesquieu, *Lettres persanes*, LXXIX : « [...] il est quelquefois nécessaire de changer certaines lois [...] il n'y faut toucher que d'une main tremblante [...] »

2. R. Savatier, « Droit et accélération de l'histoire », *in Les métamorphoses [...]*, 1re série, 3e éd., Paris, Dalloz 1964, p. 6, § 4.

3. « Évaluation de l'application de la loi du 2 février 2016 sur la fin de vie » 2018, Rapport t.1, IGAS, 2028, p. 11, p. 33 ; Avis n° 139, CCNE, *ibid.*

4. CCNE, avis n° 121, *ibid.*

5. https://www.senat.fr/rap/l15-306/l15-306_mono.html

6. M.-F. Callu, « Autour de la mort », *ibid.*

7. Molière, *Le dépit amoureux*, acte V, sc. 3.

8. P. Ricœur, *Vivant jusqu'à la mort*, Paris, Éd. du Seuil, 2007, p. 42-43.

son imaginaire le sentiment que les soignants, quels qu'ils soient, n'ont plus le temps d'écouter […] et, par conséquent, que l'organisation hospitalière s'est progressivement totalement déshumanisée »[1].

Assurément le temps des soignants est compté, mais celui du mourant ne l'est-il pas davantage ? Faire de la volonté de la personne la pierre angulaire du dispositif nécessite de donner aux professionnels le temps et les moyens de l'accompagnement. Sans cela, l'autonomie et l'autodétermination sont des leurres.

Ubi[2]

La question des frontières de la fin de vie n'est pas circonscrite à la temporalité. La relativité du droit s'inscrit aussi dans l'espace : « le rétrécissement du monde […] amène à mettre plus frontalement en concurrence le modèle hexagonal avec ceux d'autres pays, en relativisant l'effectivité des interdits qu'il pose »[3].

La question du lieu pose de multiples questions et la référence faite au domicile est, juridiquement, imparfaite. Celle de résidence habituelle est préférable.

La difficulté de finir sa vie *chez-soi* est tangible en dépit des textes qui affirment ce droit. La nuance apportée par l'article L1110-3, « dès lors que son état le permet », doit être strictement entendue. La limite tient à l'état du patient et non à celui du système de santé !

Quomodo[4]

Les lois successives ont renforcé l'autonomie de la personne qui peut exposer sa vie en refusant ou en interrompant *tout traitement* : « Ce sujet complexe divise la communauté médicale […] tout malade peut refuser un traitement […] peut s'opposer à une thérapie salvatrice, refuser une dialyse ou, s'il est conscient, arrêter un respirateur artificiel »[5].

Loin de la neutralité qui leur est reprochée, les textes ont considérablement ouvert le champ des possibles. Derrière la formule euphémique

1. Rapport « Penser solidairement la fin de vie », *ibid.*, p. 33.
2. Où.
3. Cf. note n° 58.
4. Comment.
5. http://www.assemblee-nationale.fr/14/rapports/r3402.asp

mettre sa vie en danger[1] c'est bien la possibilité d'engager son pronostic vital qui est consacré.

En 2016 le modèle évolue très sensiblement ! Le refus exprimé et réitéré, et sa conséquence connue et assumée, ne sont pas sans rappeler la définition du suicide par Durkheim[2]. S'agissant du soulagement de la souffrance, la loi procède à l'escamotage de *l'effet secondaire* et rend perceptible un « relâchement de l'interdit pénal [...] le médecin a [...] la possibilité, pour vaincre la souffrance réfractaire, d'administrer un traitement qui fait principalement mourir »[3].

Le droit positif autorise *d'abréger la vie*[4] mais pas encore *d'accélérer la mort*[5]. D'aucuns considéreront que l'*aide à mourir* ne constituerait pas une rupture majeure : « Dans une approche conséquentialiste, le résultat est le même »[6]. Ces *options* se différencient toutefois sur plusieurs points, la réversibilité, la temporalité et l'intentionnalité[7].

Assurément les possibilités offertes par la loi n'ont pas été véritablement appréhendées[8]. Le *Rubicon* sera-t-il franchi ? Le changement de doctrine du CCNE le laisse percevoir. Le projet de loi semble aussi l'envisager en introduisant « une double rupture [...] d'une part, en inscrivant la fin de vie dans un horizon qui n'est plus celui de la mort imminente ou prochaine et, d'autre part, en autorisant, pour la première fois, un acte ayant pour intention de donner la mort »[9].

Une mutation de société se profile. On peine à envisager qu'elle puisse être réalisée sur la base d'un non-dit et d'une ambiguïté terminologique. On peine à admettre, à l'instar du Québec[10] ou, en France, du CESE[11], la qualification de soin. Le verbe soigner ne mérite-t-il pas un meilleur sort ?

---

1. CSP, art. L1111-4.
2. É. Durkheim, *Le suicide. Étude de sociologie*, Paris, Félix Alcan, 1897, p. 5 et s.
3. P. Mistretta, « De l'art de légiférer avec tact et mesure », *ibid.*
4. CSP, art. L1110-5-3.
5. CCNE, avis n° 121, *ibid.*
6. *Ibid.*
7. *Ibid.*
8. IGAS, *ibid.*, p. 33 ; CCNE, avis n° 139, *ibid.*
9. Cf. note n° 39.
10. R. Koury, S. Philipps-Nootens, *Éléments de responsabilité médicale*, Montréal, Éd. Yvon Blais, 5e éd. 2021, pp. 221-233.
11. https://www.lecese.fr/sites/default/files/pdf/Avis/2018/2018_10_fin_vie.pdf

II

FIN DE VIE, QUELLE SOCIÉTÉ VOULONS-NOUS ?

Ce que vous savez peut-être mal c'est à quel point vous êtes un besoin pour ceux qui vous aiment et, qui sans vous, ne vaudraient plus grand-chose. Je parle d'abord pour moi qui ne me suis jamais résigné à voir la vie perdre de son sens, et de son sang. À vrai dire, c'est le seul visage que j'aie jamais connu à la souffrance. On parle de la douleur de vivre. Mais ce n'est pas vrai, c'est la douleur de ne pas vivre qu'il faut dire. Et comment vivre dans ce monde d'ombres ?

Albert Camus,
Lettre à René Char, 26 octobre 1951.

Emmanuel Hirsch
Professeur émérite d'éthique médicale – Université Paris-Saclay, membre de l'Académie nationale de médecine et de l'Académie nationale de chirurgie, coordonnateur du Collectif Démocratie, éthique et solidarités[1]

LE TEMPS QUI RESTE

J'observe que le temps du mourir est par nature singulier et exceptionnel, et que l'enjeu est de le reconnaître et de le respecter en ce qu'il est personnel, intime et ultime, donc irréductible à une approche relevant seulement du débat d'idées, de la discussion juridique, d'un protocole médical ou d'un agenda politique.

> Combien de temps…
> Combien de temps encore
> Des années, des jours, des heures, combien ?
> Quand j'y pense, mon cœur bat si fort…
> Mon pays c'est la vie.
> Combien de temps…
> Combien ?
> Je l'aime tant, le temps qui reste…
> Je veux rire, courir, pleurer, parler,
> Et voir, et croire
> Et boire, danser,
> Crier, manger, nager, bondir, désobéir
> J'ai pas fini, j'ai pas fini
> Voler, chanter, partir, repartir
> Souffrir, aimer
> Je l'aime tant le temps qui reste.
>
> *Le Temps qui reste*[2]

1. À lire notamment : E. Hirsch, *Devoir mourir, digne et libre*, Paris, Éd. du Cerf, 2022.
2. *Le Temps qui reste*, J.-L. Dabadie.

Le temps d'une vie, le temps qui reste

« Je ne me sens pas d'affinité pour le fameux mot de Cicéron que la vie est une méditation de la mort. La vie est une méditation de la vie, et je dirais qu'il faut vivre au jour le jour. Il faut vivre comme s'il fallait plier bagage demain mais aussi comme si on avait tout le temps devant soi. [1] »

Paul Ricœur me confiait en 1985 cette pensée sur la vie – un plaidoyer pour que l'instant présent ne soit pas destitué de ce qu'il signifie. Y compris lorsque le temps nous est compté et que la maladie ou la perte d'autonomie deviennent une souffrance altérant l'existence au point parfois de préférer s'en délivrer.

Vivre sa vie, en assumer chaque instant sans être assigné à anticiper l'échéance de notre mort, est un acte de liberté, l'affirmation de valeurs d'humanité auxquels je ne renonce pas.

Accompagner en société la personne jusqu'au terme de son existence, lui permettre d'accéder aux soins qui apaisent ses souffrances, à la sollicitude de présences bienveillantes et compétentes, respectueuses de ce quelle est, attentives à ses attentes, est un devoir d'humanité qui nous engage là même où la tentation de l'abandon menace à tout instant.

À l'épreuve de circonstances qui déjouent bien souvent les illusions de maîtrise, les *a priori,* voire les représentations idéalisées ou idéologisées de ce que serait un « bien mourir » ou une « mort dans la dignité », les vérités théoriques s'avèrent décevantes et trop souvent inconsistantes. Les dialogues intimes et ultimes dont témoigne l'expérience d'une relation vécue jusqu'à l'instant de la mort, engagent au discernement, à la rigueur et à l'humilité.

> Un patient se bat contre son cancer depuis des années. Rescapé de situations réputées désespérées, à l'occasion d'une nouvelle récidive au pronostic sombre, sa lutte a, pour la première fois dit-il, moins de sens. Le voici fatigué de ce combat et du triomphalisme obligé jusqu'alors affiché. Il vient régulièrement en « visiteur » à l'unité. Un jour, il me dit : « J'ai eu de la fièvre hier, je pense que c'est une nouvelle infection urinaire car il y a du sang dans ma sonde. Mais je vais attendre un peu, je ne veux pas qu'ils me réopèrent, alors je ne suis pas allé à l'hôpital… » Devant ma surprise – « et ici c'est quoi, ce n'est pas un hôpital ? » –, il me répond : « Non, ici c'est différent, je viens pour discuter… »[2]

1. P. Ricœur, « Le Bon plaisir de Paul Ricœur », E. Hirsch, France Culture, 9 mars 1985.
2. Témoignage de S. Pourchet, médecin.

L'intelligence de la vie ne s'oppose pas à l'advenue de la mort en son temps, maintenue à sa juste place, à juste distance afin de laisser encore sa place à l'existence. L'imminence de la mort qui s'annonce ne détermine pas pour autant le cours d'une existence qui peut emprunter à son rythme des chemins imprévus, et ouvrir sur des possibles dont personnes ne soupçonnait jusqu'alors l'éventualité et la signification. Préserver la liberté d'une vie insoumise à sa destinée, c'est lui reconnaître une dignité qui peut-être s'éprouve et s'affirme en des moments où son caractère inaliénable pourrait être défié.

> J'ai souvent été témoin de ces cheminements difficiles et j'ai compris que nous ne pouvions pas toujours apporter un soulagement satisfaisant. Néanmoins, j'ai compris aussi que notre présence, pleine d'attention et de chaleur humaine, signifiant « je ne vous abandonne pas », est une aide que l'on ne mesure pas et dans laquelle la personne, se sentant moins seule face à la question du mourir, va puiser pour trouver le courage de vivre[1].

La maladie entrave parfois les capacités de préserver la cohérence d'un projet, d'une attention, voire d'une intention – une certaine forme d'unicité et d'aptitude à se projeter dans l'avenir. Cette perte de la faculté d'initiative affecte la personne, lui conteste la possibilité d'avoir prise sur ce qui l'éprouve. C'est en ces termes que s'installe le sentiment d'un dépérissement, d'une dépendance radicale – cette sensation d'être « à la merci » de tout, de ne plus rien pouvoir maîtriser.

Lorsque gagnent le sentiment et le ressenti d'une inexorable perte de ce que l'on a été jusqu'alors, d'une évolution qui chaque jour confronte davantage à des douleurs incernables qui ramènent la personne à la globalité d'une souffrance à son état brut, comment envisager le temps qui reste, le temps à vivre encore ?

De quelles souffrances meurt-on ou devra-t-on mourir alors ?

De celle de la maladie qui ne guérira pas, annexant le corps et la pensée au point de défigurer notre identité et de nous mutiler, de nous épuiser jusqu'à perdre la force de lutter ?

De celle qui provoque cette mise à l'écart du monde, cette relégation éprouvée à travers les ruptures des liens sociaux et des fidélités, la désertion des amitiés, les renoncements aux attachements qui confèrent au quotidien une signification et l'envie de poursuivre un chemin de vie ?

De celle qui paraît abolir notre espace de liberté, pour ne pas dire d'existence, de présence au monde lorsque semblent altérées notre faculté d'initiative, de créativité, de rencontre de l'autre et de sociabilité,

1. Témoignage de M.-H. Salamagne, médecin.

mais également notre capacité à espérer, à se projeter vers un lendemain dont on est encore impatient de découvrir ce qu'il nous dévoilera ?

De celle qu'on pense faire subir aux autres qui souffrent de ce dont nous souffrons, et que nous espérerions pouvoir si possible leur épargner en les soulageant d'une confrontation insensée à laquelle notre départ anticipé mettrait un terme ?

Il n'est de véritable courage que d'assumer nos fragilités, fussent-elles celles de mortels. C'est dans cette acceptation de nos limites – une lucidité, une intelligence et un courage du réel jusque dans ses vérités intimes – que nous pouvons trouver la force d'inventer de la vie, y compris quand elle ne semble plus s'imposer à nous dans son évidence, sa signification, ses promesses et ses utopies.

Le temps à vivre, à vivre ensemble : devoir de fraternité, devoir de non-abandon

La mort est révélatrice de nos attitudes face à la vie. Les temps d'une vie qui s'achève apparaissent d'autant plus respectés et respectables qu'ils ne sont pas ramenés à des évaluations, à des estimations qui détermineraient en quoi et selon quels critères les considérer encore utiles, dignes ou non d'être vécus.

Respecter l'autre y compris au terme de son existence devrait inciter à refuser les méprises et les équivoques du renoncement anticipé, pour ne pas dire une certaine trahison de la relation de confiance.

Penser la fin d'une vie n'est pas un exercice neutre, dès lors qu'il engage à envisager les conditions de notre propre mort, celles de personnes auxquelles nous sommes attachés.

J'observe que le temps du mourir est par nature singulier et exceptionnel, et que l'enjeu est de le reconnaître et de le respecter en ce qu'il est personnel, intime et ultime, donc irréductible à une approche relevant seulement du débat d'idées, de la discussion juridique, d'un protocole médical ou d'un agenda politique.

C'est pourquoi humaniser et socialiser la fin d'une vie me semble d'une tout autre valeur qu'en médicaliser l'assistance.

Préserver une approche humaine et sensible de la mort d'un membre de notre communauté sociale, pouvoir vivre et partager avec lui ses derniers instants parmi nous comme ceux d'un aboutissement, ceux de l'achèvement d'une histoire qui signifie et dont on fera mémoire, le temps du départ et de la séparation, relève d'une obligation qui a inspiré une certaine idée de la responsabilité, de la dignité et de la sollicitude.

Il ne s'agit pas moins que du devoir de fraternité, de non-abandon, de présence auprès de celui qui meurt et dont on se souviendra jusque dans le témoignage de notre dernier attachement à ce qu'il est.

On ne saurait donc banaliser ou déprécier la signification anthropologique de ce temps si particulier de la fin d'une vie, ou mieux du terme de son vécu, puis du passage et de la transmission.

Un constat s'impose. Les repères, les figures ou les représentations du mourir se sont profondément transformés, bouleversant nos conceptions et nos attitudes face à la mort. Nous mourons désormais autrement et ailleurs. Assisté de soignants, accompagné de quelques fidèles qui n'ont pas déserté, ou alors seul. À l'hôpital, en établissement, déjà « loin de la vie », « retranché, voire exclu du monde des vivants », « là où plus rien n'est possible, où plus rien ne se passera, où tout a perdu son intérêt », souvent en des lieux relégués, évités ou ignorés de la cité. En dehors de l'espace familier où l'on a vécu, dans un contexte où la technicité entrave parfois l'humanité des derniers gestes entre vivants.

En fait, dépourvu d'une position reconnue dans notre espace social, celui qui meurt n'existe déjà plus.

Les derniers témoins de notre vie sont plus souvent des professionnels de santé ou du médico-social que les personnes auxquelles nous étions attachés, nos intimes. Celles dont nous espérions une présence et une assistance autre que l'intervention médicalisée pour faire mourir.

On meurt ainsi en anonyme, de manière indifférenciée, en fait sans être en capacité de « vivre sa mort » comme le temps d'achèvement qui conclut une histoire personnelle reconnue en son inaliénable signification jusqu'à son terme.

Ce ne sont pas tant les conditions de prises de décisions difficiles qui défient nos conceptions et nos représentations des droits de la personne en fin de sa vie, que l'urgence de ne pas y sacrifier une certaine idée du vivre ensemble, du vivre avec, du vivre en responsabilité pour l'autre qui parfois scrute auprès de nous le sens d'une existence à vivre encore, à vivre malgré tout.

La dignité, l'autonomie, les droits de la personne, la diversité des cultures et des traditions, des sensibilités et des choix doivent d'autant plus être reconnus et respectés au cours de ces périodes de vulnérabilité que constitue la phase terminale d'une maladie ou d'un handicap évolutif, à un moment donné sans autre issue que la mort à brève échéance. Pour autant, la période dite de fin d'une vie ne saurait se limiter aux moments ultimes d'une existence. N'est-il pas du reste indigne, pour ne pas dire indécent de vouloir la déterminer, la circonscrire en termes de pronostic vital quantifiable ? Au-delà d'une certaine échéance acceptable les droits d'une vie seraient-ils périmés ?

Les périodes « d'échappement aux traitements », de récidive ou de complications difficiles à contrôler peuvent s'inscrire sur une durée plus ou moins longue. Le sentiment d'errance thérapeutique, un manque de suivi dans l'accompagnement, la carence d'un projet de soins pertinent, cohérent, concerté et explicite... Ces épreuves de la déconsidération et de la relégation ne sont pas conciliables avec le désir d'aller plus avant dans l'existence. Elles incitent parfois à rompre le lien avec une vie spoliée de ce qui lui conférait une inaliénable valeur.

La maladie ou le handicap au pronostic incertain ou péjoratif confrontent à des souffrances multiples, provoquées notamment par des renoncements contraints, l'effraction de l'intégrité, une crise identitaire accentuée par une perte d'estime de soi, un sentiment de culpabilité en particulier à l'égard des proches, ce cumul de vulnérabilités qui accentue le ressenti de la dépendance, et parfois la proximité d'un inéluctable qui peut être redouté en fin d'une vie.

Vivre le temps et le tout de sa vie – en témoigner

Il est justifié dans le contexte politique présent de se demander de quel état d'esprit sont révélateurs nos débats relatifs à la fin d'une vie médicalisée alors que notre préoccupation devrait porter sur la vie en société jusqu'à son dernier souffle. Quelles références et quels critères mobilisent-ils ? Quelles en sont les significations et les conséquences sur la vie démocratique ? Affectent-ils ses principes ? Y gagne-t-elle en valeurs ne serait-ce qu'en termes de sensibilité, de sollicitude, de faculté de jugement moral, de justice, de solidarité, de confiance, d'éveil au sens d'obligations partagées ?

Se condamner à mourir pour éviter les indignités, les afflictions, les préjugés ou les préjudices d'une condamnation à vivre encore une existence dont on estime devoir se délivrer par un suicide ou être médicalement délivré, est-ce affirmer son libre choix ?

En fait une question de fond devrait être discutée : qu'est-ce qui nous condamnerait à devoir mourir en devançant notre mort, en abrégeant notre existence, avant que l'inévitable destinée inhérente à notre mortalité nous dépossède, ne nous dessaisisse d'une existence à vivre et à assumer pour un temps compté ? Parfois même en nous surprenant, car plus souvent qu'on ne le dit cette rencontre pourtant inévitable relève d'un inattendu auquel rien d'assuré et de rassurant ne nous prépare. Et pourtant, les témoignages de ces moments vivants et vécus d'une humanité plus intense encore parce qu'on y consacre nos dernières intentions et attentions, sont un hymne à l'espérance qui défie la mort elle-même.

Je me refuse toutefois à idéaliser une vision du mourir dans une société qui ne sait plus trouver dans sa culture de l'immédiateté et de l'éphémère un temps dédié à celui qui souffre des précarités de son existence, ou prend congé de sa vie dans des conditions de solitude et de relégation dont il nous faut contester le mépris et l'indignité.

Le désarroi et les peurs de notre société à l'égard du très grand âge, de la condition des personnes dites dépendantes ou de la maladie chronique, le manque de réponses dignes en termes d'accueil et de suivi ne sauraient justifier de destituer la personne du droit d'exister encore parmi nous.

Tenir une telle position, ce n'est pas être indifférent à ce douloureux constat que Paul Ricœur avait partagé avec moi au cours d'un entretien sur France Culture. Comme lui, j'observe que « la mort est rarement appropriée à la vie » : « Un des scandales qui font du mal plus qu'une culpabilité, c'est que la mort est rarement appropriée à la vie. Je veux dire appropriée au sens où la mort ressemblerait à notre vie. On meurt trop tôt ou trop tard de maladie incongrue sans rapport avec une vocation.[1] »

Dans quel regard puiser la confirmation du sens d'une existence dont on doute soi-même, au point d'être prêt à la révoquer ?

La parole de la personne accablée par la maladie et confrontée à l'inéluctable, parfois à l'insoutenable violence d'une souffrance inapaisable, ne saurait laisser indifférent.

Vivre le parcours de la maladie grave, incertain, escarpé, exposé au cumul de menaces diffuses, peut s'avérer à un moment donné inacceptable. Face aux excès et à la démesure d'une confrontation de chaque instant, les pensées et les espoirs auxquels se rattacher s'avèrent pauvres en certitudes.

Cette humilité contrainte de la personne malade, faite du renoncement à exprimer ce qu'elle est, ce qu'elle vit et ce qui la blesse, peut être éprouvée comme une humiliation dont on ne se remet pas. La personne vulnérable est en tant de circonstances mise en demeure de justifier son existence, de prouver par sa résolution et son courage qu'elle demeure toujours attachée à sa vie et qu'elle y consacre toutes ses capacités. Comme si l'on pouvait idéaliser la figure d'une personne constante, invulnérable et comme héroïque, indemne de ce que la maladie contamine.

---

1. P. Ricœur, « Le Bon plaisir de Paul Ricœur », *op. cit.*

Alain Finkielkraut est préoccupé « de la crainte de mourir *trop tard* », là où pour ce qui me concerne j'observe plutôt une mort sociale, une disqualification, une solitude et une relégation d'autant plus insupportable qu'elle est vécue comme l'expérience de mourir *trop tôt.* « Ainsi, le souhait de vivre vieux et même très vieux s'accompagne de la crainte de mourir *trop tard.* Cette angoisse est si présente qu'elle en vient à concurrencer et même à supplanter l'angoisse de la mort. Au palmarès du cauchemar, le lent glissement somatique et intellectuel de la *fin de vie* fait plus peur que la *fin de la vie.*[1] »

Il convient de repenser la fin d'une vie et la mort en société, de témoigner notre hospitalité et notre bienveillance aux personnes qui mènent leur dernier parcours dans la vie en aspirant à la considération et à la quiétude qu'on leur doit. Il nous faut concevoir d'autres formes de solidarités que le don de la mort par euthanasie pour assumer nos responsabilités humaines là où elles sont engagées et légitimes. C'est à cette condition que la sérénité, la décence et la compétence permettront à chacun de vivre sa destinée dignement jusqu'à son terme, autrement qu'en étant contraint à renoncer par défaut, je veux dire à anticiper le moment de sa mort faute de pouvoir encore tenir sa place parmi les vivants.

Notre vigilance devrait tout d'abord concerner ceux que nous abandonnons en pleine vie, et qui parfois revendiquent le droit à la mort faute d'être reconnus dans la plénitude de leurs droits à la vie.

Pour achever dignement son existence, encore faut-il avoir le sentiment de l'avoir pleinement vécue, y compris lorsqu'en phase terminale l'attente de l'instant qui vient peut ne pas être celle de la mort prochaine. Encore convient-il de reconnaître, d'assumer et de donner une audience parmi nous à cette ultime liberté de l'attente, absolument différente de celle de la mort sollicitée, de la mort donnée, parfois dans la précipitation, comme si de rien n'était et que l'on s'habituait déjà à ce que la mort de l'autre soit un acte délégué à un médecin garant du devoir de « bien mourir », digne et libre.

« Soigner, c'est prêter main-forte à la volonté de vie de l'autre » me confiait une femme auxiliaire de vie qui, matin et soir, partage un temps d'échange, ou plus encore un temps d'humanité, avec un homme atteint d'une maladie neuro-évolutive. Elle le considère comme l'un des siens, et préserve avec lui comme un bien rare et ultime : l'art de la conversation. Il ne cède pas à l'idée de « faire le deuil de l'avenir pour parvenir à une sérénité », et puise dans cette relation humaine tissée au quotidien à

---

1. A. Finkielkraut, *Pêcheur de perles*, Paris, Gallimard, 2024, p. 36.

travers la sollicitude et la bienveillance des gestes d'accompagnement, la force inaltérable d'espérer en « son lendemain ».

Saurons-nous encore comprendre demain la valeur et le sens d'une attention de vie, d'une attention à la vie ? Attacherons-nous encore une vraie considération à cet appel qui met à l'épreuve et engage ce que nous sommes, ce à quoi nous sommes attachés – nos obligations pour l'autre ?

« Rassurez-nous, soulagez-nous, retenez-nous.[1] » Les auteurs de cette tribune publiée le 27 juin 2023 m'ont impressionné par la rigueur et la justesse de leurs positions, revendiquant une espérance humaine en contradiction avec les idéologies du mourir médicalement administré : « Nous avons besoin d'être regardés, soulagés, accompagnés, mais pas tués. Nous avons besoin d'une bonne prise en charge pour ajouter de la vie aux jours difficiles qui parfois nous sont comptés, pour apprivoiser notre condition, être le plus confortables possible, pour continuer à faire des projets et, aussi, pour réfléchir.[2] »

Penserait-on un instant débattre de l'opportunité de consacrer une législation à l'aide active à vivre ? Nous y trouverions pourtant de bonnes raisons pour repenser et renforcer ce qui fait société, ce qui pourrait aviver notre attachement au bien commun et, plus encore, rappeler ce qui relève ou non de priorités éthiques et politiques.

Être reconnu, respecté et accompagné dans son parcours de vie sans que soit suspectée sa raison d'être. Avoir le sentiment d'appartenir à une société qui ne considère pas primordial de s'accorder sur l'apaisement par la mort de souffrances existentielles méritant mieux que cette sorte de compassion, n'est-ce pas l'espérance, le droit et l'assurance auxquels chacun d'entre nous aspire sans conditions, ne serait-ce que pour encore faire confiance ?

Si, de manière récurrente, sont évoqués nos devoirs de société à l'égard de la personne qui souffre, ayant perdu l'espoir de survivre à sa maladie ou, proche de la mort, et qui éprouve le sentiment d'indignité d'une survie prolongée au-delà de l'acceptable, seuls les engagements de la sollicitude humaine et du soin jusqu'au moment de sa mort la confirment dans la valeur d'un attachement encore soucieux du sens de ce qu'elle vit.

---

1. « Quand nous souffrons, rassurez-nous, soulagez-nous, retenez-nous », Tribune collective, FigaroVox, 27 juin 2023, *ibid.*

2. *Ibid.*

Les soins palliatifs, soins de la vie, humanité du soin

La conquête par les soins palliatifs – soins d'accompagnement et donc soins de vie – de nouveaux territoires voués à l'éthique du soin et aux pratiques humaines d'une médecine de la personne, est un chemin de vie qui permet d'aborder la perspective du mourir du point de vue de la vie, dans la vie, dans notre propre vie.

Cette prévenance dont témoigne l'acte soignant, permet la continuité, l'ouverture, la relation. Elle contribue à préserver la créativité et l'intensité de l'instant présent jusqu'au dernier souffle. Rien à voir alors avec le renoncement à la promesse d'un jour de plus ou de trop dont est révoquée toute signification, répudiant la vie pour lui préférer une mort.

Les soignants témoignent de leurs expériences quotidiennes de rencontres et de parcours personnels, d'aventures humaines aux confins de la vie dont ils se gardent bien d'idéaliser la réalité. Ils considèrent comme une obligation éthique et politique cette fraternité dans une relation vraie avec celui qui sollicite l'apaisement de ses souffrances et la considération des membres de notre cité – professionnels ou bénévoles associatifs – qui accordent encore un sens à ce qu'il est en ce qu'il vit.

Les valeurs portées par cette philosophie de l'engagement soignant inspirent un nouvel humanisme de la fonction soignante. Ce sont des soins d'humanité.

Ce n'est ni de compassion, ni de promesses jamais tenues ou alors de procédures mortifères qu'éprouvent le plus grand besoin ceux qui n'ont pas le temps d'attendre plus longtemps les engagements solidaires dont on se contente de discuter. C'est de considération vraie et d'une bienveillance sociale au service de leur vie, d'une autre urgence que la recherche d'un consensus national favorable à la reconnaissance du droit à une mort anticipée !

Il s'agit de comprendre la signification de ce temps qu'est l'achèvement d'une existence – moment de séparation, de rupture mais aussi de conclusion qui sollicite la retenue et le respect. Cet hommage que l'on doit à la personne est l'ultime déférence qui lui est témoignée sur le porche de son existence, avant de l'accompagner par la pensée lorsqu'elle s'éloignera de nous. C'est lui faire la promesse qu'il sera fait mémoire de ce temps des adieux, précédant celui de l'après et du souvenir.

Notre devoir de non-abandon ne s'assume pas dans le geste de la mort donnée, de l'homicide médicalisé légalement dépénalisé, mais dans la sollicitude d'une attention à l'autre qui s'efforce d'apaiser sa souffrance et ses peurs, et lui confirme que sa place est encore et toujours parmi et avec nous, sans conditions et sans véritable limite.

Claire Fourcade incarne et exprime avec l'ensemble des membres de cette communauté des veilleurs en humanité mobilisés au cœur de la Société française d'accompagnement et de soins palliatifs, l'éthique du devoir de non-abandon, cette exigence d'une présence qui jamais ne déserte parce qu'elle est force de fidélité et de fraternité : « Dans le doute et l'incertitude, nous essayons d'être là, présents, et de tenir la promesse du non-abandon. En équipe, encordés, liés les uns aux autres pour retenir celui qui tombe ou qui irait trop loin, nous faisons avec nos patients un bout du chemin, mais nous devons revenir de la mort au seuil de laquelle nous laissons ceux que nous accompagnons pour pouvoir ensuite repartir avec d'autres[1]. »

On l'a compris, les devoirs de considération et de mémoire sont à opposer à l'indifférence de procédures oublieuses de ce qui fait humanité et fait société.

Auprès de celui qui meurt, notre société est interrogée sur ce qu'elle est en vérité, sur ce à quoi elle est attachée, sur ses fidélités comme sur ses obligations, sur ce qui donne confiance ou contribue à la défiance, incitant alors au retranchement dans des positions individualistes indifférentes aux principes de démocratie qui renforcent l'unité d'une nation autour de valeurs communes et inspirent nos solidarités.

1. C. Fourcade, « Fin de vie: la lettre ouverte de Claire Fourcade, médecin en soins palliatifs, à Emmanuel Macron », *Paris Match*, 28 janvier 2024.

Vincent des Portes
Professeur de neuro-pédiatrie, CHU de Lyon, Université Claude Bernard Lyon I

QUELS REPÈRES POUR QUELLE SOCIÉTÉ ?

Liberté, égalité, fraternité : questions à l'intention de nos élus

Quelle forme de liberté souhaitons-nous promouvoir pour vivre ensemble ? Voulons-nous des relations fondées sur la juxtaposition de libertés individuelles, parfois inconciliables ou bien une « communauté de libertés » qui contribuent au bien commun et ne s'épanouissent pleinement que quand elles se rejoignent, dans cette interdépendance relationnelle qui caractérise l'être humain ?

Fin de vie : ce qui a conduit à une nouvelle proposition de loi

Beaucoup d'entre nous connaissent des personnes atteintes de maladies graves (cancers avancés, maladies neuro-dégénératives), évoluant parfois pendant des années. La personne malade peut éprouver légitimement une peur devant la dégradation corporelle, la dépendance y compris pour les soins d'hygiène élémentaires, la perte d'identité liée à la dégradation cognitive, voire le spectre d'une longue agonie. Les proches aidants, quand ils sont présents, craignent de voir progressivement l'être cher devenir méconnaissable physiquement, parfois psychiquement ; certains, eux-mêmes fragiles, y laissant leur santé. Personne n'échappe à ces inquiétudes et au souhait, plus ou moins conscient, de pouvoir agir sur sa fin de vie ou celle de ses proches.

La loi n° 2016-87 du 2 février 2016 créant de nouveaux droits en faveur des malades et des personnes en fin de vie, actuellement en vigueur[1], vise

1. Article rédigé début 2025 dans un contexte qui ne permettait pas de bénéficier d'informations relatives aux évolutions législatives.

à réaffirmer le droit des malades à refuser toute obstination déraisonnable (acharnement thérapeutique) et à être soulagés de leurs souffrances sans intention délibérée de donner la mort. Ce cadre éthique borné par deux limites claires permet aux patients d'exprimer leur douleur, leur souffrance psychique, ou encore la honte de leur état corporel, le découragement voire le souhait d'en finir, sans risquer de voir leur plainte interprétée hâtivement comme une demande d'écourter leurs jours. Ce cadre donne aussi aux soignants le temps de comprendre la plainte, d'en chercher les causes et d'y répondre de la manière la plus adaptée, en soulageant la souffrance et en accompagnant le patient et ses proches. Certaines situations requièrent un haut degré de médicalisation qui amène les équipes soignantes à réfléchir avec le patient sur le bien-fondé des thérapeutiques proposées, en prenant en compte sa volonté afin de respecter son autonomie. Le projet de soins peut comporter éventuellement des *décisions d'arrêt ou de limitation de traitements* pour éviter des souffrances surajoutées, qu'induirait la surmédicalisation.

Une majorité de soignants et de médecins impliqués auprès de ces patients considère que la législation française actuelle, très originale dans le paysage législatif européen, permet d'agir collectivement face aux situations de grande souffrance physique ou psychique, si elle est correctement appliquée[1]. Le recours éventuel à une sédation profonde et continue maintenue jusqu'au décès (SPCMD) est autorisé, y compris *en soutien* d'une limitation ou arrêt de ventilation ou nutrition artificielle pour prévenir des souffrances à venir[2]. Cette possibilité peut être mise en œuvre en particulier pour des personnes atteintes de maladies neurodégénératives telles que la maladie de Charcot à un stade avancé[2].

Cependant, cette sédation ne peut être mise en place que si le pronostic vital est engagé à court terme, pour des personnes qui vont mourir dans les heures ou les jours qui viennent. Que faire face à des situations où la maladie est incurable, mais n'entraîne pas le décès à court terme ? La loi actuelle ne répond pas aux revendications de personnes qui veulent mourir et ne supportent pas la perspective d'une lente détérioration de

---

1. Treize organisations, représentant 800 000 professionnels, ont signé un texte pour rejeter l'euthanasie, une pratique « incompatible » avec le métier du soin. *Le Figaro*, 16 février 2023.

2. Centre national des soins palliatifs et de la fin de vie (CNSPFV). « Les personnes atteintes de sclérose latérale amyotrophiques (SLA) et la fin de vie : quels besoins ? Quelles attentes ? Quelle prise en charge ? », synthèse du groupe de travail consacré à la fin de vie des personnes atteintes de SLA, 2 novembre 2021.

leur état[1]. Plusieurs situations exceptionnelles fortement médiatisées[2] ont été les porte-voix d'un nouveau droit : mettre fin à ses jours avec l'aide du tiers médical, y compris quand le *pronostic vital n'est pas engagé* à court terme.

À la suite d'un engagement électoral du président de la République, de l'avis favorable du Comité consultatif national d'éthique[3] le 13 septembre 2022, et d'une Convention citoyenne sur la fin de vie[4], un projet de loi relatif à l'accompagnement des malades et de la fin de vie a été discuté à l'Assemblée nationale avec l'intention d'une évolution législative autorisant le suicide assisté et l'euthanasie, réunis sous le vocable d'une « aide à mourir ». Ce projet de loi, dont le vote a été suspendu par la dissolution de l'Assemblée nationale en juin 2024, avait déjà été amendé puis voté en commission spéciale de l'Assemblée nationale le 17 mai 2024[5]. Parmi les amendements, la personne demandant une aide à mourir devait être atteinte d'une affection grave et incurable « en phase avancée ou terminale » et non plus « engageant son pronostic vital à court ou à moyen terme ». L'argument motivant cet amendement est qu'une personne peut souhaiter ne pas connaître les affres de la maladie, même si son pronostic vital n'est pas directement engagé. Cette reformulation répond explicitement à la demande de *dissocier* mort *naturelle* et mort *choisie*. Le président de l'Union Nationale des associations agréées d'usagers du système de santé

1. A. le Dréau, « Euthanasie : la loi actuelle sur la fin de vie ne suffit-elle vraiment pas ? », *La Croix*, 13 septembre 2022.

2. D. de Mallevoüe, « Euthanasie : de nombreux malades « indignés » par la médiatisation du choix d'Anne Bert », *Le Figaro*, 18 septembre 2017. Christine Tabuenca, directrice générale de l'Arsla (Association pour la recherche sur la SLA) regrette la médiatisation du geste d'Anne Bert associé à la maladie, plus précisément le raccourci « Charcot-euthanasie ».

3. « Questions éthiques relatives aux situations de fin de vie : autonomie et solidarité », avis n° 139, CCNE, 13 septembre 2022 : « Le CCNE considère en effet qu'il existe une voie pour une application éthique de l'aide active à mourir, mais qu'il ne serait pas éthique d'envisager une évolution de la législation si les mesures de santé publique recommandées dans le domaine des soins palliatifs ne sont pas prises en compte. »

4. « Rapport de La Convention citoyenne sur la fin de vie » Conseil économique social et environnemental (*CESE*), avril 2023. « Nous, citoyennes et citoyens de la Convention, constatons que les lois sur l'accompagnement de la fin de vie sont aujourd'hui insuffisamment connues et appliquées. Face à cette situation, nous appelons à des changements profonds parmi lesquels une garantie d'accès aux soins palliatifs, le renforcement de la formation des professionnels de santé et une meilleure information de toutes et tous. »

5. Texte de la Commission spéciale n° 2634. Annexe au Rapport. Projet de Loi relatif à l'accompagnement des malades et de la fin de vie, 18 mai 2024.

(France Assos Santé) approuve la disparition de cette notion de court ou moyen terme[1].

Ce projet de loi ne peut pas faire abstraction du contexte sanitaire de notre pays en 2024 : le service public sanitaire et médico-social traverse depuis la pandémie de Covid-19 une crise sans précédent avec une désertion massive des métiers du soin et de l'accompagnement, et n'est plus en capacité de *garantir* un accès universel aux soins curatifs et palliatifs pour tous, y compris pour les personnes avancées en âge, vivant avec un handicap ou en précarité sociale, laissant ainsi des milliers de personnes sans soins adaptés.

Autoriser le suicide assisté ou l'euthanasie n'est pas une simple évolution, une sorte de complément de la loi actuelle. Une question anthropologique fondamentale ne peut pas être écartée du débat : sommes-nous prêts, au nom du principe d'autonomie, à déverrouiller l'interdit de donner la mort ?

Ce droit individuel supplémentaire, présenté comme une loi de « fraternité »[2], vient profondément questionner la signification des trois fondements de notre devise républicaine, auxquels nous sommes tous si attachés : liberté, égalité, fraternité. À chacun de s'interroger sur la signification qu'il accorde à ces mots.

Liberté

Certains considèrent, au nom de l'autonomie, que le droit de maîtriser les conditions de sa propre mort est la forme ultime de la liberté[3]. Cette position philosophique respectable, se heurte cependant à quelques questions dans sa mise en pratique.

Demander une assistance à mourir est-ce l'expression d'une réelle liberté si elle résulte de la peur de souffrir par défaut de soins et d'accompagnement adaptés ? Les soins palliatifs et les moyens efficaces de traitement de la douleur restent en effet *méconnus* des soignants et des citoyens, et la loi actuelle mal appliquée et non évaluée. Les différents

1. France Assos Santé, la voix des Usagers. Union Nationale des associations agréées d'usagers du système de santé.

2. Entretien exclusif du président de la République Emmanuel Macron accordé à *La Croix* et à *Libération* le dimanche 10 mars 2024. Il dévoile les grandes lignes du texte de projet de loi sur la fin de vie qui sera débattu à l'Assemblée nationale à partir du 27 mai 2024.

3. Association pour le Droit de mourir dans la dignité : « Avec le vote de cette loi, les Français bénéficieraient de leur ultime liberté », site admd.net

rapports (IGAS, 2018[1]; Commission parlementaire, 2023[2]) montrent à quel point son application *effective* est insuffisante. Le CCNE le rappelle en son avis[3] et le rapport de la Convention Citoyenne l'écrit dans son manifeste. La priorité avant de légiférer sur le suicide assisté et l'euthanasie, aurait été de mettre en œuvre et financer une politique volontariste de déploiement des soins palliatifs et d'accompagnement sur l'ensemble du territoire national, y compris sur les territoires ultramarins.

Quelle est cette liberté nouvelle qui demandera aux médecins de prescrire et/ou exécuter un acte létal sous la dictée du patient et ainsi à parjurer le serment d'Hippocrate proclamé solennellement devant témoins le jour de leur thèse, pour se conformer à la loi de la République ? La loi imposera *de facto* une modification de ce serment avec suppression de la phrase : « Je ne provoquerai pas délibérément la mort ». Par ailleurs, dans ce projet de loi, il n'était pas envisagé de clause de conscience pour les pharmaciens qui auront l'obligation de délivrer la substance létale prescrite pour un suicide assisté.

Paradoxalement, la loi dont l'objectif est d'accroître l'autonomie et les droits des personnes en fin de vie, renforcera le pouvoir des médecins qui pourront autoriser (ou pas) un suicide assisté et pratiquer une euthanasie. D'ailleurs, de nombreux médecins et soignants ne veulent pas de ce pouvoir qui leur serait confié[4]. Quand certains recourront à la clause de conscience avec l'argument légitime que soigner n'est pas tuer, de graves tensions surviendront inéluctablement au sein des services avec d'autres médecins qui accepteront d'appliquer la loi, parfois au prix de souffrances personnelles non avouables.

---

1. IGAS, « Évaluation du plan national 2015-2018 pour le développement des soins palliatifs et l'accompagnement en fin de vie ».

2. Mission d'évaluation de la loi du 2 février 2016 créant de nouveaux droits en faveur des malades et des personnes en fin de vie dite « loi Claeys-Leonetti », Commission des Affaires Sociales, Assemblée nationale, 29 ars 2023, p. 90 : « La principale difficulté n'est pas celle du cadre juridique instauré par la loi Claeys-Leonetti, mais celle des moyens mobilisés pour assurer la garantie des droits nouvellement créés. »

3. Avis n° 139, CCNE, *ibid.*, pp. 38-40 : « Le constat partagé qu'on meurt mal en France, nous engage davantage à nous interroger sur les racines de ce mal et les moyens humains à développer pour y répondre, plutôt qu'à envisager d'abord une évolution législative en faveur d'une aide active à mourir. »

4. Fin de vie : nous ne serons pas les professionnels du « secourisme à l'envers » ! Communiqué de presse commun du 14 décembre 2023, signé par 18 fédérations et syndicats de professionnels de santé ; en réaction au projet de Loi présenté au Président de la République le 13 décembre 2023, « relatif à l'accompagnement des malades et de la fin de vie ».

Si la plupart des médecins sont réticents, d'autres pratiquent déjà des euthanasies illégales. L'encadrement des actes, censé réguler les flux, ne pourra pas lutter contre les euthanasies dissimulées du fait de la complexité juridique à prouver le caractère illicite d'actes réalisés hors cadre, comme l'illustrent les limites du système répressif belge[1]. Selon le droit français, l'acte d'euthanasie serait, une fois la loi votée, considéré comme une cause d'irresponsabilité pénale par autorisation de la loi (article 122-4 du code pénal), et ne justifiera donc pas un contrôle systématique de l'autorité judiciaire.

Égalité

Un des arguments forts de la légalisation du suicide assisté et de l'euthanasie est de permettre à chaque citoyen qui le souhaite, d'accéder à ce droit réservé aujourd'hui à une minorité de personnes qui bénéficient des moyens pour se rendre à l'étranger et recourir à ces pratiques notamment en Suisse ou en Belgique. Mais le message symbolique porté par ce droit d'abréger ses souffrances par la mort, n'aura-t-il pas des conséquences sur d'autres sources d'inégalité comme l'accès aux soins palliatifs, la prévention du suicide et la promotion du « bien vieillir » ?

Quelle égalité entre les patients, quand 50 % des personnes ayant besoin de soins palliatifs n'y ont pas encore accès[2] ? Au risque de se répéter, cet accès universel aux soins palliatifs était déjà inscrit dans la loi « Claeys-Leonetti » mais insuffisamment déployé. Pourquoi le serait-il plus aujourd'hui quand les caisses de l'état sont vides ? Le rapport remis au gouvernement le 8 décembre 2023[2] proposait une stratégie de développement des soins palliatifs à dix ans, incluant d'importants moyens financiers. La réticence du gouvernement de l'époque à inscrire dans le projet de loi un amendement en faveur d'un droit opposable à bénéficier de soins palliatifs a de quoi inquiéter sur l'engagement effectif de l'état.

Quelle égalité entre les générations, dans un contexte de profonde désespérance des adolescents et jeunes adultes submergés par l'éco-anxiété, premières victimes de la fragmentation du lien social, et tentés

1. K. Raus, B. Vanderhaegen et S. Sterckx, « Euthanasia in Belgium : Shortcomings of the Law and Its Application and of the Monitoring of Practice », *The Journal of Medicine and Philosophy : A Forum for Bioethics and Philosophy of Medicine*, 2021, vol. 46, n° 1, pp. 80-107.

2. « Vers un modèle français des soins d'accompagnement », rapport adressé à la ministre déléguée chargée de l'organisation territoriale et des professions de santé, 8 décembre 2023.

de plus en plus par le suicide dont l'incidence s'est accrue au décours de la pandémie dans cette population[1] ? Le sujet est d'actualité, avec une progression inédite des hospitalisations pour geste auto-infligé chez les adolescentes et les jeunes femmes en 2021 et 2022 (Rapport de la DRESS, mai 2024). La légalisation du « droit » au suicide assisté leur enverra un message brouillé, en contradiction avec l'urgence d'une politique claire de prévention du suicide. Il est tout simplement *impossible* d'affirmer en même temps que le suicide est un *mal* à éviter et un *bien* désirable dont la mise en œuvre est promue par la loi. L'euthanasie en Belgique d'une jeune femme de 23 ans pour « souffrances psychiques inaltérables » à la suite des attentats terroristes[2] n'a visiblement pas ému les promoteurs de l'aide à mourir sur les risques de dérive.

Cet exemple illustre le fait que dans les pays ayant légalisé une assistance médicale à mourir, aucune autorité de régulation ne peut s'opposer à l'élargissement des indications d'une loi basée sur l'expression d'une souffrance individuelle. En effet, le caractère insupportable d'une souffrance est un ressenti subjectif que personne n'est autorisé à remettre en cause. Et au nom de l'égalité, ce droit individuel d'une assistance à mourir sera inéluctablement étendu en France aux personnes présentant des troubles cognitifs ou psychiques, aux adolescents et aux enfants[3]. Cela n'est qu'une question de temps.

Quelle égalité entre les générations, quand les personnes âgées dépendantes éprouvent déjà un sentiment d'inutilité, de poids pour leurs proches et vivent pour certaines d'entre elles le sentiment d'une forme de mort sociale ? La demande d'euthanasie très médiatisée de quelques personnes ne risque-t-elle pas de pousser implicitement certaines personnes vulnérables à demander une euthanasie, culpabilisées de ne pas laisser la place aux jeunes ou de dilapider l'héritage de leurs enfants du fait du coût de leur situation de dépendance ? La demande d'aide à mourir deviendrait-elle une décision citoyenne ? Le film d'anticipation japonais *Plan 75*[4] décrit avec subtilité l'engrenage sordide d'une telle logique. La priorité est de laisser la loi « Bâtir la société du Bien

---

1. DREES (Direction de la Recherche, des études, de l'évaluation et des statistiques), « L'état de santé de la population en France ». *Les dossiers de la DRESS*, n° 102, septembre 2022. Synthèse, pp. 26-27.

2. « En Belgique, une jeune femme victime des attentats de 2016 recourt à l'euthanasie pour cause de "souffrance psychologique insupportable" », *Le Monde*, 7 octobre 2022.

3. Belgique. Loi du 28 février 2014 modifiant la loi du 28 mai 2002 relative à l'euthanasie, en vue d'étendre l'euthanasie aux mineurs.

4. *Plan 75,* film japonais de Chie Hayakawa, 2022.

vieillir et de l'autonomie[1] », être financée, mise en application, puis évaluée à cinq ans sur des indicateurs précis : prévention de l'isolement et de la maltraitance des personnes âgées, accompagnement de la perte d'autonomie et revalorisation du rôle social et de la rémunération des métiers de soins à la personne.

Quelle égalité entre les personnes valides et les personnes vivant avec *un handicap*, quand ces dernières souffrent déjà du regard des autres et d'une forme d'exclusion ? Lorsqu'une personne demande une euthanasie pour le seul motif de son handicap, cet acte *apparemment isolé* ne risque-t-il pas d'accentuer le *soupçon* porté sur la valeur de la vie des autres personnes en situation de handicap et d'accroître un sentiment d'indignité et d'inutilité ? La médiatisation du choix d'Anne Bert, atteinte de la maladie de Charcot (SLA), de se faire euthanasier en Belgique, a provoqué l'indignation de personnes atteintes de la maladie : « Cela leur renvoie une image négative et ultime de la maladie alors que la grande majorité d'entre eux ne pense ni à l'euthanasie ni au suicide, qu'ils sont au contraire dans l'espoir et la vie, dans le combat, qu'ils profitent du présent et font tout pour compenser la perte d'autonomie. »[2]

Fraternité

Certaines personnes témoignent de leur impuissance à pouvoir aider leur proche à mourir et auraient aimé pouvoir les aider en réduisant le temps de l'agonie. Personne, quels que soient ses fondements philosophiques ou religieux, ne peut être indifférent à la souffrance d'autrui et il serait inhumain de le laisser souffrir pour des raisons idéologiques. Le débat se situe donc autour des *moyens* d'agir pour atténuer la souffrance d'autrui. Aider un proche à mourir est considéré par certains comme la forme ultime de la fraternité et du respect de son autonomie. Pour d'autres, la fraternité est de tout faire pour aider la personne à vivre au mieux les jours qui lui restent en soulageant ses souffrances et en l'accompagnant avec ses proches.

Ne pas laisser *seule* la personne qui souffre est le minimum que l'on puisse faire. Or, dans le contexte historique de crise des vocations des métiers du soin et du service à la personne, avec des postes vacants dans

1. Loi n° 2024-317 du 8 avril 2024, portant mesures pour bâtir la société du bien vieillir et de l'autonomie.

2. D. de Mallevoüe, « Euthanasie : de nombreux malades « indignés » par la médiatisation du choix d'Anne Bert », *ibid.*

les hôpitaux, les Ehpad et les établissements accueillant des personnes vivant avec un handicap, qui aura le temps de *prendre soin* des personnes vulnérables ?

Le premier devoir d'un état ayant comme devise la fraternité, est de respecter ses citoyens en les informant sur leurs droits. Le législateur lui-même reconnaît une grave *méconnaissance* par les citoyens du contenu de la loi actuelle[1] (directives anticipées, désignation d'une personne de confiance, soins palliatifs, sédation en fin de vie). Par ailleurs, éduquer les citoyens implique de diffuser une *information loyale* sur la *complexité* des enjeux de la fin de vie : il n'est pas loyal de présenter l'euthanasie et le suicide assisté comme des actes compassionnels « faciles, rapides et sans souffrance », en opposition à des situations « inhumaines de souffrance intolérable » prétendument sans solution, sans évoquer l'efficacité de soins palliatifs bien conduits.

La violence inhérente au suicide assisté interdit de le présenter comme une mort *douce* pour la personne et ses proches.

La culture palliative, plus complexe à mettre en œuvre, doit être expliquée avec pédagogie : un accompagnement humain dans la durée, réajusté à chaque instant selon les symptômes, et nécessitant la réflexion de toute une équipe pluriprofessionnelle à l'écoute du patient et de ses proches.

L'euthanasie ne complète pas les soins palliatifs, elle les *interrompt*. C'est pourquoi la requalification des soins palliatifs en soins *d'accompagnement*, mêlant soins palliatifs et euthanasie, est source de confusion, y compris pour évaluer scientifiquement les effets de la loi. En outre, quand dans une « Maison d'accompagnement et de soins palliatifs », un même médicament sédatif pourrait être utilisé pour soulager la douleur ou dans l'intention d'accélérer la mort, un sentiment d'insécurité pourrait gagner les patients les plus vulnérables. De surcroît, cette coexistence fragilisera inéluctablement la cohésion des équipes soignantes. Dans un contexte économique contraint, la *coexistence* de l'euthanasie et des soins palliatifs n'est pas tenable. Elle sera *inévitablement* au détriment du développement des soins palliatifs, de la créativité et de l'énergie des équipes soignantes, sous une double pression économique et sociétale.

---

1. Rapport de la Commission des Affaires Sociales, Assemblée nationale, *ibid.*, p. 89 : « À de rares exceptions, les patients ne se sont effectivement pas appropriés les nouveaux droits prévus par la loi parce qu'ils ignorent leur existence ou ne souhaitent pas réfléchir à la fin de vie avant d'y être pleinement confrontés. Il est frappant que sept ans après la loi, seuls 43 % des Français connaissent l'existence des directives anticipées et que moins de 8 % d'entre eux les aient renseignées. L'information des citoyens de leurs droits et la communication autour de la fin de vie sont aujourd'hui insuffisantes, et pourtant si cruciales. »

À terme, le recours à l'aide à mourir pourrait contribuer à réduire indirectement la charge financière de la grande dépendance...[1] Ce sujet sensible n'est pas ouvertement abordé par les promoteurs de la loi. Mais le rôle majeur de certains responsables mutualistes dans la préparation de l'évolution législative a de quoi nous interroger sur les enjeux médico-économiques sous-jacents.[2]

Quels repères anthropologiques voulons-nous pour fonder notre société ?

Une communauté de citoyens liés par un destin commun, peut-elle autoriser une *exception* à l'interdit de tuer ? L'enjeu est de taille car, comme l'a clairement exprimé Robert Badinter, toute loi, « au-delà de sa fonction répressive, a une fonction expressive »[3]. En d'autres termes, ce qui est dépénalisé, ce qui est légal, devient progressivement moralement juste. Autoriser « l'aide à mourir » transformera progressivement l'acte de donner la mort en un geste considéré comme compassionnel et courageux. Ce travail de métamorphose d'un acte répréhensible en un acte humaniste n'a-t-il pas déjà commencé par le remplacement des mots ? Au plus haut niveau de l'état, on « n'aime pas le mot euthanasie », on préfère le néologisme « aide à mourir ».

Quelle forme de liberté souhaitons-nous promouvoir pour vivre ensemble ? Voulons-nous des relations fondées sur la juxtaposition de *libertés individuelles,* parfois inconciliables ou bien une « communauté de libertés » qui contribuent au bien commun et ne s'épanouissent pleinement que quand elles se rejoignent, dans cette *interdépendance* relationnelle qui caractérise l'être humain ? Il faut choisir. La coexistence des deux conceptions de la liberté sera toujours au détriment du plus faible. Car une liberté individuelle qui se voudrait totalement *indépendante* de celle d'autrui ne peut pas s'exercer sans ne rien retirer à

---

1. J.-M. Sauvé, entretien avec A. Leclair, « Avec l'aide à mourir, "c'est l'ultime ruse du libéralisme pour faire des économies sur l'État-providence" ». *Le Figaro*, 13 mai 2024.

2. T. Beaudet, « L'aide active à mourir : un débat nécessaire », tribune, *Le JDD,* 18 janvier 2020.

3. R. Badinter, (Présentation du nouveau Code pénal par le ministre de la Justice), 19 décembre 1985 : « Tout Code pénal doit remplir une double fonction. La première, évidente, est la fonction répressive. La seconde fonction de la loi pénale est plus secrète. Toute société repose sur certaines valeurs reconnues par la conscience collective. Ces valeurs se traduisent par des interdits. Et ces interdits à leur tour engendrent des peines contre ceux qui les méconnaissent. Ainsi, la loi pénale exprime-t-elle par les sanctions qu'elle édicte le système de valeurs d'une société. C'est la fonction expressive de la loi pénale. »

une autre personne (proche, soignant). Elle devient même « folle », pour reprendre le terme de Chesterton[1], quand elle est érigée en valeur absolue et n'est plus contenue par d'autres valeurs fondatrices telles que l'égalité et la fraternité qui la régulent. Paul Ricœur, opposé à l'euthanasie, invitait à rechercher une vie bonne *pour soi*, *avec* et *pour les autres*, dans des institutions *justes* et *garantes des droits*[2], en particulier pour les citoyens les plus vulnérables. Dans cette optique, le suicide assisté et l'euthanasie ne sont-ils pas un constat d'échec de la sollicitude entre citoyens ?

Voulons-nous une société qui promeuve une aide active à mourir ou qui s'engage pleinement dans une aide active à vivre[3] accessible au plus grand nombre, y compris les personnes les plus pauvres souvent éloignées du soin ? Avant de se précipiter pour légiférer, il est encore temps d'appliquer la loi actuelle et de nous interroger sur notre rapport au handicap, à la vieillesse, à la finitude et à la mort[4].

---

1. G. K. Chesterton, « Les vertus ont viré à la folie parce qu'on les a isolées les unes des autres et qu'elles errent indépendamment dans la solitude », *Orthodoxie* (1908).

2. P. Ricœur, *Philosophie, éthique et politique. Entretiens et dialogues*. Paris, Éd. du Seuil, 2017.

3. Association « Faim2vie », fondée par des participants à la Convention citoyenne qui ne cautionnent pas la manière dont les conclusions de cette convention ont été relayées dans les médias, dédiée à l'aide active à vivre. https://faim2vie.fr/

4. Réserves émises par des membres du CCNE à la suite de l'avis n° 139 du CCNE, *ibid.* : « Il nous paraît éthiquement incontournable que tout soit prioritairement mis en œuvre pour remédier aux difficultés du système de santé, pour promouvoir une culture médicale appropriée aux enjeux particuliers de la fin de la vie, et pour interroger la société sur son rapport à la vieillesse et à la mort. »

Olivier Mariotte
Président de nile

FIN DE VIE ET GUERRE DES LOBBIES : ACTEURS ET ENJEUX DANS UNE SOCIÉTÉ FRACTURÉE

Pour une meilleure compréhension de lecture et pour caractériser les forces en présence, nous prenons arbitrairement le parti de parler des lobbies de l'euthanasie et des lobbies de la fin de vie.

La guerre des lobbies sur les questions de la fin de vie reflète une lutte plus large entre différentes visions du monde. Il y a d'un côté la vision d'une autonomie radicale soutenue par un individualisme ambiant et une conception sans mesure de la liberté individuelle et de l'autre, la vision d'une société plus respectueuse et solidaire des fragilités humaines, mettant en avant un système de valeurs humaines. Dans le contexte sociétal, cette opposition constitue un miroir des fractures profondes qui traversent notre époque.

Des visions diamétralement différentes de l'humanité

Il serait naïf de croire que le débat autour de la question de la fin de vie n'est pas sous-tendu par une confrontation au plus haut des acteurs de la société civile. Les enjeux, en effet, sont trop importants remettant profondément en cause un système de valeurs qui, jusqu'ici, fournissait un cadre social, légal et réglementaire suffisant pour donner une forme de cohérence à la pensée sociale autour de la question de la fin de vie des personnes malades. Ainsi la loi 2 février 2016 créant de nouveaux droits en faveur des malades et des personnes en fin de vie semblait un point d'équilibre acceptable pour tous, partagé par les malades, leurs familles et les professionnels et aidants les accompagnants. Cette solution partagée a cependant trouvé des acteurs et des lobbies pour vouloir la considérer comme obsolète et essayer de déplacer le curseur pour permettre une légitimation du suicide assisté, de l'aide active à mourir ou de l'euthanasie[1].

Si l'on considère le contexte général, celui-ci est particulièrement propice à la résurgence de ce débat. Le monde politique est discrédité, considéré par une large partie de la population comme non légitime, centré sur des considérations personnelles et peu compétent pour se projeter dans l'avenir et trouver un modèle sociétal alternatif. La géopolitique n'arrange pas du tout la pensée commune, montrant à l'envi que le monde se polarise entre modèle démocratique et modèle autoritaire et populiste. Sur les médias, chaque jour amène son lot de morts et de dégradation. La culture du buzz participe fortement au triage des informations, gardant les plus spectaculaires pour écrire les *punchlines* et alimenter des débats où certains s'invitent, auto-experts proclamés. Les guerres, les catastrophes naturelles et les faits divers sont foison et les médias n'ont que l'embarras du choix. Le débat politique et démocratique est réduit à une confrontation souvent stérile. Dans une société française marquée par une violence parfois radicale, l'individualisme et le pessimisme, dans un contexte de dégradation économique, le débat autour de la fin de vie s'impose avec acuité. Deux fronts antagonistes, se livrent une bataille idéologique et stratégique. Ces deux forces opposées traduisent des visions diamétralement différentes de l'humanité, de la souffrance et de la dignité. Pour une meilleure compréhension de lecture et pour caractériser les forces en présence, nous prenons arbitrairement le parti de parler des lobbies de l'euthanasie et des lobbies de la fin de vie.

Les lobbies de l'euthanasie

Les lobbies de l'euthanasie regroupent une mosaïque d'acteurs et de personnalités morales, politiques et philosophiques. Ils sont remarquablement structurés et l'un des animateurs majeurs est l'Association pour le Droit de mourir dans la dignité (ADMD). Cette association fondée en 1980 occupe une place centrale dans ce débat.

1. On remarquera que ce flou sémantique permet au passage à ceux qui veulent faire évoluer le concept de fin de vie de mener le combat dans toutes les directions et plonge les opposants dans un débat stérile sur la définition à donner à chaque terme, les ralentissant ainsi la prise de position et la nécessaire urgence à l'action.

Elle milite pour la reconnaissance légale du droit à l'euthanasie et a tissé un réseau très présent dans les groupes de travail parlementaires, les médias et les structures activistes. Ces revendications trouvent un écho dans des sphères politiques, notamment chez des formations « progressistes » ou écologistes.

Leurs liens avec les obédiences maçonniques sont également marqués ne suscitant plus d'interrogations récurrentes. Par ailleurs, l'ADMD entretient des relations étroites avec des activistes influents, des intellectuels et des personnalités médiatiques qui amplifient son message dans l'espace public.

La stratégie du lobbying euthanasie est bien élaborée, combinant actions médiatiques, plaidoyers juridiques et pression politique. Elle se caractérise également par une forte cohésion en interne, chaque lobby menant des actions parfaitement concertées avec les autres. L'un des axes clé de la stratégie de ce lobbying est d'utiliser, chaque fois qu'il en est possible et chaque fois que l'actualité le permet des campagnes de sensibilisation utilisant l'affectif : témoignages poignants pour susciter une émotion forte dans le grand public, utilisation médiatique des personnes touchées principalement par la maladie de Charcot ou certaines formes terminales de cancers. En mettant en avant des cas individuels extrêmes, ils cherchent à transcender les arguments rationnels. L'objectif est de créer un sentiment d'urgence et d'injustice face à la souffrance humaine. Cette stratégie a pour effet de polariser les débats, rendant difficile une discussion apaisée et nuancée. Elle permet également, par son agilité, de fournir des éléments illustrés aux médias et de garder la main sur la temporalité des débats.

Par ailleurs, ces lobbies s'appuient sur des réseaux internationaux, notamment en Europe. Ils citent des modèles comme la Belgique ou les Pays-Bas, où l'euthanasie est légale pour légitimer leur combat.

Les lobbies de la fin de vie

Ces acteurs regroupent majoritairement des associations comme la Société française d'accompagnement et de soins palliatifs (SFAP) et des professionnels de santé. On notera le soutien apporté à cet ensemble par des collectifs religieux qui considèrent comme un dogme le respect inconditionnel de la vie humaine. Cette proximité avec les religions nourrit l'approche éthique et spirituelle du lobby de la fin de vie, qui considère la souffrance humaine comme une dimension à accompagner. Les caractéristiques des membres de ce lobby exercent une influence majeure sur la stratégie et les actions entreprises par ces lobbies : à l'affectif est opposé la raison, la justification, les arguments scientifiques et les solutions existantes comme les soins palliatifs.

Sur le plan politique, les lobbies de la fin de vie militent pour la mise en place d'une vraie politique des soins palliatifs, un meilleur financement et une extension des structures d'accompagnement. Ils prônent une vision à long terme qui cherche à humaniser la fin de vie, à aménager une solution technique qui se heurte depuis très longtemps aux impératifs économiques et à l'indolence des politiques et des administrations concernées.

Bien que moins spectaculaire, la communication des lobbies de fin de vie repose également sur une part d'affectif. En mettant en avant des récits positifs d'accompagnement en fin de vie, ils cherchent à illustrer qu'une alternative à l'euthanasie est non seulement possible, mais souhaitable. Ces témoignages valorisent la dignité retrouvée et l'importance des liens humains dans les moments ultimes. Malheureusement ils recueillent peu d'impacts médiatiques.

Cette démarche que l'on pourrait considérer comme académique présente plusieurs limites. La première est que ce discours porté par des élites universitaires ou des sommités médicales apparaît comme étant éloigné des préoccupations du grand public, dans un contexte où les élites elles-mêmes sont souvent décrédibilisées. La seconde limite est que cette approche scientifique est souvent considérée comme technique, philosophique et ne répondant pas à l'urgence relative suscitée par les médias. La troisième est médiatique : cette approche ne peut être utilisée que dans les débats et non dans les actualités, nonobstant le peu d'engouement avec lequel la presse relaie les positions des lobbies de fin de vie. Cela limite singulièrement la possibilité de faire valoir ses thèses en direct.

Quelles extensions à cette guerre des lobbies ?

La guerre des lobbies sur les questions de la fin de vie reflète une lutte plus large entre différentes visions du monde. Il y a d'un côté la vision d'une autonomie radicale soutenue par un individualisme ambiant et une conception sans mesure de la liberté individuelle et de l'autre, la vision d'une société plus respectueuse et solidaire des fragilités humaines, mettant en avant un système de valeurs humaines.

Dans le contexte sociétal décrit plus haut (violence, individualisme, etc.), cette opposition constitue un miroir des fractures profondes qui traversent notre époque.

Plus loin, elle ne soustrait pas des réflexions qui prolongent le débat actuel. La première porte sur une extension du domaine de l'euthanasie à tout individu, malade ou non. On ne peut s'empêcher de penser à l'utilisation des débats actuels comme un cheval de Troie pour aller plus avant dans l'acceptation technique d'une mort programmée servie par des professionnels.

On ne peut pas non plus faire l'impasse sur les considérations économiques liées au poids financier des soins et de la prise en charge des personnes malades. Les concepts économiques et philosophiques appelant à la non-poursuite des soins chez les personnes (âgées ou non) ayant une maladie chronique dont leur comportement pourrait laisser penser qu'elles en sont responsables sont nombreux.

En définitive, le débat sur la fin de vie pose plusieurs questions fondamentales. Nous n'en aborderons ici que deux. La première est cruciale puisqu'elle interroge sur la place du libre arbitre et du choix individuel du citoyen dans un monde fragmenté par les lobbies. Quel espace, dans l'intime, dans le familier, le sociétal ou le politique est-il laissé au libre arbitre si la conscience collective est canalisée par des groupes de pression, des images médiatiques, des raccourcis souvent scabreux et des collections d'anecdotes ? Comment faire pour ne pas laisser l'individu être emprisonné par des slogans sur une question essentielle qui touche à ce qu'il a de plus cher, sa vie.

La seconde touche au marqueur sociétal que ce débat déplace de façon brutale. Car l'ensemble du système de protection, qu'il soit social ou sociétal, reposait sur la solidarité, en particulier intergénérationnelle. C'est à partir de ce point que se définissait la qualité, l'empathie et l'entraide qui faisait du système de santé et de protection social français un exemple de modèle intégratif et altruiste. La mort était emprise dans ce continuum qu'est la vie. En en faisant un point ultime, comme détaché de l'existence, un ultime moment « à côté de la vie », on prend le risque de l'instrumentaliser et par cela même de nier la réalité de ce qui fait l'humain. Surtout, les notions essentielles d'entraide, de solidarité intergénérationnelle et de dignité s'effondrent.

En point final, existe-t-il un moyen d'avoir un débat sur des questions aussi importantes pour l'individu en se passant des lobbies ? Certains diront que la convention citoyenne est une solution. Elle n'est cependant pas à l'abri de l'influence des lobbies. La voie référendaire ? L'une des pires solutions, la meilleure en tout cas pour faire valoir la puissance des groupes d'influences. Il existe peut-être une voie étroite, mais il aurait fallu y réfléchir plus tôt : ne pas faire de loi. Mais faire des lois sur tout n'est-il pas le péché originel de la politique française ?

Sara Piazza
Psychologue clinicienne, Centre hospitalier Delafontaine, Saint-Denis[1]

L'EUTHANASIE : UNE QUESTION POLITIQUE ADRESSÉE À LA GAUCHE

Le débat autour de la légalisation de l'euthanasie et du suicide assisté en France révèle des tensions profondes entre liberté individuelle et responsabilité collective. Cet article explore les implications sociales, éthiques et politiques de cette problématique, en appui sur notre expérience clinique en soins palliatifs et en réanimation.

Détresse non seulement physique, mais également sociale et affective : l'enjeu politique

L'euthanasie est souvent présentée comme un choix personnel d'une reprise du « contrôle » sur sa mort, garantie d'une liberté ultime face à la souffrance.

D'une part, cette vision de la fin de vie semble traversée par des fantasmes et illusions, représentations imaginaires de la maladie et de la fin de vie, venant de personnes en suffisamment bonne santé, et assez éloignées de l'expérience dans la réalité de la maladie grave et de la mort qui approche. Un élément paradigmatique de ce décalage se trouve, d'après nous, dans cette promotion de la dimension individuelle et narcissique[2], quand la fin de vie amène précisément à (ré)expérimenter la grande interdépendance qui caractérise la vie humaine. Les personnes en fin de vie font des choix pour elles, mais également en fonction des autres et de leurs proches. Les soins palliatifs ont ainsi appris à prendre en charge le

1. À lire, notamment : I. Marin, S. Piazza , *Euthanasie : un progrès social ?*, Paris, Back Feed éditions, 2023.

2. À entendre ici en terme psychanalytique, c'est-à-dire le rapport d'un individu à sa propre image.

patient et son entourage, car, en particulier dans les moments de grande dépendance physique ou psychique, considérer un sujet isolé de celles et ceux qui l'entourent amène à des maladresses au mieux, à des maltraitances au pire.

D'autre part, cette mise en avant de la liberté individuelle masque un élément fondamental : la réalité sociale et économique. Les conditions dans lesquelles les personnes en fin de vie prennent ces décisions sont, comme chacun au cours de sa vie, influencées par des facteurs économiques et sociaux tels que l'accès aux soins, le soutien et l'existence d'un réseau autour de soi ainsi, évidemment, que les ressources financières. Si les bien portants, qui sont en majorité chez les militants de la légalisation, mettent en avant la crainte de la douleur et de la dépendance comme justifiant la demande d'euthanasie, les expériences des pays ayant légalisé ces pratiques montrent que la demande de mort médicalement provoquée émerge souvent d'une détresse non seulement physique, mais également sociale et affective. Isolement, peur d'être un fardeau, crainte de la dépendance et de la précarité[1] sont des éléments qui reviennent dans les raisons invoquées pour les euthanasies et qui appartiennent non au champ médical mais au champ social, à partir de la place faite à un sujet et du regard et de la considération que le collectif porte sur lui et qu'il porte sur lui-même.

Il est ainsi particulièrement étonnant de constater, et ce malgré les tentatives d'alerte[2], que les partis de gauche s'inscrivent, tête baissée, dans la défense en étendard de ce « nouveau droit ».

En France, le système de santé se détériore et les inégalités d'accès aux soins ne cessent de croître. Comment ne pas voir le problème éthique majeur, notamment en termes de justice sociale, d'égalité et de défense des plus vulnérables, quand on donne les moyens aux personnes en souffrance de se suicider sans être en mesure d'assurer l'accès à des soins indispensables pour prendre en charge la souffrance ? Et, si le symbole des départements sans unités de soins palliatifs est évidemment révélateur d'une inégalité criante d'accès aux soins palliatifs, nous proposons une focale bien plus large. Pour être pris en charge correctement chez soi, il faut avoir un médecin traitant, des soignants se déplaçant à domicile, en mesure d'accepter de nouvelles prises en charge. « Juste »

---

1. C. Regnard, A. Worthington, I. Finlay, « Oregon Death with Dignity Act access: 25 year analysis », BMJ Supportive § Palliative Care, 14, 2024, p. 455-461 ; doi : 10.1136/spcare-2023-004292

2. Voir I. Marin, S. Piazza (2023). *Euthanasie : un progrès social ?, op. cit.*, Paris Feed Back éditions, ou D. Dallaporta, F. Hocini, F. (2024). *Tuer les gens, tuer la terre. Passion euthanasique et crise écologique*, Paris, Éd. LCH-Compagnons, 2024.

ça. Pour certaines pathologies, l'accès à une consultation douleur (6 mois d'attente en général dans les centres où il en existe), la prise en charge par des kinésithérapeutes ou des orthophonistes, la consultation avec un psychiatre ou un psychologue, sont primordiales pour aider les sujets. Or nous connaissons les difficultés d'accès à ces soins. Pour résumer la situation de façon pragmatique, le statut de patient en fin de vie ne donne pas droit à un coupe-file dans les listes d'attente interminables pour les consultations de spécialistes ou pour l'accès aux soignants en ville. Ce serait d'ailleurs même plutôt le contraire, dans un système de soin dépassé qui tend de plus en plus à prioriser les urgences vitales, au détriment des malades « en fin de vie », mais également de plus en plus au détriment des personnes âgées, malades chroniques, handicapées, etc.

Dans ces conditions, comment ne pas voir le risque que la légalisation de l'euthanasie devienne une réponse rapide et radicale à ces défaillances ? Quelle véritable amélioration des conditions de vie des personnes malades, âgées ou handicapées propose-t-elle ? Que comprendre d'un modèle social politique qui, à la souffrance, la vieillesse et l'isolement répond par l'offre de mort ?

Car, derrière la volonté d'éviter les derniers temps d'une vie malade, par l'intervention d'un tiers qui donne la mort, il s'agit bien également de la question de la vieillesse et du handicap. L'idée même d'une vie « indigne » est façonnée par des normes sociales valorisant l'autonomie et la productivité, la performance et l'utilité, aux dépens d'une reconnaissance de la valeur intrinsèque de chaque existence, et de la spécificité humaine de la vulnérabilité et de la dépendance, tout au long de la vie, et ce, quel que soit le degré apparent d'autonomie.

Un véritable engagement pour une société solidaire et équitable

Ce débat convoque en effet, par le biais des signifiants parfois confisqués voire dévoyés[1], la question de la dignité humaine. La dignité ne devrait pas être réduite à la capacité d'autonomie et de performance, de maîtrise et de contrôle. Une société juste et solidaire ne devrait pas chercher à éradiquer la faille et l'impuissance par la mort, mais à la reconnaître comme modalité de l'expérience humaine qui nous concerne

1. Après la confiscation du terme de « dignité » par les militants de l'euthanasie, c'est maintenant la « fin de vie » qui semble parfois devenir le synonyme improbable de l'euthanasie ou de la mort médicalement provoquée, amenant des formulations étonnantes, voire surréalistes de politiques ou de militants telles que « Sans cette loi, la fin de vie est en péril… », « Vous êtes contre la fin de vie !... » et d'autres…

toutes et tous. Cette approche implique un changement de regard sur la fin de vie, où chaque individu, quel que soit son état, mérite considération et attention.

Il est par ailleurs étonnant de mettre en avant le principe d'autonomie en voulant choisir pour soi l'une des, sinon la, décisions les plus importantes d'une vie en la remettant entre les mains du pouvoir médical. Car c'est une des spécificités de ces demandes, choisir pour soi, être autonome mais qu'un autre commette l'acte et précisément l'autre dont on critique la mainmise : le médecin. Or, dans toutes les législations, tout comme dans le dernier projet de loi proposé, il s'agit toujours en premier lieu, de donner au médecin l'accord pour accéder au suicide assisté ou à l'euthanasie, et en second lieu, de lui demander de réaliser le geste. La légalisation de l'euthanasie est souvent présentée comme un droit à mourir (comme si ce droit pouvait être remis en question…) sans questionner le droit qu'elle instituerait de fait : le droit donné aux médecins de donner la mort volontairement, et qui en effet constitue une révolution (en tout cas dans un système démocratique).

L'opposition entre soins palliatifs et mort médicalement provoquée (euthanasie et/ou suicide assisté) doit être appréhendée pour ce qu'elle est réellement : une opposition politique. Derrière les postures bien connues qui tendent à tout mettre sur le même plan et à promouvoir le choix et la responsabilité individuelle, « Quel est le problème à laisser les gens choisir entre les soins palliatifs et l'euthanasie s'ils le désirent ? » en méconnaissant la part de libre arbitre « confisquée » par les conditions de vie économique et sociale comme nous l'avons déjà dit, il s'agit plutôt de préciser les implications et les conséquences d'un tel choix social.

La mort médicalement provoquée engage chaque sujet à réfléchir à son désir de rester au monde, plus exactement engage chaque sujet malade, dépendant ou vieux puisqu'on ne propose pas le suicide assisté ou l'euthanasie à toute personne qui en ferait la demande. La société trouve évident qu'il ne faut pas aider des personnes jeunes et bien portantes à mourir. Tout est même fait pour les empêcher de mourir, y compris lorsqu'elles s'y essayent. Cette différence de « réponse » faite par le social : prévenir et empêcher d'un côté, soutenir et accorder de l'autre, dessine les contours d'une société qui n'accorde pas la même valeur à chacun, en suivant les lignes capitalistes et libérales de la performance, de la productivité, de la rentabilité et de l'autonomie.

Les soins palliatifs, quant à eux, à travers leur histoire et leur fonction, incarnent précisément l'inverse. Ils rappellent à la médecine qu'elle n'est pas toute-puissante et qu'elle finit par ne plus pouvoir guérir à un moment donné ou à un autre. Ils rappellent au social que la mort existe et qu'elle fait partie de notre expérience humaine, aussi désagréable que cette idée puisse être. Ils rappellent que la mort et le soin ne sont pas qu'une affaire d'expert et de spécialiste, mais qu'ils concernent tout le monde. Ils permettent de maintenir une place pour la faille, l'impuissance, l'échec, la fragilité, dans nos villes et dans nos hôpitaux. Ainsi, on trouve dans ces perspectives les fondamentaux pour penser le soin[1], mais plus encore, un modèle politique pour la gauche, pour penser la suite de nos organisations sociales.

En conclusion, défendre une société solidaire implique de refuser une légalisation qui pourrait renforcer les inégalités existantes. Plutôt que de légaliser la mort provoquée, il est urgent de se concentrer sur l'accès aux soins, de renforcer les soins palliatifs et de garantir des conditions de vie dignes à toutes et tous, jusqu'au bout. Une approche humaniste et collective du soin et de l'accompagnement doit être privilégiée pour que la fin de vie soit correctement vivable. Une politique publique responsable devrait permettre de lutter contre l'isolement et la stigmatisation des personnes en fin de vie, comme de toutes les personnes ne correspondant pas aux standards normatifs de notre société, reflétant ainsi un véritable engagement pour une société solidaire et équitable.

1. C. Fourcade, *Journal de la fin de vie*, Paris, Fayard, 2025.

Charles Betka

Informaticien, atteint de SLA

CE SOIR, C'EST UN CRI POUR LA VIE QUE JE VEUX PARTAGER

Charles Betka a été l'invité de Christine Kelly dans son émission *Face à l'info*, sur CNEWS, le 25 février 2025. Il reprend ici les propos développés au cours de cet entretien.

> Je m'adresse aux Français qui nous écoutent. Je sais que personne ne voudrait vivre ma vie. Les gens qui me regardent imaginent certainement une existence douloureuse, ennuyeuse, monotone, frustrante, dénuée de tout objectif. Peut-être que certains diront que ce n'est même pas une vie. Pourtant, c'est ma vie.

En une fraction de seconde, ma vie prenait un tout autre chemin

C'est en février 2007 que j'ai vu les premiers signes de la maladie. J'étais très sportif ; c'est en jouant au tennis que je suis tombé sans savoir pourquoi. Un autre jour, en voulant enjamber un obstacle sur le trottoir, je suis tombé sur le menton sans m'expliquer pourquoi.

En dehors du sport, je ne rencontrais pas de difficulté. Puis, au début de l'été, j'ai remarqué que mes doigts bougeaient avec moins de dynamisme. Je n'arrivais plus à tenir ma raquette de tennis en main, ni à réaliser des accords à la guitare. Ma motricité fine était touchée.

Face au miroir, j'ai noté quelques mouvements étranges, comme si j'avais des vers sous la peau. C'était des fasciculations, des mouvements musculaires liés à la maladie.

J'ai alors consulté mon médecin généraliste, qui m'a prescrit une IRM du cerveau et une de la moelle épinière. Les deux étaient bonnes. J'ai eu droit également à une ponction lombaire, qui était normale.

Mais ce sont deux électromyogrammes – examen qui étudie le signal entre les nerfs et les muscles – qui ont été décisifs. C'est en s'appuyant sur cet examen que les neurologues établissent le diagnostic SLA, maladie de Charcot.

Après l'ultime examen, j'imagine que les médecins ont tiré à la courte paille, pour savoir qui aurait le privilège de m'annoncer cette funeste nouvelle ! C'était lors d'une hospitalisation de jour, dans ma chambre d'hôpital, sur un coin de table. Je n'ai retenu qu'une chose, les mots maladie dégénérative.

J'avais du mal à y croire, j'ai voulu une confirmation par un neurologue en libéral. Il m'a confirmé le diagnostic. Il était au bord des larmes. J'avais 25 ans.

En plus de l'injustice subie, je me suis senti vexé. Vexé que cette maladie me tombe dessus à l'aube de ma vie. Car sur le plan de la santé, je menais une vie irréprochable.

J'étais sonné, mais pas abattu, j'avais la niaque, et je l'ai toujours.

Un jour de septembre 2007, j'ai eu mon diagnostic de SLA et puis le lendemain, je recevais les résultats favorables de ma candidature au bataillon des Marins Pompiers de Marseille, en qualité d'informaticien… J'aurais dû diriger une équipe. Deux lettres en main : l'une m'offrait une carrière dans la marine, l'autre m'annonçait une mort probable dans les trois ans à venir. En une fraction de seconde, ma vie prenait un tout autre chemin. Ce fut la douche froide, bien entendu.

J'ai continué à travailler dans le développement de sites internet, en collaboration avec un ami.

Je mène une vie paisible, au calme, emplie d'amitié et d'amour

J'ai eu peur de déprimer, seul à la maison. Mais finalement, j'ai bien encaissé. Très progressivement, je me suis vu diminuer physiquement, ma famille l'a également constaté.

Neuf mois après le diagnostic, j'ai commencé à parler du nez, avec les troubles de la déglutition. J'ai perdu la parole définitivement en 2019.

Je tiens à rendre hommage à mes parents qui m'ont toujours soutenu activement. Mes parents ont pris la décision d'aménager la maison, côté jardin, en créant une pièce de vie supplémentaire avec en dessous, au sous-sol, ma chambre et une salle de bains, le tout relié par un ascenseur.

Ils ont fait appel à un architecte car c'étaient des travaux de grande ampleur.

Les aides humaines se sont mises en place progressivement grâce à la Maison départementale des personnes handicapées de Meurthe-et-Moselle, qui permet ce financement. Certaines personnes sont devenues de bons amis.

Je sais pouvoir compter sur le soutien de mon ami, Younès El Aynaoui, ancien international de tennis, treizième mondial, qui agit comme un frère.

Ma journée débute à 8 heures avec l'arrivée de mes auxiliaires, et le départ de l'aidant de nuit. Durant la matinée, ce sont séances d'étirements, kiné respiratoire, pour vider mes bronches des sécrétions accumulées durant la nuit. Ensuite, c'est la douche.

Durant l'après-midi, je suis accompagné par un aidant. Ce sont pour la majorité des étudiants en médecine. En effet, je suis rarement seul. Je suis à mon bureau, face à une baie vitrée donnant sur le jardin. J'y observe les chats du voisinage, les oiseaux, ou Choky, le chien de mes parents, faire son petit tour. Je suis sur mon ordinateur ou ma tablette, je fais des parties d'échecs en ligne ou je regarde des vidéos ou des films. J'ai parfois des séances de kiné qui me font beaucoup de bien.

En début de soirée, je retrouve souvent Margaux, ma chérie, et complice au quotidien. Nous passons du temps ensemble jusqu'à l'arrivée de l'aidant de nuit, à 22 heures. Margaux passe également des nuits à mes côtés, mais pas tous les jours. Il faut que l'équipe tourne, et que chacun ait un temps de repos. Il m'arrive de faire des sorties, cinéma, concerts, ou des activités diverses avec mes neveux et nièces quand ils viennent en vacances à Nancy. Je suis très bien entouré. Je suis nourri via une gastrostomie ; un tube est relié directement à mon estomac. Cela ne m'empêche pas de goûter aux délicieuses sauces que cuisine ma mère. En résumé, je mène une vie paisible, au calme, emplie d'amitié et d'amour.

« Avant de nous donner le droit de mourir, laissez-nous le droit de vivre ! »

Je voudrais dire aux malades que la vie est belle même lorsque l'on est atteint par une lourde maladie. Il est primordial d'être bien entouré, de mettre à disposition des équipes d'aidants et de personnes bienveillantes. Et je sais que tout le monde n'a pas cette chance. C'est plutôt sur ce point qu'il faudrait travailler : offrir aux malades et aux personnes âgées une vie décente et digne, un accompagnement humain, un accès aux soins, plutôt que de les pousser vers une mort certaine.

Une malade de Charcot se sentait délaissée, sans aide humaine, elle a déclaré : « Avant de nous donner le droit de mourir, laissez-nous le droit de vivre ! »

Quant au Premier ministre, j'aimerais lui demander de surseoir à ce projet d'une législation qui serait favorable à l'euthanasie. Il est impensable que les malades n'aient pas été concertés. Ce projet de loi m'inquiète énormément. Parler de la mort des autres est une chose aisée, lorsque l'on est bien portant. Monsieur le Premier ministre, parmi les malades qui souhaitent en finir, sachez que la plupart renoncent devant leur proche échéance.

Outre l'accès aux soins palliatifs, la loi Leonetti permet aux malades de rédiger leurs directives anticipées et la désignation d'une personne de confiance. C'est une décision réfléchie sur laquelle il est toujours possible de revenir.

Cette loi, si elle est bien expliquée et bien appliquée, permet de partir dans des conditions moins brutales que le suicide assisté.

Donnez aux malades les plus fragiles les moyens de vivre décemment avant de les engager sur une voie de non-retour.

L'euthanasie ou le suicide assisté est une porte ouverte aux dérives.

Les malades et les personnes handicapées seront peut-être incités à y recourir par la pression de leur famille, ou en dépit d'autre solution, de moyen.

Les personnes concernées par ce protocole auront-elles un choix libre et éclairé ?

Je suis très étonné et surtout très inquiet, de voir que cette proposition de loi est portée par des personnes bien portantes, et que les malades – les premiers concernés – n'ont pas été conviés à intégrer la Convention citoyenne sur la fin de vie.

Je sais que j'ai beaucoup de chance. Je pense ici à mes parents, à l'équipe d'aidants qui se renouvelle régulièrement, à mon cher ami Younès El Aynaoui et bien évidemment, à ma chère Margaux qui m'accompagne aujourd'hui.

Je m'adresse aux Français qui nous écoutent. Je sais que personne ne voudrait vivre ma vie. Les gens qui me regardent imaginent certainement une existence douloureuse, ennuyeuse, monotone, frustrante, dénuée de tout objectif. Peut-être que certains diront que ce n'est même pas une vie. Pourtant, c'est ma vie. Et je suis heureux d'être en vie. Pour rien au monde je ne voudrais partir. Il y a des jours plus durs que d'autres, c'est vrai. Mais je suis fort. Et j'ai plein de projets.

Jamais je n'aurais imaginé vivre cette nouvelle vie, rêvant d'être un jour un époux, un père, aux côtés d'une femme qui me correspond totalement. Ma santé s'est stabilisée, Margaux et moi sommes ensemble depuis plus de trois ans. Nous sommes heureux tous les deux, et nous n'avons pas l'intention d'arrêter en si bon chemin !

Ce soir, c'est un cri pour la vie que je veux partager.

Je vous remercie pour votre écoute.

ANNE-LYSE CHABERT
Chargée de recherche en philosophie, CNRS, laboratoire IHRIM, ENS, Lyon

LOURD HANDICAP : VIVANTS À MOURIR OU À S'ÉPANOUIR ?

Parler d'un « droit à mourir » pour les personnes qui portent d'un lourd handicap, c'est implicitement « normaliser » le fait que certains d'entre nous en viennent à demander la mort à un moment de leur existence. Un tel droit ne confirme jamais qu'une faillite de l'éthique et de la confiance que nous nous portons les uns aux autres : on en arrive à sanctionner aux yeux de tous seulement quand la confiance n'est plus possible, quand il y a besoin d'un « droit » pour protéger, droit qu'il n'est par définition pas légal d'enfreindre.

> J'estime que les grands problèmes métaphysiques sont généralement mal posés, qu'ils se résolvent souvent d'eux-mêmes quand on en rectifie l'énoncé, ou bien alors que ce sont des problèmes formulés en termes d'illusion, et qui s'évanouissent dès qu'on regarde de près les termes de la formule[1].
>
> Henri Bergson.

Une façon d'œuvrer vers la vie

Parler d'emblée d'un « droit à mourir » dans certaines situations de lourd handicap, n'est-ce pas dans le même temps cautionner implicitement le fait qu'il ne s'agit que d'un problème local dans le temps et qui

1. H. Bergson, *La pensée et le mouvant* (1934), Paris, PUF, 2009, p. 104-105.

plus est, individuel ? N'est-ce pas au contraire un problème qui touche à une certaine responsabilité sociale ? Pourquoi avons-nous attendu que certains d'entre nous dans l'incapacité d'accomplir eux-mêmes le geste, en arrivent à se poser la question pour eux-mêmes, de la possibilité de se donner volontairement la mort ? La citation d'exergue de Bergson pointerait-elle avec pertinence un problème mal posé ?

Lorsque ma mère apprenait terrifiée que j'allais devenir, au fur et à mesure de l'évolution de la pathologie que les praticiens venaient de déceler, ce qu'on appelle « lourdement handicapée » au niveau moteur, avec une espérance de vie d'à peine une vingtaine d'années, le neurologue trouvait à mon sens les bons mots pour désarmer même une mince partie de son désarroi : à sa question « que puis-je faire pour elle ? », il lui avait simplement répondu « rendez-la heureuse… ». Plus le temps avance, plus je comprends qu'il ne s'agit pas seulement d'une affaire familiale ou même d'une affaire de proches, mais que c'est à chacun d'entre nous de faire tout ce qu'il peut pour permettre aux personnes vulnérables de se sentir bien dans une société qui n'est pas faite pour elles par définition, puisque comme toutes les réalités qui nous entourent, la vie comme la mort et toutes les institutions qui les gouvernent, sont avant tout conçues pour des personnes dites « valides » dans une société « validiste ». Donner la possibilité à une personne particulièrement vulnérable qui pourrait un jour demander la mort, de s'émanciper de l'oppression que ce validisme lui impose, ne serait-ce pas plutôt une façon d'œuvrer vers la vie ? Car s'il faut légiférer pour un droit à mourir, n'est-ce pas avant tout la vie qui doit primer, et ce, parfois bien en amont de cette éventuelle demande ?

Un droit quelconque ne confirme jamais qu'une faillite de l'éthique et de la confiance que nous nous portons les uns aux autres : on en arrive à sanctionner aux yeux de tous seulement quand la confiance n'est plus possible, quand il y a besoin d'un « droit » pour protéger, droit qu'il n'est par définition pas légal d'enfreindre. Il est donc cohérent de penser que ces droits s'exercent particulièrement en faveur d'un public vulnérable, si aisément mis en déroute sans l'appui juridique. Dans ces droits des plus vulnérables, il est souvent question d'un « droit à mourir ». Mais qu'entendons-nous exactement par là ? Partisans et pourfendeurs de ce « droit » se disputent la voie la meilleure à suivre, si tant est qu'il y en ait une.

En effet, parler d'un droit à mourir, n'est-ce pas cautionner implicitement le fait qu'il s'agit d'une décision seulement individuelle qui ne serait pas, même partiellement et en filigrane, déterminée par la société tout entière ? Donner à l'homme la possibilité, et même le droit de choisir de se donner la mort, me semble être un impératif et une liberté qu'il faut lui réserver, et ce, particulièrement quand il ne peut plus lui-même accomplir le geste de se donner la mort.

Me reviennent souvent à l'esprit ces figures emblématiques – même si elles peuvent apparaître à première vue antagonistes – des deux grands romans de Marguerite Yourcenar. Hadrien[1] d'une part, qui accepte les tourments de la maladie jusqu'au terme de son existence comme une grâce à la vie qui lui a tant donné. Zénon d'autre part, dans *L'Œuvre au noir*, qui se suicide dans sa cellule : il avait été condamné au bûcher sur la place publique le lendemain, mais nous apprenons avant cet ultime geste qu'un chanoine qu'il connaissait est en mesure de lui éviter le bûcher à la condition qu'il se rétracte, en renonçant en cela à tout ce qui le rend et continue de le rendre un homme libre. Zénon reste alors imperturbable en choisissant de demeurer dans sa geôle. Les propos de Yourcenar confirment mon intuition première, à savoir qu'Hadrien aurait agi comme Zénon dans de pareilles circonstances : la volonté de mourir pour un individu ne serait-elle donc que relative ? De quoi pourrait-elle dépendre, si ce n'est de ce que le milieu permet ou interdit d'être ou de faire à l'individu ?

Réinventer ou non notre existence au quotidien

Dans nos sociétés modernes, il est de nos jours très ironique que l'on parle souvent d'accessibilité justement pour désigner des parcours difficilement accessibles voire complètement inaccessible *a priori* pour un individu donné. Nous avons alors pris l'habitude, peut-être pour nous donner bonne conscience par rapport au soi-disant partage de la société dans laquelle nous vivons, d'ajouter quelques expédients qui rendent à nouveau le parcours praticable pour quelques personnes handicapées dont le handicap permet encore de bénéficier de la compensation en jeu, sous réserve que cette compensation ne soit pas trop chronophage et énergivore pour le sujet qui ne peut sinon que se résoudre à une forme de survie ; en effet, on demande à ce même sujet d'accomplir la même tâche qu'un individu ordinaire qui le ferait aisément sous couvert d'un aménagement particulier qui rend son chemin détourné d'autant plus laborieux, ce qui ne peut que l'écarter de tout projet qui lui donnerait un élan vers l'avenir. Mais qu'en est-il des autres personnes, plus lourdement handicapées, proprement invisibilisées de l'espace public ?

1. M. Yourcenar, *Mémoires d'Hadrien*, Paris, Gallimard, 1977.

N'est-ce pas elles qui pourraient en priorité demander à mourir, elles qui sont éloignées d'une société prétendument « inclusive » ? Or le vivre-ensemble n'est-il pas une composante essentielle de notre façon d'être humain à tous ? Qu'en est-il de leur qualité de vie ? Sans compter que même pour les personnes qui peuvent bénéficier de cette contrepartie de la compensation, l'émiettement administratif et la dilution des responsabilités collectives rendent cet accès encore très peu praticable, et surtout enferment la personne dans une perspective très négative qui lui est renvoyée : jamais chez elle, jamais sur son propre terrain, il lui faut constamment solliciter autour d'elle des aménagements afin « d'accéder » au même univers que ses congénères ; n'est-ce pas dire qu'elle n'est jamais acceptée pour ce qu'elle est mais seulement pour ce qu'on voudrait qu'elle soit, dans la métaphore des normes sociales validistes d'une victime de Procuste qui lui étire les membres ou la décapite au contraire ?

Quand penserons-nous des démocraties qui feraient la part belle à la singularité des individus qui la composent et au devenir de cette singularité ? Ne tombe-t-on pas de nos jours dans l'écueil d'une société de gouvernants/gouvernés où la politique ne serait plus que la marque d'une domination verticale ? Ne conviendrait-il pas plutôt de remettre au cœur de la cité le référentiel des plus vulnérables pour permettre à la société tout entière de se réinventer et de ne pas s'échouer dans une reproduction qui ne peut que ratiociner en direction de l'identique puisque les plus vulnérables sont pour l'instant confinés à la marge de cette société ?

Parler d'un « droit à mourir » pour les personnes qui portent d'un lourd handicap, c'est donc implicitement « normaliser » le fait que certains d'entre nous en viennent à demander la mort à un moment de leur existence. C'est surtout remettre en question une évidence première qui laisserait à l'individu le choix libre et éclairé de poursuivre ou non sa route, selon ce qu'il a envie d'en faire, ce qu'il est prêt à assumer et à endurer dans ce chemin. La question se pose alors avec d'autant plus d'acuité quand ce sont des personnes dites « vulnérables » qui ne peuvent plus se donner la mort elles-mêmes et qui ont besoin qu'un tiers intervienne, avec toute la complexité que leurs situations respectives impliquent. Mais ne nous voilons pas la face si nous ne considérons pas les choix de société qui pèsent sur les déterminations individuelles, ces reconnaissances avortées, ces mains tendues souvent inexistantes qui ne peuvent qu'encourager la personne à demander qu'on l'aide à mettre fin à ses jours. En d'autres termes, nous entérinons – et déterminons presque en cela – un terrain favorable à cette volonté de mourir du sujet.

Mais avons-nous simplement pris conscience que la société avait son rôle à jouer bien avant cette demande ?

Si la constance et la fidélité du geste d'Hadrien m'ont marquée, ce sont encore les derniers instants de Zénon qui m'ont le plus émue, Zénon tenaillé jusqu'au dernier souffle par une indicible volonté de vivre et par l'entière revendication d'une liberté qu'il habite et qui l'habite. On ne peut mettre aucun de ces deux personnages dans la catégorie des êtres « vulnérables », et pourtant l'impact du milieu en dit long sur la façon dont nous envisageons dans l'avenir de réinventer ou non notre existence au quotidien. Ne serait-il pas plus pertinent en cela de se concentrer surtout sur un « droit à s'épanouir » – droit si facilement bafoué dans la vie des personnes les plus vulnérables –, plutôt que sur un « droit à mourir » ?

Les slogans de militants handicapés me reviennent dans leurs revendications si percutantes : à contre-courant du « aidez-les à mourir », ne faudrait-il pas tout simplement aider ces personnes à mieux vivre ? Car nous partageons tous la même condition humaine, à rebours de tous ces freins supplémentaires dont est jalonné le parcours d'une personne dite plus « vulnérable », ironiquement. Autant d'obstacles contre lesquels elle se bat quotidiennement, obstacles que la société pourrait pourtant aisément adoucir au moins en partie, pour permettre à ces personnes de s'épanouir réellement et de ne pas rester dans la défense de leur survie immédiate, en se projetant et en recréant en cela leur avenir.

Bertrand Bonnefond
Ancien ouvrier forestier à Blois, créateur du Café Charcot (2003-2014) et membre fondateur de l'association Les Papillons de Charcot (2006-2016)

Christine Bonnefond
Compagne de Bertrand Bonnefond, aidante-experte

FINS DE VIE AVANT LA FIN DE VIE : REGARDS CROISÉS SUR LA DÉRIVE

> Ce qui est en question, c'est la manière dont nous entourons les personnes les plus vulnérables. […] Une société qui attribue une valeur excessive à la performance, la santé, la « normalité »… risque d'abandonner ceux qui sont les plus vulnérables. Et plus on abandonne une personne vulnérable, et plus son envie de disparaître peut devenir grande.
> « Aucun être humain n'est une île, entier à lui seul, écrivait John Donne, tout être humain est une partie de continent. »
> Ce dont il s'agit, c'est d'essayer de faire en sorte qu'aucune personne ne devienne un jour « une île » à la dérive, mais que chacun demeure toujours « une partie du continent ».
> De notre continent. De notre commune humanité.
>
> Jean-Claude Ameisen,
> « Valeurs originelles d'accompagnement »,
> Espace éthique IDF, 4 novembre 2011

Comment peut-on accepter, au moment où l'on s'apprête à légiférer sur le droit à mourir, de refuser le droit à continuer à vivre ?

La dignité c'est avant tout un sentiment personnel et même si on peut varier dans notre perception de l'acceptable, ça appartient avant tout à soi seul !

Nous avons vécu des moments très difficiles, il y en a encore : mais c'est de la vie, et l'important est que nous les partagions. Notre vie repose tout entière sur le soin à l'autre et le soin de l'autre, dans le partage de notre commune vulnérabilité. Il y a toujours un matin après la nuit.

Quelque chose d'autre que la mort, quelque chose d'autre que la fin de la vie avant la fin de vie

Bertrand

Diagnostiqué de la maladie de Charcot à 33 ans, je suis confronté à la fin de vie alors que rien ne l'annonçait. Je prends ça comme une déflagration.

Pourquoi moi ?

Je ne veux pas penser à ça.

Au même moment, mon père est en train de mourir d'un cancer en phase terminale.

Je ne contrôle plus rien, c'est le chaos.

Je me replie sur moi, et une protection instinctive commence à se mettre en place.

Je sais que c'est moi, mais au fond je n'y crois pas.

Mais toute la société me dit : « Tu es concerné, ne te voile pas la face ! »

Les années passent, et toutes les prédictions relatives « au temps qu'il me reste », s'avèrent fausses.

La maladie est bien là, mais je ne corresponds pas à la norme.

« Tu ne devrais plus être là ! »

Dès lors, je suis qui ? Je vais où ?

Avec les années vient la dépendance.

Et avec elle vient ce sentiment d'être un poids pour les proches.

Christine

Août 2008. Nous savions le chemin peu carrossable, mais confiants, nous décidons Bertrand et moi de faire chemin ensemble, malgré sa maladie et la dépendance qu'elle nous impose.

Nous nous sentons prêts à la tenir à distance respectueuse de notre aire, cet espace haut perché, habitable et vivant, tel un nid.

Et puis au fil des années, d'abandon en abandon, ceux de l'HAD[1] et du SSIAD[2], la démission des SAAD[3] les uns après les autres, le turn-over

1. HAD : hospitalisation à domicile.
2. SSIAD : service de soins infirmiers à domicile.
3. SAAD : service d'aide et d'accompagnement à domicile.

effrayant des auxiliaires de vie, la difficulté à reprendre une vie professionnelle, cette phrase de Bertrand : « Je suis ton boulet… »

Une personne atteinte de maladie de Charcot et trachéotomisée, c'est du 24h/24.

24 heures qui devraient être d'accompagnement, mais qui sont encore de la prise en charge : le champ sémantique de la dépendance n'est que lest.

La maladie de Charcot c'est, à plus ou moins brève échéance, toutes les problématiques du handicap physique, de l'assistance à la respiration et à la nutrition, rassemblées en une seule et même personne.

Aussi cette maladie pourrait-elle être exemplaire de l'accompagnement des plus vulnérables et/ou des plus dépendants.

Or, à l'inverse, la maladie de Charcot est devenue l'exemple même de la nécessité de proposer la mort.

Et dans le regard sur une personne atteinte de la maladie de Charcot, c'est « l'objet de soins » qui prévaut bien souvent, comme pour beaucoup d'individus en situation de handicap et très dépendants, « à mi-chemin entre vie et inexistence, ils continuent, seul avec leur ombre, sans raison raisonnable de se sentir exister. Ils survivent, vivotent, ou plutôt crevotent, exilés quelque part sur la peau de chagrin de la société, habitués à ne rien en attendre, en espérant toujours en recevoir quelque chose[1] ».

Quelque chose d'autre que la mort, quelque chose d'autre que la fin de la vie avant la fin de vie.

La puissance étymologique de partage dans le contexte d'une communauté de vie et de destin

Bertrand

Au fil de l'évolution, la confrontation avec la dépendance, d'abord par petites touches, puis pour tous les actes essentiels de la vie.

C'est là où je suis de nouveau convoqué par la société à la question de la fin de vie.

Je dois choisir si je continue à vivre avec la dépendance ultime : respirer avec une machine ou mourir.

Cette question, bizarrement, je ne me la posais pas pour moi. C'était évident de choisir la vie.

---

1. C. Gardou, *La fragilité de source. Ce qu'elle dit des affaires humaines*, Toulouse, Éd. érès, 2022.

Aussi parce qu'on revient à l'instinct animal de survie.

C'est là où se trouve une dérive : pourquoi la société m'oblige-t-elle à me justifier ? Puisque j'ai la maladie de Charcot, « je dois mourir », c'est inscrit.

Si je m'entête à vivre, c'est de l'obstination déraisonnable, et je vais devenir un poids pour mes proches et pour la société.

Christine

La proposition de loi n° 1100 relative à la fin de vie, prévoit un délit d'entrave[1] pour toute personne qui empêchera ou tentera d'empêcher de pratiquer ou de s'informer sur l'aide à mourir.

Un délit d'entrave au droit de mourir, quand pour beaucoup de personnes très dépendantes, il y a entrave non seulement au droit de choisir sa vie, mais aussi à la poursuivre.

Et là encore la maladie de Charcot vient illustrer ce non-respect du choix de continuer à vivre qui est opposé aux malades demandant une trachéotomie.

Nous ne comptons plus les témoignages de malades qui se voient refuser cette demande, pour des motifs qui n'ont rien de médical : le poids qu'ils représentent pour la société, et surtout pour leurs proches, est l'argument principal pour refuser cette ventilation invasive qui seule pourra leur permettre de continuer à vivre malgré l'avancée inexorable de la maladie.

Comment peut-on accepter, au moment où l'on s'apprête à légiférer sur le droit à mourir, de refuser le droit à continuer à vivre ?

C'est une double condamnation à mort : par le diagnostic, et par notre incapacité sociétale à accompagner, si l'on entend ce terme avec sa puissance étymologique de partage dans le contexte d'une communauté de vie et de destin.

Et face à cette incapacité, trop souvent et de plus en plus, l'accompagnement repose sur les proches, tant manquent les réponses professionnelles.

Avec pour conséquence le « lâcher prise » des plus vulnérables, des plus isolés. Est-ce que l'aide à mourir est la seule réponse que nous avons pour continuer à nous exonérer de toute solidarité envers les plus fragilisés ?

---

1. Article L. 1111-12-14., « Disposions pénales », proposition de loi n° 1100 relative à la fin de vie, Assemblée nationale, 11 mars 2025.

Moi je veux être perçu comme un être qui trébuche et n'en finit pas de cheminer

Bertrand

Je devrais correspondre à l'image dictée et caricaturale d'un être perdant toute dignité.

Alors moi, je dis NON : qui peut choisir à ma place les limites de ma dignité ?

La dignité, c'est avant tout un sentiment personnel et même si on peut varier dans notre perception de l'acceptable, ça appartient avant tout à soi seul !

Et cette perception évolue, comme des limites que l'on repousse.

C'est pour cela que concernant des décisions plus graves, je crains les directives anticipées : elles peuvent nous enfermer dans un choix que nous pouvons regretter, car la société a un chemin tout tracé, ancré profondément et qu'elle nous incite à suivre.

Il y a quelques années j'ai demandé un « séjour de répit » afin de soulager mon épouse quelques jours – j'ai été accueilli à l'hôpital, dans un service de neurologie, faute de structures adaptées pour me recevoir.

Dans ma demande, pour les soignants de l'hôpital il était fortement sous-entendu que je souhaitais le grand répit…

Un matin j'ai vu débarquer toute l'équipe soignante dans ma chambre, et j'ai fini par comprendre qu'il fallait que je réponde à la question implicite : « Est-ce que vous voulez en finir ? »

Cette confrontation a eu lieu en l'absence de mon épouse qui n'était même pas informée.

Alors si je n'avais pas pu m'exprimer ? Si la collégialité n'avait pas joué son rôle ? Si la loi n'avait pas de cadres stricts ? Où aurais-je été entraîné ?

Au lendemain de cette confrontation, la neurologue nous a convoqués mon épouse et moi pour nous dire que je devais partir car on ne pouvait rien pour moi.

Je prends cet exemple pour montrer le risque d'une loi qui ouvre la porte aux dérives, à partir du moment où elle donne la possibilité de cette question : est-ce qu'il ne vaudrait pas mieux que je sois mort ?

Mais aussi : pourquoi du répit alors que le meilleur moyen de soulager mon proche aidant est de mourir ?

Moi je veux être perçu comme un être qui trébuche et n'en finit pas de cheminer.

Surtout ne me persuadez pas de m'effacer !

C'est tellement plus simple de nier un problème plutôt que de le résoudre.

Comme la société se retrouve en situation d'échec face à une maladie incurable et très invalidante, et plus largement face aux plus vulnérables, tant en termes de soin que d'accompagnement, elle se retranche derrière l'aide à mourir.

Je ne veux pas prendre « l'issue de secours », et qu'on ne me parle ni de libération ni de délivrance

Christine

L'argument du refus de la déchéance physique a été maintes fois utilisé pour justifier du recours à l'euthanasie dans le cas de la maladie de Charcot.

Comme si la dignité consistait à devoir s'effacer au nom de la... décence.

Comme si la dignité ontologique de la personne qui ne parvient pas/plus à coïncider avec la norme était soudain niée par sa différence, et que cette personne se devait de ne pas être un poids, et d'épargner à la société le spectacle de ses maux.

Nous vivons dans une société où les personnes malades et/ou handicapées n'ont pas, pour la plupart, la maîtrise de leur existence, vivent dans la précarité, et sont considérées comme un poids pour la collectivité.

Et ce recours à l'idée d'une insupportable déchéance en est le miroir en accord avec le principe d'une « mort dans la dignité » – qui n'est rien d'autre qu'une invitation à l'effacement, partant du principe que la maladie, le handicap et la dépendance sont synonymes d'une vie indigne.

Je ne pense jamais à la mort de Bertrand. À la fin de sa vie. Je ne me suis jamais demandé combien de temps nous aurions ensemble, je ne me suis jamais interrogée sur le délai.

Nous avons vécu des moments très difficiles, il y en a encore, mais c'est de la vie, et l'important est que nous les partagions.

Cela m'énerve qu'on oppose l'aidante et l'aimante. Évidemment que j'aime mon mari, mais je sais aussi qu'aider comporte des limites.

Je me considère plutôt comme une personne qui prend soin de sa vie.

Je lui dis : ma mission, c'est de t'aider à rester en vie.

Ce n'est pas une charge, un travail.

Cela ne renvoie pas à une gestuelle de soin.

C'est un état d'être. Un « être-nous », où je suis intimement liée à son choix de vivre. Notre vie repose tout entière sur le soin à l'autre et le soin de l'autre, dans le partage de notre commune vulnérabilité.

Je nous perçois comme un seul et même corps handicapé, une seule vulnérabilité face à une société qui ne l'accepte pas, ne sait pas quoi en faire.

Pour rien au monde je ne pourrais envisager de mettre fin à ses jours : car j'entends la rumeur selon laquelle le geste létal pourrait être délégué à un proche, par défaut – nous faudra-t-il donc accompagner aussi par défaut la mort, nous qui le faisons déjà tant pour la vie de la personne que nous aimons, par défaut d'une réponse pérenne et surtout professionnelle ?

Il y a beaucoup de mépris dans cette façon presque désinvolte de penser qu'à défaut de soignants, les proches aidants seront là pour accomplir le geste.

Et il serait bon de rappeler que ce concept de dignité que tout le monde s'arrache dans le débat actuel, a la même racine que le mot « décence ».

Moi je ne me projette pas dans la mort de Bertrand. La mort, la sienne comme la mienne, sera stupeur.

Bertrand

Je n'ai jamais songé à en finir.

Je vais avoir 66 ans. Même si j'ai passé bientôt la moitié de ma vie avec la SLA, je ne suis pas résigné à m'effacer. Je veux continuer à avancer sur la « route 66 » !

Je ne veux pas prendre « l'issue de secours », et qu'on ne me parle ni de libération ni de délivrance.

Pour moi il y a toujours un matin après la nuit.

Quand je m'endors en vie, je suis persuadé que je verrai le jour se lever. Je ne pense pas à la mort.

Je veux bien me noyer, mais uniquement dans la foule.

Cyrille Jeanteur
Ingénieur polytechnicien (X85) retraité, Locked In Syndrom (1997)

Magali Jeanteur
Médecin, épouse-aidante

TÉMOIGNER DE L'IMMENSE MYSTÈRE DE LA VIE, ET DE CE QU'ELLE EST NOTRE RAISON D'ÊTRE ENSEMBLE

Moi Cyrille, je suis un ingénieur polytechnicien, propulsé il y a vingt-sept ans, dans un état de polyhandicap majeur, suite à un accident de voiture, alors que je consacrais la majeure partie de mon énergie à un des fleurons de l'industrie française.

L'urgentiste qui m'a sauvé a estimé que « je ne passerai pas la nuit ». Le réanimateur qui a pris le relais s'est excusé auprès de mon épouse : « Désolé madame, votre mari a voulu vivre… » Quand elle est entrée dans ma chambre de réa, je flottais au-dessus de mon corps écartelé, bardé de tubes, tuyaux et divers outils de paramétrages aux bips incessants. Elle était calme et m'a dit à l'oreille : « Courage, je sais que tu es sur la crête de la vie-mort. Fais de ton mieux, je suis et serai toujours à tes côtés. Je m'occupe des enfants quoi qu'il arrive, ne t'inquiète pas… » Je ne sais si c'est elle, les enfants ou moi qui m'ont retenu, mais je n'ai pas voulu mourir. Je me suis battu à fond, soutenu par un réanimateur d'excellence. Et je m'en suis sorti au bout de trois semaines, vivant, semi-conscient mais privé de tout mouvement, parole, déglutition, avec pour seul moyen de communication mon pouce gauche et mes paupières.

Je vous invite maintenant à partager ma pensée intérieure silencieuse, dans ces quelques lignes, recueillies lettre par lettre par les personnes qui se sont mises à son écoute.

Je suis un sous-marin, profond et libre

Je suis atteint d'un « Locked-in syndrom », en état de maladie grave et incurable, relevant donc des « soins palliatifs » qui s'appellent ainsi car ce sont des soins qui atténuent les symptômes sans pour autant en guérir la cause. Mais suis-je pour autant en fin de vie ? Non, je dirai que chaque matin je sais que j'ai envie de réussir ma vie et que je m'y applique pour l'amour de ma femme, qui est immense, et de mes filles tout aussi grand.

Au-dedans de mon corps « enfermé », ma pensée encore confuse et embrumée, a appris à refaire surface. J'avais été ingénieur sous-marinier, j'ai cru un moment être entraîné par le fond, mais c'est un long temps de plongée que j'ai vécu. La profondeur est mon terrain d'activité, et c'est au service de ce qui ne se voit pas que j'ai décidé de collaborer car c'est de là que s'émancipe ce qui se voit en surface. L'expérience du sacrifice de l'apparence m'a conduit à la profondeur de la vérité, qui est au-dedans de l'être. C'est cette réalité que je vis et partage désormais avec ceux et celles qui en ont l'intuition ou l'expérience en commun.

Avec ces personnes-là, qui sont capables de relativiser les ambitions du monde, il existe une solidarité véritable, un partage d'être en notre condition humaine commune. Elle pourrait paraître étrange, avec son côté visible et invisible, mais elle transforme le regard vers l'intérieur, le profond, et nous enrichit en nous donnant accès à l'être de chacun. Cela nous fait faire la courte échelle pour que nous ayons part au mystère de la vie. Je ne me lasse pas pour ma part d'entretenir cette relation avec l'omniprésence du divin en moi, je ne sens plus les cloisonnements, je suis plus comme partie prenante du tout, auquel je collabore. À ce titre, le sous-marin est une belle image de communion : j'ai participé à son avènement par ma compétence technique, mais c'est avec tous ceux qui y ont collaboré, qu'il triomphe en pouvant se déplacer dans la mer immense et inconnue, en silence, pour prévenir les conflits et protéger la paix.

Ma place est désormais de me fondre dans les éléments plutôt que de m'en croire maître. Mais ce n'est pas pour autant que je lâche le contrôle de ma vie, car j'ai besoin de me sentir, et surtout en ce moment, capable de décider de ce qui me concerne.

Tuer le temps n'est pas mon fait car je suis très occupé dans mon silence très habité et je ne m'ennuie pas. Si la communication réelle me fait défaut au-dehors, je suis centré sur le sentiment d'amour et je prie à ma façon pour que ceux que j'aime réussissent à être heureux. Mon ego est relatif, même s'il s'était développé dans le premier stade de ma vie, et si j'ai donné des preuves de ma capacité à la réussite personnelle c'est pourtant, au lendemain de la catastrophe que je suis davantage conforme à qui je suis véritablement, à ce que j'espérais être au plus profond de moi. Je laisse s'exprimer ma solidarité avec ceux qui souffrent et ont souffert, parce que ma vie qui vous semble recluse aujourd'hui est en réalité une ouverture absolue sur la vie et ce qui peut l'affecter.

Ce n'est pas la souffrance qui affecte la vie mais la non-reconnaissance de la fragilité, de la merveilleuse délicatesse des sentiments, au lieu qu'on nous assène des volontés de domination et d'indifférence comme l'idéal de notre communauté d'isolés.

Je suis moins isolé aujourd'hui que je sentais devoir le devenir autrefois. Autour de moi s'est fédéré un élan de solidarité qui en dit long sur les attentes de l'humain : j'en suis reconnaissant. Ma présence dans le monde et hors du monde est un bon exemple d'une bagarre possible entre l'extérieur et l'intérieur, et je suis le champ de cette paix qui vient se réaliser à travers ma condition présente dans le travail de l'unification de ces pôles. Ma réussite aujourd'hui serait d'avoir participé comme je le peux à cette unité que j'espère.

Les silencieux parlent plus facilement depuis le sentiment de leur âme que les bavards, c'est pourquoi les contemplatifs gardent le silence et n'en pensent pas moins. L'expérience d'impuissance dans laquelle j'ai été plongé aura eu la vertu de me désigner ma mesure comme existant. Je n'en ai pas fini pour autant avec ma participation au développement ou à la sauvegarde de la vie. Je suis libre de penser.

Je suis un être de relations qui croit à la fraternité

Pour moi, nulle barrière, nulle cloison qui m'isolerait de mon semblable. Je perçois seulement avec tristesse celles que vous mettez, de peur d'être trop proches de qui ne serait pas vous.

Savons-nous véritablement qui sont les meilleurs des humains ? Ceux et celles qui s'appliquent aux qualités de fraternité qui unifient les existences les plus variées. Il en est qui comptent, d'autres qui ne savent pas lire, ne peuvent pas écrire, mais tous en commun de faire corps avec l'unité qui les rassemble, qu'ils le veuillent ou qu'ils s'y opposent. J'ai commencé mon histoire en me distinguant, je la poursuis dans l'esprit de faire partie, avec tous les autres, de la grande famille des existants. J'aime me dilater dans la beauté des paysages et je me retrouve dans les images qu'on me sert et qui restent dans mon cœur. Mais si je suis heureux de voyager, de bouger d'un lieu à l'autre, c'est qu'alors je peux participer à des ambiances différentes. Je ne capte pas seulement avec mon œil, mais avec mes impressions très sensibles. Je ressens par exemple la bienveillance ou l'agressivité, la peur de l'autre, son amour véritable, son indifférence s'il s'efforce de me rendre transparent, l'incursion qu'il mène en mon monde ou son jugement réducteur... Peut-être est-ce plus facile à ceux qui m'ont connu dans le premier modèle. Aujourd'hui le moule a été brisé, et je compatis à la douleur de ma mère qui ne se remet pas d'avoir perdu son enfant. Nous espérons que nos enfants traverseront indemnes leur existence comme des flèches radieuses et aimantes. Et pourtant, l'amour ne se perd pas dans un accident, pas plus que la mort de l'existence. Il se déploie au contraire jusqu'aux confins de l'univers après s'être réservé à proximité de soi.

Je fais partie de la communauté des existants invisibles. Les mal-vus sont innombrables. Mais pourriez-vous imaginer un seul vivant qui ne fasse pas illusion ? Vous devez explorer avec moi le mystère de mon être, parallèlement à l'exploration du mystère de mon aventure dans laquelle j'ai entraîné ou ont été entraînés ceux qui m'aiment. Aujourd'hui, c'est « qui m'aime me suive » et j'aimerais servir d'aimant de sorte que je puisse servir de fil conducteur à la contemplation de l'être.

Chaque atteinte à notre liberté extérieure se convertit en nous à un espace de liberté intérieure. Bien sûr, nous sommes handicapés, freinés dans nos mouvements d'autonomie. Bien sûr que ce que nous donnons à voir peut paraître altéré, limité. Mais essayez de saisir qu'à l'intérieur de nous, c'est inversement proportionnel. Nous n'avons plus besoin des limites que vous vous mettez notamment entre les personnes. Et notre existence est un appel au dépassement en soi. Tous ceux qui transgressent la peur de notre apparence déroutante, parfois repoussante, ceux qui ont le courage et le cœur de nous côtoyer ressentent une transformation, une énergie qui est celle de la générosité et en sortent grandis et renforcés. Avec nous, tout devient relatif, rien n'est grave si ce n'est la perte du lien de la solidarité ou le non-respect de notre dignité. Nous sommes des accélérateurs de charité au sens du cœur profond.

J'aimerais porter la voix de mes semblables, reclus, invisibles et pourtant si essentiels. Quelles sont nos raisons d'être, nos raisons d'exister au sein de la société ? Et d'ailleurs pourquoi devrions-nous en justifier ? Faudrait-il une raison valable pour être ? Nous sommes tout simplement et tous les êtres, du seul fait qu'ils sont, et quelle que soit leur situation, ont une bonne raison d'être. Moi, je suis c'est un fait, je n'ai pas à justifier de ma valeur comme autrefois je pensais devoir le faire.

Les moyens d'existence, c'est autre chose : moi je dois ma survie et ma vie tout entière à mes proches mais aussi au système de santé qui me prend en charge, à ses acteurs compétents et bienveillants qui me soignent et me respectent du seul fait que je vive. Mon travail, c'est de vivre. Le leur de m'aider à y arriver. Non que je ne souffre pas de cette situation de dépendance totale, mais bien conscient que grâce à eux, à leur savoir soigner, à leurs attentions jusque dans le soin de mon intimité, je suis en vie. Et je suis bien conscient que tout cela a un coût pour la société. C'est pourquoi je veux rendre moi aussi en retour un service : celui de témoigner de l'immense mystère de la vie et de ce qu'elle est notre raison d'être ensemble. Alors ma reconnaissance est infinie, et je m'attache, d'où je suis, à apporter à ma mesure ce que je peux encore donner. Dans ce double mouvement, se joue la question essentielle et fondamentale de notre société : la fraternité.

Ma position à moi est devenue celle d'un médiateur, d'un remédiateur, d'un intercesseur entre les deux entités de l'être humain, tâtonnant entre l'univers et la réalité contraignante de son humanité fragile. C'est dans cette fragilité que nous pouvons devenir solidaires, mais aussi rencontrer cette unité à laquelle je suis voué. C'est dans l'apprentissage de la perte, que peu à peu nous apprivoisons notre capacité à vivre non caché par les écrans qui nous soucient ou mangent l'espace de notre être. Je peux de ma place garder le témoignage de la richesse de l'être, après avoir saisi la vanité de l'avoir. Car qu'ai-je saisi que je puisse durablement conserver ? Rien que ma pensée non inscrite dans mon corps infertile ? Si je me soucie de la suite de l'existence de mes aimés vivants, c'est au nom de l'amour et non de l'avoir. Amour, nous lui devons tout, depuis le mouvement du vivant jusqu'au cycle des transformations : mort et renaissance. Tant que je suis en vie, je vis, avec et pour les autres humains.

Je suis citoyen et fier de l'être

Ma vie ne tient qu'à ma volonté, mais encore faut-il qu'on me donne les moyens de l'exprimer.

Après l'accident, j'ai dû être mis sous tutelle pour faire gérer les actes de ma vie quotidienne en institution. J'étais triste d'avoir perdu mon droit de vote, car je me considère citoyen à part entière, attaché aux valeurs de la République. J'ai demandé à ma femme de faire les démarches et j'ai pu le réobtenir le droit de porter mon bulletin dans les urnes. Je vote et je manifeste même sous la pluie s'il faut défendre les valeurs de la démocratie et faire entendre mon opinion. Je fais partie de la communauté des vivants-citoyens-français, et j'en suis fier : je respecte la loi et la loi me protège. La loi ne doit pas être un outil de pouvoir ni sur ma vie, ni sur ma mort. Ma dignité ne dépend pas de mon autonomie. La technique médicale a permis de me maintenir en vie, mais la technique ne doit pas décider à ma place. L'acharnement thérapeutique n'est pas une solution : je ne veux pas vivre branché à une machine à tout prix. Mais l'abandon médical non plus, je ne veux pas être condamné parce que la société juge ma vie indigne ou inutile. La société doit me protéger, ainsi que toute la communauté des vivants-vulnérables, c'est-à-dire nous tous.

Quand il y a des décisions à prendre pour nous, qui sommes empêchés dans notre expression, il est essentiel de prendre le temps. D'abord de recueillir notre avis, ensuite celui de nos proches aidants et enfin, confier aux professionnels assermentés et compétents, la collégialité de la décision. Pour ce qui me concerne, ma femme a dû me défendre d'une décision médicale arbitraire avant la loi Leonetti : sans elle je ne serais pas là aujourd'hui. Ensuite la loi est arrivée et m'a protégé parce que mon épouse savait la faire valoir à chaque étape critique. Cela m'a protégé et sécurisé dans ma grande vulnérabilité. Le temps, la collégialité et la loi sont trois piliers essentiels de la santé démocratique : respecter la dignité de chacun, ne pas tomber dans le piège de l'arbitraire et agir en responsable. Avec ces piliers, nous avons pu prendre à chaque fois une décision éclairée, réfléchie et même quand nous n'étions pas d'accord, un consensus a été trouvé, avec ma parole comme principe fondamental.

C'est ça, la force de la loi et le principe de la démocratie : ils empêchent à la fois l'acharnement et l'abandon. Une société qui sait prendre soin des plus faibles est une société juste et équitable qui fonctionne des plus forts aux plus faibles et vice versa. Pour qu'elle fonctionne, il faut lui donner ensemble, fragiles et puissants, les moyens d'exister, sans laisser personne de côté.

Vous l'avez compris, je suis épris de justice. Et je veux combattre les inégalités et les discriminations de toute nature, dans notre pays comme partout dans le monde. De ma chambre, je suis très informé, car je suis relié à l'humanité en permanence par la télévision : ce que je vois, je le ramène à ce qui me touche véritablement. Le jeu des puissants et la souffrance qu'ils infligent aux vulnérables me concernent, et j'unis les causes de ceux qui souffrent de quelque manière que ce soit, ceux qui souffrent à ma souffrance. Cela me donne la sensation de participer à la vie de tous, mais aussi de fournir en échange une profondeur qui n'a pas toujours cours dans les médias. C'est mon offrande, même si je vis cette double impression : celle de mon utilité à penser pour d'autres, celle de ma difficulté à ne pas jouir de mon autonomie physique.

Mais de ma chambre aussi, je partage mon écoute avec ceux qui me soignent d'abord et ceux qui viennent me visiter ensuite.

Ceux qui me soignent sont formidables d'humanité et exercent leur métier avec engagement, ce qui est de plus en plus difficile. Ils sont professionnels et humains, parfois le temps leur manque et c'est difficile pour eux comme pour moi. Mais entre nous, c'est donnant-donnant, et nous nous soutenons mutuellement. Je leur suis très reconnaissant ; eux aussi pour ce que je leur apporte à ma façon.

Et ceux qui me visitent, ce sont des amis, de la famille, des visiteurs anonymes parfois, qui tous partagent un temps d'existence. Chacun m'apporte son humanité et c'est un peu comme s'ils m'apportaient une partie de l'humanité extérieure. Je les écoute et comme je ne parle pas, ils me confient souvent leurs soucis et préoccupations en monologue, sachant que je ne répéterai pas… Lorsqu'ils me posent des questions, je leur réponds par un sourire, un pouce levé pour oui, un mouvement de la main pour non. Mais nous communiquons aussi par transmission de pensée, surtout ceux qui arrivent à garder le silence et se mettre à mon écoute, plus nombreux qu'on ne croit. Je m'applique à avoir une écoute bienveillante et j'ai le sentiment de leur faire du bien. Je me fais réceptacle de leurs difficultés et ils repartent allégés, réconfortés : moi ils m'enrichissent de leur témoignage et de leur sincérité qui me touche. C'est ainsi que je trouve une forme d'utilité à ma condition d'enfermement qui en réalité est une ouverture à l'autre et par lui au monde.

Ces jours-ci les temps sont graves : les bouleversements géopolitiques bouleversent l'ordre du monde, et les plus vulnérables risquent de passer bien après l'appât du pouvoir des puissants. Les démocraties sont mises à mal dans leurs fondements avec le sceptre du repli sur soi, État comme individus. Pourtant je peux dire que de ma condition d'« enfermé », que les valeurs fondamentales qui les ont constituées sont un socle robuste. C'est l'union entre nous et non la division qui sauvera le monde. Je me sens bien impuissant bien sûr mais je suis convaincu d'une chose : il faut croire à la vie plus forte que la mort, à l'amour plus fort que la haine. Si mon silence engagé pouvait être entendu dans ce monde occupé et préoccupé, j'aurais le sentiment que ma vie est et restera utile.

Voilà.

Jean Lacau St Guily
Médecin ORL et cancérologue, professeur émérite Sorbonne Université, Hôpital-Fondation Rothschild, Paris[1]

LA SOLIDARITÉ DE PROXIMITÉ, SEUL GAGE DE SURVIE ?

C'est la constitution de mécanismes de solidarité de proximité, non réduits à la famille, mais élargis à des cercles de soutien sinon de substitution, qui mettra les plus fragiles en mesure de survivre ou plus exactement de vivre leur vie ultime sans être soumis à l'inéluctable logique de l'utilitarisme et des contraintes financières.

Le risque de tuer au nom d'une certaine idée de l'individu

La pensée publique française semble vouloir se résoudre à court terme à légaliser la mort administrée. Parmi nos concitoyens, les plus forts, les plus intelligents, les plus prospères, les plus aptes à la liberté individuelle, semblent en passe d'imposer un concept collectif qui généralise l'accès libre au suicide assisté. En conséquence, parmi nos concitoyens, les plus faibles, les plus psychiquement altérés, les plus pauvres, les moins aptes à user de leur liberté constitutionnelle semblent devoir risquer dans un futur proche d'être mis en demeure de s'y résoudre, d'y consentir, lorsque leur état ne permettra plus de faire face aux difficultés générées par la vie complexe dans la société contemporaine. Vivre avec son temps réclame des compétences multiples. Beaucoup de ces compétences peuvent avoir été perdues ou ne pas avoir été acquises. La solidarité vis-à-vis des populations fragiles qui relevait de l'État cessera d'être une priorité de la société ; l'assistance est un mot qui a mauvaise presse ; le pays est financièrement exsangue ; la vision utilitariste conduit l'État et les structures professionnelles ou territoriales à se désengager de la fonction de protection.

---

1. À lire notamment : Lacau J. St Guily (dir.), *Porter la fragilité des faibles. Aidés & Proches-Aidants*, Paris, Éd. Parole et Silence, 2023.

La discussion budgétaire de la rentrée 2024 a montré à quel point la France est appauvrie ; la communauté nationale et son exécutif ont bien du mal à faire les arbitrages qui permettent le maintien combiné des fonctions de protection des plus faibles et de soutien des valeurs de développement de l'avenir, de l'éducation et de l'entreprise. Beaucoup dans le pays, en particulier chez les acteurs du soin, s'inquiètent d'une rupture possible du pacte de solidarité avec les plus faibles ; déplorent que l'on puisse envisager de renoncer à la dette intergénérationnelle due aux anciens ; qu'en raison de leur improductivité, on puisse décider de ne plus nourrir des bouches inutiles à fonds perdus. La question qu'il importe de continuer d'affronter est celle du degré de solidarité que la société souhaite maintenir. Tenter d'y répondre consiste à explorer par quelles solidarités cette persévérance devra passer, dans le contexte de l'appauvrissement financier, si l'on se refuse à penser que l'extension de l'usage du suicide assisté chez les personnes très âgées ou porteuses de multiples comorbidités notamment cognitives, puisse être considérée comme une variable d'ajustement.

En réalité, la légalisation de la mort administrée générera par un mécanisme logique une violence d'État. Ce qui est légal est par nature accepté par la population et en premier lieu par les professionnels situés en première ligne au contact des personnes exposées. Savoir qu'un vieillard dément et violent, pénible pour sa famille et l'entourage professionnel qui en a la charge, n'est plus protégé légalement par l'interdit de tuer, conduira peu à peu au désinvestissement des professionnels et des familles vis-à-vis de cette personne. En celle-ci, l'absence de contact, de liens résiduels, de retour de reconnaissance visible, d'interaction corporelle, faciale, de marques d'amour, joints à la détérioration physique génératrice de répulsion, à la malpropreté qui s'installe, à l'abrasion cognitive, à la gêne sociale née des désinhibitions, faciliteront le passage à l'acte, à la baisse de la garde, à l'acceptation de la mort administrée légale au nom de la dignité. Les staffs et autres réunions de concertation pluridisciplinaire seront mis en place au sein des structures d'accueil et d'hébergement pour personnes dépendantes et donneront la respectabilité et la retenue présentables aux décisions. Un entraînement mutuel conduira les professionnels de différentes générations valides à accepter progressivement cette conception de la dignité et à trouver là une conception humaniste de la fin de vie, partageable entre les groupements professionnels de circonstance et les familles plus ou moins inquiètes, traumatisées et peut-être malléables.

Le système d'État assurera cette continuité légale entre le monde civil désemparé, souffrant financièrement et moralement fragilisé, et le monde professionnel, prompt à mettre en place des processus, des procédures, optimisant les chaînes logiques de fonctionnement, favorisant la reproductibilité des façons de faire, en fournissant une taylorisation du travail, pour un nombre restreint de travailleurs, techniquement qualifiés mais non appelés à réfléchir sur des situations individuelles multiples. Chacune des situations devra au contraire être suffisamment modélisable pour permettre la mise en œuvre de réponses robustes, de préférences techniques. Ce qui est menaçant pour les personnes du quatrième âge atteintes de troubles cognitifs à la sévérité progressivement croissante et de multiples comorbidités, l'est aussi pour de nombreuses autres situations de fragilisations des individus : malades psychiques déficitaires ; mélancoliques suicidaires ; personnes porteuses de handicap mais n'étant pas en mesure de dépasser ou de transcender celui-ci par des exploits tels ceux qui sont honorés aux jeux paralympiques ; enfants atteints de malformations ou de maladies congénitales sévères, qui furent toujours les premiers menacés par les régimes totalitaires, et par toutes les utopies récurrentes et eugénistes proposées au long des siècles par des philosophes divers au nom du supposé bonheur des peuples. Tout renoncement à l'interdit de tuer, légalisé au nom de la liberté individuelle, rend présent le risque de tuer au nom du bonheur collectif, ou d'une certaine idée de l'individu.

Mais ce qui apparaît est que l'individu fragilisé, s'il n'est pas défendu par la collectivité, par la loi, par l'État, par les mœurs, par la morale sociale, le sera quand même, défendu, tant que quelqu'un, un autre individu, prendra soin de lui. Tant que quelqu'un trouvera qu'il y a un sens à s'occuper de lui, à trouver qu'il a du prix, au nom d'un lien familial ou amical, d'un devoir moral, d'une dette implicite, d'une promesse, d'un tissage intergénérationnel, ou simplement d'une cohabitation circonstancielle, bref de tout ce qui peut maintenir un lien fonctionnel entre deux personnes.

Les liens de premier degré sont simples à énoncer : époux, conjoint, père, mère, enfants, fratrie. Ils sont fonctionnels justement ou pas. En fait tant qu'une personne est fragilisée par l'âge, la maladie, le handicap, la situation sociale, elle est en grand danger d'être emportée sauf si quelqu'un, fort ou moins fragile, continue de la tenir. Mais l'équipage social réduit à deux personnes (par exemple une mère seule et son enfant, ou deux personnes âgées, ou une personne malade psychique et un parent) reste d'une très grande fragilité. Pour reprendre la classique métaphore maritime, c'est un très fragile esquif, que les tempêtes peuvent vite déchiqueter et jeter à la mer. Ainsi, les mères célibataires et leurs enfants sont certes à l'abri de l'euthanasie mais elles sont les victimes de premier plan du désastre social bigénérationnel et du naufrage par leur abandon de fait. Les aidants auprès de personnes malades ou âgées se retrouvent dans cette configuration, si leur famille est lointaine ou désinvestie. La remobilisation de celle-ci est une question de survie. Car l'État s'avère à la fois violent et démuni, Léviathan vorace et obèse à mobilité réduite. Peu à même de répondre aux situations individuelles autrement que par des mesures y compris législatives à grande échelle.

La constitution de mécanismes de solidarité de proximité

Par conséquent, la réponse, dans une société elle-même mise à mal par la modernité, tient au développement de solidarités de proximité plus efficaces. Lesquelles ? Des solidarités qui s'interposent entre des citoyens incapables de se défendre ou de protester et des systèmes qui pèsent d'un poids très lourd dans la société et occupent beaucoup de place, les systèmes du soin, du maintien en établissements pour personnes dépendantes, des contraintes financières, des organisations administratives et commerciales, de la numérisation de la société et de son organisation, des structures professionnelles diverses, des organisations sur lesquelles repose la socialisation, des injonctions fiscales et réglementaires, des structures territoriales, etc. Ce sont des systèmes exigeants, technologiques, coûteux, réclamant une adhésion et une agilité fonctionnelle et exigeant un retour sur investissement. La solidarité d'État n'ayant plus dans ces domaines les moyens de ses objectifs proclamés, les citoyens concernés se retrouvent seuls, pauvres, mal adaptés, incapables de lutter, ni même de faire eux-mêmes ce qu'il faudrait pour vivre avec son temps.

Il faut donc bien qu'il y ait d'autres mécanismes de solidarité. Ce ne sont plus ceux de l'État, ce sont ceux, subsidiaires, que peuvent apporter les communautés situées autour (avec, aux côtés) des citoyens menacés par la mort administrée. Ces mécanismes ce sont en réalité des gens, des proches, non pas un mais plusieurs, non pas d'une seule nature mais composites, qui construisent une solidarité pragmatique, non institutionnelle. Cette construction est d'abord concentrique, allant de la proximité immédiate, naturelle, familiale puis trouvant des appuis plus lointains, voisinages, immeuble, ensemble d'habitations, quartier, associations plus ou moins formelles, municipalité, paroisse et groupes communautaires divers. Ensuite elle est bénévole, gratuite ; elle n'est pas institutionnelle, mais elle impose un certain degré d'engagement d'un nombre important d'acteurs. Les aidants familiaux seront les plus densément impliqués, parce qu'ils sont familialement concernés et au plus près. Ils commencent à avoir une reconnaissance et une visibilité dans le paysage social. D'autres acteurs occasionnels peuvent intervenir en faisant partie de groupes de soutien autour d'une thématique, par exemple l'aide numérique, ou les courses quotidiennes.

Le caractère concentrique désigne les cercles successifs de la famille, puis du voisinage, des liens construits, pour les plus jeunes des personnes affaiblies, à l'école, au travail, aux loisirs et dans d'autres associations. Cette solidarité de proximité peut rester informelle (et donc fragile) ou devenir avec le temps et la prise de conscience plus ou moins structurée ; elle peut alors s'élaborer selon une organisation explicite et plus ou moins croissante ; elle vient en complément d'une mise en place judicieuse – et coûteuse – d'acteurs professionnels (médecin traitant, infirmier/ère, aide-soignant/e, kinésithérapeute, et tout professionnel du soin à domicile mais aussi acteurs professionnels, non liés aux soins, enseignant, aide-ménagère, taxi, livreur pourquoi pas…). Elle sait utiliser les dispositifs sociaux vertueux qui ont été mis en place par l'État ou les niveaux intermédiaires notamment municipaux ou en entreprise. C'est pourquoi une des conditions de la survie des citoyens fragiles est la proximité géographique. Ce qui est loin devient difficile ou impossible.

C'est la constitution de mécanismes de solidarité de proximité, non réduits à la famille, mais élargis à des cercles de soutien sinon de substitution, qui mettra les plus fragiles en mesure de survivre ou plus exactement de vivre leur vie ultime sans être soumis à l'inéluctable logique de l'utilitarisme et des contraintes financières. La réponse ne peut être qu'un contournement d'ordre communautaire et volontariste, selon divers modèles. La communauté en question peut être celle d'un groupe archi minoritaire, religieux (de type Amish mais qui peut revêtir une réalité en France, par exemple, chez des juifs religieux, des catholiques traditionalistes, des communautés nouvelles), identitaire, ethnique, social, et par conséquent par nature restreint et marginal. Mais ce peut être au sein de la société archipélisée contemporaine, une réponse extra-étatique, d'organisation volontariste et solidaire, tissant du lien sur un mode transcommunautaire, échangeant des informations vérifiées et des services mutuels, s'associant diversement. C'est envisageable en société urbaine, voire dans des grandes villes ou au contraire dans un habitat dispersé. Il faut bien toutefois que quelque chose réunisse ceux qui veulent créer ces solidarités de proximité, que quelque chose les pousse les uns vers les autres pour qu'ils soient en mesure d'aboutir. Ce peut être le réalisme, le pragmatisme, ou un désir de maintenir la flamme, une espérance maintenue en ce qu'est la vie sociale, une foi en l'avenir, qu'elle soit d'ailleurs religieuse ou laïque.

Les aidants familiaux sont au cœur de la réception et du développement dans la société des notions de non-abandon, d'attention persévérante, de prendre-soin (le *care*), de maintien à domicile, de solidarité intergénérationnelle et de reconnaissance d'une dette vis-à-vis des plus anciens, bien au-delà des soins techniques. Les soins techniques sont identifiables par le système médical et mobilisables par les structures médico-sociales disponibles en France et bien conceptualisées (les médecins, la médecine, les établissements). Les réseaux de soins, d'abord spécialisés (cancérologique, gériatriques, etc.) ont cherché à trouver des alternatives à l'hospitalisation en proposant qu'une partie des soins puissent être faits en ville voire à domicile. La période si particulière du Covid et du confinement a eu comme vertu de montrer que l'attention sociale aux autres, le prendre soin, ne concernait pas seulement les soignants que l'on applaudissait mais tous ceux dont les métiers ou dont l'implantation civile conduisaient à maintenir de la présence et du lien avec les personnes isolées. La solidarité de proximité dépasse largement la seule prestation technique, la seule offre de soins à domicile.

La solidarité avec l'individu fragile, entré dans les plaines brumeuses où tout s'achève, implique une persévérance, non technique mais présentielle, des aides existentielles de tous niveaux. Cette compréhension doit être celle d'une société où les humains vivent longtemps et où les générations des enfants atteignent eux-mêmes l'âge de la retraite et de la fragilisation tandis que leurs parents continuent de vivre et que leurs enfants entrés dans les combats de la vie professionnelle tardent à accepter de nouvelles contraintes. La notion de dette et de persévérance auprès de personnes dont la visibilité, l'acceptabilité et l'utilité sociale se dégradent peu à peu (au premier chef l'âge puis le grand âge), implique évidemment une prise de conscience que l'État et les structures sociales intermédiaires ne peuvent tout faire et par conséquent un choix, à la fois individuel et collectif ; plusieurs générations sont aujourd'hui concernées par ce choix, sans le comprendre d'emblée : les adultes non encore entrés dans la vie professionnelle et travaillés par l'angoisse du futur ; les adultes en plein exercice professionnel préoccupés à mener leur barque et dont un certain nombre se soucient d'abord de leurs jeunes enfants ; ceux qui entrent dans l'âge de la retraite avec plus ou moins de moyens physiques et financiers avec la triple préoccupation des 3 générations dont ils sont les pivots ; le quatrième âge enfin. Cette prise de conscience consiste donc à comprendre que la réponse ne tient pas seulement à la mise en œuvre de techniques médicales dont on laissera les professionnels se charger et que l'État n'est pas aussi providentiel que la locution proverbiale l'indique ; en tout cas qu'il n'en a plus les moyens et le souhait.

Dans l'état actuel de notre réflexion, stimulée par la mise en demeure publique de renoncer à l'interdiction de tuer au motif d'un élargissement de la liberté individuelle, voilà ce qu'il m'est possible d'écrire au moment de conclure. Ce dont il est question c'est de légaliser la mort administrée à un moment choisi de la fin de vie. Il suffira que quelqu'un le réclame et que quelqu'un y consente : l'être humain qui va mourir et les représentants désignés de la société sont les sujets des deux verbes *réclamer* et *consentir*. Cohabitant avec ce dispositif, la survie possible des individus non-productifs (nos anciens et tous ceux qui se trouvent à notre charge), dans une société à l'affût, utilitariste et économiquement exigeante, repose sur le développement concentrique de solidarités de proximité, non strictement réduites à la famille, bénévoles, gratuites, non institutionnelles, de niveaux divers occasionnels ou denses mais imposant un certain degré d'engagement d'un certain nombre d'acteurs. C'est ce modèle subsidiaire non étatique, de contournement volontariste et solidaire, qui mettra les plus fragiles en mesure de vivre leur vie ultime sans être soumis à l'inéluctable logique des contraintes financières.

Ceux qui n'auront pas pu bénéficier de tels dispositifs de soutien seront en revanche emportés : si la mort administrée est légalisée, elle deviendra rapidement une proposition de masse. La réponse ne peut être qu'au plus près des personnes fragiles, collective, intergénérationnelle, volontariste et solidaire, tissant du lien sur un mode transcommunautaire et de proximité géographique.

Jean Gauthier
Cardiologue, thérapie cellulaire, Facultés de médecine et de pharmacie La Timone Marseille (UAM)

LA DIGNITÉ PEUT-ELLE SE PERDRE ?

Dans ce monde où semble prévaloir le libre arbitre, certains peuvent s'estimer indignes de vivre, ce qu'ils trouvent dégradant au point de revendiquer le droit de mourir « dans la dignité ». Ils sollicitent une assistance à cette fin, que la loi pourrait permettre sans pour autant être en mesure d'en encadrer les pratiques. En effet des critères d'éligibilité comme la perte de dignité et la souffrance réfractaire sont peu recevables. La dignité ne se perd ni ne se discute.

La dignité protège toujours celui qui la respecte

Les partisans de l'euthanasie invoquent l'argument de la perte de dignité pour exiger de l'État son autorisation. Il est pourtant impossible de la perdre. La dignité est naturelle. Elle est une partie intégrante de tout être humain, comme la couleur de sa peau et celle de ses yeux. Élément fondamental de l'indivisibilité de toute personne quels que soient son âge, son état physique, son statut social, et parfois son handicap. Le corps, l'esprit, la conscience, la raison ne sont qu'une seule entité dont la perte d'une de ses fonctions ne remet pas en cause son intégrité. Même si elle perd la mémoire, elle reste une personne à part entière car elle a une histoire. Même abandonnée sur son lit de souffrance, souillée et battue, elle garde sa dignité car elle a un vécu et un avenir, certes compromis.

Le corps humilié affirme sa dignité en résistant à la barbarie. C'est la dignité qui fait d'un être humain une personne, raisonnable et morale, et pas seulement un individu, simple membre d'une communauté. Elle demeure après la mort. Même le criminel le plus endurci ne la perd pas. Mon expérience de cardiologue pénitentiaire dans une prison de lourdes peines m'a appris qu'on ne le torture pas et qu'il reste digne d'être soigné lorsqu'il est malade.

Ainsi, l'argument du droit à mourir dans la dignité invoqué par les promoteurs du droit à l'euthanasie n'a pas de fondement. Il signifierait que ce sont l'âge et la maladie qui décident de la dignité, et que l'état physique et mental détermine son altération ou même sa perte. Alors qu'elle est inaliénable. Il en va de même pour l'argument de la souffrance réfractaire comme critère d'éligibilité à la sédation létale et au suicide assisté énoncé dans la proposition de loi du 11 mars 2025 relative à la fin de vie, alors qu'elle n'est en rien discriminatoire. Parfois, le malade semble perdre son sentiment de dignité. Ce n'est qu'un ressenti. Une perte d'autonomie, un sentiment de vulnérabilité, la diminution de certains acquis peuvent affecter la conscience de soi. La mémoire d'événements vécus susceptibles de donner confiance peut parfois manquer. Une écoute attentive de l'entourage, une empathie qui lui fait sentir qu'il importe en tant que personne et n'est pas relégué dans la condition du malade, une assistance bienveillante aux gestes quotidiens dans le cadre de soins appropriés apportent toujours l'apaisement et l'espérance. Parfois, c'est le ressenti de l'entourage qui fait croire à la perte de dignité devant certaines conditions éprouvées comme humiliantes par le malade. Lorsque sa situation s'améliore avec des soins personnalisés, des soutiens relationnels amicaux, le ressenti des proches disparaît, d'autant plus facilement s'ils sont pris eux-mêmes en considération. Le respect et l'accompagnement conférés au mourant le confortent dans sa dignité. Un environnement familial et social favorable la renforce. La dignité protège toujours celui qui la respecte ; elle dévalue celui qui la bafoue.

Les pays qui ont légalisé l'euthanasie et le suicide assisté ne se réfèrent pas à la perte de dignité. La Belgique et les Pays-Bas invoquent la compassion, le respect de l'autodétermination et la force majeure. En Suisse il s'agit de l'absence de « motif égoïste ». L'*axios* grec et le *dignitas* latin expriment l'estime, mais aussi le mérite et la considération. Le mérite, c'est ce qui rend digne d'estime. Il n'est parfois pas justifié. La considération, c'est l'attention qu'on porte à une personne quelle que soit sa situation. Il arrive qu'elle fasse défaut. Des atteintes à la dignité sont donc possibles. Elles sont fréquentes dans les relations humaines. Le droit pénal parle de discriminations. C'est le cas lorsque la personne malade ou handicapée est négligée ou maltraitée. Mais quelle que soit sa situation, sa dignité lui reste intimement attachée. Même bafouée, elle ne peut être ni abandonnée ni perdue. Ces atteintes sont aussi anciennes que nombreuses : esclavage, torture, viols, crimes de guerre, discriminations ethnoraciales, politiques, religieuses, professionnelles, homophobie, harcèlement en particulier sexuel, abus de faiblesse, diffamations, exclusion, mépris du handicap, précarité, logements insalubres, atteintes à la liberté d'expression. La souffrance générée, physique ou mentale, sera variable d'une personne à l'autre, et perçue différemment en fonction de son vécu, mais toujours bien réelle. La dignité n'a rien d'une notion abstraite. Elle concerne d'abord le corps. Maltraité, écorché, parfois considéré comme un objet ou un déchet. Puis la violence morale, l'isolement, la contrainte, l'insécurité. Toutes ces formes d'agressivité constituent autant de blessures pas toujours visibles mais qui touchent fortement l'intime.

Respecter la personne dans son humaine dignité

La perception humaine de la dignité est multiple. Trompés par quelques allégations portant sur sa fragilité, certains la cherchent, croyant l'avoir perdue. Écoutons Bob Dylan chanter dans « Dignity » : « Le sage la cherche dans un brin d'herbe/Le jeune homme dans les ombres qui passent/Le pauvre la cherche dans les vitraux d'église/La dignité. »

Le droit à la sauvegarde de la dignité de la personne humaine est pourtant protégé juridiquement. Après la Seconde Guerre mondiale, en réponse aux crimes commis, le Conseil constitutionnel l'a indirectement intégrée dans la rédaction du Préambule de la Constitution de 1946 : « Tout être humain, sans distinction de race, de religion ni de croyance, possède des droits inaliénables et sacrés. » Un chapitre intitulé « Du respect du corps humain » est présent dans le Code civil. Il s'oppose notamment à l'eugénisme. En 1994, un chapitre sur les atteintes à la dignité de la personne a été ajouté au Code pénal. Il condamne en particulier le proxénétisme, l'exploitation au travail, le non-respect des morts. La jurisprudence n'a jamais restreint la dignité humaine. Elle a au contraire limité quelques libertés qui lui portaient atteinte. La dignité figure dans le Préambule de la Charte des Nations unies de 1945. La Charte des droits fondamentaux de l'Union européenne stipule que « la dignité humaine est inviolable. Elle doit être respectée et protégée ». Ce que confirme sa Cour de justice qui « assure le respect de la dignité humaine en tant que principe général du droit ». Et en tant que principe constitutionnel.

Les philosophes se sont eux aussi consacrés à la dignité. Les stoïciens de la Grèce antique ont conféré le caractère de dignité à toute vie humaine. Pour eux, les plus sages sont les plus dignes. Au Siècle des lumières, Kant associe le concept de dignité à la raison et à la morale. L'homme écoute sa raison et a la volonté d'agir selon la morale. La personne humaine ne doit jamais être considérée comme un moyen mais comme un être autonome, doué de liberté et exigeant un respect inconditionnel. La dignité ne se divise pas, ne s'évalue pas. Elle est en l'homme sans condition, avec un rapport à la fraternité. Pourtant quelques esprits rationalistes, tout en reconnaissant son indivisibilité, la mettent en cause en situation de perte d'autonomie. Une telle pensée pourrait ouvrir la route à toutes formes de discriminations. La dignité humaine ne figure pas explicitement dans la Déclaration des droits de l'homme et du citoyen de 1789. Celle-ci se réfère toutefois à la non-discrimination. Elle est inscrite comme « inhérente » dans le Préambule de la Déclaration universelle des droits de l'homme de 1948. Son article 1 affirme que « Tous les êtres humains naissent libres et égaux en dignité et en droits ». La dignité est posée à la base de tous les autres droits humains. Les principes d'égalité et de liberté s'ajoutent donc à la notion de dignité, lui donnant une dimension politique.

La dignité apparaît comme un fondement de la vie démocratique, égale entre tous les êtres humains libres d'agir. Elle figure dans la plupart des textes fondateurs des États, renforçant leur légitimité. C'est à partir de cette conception égalitaire que chacun peut revendiquer les mêmes droits. Beaucoup de revendications et de contestations se réfèrent à la dignité. Démocratie et dignité sont fondées sur des valeurs de respect et d'égalité. La protection de la dignité engage les hommes politiques à des obligations : assistance, normalisation égalitaire des lois et règlements. Ils ont le devoir de protéger la dignité comme principe essentiel, en favorisant l'autonomie des personnes, de bonnes conditions de travail et de logement et en luttant contre l'intolérance.

Il y a une éthique de la dignité. Un code. Il est basé sur la reconnaissance dans les relations humaines. Reconnaissance des regards qui se croisent. Le regard des autres fait prendre conscience de sa propre dignité lorsqu'elle semble perdre un peu de son sens. Reconnaissance à l'égard de la personne victime de traitements qui l'ont humiliée et privée de son identité, elle qui éprouve le besoin de confiance afin de renouer avec son histoire. Pouvoir recourir à sa mémoire mais aussi à la mémoire collective permet de sauvegarder son identité et sa dignité lorsqu'on n'est plus considéré comme une personne. Et elle rapproche d'une histoire commune où sa propre identité est conservée. Reconnaissance aussi à l'égard de la personne en fin de vie confrontée à ses dépendances, une reconnaissance qui est estime de l'autre quel que soit son état. L'idée de dignité est source de justice et de solidarité.

L'absence de reconnaissance de ce que l'on est et de ce que l'on fait constitue un refus de la dignité attachée à la personne. Lorsque la dignité croise la route de l'éthique, la morale n'est jamais loin. L'éthique est parfois fluctuante car elle est intimement liée à l'environnement culturel et aux évolutions de toute nature. Par exemple, concernant l'euthanasie, les conceptions éthiques peuvent diverger d'un pays à l'autre. Les conceptions de la vie et de la mort sont marquées par les évolutions de la science. Des actions considérées indignes par le passé sont estimées aujourd'hui recevables et dignes, comme c'est le cas en biomédecine à propos de l'interruption volontaire de grossesse, du changement de sexe et de genre. Ce pourrait être le cas en France à propos de l'intervention médicale pour abréger une vie. La morale intervient avec son caractère absolu, immuable, universel et ses interdits inconditionnels. C'est à travers la morale qu'on doit s'interroger sur ces actions. La bioéthique vise à protéger l'être humain d'expérimentations dégradantes pouvant constituer une atteinte à sa dignité.

La dignité s'exprime dans la pensée religieuse. Pour le bouddhisme, tous les êtres humains et non humains sont d'égale dignité. La vie est sacrée sous toutes ses formes et la dignité humaine en est l'essence. Pour les religions traditionnelles, l'origine divine de l'homme est essentielle à la compréhension. Et l'idée de dignité est de nature divine. Ainsi pense le judaïsme. Elle est inaltérable. On ne peut pas y renoncer car elle ne dépend pas de notre volonté. Pour l'islam, la dignité est une caractéristique de l'homme pieux. Sa lumière éclaire ceux qui respectent autrui. Elle est aussi considérée comme un caractère moral défini par la mesure dans la réalisation des désirs. La dignité est un des supports de la doctrine sociale de l'Église catholique. Le Concile Vatican II a confirmé son caractère inaliénable. Son Catéchisme de 1992 qui résume la foi, la morale et l'enseignement aborde la dignité de la personne humaine dans son chapitre consacré à la vie de l'esprit et la vocation de l'homme. L'homme est à l'image de Dieu ; il est doté d'une conscience morale. La dignité dicte sa participation à la vie sociale, basée sur le respect et la justice. Quelquefois, le doute s'installe : « Seigneur, je ne suis pas digne… » En théologie, être digne, c'est mériter et être capable. C'est fondamental. Le dialogue avec le Christ commence dès la naissance, par le vêtement blanc du baptême symbolisant le caractère inaltérable de la dignité conférée à l'homme par son identité divine. Il se poursuit jusqu'à l'image du Christ battu et humilié pendant son calvaire mais ne perdant jamais sa dignité, au point d'impressionner ses juges et ses bourreaux. En 1550 au cours de la controverse de Valladolid organisée par l'Église, le dominicain Bartolomeo de La Casas a défendu la cause des Indiens d'Amérique soumis à l'esclavage en affirmant qu'ils étaient dignes d'être considérés comme des êtres humains car conçus à l'image de Dieu. Contre lui, le jésuite Sepulveda défendait l'Empereur et les colons qui leur refusaient ce statut d'humains, justifiant leur exploitation. Le légat du Pape assisté de quelques théologiens était juge. Les Indiens ont finalement été reconnus comme des êtres humains, mais cependant de statut inférieur. Et ils sont restés en esclavage. Subtilité jésuite oblige… Soyons persuadés toutefois que bien qu'esclaves, ils n'ont jamais perdu leur humanité et leur dignité.

La société questionne la dignité. Qu'est-ce qui est le plus digne ? Pouvoir mourir quand nos capacités ne sont plus fonctionnelles ou respecter la vie jusqu'à son terme ? Le principe de « mourir vivant » est l'un des objectifs des soins palliatifs. Auprès d'une personne abandonnée, dépendante, celui qui lui tend la main la respecte dans son dénuement, consacre sa dignité et révèle réciproquement la sienne propre. Cette expression du respect fait apparaître que la dignité n'est pas attachée à quelques aptitudes ou vertus remarquables mais que la personne même la plus démunie en témoigne. Rien à voir avec une conception à connotation religieuse là où il s'agit de valeurs d'humanité. Reconnaître la dignité de l'autre c'est ne pas renier notre propre dignité.

Notre société se caractérise par l'affirmation de l'individualisme. Les traditions et la famille ont perdu en autorité. Chacun se sent libre de ses choix. Dans ce monde où semble prévaloir le libre arbitre, certains peuvent s'estimer indignes de vivre ce qu'ils estiment dégradant au point de revendiquer le droit de mourir « dans la dignité ». Ils sollicitent une assistance à cette fin, que la loi pourrait permettre sans pour autant être en mesure d'en encadrer les pratiques. En effet des critères d'éligibilité comme la perte de dignité et la souffrance réfractaire sont peu recevables. La dignité ne se perd ni ne se discute.

Enfin, la dignité du soignant doit être également reconnue et respectée. Elle est contestée par l'application d'une loi favorable à la mort médicalisée qui lui confère la responsabilité de se prononcer sur le bien-fondé de la demande d'en finir et d'intervenir dans la procédure d'euthanasie ou de suicide assisté. La conduite du soignant est influencée par son idée de dignité de la personne malade.

Le concept de dignité est mis en cause au prétexte que ses interprétations sont multiples, ambigües, relevant de sentiments ou de convictions.

Il convient de rappeler qu'il y a une vision clinique de la dignité. Elle a des antécédents, une histoire faite de récits, de textes et de déclarations. On peut écrire son observation prenant en compte le respect pour autrui, la sacralisation de la personne, son autonomie sociale, un comportement suscitant la considération. Et citer ses signes fonctionnels, liés à toutes les émotions qu'elle fait naître : angoisse, humiliation, isolement, mais aussi fierté, exaltation, confiance, joie, bonheur. C'est la preuve du concept : la dignité est bien réelle, et si on lui prête plusieurs sens, c'est une richesse.

La dignité témoigne de la singularité de la personne de son intégrité, de sa valeur inaliénable et de sa place unique parmi nous. C'est ce qui nous engage à respecter la personne dans son humaine dignité.

Elle a la perception permanente de l'intégrité de son corps ; la capacité inflexible d'en garder une représentation inaltérable quelles que soient ses dégradations ; la certitude absolue que son esprit sera préservé par son histoire même si on tente de le soumettre ; l'intuition naturelle que ces traits innés sont intimement liés à son humanité. C'est bien le témoignage d'une pérennité que rien ne peut ni ne pourra jamais lui enlever.

Pierre-Henri Duée
Directeur de recherche honoraire de l'Inrae, ancien président de la section technique du CCNE

Didier Sicard
Professeur émérite de médecine à l'Université de Paris, président d'honneur du CCNE

RELIGION, SPIRITUALITÉ ET FIN DE VIE : TÉMOIGNAGE À DEUX VOIX

> Promulguer une loi répondant positivement à une demande personnelle d'aide à mourir pour répondre au principe d'autonomie des personnes, c'est aussi envoyer un message général de reconnaissance que ce principe met en place une nouvelle solidarité dans le geste de « faire mourir » devant la solidarité d'« aider à vivre ». Autrement dit, c'est reconnaître que l'on ne peut pas faire mieux en termes d'accompagnement que de transformer le « vivre ensemble » en un « faire mourir ensemble » une déclinaison, pour le moins inappropriée du principe constitutionnel de fraternité.

Faire du « commun » sur la question de la fin de vie

L'un d'entre nous participant à un colloque à l'École des Sciences Politiques de Paris en 2020, s'était vu accuser par un député, très engagé dans sa militance favorable à l'euthanasie et à bout d'arguments : « Vous, vous êtes un croyant… », comme si cela invalidait définitivement son jugement en l'enfermant dans une « idéologie irrationnelle ». Cette interjection parlementaire signait au moins deux constats : d'une part, la confiscation par l'athéisme de la seule raison, donc du raisonnement, écartant de la réflexion tout ce qui lui échappe ; d'autre part, l'ignorance qu'un savoir spirituel, une spiritualité, constitue une dimension essentielle et personnelle de la vie de chacun, sans être la seule propriété de la raison. Mais cette dimension spirituelle a beaucoup de mal à émerger, probablement parce qu'elle est souvent assimilée à la religion, qualifiée de « monopole de la croyance ».

Or, la spiritualité transcende la religion qui est une institution apportant une dimension structurelle, tout en étant aussi porteuse de spiritualité. Chacun des êtres humains a le droit de croire à une transcendance sans nécessairement adopter son expression ecclésiale[1]. Être « croyant » n'est pas la conséquence d'une appartenance, mais revêt une attitude permanente d'interrogation, de discernement, qui fonde une éthique anthropologique, avec ou sans l'hypothèse d'un Dieu.

Par ailleurs, les conséquences d'une césure entre croire et savoir sont graves puisqu'elle interdit de fait aux spiritualités d'intervenir dans le débat. Ainsi, enfermer les religions dans leur discours, comme une minorité que l'on écoute poliment sans leur accorder la moindre importance[2], constitue une impasse grave, notamment dans la préparation d'une loi.

L'un comme l'autre, nous revendiquons notre appartenance à une religion chrétienne, protestante ou catholique, tout en soulignant que notre conviction, notre spiritualité, ne s'émancipe pas qu'à partir des seules préconisations ecclésiales, mais qu'elle se nourrit d'une interrogation personnelle et des témoignages partagés.

L'un comme l'autre, nous furent membres du Comité consultatif national d'éthique pour les sciences de la vie et de la santé (CCNE). Le rôle du CCNE est d'aider la société à réfléchir sur des questions complexes qui concernent chaque personne, en apportant une réflexion éthique, argumentée et exigeante, sans avoir nécessairement à défendre une position. Le CCNE peut être ainsi l'un des outils pour forger la conviction de chacun.

La composition du CCNE, avec la présence de membres des grandes familles spirituelles et religieuses – des membres qui ne sont pas des « représentants » des principales religions, car ils ne représentent qu'eux-mêmes – rappelle que, dans une République laïque, l'apport des grands courants de pensée religieuse enrichit la réflexion commune dont l'enjeu éthique est souvent de devoir travailler sur la frontière entre le croire et le savoir : « l'enjeu éthique entre le croire et le savoir étant l'enjeu du commun », soulignait d'ailleurs l'un de ces membres[3].

---

1. Voir notamment A. Comte-Sponville dans *L'Esprit de l'athéisme. Introduction à une spiritualité sans Dieu*, Paris, Albin Michel, 2006 : « *Nous sommes des êtres finis ouverts sur l'infini, des êtres éphémères ouverts sur l'éternité.* »

2. Comme ce fut le cas lors de l'audition des principales religions à l'occasion de la Convention citoyenne sur la fin de vie (16 décembre 2022).

3. *Quarante ans de bioéthique en France*, sous la direction de J.-F. Delfraissy, E. Didier, P.-H. Duée, Paris, Odile Jacob, 2023.

Peut-on encore relever l'enjeu de faire du « commun » sur la question de la fin de vie ? Notre témoignage tente de répondre à cette question, d'autant qu'il n'y a pas de sujet plus concerné par les spiritualités que la fin de vie.

Une loi sur l'euthanasie et le suicide assisté contredit l'accompagnement en fin de vie[1]

Aujourd'hui, la mort est tenue à l'écart de nos vies par le fait d'un déni de la finitude de l'homme[2]. La mort « surmédicalisée » est souvent perçue comme un échec dans la culture médicale. La médecine engendre des situations de fin de vie complexes « quand elle dissocie le soin et le prendre-soin » comme le rappelle Alain Cordier[3].

Dans le domaine du soin justement, depuis plus de vingt ans des lois ont radicalement modifié l'approche de la fin de la vie humaine en introduisant des notions qui apparaissent fondamentales : le renforcement concomitant de l'autonomie de la personne et du devoir solidaire de l'accompagnement ; l'interdiction de l'acharnement thérapeutique ; l'impératif de soulager la souffrance[4].

Mais ce droit est-il connu, appliqué ? Tout le monde s'accorde pour dénoncer les insuffisances criantes dans ce domaine, en termes de formation des professionnels de santé, en termes de monopole de l'usage technologique, en termes de moyens qui leur sont dédiés, en termes de reconnaissance de leur engagement aussi. Dans un système de santé particulièrement en souffrance aujourd'hui, le temps pour permettre l'accompagnement de la personne malade, ce prendre soin de l'autre, n'est plus suffisamment accordé, car jugé coûteux en termes d'emplois !

Cette dévalorisation du devoir de l'accompagnement, de la communication, du temps auprès des personnes malades peut contribuer à un sentiment d'inutilité, de renoncement chez certaines personnes parvenues à la fin de leur vie, au désir d'une « urgence du mourir ».

Dans cette situation, un « modèle français » légalisant l'assistance au suicide et l'euthanasie, instituant donc la transgression, a priori absolue, du respect de la vie peut-il être adopté ?

1. Pour reprendre en partie le titre d'un article de C. Fourcade et J. Ricot dans *Études*, n° 4297, 2022, pp.33-43.

2. D. Sicard, *L'alibi éthique*, Paris, Plon, 2006.

3. A. Cordier, R. Lallemand, *Pour une fin de vie humaine – petit précis de soins palliatifs à domicile*, Paris, Hermann, 2023.

4. Ces notions sont consacrées par la loi du 9 juin 1999 visant à garantir le droit à l'accès aux soins palliatifs : « *soins actifs et continus [...] qui visent à soulager la douleur, à apaiser la souffrance psychique, à sauvegarder la dignité de la personne malade et à soutenir son entourage.* »

Certes, cette transgression a existé et subsiste parfois, mais demeure toujours menacée par le recours à la loi qui l'interdit. Si la loi l'institue, l'exception devient alors la règle, une règle qui s'élargit toujours aux situations limites, même si le modèle est bien encadré dès le départ. L'exemple du Benelux est d'ailleurs instructif, puisqu'il est très frappant de constater qu'en Belgique, alors qu'une loi sur l'euthanasie a été mise en place il y a plus de vingt ans, l'euthanasie clandestine, loin de disparaître, a augmenté en raison des contraintes administratives qui prennent trop de temps et de la permissivité de son usage légal ! Aux Pays-Bas, Theo Boer, favorable initialement à la légalisation de l'euthanasie dans son pays et ancien membre d'un comité de contrôle de l'euthanasie du gouvernement néerlandais, rappelle qu'un modèle d'aide active à mourir, même encadré, peut dériver :

> Toute loi autorisant l'aide à mourir sera considérée par certains comme une injustice et sera contestée devant les tribunaux […] Voilà le paradoxe de la légalisation de la mort administrée : ce qui est perçu comme une opportunité bienvenue par ceux qui sont attachés à leur autodétermination devient rapidement une incitation au désespoir pour les autres[1].

Aux Pays-Bas, le nombre de suicides a augmenté de 27 % durant les quinze dernières années, en même temps que le nombre d'euthanasies (2 000 en 2002 ; 7 800 en 2021).

Nous croyons que donner la mort ne peut être considéré comme un soin, rejoignant la position d'un collectif d'organisations soignantes représentant les différents modes d'exercices professionnels[2] :

> Dans un contexte d'extrême fragilité de notre système de santé […] considérer comme prioritaire la mise en œuvre de la mort médicalement administrée en réponse à une demande sociétale serait susceptible de davantage fragiliser des équipes soignantes confrontées au quotidien à des décisions complexes. Une telle légalisation conduirait inévitablement à subvertir la notion même de soin.

Les professionnels des soins palliatifs témoignent d'ailleurs de l'importance de l'accompagnement et de l'écoute à la fin de la vie[3] et,

1. T. Boer, « Français, attention si vous légalisez la mort administrée », *Le Monde*, 2 décembre 2022.

2. « Réflexions éthiques interprofessionnelles sur les perspectives de légalisation de l'assistance au suicide et de l'euthanasie et leurs impacts possibles sur les pratiques soignantes », 16 février 2023, https://sfap.org

3. C. Fourcade, *Les patients au cœur. La vie dans un service de soins palliatifs*, Paris, Bayard, 2019.

plus généralement, de la nécessité de rendre effective et d'améliorer la qualité de l'attention et de l'aide apportée aux personnes les plus vulnérables, quelle que soit la cause de leur vulnérabilité. Et, quand il existe des demandes individuelles de mourir, il est essentiel de disposer de temps et d'expérience pour prendre en compte la complexité de la requête, notamment à travers des discussions avec le patient, sa personne de confiance ou ses proches et les équipes soignantes, apportant chacun(e) leur point de vue. En revanche, nous estimons que cette complexité disparaîtrait avec une loi ouvrant sur un droit à mourir, en reconnaissant formellement qu'il y a des vies qui ne sont pas dignes d'être vécues et accentuant le sentiment de relégation sociale pour certaines personnes.

« La recommandation première est avant tout de donner la plus grande importance aux paroles et aux souhaits des personnes malades en fin de vie et de faire en sorte qu'elles soient entendues dans leur situation d'extrême vulnérabilité », indiquait aussi en 2012 le rapport Sicard sur la fin de vie en France[1].

Répondre à une détresse individuelle pourrait ainsi engendrer une détresse collective et une forme d'abandon des personnes les plus vulnérables.

Une loi sur l'aide active à mourir serait un tremplin pour l'abandon des personnes vulnérables

Une loi sur l'euthanasie ou le suicide assisté privilégie a priori l'expression d'une volonté de la part de personnes en état d'anticiper leur propre mort. D'ailleurs, 95 % des personnes s'exprimant à travers les sondages sont partisanes d'une évolution législative dans ce domaine. Or, le respect de cette volonté suppose qu'elle soit clairement exprimée au moment même de la demande d'action ou par la rédaction de directives anticipées. Qu'en serait-il en situation d'extrême vulnérabilité ?

Ainsi, les personnes en situation de handicap mental depuis la naissance dont la vie peut nous apparaître comme une souffrance permanente ne seraient-elles pas « délivrées » par la mort provoquée ? Mais, c'est tout le contraire ! Le regard qu'elles portent sur leur situation, nous disent-elles, traduit l'expression d'un bonheur et d'une sérénité qui

1. « Penser solidairement la fin de vie », Rapport de la commission de réflexion sur la fin de vie en France présidée par Didier Sicard et remis au Président de la République le 18 décembre 2012, www.vie-publique.fr

seraient anéantis s'il y avait une possibilité législative d'administrer une euthanasie. Leur crainte d'aller à l'hôpital en serait majeure.

Chez les personnes atteintes de la maladie d'Alzheimer, l'évolution, conduisant à une dégradation mentale et à la perte définitive de la relation à l'autre, est génératrice d'angoisse et fait émerger, très tôt dans le déroulement de la maladie, une volonté d'échapper à ces étapes tragiques. En réalité, ce passage à la perte cognitive non seulement se fait de façon variable dans le temps, mais aussi de façon inégale selon les personnes. Cependant, la loi belge a encouragé certaines personnes atteintes de la maladie à son début à demander une euthanasie, sous les applaudissements d'une population fascinée par ce « courage » !

Ce modèle, s'il était suivi et appliqué en France, aurait des conséquences majeures sur le regard porté sur cette maladie et aggraverait, de façon définitive, les pratiques de soins élaborées avec succès par les gériatres leur permettant aujourd'hui de maintenir le plus longtemps possible chez les malades une relation affective avec leurs proches. Rappelons qu'il y a environ 800 000 personnes en situation d'atteinte cognitive plus ou moins importante, ce qui laisse imaginer l'éventuelle hécatombe et le désarroi concomitant des familles !

Écoutons enfin la parole des personnes qui manient mal la langue française, telles que les étrangers issus de l'immigration, qui nous disent leur peur d'être hospitalisé si une loi sur l'euthanasie était promulguée, incertains d'être bien compris par l'équipe médicale ou de bien comprendre le traitement réel qu'ils doivent subir.

Une loi sur l'euthanasie et l'assistance au suicide caricature le principe d'autonomie

« Une nouvelle loi s'impose car elle sera d'abord l'expression de la volonté et de la liberté de chacun », souligne l'Association pour le droit de mourir dans la dignité (ADMD)[1] qui milite depuis quatre décennies pour la mise en place d'un « modèle français » dans ce domaine. Il est vrai qu'aujourd'hui chacun se veut indépendant, pour être l'auteur de sa propre vie en oubliant qu'il est en relation avec les autres. Nous n'existons que reliés aux autres, ce qui signifie que notre mort n'est pas seulement la nôtre, mais aussi la mort de la relation à l'autre.

Une demande d'euthanasie met en jeu cette relation de façon cruciale, et si une loi la permettait elle bouleverserait la relation humaine

1. https://www.admd.net

en l'annihilant au plus profond d'elle-même, niant les liens qui tissent l'humanité. Certes, quelques exemples médiatisés ont montré à l'envi une assistance au suicide quasi festive autour de la personne… ! Mais, n'oublions pas que la plupart des euthanasies et des suicides assistés se passent dans la plus grande solitude, avec des témoins qui ressortent de ces situations profondément bouleversés.

Ainsi, promulguer une loi répondant positivement à une demande personnelle d'aide à mourir pour répondre au principe d'autonomie des personnes, c'est aussi envoyer un message général de reconnaissance que ce principe met en place une nouvelle solidarité dans le geste de « faire mourir » devant la solidarité d'« aider à vivre ». Autrement dit, c'est reconnaître que l'on ne peut pas faire mieux en termes d'accompagnement que de transformer le « vivre ensemble » en un « faire mourir ensemble » une déclinaison, pour le moins inappropriée du principe constitutionnel de fraternité.

Au CCNE, nous avons vécu deux situations où la réflexion éthique sur la fin de vie déboucha sur des conclusions différentes

Depuis plus de trente ans, le CCNE a été amené à donner son avis sur la question de la fin de vie, en maintenant un éclairage constant, désapprouvant notamment en 1991 qu'un texte législatif ou réglementaire puisse légitimer l'acte de donner la mort à un malade.

Le 27 janvier 2000, dans l'avis n° 63 « Fin de vie, arrêt de vie, euthanasie » adopté à l'unanimité de ses membres, le CCNE non seulement dénonçait l'acharnement thérapeutique en fin de vie, mais demandait à la médecine de répondre au souhait de mourir exprimé par un malade, en proposant alors le concept d'« exception d'euthanasie », reconnaissance que certaines situations en fin de vie mettaient en demeure la médecine d'y répondre favorablement, sans que la loi ne soit modifiée dans ce domaine.

Cet avis rejoignait le sentiment que Georges Canguilhem exprimait en 1975 sur la fin de vie, puisqu'il admettait un « droit à la mort » exprimé par un malade, mettant en demeure la médecine d'y répondre favorablement au sein d'un dialogue singulier[1], sans que cette action ne soit décrétée par une loi qui resterait celle de l'interdit, au risque

1. On lira avec intérêt le texte de C. Lefève dans les *Cahiers du Centre Georges Canguilhem* (2010, n° 4, p. 13-52) : « Le droit à la mort peut-il être reconnu par la médecine », à propos du dialogue radiophonique entre G. Canguilhem et H. Péquignot en 1975.

en effet de voir la loi rompre la relation médecin-malade, jugée fondamentale[1].

Par la suite, les travaux du Comité mirent en exergue la nécessité de faire cesser toutes les situations d'indignité qui entourent trop souvent la fin de vie et de faire en sorte que les personnes malades en fin de vie soient entendues dans leur situation d'extrême vulnérabilité allant jusqu'à reconnaître qu'une sédation profonde jusqu'à la mort peut s'imposer[2].

L'avis n° 139 du CCNE « Questions relatives aux situations de fin de vie : autonomie et solidarité » du 13 septembre 2022 vient rompre cette ligne de pensée, tout en indiquant que « sur le plan anthropologique, l'interdit de donner la mort est un principe fondateur pour la société tout entière ». Certes, le CCNE considère qu'il ne serait pas éthique d'envisager une évolution de la loi si les lois précédentes, notamment concernant les soins palliatifs, n'étaient pas réellement mises en service. Le Comité estime cependant qu'il existe une voie pour une application éthique de l'aide active à mourir dans le cas de situations exceptionnelles, en mettant l'accent sur deux principes fondamentaux[3] : le devoir de solidarité envers les personnes les plus fragiles et le respect de l'autonomie de la personne, en considérant que la délibération éthique se situe au niveau de l'appréciation de la valeur du droit à la vie, valeur suprême pour certains, mais pouvant être mis en balance avec d'autres valeurs, notamment celle du respect de la liberté de disposer de soi-même.

L'avis n° 139 ne fit pas l'unanimité au sein du CCNE, et l'un d'entre nous initia, avec quelques autres, la rédaction d'une opinion différente à laquelle contribuèrent notamment les membres appartenant aux familles de pensée religieuse présentes lors du vote de l'avis.

Nous avons estimé que la réflexion éthique proposée, conduisant à envisager la légalisation de l'aide active à mourir, excluait des points essentiels, tels que la perception de ce message par les personnes gravement malades, handicapées ou âgées, par le personnel soignant dont la

---

1. D. Sicard, P.-H. Duée, « Quarante de réflexion éthique au CCNE », *Études*, n° 4302, 2023, pp. 31-42.

2. Le CCNE, à travers l'avis n° 121 ou l'avis n° 129 exprima d'ailleurs que le droit existant, distinguant le « faire mourir » et le « laisser mourir » constituait une donnée essentielle et utile à cette période de la vie.

3. Pour appuyer sa préconisation, le CCNE met en débat deux droits consacrés par la Convention européenne des droits de l'homme : le droit à la vie (art. 2) et le droit au respect de la vie privée et familiale (art. 8) d'où l'on déduit un droit à l'autonomie et à la liberté de disposer de soi-même.

déontologie n'autorise pas l'acte de donner la mort et plus généralement par la société.

La mise en place d'une aide active à mourir, pour quelques cas exceptionnels, ne peut améliorer à elle seule les conditions de la fin de vie de la population française de plus en plus âgée. Nous rappelions aussi que la priorité éthique était plutôt que tout soit mis en œuvre pour remédier aux difficultés du système de santé et pour promouvoir une culture médicale appropriée aux enjeux particuliers de la fin de la vie.

N'y avait-il pas enfin une utilisation non éthique du terme « fraternité » quand celui-ci était convoqué pour accompagner l'aide active à mourir au même titre que l'aide à vivre jusqu'à la mort dans des conditions permettant le soulagement des souffrances et le respect de l'autonomie des personnes ?

En définitive, ce témoignage à deux voix résume notre conviction quant à l'inopportunité d'inscrire une loi ouvrant à l'euthanasie et à l'assistance au suicide, des termes désormais remplacés par « aide médicale à mourir » par pudibonderie en matière de sémantique lexicale. Nous croyons que les situations rares de demande d'accès à un droit à mourir doivent convoquer la société pour réinventer la mise en œuvre du principe de fraternité, en respectant le « chemin de liberté » de chaque personne, sans inventer un droit-créance à mourir. Revendiquer le droit à mourir en effet engage soi-même, mais aussi les autres, les proches comme les professionnels de santé.

Les valeurs républicaines de liberté, égalité, fraternité sont, de nouveau, mobilisées à cette période de la vie. L'urgence n'est-elle pas de retrouver toute l'importance de la mise en œuvre d'une réelle fraternité, comme socle d'un « bien commun » en fin de vie, en valorisant le relationnel et le soin mutuel, par une attention sans réserve à l'autre ? Permettre ainsi à la personne de considérer les derniers temps de sa vie, non comme une rupture, mais comme un achèvement et une réappropriation d'un moment essentiel de la vie où l'on souhaite justement aller à l'essentiel.

Tout être humain exprime une triple dimension anthropologique à travers le fonctionnement organique du corps, dans l'expression d'émotions et de connaissances et avec l'esprit qui s'interroge toute la vie. Une loi concernant la fin de vie risque de faire fi de la troisième dimension, ce que rappellent inlassablement les spiritualités, incarnées ou non par les religions.

III

RESPONSABILITÉS, DROITS, ENGAGEMENTS ET SOINS

Si l'éthique de détresse est confrontée à des situations où le choix n'est pas entre le bien et le mal mais entre le mal et le pire, alors le législateur ne saurait donner sa caution.

Paul RICŒUR, « Accompagner la vie jusqu'à la mort », *Esprit*, mars-avril 2006.

ALAIN CORDIER
Ancien vice-président du Comité consultatif national d'éthique[1]

DENIS MALVY
Professeur de médecine, membre de l'Académie nationale de médecine[2]

ACCEPTER LA COMPLEXITÉ ET NE JAMAIS CESSER D'EXPLORER

L'angoisse face à la mort apparaît aujourd'hui moins dans la crainte de « l'au-delà » que dans celle de « l'en deçà », de ce qu'il y a juste avant la mort. Le mourir rime avec dépendance puis déchéance. Et le corolaire d'avoir moins peur de mourir que d'avoir à mourir pourrait devenir celui de la mort déléguée. La liberté n'adresse plus le savoir mourir, mais le choix de mourir et ses modalités.

Demande de nouvelles dispositions législatives

La loi retient qu'une personne, atteinte d'une affection grave et incurable et dont le pronostic vital est engagé à court terme, afin d'éviter toute souffrance et de ne pas subir d'obstination déraisonnable, peut demander la mise en œuvre d'une sédation profonde et continue provoquant une altération de la conscience maintenue jusqu'au décès. Sédation toujours associée à une analgésie et à l'arrêt des traitements de maintien en vie.

L'observation est partagée que ce droit répond à la quasi-totalité des situations de fin de vie. Mais l'observation est tout autant partagée d'un nombre trop élevé de situations de souffrance intolérable. Ce droit est insuffisamment connu, trop souvent inappliqué ou mal appliqué.

1. À lire notamment : A. Cordier, R. Lallemand, *Pour une fin de vie humaine, Petit précis de soins palliatifs à domicile*, Paris, Éd. Hermann, 2023.

2. À lire notamment : D. Malvy, « Le visage tourné vers la Face », in L. Atlani-Duault (dir.), *Religions et fin de vie*, Paris, Fayard, 2023.

En logique cela ne devrait pas conduire nécessairement à l'écriture d'un nouveau droit. La situation décrite traduit d'abord une insuffisante volonté en termes de formation et de moyens, et l'organisation si défaillante de notre système de santé, souffrant de trop de cloisonnements. Souvent, dans la sphère publique, nous pensons avoir fait le plus dur en identifiant ce qu'il faut faire, sans se soucier suffisamment du mode opératoire pour y parvenir. La loi sur les soins palliatifs date de 1999, plus de vingt ans plus tard nous sommes si loin du compte.

Pronostic vital engagé à moyen terme

Un premier questionnement mérite cependant attention et écoute. Lorsque s'exprime le refus de la perspective d'une longue période de dégradation progressive et certaine.

Les conditions d'application de la sédation profonde et continue relèvent d'une recommandation de la Haute Autorité de santé (HAS) définissant le concept de court terme. Un réexamen pourrait conduire à mieux répondre à certaines situations dramatiques. La réflexion pourrait par exemple conduire à la possibilité d'une sédation par volonté autonome du malade, au temps qu'il choisit.

Face au dilemme propre aux situations complexes, le droit ne peut pas y faire passer la frontière du permis et de l'interdit en décrivant précisément ce qui est permis ou ce qui est interdit. Il ne peut le faire qu'avec des mots généraux, laissant place à l'interprétation qui permet, en situation, de prendre une décision juste.

Mais il s'agit aussi d'entendre la volonté d'éviter d'ajouter la violence d'un geste suicidaire à la violence d'une telle situation de vie.

Certains arguments sont discutables, comme l'existence de souffrances réfractaires à la sédation profonde et continue[1], ou le risque d'accoutumance au produit administré réduisant son efficacité[2]. Ne laissons pas plus prise aux arguments qui voudraient que la personne sédatée meure de faim et de soif, ou bien souffre.

---

1. L'étude citée par le CCNE dans son avis n° 139, recensant de telles douleurs, a été conduite en 2010-2011, donc avant la loi du 2 février 2016 créant de nouveaux droits en faveur des malades et des personnes en fin de vie. La sédation profonde et continue maintenue jusqu'au décès n'a pas été proposée aux personnes observées souffrant de symptômes mal contrôlés.

2. Les médecins évaluent la quantité de médicaments à donner par des échelles fiables mesurant leurs effets.

Il n'est pas pertinent de considérer ténue la différence entre sédation profonde et euthanasie, en allant parfois jusqu'à parler d'hypocrisie, voire d'euthanasie passive, pour évoquer la sédation[1]. Il y a une différence de nature entre « laisser mourir » et « faire mourir », entre l'intention de soulager, malgré le risque voire l'assumation d'abréger la vie, et l'intention d'abréger la vie, afin d'être certain que la personne a été soulagée. L'intention prime en médecine, comme en réflexion éthique. Un malade sédaté reste une personne vivante. Le toucher et les soins du corps assurent un échange intuitif d'émotions. Si la sédation a avancé l'heure de l'horloge, c'est bien la maladie qui tue, et elle seule !

L'euthanasie est une profanation de la relation soigné-soignant, comme l'est l'obstination déraisonnable. N'est pas plus facilement recevable le choix de prescrire une substance létale sans se sentir concerné par son administration. À chaque soutien de thèse en médecine le jeune impétrant prononce le serment d'Hippocrate :

« Je ferai tout pour soulager les souffrances. Je ne prolongerai pas abusivement les agonies. Je ne provoquerai jamais la mort délibérément. »

Lorsque l'on s'interroge sur l'acte d'euthanasie, il faut partir d'une donnée fondamentale et irréfragable, sur laquelle il ne peut peser ni équivoque ni compromis : le droit au respect de la vie, qui est le premier des droits de l'être humain. Respecter la vie est en effet le premier des droits de l'homme. C'est d'ailleurs ce qui fonde philosophiquement l'abolition de la peine de mort dans les temps où nous sommes. On ne peut, on ne doit pas prendre la vie d'autrui[2].

Le difficile travail législatif

Toute notre architecture juridique est faite pour protéger la vie. Il est pénalement répréhensible de ne pas porter secours à quelqu'un qui tente de se suicider. Tout médecin s'engage par écrit au moment de son inscription à l'Ordre des médecins à ne pas provoquer délibérément la mort[3].

Dès lors si le législateur décide une aide active à mourir, soit par euthanasie soit par suicide assisté, il se voit tenu de prévoir des critères précis encadrant ces pratiques.

---

1. A. Cordier, R. Lallemand, « Aider à mourir, est-ce prendre soin ? », *Esprit*, octobre 2023.

2. R. Badinter, « Respecter la vie, Accepter la mort ». Mission d'information Jean Leonetti, Assemblée nationale, t.2, juillet 2004, p. 889.

3. Article R.4127-38 du Code de la santé publique.

Avec deux écueils majeurs. D'une part se garder d'une rédaction floue, puisqu'il s'agit d'une matière pénale, sauf à prendre le risque d'une décision négative du Conseil constitutionnel. D'autre part s'exposer au risque de modifications successives des limites fixées, du fait que fixer une limite crée toujours la question des situations asymptotiques à cette limite. Ce qui conduit à une tension régulière sur la pérennité du texte. Les exemples étrangers le montrent sans équivoque[1].

Retenir le concept de pronostic vital engagé à moyen terme, ou de phase avancée ou terminale d'une maladie, ou d'impasse thérapeutique, en cherchant à étendre le temps de la possibilité d'une décision létale, met au jour cette difficulté du travail législatif. La quantification de la période qui reste à vivre est une incertitude que seule la prétention peut conduire à nier. Ce doute-là est d'autant plus profond que le progrès médical n'est pas un vain mot.

L'injonction du doyen Carbonnier mérite d'être régulièrement rappelée : « Ne légiférez qu'en tremblant, ou bien, entre deux solutions, préférez toujours celle qui exige le moins de droit et laisse le plus aux mœurs ou à la morale[2]. »

Exigence éthique de la transgression

Paul Ricœur nomme d'un mot fort, « brèches subversives »[3], l'exigence de discernement, en rappelant que nos idéaux de vie, « aussi vagues soient-ils », sont « pourtant plus impérieux parfois que la règle du jeu d'un métier que nous avons tenue jusque-là pour invariable »[4].

La démarche éthique n'est pas de proclamer une bonne solution, elle doit aider à définir la moins mauvaise, et aider aussi à accepter ce qui est, ou semble être une transgression dans les situations extrêmes.

Nos anciens disaient : « Agis en ton âme et conscience, et fais ce que dois. » Il n'est pas possible bien sûr de s'en remettre à la seule conscience du médecin sans encadrement juridique. Mais si la conscience est

---

1. Cf. par exemple le témoignage de Theo A. Boer, ancien membre d'un comité de contrôle de l'euthanasie du gouvernement néerlandais, *Le Monde*, 1er décembre 2022, ainsi que dans cet ouvrage « L'euthanasie légalisée va toujours plus loin », p. 517.

2. J. Carbonnier, *Flexible Droit*, Librairie générale de droit et de jurisprudence, Paris, EJA, 1998.

3. P. Ricœur, *Philosophie, éthique et politique*, Paris, Éd. du Seuill, 2017, p. 127.

4. P. Ricœur, *Soi-même comme un autre*, Paris, Éd. du Seuil, coll. « Points Essais », 2015, p. 209.

l'aptitude à juger du Bien et du Mal, elle l'est aussi à s'engager sur son jugement en mettant en jeu sa responsabilité propre[1].

La tradition biblique affirme le « Tu ne tueras point » exprimé dans le Décalogue, et repris dans le Coran[2]. Mais la tradition enseigne aussi la loi d'amour de Dieu et du prochain, et reconnaît le discernement d'une conscience, pouvant, dans certains cas, transgresser l'interdit, sans pour autant le gommer. La confrontation est nécessaire entre la stabilité des grands principes et leur déclinaison souple[3].

Le questionnement éthique est subversion de toute suffisance, exercice herméneutique. Pourvu que la conscience soit éclairée et formée par un travail philosophique et psychique, un échange d'expériences, une délibération collégiale, une relation tissée dans la durée avec la personne malade et ses proches.

Dans ses observations d'ordre général transmises le 5 mai 2014 au Conseil d'État concernant l'application des notions d'obstination déraisonnable et de maintien artificiel de la vie à l'égard des personnes dans un état pauci-relationnel, le CCNE soulignait : « Les réflexions renvoient à la liberté du discernement en conscience, qui reste l'ultime point d'ancrage, à condition qu'il s'agisse de consciences éclairées par la confrontation au point de vue d'autrui. Pour cette raison, plutôt que de tenter d'établir une norme dont on pourrait penser qu'elle s'appliquerait à toutes les situations, et qu'elle permettrait au médecin d'en déduire une décision, le CCNE considère souhaitable la mise en place d'un véritable processus de délibération et de décision collective, qui permette de faire émerger au mieux, au cas par cas, dans la pleine conscience de l'incertitude, la meilleure réponse possible dans la radicale singularité de chaque situation. »

Ce qui renvoie à l'impératif de favoriser l'expression du questionnement éthique au sein des équipes médicales et soignantes.

Paul Ricœur souligne : « Je me permets de dire que les problèmes vraiment difficiles de la morale ne sont pas de choisir entre le Bien et le Mal. Les cas bien plus difficiles sont ceux où l'on doit choisir entre le gris et le gris. C'est aussi choisir entre le Mal et le Pire. [...] Les choix

1. Si légaliser est demandé pour protéger le médecin et le soignant du juge pénal, peut-être faut-il aussi souligner que le juge n'intervient qu'en cas de contentieux, qui peut traduire un défaut de dialogue et de collégialité.

2. « Ne tuez point les hommes, car Dieu vous l'a défendu », Coran, Sourate VI, 152.

3. Péguy montrait que la morale souple est bien plus exigeante qu'une morale raide. Texte cité par A. Thomasset et J.-M. Garrigues, *Une morale souple mais non sans boussole*, Paris, Les éditions du Cerf, 2017.

difficiles sont entre gris et gris, et, plus encore entre noir et plus noir. »[1] Et il souligne : « Si l'éthique de détresse est confrontée à des situations où le choix n'est pas entre le bien et le mal, mais entre le mal et le pire – même alors le législateur ne saurait donner sa caution[2]. »

Ce questionnement éthique portant l'idée de transgression en conscience renvoie en écho à ce que le droit nomme « l'état de nécessité », qui s'entend de la situation dans laquelle se trouve une personne qui, pour sauvegarder un intérêt supérieur, n'a d'autre ressource que d'accomplir un acte défendu par la loi pénale[3].

La volonté d'autonomie

Un second argument mérite écoute et attention. Lorsqu'il s'agit de rendre compte de la volonté de maîtriser le moment de sa mort en pleine liberté.

C'est au nom de la liberté de disposer de soi-même que la Cour constitutionnelle fédérale allemande a considéré inconstitutionnelle la disposition du code pénal allemand qui fait de l'assistance au suicide une infraction pénale. France Assos Santé revendique la possibilité de permettre à la personne malade de choisir les modalités de l'aide à mourir, le choix devant relever d'une décision partagée entre la personne malade et le soignant qui l'accompagne.

L'exigence de fraternité ne saurait pour autant perdre de sa radicalité. Une société humaine n'est pas que l'addition de libertés individuelles. La liberté n'est pas purement individuelle car elle est celle d'un être humain en relation qui précisément le fait humain.

Le devoir de fraternité (ou de solidarité) doit-il toujours l'emporter sur le droit à la liberté, ou l'inverse ? C'est toute la difficulté du sujet. Cette tension doit-elle toujours se dénouer dans le même sens ?

Dans quelle société humaine voulons-nous vivre ? L'aide à mourir serait-elle la seule perspective face à l'incapacité des gouvernements successifs à mettre en œuvre un droit universel d'aide à l'autonomie ? Questionnement qui avait conduit la Commission de réflexion sur la fin de vie à conclure son travail ainsi : « Un véritable accompagnement de fin de vie ne prend son sens que dans le cadre d'une société solidaire qui

---

1. P. Ricœur, *Philosophie, éthique et politique. Entretiens et dialogues*, *op. cit.*, p. 184-189.

2. P. Ricœur, « Accompagner la vie jusqu'à la mort », in : *La pensée Ricœur, Esprit*, mars-avril 2006, p. 316.

3. Article 122-7 du Code pénal.

ne se substitue pas à la personne, mais lui témoigne écoute et respect au terme de son existence. »[1]

Toute réflexion sur l'accompagnement des fins de vie ne peut faire l'impasse sur les déterminants sociaux de santé. C'est une impérieuse priorité que de réduire les inégalités de lien social, de revenus, de logement, de compréhension de l'information médicale, d'accès aux professionnels de soins palliatifs, etc.

L'accompagnement doit l'emporter

Dans la tradition chrétienne de l'Incarnation, nous croyons que le poids de la vie du Christ est celui de l'humanité tout entière. Pour l'accompagner dans Son agonie, Jésus convoque trois de ses disciples comme veilleurs, qui sont finalement gagnés par le sommeil. Délaissé dans l'abandon des hommes, le Christ connaît lui aussi la peur et l'angoisse.

Anne-Lyse Chabert, atteinte d'une maladie génétique grave et tragiquement évolutive, interroge :

> Comment se fait-il que certains de nos congénères en viennent à demander la mort ? Ne serait-ce pas qu'ils ne trouvent plus leur place dans notre monde de performance et de perfectibilité et que nos sociétés ne leur offrent plus un lieu de séjour « habitable » ? Ne devrions-nous pas reconsidérer, en adoptant une échelle temporelle plus étendue, la notion d'accompagnement dans nos sociétés ?[2][3]

Elle pose ce diagnostic :

> Ce souci de la fin de vie, à travers la question de la « bonne » ou de la « mauvaise » mort, ou plutôt la projection et la volonté illusoire de contrôler « comment » et « où » je vais mourir, semble être l'apanage de notre époque. Il révèle une perte de confiance entre les hommes – va-t-on me laisser agoniser à plus ou moins longue échéance, en me prodiguant ou non des soins acceptables, et dans quelles circonstances ?

Le temps de vie qui précède la mort est grevé de souffrances qui n'ont de réponses ni univoques ni réductibles à une seule approche médicale

1. Commission de réflexion sur la fin de vie, *Penser solidairement la fin de vie*, Paris, La Documentation française, 2013, p. 104.

2. A.-L. Chabert, *Vivre son destin, vivre sa pensée*, Paris, Albin Michel, 2021, p. 122 à 128.

3. Cf. dans cet ouvrage, A.-L. Chabert, « Vers une société de la mort ou une société de la vie ? », p. 143.

ou judiciaire, à une normalisation sociale. Comme autant de questionnements pour dire nos peurs, en pauvreté au seuil de la mort, pour tenter de dompter l'ampleur de la violence qui nous assaille et la révolte qui gît en nous. Le temps imparti est celui à formuler un récit d'au revoir, une parole d'adieu, venant tempérer et peut-être transfigurer les peurs, et en faire une beauté.

L'expression d'un désespoir n'est pas toujours la ferme volonté d'en finir. En Oregon, un tiers à la moitié des personnes malades ayant reçu une prescription de produit létal ne l'ingèrent pas. Pour elles, c'est d'abord un apaisement de savoir qu'elles pourraient faire usage de la médication létale.

L'expression d'un appel désespéré traduit parfois une espérance très forte. Les mots peuvent varier quand ils sont dits à un médecin, ou quand ils sont confiés à un soignant, ou quand ils sont murmurés à un proche. Le dialogue du jour n'est pas nécessairement celui du soir ni encore moins celui de la nuit. Un accompagnement dans la durée peut modifier la demande d'en finir pour certaines personnes, quand pour d'autres la détermination reste la même.

Les situations douloureuses d'impasse thérapeutique à terme haussent l'exigence d'un soin et d'un prendre soin conçus comme un seul et même soin. L'opposition entre un traitement curatif et un traitement palliatif, avec une frontière très clairement délimitée entre les deux, est de l'ordre de l'illusion.

La médecine met au jour sa vérité lorsqu'elle se fait rencontre de deux vulnérabilités. Vulnérabilité de la personne malade et vulnérabilité du soignant parce qu'il est « au service » – article 2 de la déontologie –, et parce que c'est en se reconnaissant vulnérable que le moi devient humain.

La médecine naît également dans la rencontre réussie entre deux compétences, celle de la compréhension des signes cliniques et de la connaissance des thérapeutiques, celle de qui est le seul à vivre sa maladie.

Ce qui conduit à revendiquer que chaque personne, qu'elle soit autonome ou qu'elle connaisse une altération de ses capacités, puisse avoir accès aux réponses adaptées à sa singularité. Aussi bien au regard de ses difficultés de santé ou d'insertion dans la vie sociale que d'une autonomie altérée.

Si la vulnérabilité tend à fragiliser toutes certitudes décisionnelles, le questionnement éthique conduit pour autant à tenir vraie la nécessité de considérer à titre premier la place de sujet de la personne vulnérable.

Un tel engagement dans l'écoute de la personne est très exigeant. La parole est à entendre non pas seulement dans le plein des mots mais aussi dans leur délié, dans la pudeur des gestes ou les hésitations de la parole. Il s'agit d'être comme un explorateur des confins.

Mais sans oublier que la réflexion ne doit pas se situer d'abord du point de vue du médecin, ni du philosophe : « Avant tout, l'impératif du respect de la parole du malade et de son autonomie[1] ». Le questionnement ne peut être « mis sous le tapis » de la bonne conscience, quand, après un très long parcours thérapeutique, la personne demande d'avancer l'horloge.

Vivre le temps comme éveil à la responsabilité

Opter pour l'aide active ou médicale à mourir conduit à rechercher – cela deviendrait l'une des missions de la Haute Autorité de santé, à l'inverse de ses autres missions – la bonne formule du produit létal, pour que la mort soit la plus immédiate possible. Chose moins aisée qu'il n'y paraît, comme le montrent les données issues notamment de l'Oregon.

Prendre en compte ou non l'épaisseur d'une certaine durée n'est pas sans conséquences psychologiques pour l'entourage et pour les équipes soignantes. Une étude réalisée en Suisse, citée par la Commission de réflexion sur la fin de vie en France, pointait qu'« entre 20 et 30 % des proches qui étaient présents au suicide demandé par leur parent ont présenté un deuil compliqué ». Nous sommes en manque d'études approfondies de ce type.

Le médecin donne de son temps pour accompagner au seuil ultime de la vie. Le primat de l'accompagnement vient par exemple au jour de l'horizon possible d'une fin de vie chez soi[2], qui renvoie à la relation avec un médecin traitant, au sein d'un entourage aimant, en capacité d'agir.

Réfléchir ainsi, c'est comprendre le temps comme « précisément le fait que toute l'existence de l'être mortel n'est pas l'être pour la mort, mais le "pas encore" qui est une façon d'être contre la mort, un retrait à l'égard de la mort au sein même de son approche inexorable »[3].

1. Commission de réflexion sur la fin de vie, *ibid.*, p. 103.

2. Voir A. Cordier et R. Lallemand, *Pour une fin de vie humaine. Petit précis de soins palliatifs à domicile*, préface de D. Sicard , postface de S. Beloucif, Paris, Hermann, coll. « Médecine humaine », 2023.

3. E. Levinas, *Totalité et Infini*, Paris, Le livre de poche, coll. « Biblio essais », 2009, p. 247.

Paul Ricœur rapporte avoir compris de ses échanges avec des équipes de soins palliatifs que « tant qu'ils sont lucides les malades en train de mourir ne se perçoivent pas comme moribonds, comme bientôt morts, mais comme encore vivants [...] Ce qui occupe la capacité de pensée encore préservée, ce n'est pas le souci de ce qu'il y a après la mort, mais la mobilisation des ressources les plus profondes de la vie à s'affirmer encore ».[1]

Il y a dans l'altérité du temps quelque chose de même ordre que l'*inquiétude éthique*. Emmanuel Levinas écrit ainsi :

« Infini dans le fini. Fission ou mise en question de celui qui interroge. Ce serait cela la temporalité. Mais que peut signifier ce dans ? Mise en question de moi par l'autre, en tant qu'appel à ma responsabilité, laquelle me confère une identité. Questionnement où le sujet conscient se libère de lui-même, où il est scindé, mais par excès, par transcendance : là se trouve l'inquiétude du temps comme éveil[2]. »

L'altérité du temps ouvre la pensée au renversement éthique qui veut que l'homme couché oblige l'homme debout. Renversement qui a un nom : la responsabilité pour autrui, la responsabilité d'autrui.

Emmanuel Levinas souligne l'éveil de la médecine « en deçà de tout savoir, par le visage ou la mortalité de l'autre homme[3] ». Alors se fait jour la responsabilité sans fin pour autrui, essence même de notre humanité.

Nous avons appris que tout tient en ceci : « J'étais malade et vous avez veillé sur moi. »[4] Convaincus que l'essence de la médecine c'est d'abord l'impossibilité de passer son chemin lorsqu'il s'agit de solitude, de souffrance et de mort. Petite bonté sans idéologie pour reprendre le terme de Vassili Grossman[5], « forte tant qu'elle n'est pas l'instrument et la marchandise des prédicateurs ».

---

1. P. Ricœur, *Vivant jusqu'à la mort*, Paris, Éd. du Seuil, 2017, p. 42-43.
2. E. Levinas, *Dieu, la mort et le temps*, Paris, Le livre de poche, coll. « Biblio essais », 2010, p. 126.
3. E. Levinas, *Entre nous. Essais sur le penser-à-l'autre*, Paris, Grasset, coll. « Figures », 1991, p. 171.
4. Évangile de Matthieu (25,36), traduction F. Boyer, *Évangiles*, Paris, Gallimard, coll. « Blanche », 2022.
5. V. Grossman, *Vie et Destin*, Paris, Julliard/L'Âge d'homme, Presses Pocket, Paris 1984, p. 383-384.

L'impossible du possible

Le chemin de l'homme n'existe qu'en tant que chemin parcouru, dans ses possibles et ses inattendus, peut-être tel celui remontant le cours d'un ruisseau d'eau vive vers sa source jaillissante.[1]

Il n'y a pas de réponses définitives aux questions que se pose l'humanité face au passage vers l'autre rive. Au-delà de la conscience qui féconde la connaissance, nous confessons l'irréductibilité de la vie humaine et de sa mortalité à une norme. Nous pourrions emprunter ici le verset coranique de la Sourate XVIII : « Si l'océan se colorait en encre noire pour écrire les paroles divines, il serait épuisé avant qu'on en ait fini. »

Le questionnement est celui de vouloir ou non une maîtrise de la vie telle qu'elle emporte une maîtrise du moment de sa mort.

Emmanuel Levinas souligne que la mort rend « impossible toute assomption de possibilité[2] », que « la possibilité implique un pouvoir humain alors que le mourir est inassumable : il est plutôt "une impossibilité de la possibilité"[3] ». Provocation à penser pour toute référence exclusive à l'autonomie du sujet.

Questionnons notre volonté de puissance et de maîtrise. Nous nous laissons provoquer par le mot de Paul, « Dieu a choisi les choses faibles du monde pour confondre les fortes »[4], ou encore le mot du Christ – « Celui qui est le plus petit d'entre vous tous, voilà le plus grand »[5].

L'autonomie suppose une hétéronomie préalable – la vie vient d'un autre ! Nous recevons notre être, notre être nous est donné avant même que nous soyons[6]. C'est le beau mot de Guillaume Le Blanc : « La vulnérabilité est ce qui constitue l'autonomie en autonomie humaine. »[7]

Il ne nous appartient pas de conclure, mus par un tempo comparable à celui de la portée suspendue de la *Suite pour clavier* de Jean-Sébastien Bach.

1. Voir D. Malvy, « le visage tourné vers la Face », in L. Atlani-Duault (dir.), *Religions et fin de vie*, Paris, Fayard, 2023.
2. E. Levinas., *Le Temps et l'autre*, Saint-Clément-de-rivière, Fata Morgana, p. 58.
3. In *Altérité et transcendance*, Paris, Le livre de poche, 2006, p. 159 (« Le philosophe et la mort », entretien avec C. Chabanis, « La mort, un terme ou un commencement ? », Paris, Fayard, 1982).
4. *Première épître aux Corinthiens* (1,27).
5. *Évangile de Luc* (9, 48).
6. « Avant que je te forme dans le ventre, déjà je te connais. » *Jérémie*, 1,5.
7. G. Le Blanc, « Penser la fragilité », *Esprit,* mars-avril 2006.

Dans les dernières pages de son autobiographie, Donald W. Winnicott griffait, facétieux, « *Oh God !, May I be alive when I die !*[1] ». L'exclamation suivait ces vers de Thomas Stearns Eliot : « Ne coûtant rien de moins que tout, Ce que nous nommons le commencement est souvent la fin. Faire une fin c'est commencer. La fin est là dont nous partons[2]. »

T.S. Eliot nous offre que chaque mot écrit peut être le dernier comme le premier pour résolument poursuivre la réflexion : « Nous ne cesserons jamais d'explorer, et la fin de notre quête arrivera là où nous avons commencé et nous connaîtrons le lieu pour la première fois. »

Oui, accepter la complexité et ne jamais cesser d'explorer. Convaincus que « le temps n'est pas la limitation de l'être mais sa relation avec l'infini. La mort n'est pas anéantissement mais question nécessaire pour que cette relation avec l'infini se produise »[3]. La mort comme passage vers l'autrement qu'être, non pas un être autrement, mais autrement qu'être. Manière de dire notre espérance et notre foi.

1. C. Britton-Winnicott, « Fais que je vive au moment de ma mort », *D.W. Winnicott*, *L'Arc*, 69, 1977, p. 28 et p. 30-31.
2. T.-S. Eliot, « Little giddings : the four quartets », *D.W. Winnicott*, *op. cit.*, p. 28.
3. E. Levinas, *La mort et le temps*, Paris, Le Livre de poche, 1992, p. 21.

Aline Cheynet de Beaupré
Professeur de droit privé, Université d'Orléans[1]

ACCÈS AUX SOINS, ACCÈS À LA MORT

Le projet de loi[2] d'avant dissolution inventa un « droit opposable à mourir » visant théoriquement tant les soins palliatifs que « l'aide à mourir » derrière des soins d'accompagnement délibérément ambivalents. Les 500 personnes mourant chaque jour sans accès aux soins palliatifs bloqueraient la machine judiciaire d'emblée si elles envisageaient un recours pour non-accès à ces soins supposés être proposés avant l'euthanasie. « Vouloir être soigné » se heurte aujourd'hui à un accès aux soins difficile, contrastant singulièrement avec un "pouvoir mourir" via un accès à la mort facilité.

Vouloir et pouvoir être soigné paraît naturel

L'accès aux soins[3] que l'on attend garanti par l'État est rarement posé comme tel dans les textes. Il s'agira d'une garantie de protection de la santé[4], d'un droit à la sécurité sociale[5], d'un droit à un niveau

1. À lire notamment : A. Cheynet de Beaupré, « Les "verrous impossibles" du projet de loi », in *Euthanasie, Droit et religion* (ss la dir. de P.-L. Boyer), Huningue, Presses universitaires Rhin et Danube, 2025.

2. Projet de loi relatif à l'accompagnement des malades et de la fin de vie, n° 2462, 10 avril 2024, puis proposition de loi relative à la fin de vie, n° 1100, 11 mars 2015.

3. P. Sopena : « Accès aux soins pour tous : rien n'est jamais acquis » (*Le sujet dans la cité,* n° 3(2), 2012, p. 108-119). V. égal. ; CCNE, avis n° 140 du 7 novembre 2022.

4. Préambule de la Constitution du 27 octobre 1946, al. 11 : « La Nation garantit à tous [...] la protection de la santé » ; Convention sur les Droits de l'Homme et la biomédecine (STE n° 164) (Oviedo) 4 avril 1997...

5. Déclaration universelle des droits de l'homme (DUDH, 10 décembre 1948) : Art. 22 : « Toute personne, en tant que membre de la société, a droit à la sécurité sociale [...]. »

de vie suffisant pour assurer sa santé, son bien-être, des soins[1]... La « protection de la santé » évoquée par le Préambule de la Constitution de 1946 est interprétée comme un engagement de l'État à protéger la santé de ses citoyens en mettant en œuvre les moyens nécessaires pour garantir l'accès aux soins. Ce droit fondamental[2] est un objectif à valeur constitutionnelle. Mais pour pouvoir accéder à ces soins « garantis », encore faut-il qu'existe une politique suffisante des infrastructures de soins (établissements, matériel...), de gestion des soignants (formation, recrutement...) et de surveillance du financement de l'ensemble afin de rendre effectif pour les patients l'accès à ces prestations.

La dégradation actuelle des finances publiques et, de façon plus structurelle, la crise du système de santé affectent l'accès aux soins.

Il ne s'agira ici que de souligner certains axes du problème (monumental) aggravant la crise du système de santé. La porte de l'accès aux soins est délaissée et se grippe, alors que, dans le même temps, un tapis rouge est déroulé par une communication médiatique organisée, ouvrant la voie à un accès à la mort facilité, financé et encouragé.

Solidarité nationale, protection des personnes vulnérables, droit à la protection de la santé sonnent alors faux : de nombreux citoyens ne parviennent pas à accéder aux soins de base[3] mais on leur promet que l'accès à la mort sera facilité ! Présenter un tel projet comme une « évolution de Société » confine au cynisme.

« Vouloir être soigné » se heurte aujourd'hui à un accès aux soins difficile (I), contrastant singulièrement avec un « pouvoir mourir » via un accès à la mort facilité (II).

---

1. DUDH, art. 25 : 1. « Toute personne a droit à un niveau de vie suffisant pour assurer sa santé, son bien-être et ceux de sa famille, notamment pour l'alimentation, l'habillement, le logement, les soins médicaux [...]. »

2. Loi du 4 mars 2002, art. L.1110-1 du code de la santé publique (CSP) : « Le droit fondamental à la protection de la santé doit être mis en œuvre par tous moyens disponibles au bénéfice de toute personne. » L'article pose ainsi le droit de toute personne à recevoir les soins les plus appropriés à son état de santé, en respectant la dignité, sans discrimination.

3. Pourtant l'article L.1110-3 CSP interdit la discrimination dans l'accès aux soins, les professionnels et les établissements de santé ne peuvent refuser de fournir des soins pour des motifs financiers. Plusieurs lois (la Couverture Maladie Universelle (CMU) en 1999, Complémentaire santé solidaire en 2019) visent à garantir l'accès aux soins pour les plus démunis.

Un accès aux soins difficile

« Un tiers de la population n'a pas accès aux soins »[1]. Ce constat est à articuler avec la demande de soins, la capacité financière des individus, le ratio offre/demande et le renoncement corrélatif possible.

Vouloir être soigné ?

Santé. La santé vient en 2e priorité pour les Français, mais la « fin de vie » (non pas nécessairement l'euthanasie) n'apparaît qu'en 15e place, révélait un sondage Harris Interactive[2].

En France, le nombre de lois visant à améliorer l'accès aux soins démontre non seulement le besoin et l'attente des citoyens, mais également l'inadéquation des politiques envisagées. Les lois s'enchaînent sur les mêmes préoccupations : loi HPST (Hôpital, patients, santé, territoires) du 21 juillet 2009, loi MNSS du 26 janvier 2016 (Modernisation de notre système de santé), loi « Rist » du 19 mai 2023 (portant l'amélioration de l'accès aux soins par la confiance aux professionnels de santé)...

La proposition de loi adoptée par le Sénat[3], le 15 octobre 2024 visant à « améliorer la prise en charge de la sclérose latérale amyotrophique (SLA) et d'autres maladies évolutives graves » manifeste toujours les mêmes insuffisances, même pour des pathologies graves.

Renoncement. Le refus de recevoir des soins exprimé par un patient trouve une protection forte avec le droit à l'arrêt ou à la limitation des traitements (CSP, art. L. 1110-5-1). Mais le renoncement aux soins manifeste, quant à lui, un échec de la politique de santé. Il se développe hélas fortement pour des raisons de lassitude face aux délais de prise en charge ou de coût[4].

Les Ehpad ne sont pas épargnés par la morosité. Depuis 2022, 3 Ehpad sur 4 se trouvent en déficit. Les admissions ne sont plus « spontanées », la majorité des admissions se fait depuis les hôpitaux, lorsque ni la famille, ni le résident n'ont d'autre choix.

---

1. E. Hirsch et L. Frémont : « La légalisation de l'euthanasie ne saurait être une priorité politique », Tribune *Le Figaro*, 26 septembre 2024.

2. Sondage Harris Interactive, 6 septembre 2024.

3. Texte transmis à l'Assemblée nationale : proposition de loi, n° 456, 17e législature.

4. O. Bouba-Olga et M. Vigé : « Le renoncement aux soins : une analyse empirique à partir de la base share », *Assurances et gestion des risques*, mars-juin 2015, Vol. 82 (1-2).

OMS. En 2020, l'OMS[1] constate, à l'échelle mondiale, qu'environ 14 % seulement des personnes ayant besoin de soins palliatifs en bénéficient actuellement. Or les besoins de soins palliatifs continueront d'augmenter, en raison du fardeau croissant des maladies non transmissibles et du vieillissement des populations.

L'OMS souligne qu'il est urgent en matière de soins palliatifs, au niveau national, d'adopter des politiques, de mettre en place des programmes, d'allouer des ressources et d'organiser des formations qui soient adaptés et destinés aux professionnels de santé, afin d'améliorer l'accès à ces services. L'instauration précoce des soins palliatifs réduit le nombre d'hospitalisations superflues et le recours aux services de santé.

Le rapport de la Cour des comptes de 2023[2] considère que la France a fait des progrès – « L'offre a augmenté d'environ 30 % tandis que les dépenses ont progressé de 24,6 % depuis 2017 pour s'établir à près de 1,5 milliard d'euros en 2021 » – pour se rapprocher de la moyenne haute des pays de l'OCDE : selon l'atlas réalisé par l'Association européenne des soins palliatifs, la France se situait, en 2019, au 17e rang (sur 38) pour la densité de son offre

En 2015, une étude menée par *The Economist Intelligence Unit* dans 80 mondial des soins palliatifs en termes de qualité de la mort[3], place la France au 10e rang, le Royaume-Uni au premier.

Pouvoir être soigné ?

PLFSS[4]. « La situation des finances publiques impose au PLFSS de prendre sa part au redressement des finances publiques. Ainsi, les dépenses de la sécurité sociale pour 2025 sont fixées à 662 milliards d'euros (soit une hausse de 2,8 % contre 5,3 % en 2024). Plusieurs mesures fortes sont prévues telles que l'augmentation de la consultation chez le médecin traitant dès le mois de décembre 2024 ou le report, du 1er janvier au 1er juillet 2025, de l'indexation sur l'inflation des retraites de base. La prise en charge de la santé mentale ainsi que l'accès aux soins palliatifs seront améliorés »[5].

---

1. OMS, « Soins palliatifs », 5 août 2020.
2. Cour des comptes, *Soins palliatifs,* rapport du 5 juillet 2023.
3. 2015 Quality of Death Index : Ranking palliative care across the world (A report by *The Economist*, Intelligence Unit).
4. Projet de loi de financement de la Sécurité sociale.
5. Présentation du projet de loi de financement de la sécurité sociale pour 2025 par la Direction des affaires juridiques, n° 386, 24 octobre 2024.

À cette annonce de maîtrise des dépenses, s'ajouta quelques semaines après au Sénat (en novembre 2024, lors des débats du projet de budget de la Sécurité sociale pour 2025)[1] que consultations et médicaments seraient moins remboursés en 2025, à hauteur de 5 %.

Ordre public. Les maires de 44 communes des Côtes-d'Armor ont publié en août 2024 un arrêté municipal visant à pallier le « trouble à l'ordre public » que représente l'inégalité d'accès aux soins. Cette forme de mise en demeure de l'État viserait l'indemnisation de certaines communes mais manifeste surtout un cri d'alarme[2].

Crise du système de santé. Les défaillances des systèmes de santé se retrouvent également à l'étranger. La Cour européenne des droits de l'homme sanctionne les pays lorsque des ressortissants se plaignent, de façon avérée, d'une défaillance du système de soins[3].

Manque de personnel. Les établissements de soins peinent à recruter du personnel soignant. La charge de travail augmente, de nombreux postes sont vacants, fragilisant la capacité à offrir un accompagnement de qualité. Près de 180 000 infirmiers ont quitté la profession, une infirmière doit souvent gérer plus du double de patients que les recommandations internationales ne le préconisent, dénonce le principal syndicat infirmier. Les diverses études convergent pourtant : lorsque le nombre de patients dont une infirmière a la charge passe de dix à six, la mortalité diminue de 20 % et à l'inverse, chaque patient supplémentaire par infirmier augmente le risque de mortalité de 7 %.

Face à une pénurie de main-d'œuvre dans les soins de santé, le Québec a lancé une vaste campagne de recrutement de soignants à travers la France en octobre 2024[4]. La pénurie française n'avait pas besoin de ce type de concurrence.

Manque de moyens. Les fermetures de lits d'hospitalisation dénoncées par les soignants se poursuivent, aggravant les difficultés de prise en charge des patients. En 2022, la France a encore perdu 6 700 lits et 4 900 supplémentaires en 2023 (dans le privé et le public)[5].

---

1. Le « ticket modérateur » devrait augmenter de 5 % pour les consultations médicales et les médicaments.

2. M. Magrez, « Accès aux soins : une quarantaine de communes bretonnes mettent l'État en demeure », *Mediapart*, 9 août 2024.

3. Sur une sanction pour défaillance de soins médicaux, *cf.* condamnation de la Hongrie : CEDH, 10 oct. 2024 : 31970/20.

4. Chl. Subileau :« Le Québec veut obliger les médecins à exercer cinq ans dans le public à la fin de leurs études », Egora 10 déc.2024.

5. Th. Amouroux, porte-parole du Syndicat National des Professionnels Infirmiers SNPI CFE-CGC, 14 novembre 2024.

Les délais pour obtenir un rendez-vous de spécialiste[1] s'allongent non seulement dans les déserts médicaux[2], mais également en province et dans les grandes villes.

Les urgences, au bord du gouffre[3], rencontrent des difficultés comparables, étendant, à leur échelle, en heures (voire jour) les temps d'attente[4].

Les patients pâtissent d'une prise en charge tardive aggravant leur situation.

Un collectif de soignants alerte sur les inégalités dans l'accès au soin et leurs conséquences politiques dès lors qu'elles génèrent un « sentiment de déclassement » et « une immense et légitime rancœur »[5].

Enfin, des unités de soins palliatifs, déjà insuffisantes, sont fragilisées ou conduites à fermer faute de soignants. Paradoxalement, l'accès à la mort se voit dérouler un tapis rouge visant à garantir l'accès rapide à ce « non-soin ».

Un accès à la mort facilité ?

Le projet de loi[6] d'avant dissolution inventa un « droit opposable à mourir » visant théoriquement tant les soins palliatifs que « l'aide à mourir » derrière des soins d'accompagnement délibérément ambivalents[7]. Les 500 personnes mourant chaque jour sans accès aux soins palliatifs bloqueraient la machine judiciaire d'emblée si elles envisageaient un recours pour non-accès à ces soins supposés être proposés avant l'euthanasie.

---

1. Le délai d'attente moyen pour une consultation chez un spécialiste est de 60 jours. Il dépend des situations géographiques et des spécialités. Pour un ophtalmologue le délai est de trois mois en zone urbaine, quatre mois en zone rurale.

2. Rapport d'information relatif aux inégalités territoriales d'accès (aux grands maux, les grands remèdes), adopté par la Commission de l'aménagement du territoire et du développement durable du Sénat, 13 novembre 2024.

3. SNPI, 6 août 2024, Th. Amouroux : « Urgences saturées en période estivale ».

4. 4 h 23, c'est le temps d'attente moyen aux urgences pour les patients en 2022 (A. Bazin, *Nécessité de mesures concrètes pour réduire considérablement le temps d'attente aux urgences,* Question écrite n° 10064, 16e législature).

5. Tribune d'un collectif de soignants : « Lorsque la puissance publique ne parvient plus à offrir des soins, quel risque prend-on à renverser la table ? » *Le Monde*, 9 août 2024.

6. Projet de loi relatif à l'accompagnement des malades et de la fin de vie, n° 2462, 10 avril 2024.

7. P. Favre : « Les mots de la fin de vie : ne pas occulter les termes du débat », Fondation pour l'innovation politique, mars 2024.

La loi du 2 février 2016, dite loi Claeys-Leonetti, créant de nouveaux droits en faveur des malades et des personnes en fin de vie réalise un équilibre d'autonomie personnelle et de respect des soins médicaux (arrêt des traitements, directives anticipées, sédation profonde...). Par mésinformation, elle reste mal connue de certains soignants et presque inconnue des citoyens.

Consentir à mourir

Alors qu'en 2023, une proposition de loi améliorant la qualité des soins[1] validée par le Sénat[2] est restée lettre morte devant l'Assemblée nationale, la proposition de loi n° 1100 du 11 mars 2025 relative à la fin de vie détruisant la vie faute de qualité de santé serait adoptée par l'Assemblée ? La proposition de 2023 instaurait un nombre minimum de soignants par patient hospitalisé. Ce qu'un économiste[3] formule ainsi : « face à la crise du système de santé, se pose la question des priorités entre une politique favorisant l'autonomie face à la bonne santé, et celle favorisant l'autonomie face à la mort. »

Soins palliatifs en détresse. La loi du 9 juin 1999 visant à garantir le droit à l'accès aux soins palliatifs, adoptée jadis à l'unanimité, définissait l'accès aux soins palliatifs, prévoyait le développement des structures de soins palliatifs en milieu hospitalier, médico-social et à domicile. Mais un quart de siècle plus tard, près de 500 personnes meurent chaque jour en France sans avoir pu accéder à des soins palliatifs, près de 20 départements ne disposent pas d'USP[4], plus encore des USP ferment faute de médecin en soins palliatifs.

Stratégie décennale confuse. La stratégie décennale 2024-2034[5] confirme les inquiétudes. Intitulée « Pour le renforcement des soins palliatifs, de la prise en charge de la douleur et de l'accompagnement de la

1. « Les pays qui ont fixé des ratios stricts d'encadrement patient/soignants, montrent des résultats probants. En Californie, où des lois sur les effectifs ont été mises en place, les accidents de travail chez les infirmières ont baissé de 31,6 %, et les postes vacants ont diminué de 69 % [...]. Ces politiques attirent et fidélisent les soignants, améliorant la sécurité des soins et la qualité de vie des soignants », Th. Amouroux, Porte-parole du Syndicat National des Professionnels Infirmiers, LinkedIn, 29 octobre 2024.

2. Proposition de loi n° 2363 relative à l'instauration d'un nombre minimum de soignants par patient hospitalisé.

3. F. Bizard, « Fin de vie : et si on parlait d'économie », *Les Échos*, 7 juin 2024.

4. Unités de soins palliatifs.

5. Stratégie décennale 2024-2034 des soins d'accompagnement (Pour le renforcement des soins palliatifs, de la prise en charge de la douleur et de l'accompagnement de la fin de

fin de vie », elle trahit n'être pas dédiée aux soins palliatifs mais inclure également « l'accompagnement de la fin de vie » qu'elle distingue des soins palliatifs. « L'aide à mourir » partage donc le financement de la fin de vie avec les soins palliatifs. Encore la ministre de la Santé d'alors de la santé confessait-elle que les moyens financiers envisagés ne pouvaient engager que le gouvernement « actuel », et elle parlait avant la dissolution. Ce plan annonçant un milliard d'euros en dix ans, ne représentait en réalité que 6 % du budget actuel des soins palliatifs, inflation comprise, aussi le député Philippe Juvin[1] interrogea-t-il : « Madame la ministre comment comptez-vous doubler l'offre avec 6 % en plus ? »

Déclassement des soins palliatifs. La non-cohabitation entre soins palliatifs et mort provoquée est actée. Les pays ayant maintenu les deux ont rapidement obligé les services de soins palliatifs à accueillir l'aide active à mourir en leurs murs. Intégrer un service de soins palliatifs fait alors craindre au patient qu'il ne soit orienté vers l'aile voisine…

Consentement ? Directives anticipées anciennes, intervention de la personne de confiance, demandes anticipées, personnes aux facultés mentales altérées : ces hypothèses diverses maltraitent l'expression d'une volonté libre et éclairée au moment de l'acte.

Un droit à mourir ?

CEDH. La Cour européenne des droits de l'homme laisse à la marge d'appréciation des États d'accueillir l'euthanasie et le suicide assisté ou non, à condition de prévoir des garanties suffisantes pour les citoyens[2]. Le droit à mourir n'est pas retenu, mais le droit à la vie est entendu de façon souple pour se concilier avec la vie privée et l'auto-détermination.

Pour un patient atteint de SLA, elle rappelle qu'il n'existe pas un « droit au suicide assisté »[3] : ne pas obtenir de pouvoir hâter son décès ne constitue ni une atteinte à la vie privée (art. 8, Conv.), ni une discrimination (art. 14, Conv.).

Proposition de loi. Donner la mort n'est pas un soin, martèlent à juste titre les soignants. Les amendements expéditifs du projet de loi de 2024

---

vie), présentée par le ministère du travail, de la santé et des solidarités lors du Conseil des ministres du 10 avril 2024.

1. Ph. Juvin, député, Assemblée nationale, Questions au gouvernement, 19 mars 2024, XVIe législature.

2. CEDH, 29 avril 2002, Pretty c./ Royaume-Uni, n° 2346/02, CEDH, Mortier c/ Belgique du 4 octobre 2022, n° 78017/17.

3. CEDH, 13 juin 2024, Karsai c. Hongrie, aff. 32312/23.

d'avant dissolution avaient fait tomber en à peine dix jours les principales conditions supposées encadrer strictement la mort provoquée. La proposition de loi n° 1100 a entériné ce « cadre flou ». La seule formule d'aide à mourir et l'élision systématique de toute référence à l'euthanasie comme au suicide assisté sont révélatrices. On ne tue pas, on aide.

Sans terme. Moyen terme, court terme, souffrances réfractaires ont disparu, ouvrant larges les portes de la mort provoquée, sans même exiger que le patient ne soit en fin de vie. Si les souffrances réfractaires sont définies scientifiquement, tel n'est pas le cas des souffrances insupportables.

La proposition de loi n° 1100 prévoit un accès accéléré à la mort en 48 heures. Ce délai, pour confirmer au médecin que l'on demande bien l'administration de la substance létale, peut être abrégé si le médecin estime que cela est de nature à préserver la dignité de la personne (CSP, art. L. 1111-12-4 IV de la proposition).

Effet immédiat. Les soins palliatifs attendent depuis un quart de siècle d'être développés et la stratégie décennale envisage une amélioration minimale dans dix ans. Plébiscités, ils ont pourtant fait la preuve de leur technicité et de leur efficacité. L'euthanasie, mal fondée le plus souvent et aux dérives connues incontrôlables, serait, quant à elle, effective quasiment dans l'année du vote de la loi.

Sans verrous. Ces verrous « délockés » manifestent le danger de supprimer l'interdit de tuer. L'exception d'euthanasie n'existe pas et de dramatiques appels au secours (fréquents pour les patients dépressifs) seront absorbés. Plus encore, on pourrait reprocher à des psychiatres de se mettre en travers du chemin de l'auto-détermination en soignant les patients de leur mal-être de vie. C'est l'idée du délit d'entrave à l'aide à mourir (CSP, art. L 1111-12-14 de la proposition). « Chaque suicide est une catastrophe » affirme la Direction générale de la santé, mais comment concilier la légalisation d'un suicide assisté avec la poursuite de la prévention du suicide par le ministère de la Santé et de la prévention ?

Vulnérabilités. En 2024, des soignants signaient une tribune alertant sur les dangers du projet de loi discuté avant la dissolution de l'Assemblée nationale. Eux aussi soulignaient que les personnes les plus vulnérables seraient les victimes de cette mort provoquée dont les cadres restrictifs ont fondu en quelques amendements cadres flous et mous entérinés par la proposition de loi n° 1100[1]. La SFAP de son côté dénonce que « l'offre de soins palliatifs demeure tragiquement

1. L'appel des soignants aux députés « Protégez les personnes les plus vulnérables et les valeurs du soin ! », 27 mai 2024, soinsdevie.org.

insuffisante. Ce sont les plus vulnérables, notamment les personnes âgées, les handicapés et les malades chroniques, qui subissent le plus durement ce manque d'accès aux soins »[1]. La dernière année de vie coûte en moyenne 33 700 € par personne. Au Canada, 58 % des personnes demandant à mourir proviennent des milieux les plus modestes qui qui n'ont pas accès à des soins de qualité et se tournent vers l'aide médicale à mourir.

Pente glissante. En octobre 2024, le Québec a mis en œuvre les demandes anticipées. Au simple diagnostic, fut-il précoce, d'une pathologie de type Alzheimer, le patient peut poser une demande anticipée de mourir. Où sera le consentement de l'individu au moment de l'euthanasie ? Outre que ces demandes émanent d'une personne encore en bonne santé (mais frappée par la peur du diagnostic) qu'en est-il des confirmations, réitérations ou vérifications de persistance du consentement des années plus tard ?

Les dérives sont multiples et dénoncées par diverses études. Aux Pays-Bas des personnes autistes ont pu être euthanasiées, un conjoint peut se joindre à son conjoint malade dans la mort, le Canada a prévu l'euthanasie des personnes atteintes de handicap mental…

Déclassement. En 2024, l'OMS s'inquiète du faible développement des soins palliatifs au niveau mondial : comment faire face au manque de progrès dans ce domaine dix ans après la première résolution mondiale sur les soins palliatifs (WHA67.19) ?

Les nécessaires économies budgétaires de nombreux pays expliquent probablement ces mauvais résultats. Les Canadiens ont fait chiffrer les économies possiblement générées par l'euthanasie : jusqu'à 139 millions de dollars par an pour le budget de la santé[2].

Demain, ce seront les soins palliatifs qui deviendront une démarche « anormale » sollicitée par ceux qui auront refusé le bienfait euthanasique. Les prises en charge et coûts en seront accentués, ces « patients » récalcitrants à l'aide à mourir aggravant la charge de la Société et des soignants.

La crise du système de santé contraste tristement avec l'accès au mourir. Juridiquement la question de l'accès au mourir préconisé et plébiscité dans l'indifférence des difficultés d'accès aux soins engage une réflexion sur la réalité de la liberté de la demande de mort.

1. SFAP, LinkedIn, octobre 2024.

2. Université de Calgary, *Medically assisted deaths could save millions in health care spending,* Report, 23 jan. 2017.

Comment une société oserait-elle en même temps reconnaître que l'accès aux soins est fortement dégradé, et proposer (en lieu et place ?) un accès facilité à la mort provoquée.

Ou bien il s'agit d'un choix de société : à défaut de pouvoir soigner (malgré les techniques possibles), l'accès à la mort sera facilité (moins coûteux, plus rapide, plus facile à prendre en charge).

Ou bien il s'agit d'une mauvaise présentation aux citoyens à qui l'on fait craindre souffrances et longues agonies en leur promettant que la mort provoquée sera douce et préférable (ce que les études contestent[1]).

La proposition de loi n° 1100 ne vise pas à lutter contre des douleurs réfractaires lors de l'agonie de certaines personnes. Elle propose une idéologie d'autodétermination de sa mort. Ce n'est pas du tout la même chose.

En constatant que la promotion de la mort provoquée se fait sur fond de défaut de moyens politiques et financiers pour corriger les recrutement, formation, attractivité des métiers du soin, reconnaissance, dotations budgétaires, la réponse est donnée. Les promoteurs de la mort provoquée optent pour l'économie sociétale.

Demain les personnes vulnérables (vieux, handicapés, précaires) seront les « usagers » de ces « soins » létaux. L'eugénisme n'est pas loin.

Demain, euthanasie et suicide assisté se banalisant, les soins palliatifs connaîtront en un premier temps un déclassement, puis en un second temps les soins d'accompagnements (non létaux) deviendront payants et seront considérés comme des soins de confort non-indispensables.

Nul doute par ailleurs, que l'exploitation commerciale de la manne euthanasique déjà initiée à l'étranger se poursuivra pour proposer des prestations multiples et variées…

---

1. Oregon, *Duration of* Death With Dignity Act, 2023.

Pierre-François Pradat
Neurologue, hôpital de la Pitié-Salpêtrière Paris, AP-HP

Claire Fourcade
Médecin, hôpital privé du Grand Narbonne, présidente de la Société française d'accompagnement et de soins palliatifs

Pierre-François Perrigault
Chef de service d'anesthésie-réanimation Gui de Chauliac, chef du pôle neurosciences tête et cou, CHU de Montpellier

Sara Piazza
Psychologue clinicienne, Centre hospitalier Delafontaine, Saint-Denis

QUAND LA MALADIE DE CHARCOT DEVIENT UN ARGUMENT DANS LE DÉBAT SUR LA MORT PROGRAMMÉE : UNE ANALYSE CRITIQUE

La sclérose latérale amyotrophique (SLA) ou maladie de Charcot, est très souvent mise en avant dans les discussions sur la mort programmée (MP) pour justifier d'importantes réformes législatives. La représentation de la maladie dans les médias est souvent caricaturale : elle dépeint des patients toujours condamnés à une existence profondément altérée, marquée par une qualité de vie désastreuse, une fin inévitable dans la souffrance par suffocation, et un désir omniprésent de mettre un terme à leur vie. Ce discours, qui a pris une place prépondérante jusque dans les débats parlementaires, repose cependant sur des représentations réductrices et ignore les avancées significatives en matière de soins palliatifs et de prise en charge des personnes atteintes de SLA. Alors que la réflexion rationnelle et la réalité clinique devraient guider ces discussions, la voix des soignants, qui accompagnent quotidiennement ces patients et auraient pu apporter un éclairage plus nuancé, a été largement écartée des auditions parlementaires. Ce manque d'écoute alimente un débat fondé sur des prémisses souvent imprécises, voire erronées, occultant les véritables enjeux cliniques. Ce chapitre propose d'examiner de manière critique les arguments en faveur de la mort programmée (MP)[1] à travers le regard de soignants issus de différentes spécialités, tous impliqués dans la prise en charge de la SLA.

Révéler la réalité complexe de la maladie

La SLA touche environ 6 000 personnes en France, ce qui en fait la plus fréquente des maladies rares[2]. Cette maladie neurodégénérative entraîne une destruction progressive des voies motrices du système nerveux, affectant à la fois le cerveau et la moelle épinière. Elle débute soit par une perte de motricité au niveau des membres, soit par des troubles de la parole et de la déglutition, avec une évolution marquée par une extension progressive et une aggravation du déficit moteur. La médiane de survie depuis l'apparition des premiers signes est de 2 à 3 ans, le décès survenant généralement par insuffisance respiratoire. Toutefois, réduire la SLA à ce tableau simplifié occulte une réalité cruciale : sa grande hétérogénéité. Les recherches récentes révèlent une diversité biologique et clinique notable, que ce soit dans les manifestations des symptômes, l'évolution du handicap, ou la durée de vie des patients avec des formes d'évolution lente[3]. De plus, un aspect trop souvent négligé est que la SLA ne se limite pas aux troubles moteurs. Environ la moitié des patients souffrent également de troubles cognitifs, lesquels peuvent progresser jusqu'à une démence. Ces troubles sont causés par la dégénérescence des lobes frontaux du cerveau, altérant de manière significative le comportement, le raisonnement et la cognition sociale. Dans certains cas, les patients peuvent développer une anosognosie, c'est-à-dire une incapacité cognitive à prendre

1. Nous employons ici le terme « MP » plutôt que l'euphémisme « aide à mourir » utilisé dans les propositions de loi ou le projet de loi discuter au parlement en 2024, pour désigner deux pratiques distinctes : le suicide assisté (SA), où le patient prend lui-même une substance létale prescrite par un médecin, et l'euthanasie, où un professionnel de santé administre directement cette substance.

2. La SLA en chiffres, site Internet de l'Association pour la Recherche sur la SLA (ARSla).

3. B. Swinnen, W. Robberecht, The phenotypic variability of amyotrophic lateral sclerosis. *Nat Rev Neurol.* 2014 ; 10(11):661-70.

conscience de leur état. Cette complexité clinique complique la prise en charge médicale, alourdit la charge pour les aidants, impactant ainsi les décisions liées à la fin de vie.

Réfuter l'idée d'une maladie sans réponse médicale

L'idée souvent relayée qu'il n'existe pas de traitement pour la SLA est partiellement vraie si l'on parle uniquement de traitement curatif. Mais limiter la prise en charge à ce constat est non seulement réducteur, mais également trompeur. La médecine ne se résume pas à « guérir » ; elle soigne, accompagne et améliore la qualité de vie. Grâce notamment au développement national de centres de références SLA, les patients bénéficient aujourd'hui d'une prise en charge multidisciplinaire incluant des soins palliatifs, qui, il faut le souligner, devraient encore être renforcés et intervenir de façon plus précoce [1]. Suggérer que ces patients sont laissés seuls face à leur sort déforme gravement la réalité. Pire encore, cette rhétorique insinue que la seule véritable contribution de la médecine dans le cadre de la SLA serait de faciliter la MP.

D'autre part, les récentes avancées en matière de connaissances et de traitements ouvrent de nouvelles perspectives. La thérapie génique, désormais disponible pour certaines formes génétiques, ainsi que de nouvelles cibles thérapeutiques ont radicalement transformé les espoirs en termes de thérapeutique[2]. Parallèlement, les dispositifs de compensation du handicap continuent de se perfectionner. Des technologies telles que les commandes oculaires et les interfaces cerveau-machine, redonnent aux patients une capacité de communication – un enjeu crucial, car la perte de parole est souvent plus dévastatrice que la perte de mobilité[3]. Cependant, l'accès à ces innovations reste inégal. Des délais scandaleux, comme ceux pour obtenir un simple fauteuil roulant électrique, révèlent une inégalité insupportable dans la prise en charge des patients.

---

1. Publication de la synthèse du groupe de travail sur fin de vie et SLA, Centre national fin de vie soins palliatifs, 2 novembre 2021.

2. P. Corcia, C. Lunetta, P. Vourc'h et al. Time for optimism in amyotrophic lateral sclerosis, *Eur J Neurol.* 2023 ; 30(5):1459-1464.

3. S.H. Felgoise, V. Zaccheo, J. Duff, Z. Simmons, Verbal communication impacts quality of life in patients with amyotrophic lateral sclerosis. *Amyotroph Lateral Scler Frontotemporal Degener.* 2016 ; 17(3-4):179-83.

Réaffirmer l'efficacité des soins palliatifs

Dans le cadre de la SLA, les moyens de suppléance des fonctions vitales, qu'ils soient respiratoires ou alimentaires, deviennent indispensables à des moments critiques de l'évolution de la maladie. Ces méthodes incluent la nutrition artificielle par gastrostomie (sonde placée directement dans l'estomac) et l'assistance respiratoire, principalement par ventilation non invasive, réalisée à l'aide d'un masque semblable à celui utilisé pour traiter les apnées du sommeil et parfois par une trachéotomie. L'équipe soignante aide le patient à construire le projet de soin et à prendre ces décisions, qui sont réévaluées à chaque étape critique de la progression de la maladie, notamment lors de l'apparition de signes d'insuffisance respiratoire ou de troubles de la déglutition. Inscrire ce projet et les décisions qui en découlent, notamment le refus de certains dispositifs, dans des directives anticipées permet de s'assurer du respect de la volonté lorsque se pose la question d'introduire un moyen de suppléance vitale et que le patient n'est plus en capacité d'exprimer sa volonté. En vertu de la législation en vigueur, ces dispositifs peuvent être refusés ou retirés à tout moment, un droit fondamental affirmé par la loi. Cette possibilité d'arrêter ou de ne pas introduire les traitements de maintien en vie en introduisant une sédation profonde et continue pour éviter toute souffrance est encore trop mal connue des patients et des soignants. On peut régulièrement lire dans la presse des témoignages de patients indiquant leur désir, lorsqu'ils seront au stade de dépendance ventilatoire, d'aller en Belgique ou en Suisse pour « bénéficier » de la MP alors que notre législation permet au titre du refus de l'obstination déraisonnable de les accompagner dignement, sans souffrance et sans prolonger la vie.

Contrairement aux clichés qui circulent, un patient en phase terminale de SLA ne meurt pas d'étouffement lorsqu'il bénéficie de soins palliatifs adéquats, ceux-ci permettant de prendre en charge efficacement à la fois les symptômes physiques et l'état psychologique[1]. Ils permettent de soulager efficacement les symptômes respiratoires grâce à l'usage de benzodiazépines ou de morphine, et les douleurs sont traitées par des antalgiques adaptés. L'arrêt de la nutrition, quant à lui, ne génère pas de sensation de faim, contrairement à l'idée erronée de « mourir de faim ». Il entraîne en effet des modifications métaboliques, notamment la libération dans le sang de composés appelés corps cétoniques, qui abolissent

1. S. Connolly, M. Galvin, O. Hardiman, End-of-life management in patients with amyotrophic lateral sclerosis, *Lancet Neurol.* 2015 ; 14(4):435-42.

l'appétit. Par ailleurs, des soins de confort, comme l'humidification de la bouche, ainsi que l'administration d'anxiolytiques, sont systématiquement proposés.

En cas de souffrances réfractaires, une sédation proportionnée est souvent suffisante. Si nécessaire, une sédation profonde et continue jusqu'au décès (SPCD) peut être mise en œuvre, conformément à la loi du 2 février 2026 créant de nouveaux droits en faveur des malades et des personnes en fin de vie. Il est également important de souligner que l'insuffisance respiratoire terminale entraîne un coma par accumulation de gaz carbonique dans le sang (coma qui peut être majoré par la SPCD, comme par tout traitement visant à apaiser les difficultés respiratoires type morphiniques) qui conduit rapidement et sans douleur au décès. Contrairement à certaines idées fausses, cela ne se traduit pas par des semaines d'agonie.

Élargir les critères aux phases terminales et avancées : un glissement dangereux

Il est crucial de préciser ce que l'on entend exactement par « phases terminales et avancées » dans le cadre de la SLA. Avec un délai moyen de 12 mois entre l'apparition des premiers symptômes et le diagnostic, peut-on vraiment affirmer que la phase avancée débute dès l'annonce de la maladie ? Sur quels critères se baser alors, sachant qu'il n'existe pas de définition médicale formelle de ces phases ? Comment déterminer ces stades lorsqu'il est possible, grâce à l'imagerie, de détecter les premiers signes de dégénérescence chez les porteurs de mutations, des années voire des décennies avant l'apparition des symptômes[1] ? Comment anticiper l'évolution, sachant que l'hétérogénéité des progressions rend tout pronostic fiable impossible ?

La confusion entre la qualité de vie et le degré d'atteinte physique est récurrente dans les débats actuels, alors que la définition de l'OMS est beaucoup plus large précisant bien que « la qualité de vie est définie comme la perception qu'a un individu de sa position dans la vie » [2]. Les études ont montré que, de manière générale, la qualité de vie (QdV) des patients atteints d'une invalidité sévère reste élevée, ce qui suggère

1. G. Querin, P. Bede., M.M. El Mendili et al. Presymptomatic spinal cord pathology in c9orf72 mutation carriers : A longitudinal neuroimaging study, *Ann Neurol.* 2019 ; 86(2):158-167

2. The World Health Organization Quality of Life assessment (WHOQOL) : position paper from the World Health Organization, Soc Sci Med. 1995 Nov ; 41(10):1403-9

que des ressources intérieures importantes contribuent à leur capacité de faire face à la maladie de manière positive (*coping*) [1]. Une étude particulièrement instructive a été menée auprès de patients atteints du syndrome d'enfermement (locked-in syndrome[2]), une condition caractérisée par la perte de tous les mouvements volontaires des membres et de la parole, le mouvement des yeux restant leur seul moyen de communication[3]. Grâce aux technologies d'assistance à la parole, comme les dispositifs de suivi oculaire, la communication reste possible. Les résultats de cette étude ont montré que le fonctionnement physique ne reflétait pas le bien-être subjectif des patients. En effet, même ceux qui n'avaient aucune fonction motrice résiduelle ont rapporté un bien-être subjectif positif. Tous les participants ont indiqué qu'ils choisiraient de continuer à utiliser leurs techniques de maintien en vie actuelles. Les aidants sous-estimaient significativement le bien-être des patients, ces derniers ayant souvent une perception plus positive de leur qualité de vie malgré de graves incapacités. Ce phénomène illustre ce que l'on appelle le « paradoxe du handicap » (*disability paradox*), où la perception subjective de la qualité de vie des personnes handicapées diffère largement des suppositions des observateurs extérieurs[4]. Des études menées auprès de patients atteints de SLA ont démontré que le facteur le plus déterminant pour la qualité de vie était la perception subjective du soutien apporté par l'environnement social ou familial, tandis que l'état physique n'était pas un élément associé[5]. Cela confirme que pour améliorer la qualité de vie, il est essentiel de se concentrer sur le soutien médical, émotionnel et social, tout en reconnaissant l'importance d'apporter un soutien aux aidants, qui assument l'accompagnement quotidien et ont besoin d'une assistance pour réduire leur propre détresse.

---

1. J.M. Young, P. McNicoll, Against all odds : positive life experiences of people with advanced amyotrophic lateral sclerosis. *Health Soc Work.* 1998 Feb ; 23(1):35-43; A. Chiò, A. Gauthie, A. Montuschi et al. A cross sectional study on determinants of quality of life in ALS, *J Neurol Neurosurg Psychiatry.* 2004 ; 75(11):1597-601

2. *Cf.* dans le livre, C. Jeanteur, M. Jeanteur, « Témoigner de l'immense mystère de la vie, et de ce qu'elle est notre raison d'être ensemble », p. 157.

3. M. Kuzma-Kozakiewicz, P.M. Andersen, K. Ciecwierska K. et al. An observational study on quality of life and preferences to sustain life in locked-in state, *Neurology.* 2019 ; 93(10):e938-e945.

4. G.L. Albrecht, P.J. Devlieger. The disability paradox : High quality of life against all odds, *Social Science and Medicine.* 1999 ;48 : 977–988.

5. A. Chiò, A. Gauthier, A. Montuschi et al. A cross sectional study on determinants of quality of life in ALS, *J Neurol Neurosurg Psychiatry.* 2004 Nov ;75(11):1597-601; A. Kübler, S. Winter, AC. Ludolph et al. Severity of depressive symptoms and quality of life in patients with amyotrophic lateral sclerosis, *Neurorehabil Neural Repair.* 2005 ;19(3):182-93.

Le désir de mort chez les patients atteints de SLA, souvent cité dans les discussions sur la MP, est en réalité bien plus complexe qu'il n'est souvent évoqué. Bien que des études montrent qu'entre 20 % et 40 % des patients expriment ce désir à un moment donné, cela recouvre un éventail large de sentiments allant du souhait passif de « s'endormir et ne pas se réveiller » à des plans concrets de suicide [1]. Ce désir évolue au fil de la maladie, en fonction de l'environnement de soutien et de l'état psychologique du patient, ce qui contredit l'idée que leur rapport à la mort reste constant tout au long de leur parcours. En réalité, le risque de suicide est le plus élevé dans les six mois suivant l'annonce du diagnostic, période durant laquelle le choc est encore présent et les mécanismes d'adaptation psychologique (*coping*) ne se sont pas encore mis en place[2]. D'autre part, les idéations suicidaires sont souvent associées à des symptômes dépressifs[3]. L'absence de psychiatres lors des auditions parlementaires, pourtant experts dans la compréhension des mécanismes sous-jacents au désir de suicide, est particulièrement préoccupante. Ce manque a conduit à une réflexion incomplète et biaisée, ne prenant pas en compte les dimensions psychologiques complexes de ce désir.

Décrypter le biais contextuel des données sur la mort programmée

Le fait que la majorité des données proviennent de pays où la MP est légalisée introduit un biais inhérent, car la présence de telles lois et leur pouvoir normatif peuvent influencer les choix des patients et les attitudes sociétales. Aux Pays-Bas, environ 25 % des patients atteints de SLA choisissent l'euthanasie, qui est devenue une pratique courante dans la prise en charge de la SLA[4]. Les raisons souvent citées incluent

1. J.G. Rabkin, R. Goetz, P. Factor-Litvak et al. Depression and wish to die in a multicenter cohort of ALS patients, *Amyotroph Lateral Scler Frontotemporal Degener.* 2015 ; 16:265–73; A. Verschueren, G. Kianimehr, C. Belingher et al. Wish to die and reasons for living among patients with amyotrophic lateral sclerosis, *Amyotroph Lateral Scler Frontotemporal Degener.* 2019 ; 20(1-2):68-73.

2. C.P. Tsai, B.H. Chang, C.T.C Lee. Underlying cause and place of death among patients with amyotrophic lateral sclerosis in Taiwan : a population-based study, 2003-2008, *J. Epidemiol.* 2013 ;23 : 424–428 ; A. Palmieri, G. Sorarù, A. Albertini et al. Psychopathological features and suicidal ideation in amyotrophic lateral sclerosis patients. *Neurol Sci.* 201031(6):735-40.

3. A. Verschueren, G. Kianimehr, C. Belingher et al. Wish to die and reasons for living among patients with amyotrophic lateral sclerosis, *Amyotroph Lateral Scler Frontotemporal Degener.* 2019 Feb ; 20(1-2):68-73.

4. R.M. van Eenennaam, W. Kruithof, A. Beelen A et al. Frequency of euthanasia, factors associated with end-of-life practices, and quality of end-of-life care in patients with

la peur de l'étouffement, la perte d'autonomie, la perte de dignité et la charge pour les aidants. Cependant, ces statistiques sont fortement dépendantes du contexte et manquent souvent d'une analyse approfondie des motivations sous-jacentes. Les pressions économiques compliquent également la situation. Aux États-Unis, 8 % des patients atteints de SLA ont cité le fardeau financier comme une raison clé pour demander le suicide assisté[1]. En Inde, le manque de soutiens financiers adéquats a été décrit comme un déterminant majeur du désir de mourir[2]. Même dans des pays comme la France, où le système de santé offre le remboursement des soins médicaux, le coût des soins à domicile et de l'équipement spécialisé peut encore représenter une lourde charge pour les familles. Ignorer ces facteurs socio-économiques risque de conduire à une compréhension incomplète et biaisée des véritables motivations derrière les demandes de MP.

Remettre en question l'argument de l'« euthanasie d'exception »

La SLA est couramment citée comme l'une des pathologies justifiant ce que qui a été désigné sous le terme d'euthanasie « d'exception », en invoquant les principes d'égalité et de non-discrimination face à la MP. L'argument principal avancé est que le recours exclusif au SA, qui exige l'auto-administration d'une substance létale, créerait une « sous-classe » de patients parmi ceux présentant des déficits moteurs des membres supérieurs, les rendant incapables de réaliser cet acte par eux-mêmes. Ainsi, l'euthanasie devrait pouvoir être proposée dans ces cas spécifiques pour garantir une égalité d'accès à la MP.

Il faut souligner que dans les pays ayant légiféré en faveur d'une MP uniquement par suicide assisté, cet accès à l'euthanasie d'exception n'existe pas. Il est également avancé que le recours exclusif au SA pourrait inciter des patients à se suicider prématurément, par crainte de perdre la « fenêtre » pendant laquelle ils sont encore physiquement capables d'administrer la substance létale.

---

amyotrophic lateral sclerosis in the Netherlands : a population-based cohort study, *Lancet Neurol.* 2023 ;22(7):591-601.

1. L.H. Wang, M.A. Elliott, L. Jung Henson et al. Death with dignity in Washington patients with amyotrophic lateral sclerosis, *Neurology.* 2016 Nov 15 ; 87(20):2117-2122.

2. M. Gourie-Devi, R. Gupta, V. Sharma et al. An insight into death wish among patients with amyotrophic lateral sclerosis in India using "Wish-to-Die Questionnaire", *Neurol India.* 2017 ;65(1):46-51.

Bien que cette question soit souvent présentée comme un simple problème technique, elle soulève en réalité des enjeux éthiques majeurs. Pour de nombreux soignants, la MP est perçue comme une rupture avec l'éthique du soin, une fracture encore plus profonde lorsqu'il s'agit d'euthanasie. Celle-ci impliquerait en effet que le soignant devienne l'exécuteur direct de l'acte provoquant la mort du patient, ce qui est inacceptable pour une majorité de professionnels de santé. Un sondage réalisé chez des soignants impliqués dans les soins palliatifs a révélé que la grande majorité (97 %) s'opposent fermement à l'euthanasie[1].

Dans un article récent publié dans *The Lancet*, nous avons remis en question l'argumentaire pour l'« euthanasie d'exception » en soulignant qu'il s'agit davantage d'une construction théorique que d'une réalité clinique[2]. En phase terminale de la SLA, la survie des patients dépend dans la grande majorité des cas d'une assistance respiratoire. Ces patients peuvent choisir de refuser ou d'interrompre cette ventilation, ce qui les place dans les critères de la sédation profonde et continue (SPCD). Dans les rares cas où le support respiratoire ne serait pas nécessaire et où les patients souffriraient de déficits moteurs importants, le SA resterait techniquement possible grâce à l'utilisation de dispositifs adaptés. Il peut s'agir de seringues modifiées, de pailles, ou encore de perfusions activées par capteur cutané ou par mouvements oculaires. Une étude menée dans l'État de Washington a d'ailleurs montré que les déficits moteurs des membres supérieurs ou les troubles de la déglutition n'ont pas été dans la pratique un obstacle insurmontable à la réalisation du SA[3]. Aux États-Unis, cela a récemment fait l'objet de discussions, notamment après le dépôt d'une plainte en août 2021 auprès d'un tribunal fédéral, réclamant une assistance partielle à l'auto-administration pour des patients atteints de maladies neuromusculaires en phase terminale. La question est de savoir si un patient peut accomplir tout le processus lui-même, de la préparation à l'ingestion de la substance létale. Certains cas montrent que les patients ont parfois besoin d'aide pour des tâches comme préparer la drogue létale ou appuyer sur la seringue. Il a été proposé une réinterprétation du SA, introduisant le terme « auto-administration assistée »,

---

1. G. Economos, P. Moulin, É. Perceau-Chambard, et al. Legalised active assistance in dying : palliative care stakeholders' national e-consultation, *BMJ Support Palliat Care* 2023 ; published online April 13. https ://doi. org/10.1136/spcare-2022-004081.

2. P.F. Pradat, S. Piazza, C. Fourcade, P.F. Perrigault, Exceptional euthanasia : a theoretical construct or medical necessity ?, Lancet. 2024 Apr 13 ; 403(10435):1443.

3. Wang LH, Elliott MA, Jung Henson L et al. Death with dignity in Washington patients with amyotrophic lateral sclerosis, *Neurology*. 2016 ; 87(20):2117-2122.

précisant qu'elle ne devrait jamais consister en l'exécution complète de l'acte, mais permettre une aide minimale permettant de le finaliser[1].

Pour une réflexion éclairée sur la SLA et la mort programmée

Alors que la France poursuit le débat sur la MP, il est crucial de reconnaître la diversité des expériences des patients atteints de SLA et les réalités cliniques associées. Des données factuelles et des analyses cliniques rigoureuses doivent être rassemblées pour éclairer toute décision législative.[2] Les récits simplistes qui réduisent la SLA à une justification pour la MP risquent de mener à des politiques ignorant les avancées en matière de soins et la diversité des expériences des patients. La responsabilité de ceux qui s'expriment publiquement est primordiale, car leurs paroles touchent des patients et des aidants en situation de vulnérabilité, qui mobilisent toute leur résilience pour affronter la maladie. Certains discours caricaturaux, souvent prononcés avec légèreté, ne prennent pas en compte la détresse psychologique qu'ils peuvent engendrer chez les patients et leurs proches, comme nous le constatons régulièrement dans nos centres de soins. La SLA ne devrait jamais être présentée comme un argument incontestable justifiant la MP ; au contraire, une approche équilibrée, centrée sur des soins palliatifs complets et le respect des normes éthiques, doit constituer le fondement des avancées législatives.

---

1. L. Shavelson, T.P. Pope, M.P. Battin, A. Ouellette, B. Kluger, Neurologic Diseases and Medical Aid in Dying : Aid-in-Dying Laws Create an Underclass of Patients Based on Disability, *Am J Bioeth*. 2023 ; 23(9):5-15.

2. P.F. Pradat, S. Piazza, C. Fourcade, Evidence Before Action : The Essential Search for Evidence-Based Principles in France's Assisted Dying Legislation, *J. Palliat Me*d. 2024 ; 27(4):445-446.

Paul-Henri Wicky
Médecin réanimateur, Paris

EXISTE-T-IL UNE AIDE À MOURIR EN RÉANIMATION ?

Enjeux et places des traitements autour de la mort

L'aide active à mourir questionne le positionnement des soignants dans tous les lieux de l'hôpital où ils sont confrontés à la mort, et a fortiori en réanimation. Les représentations des soignants risquent d'être bouleversées par l'utilisation de ce nouveau concept. À ce titre, nous proposons de resituer la place de la personne malade en réanimation, et les enjeux qui y sont spécifiques[1]. Il faut évidemment préciser les distinctions importantes existant entre « l'aide active à mourir » et la « limitation ou l'arrêt de thérapeutiques actives » (LATA) aboutissant au décès, alors que la vie se termine. Nous tenterons d'explorer les enjeux des décisions adoptées autour des traitements qui accompagnent le décès, et comment ils sont impactés par cette législation.

Le péril de l'autonomie en réanimation à la fin de la vie : rôle du tiers

Les unités de réanimation privent souvent les patients de l'utilisation du langage, tous les langages, non seulement verbal. En effet, l'administration d'une sédation, nécessaire pour tolérer les soins invasifs potentiellement inconfortables, entrave la possibilité de la personne malade à exprimer ses besoins. Cette difficulté de communication peut envahir le champ des relations interhumaines à toutes les étapes de la

1. Débat national sur la fin de vie : interrogations de la Commission d'éthique de la SRLF, 27 janvier 2023.

vie, au point de devoir nous amener à les repenser selon une « philosophie du soin critique » développée par Flora Bastiani[1].

Satisfaire une volonté au moment où les perceptions et capacités de communication se trouvent neutralisées par l'imminence de l'interruption de la vie, peut constituer une opposition à dépasser. L'enjeu de ce que peut être la maladie se redéfinit donc pour le patient, avec les proches et soignants, mais bien souvent sans lui. C'est ici que se placent la désignation de la personne de confiance, et l'expression des directives anticipées.

Bien qu'elles soient toujours respectées et dictent les décisions des soignants, elles peuvent révéler des discordances dans la compréhension qu'en ont les soignants[2].

Une parole émise par le passé a-t-elle encore la même valeur au moment du péril de la vie, que lorsqu'elle a été prononcée en bonne santé ? Le refus d'un état de dépendance est-il toujours supérieur au refus de la vie, si on ne sait comment elle pourra être vécue ? Il ne semble pas réaliste de pouvoir répondre à ces incertitudes sans partage et collégialité, sans donner du temps à la réflexion. Le péril de l'autonomie de la personne, dans la façon d'aborder la mort, devra donc créer un espace suffisant pour un tiers. Des difficultés existent, du point de vue de la réanimation, sur la meilleure façon d'accompagner ces proches au-delà de la séparation et le deuil, parfois jusqu'au-delà la mort[3].

Ingérence profane dans les décisions de limitation des thérapeutiques en réanimation

Les progrès de la médecine contribuent à l'idéal d'une vie vécue toujours plus longue, rejetant la possibilité de la mort à un terme lointain. Ici s'ancrent des croyances et des représentations qui peuvent constituer des freins. Les difficultés dans l'acceptation (par les proches) des décisions d'arrêt de certains « traitements de support » (par les soignants)

1. Bastiani F., *Philosophie du soin critique, Penser la relation en réanimation, en soins intensifs et dans le prélèvement d'organes*, Paris, Vrin, 2024.

2. Ferrand E., Lemaire F., Regnier B., Kuteifan K., Badet M., Asfar P., et al., Discrepancies between perceptions by physicians and nursing staff of intensive care unit end-of-life decisions. Am J. Respir Crit Care Med. 2003 May 15 ; 167(10):1310–5.

3. Kentish-Barnes N., Meddick-Dyson S., A continuum of communication: family centred care at the end of life in the intensive care unit. Intensive Care Med. 2023 Apr ; 49(4) :444–6.

– comme la dialyse, la ventilation, ou d'autres techniques – sont conditionnées par la diversité de ces représentations[1].

Des « pulsions » de vie peuvent s'opposer à la perception inverse du refus obstiné de continuer chez les soignants[2]. Le bien-fondé du soin devant une fin inéluctable révèle parfois une opposition, malgré la garantie des volontés du patient garanties par la loi du 2 février 2016 créant de nouveaux droits en faveur des malades et des personnes en fin de vie. D'une part, les soignants défendant un refus raisonnable – « non-déraisonnable » – de poursuivre la vie. D'autre part, les proches s'opposant à cette démarche perçue « d'abandon de la vie ». Ces derniers invoquent plus fréquemment le recours au droit, instaurant parfois un climat presque conflictuel. Or, les raisons aboutissant à la prise de décision de LATA sont souvent à chercher dans les spéculations sur l'avenir du point de vue du soignant. Face à l'effet des machines et des perfusions, faire comprendre que la vie et la mort ne peuvent être perpétuellement maîtrisées peut susciter des obstacles. Pourquoi cesser de vouloir faire fonctionner les « organes artificiels », qui maintiennent la vie en réanimation ?

La temporalité des décisions à prendre complexifie parfois la réponse apportée à certaines incertitudes. Chez les proches notamment, la souffrance est souvent liée à l'attente, surtout quand la temporalité reste floue, mal explicitée (« on se laisse du temps… »). Elle risque parfois de fragiliser la confiance accordée aux soignants. L'enjeu ne sera alors plus tant de réduire ces incertitudes, mais surtout de les intégrer dans la délibération, afin de proposer une attitude appropriée et collectivement acceptable. Une réflexion éthique objective et bienveillante – à l'égard des patients, proches et soignants – préside à la mise en œuvre de ces décisions lors des réunions collégiales multidisciplinaires encadrées par la loi[3].

Cette médiété n'investit pas le dispositif d'aide active à mourir tel que proposé. L'obstination, qui pourrait avoir cours dans la démarche d'une personne malade à vouloir se donner la mort, ne devrait pas se soustraire à une évaluation collégiale bien conduite. Quand il s'agit d'aboutir à la mort, toute personne qui a recours aux soins ne peut être isolée. Il en est de même pour un tiers qui doit répondre à cette demande. Le poids de la

1. Lepresle E., Comment tenir compte de la diversité culturelle en réanimation ? *Réanimation (*2010) 19, 273-279.

2. Grosset M., « Les pratiques médicales de fin de vie à l'épreuve du droit », L*es cahiers de la justice*, 2017/3 : 427-431.

3. Robert R. Histoire des limitations et arrêts thérapeutiques en réanimation. *Médecine Intensive Réanimatio*n, vol. 3, 1/2024 :15-22.

décision n'incombe pas aux personnes directement concernées, car cela rendrait inéquitable la relation qui conduit au choix ultime, en risquant de leur faire vivre une sorte de « double peine » : celle de la responsabilité de terminer la vie, et celle d'avoir opté pour le mauvais choix. Le cheminement de ceux qui sont concernés, est difficile à obtenir. Il est d'autant plus difficile de faire comprendre ces décisions de terminer ou poursuivre la vie en réanimation, quand la situation est stabilisée sous l'effet des techniques de suppléance sans laisser entrevoir de tendance vers la survie ou le décès (cf. infra). Le suivi psychologique des aidants et des soignants fait l'objet de problématiques non résolues, et pointe la difficulté de gestion de cette souffrance vécue avant la mort[1].

Le choix obstiné et l'autorité du soin

L'obstination pointe usuellement l'attitude des soignants dans la persuasion qu'un malade puisse in fine guérir par un traitement, pourvu qu'on le préserve de la mort par d'autres moyens. On fait communément l'usage de ce vocable dans le cadre de la réanimation, car on a tendance à considérer que l'obstination réanimatoire est celle qui maintient artificiellement la vie, jugée futile. En fait, l'obstination devient-elle plutôt raisonnable au contraire, quand elle propose un accompagnement éclairé par l'usage adéquat de la sédation, pour soulager les symptômes et accompagne jusqu'au décès. L'obstination à guérir s'établit en fait bien en amont : au sujet d'un nouveau traitement à essayer, une procédure à tenter, pour laisser des options, de l'espoir.

Le choix « obstiné » concerne parfois une autre situation, celle où le libre arbitre peut encore opérer, avant qu'un événement soudain et grave survienne. Doit-on toujours aller plus loin et utiliser la réanimation pour éviter le décès, pour « passer un cap » ? Ce n'est donc pas à la réanimation qu'on doit s'adresser en priorité, mais bien plutôt à l'ensemble des acteurs intervenant à des moments clés dans le parcours de soins – c'est précisément ce qui est fait dans le cadre réunions collégiales multidisciplinaires.

Face à l'expression d'une volonté, plusieurs positions pourront s'exprimer. En réponse à celle du patient autour des possibilités de guérison

1. Sharshar T., Grimaldi-Bensouda L., Siami S., Cariou A., Salah AB, Kalfon P., et al., A randomized clinical trial to evaluate the effect of post-intensive care multidisciplinary consultations on mortality and the quality of life at 1 yea, *Intensive Care Med,* 2024, May, 50(5) : 665–77.

et des soins à recevoir, la position d'un tiers peut être tantôt déstabilisante, tantôt rassurer[1]. Celle des soignants n'a pas vocation à empêcher l'espoir d'exister ; elle œuvre pour la guérison, et pondère l'espoir et gère les incertitudes.

Les décisions d'instaurer ou de suspendre une thérapie qui pérenniserait inutilement un état non souhaitable, invitent aussi d'autres spécialistes à une réflexion profonde, à se prononcer sur les issues plausibles, notamment avant l'arrivée en réanimation. À quel terme les effets des traitements pourront-ils être vérifiés, cela sera plus difficile à préciser quand les machines assureront l'homéostasie.

Que penser alors des personnes réanimées qui se situent entre les deux états de la vie et de la mort, alors que le « pronostic vital est engagé » et que les machines se substituent au dysfonctionnement des organes. Les patients – souvent inconscients – subissent la bataille de leurs organes. La réanimation mobilise des subterfuges qui dissimulent la mort sous une forme de vie apparente et figée : il devient alors délicat de percevoir si la guérison est encore possible. Comment sanctuariser la bienfaisance et le respect de la volonté de la personne, dans cette période où la réanimation vient prolonger l'attente d'une guérison ?

Face au péril de la vie, le libre arbitre cède sous l'autorité du soin, remplacé par le combat parfois obstiné de la médecine mené sur la maladie, et celui du soignant sur la déraison.

La mort accompagnée : tiers, proches et soignants

La personne dépossédée de ses facultés de discernement ne pourrait que s'en remettre à l'autorité des soignants. Ceux-ci ne peuvent pas néanmoins se substituer complètement à la personne, dont la volonté est portée par l'entourage, notamment par la personne de confiance. Que penser alors de la personne en état de vulnérabilité qui ne trouverait comme seule issue possible celle de se donner la mort sciemment plutôt que d'invoquer un processus de soins afin de poursuivre sa vie dignement ? Le médecin devrait-il remettre en cause son autorité devant le libre arbitre de la personne en toutes circonstances ?[2] Le progrès médical peut s'incliner devant la personne qui invoque un droit de mourir ;

1. Mazaud A. Fin de vie en réanimation : vécu et prise en charge des familles, vécu des soignants, *Jusqu'à Mort Accompagner Vie,* 2019/1, n° 136 : 95-106.

2. P-L Weil-Dubuc, Autonomie et protection : une opposition à dépasser, Espace éthique Île-de-France [Internet], 8 novembre 2016.

mais même quand la médecine n'aurait plus de réponse à apporter, l'environnement social de la personne peut critiquer ce droit.

On peut observer une dualité entre l'expression de la volonté de la personne souhaitant la mort et l'acceptation des soignants d'y répondre : les valeurs et enjeux du soin pourraient être en contradiction.

Ce qui symbolise l'espoir, la régénération, la vie possible malgré la maladie, butte sur l'injonction contradictoire de ne pas céder à l'obstination, en ne poursuivant les soins invasifs que jusqu'à un certain niveau d'engagement les soins invasifs. Ces circonstances suscitent une souffrance psychologique parfois difficile à surmonter en l'absence d'un accompagnement adapté. Elle peut conduire à un état de sidération et de stress qui laisse des traces durables : on évoque à ce propos le syndrome post-réanimation chez les proches comme un authentique syndrome de stress post-traumatique[1].

La perception des soignants ne doit pas qualifier d'inhumaine pour autant ce qui correspond à une mort naturelle. Celle-ci peut être perçue comme infligée par le retrait de la ventilation artificielle et l'administration d'une sédation profonde et continue pour assurer le confort. Une confusion doit être absolument évitée, car le décès peut en effet survenir dans un délai très court[2]. Les enjeux doivent être bien cernés, à travers une communication efficace et une formation soutenue à la gestion de ces situations, mais aussi une exigence d'humanité.

Recours aux soins et demandes de mort

Mettre en œuvre une décision de LATA, c'est accepter aussi la possibilité du maintien de la vie. Assumer ce choix impose une réflexion en amont, tenant compte de la volonté de la personne. Toutefois la demande de mort risque d'annihiler la justification de cette réflexion. Notre subjectivité avec pour souci la bienveillance oriente bien souvent le choix vers une acceptation par défaut. Une personne refusant la dépendance d'une dialyse renvoie à ses représentations d'un vécu corporel dégradé ; telle autre préférerait ne plus vivre, plutôt que de subir l'intrusion de dispositifs

---

1. Ramnarain D., Aupers E., den Oudsten B., Oldenbeuving A., de Vries J., Pouwels S. Post Intensive Care Syndrome (PICS) : an overview of the definition, etiology, risk factors, and possible counseling and treatment strategies, *Expert Rev Neurother,* 2021, Oct ; 21(10) :1159–77.

2. Le Dorze M., Barthélémy R., Giabicani M., Audibert G., Cousin F., Gakuba C., et al., Continuous and deep sedation until death after a decision to withdraw life-sustaining therapies in intensive care units : A national survey, *Palliat Med.* 2023 Sep ; 37(8) :1202–9.

(trachéotomie, etc.) avec la menace que représenterait leur défaillance potentielle. L'absence d'objectivation dans la réflexion conduirait donc au choix irraisonné, potentiellement délétère : c'est ce que nous enseignent les sciences comportementales, mais également l'étude des processus décisionnels à l'œuvre notamment chez les personnes victimes de dépression[1]. L'épuisement physique, psychologique et affectif peut conduire à ne pas vouloir subir davantage (« finir par être branché à des machines… »). Le refus des thérapeutiques actives révèle alors souvent une souffrance de la personne. Le risque est grand pour les soignants d'y trouver l'argument justifiant de proposer une solution de fin de vie, peut-être trop rapidement. Se réapproprier ce motif du « refus d'acharnement » comporte un risque d'erreur non négligeable. Accepter certains propos sans resituer le moment et le contexte dans lesquels ils sont tenus, ferait juger à tort que les soins engagés sont délétères et inappropriés. De même que les accompagnants familiaux, tous les tiers intervenant dans cette relation de la personne avec la maladie peuvent céder à la vulnérabilité et se résoudre sans autre débat au choix d'abréger la vie.

On peut donc s'interroger sur l'impact éventuel d'une demande d'aide à mourir sur le recours aux soins et dès lors sur les politiques d'admission en réanimation. Accepter cette demande n'impliquera pas nécessairement de s'opposer aux soins qui pourraient être engagés, mais justifie sans doute notre prudence. Des manœuvres de réanimation conduites à l'insu de la personne, ou un défaut de soins aigus par crainte d'entraver un projet supposé ou établi, mettent en cause leurs conséquences possibles.

Le décalage est évident entre le souhait d'une mort « contrôlée » par la personne qui en formule la demande, et la mort « refusée » quand elle survient au cours de soins visant la guérison. Les deux cas manifestent une forte demande de soutien qui intègre les objectifs de vie de la personne, ses difficultés affectives, physiques et psychologiques.

Enfin, un dernier enjeu concerne les nouvelles procédures d'accès au don d'organes lorsque la personne est décédée. La procédure connue sous le nom de « Maastricht III » a été développée pour accroître les possibilités d'accès aux greffons. Dans cette démarche éthiquement difficile, des études font apparaître que certaines réticences à l'acceptation peuvent être levées au moyen d'une meilleure communication[2].

1. Alacreu-Crespo A., Guillaume S., Sénèque M., Olié É., Courtet P., Cognitive modelling to assess decision-making impairments in patients with current depression and with/without suicide history, *Eur Neuropsychopharmacol,* 2020 Jul ; 36 : 50–9.

2. Le Dorze M., Barthélémy R., Lesieur O., Audibert G., Azais MA, Carpentier D., et al., Tensions between end-of-life care and organ donation in controlled donation after circulatory death : ICU healthcare professionals experiences, *BMC Med Ethics*, 2024 Oct 9 ; 25(1):110.

Le législateur va donc devoir tenir compte de la possibilité d'un prélèvement type « Maastricht III » pour une personne qui solliciterait une « assistance médicale à mourir ».

Le débat doit encore être approfondi pour permettre une prise de conscience collective. Il invoque une exigence de dignité, de construire cette « clinique de la dignité », proposée par Cynthia Fleury[1]. La délibération partagée permettra d'éviter la formulation d'une demande de mort comme l'expression d'un choix par défaut, dans le contexte d'une situation d'échec d'accompagnement de la souffrance.

Le concept « d'aide à mourir », dans la façon dont il peut constituer un soin, justifie d'être repensé. Parvenir à comprendre et à expliciter ces demandes d'aide constitue un objectif éthiquement justifié. En toutes circonstances, l'éthique des soignants doit garantir une fin de vie digne : il s'agit d'accompagner toute mort, en particulier quand elle est revendiquée comme le droit d'abréger la vie.

1. Fleury C, *La Clinique de la dignité*, Paris, Éd. du Seuil, 2023.

Daniel Loisance
Professeur honoraire de chirurgie cardiaque – Université Paris-Est Créteil Val de Marne, membre de l'Académie nationale de médecine

FRÉQUENTER LA MORT EN CHIRURGIE : ENJEUX DE PRÉSENCE ET D'ÉCOUTE

> Si les recommandations des sociétés savantes, établies par les spécialistes de façon consensuelle sur les données scientifiques bien établies sont une aide précieuse, l'évaluation de la personnalité du malade est plus délicate : l'intervention projetée qui apparaît scientifiquement souhaitable est-elle en réalité la meilleure option pour le patient ? Est-elle en réalité acceptable par le patient ?

Est-il souhaitable pour le malade d'aller plus loin dans l'escalade thérapeutique ?

Plus de quarante ans passés en chirurgie cardiaque m'ont permis d'acquérir une bonne expérience de la fréquentation quasi quotidienne de la mort.

Fréquentation quotidienne non parce que la chirurgie cardiaque expose à un risque de décès rapide considérable ; bien au contraire. Les progrès majeurs réalisés en anesthésie, en réanimation, en cardiologie, en chirurgie avec un geste plus sûr et plus précis ont permis de transformer ce qui était dans les années 1960 une aventure chirurgicale héroïque, extrêmement dangereuse pour le patient, quarante ans plus tard, en une procédure sûre, efficace, aux résultats reproductibles.

Fréquentation quotidienne de la mort parce que la chirurgie est aujourd'hui proposée à des patients en situation très préoccupante, sur le point de mourir, voire chez des patients ayant déjà fait de multiples épisodes d'arrêt cardiaque. En effet, l'insuffisance cardiaque grave qui était il y a cinquante ans une contre-indication à la chirurgie cardiaque, est devenue aujourd'hui une indication. Les malades les plus graves, les plus menacés d'un décès rapide sont désormais pris en charge par les services de chirurgie cardiaque. Ils peuvent bénéficier d'interventions de réparation des anomalies structurelles du cœur ou de procédures de remplacement de la fonction cardiaque défaillante, par une greffe cardiaque ou des techniques d'assistance et de remplacement mécanique. Quel que soit le projet de traitement, le risque de mort imminente reste à l'évidence très présent, et ce à tous les stades de la prise en charge.

Le questionnement éthique est dans ce contexte quasi quotidien. Les circonstances sont variables mais la réponse à ce questionnement est univoque : seule la présence physique du médecin auprès de son malade, l'écoute attentive du malade permettent la meilleure réponse à une question fondamentale : est-il souhaitable pour le malade d'aller plus loin dans l'escalade thérapeutique ou est-il préférable de le laisser partir en paix ?

Cela est vrai déjà lors de la discussion des options thérapeutiques : ce malade en choc cardiogénique est-il un bon candidat à la mise en place d'une assistance mécanique de la circulation, (un VAD [ventricular assist device] ou un cœur artificiel), ou d'une transplantation cardiaque, sachant que sans cette intervention, le décès est certain. Ou faut-il renoncer à toute intervention majeure, décider une limitation de l'escalade thérapeutique et réduire l'action de l'équipe médicale à l'accompagnement du patient jusqu'à la fin de sa vie ?

La décision, généralement collégiale, tient naturellement compte de données purement médicales mais aussi de la personnalité du patient, de ses souhaits, de la qualité de son environnement. Si les recommandations des sociétés savantes, établies par les spécialistes de façon consensuelle sur les données scientifiques bien établies sont une aide précieuse, l'évaluation de la personnalité du malade est plus délicate : l'intervention projetée qui apparaît scientifiquement souhaitable est-elle en réalité la meilleure option pour le patient ? Est-elle en réalité acceptable par le patient ? Ce qui est faisable, ce qui est même raisonnable aux yeux de l'équipe soignante est-il réellement souhaité par le patient ?

La réponse à cette question fondamentale ne peut venir en fait que d'un échange singulier entre le patient lui-même et l'équipe médicale. Ce qui impose une présence répétée auprès du principal intéressé. J'ai souvenir d'un nombre certain de situations où la décision légitime, car reposant sur une réflexion scientifiquement solide, allait être refusée par le patient. « Trop c'est trop, merci docteur mais laissez-moi tranquille, laissez-moi partir tranquille. »

Je me souviens d'un jeune homme greffé quelques mois plus tôt, réhospitalisé en unité de soins intensifs pour une nouvelle dégradation majeure, chez lequel les traitements les plus énergiques n'avaient plus aucune efficacité et pour lequel se posait l'indication d'une assistance circulatoire. À ma très grande surprise, il me dit : « Apportez-moi un poste de télévision et permettez-moi de suivre le match de la finale *de la coupe du monde de football...* » À cette époque, introduire un poste de télévision dans une chambre de l'unité de soins intensifs n'était ni prévu, ni autorisé. Finalement le poste a pu être installé, le malade a pu suivre le match. Il devait s'éteindre tranquillement peu après la séance des tirs au but...

Saisir au mieux la véritable envie de vivre d'un malade, de sa volonté de se battre pour garder la vie impose la présence, au contact de l'intéressé, du médecin responsable et ce à tout moment. Cette seule présence permet au malade d'être rassuré sur ses chances de survivre, remplace l'angoisse de la fin prochaine par l'espoir d'une amélioration. Cette présence est d'autant plus souhaitée et efficace que le moment est critique : le dimanche soir quand le va-et-vient des infirmières et des aides-soignantes est ralenti, que la seule présence médicale de la journée a été le passage toujours trop rapide du médecin de garde, pas toujours averti des singularités de chaque patient, pas toujours reconnu.

J'ai souvenir de ce malade survivant grâce à une machine d'assistance circulatoire qui, un dimanche soir, n'allait pas bien aux dires des infirmières : prostré et caché sous son drap, ne répondant pas aux questions, refusant le plateau-repas, paraissant « très mal ». Et pourtant, l'ordinateur qui surveille le malade et sa machine ne montre aucune anomalie ! Ces infirmières avaient appelé le médecin de garde qui lui-même avait prescrit des pilules, je ne me souviens pas lesquelles, et un rendez-vous avec le médecin psychiatre dès que possible le lundi matin. En fait, dès mon arrivée, le patient s'assoit facilement dans son lit et me dit « je n'ai pas besoin d'un psy mais de quelqu'un à qui parler » et « comment voulez-vous que le mange cette bouffe infecte ? »...

L'écoute est le corollaire de la présence

J'ai tout au long de ma vie à l'hôpital pu vérifier la fréquence de ce syndrome du dimanche soir et essayé de transmettre à mes élèves l'intérêt de la visite du dimanche soir, même quand on n'est ni de garde ni d'astreinte, quand retourner à l'hôpital voir un malade alors qu'il fait nuit et froid, que la vie familiale rend cette visite difficile, que l'administration hospitalière refuse le paiement des astreintes. Il faut vraiment être motivé pour passer outre toutes ces bonnes raisons de ne pas se déplacer, mais l'amélioration du moral du malade est une gratification suffisante. Observons que ce syndrome du dimanche soir a des formes cliniques multiples : il se reproduit à l'identique à 3 heures ou à 5 heures du matin.

L'écoute est le corollaire de la présence. Cette écoute est parfois difficile, le malade ne se livrant pas facilement, pouvant même tenter de déjouer la réaction du médecin. Il peut prêcher le faux, espérant ainsi améliorer son sort.

Une petite histoire illustre bien cette difficulté de la relation entre le médecin et son malade menacé de mort à court terme. Nous avions mis en place une étude de l'acceptation par les malades placés sous assistance circulatoire de cette vie totalement dépendante de la machine et ce de façon permanente jusqu'au décès sous machine ou jusqu'à la greffe cardiaque. Cette étude nous avait fait croire que les machines étaient parfaitement et facilement acceptées. En fait plus de vingt ans après, je reparle de cette étude à un jeune malade qui avait bien profité de la séquence assistance mécanique puis greffe cardiaque. En riant, il me déclare : « Je vous ai bien eu il y a vingt ans ! Vous vouliez savoir comment je vivais cette vie sous assistance mécanique. Je répondais dans votre questionnaire que tout était bien. En fait j'étais en permanence terrorisé par le risque de panne, par la prolongation de l'attente du greffon cardiaque. Mais je ne le disais pas. Je ne voulais pas vous fâcher. Je ne voulais pas prendre le risque de ne pouvoir bénéficier du premier greffon disponible… » Cette histoire illustre parfaitement la difficulté de la communication dans le contexte difficile de la mort prochaine.

L'expérience montre donc bien que la seule présence physique du médecin auprès de son malade et son écoute s'avèrent indispensables pour apporter un mieux-être à un malade en grande difficulté, *a fortiori* si le décès est proche. Cela montre que même si la décision médicale doit aujourd'hui être collégiale, la présence physique et l'écoute du malade lui-même sont essentielles. Un membre de cette équipe et pourquoi pas son responsable doivent être l'interface entre le groupe qui décide et le malade. Il n'y a rien de pire pour un malade que la succession d'intervenants qui lui interdit de lier une relation de confiance véritablement intime. Je suis bien conscient du fait que cette exigence du malade n'est pas toujours facile à respecter, surtout dans le mode actuel de fonctionnement des services hospitaliers.

Au total, la présence physique auprès du malade, et son écoute sont des pratiques indispensables, peu contournables dans la prise en charge des patients en état de fragilité, particulièrement lorsque le pronostic vital est engagé à court terme. Cette exigence fait toute la particularité mais aussi toute la grandeur du « métier » de médecin.

Jean-Marie Gomas
Gériatre, médecin de la douleur et des soins palliatifs[1 2]

PROCESSUS DÉCISIONNEL AU QUOTIDIEN : IMPORTANCE DE LA COLLÉGIALITÉ

Notre éthique, notre responsabilité, c'est de borner, de limiter, de prévoir, en fonction du réel clinique et des référentiels, et pas seulement en fonction du désir du patient (qui peut être inadapté au réel). Nous avons un devoir d'analyse de la demande du patient ou de sa famille ; mais il faut savoir dire non à une demande inappropriée. Ne confondons pas le processus de délibération avec la responsabilité finale de la décision. Des progrès doivent encore être réalisés concernant la maturation du pouvoir médical, à savoir vivre avec des soignants partenaires, pas seulement considérés comme des exécutants. Vouloir vraiment parler, se donner le temps, accepter d'entendre le contraire de ce que l'on pense…

Être soignant

Tout au long de notre vie de professionnel du soin, nos missions de soins nous font interagir avec autrui et nous obligent à décider, encore et toujours. Pour un professionnel de santé[3] en contact avec le malade, le fait d'être soignant implique que l'on *ne peut pas ne pas décider*.

1. Nous remercions vivement le docteur Pascale Favre qui a minutieusement relu corrigé et amélioré cet article.

2. À lire notamment : Gomas J.-M., Favre P., *Fin de vie : peut-on choisir sa mort ?*, Paris, Éd. Artège, 2023.

3. Dans cet article le terme « soignant » définit de manière générique « l'équipe médico-soignante », c'est-à-dire les médecins (prescripteurs) et tous les autres intervenants professionnels soignants (non prescripteurs). En effet le terme « para-médical » ne devrait plus jamais être employé. Définir les infirmiers et les aides-soignantes comme des « para-médicaux »

Ainsi faire la toilette de cette personne âgée au lit ou au lavabo n'est pas qu'une question de logistique ou d'organisation de l'équipe : cet acte revêt aussi une dimension éthique de la socialisation du contact, de l'autonomie, du face-à-face avec le miroir (période difficile pour bien des patients âgés qui observent l'altération de leur image...). Ou encore, décider de poser une perfusion tout à fait inutile pour le malade en fin de vie, mais réclamée avec insistance par une famille qui n'accepte pas la finitude, est une décision qui n'est pas seulement thérapeutique.

La décision n'est donc pas purement « médicale » (au sens de diagnostic médical, ou de dose de médicaments) mais concerne l'ensemble des actes de soins et leur multidisciplinarité.

Décider pour un soignant, c'est plus qu'une mission, c'est une sorte de devoir éthique.

Une décision toujours multifactorielle

Que nous soyons médecin, infirmier, psychologue, sage-femme ou aide-soignante, notre processus décisionnel est multifactoriel.

Structure psychique

Notre structure psychique est immédiatement à l'œuvre : elle est plus ou moins pragmatique, ou indécise, ou rapide, basée sur des mécanismes en partie inconscients. Nos mécanismes de fonctionnement dépendent en effet d'un « inconscient qui n'est pas stupide » comme le dit si finement Lionel Naccache[1]. Au fil de notre apprentissage, notre fonctionnement psychique élabore constamment des adaptations, dont certaines incorporent l'inconscient.

Notre rapport au monde est en permanence conditionné par notre adaptation psychique au stress, à la contrainte, ainsi qu'aux complexités créées par la maladie. Soulignons d'ailleurs qu'il est totalement impossible de prévoir toutes les complications potentielles pour un malade. Là réside toute la complexité de la médecine, ce qui explique que le professionnel de soins sera plus performant s'il « sait résoudre un problème » que s'il a simplement « accumulé les savoirs » sans

– c'est-à-dire non-appartenant à la "caste médicale" prise comme une référence – est un non-sens à l'époque de la collégialité et de l'interdisciplinarité (Gomas J-M, Conférence nationale de consensus sur les fonctions des infirmiers libéraux à domicile (Paris, FNI, 1996).

1. Naccache L., *Le nouvel inconscient*, Paris, Odile Jacob, 2006.

savoir raisonner. On touche ici à l'exigence de créativité si importante dans le monde palliatif, inventivité qui conditionne l'efficacité et la justesse des actions du soignant.

De plus, face à l'angoisse de mort de l'Autre, les mécanismes de défense du soignant[1] ont été parfaitement identifiés et confirmés[2] : mensonge, fuite en avant, fausse réassurance, rationalisation, évitement sont autant de mécanismes psychiques très opérants, très efficaces qui modulent le travail du soignant et sa décision.

Capacité d'anticipation

Le grand chirurgien Henri Mondor affirmait « qu'on ne trouve que ce que l'on cherche, on ne cherche que ce que l'on connaît, et l'on ne connaît que ce que l'on a appris »[3]. C'est dire à quel point notre structure psychique est dépendante de notre formation qui est le deuxième point essentiel de ce processus décisionnel. Il est illusoire d'espérer de la part de professionnels du soin une adaptation éthique pour leurs décisions alors même qu'ils ne connaîtraient pas les données de la clinique, puis les textes de base, leur décret de compétence, ou leur code de déontologie.

Par ailleurs, notre capacité d'anticipation et de compréhension des surprises cliniques est une opération extrêmement complexe qui a été éclairée par les progrès des neurosciences et de la psychologie cognitive. Ainsi « ce qui entre en jeu dans la micro-genèse de l'action, ce n'est pas simplement une accumulation d'énergie qui attend le moment opportun pour se dépenser, mais plutôt, avant l'occurrence de l'action, d'une intention, un contenu de sens qui fera que cette action n'est pas seulement un mouvement, un geste simplement moteur, mais justement une action visant un but. »[4] Ainsi le processus décisionnel du soignant s'enracine de manière complexe dans un ensemble d'éléments : sa structure psychique, son histoire, sa formation professionnelle, ainsi que les outils qui lui ont été communiqués pour savoir prendre une décision. Sur ce plan, la formation universitaire des médecins reste assez décevante (l'évaluation des connaissances y est menée par des quizz à réponses fermées, bien éloignées de la réflexion et de la gymnastique cérébrale indispensables à un processus décisionnel). Quoi qu'il en soit, on ne

---

1. Ruzniewski M., *Face à la maladie grave*, Paris, Dunod, 1994.

2. « Modalités de prise en charge de l'adulte nécessitant des soins palliatifs », (HAS 2002, mis à jour 2006).

3. Mondor H. (1885-1962). *Les Diagnostics urgents : Abdomen*, Paris, Masson, 1930.

4. Berthoz A., Petit J.-L., *Phénoménologie et physiologie de l'action*, Paris, Odile Jacob 2006.

peut pas toujours anticiper « l'inconnu » ou le « jamais vu » de mémoire d'homme : la canicule de 2003 [1] a montré les difficultés de la créativité dans ces situations extrêmes.

Connaissance des textes de bases régissant le soin

L'architecture des textes régissant le soin s'est complexifiée au fil des décennies. Si le code de déontologie des médecins dans les années 60 ne comportait que quelques phrases sur *le prendre soin*, sur l'interdiction de l'euthanasie et sur l'interdiction de l'acharnement thérapeutique, il était déjà notoirement ignoré des médecins.

La montée en puissance des processus d'accréditation et de contrôle qualité à partir des années 90 a conduit à de très nombreuses publications ; le code de santé publique s'est enrichi de balises et références dont certaines sont devenues opposables de fait.

Dans le même temps, la société contemporaine a été submergée par une quantité d'informations de plus en plus difficiles à intégrer et à rendre opérationnelles. Concernant le soin palliatif, les lois successives de 1999, 2002, 2005, et même 2016 restent mal connues et donc insuffisamment appropriées par le monde soignant[2]. Des enquêtes précises montrent qu'une proportion notable de professionnels connaissent mal les textes sur lesquels s'appuie leur exercice[3]. Par exemple sur 500 professionnels d'EHPAD et d'HAD interrogés, 24 % pensent que la personne de confiance *décide* du traitement en fin de vie si le malade ne peut plus communiquer (alors que ce rôle bien entendu n'est que consultatif) ; ou encore 66 % pensent que les directives anticipées ne concernent pas *que* la fin de vie. Concernant les données strictement thérapeutiques, des erreurs sont également relevées dans les réponses de 65 médecins : 13 % ne savent pas que l'effet de la morphine sous-cutanée dure 4 heures, 22 % pensent que les DA sont obligatoires à l'admission, et 38 % pensent que le malade doit être susceptible d'être réveillé lors d'une sédation profonde…

Devant de tels écarts avec les bonnes pratiques recommandées, on comprend pourquoi autant de patients ne sont pas convenablement pris en charge.

1. Gomas J.-M., *Contact*, n° 99, 2004, pp. 16-17.
2. Gomas J.-M., Favre P., *Fin de vie : peut-on choisir sa mort ?*, Paris, Artège. 2023
3. Gomas J.-M., Fossier, E. Hoffmann A., « Évaluation des connaissances de base en gériatrie et en HAD », Poster, Congrès national de la SFAP, Nantes, 14-16 juin 2023.

Aspects de la collégialité

Collégialité : fantasmes et réalités

C'est du domaine juridique que nous vient la notion de collégialité. Tous les efforts tendent à ne jamais[1] renoncer à la collégialité de l'instruction. Il s'agit d'un renforcement des droits des justiciables et d'une approche contradictoire de l'instruction. Elle constitue une garantie des droits de la défense[2].

La loi exige que certaines décisions de justice soient prises par plusieurs magistrats, lesquels, après avoir entendu ensemble les parties ou leurs conseils en leurs explications, statuent après un *délibéré collectif*. Il s'agit d'une règle qui, – hors le cas où la loi confère à une formation de juger « à juge unique » – doit être respectée sous peine de nullité du jugement rendu.

Dans le monde de la santé, la collégialité n'a été instituée que récemment. Le médecin dans sa toute-puissance prenait les décisions, souvent dans une royale solitude, un splendide isolement. Nous avons ainsi connu dans notre jeunesse ces visites du chef de service mandarin qui n'écoutait personne, ne consultait personne, et assénait des diktats décisionnels sans aucune concertation avec quiconque. Sans parler de la déshumanisation du monde hospitalier : l'auteur de ces lignes a connu le temps où l'on pouvait arriver dans un service le matin, sans même que l'on vous dise bonjour…

Spectaculaire progrès donc que cette montée en puissance de la vie d'équipe et de l'interdisciplinarité à partir des années 1980. À cette époque, sous la poussée notamment du mouvement palliatif[3] a été introduite une certaine visée éthique, laissant petit à petit plus de place à des embryons de collégialité. Un peu plus tard sont apparues progressivement les notions d'interdisciplinarité et de multidisciplinarité même si certaines spécialités médicales fonctionnaient encore en autarcie. Citons par exemple l'oncologie où la vie d'équipe se résumait à des discussions entre radiothérapeute, chimiothérapeute et chirurgien ! Sans soignant, sans médecin de la douleur, sans médecin d'approche globale…

Il a fallu attendre la loi du 22 avril 2005 relative aux droits des malades et à la fin de vie pour qu'intervienne la reconnaissance officielle de la

---

1. Loi n° 2007-291 du 5 mars 2007 tendant à renforcer l'équilibre de la procédure pénale.
2. Site *Vie Publique*.
3. Salamagne M., Hirsch E., *Accompagner jusqu'au bout de la vie*, Paris, Éd. du Cerf, 1992.

procédure collégiale[1], celle-ci ayant été renforcée par la loi du 2 février 2016 créant de nouveaux droits en faveur des malades et des personnes en fin de vie. C'est un acquis important de ce texte d'avoir insisté pour que l'équipe soignante, réputée être « le meilleur connaisseur de l'état clinique du malade », soit clairement instituée co-discutante lors de la procédure collégiale pour préparer la décision finale. Cet aspect n'est pas assez souligné : il est pourtant crucial, puisque les soignants ne sont plus simplement des exécutants comme ils l'ont été longtemps.

La vie d'équipe

> L'équipe de soins est un ensemble de professionnels qui participent directement au profit d'un même patient à la réalisation d'un acte diagnostique, thérapeutique, de compensation du handicap, de soulagement de la douleur ou de prévention de perte d'autonomie, ou aux actions nécessaires à la coordination de plusieurs de ces actes[2].

Cette structure d'équipe constitue un véritable défi : parvenir à collaborer avec des collègues différents aux formations diverses, tous ensemble au service d'un même « sujet de soin », le malade.

Reconnaître l'autre en le respectant de manière inconditionnelle n'est déjà pas simple, accepter d'être en interface et en complémentarité encore moins. Ceci nécessite un véritable travail sur soi-même.

La collégialité au sein de l'équipe oblige à prendre la mesure des individualités : le niveau d'études supérieures varie de 0 à 10 ans ; les outils psychologiques de mise relation avec autrui ont pu ne jamais être travaillés ou être toujours en cours d'une psychanalyse. Les tendances politiques vont de l'extrême gauche à l'extrême droite, tout comme les racines socioculturelles. Même remarque sur l'extrême diversité des exigences spirituelles des choix religieux, ou du rapport à l'argent ou à la sexualité.

Quant à la structure psychique, elle peut varier à l'infini, tout comme les pathologies familiales.

Au final, tout cela influence le rapport au temps qui passe et à l'angoisse de la mort de l'autre – sans parler de la sienne – et explique la

1. Loi n° 2005-370 du 22 avril 2005 relative aux droits des malades et à la fin de vie, art. 5 : « *Lorsque la personne est hors d'état d'exprimer sa volonté, la limitation ou l'arrêt de traitement susceptible de mettre sa vie en danger ne peut être réalisé sans avoir respecté la procédure collégiale définie par le code de déontologie médicale et sans que la personne de confiance prévue à l'article L. 1111-6 ou la famille ou, à défaut, un de ses proches et, le cas échant, les directives anticipées de la personne, aient été consultés.* »

2. Article L. 1111-12, CSP.

complexité des discussions d'équipe. Car certains choix sont éminemment personnels mais retentissent sur la réflexion collective, justifiant des grandes variétés de perception du réel.

Cet inventaire à la Prévert n'est pas qu'un jeu de mots : plus de 30 ans de poste de "chef d'équipe hospitalière" nous ont appris toute la complexité d'une vie d'équipe, chacun vit et s'adapte chaque jour pour faire vivre une vraie collégialité dans le respect d'autrui. Cependant pour qu'une vie d'équipe existe, l'expérience montre qu'il faut des règles du jeu. Les questions sont alors : qui les énonce ? qui les respecte (tous ou seulement quelques-uns) ? qui va exclure ceux qui détériorent la vie d'équipe et empêchent tout le monde de travailler ?

De plus qui coordonne le travail en équipe ? : un vrai chef (qui accepte que son équipe ne soit pas d'accord avec lui) ou un dictateur (qui ne supporte que son propre avis, de toute façon, à la fin de la discussion) ?

En fait ce serait un leurre de penser que la collégialité, pour exister, doit raboter les diversités. L'équipe n'est riche de ces inégalités qu'à la condition que chacun admette une complémentarité respectueuse.

La connaissance des textes réglementaires qui coordonnent les actions professionnelles en équipe est évidemment essentielle ; ainsi les infirmières doivent connaître leur code de déontologie[1]. Les aides-soignantes doivent utiliser des règles de délégation qui leur permettent l'articulation avec notamment les infirmières. Quant aux médecins, ils devraient davantage s'appuyer sur le magnifique code de déontologie médicale qui est désormais régulièrement adapté au temps présent et intégré au code de santé publique.

Des progrès doivent encore être réalisés concernant la maturation du pouvoir médical, à savoir vivre avec des soignants *partenaires,* pas seulement considérés comme des exécutants.

Vouloir vraiment parler, se donner le temps, accepter d'entendre le contraire de ce que l'on pense… Accepter de lire les publications des autres équipes, car je ne suis pas le seul à « savoir ». Vaste programme !

Seule une telle vision de l'équipe fait véritablement exister la collégialité. Quelques indicateurs d'une « équipe mature » en milieu hospitalier[2] ont été proposés en 2008 : au-delà du critère principal évident qui est que tous les soins soient correctement effectués à l'heure, et sans erreur, une équipe mature peut s'apprécier au travers d'éléments très pragmatiques. Lors des réunions : nombre de phrases interrompues

---

1. Nous avons montré en 2023 que 90 % d'entre elles ne connaissent pas les articles 21, 22 et 42 du code de déontologie qui conditionne leur exercice au quotidien.

2. Gomas J.-M., Congrès éthique hospitalière de Lille, 2008.

par quelqu'un qui coupe la parole, nombre d'interventions orales des aides-soignantes prises en compte et de prises de notes dans le dossier ; nombre de décisions prises par l'équipe en désaccord avec le chef [1] ; persistance de la qualité des soins… même lors d'un conflit d'équipe. La remise en question possible des pratiques doit être effective, tout comme l'identification des gratifications relationnelles et professionnelles. La stabilité de l'équipe s'apprécie par un turn-over faible (Legrand, 1999) et un faible absentéisme (bilan de la DRH de l'hôpital Sainte-Périne AP-HP, 2012). Enfin le nombre des publications cosignées effectivement par des membres de l'équipe soignante et pas seulement pas les médecins est un signe fort de vie d'équipe.

Il a été repéré aussi qu'une vie d'équipe mature permet d'affiner la communication lors des transmissions ou des contacts avec les familles. Ainsi des phrases maladroites ne sont plus entendues, du type : « J'sais pas, je n'étais pas là... », « J'sais pas, c'est pas mon roulement... ». À l'inverse on peut entendre : « Je ne sais pas, mais ne bougez pas, je vais me renseigner tout de suite... », « Ce n'est pas à moi de répondre à cette question, mais je vous entends et vous comprends, et vais trouver un médecin ou un cadre qui peut vous répondre... »

Interdisciplinarité

Les dernières décennies ont vu une accélération de la prise de conscience de l'interdisciplinarité, notamment dans des secteurs où elle était à peu près complètement absente en raison de la structure pyramidale de la décision médicale. En quelques années les référentiels de bonnes pratiques cliniques de la HAS, les recommandations des sociétés savantes ont intégré le fait que le médecin ne peut plus décider « tout seul », sauf urgence ou cas exceptionnels.

De manière logique cette exigence interdisciplinaire a été reconnue dans les textes, et jusque dans les modalités de financements qui y sont accolés.

Ainsi lors d'une HAD (hospitalisation à domicile), l'intervention coordonnée de professionnels de santé et du secteur social[2] prévoit au minimum 3 intervenants de disciplines différentes, proposées et tracées : psychologue, diététicienne, assistante sociale, kinésithérapeute, ergothérapeute… Le financement spécial dévolu à un patient en fin de vie en HAD

---

1. Gomas J.-M., « Bilan de l'outil DDE : décision après démarche éthique », Congrès national de la SFAP, 19-21 juin 2008.

2. Guide méthodologique de production du recueil d'informations médicalisées HAD. Publié au BO, applicable à partir du 1er mars 2024. Il constitue l'annexe III prévue à l'article 8 de l'arrêté du 23 décembre 2016 modifié relatif au recueil et au traitement des données HAD.

prévoit : des réunions de synthèse et de transmissions pluridisciplinaires, des protocoles de soin réévalués régulièrement (concernant la douleur, les pansements, le nursing lourd, l'abord psychologique, le contrôle des symptômes, les aspects sociaux, l'accompagnement famille) ; les soins mis en œuvre prévoient une prise en compte de la souffrance globale du patient ; un accompagnement du patient auquel peuvent participer tous les intervenants et en particulier les bénévoles, y compris le médecin généraliste – pivot du domicile.

La procédure collégiale

Définition dans le Code de santé publique

La procédure collégiale est une réunion d'équipe particulière qui se déroule de manière précise[1] et doit se réaliser quel que soit le lieu du soin (hôpital, ESMS, domicile)[2].

La procédure collégiale est obligatoire dans trois situations, lorsqu'il est envisagé :

– une sédation profonde et continue maintenue jusqu'au décès (SPCMJD) ;

– de ne pas suivre les DA (directives anticipées) d'un malade car elles sont inappropriées[3] ;

– de réaliser une LAT[4] (limitation ou arrêt de traitement) dont les conséquences sont majeures pour le patient.

Par ailleurs une procédure collégiale peut être également effectuée par une équipe dans d'autres situations complexes où un dilemme éthique rend la décision difficile. Dans ce cas, la collégialité de cette procédure représente un atout éthique supplémentaire afin de trouver la meilleure solution, ou du moins la moins mauvaise.

La plupart du temps le patient ne communique plus, mais des procédures collégiales peuvent intervenir s'agissant d'un malade qui communique encore et auquel on demandera donc directement son avis (par exemple à propos d'une sédation profonde).

---

1. Recommandations 2017 du conseil national de l'ordre des médecins sur l'application des Décrets n° 2026-1066 et 1067 du 3 août 2016.

2. Code de la santé publique, article L. 1111-4 modifié par Ordonnance n° 2020-232 du 11 mars 2020, ainsi que art. L 1111-13

3. L'arrêt du Conseil constitutionnel du 10 novembre 2022 (n° 2022-1022 QPC Affaire Zorah) à définitivement validé ces dispositions des DA.

4. Cf. *supra*.

Tous les médecins et soignants qui connaissent le malade, peuvent participer à la procédure collégiale sans exclusive de profession ou de fonction.

Le déroulement est précis :

1. Recherche par le médecin des souhaits du patient : échange avec le patient s'il communique encore ;

2. Si le patient ne communique plus, consultation obligatoire de ses directives anticipées et de sa personne de confiance. Sinon consultation souhaitable de la famille ou, à défaut, de l'un des proches. Soulignons que leur avis n'est que *consultatif* et ne constitue en rien une obligation pour le médecin[1] ;

3. Recherche par le médecin d'un médecin consultant (médecin extérieur au service, sans lien hiérarchique[2]) ;

4. Étape de concertation : réunion du médecin référent du malade et de l'équipe de soins, en vue d'une collecte d'informations et d'échanges. L'outil DDE (voir *infra*) est fort utile pour structurer la discussion interdisciplinaire ;

5. Avis motivé du consultant qui a pu assister à cette réunion, ou à défaut a consulté le dossier ;

6. Demande éventuelle d'un second avis par le médecin et/ou le consultant à un autre consultant extérieur ;

7. Décision finale motivée du médecin, prise en conscience (au vu des avis et des souhaits recueillis, y compris des directives anticipées) mais à justifier dans le dossier.

Seront tracés dans le dossier les principaux arguments ayant conduit à la décision, ainsi que le compte rendu du consultant.

Il faut noter que dans les projets actuels de loi relatifs à la mort programmée, l'ignorance du mécanisme comme de l'intérêt de la procédure collégiale est flagrante. Si le législateur de 2016 a su prendre la mesure de l'importance de la collégialité lors d'une sédation profonde, les approches législatives en 2025 – alors qu'elles devraient autoriser de « donner la mort » – semblent occulter cette dimension.

---

1. Heureusement ! En effet il existe un fréquent et important décalage entre la perception de la famille qui ne connaît pas ou peu les données médicales, et l'avis du professionnel de santé dont c'est le métier. La société contemporaine préoccupée par l'obsession du « respect de la parole » confond ici souvent la liberté d'exprimer son avis et son impact supposé obligatoire sur la décision. Si jamais un jour le législateur, aveuglé, arbitre que c'est la famille qui doit décider des thérapeutiques, les malades auront bien du souci à se faire !

2. Ainsi dans un Ehpad ou une HAD, n'importe quel médecin peut être consulté puisqu'il n'y a pas de lien hiérarchique.

Mener une discussion collégiale : l'outil DDE©

Cet outil, publié à la suite de l'enseignement de Nicole Léry[1], éprouvé dans de nombreux centres et par des années d'expérience, n'est pas une grille, une échelle, un score, mais une méthode de résolution de problèmes qu'il faut s'approprier en équipe.[2]

La DDE est une des premières méthodologies issues du monde palliatif publiée en langue française : elle vise à faciliter le travail collégial en équipe pour résoudre les dilemmes éthiques.

L'outil DDE est utilisé lors de l'étape de concertation de la procédure collégiale. La méthodologie en trois temps donne l'assurance de balayer tous les points essentiels et de donner de la place à une discussion multidisciplinaire dont l'importance est majeure.

La DDE se déroule en trois temps : un *inventaire*, suivi d'une *délibération*, conclue par une *décision.*

L'inventaire en équipe permet une étude des données concernant le malade (y compris consultation de ses directives anticipées et échange avec la personne de confiance), sa maladie (données clinique et scientifique), sa famille (prise en compte de sa systémique et de ses discours). Cet inventaire requiert la participation active des médecins, des soignants, en tenant compte du cadre des soins.

La délibération en équipe s'appuie sur cet inventaire et nécessite du temps, de la parole vraie ; elle permet une maturation des acteurs en étudiant les choix possibles et leurs conséquences

Enfin *la décision* peut alors intervenir : il s'agit d'une démarche pilotée par le référent, explicitée et devenant consensuelle pour l'équipe, sans la nécessité d'avoir obtenu une unanimité lors de la discussion. On organise l'annonce, on vérifie le consentement éclairé si le malade communique et on programme la réévaluation.

Ces trois temps peuvent sembler simplistes mais l'outil se révèle extrêmement efficace en équipe pour échanger, réfléchir et favoriser la maturation d'une décision qui s'imposera à tous puisqu'il s'agit d'aboutir à un consensus fort.

Notre éthique, notre responsabilité, c'est de borner, de limiter, de prévoir, en fonction du réel clinique et des référentiels, et pas seulement en fonction du désir du patient (qui peut être inadapté au réel). Nous avons un devoir d'analyse de la demande du patient ou de sa famille ; mais

---

1. Nicole et Louis Léry ont animé le centre de réflexion éthique SEL de Lyon.

2. Gomas J.-M., « La DDE, méthodologie de prise de décision », *La Presse médicale*, 30,19, 2001, (version 3 actualisée en 2016).

il faut savoir dire non à une demande inappropriée[1]. Enfin, ne confondons pas le processus de délibération avec la responsabilité finale de la décision.

Dix balises pour un processus décisionnel [2]

Toute décision médico-soignante devrait bénéficier d'une réflexion préalable selon les règles de l'inventaire éthique. Nous avions proposé dès 2010 quelques balises sélectionnées pour faciliter le cheminement. L'ordre de ces balises a été revu en 2025 à la lumière de notre pratique en vue de cette publication.

1 – Chaque patient est unique dans son histoire de vie, ses désirs, sa maladie, ses actes, sa mort. (C. Saunders). L'unicité de la personne et la singularité de chaque trajectoire représentent la véritable base de notre réflexion, le véritable socle de notre lien à l'autre, notre frère en humanité.

2 – Bonne distance ou bonne proximité ? En fait, il s'agit d'une juste *présence* à l'autre (E. Hirsch).

En effet le lien thérapeutique se noue dans une relation bijective médiée et soutenue par un regard respectueux, qui ne peut pas être qu'une question de distance physique.

3 – Il n'y a pas d'éthique sans délibération (Cath. Perrotin).

C'est bien dans l'échange interdisciplinaire, dans la remise en question de nos savoirs et de nos certitudes que peut se dessiner progressivement la décision la plus adaptée. Lorsqu'un dilemme semble apparemment appeler une réponse binaire, c'est que l'on a souvent oublié une des solutions.

4 – L'exigence éthique, c'est « avant », pas « après » la décision (J.-M. Gomas).

Il serait trop facile de vouloir réécrire les événements après une décision, l'évaluation *rétrospective* ne permettant pas de dire qu'une décision était mauvaise. Le jour où on l'a prise, à l'instant où on l'a évalué, c'était la meilleure ou la moins mauvaise, du moins si celle-ci a été prise avec des références compétentes.

5 – La discussion préalable est « multidisciplinaire », mais la décision finale est « mono disciplinaire » (J.-M. Gomas).

1. Boulanger A., Gomas J.-M., « Au nom de quoi peut-on refuser d'effectuer une demande d'un malade ? », Congrès national SFAP, Paris, 13-15 juin 2019.

2. Gomas J-M, « Dix balises pour aider à la décision en phase palliative », Poster, Congrès national de la SFAP, Strasbourg, 1-3 septembre 2020.

Vingt ans avant la mise en place de la procédure collégiale, le monde palliatif avait déjà bien compris l'exigence fondamentale de cet échange multidisciplinaire ; mais la décision finale, qu'elle soit thérapeutique ou d'un autre ordre, tient toujours de la responsabilité *d'une* discipline pour son application et sa responsabilité médico-légale.

6 – Il n'existe aucune garantie que la méthode de l'éthique clinique aboutira à un jugement certain. (D. Roy)

La démarche éthique n'est pas une science exacte, elle s'inscrit dans un ici et maintenant, dans un contexte précis. Elle ne fait pas disparaître l'incertitude.

7 – Une décision prise en équipe ne comporte en elle-même aucune garantie absolue de qualité ou de vérité. (R. Scherrer)

Leçon d'humilité à propos de notre travail d'équipe, qui ne doit pas nous empêcher de conduire le mieux possible notre discussion multidisciplinaire et d'utiliser avec détermination les outils méthodologiques disponibles.

8 – Une décision médico-soignante est un contrat à durée déterminée, impliquant toujours la prévision de sa réévaluation. (J.-M. Gomas)

Quelles que soient la situation médicale et l'évolution d'une situation, on ne peut imaginer que le temps qui passe ne vienne pas influencer la stratégie et la justification des traitements qui doivent être constamment réévalués suivant le contexte.

9 – Ce n'est pas parce qu'un traitement existe qu'il faut forcément le proposer. (M.-H. Salamagne)

Ainsi un traitement, certes existant, ne doit *même pas être mentionné au malade si la réflexion éthique préalable* à cette annonce conclue que ce traitement n'est pas justifié ou déraisonnable compte tenu de l'inventaire éthique. Cette balise éthique fondamentale permet d'éviter l'acharnement thérapeutique notamment.

10 – Le consentement éclairé ? « Parlons de l'éclairage » ! (Ch.-H. Rapin)

Toute thérapeutique annoncée médicalement, impose le consentement éclairé, du mieux possible en tout cas suivant le contexte. La famille, certes informée et accompagnée, ne prend pas la décision[1] car ce n'est ni son rôle, ni sa responsabilité, ni sa compétence.

Ce rapide aperçu du processus décisionnel, non exhaustif, souligne l'importance de la collégialité dans la qualité de la réflexion, ainsi que la

1. Jousselin C., Gomas J.-M., Lannoy J. Petrognani A., « Avec l'accord de la famille », *Revue de gérontologie*. 2010, 35, n° 4, p. 271-273.

nécessité de balises pour la décision. Sous l'impulsion notoire du mouvement des soins palliatifs, le monde de la santé et le législateur ont mis des années à construire cet édifice si important pour la vie d'équipe. Il met en évidence, *a contrario*, la désinvolture stupéfiante relative à cet aspect du travail des acteurs du soin des projets de loi actuels concernant une « mort programmée » (c'est-à-dire euthanasie et suicide assisté). Quand elle n'est pas délibérément supprimée, cette collégialité est tellement dévoyée que nous pouvons craindre, sur cet aspect également, une rupture délétère de la multidisciplinarité des soins.

ALAIN TOLEDANO
Cancérologue, professeur directeur de la chaire Santé intégrative au Cnam, président de la Société française d'oncologie intégrative et de l'Institut Rafaël

SACRIFIER L'OBSTINATION RAISONNABLE ?

Participer à une réflexion collective nous rend plus fort. Dans l'engagement, dans l'apprentissage, autant que dans les solutions d'amélioration trouvées, nos collectifs doivent se mobiliser, en particulier sur des sujets aussi passionnants que la fin de vie, en intégrant chaque sensibilité.

Pour de nombreux médecins et soignants, la fin de vie correspond à une période de vie dégradée dont l'accompagnement est un devoir. Alors que la fin de vie signifie la mort sur le plan sémantique, la période qui la précède, « la fin de vie », demeure de la vie. C'est précisément ce décalage entre une mort projetée par la médecine, pensée pour et souvent à la place des patients, et cette vie vécue voire ressentie « amoindrie » par les patients et leur entourage, qui cristallise des enjeux de considérations éthiques, philosophiques et juridiques.

Gérer l'incertitude en gardant l'espoir

La médecine a été préemptée par le progrès technique, alors que dans sa définition et ses missions originelles elle est l'ensemble des connaissances scientifiques et des moyens de tous ordres mis en œuvre pour soulager, prévenir et traiter les maladies, les blessures et les infirmités. Avec des mots on soigne, avec des mots qu'on ne prononce pas on fait du mal.

Souvent on a l'impression que la médecine ne peut rien pour un patient, beaucoup trop tôt, alors que soulager les souffrances psychiques comme traiter les douleurs physiques est médicalement à notre portée.

William Osler considérait que « la médecine est une science des incertitudes et un art des probabilités ».

Gérer l'incertitude en gardant l'espoir est un des contrats tacites que nous passons avec nos patients en cancérologie. Cette incertitude incombe beaucoup plus aux patients que la peur de mourir ou de souffrir submerge souvent. Mais, il y a également une incertitude que beaucoup de soignants ne gèrent pas réellement.

On a eu tendance à remplacer le temps par le terme, ce qui n'est pas vraiment quantifiable, par ce qui se note dans un tableur et s'évalue. La vie à court terme ou à moyen terme est caractérisée par un certain *a priori*, alors qu'on sait bien que le temps de vie restant est inconnu et peut souvent donner à lui seul le sens de toute une vie.

Les limites de la statistique devraient pourtant nous être familières. Combien de cas de patients guéris de maladies métastatiques nous suivons tous ! Il n'y a pas une semaine où nous sommes face à un patient qui a déjoué les pronostics statistiques. Cela devrait nous immuniser des *a priori* lorsqu'il s'agit de tenter de prédire le terme de la vie et dans quelles conditions.

Pour autant il est important de ne pas tomber dans les faux espoirs, ce qui n'est pas non plus acceptable pour les soignants que nous sommes. Entre les messages alarmistes et les présages faussement rassurants, il y a cet exercice du possible du juste milieu qui mériterait l'intérêt des « sécurisés par la statistique ».

Nous devons faire la différence entre un patient présentant ou des douleurs physiques sévères ou des souffrances. La douleur est un symptôme qui peut souvent être traité ; la souffrance a pour autre composante le désespoir. Les souffrances peuvent également être infligées avec des mots, prononcés ou pas, y compris dans des phases où le symptôme douleur est contrôlé.

Il nous incombe de partager des réflexions et des projections théoriques avec les patients en fin de vie, de nourrir leur imaginaire et d'apaiser leurs souffrances, de les aider ainsi à modifier leurs représentations mentales. La maladie incite à sacrifier le présent au futur. Faut-il encore qu'un futur puisse être envisagé.

La conscience de mourir d'un patient en souffrance peut s'atténuer transitoirement par un état de conscience modifié que des approches psychocorporelles de soins sont susceptibles d'induire. Ainsi, il n'est pas rare que la méditation, l'hypnose, la sophrologie, ou d'autres thérapies modifient la perception du monde d'un patient considéré en « fin de vie ».

Par ailleurs, il n'est pas rare que le patient demande à mourir et à fuir ce monde et cette vie parce qu'il n'entrevoit pas (et si souvent n'a pas eu l'occasion d'en parler) des perspectives permettant de vivre plus apaisé avec sa maladie (qu'elle soit curable ou non).

Déceler la revendication d'un patient demandant à mourir doit également nous animer. La vie avec des handicaps ne fait souvent pas partie de nos schémas mentaux. Il est fréquent que les patients demandant à mourir veuillent faire le deuil de leur vie passée en pleine forme, avant d'accepter secondairement, voire de souhaiter une nouvelle vie différente en l'envisageant avec de nouveaux équilibres. Ne pas l'entendre, et ne pas les accompagner dans ce chemin, ampute une part de notre contrat de confiance avec eux.

Cela doit bien entendu être mis en balance avec la nécessité de ne pas prolonger inutilement les souffrances infligées par une maladie incurable.

Le fait est que le médecin et l'équipe soignante ont un impact certain sur le désir d'un patient de continuer à se battre pour la vie.

Nous avons eu à lutter contre l'obstination déraisonnable et à faire accepter ce concept par tous, en oubliant souvent ce que doit être l'obstination raisonnable.

Le système de santé altéré, dans sa logique à l'acte et quantitative, souffre de ne pas se réinventer assez rapidement. Les soignants en pâtissent autant que les patients ; en témoignent de leur part de plus en plus de fatigue émotionnelle et d'usure de compassion. Les patients transfèrent aux soignants, par défaut de pouvoir le gérer seuls, leur traumatisme : il s'agit du traumatisme vicariant.

Un des corollaires de tous ces maux est l'induction chez le soignant d'un évitement protecteur, lorsqu'il s'agit de reformuler un projet de soins, un projet de vie. Des milliers de patients que nous avons pu recevoir pour un second avis médical, auxquels avait été conseillé d'accepter un projet de mort plutôt qu'une autre ligne de chimiothérapie ou un autre traitement expérimental, venaient chercher un espoir, un traitement, une raison de continuer à se battre pour vivre.

Shakespeare considérait que « mourir en combattant c'est la mort détruisant la mort, mourir en tremblant c'est payer à la mort le tribut de sa vie ». Les mécanismes de défense de soignants fatigués émotionnellement, usés, consistant à vouloir imposer un projet de mort aux patients désireux de raisons d'espérer, constitueraient en quelque sorte une façon de les « tuer » une deuxième fois.

Une nouvelle éthique du soin

Des nouvelles réflexions sur les postures de soins doivent émerger au regard de ce qu'enseignent les situations de fins de vie. Au-delà de la possibilité de guérir, nos devoirs et nos atouts dans le soin relèvent du temps qualitatif que nous donnons, de la considération, de l'écoute active, de la juste reformulation, de la mobilisation des ressources individuelles de chaque patient pour se sentir mieux. Nous avons également à prendre de la hauteur en tant que soignants, et à transmettre de nouveaux outils à nos patients afin qu'ils puissent mieux prendre le dessus sur le réel, penser à recourir aux ressources interpersonnelles et s'approprier les ressources structurelles. Entre eux, avec des mots ou non, ils savent souvent mieux communiquer et s'apaiser réciproquement. Au-delà du soin, chaque soignant doit contribuer à construire un système de santé amélioré, pour que nos dispositifs protègent et accompagnent mieux les personnes malades.

Notre société est basée sur une éthique de justice. Le droit dirige nos actions. De fait, nous sommes davantage soucieux des risques inhérents à nos responsabilités que d'exercer nos devoirs avec humanité et en responsabilité. Le devoir est plus que la responsabilité un engagement moral. Pour que cette exigence morale influe sur nos choix de société, il conviendrait de concilier l'éthique de justice avec l'éthique du *care*. Soigner l'autre, c'est en prendre soin.

Cette éthique du *care* témoigne d'attentions particulières, d'une disponibilité affective, de la responsabilité émotionnelle, de la valorisation du soi relationnel.

Intégrer la qualité de vie dans les réflexions sur la prise en soin des patients en fin de vie doit animer la communauté des soignants, notamment dans l'approche des soins palliatifs.

L'autonomie de la personne malade, la décision partagée ainsi que les nombreux défis éthiques auxquels confronte l'arrêt des traitements curatifs, voilà autant d'enjeux urgents qui suscitent des débats nécessaires. La portée à la fois humaine, éthique et sociétale de l'accompagnement en fin de vie doit viser à concilier innovations et dignité. Les expériences marquantes vécues par chacun nous renforcent autant qu'elles nous sensibilisent. Du dialogue à la communication, en passant par l'intégration des médecines complémentaires à la personnalisation des soins palliatifs, nombre de croyances et de cultures s'entremêlent pour façonner nos perceptions respectives. Modifier le cadre légal ou éthique relatif à la fin de vie, invite à explorer non seulement des aspects médicaux et techniques, mais aussi d'autres dimensions éthiques, humaines et culturelles de la fin de vie, favorisant ainsi un échange riche, nuancé, prudent et responsable.

Philippe Petit
Médecin spécialiste en santé publique, chargé des questions éthiques à France Cérébrolésion

RECOURS À LA MÉDIATION DANS LES SITUATIONS D'ARRÊT DES TRAITEMENTS POUR DES PERSONNES EN ÉTAT DE CONSCIENCE ALTÉRÉE DONT ON NE CONNAÎT PAS LA VOLONTÉ

Dans la majorité des cas, les décisions de limitation ou d'arrêt de traitement, pour les personnes qui ne sont pas en capacité de s'exprimer, et dont on ne connaît pas la volonté, sont prises en accord avec la famille du patient. Néanmoins, il arrive que la famille ne soit pas d'accord avec le projet de soins.

Une réflexion qui recherche le meilleur intérêt de la personne

Les avancées en neuro-réanimation et le développement des techniques d'assistance circulatoire ont fait qu'aujourd'hui il est techniquement possible de réanimer et de maintenir en vie des patients atteints de lésions neurologiques gravissimes, ou même en défaillance multi-viscérale sur des périodes prolongées. Si ces progrès permettent de sauver de nombreuses vies, la réanimation d'organe aboutit parfois à maintenir en vie des personnes atteintes de pathologies incurables, mais aussi à la survie de patients présentant des séquelles neurologiques majeures les conduisant à une vie végétative ou pauci-relationnelle. De fait, là où la mort s'imposait plus ou moins brutalement il y a encore quelques décennies, elle est souvent maintenant évitée immédiatement et survient après décision de limitation ou d'arrêt des traitements (LAT).

Dans la majorité des cas, les décisions de limitation ou d'arrêt de traitement, pour les personnes qui ne sont pas en capacité de s'exprimer, et dont on ne connaît pas la volonté (pas de directives anticipées ni personne de confiance désignée), sont prises en accord avec la famille du patient. Néanmoins, il arrive que la famille ne soit pas d'accord avec le projet de soins. Cette situation conduit alors à des discussions et à des interrogations éthiques qui permettent avec le temps de faire émerger une solution. Mais ce désaccord peut aussi évoluer vers un véritable conflit.

Plusieurs affaires médiatisées et judiciarisées ces dernières années nous ont montré à quel point ces conflits pouvaient être destructeurs et combien il est important d'empêcher la judiciarisation. Pour éviter l'escalade, il est nécessaire de comprendre les raisons de ces conflits, leur origine et ce qui les favorise. Il faut également sortir du questionnement « qui décide pour le patient qui n'est pas en mesure d'exprimer sa volonté ? », opposant famille et corps médical. La question n'est pas « qui », mais « comment ». Les soignants doivent se positionner en aidants, et établir une relation de confiance. En écoutant et en accompagnant les proches, ils doivent avoir pour objectif commun de s'accorder sur une décision qui réponde au mieux à ce qu'aurait souhaité le patient ou, en pédiatrie, à ce que des parents considèrent comme acceptable pour leur enfant et qu'ils soient capables de supporter. L'établissement de cette relation de confiance nécessite une implication forte des soignants dans la relation, la connaissance d'enjeux communicationnels, ainsi que le respect d'une temporalité propre à chaque cas.

Le manque de temps et de formation éthique des référents médicaux participe à la genèse des conflits dans ces situations complexes. De leur côté, les proches sont désemparés, tout d'abord sidérés par la brutalité d'un accident et dans l'incapacité d'entrer dans un raisonnement sur un arrêt des traitements quand la volonté de la personne n'est pas connue. Certains vont préférer laisser le médecin décider devant le poids moral de la décision. D'autres vont se révolter et protester contre une position médicale ressentie comme une décision imposée, ce qui leur est insupportable. Dans tous les cas il faut d'abord pouvoir accueillir la douleur qui doit s'exprimer. Et c'est seulement dans un second temps qu'une réflexion pourra s'engager sur ce que l'on pense que la personne elle-même aurait pu souhaiter.

L'intervention d'une équipe totalement indépendante, formée à la médiation éthique, en appui aux procédures collégiales difficiles, devrait permettre la résolution du conflit en évitant la judiciarisation. On peut évaluer le volume de situations à traiter par le nombre annuel de référés liberté (15 à 30 par an ces dernières années, majoritairement pour des patients en réanimation et présentant des lésions neurologiques).

Ne pas laisser dans un angle mort de la loi les personnes dont on ne connaît pas la volonté

Sur la base de ces constats, France Cérébrolésion (fédération nationale des associations de familles de traumatisés crâniens), la Société française d'anesthésie réanimation (SFAR) et la Société française d'accompagnement palliatif (SFAP) ont décidé d'expérimenter ensemble, de façon pragmatique, une proposition de recours à une médiation totalement indépendante. À l'instar des équipes mobiles de soins palliatifs, on peut imaginer – dans les situations où des tensions apparaissent entre l'équipe et les proches, ou la personne de confiance quand elle a été désignée, ou au sein même de la famille – de solliciter l'intervention d'une équipe externe de médiation pour accompagner la procédure collégiale dans les situations difficiles. Pour ce faire, les trois partenaires se sont associés à un réseau de médiateurs en santé expérimentés et formés à cette mission.

L'équipe de médiation, *a priori* composée d'un médecin et d'un non-médecin, aura pour objectifs de :

– contribuer à reconstituer la volonté du patient en s'appuyant sur le témoignage de ses proches ;

– faire participer la personne de confiance, les proches à une délibération collective avec les professionnels de santé ;

– faciliter les échanges entre la personne de confiance, les proches et les professionnels de santé pour dégager une position dont le fil conducteur serait de témoigner de ce que la personne aurait souhaité pour elle-même. Ceux qui l'aiment et partagent sa vie étant *a priori* les plus légitimes pour cela.

Il ne s'agit pas de concurrencer des dispositifs existants, en particulier les médiations gérant les difficultés de relation entre les usagers et le système de santé. Ce dispositif se veut une aide, externalisée et totalement indépendante des parties prenantes, sollicitée en appui à des procédures collégiales difficiles. Il ne s'agit pas non plus d'une expertise médicale du dossier mais bien d'un accompagnement des équipes et des proches vers une décision consensuelle. Un haut niveau d'expertise en médiation est requis car ces situations, bien que rares, sont humainement complexes et susceptibles de conduire à des procédures judicaires douloureuses dont personne ne sort indemne.

Ce dispositif garantit aux patients qu'en l'absence de dispositions spécifiques de leur part, leurs proches seront associés et leur témoignage pris en compte. Ces derniers seront guidés dans une réflexion qui recherche le meilleur intérêt pour la personne elle-même.

Pour les soignants, il permet de partager la réflexion dans une délibération associant les proches, permettant d'éviter l'installation d'un conflit chronophage, douloureux et perturbant pour les équipes.

Il vise à ne pas laisser dans un angle mort de la loi actuelle les personnes dont on ne connaît pas la volonté, en considérant que pour elles la compétence médicale suffit.

Par une écoute bienveillante il favorisera l'expression de la souffrance et préviendra la judiciarisation des conflits qui ne fait que renforcer les postures et les incompréhensions.

Il apportera du soutien aux soignants, souvent démunis et eux-mêmes en souffrance, à travers des compétences et de l'écoute, à même de désamorcer l'agressivité ou les attitudes perçues comme violentes par les proches.

Marie-Frédérique Bacqué
Professeur de psychopathologie, SuLiSoM, UR 3071 – Université de Strasbourg, directrice du Centre international des études sur la mort[1]

Yasmine Chemrouk
Chercheure associée, SuLiSoM, UR 3071 – Université de Strasbourg, psychologue clinicienne, CHU d'Orléans

Livia Sani
Chercheure associée, SuLiSoM, UR 3071 – Université de Strasbourg, psychologue clinicienne

APRÈS LA SÉDATION, QUE DISENT CEUX QUI RESTENT ?

Notre étude analyse les effets sur le deuil du conjoint atteint de cancer, de la sédation profonde et continue maintenue jusqu'au décès (SPCMJD) comparés aux effets d'une fin de la vie traitée avec des médicaments (antalgiques, sédatifs) permettant au patient de terminer sa vie avec le moins de douleur possible sans toutefois avoir donné son accord pour une SPCMJD.

Notre réflexion nous a conduites à considérer qu'en attendant qu'il y ait plus de psychologues dans les services d'oncologie et de réanimation, les sociétés pourraient procéder comme jadis à un apprentissage progressif de la mort et du mourir. L'andragogie de la mort commence par une éducation à la mort, dès le plus jeune âge. À la manière des Japonais, nous pourrions aborder à la maison comme à l'école, la question de la séparation puis de la perte.

1. À lire notamment : Bacqué M.-F., *Le deuil*, « Que sais-je ? », Paris, PUF, 8e édition, 2023.

Le terme de « sédation profonde et continue maintenue jusqu'au décès » n'est connu précisément que de 38,9 % des Français

Nous formons une équipe de psychologues hospitalières avec une expérience importante dans des services d'oncologie et d'hématologie qui accompagnent des patients jusqu'à la fin de leur vie. L'une d'entre nous témoigne, dès 1984, de sa pratique, dans l'émission produite par Emmanuel Hirsch sur France Culture « Euthanasie, pouvoir et dignité ». L'intérêt professionnel mais aussi humaniste pour les questions psychologiques, éthiques mais aussi d'accompagnement par les équipes soignantes est une dimension constante commune qui a motivé l'écriture de ce chapitre.

La période de la pandémie de Covid-19 nous a permis de réaliser une recherche originale en France. *Covideuil*[1], cette étude française puis internationale, nous a conduites à étudier les effets, sur le deuil des proches, de la perte d'une personne en l'absence de rites funéraires partagés. *Covideuil* a été implantée, sous notre responsabilité scientifique, dans différents pays, le Québec (Jacques Cherblanc, 2022), l'Italie (Ines Testoni in Sani et al. 2024-b), la Grèce (Lissy Canellopoulos, Koliouli et al. 2024) et le Mexique (Nicolas Kauffmann). Finalement, sous sa forme multicentrique, *Covideuil* a montré que l'équilibre psychosomatique des endeuillés était considérablement perturbé par les aspects inattendus, non préparés et coercitifs de l'épidémie sur l'accompagnement des malades et des morts (Sani et al. 2024-a-b). Des réponses quantitatives autant que qualitatives ont été apportées au moyen de différents auto-questionnaires (de santé mentale générale, de deuil traumatique et de croissance post-traumatique) et de trois entretiens approfondis successifs avec des personnes endeuillées pendant la période (mais pas seulement à cause du Coronavirus, puisque tous les mourants et les morts étaient frappés d'interdit d'accompagnement).

Nous avons alors décidé de poursuivre nos recherches par l'étude intitulée *Aftersedatio*[2]. Le protocole de recherche était très proche, mais

1. *Covideuil* est l'acronyme d'une recherche longitudinale mixte dirigée par Marie-Frédérique Bacqué et financée par l'ANR en 2021. Elle a réuni dix chercheurs dont Livia Sani et Yasmine Chemrouk et a permis d'analyser une cinquantaine d'entretiens d'endeuillés qui avaient perdu un proche lors de la pandémie pendant dix-huit mois.

2. *Aftersedatio* est l'acronyme d'une recherche coordonnée par Yasmine Chemrouk sous la responsabilité scientifique de Marie-Frédérique Bacqué. Financée par l'INCa, Institut National du Cancer, elle est encore en cours et réunit des services d'onco-hématologie et de soins palliatifs. 42 personnes ont été recrutées dans toute la France. Nous analysons encore les entretiens approfondis au moyen de l'IPA (Interpretative Phenomenological Analysis).

cette fois, il s'agissait d'analyser les effets sur le deuil du conjoint atteint de cancer (Sani et al. 2024-c), de la sédation profonde et continue maintenue jusqu'au décès (SPCMJD) comparés aux effets qui suivaient la fin de la vie traitée avec des médicaments (antalgiques, sédatifs) permettant au patient de terminer sa vie avec le moins de douleur possible sans toutefois avoir donné son accord pour la SPCMJD (Sédapall-V1, SFAP).

Notre étude s'avère d'une actualité cruciale en 2025 au moment où notre représentation nationale envisage de voter une proposition de loi portant sur l'aide médicale à mourir. En 2022, les directives anticipées ne sont remplies que par 18,2 % des Français (BVA Opinion, 2022). Le même institut BVA Opinion avait publié en 2019 que 13 % des Français de plus de 50 ans avaient rédigé des directives anticipées alors que 34 % de ces mêmes Français souhaitent les rédiger. Le terme de « sédation profonde et continue maintenue jusqu'au décès » n'est connu précisément que de 38,9 % des Français. Selon Carretier et al. qui ont commenté ces chiffres en 2023, les Français se sentent globalement peu concernés par la fin de la vie. La pensée à la mort est même très genrée. Les femmes y réfléchissent plus que les hommes. Un décalage entre le niveau d'information objective des Français sur la fin de la vie et leur perception est exprimé. Finalement, la « fin de la vie » est une expression polysémique que les Français ne s'approprient guère. Un déficit majeur d'information et de connaissances des Français est inégalement réparti et recouvre les inégalités sociales et territoriales de santé. Le profil des Français les plus intéressés par le thème de la fin de la vie est celui d'une femme âgée de 65 ans diplômée.

Quant à la « loi Leonetti » (2005) et la « loi Claeys-Leonetti » (2016), elles sont, aujourd'hui encore, peu connues. Bien que tous les Français n'aient pas l'unique ressource de terminer leurs jours dans un service de soins palliatifs, ces derniers restent en nombre insuffisant. La possibilité de réaliser une euthanasie ou un suicide assisté pour ceux qui le demandent est très controversée en particulier par les médecins et les soignants qui invoquent leur droit de retrait (Bacqué, 2023).

Population rencontrée pour l'étude Aftersedatio

Nous avons donc choisi de comparer deux groupes de conjoints dans *Aftersedatio*. Le groupe 1 est composé de 21 personnes dont le conjoint a

Nous étudions le processus du deuil des conjoints après la SPCMJD ou sans le dispositif de sédation mis en place après la loi « Claeys-Leonetti ». Toutes nos recherches sont acceptées par le Comité d'Éthique de la recherche de l'université de Strasbourg.

choisi la SPCMJD et le groupe 2, composé de personnes dont le conjoint est mort d'un cancer sans SPCMJD mais avec d'autres moyens de soulager la douleur et la souffrance (antalgiques, psychotropes).

Les cancers sont variés : leucémies, lymphomes, myélomes, cancers du poumon, du sein, du pancréas, du foie, colorectal, cancers du cerveau comme les glioblastomes, cancers de la peau.

Méthodologie de l'étude Aftersedatio

L'étude est longitudinale et mixte : quantitative et qualitative, elle porte sur trois temps, à trois, six et douze mois après la mort du conjoint. L'enquête remplie *online* comporte 107 questions autour des données socio-démographiques, du parcours de la maladie, des événements vécus et de l'expérience subjective du conjoint pendant les dernières semaines de vie de son malade.

Nos objectifs sont d'étudier les conséquences de la SPCMJD sur la santé mentale du conjoint (puisque nos deux groupes présentent des conjoints de malades atteints de cancer différant uniquement par le protocole de sédation), d'autre part, nous analysons à travers l'expression discursive du conjoint pendant un an, si les circonstances du décès peuvent influencer le processus du deuil (deuil traumatique, deuil prolongé[1]) et l'expérience subjective du deuil.

Résultats de l'étude Aftersedatio

Nos résultats sont nets concernant la nature traumatique du deuil : les personnes dont le conjoint n'a pas demandé la SPCMJD ont un score significativement plus élevé ($p < 0,05$) à l'échelle de deuil traumatique. Elles ont également un score de difficultés mentales au GHQ-28 plus élevé. En revanche, les personnes qui ont reconnu une pratique religieuse ont des scores significativement plus faibles aux échelles de deuil traumatique et au dépistage de troubles de la santé mentale.

Les analyses qualitatives montrent beaucoup plus la variété des difficultés qui jouent un rôle critique dans l'état psychique du conjoint. Son état d'épuisement physique et mental doit être pris en compte, son niveau de communication avec son conjoint, le soutien émotionnel et

1. Nos auto-questionnaires sont traduits et validés en français :
- le Traumatic Grief Inventory Self-Report Version (TGI-SR);
- le General Health Questionnaire-28 (GHQ-28) et
- le Post-traumatic Growth Inventory (PTGI).

affectif trouvé à la fois dans sa famille et dans l'équipe médicale et soignante. Enfin, nous avons relevé une différence significative lorsque le conjoint interviewé avait une famille avec des enfants. La charge de famille induit une tension plus grande et des scores de deuil traumatique significativement plus élevés que les personnes vivant seules.

La question de l'incertitude

Les entretiens avec les conjoints des personnes qui ont accepté d'entrer dans l'étude *Aftersedatio* apportent de nombreux éléments. Et tout d'abord une contradiction entre le souhait (parfois non partagé) du conjoint malade de recevoir la SPCMJD. Alors que les conjoints survivants se plaignent de l'agonie « longue, trop longue », ils vivent la décision de la SPCMJD comme trop rapide. Ils n'ont « pas eu le temps de se préparer » et, souvent, ils regrettent la vitesse de transformation de leur conjoint. Le regard, en particulier, du conjoint change, il devient « vide ». En analysant les entretiens par le moyen de l'IPA (Interpretative Phenomenological Analysis, Smith, Flowers & Larkin, 2009), c'est-à-dire en recherchant un sens à la tentative de donner un sens à son expérience vécue par l'interviewé, nous avons trouvé des thèmes et des sous-thèmes qui dessinent l'univers général du conjoint qui a perdu son partenaire avec ou sans protocole de sédation.

L'absence de demande de sédation a clairement des conséquences en termes de péjoration de la santé mentale et de nature du deuil (plus traumatique). Elle se traduit surtout par la nécessité de communiquer avec son conjoint malade. Dans la littérature anglo-saxonne, la préparation du conjoint à la mort de son proche est un facteur qui prédit mieux l'adaptation émotionnelle du survivant que l'intervention médicale spécifique (« caregiver preparedness for death is a more significant predictor of emotional adjustment than specific medical interventions »). En revanche, si la préparation est bien induite par l'équipe médicale qui souhaite respecter le secret professionnel mais incite les conjoints à partager leur décision avec leurs proches, cette préparation produit une ambivalence puisque certains conjoints reconnaissent qu'en fait, ils ne désiraient pas avancer la mort. « Il avait tout refusé, il m'a dit : "moi je ne veux pas être six mois dans un lit branché à des machines". Donc il avait tout refusé, ce qui m'avait fait pleurer parce que moi je voulais le garder plus, mais c'était son choix ». Ici le conflit entre les membres du couple est révélé : un non-dit persistait entre les époux, la femme souhaitait « garder » son mari encore un peu. Elle insiste alors : « je m'en veux pour la sédation. J'ai la sensation que la sédation a accéléré son décès... ». L'accusation de la conjointe est injuste selon nous. Elle n'a pas accéléré la mort de son mari, d'autant qu'elle y était secrètement opposée, cependant, cette manière de réagir est une tentative de maîtriser la situation. En croyant y avoir pris part, elle s'accorde un peu de contrôle dans une situation irréversible.

Notre point de vue de psychologue est que les conversations autour de la mort de la personne qui va être sédatée sont non seulement insuffisantes mais surtout insuffisamment approfondies. Dans nos analyses qualitatives d'entretiens de conjoints dont le partenaire atteint de cancer a été sédaté, nous relevons de nombreuses difficultés liées au passage incertitude/certitude. L'incertitude est-elle toujours source d'angoisse ? « Ce n'est pas le doute, c'est la certitude qui rend fou » écrit Nietzsche au sujet d'Hamlet dans Ecce Homo. En effet, dans le cas de la sédation pratiquée, le malade comme ses proches ont désormais l'assurance que la mort va survenir à coup sûr et bientôt. Or, si la mort était, grâce aux religions, emplie de toute une série de représentations, la science a vidé la mort de tout sens. Avec la fin des religions « Es gibt kein warum », il n'y a pas de pourquoi et il n'y a pas de parce que. Le sens spirituel de l'incertitude liée à l'absence de preuve de l'existence de Dieu, forçait finalement à croire obstinément à un avenir *post-mortem*. Ce sens a disparu avec l'avènement des sciences (Gori & Del Volgo, 2005) et de la recherche de preuves (*evidence based medicine or sciences*). La mort médicale n'est donc pas un concept, elle est l'archétype du *rien*. La définition médicale de la mort est opératoire en hématologie, elle se traduit par l'absence pure et simple du patient (Chemrouk, 2021).

Pour les médecins hématologues, la chance de survie existe même dans les situations dans lesquelles la mort est la seule perspective (Bastard et al. 2014). Les soignants refoulent en revanche les perspectives thérapeutiques devant la poursuite des traitements afin de ne pas reconsidérer les souhaits du patient et de ne pas être eux-mêmes confrontés à des espoirs inconsidérés (Beaussant, 2014).

Mais alors comment se préparer à ce qui est la certitude « la plus sûre » : la mort ?

Nous avons proposé une méthode de communication plus complète afin d'améliorer les conditions du mourir, que la décision de sédation ait été prise ou non. Nous ne critiquons pas en effet les difficiles conditions de mise au point des traitements antalgiques et sédatifs réalisées par les médecins et les soignants. Nous pensons qu'étant données leurs responsabilités, ils ne peuvent pas être formés en plus à la réalisation des entretiens approfondis nécessaires pour le dialogue autour de la mort. C'est pourquoi il nous semble fondamental d'accepter la présence de psychologues dont c'est le métier (Bacqué, 2022-a). Si la communication désigne la façon dont on transmet des faits (par exemple ses directives anticipées ou ses croyances), la parole, lorsqu'elle s'appuie sur la relation, permet une véritable intégration des étapes irréversibles à venir. Or, Le cadre de cette relation entre deux individus liés par un soin jusqu'à la mort peut seul permettre la narration de son histoire par le patient (Bacqué & Mertz, 2022). La narration est une manière pour un patient de se situer dans son identité, son groupe, son histoire de vie et la grande Histoire. L'identité narrative, ce concept de Paul Ricœur (1990), est issue de cette possibilité d'expression ou de parole rencontrant l'écoute du psychologue. Dans ces conditions, la continuité de l'identité (l'ipséité) sera obtenue au sein même de l'espace psychique créé par la relation avec le patient.

Une andragogie de la mort

En attendant qu'il y ait plus de psychologues dans les services d'oncologie et de réanimation, nous pouvons suggérer qu'à la place de faire appel à des spécialistes (il y avait les ministres des cultes jusqu'à présent), les sociétés pourraient procéder comme jadis à un apprentissage progressif de la mort et du mourir (Bacqué, 2024). L'andragogie de la mort commence par une éducation à la mort, dès le plus jeune âge. Dès l'âge de quatre ans, à l'école maternelle au Japon, il y a des « ateliers de vie », des activités qui permettent aux enfants de réaliser ce que sont d'abord des pertes mineures, puis des pertes irréversibles de petites choses importantes, puis la mort de petits êtres comme des animaux élevés en classe (Inoue, 2016). Après ces immersions diverses, la classe aborde la question du vieillissement des êtres et des choses. La séparation est connue au travers du divorce de certains parents (50 % des parents divorcent en milieu urbain). La mort des personnes âgées et éventuellement des arrière-grands-parents puis des grands-parents est alors traitée (la population japonaise a la plus grande longévité mondiale). Toutes ces thématiques sont accompagnées par les grands principes culturels japonais, spirituels et religieux.

À la manière des Japonais, nous pourrions aborder à la maison comme à l'école, la question de la séparation puis de la perte. Selon le développement cognitif des enfants, il est possible de donner plusieurs heures par année à ces aspects de la vie que sont les séparations, les pertes et les morts. Pour les plus petits, la culture commence par les contes et les mythes. Ceux-ci sont riches en histoires dans lesquelles la mort apparaît. Ces contes peuvent être repris tous les soirs avec les parents (la répétition des contes permet à l'enfant d'enregistrer les réactions affective et émotionnelles de ses parents lors de faits graves ou plus humoristiques).

Plus tard, à partir de six à sept ans, la conception de l'universalité et de l'irréversibilité de la mort peut être jouée ou simulée dans les jeux entre enfants. Il est important que l'enfant soit en relation avec autrui pour ces jeux. L'idée que les jeux vidéo pourraient remplacer ces jeux indispensables entre enfants semble totalement aberrante. Et pourtant, combien d'enfants actionnent compulsivement leur téléphone portable à la recherche de sites leur montrant des scènes de crime ou de violence ? La quête de l'horreur montre qu'un savoir sur la mort est manquant (Bacqué, 2004). À l'adolescence, les jeunes gens ont tendance à tester leur beau corps tout neuf en allant aux limites (de la mort). Ce sont ainsi tous les « *binge* » qui sont essayés (*binge eating, binge drinking*, etc.). Ces comportements excessifs montrent que les cadres de la vie ne sont pas encore intégrés. Les tentatives de suicide signent bien, à l'adolescence, une méconnaissance de la mort qui agit comme un attracteur fascinant. Une connaissance de la mort par des interventions au Collège et des discussions entre pairs limiterait bien des passages aux urgences hospitalières.

Enfin, les adultes bénéficieraient également d'interventions sur la mort dans le cadre de leur travail (Bacqué et al., 2022-b). Prenons le cas des agriculteurs (profession qui se suicide le plus), le cas des policiers avec leur arme de service, le cas des médecins en *burnout*. Toutes ces professions bénéficieraient d'interventions professionnelles sur les risques de leur métier (Berthod, 2011) et pourraient mieux parer une crise ou un changement d'orientation.

On le voit, la pédagogie de la mort puis l'andragogie de la mort sont des dimensions sociétales qui méritent une place de choix dans toutes nos sociétés humaines. Dans ces conditions, l'approche réelle de la mort serait facilitée et les décisions de la fin de la vie peut-être mieux partagées. Soignants et médecins seraient plus à l'aise face à la fin des traitements compatibles avec la qualité de vie. Les conséquences de choix terminaux seraient alors mieux appréhendées et mieux comprises par les proches. L'andragogie de la mort est à notre avis, l'une des disciplines à développer dans les années qui viennent au même titre que la médecine de pointe.

Bibliographie

Bacqué M.-F. (2004) L'horreur et ses représentations. *Lettre du GRAPE.* 56 : 31-36.

Bacqué M.-F., Mertz J. (2022) Parler améliore la vie subjective des mourants : revue de la littérature. *Médecine Palliative* 21,1 : 41-47.

Bacqué M.-F., (2022-a) Une mort incurable à éliminer ou à apprivoiser ? *Le Carnet PSY* (9) 257 : 4.

Bacqué M.-F., Kirakosyan, V., Haritchabalet, I., Dubasque, M., de Broca, A., Lombard, I., Leplus-Habeneck J., & Guillou P. (2022-b). Former à l'accompagnement du deuil : méthodes, publics, résultats. Intérêt de l'approche psychanalytique du groupe en formation. *Médecine Palliative.*

Bacqué M.-F., (2023) Comment penser la mort en France ? *The Conversation* 29 mars/2023: 1-7. https://theconversation.com/comment-penser-la-mort-en-france-200562

Bacqué M.-F., (2024) *Le deuil.* Que sais-je. PUF.

Bastard, C., Bordessoule, D., Casassus, P., Cahn, J.-Y., Ceccaldi, J., Colombat, P., Gervaise, S., Jaulmes, D., Marguerite, G., Marie, J.-P., Rochant, H., Sotto, J.-J., & Zittoun, R. (2014). « Les limitations thérapeutiques en hématologie : réflexions et propositions éthiques de la Société française d'hématologie », *Hématologie,* 20 (1), 12 – 21.

Beaussant Y. (2014). Spécificités et complexités de la prise en charge palliative en Hématologie. *Hématologie*, 20 (1), 138 – 144.

Berthod M.-A. *Vivre un deuil au travail.* La mort dans les relations professionnelles. EESP.

BVA Opinion. Les Français et la fin de vie. Rapport de résultats. Octobre 2022. *Fin de vie Soins palliatifs.* Centre National et le ministère de la Santé et de la prévention.

Carretier J., Gonçalves T., Altea A., Marsico G., Dauchy S. (2023), « Les Français et la fin de vie : état des lieux des connaissances et représentations des citoyens », *Médecine Palliative* (22), 6 : 329-348.

Chemrouk Y., *Conceptualisation de l'incertitude en hématologie : entre espoir et obstination déraisonnable ? Analyse phénoménologique interprétative de 12 entretiens auprès de soignants.* Thèse soutenue le 12 décembre 2021 sous la direction de M-F Bacqué. Université de Strasbourg.

Chemrouk Y., Hertzog S., Bacqué M.-F. (2022) « L'incertitude ou l'espoir ultime. Analyse phénoménologique interprétative du discours de douze soignantes en hématologie », dans *Analysis*, vol. 6, Issue 1 : 61-67.

Chemrouk Y., Le-Berre R., Peyrat-Apicella D., Sani L., Bacqué M.-F. (2024) "The violence of bereavement from the research psychologist's perspective", *Ethics and Social Welfare.*

Cherblanc J., Zech E., Gauthier G., Verdon C., Simard C., Bergeron-Leclerc C., & Bacqué M.-F. (2022). « Sociographie des ritualités funéraires en temps de pandémie : des rites empêchés aux rites appropriés », *Canadian Review of Sociology/Revue canadienne de sociologie*, 59 (3), 348-368.

Gori R., Del Volgo M-J (2005), *La santé totalitaire*, Paris, Denoël.

Hirsch E. (prod.) *Euthanasie, pouvoir et dignité*, Radio France, 10 décembre 1984, Paris.

Inoue, S. (2016) L'éducation de la vie (Inochi) au Japon, *Strathèse*, Varia, Strasbourg : Presses universitaires de Strasbourg.

Koliouli F., Canellopoulos L., Stasinopoulou I., Risvas C., Sani L., Bacqué M.-F. (2024), "Experiences of grief and mourning practices of Greek bereaved adults during the pandemic : A qualitative approach", *Death Studies*.

Ricœur P. (1990), *Soi-même comme un autre*, Paris, Seuil.

Sani L., Chemrouk Y., Lassagne B., Ngo Nkana M., Cherblanc J., Bacqué M.-F. (2024-a) "Impact of French lockdowns on bereavement experiences : Insight from ALCESTE analysis revealing psychological resilience and distinct grief dynamics amidst COVID-19", *International Journal of Psychology*. DOI : 10.1002/ijop.13267.

Sani L., Cape C., Merheb J., Poulin N., Lassagne B., Canet G., Lallemant M., Cherblanc J., De Vincenzo C., Testoni I., Canellopoulos L., Kaufmann N-T, Bacqué M-F. (2024-b) "The Absence of Funeral Rites as a Risk Factor for the French Bereaved Population", *Omega Journal of Death and Dying*. 2024 Aug 22 : 302228241276570. doi : 10.1177/00302228241276570.

Sani L., Chemrouk Y., Le Berre R., Ducos M., Peyrat-Apicella D. & Bacqué M-F. (2024-c) : "Exploring the grief journey of bereaved spouses : Insights into the impact of sedation within palliative care", *European Journal of Psychotherapy & Counselling*, DOI : 10.1080/13642537.2024.2384850.

SEDAPALL V1.0, site de la SFAP, 2017.

Smith J., Flowers P., Larkin M., (2009) *Interpretative phenomenological analysis theory, method and research*. Thousand Oaks : SAGE.

Danielle Cohen-Levinas
Philosophe, psychanalyste, professeure à la Faculté des Lettres – Sorbonne-Université

VIEILLIR. JE VOUS DIS QUE JE SUIS VIVANT

Le débat sur la fin de vie est une question qui porte en elle une gravité irréductible, d'autant plus essentielle qu'elle affecte la vie dans ce qu'elle a de plus sacrée. Il ne s'agit pas de vaincre la mort, cela n'aurait aucun sens, mais d'admettre que cette question va au-delà de la mort elle-même, qu'elle est encore ancrée dans le vivant. Certes, l'approche médicale est fondamentale. Rien ne peut être discuté ou débattu sans la présence des médecins, sans leur expertise, leur expérience et leur sollicitude.

C'est bien depuis ce *bout de course* que la vie prend tout son sens

Le 6 août 2022 mourait Yvette. Yvette était résidente d'un Ehpad parisien. J'ai appris la nouvelle une semaine après sa mort. Sa chambre avait été vidée, nettoyée, désinfectée, ramenée à un anonymat sans affect et déjà occupée par une nouvelle résidente. De la mort d'Yvette, personne n'en avait dit mot. Discrétion oblige. Quand l'ange de la mort se présente dans un Ehpad, il est de bon ton de lui laisser faire son travail, et une fois que le travail est accompli, de passer à autre chose. « On passe à autre chose… » : que de fois n'ai-je pas entendu cette expression proférée comme s'il s'agissait d'une maxime hautement philosophique, contenant une sagesse ancestrale. Comme si les vieilles personnes étaient des choses ; choses parmi les choses, et que leur mort ne faisait que confirmer cet état de fait. « On est bien peu de chose/Et mon amie la rose/Me l'a dit ce matin », écrit le poète Ronsard.

C'est que dans un Ehpad, la mort est un lieu commun – lieu commun rendu trivial de par l'absence de parole adressée. Le mot d'ordre général est de se taire. Hier un tel était en vie, aujourd'hui il ne l'est plus. Les résidents et les familles qui s'étaient attachés à celle ou celui qui est mort n'ont qu'à ravaler leurs éventuelles questions ou inquiétudes. La loi du silence est la Loi, au nom du respect de la sphère privée ; au nom d'une soi-disant éthique de l'intimité qui n'est pas plus éthique qu'intime, mais qui semble satisfaire au confort du non-témoignage. Ne pas témoigner de ce qui s'est passé ni de comment ça s'est passé. Ni vu ni connu. Un tel est mort, point final. On passe en effet à autre chose : autre politique d'accompagnement et de soins pour l'arrivant qui ignore tout de celui dont on tait intentionnellement le décès.

C'est que le mot « éthique » est devenu un mot-valise, dans lequel on range à peu près tout, en particulier le silence. Pourtant, ce que l'on appelle désormais le débat sur la fin de vie, mériterait que l'on réserve un autre sort aux personnes âgées, qui sont parmi les plus vulnérables et démunies. Tout, sauf le silence convenu.

Faut-il le rappeler ? Voir mourir des vieilles personnes, les assister ne devrait pas relever de la seule logique protocolaire, ou d'un seul cadre institutionnel régi par des règles qui font que chaque mort est indifférenciée, l'une succédant à l'autre sans que l'unicité du sujet qui meure ne soit maintenue jusqu'au bout. Voir mourir des vieilles personnes implique que le sujet mourant demeure une subjectivité à part entière. Être sujet, c'est encore être vivant, jusqu'à la mort et au-delà. Le personnel des Ehpad le sait, en particulier les infirmiers et les aides-soignantes, dont le dévouement est réel, voire exceptionnel. Au-delà du protocole, certes nécessaire, il existe une subjectivation de la vie, comme il existe une subjectivation de la mort, qui ne se réduit pas à appliquer ce que les instances décisionnaires appellent « les bonnes recommandations ». Nos sociétés modernes prétendent statuer sur la « fin de vie » comme si elles détenaient le secret de la meilleure manière de mourir, ou de la façon la plus efficace au regard des normes imposées par la société. Selon les critères évalués, on note que les vieilles personnes sont à peine mentionnées. Leur « fin de vie » est une question qui semble déjà réglée de leur vivant. La mort est un invariant depuis lequel on ne pense pas la vie, surtout lorsque celle-ci arrive en *bout de course*, à l'aube de la finitude d'une existence. Or, c'est bien depuis ce *bout de course* que la vie prend tout son sens, du moins sa signification authentique. Cette authenticité est comme bradée. Il y va d'un certain rejet de la condition humaine dans lequel la notion de « fin de vie » serait l'objet, selon les textes officiels de l'État, « d'une demande sociétale ». Nous connaissons les débats contradictoires ouverts par la Convention citoyenne sur la fin de vie, qui s'est prononcée en avril 2023 en faveur de l'ouverture conditionnée d'une aide active à mourir, autrement dit, pour le suicide assisté et l'euthanasie. « Aide active » : l'expression est saisissante, car elle dit sans équivocité le risque pris de cette fameuse « aide » qui peut varier d'un registre à l'autre, de l'aide déjà pratiquée depuis longtemps dans les services de soins palliatifs, à une aide qui ne dit pas son nom et qui consiste à abréger la vie, donc à accélérer la mort.

Dans ce contexte qui confine au nihilisme éthique, alors même que l'on ne cesse de répéter à saturation, comme le nouveau mantra légiférant sur l'euthanasie et le suicide assisté, que « l'aide active » est à la pointe de l'humanisme médical et d'une approche globalisante de « soins d'accompagnement », on voit mal quelle place est réservée aux vieilles personnes, ces subjectivités sacrifiées, ou du moins, ces subjectivités qui meurent un peu plus chaque jour et qui pour d'aucuns ont déjà quitté le rapport au vivant.

Dure leçon de chose et de vie

Car, ne nous méprenons pas, ce qui est désigné par « soins palliatifs » – que les 184 citoyens de la Convention citoyenne ont eu la sagesse de réclamer « pour toutes et tous et partout », considérant à juste titre que le cadre législatif actuel était insuffisant -, répond à une grille hiérarchique à l'intérieur de laquelle les vieilles personnes sont aisément extradées, dans tous les cas de figure, elles ne sont pas prioritaires. Beaucoup d'entre elles meurent à domicile, sans « aide active », démunies, dans la plus profonde indifférence ; ou en Ehpad, avec des moyens limités, y compris quand les dispositifs mis en place pour accompagner la fin de vie ont pour modèle un humanisme médicalisé : aider, mais ne pas accélérer ; accompagner mais ne pas abandonner. Dure leçon de chose et de vie, car les vieilles personnes sont la plupart du temps privées de leur libre arbitre, et les familles suppliantes sont éconduites sans précaution, non pas parce qu'elles sont une entrave au processus de fin de vie, mais parce que l'inexorable n'est pas un critère institutionnel. L'inexorable arrive parce qu'il doit arriver. La finitude n'appelle aucun affect particulier et l'empathie est un frein à la mise en œuvre des gestes et des protocoles que le personnel est sommé d'appliquer dès lors qu'une vieille personne commence à laisser poindre des signes avant-coureurs. Avant-coureurs de quoi ? De la mort qui vient alors même que le sujet tente désespérément, souvent dans le silence et la solitude, de dire qu'il n'est pas encore mort. On appelle cela « palier aux urgences », ou « au plus pressé ». Arrivé à un certain âge, la société considère que vous devez céder votre place aux plus jeunes. Au XXIe siècle, on décide de qui vivra qui mourra, et cette logique du choix binaire est normalisée, voire banalisée.

On se souvient des propos officiels qui circulaient durant l'épidémie de la Covid-19. Dans une première phase de l'épidémie, les personnes âgées à domicile ou en Ehpad, qui avaient contracté le virus, mouraient par centaines, sans oxygène, sans antibiotiques, en étouffant littéralement, en attendant le petit comprimé miracle qui les enverraient sans vergogne dans l'autre monde, mettant ainsi fin à une agonie inhumaine et au constat tragique que dans la plupart des Ehpad, il n'existe toujours pas de réanimation ambulante ; juste des soins palliatifs à minima.

Un sujet âgé mourant n'est pas vraiment une question à résoudre, encore moins à débattre dans les termes de la fin de vie. On touche ici à une limite : la limite de l'évidence. Car il est évident que plus une personne est âgée, plus ses pathologies sont lourdes, moins son mourir retient l'attention des instances publiques et politiques. Au mieux, il s'agit de l'accompagner pour que le passage de vie à trépas soit le moins douloureux possible ; au pire, on l'abandonne passivement à la mort qui vient dans la solitude de sa chambre, de son fauteuil ou de son lit. Sous les oripeaux d'une volonté de protéger nos aînés vulnérables, ourdit une réalité que plus personne n'entend discuter, à commencer par certains médecins coordinateurs, qui prennent beaucoup plus de temps à expliquer aux familles la raison pour laquelle elles doivent se préparer à la mort d'un de leur parent, plutôt qu'à mettre en place des conditions d'une existence apaisée, sécurisée ; des conditions qui soulagent les douleurs tant physiques que psychologiques, et qui allègent le désespoir occasionné par la grande dépendance au personnel soignant.

Ces médecins, sorte de Diafoirus contemporains, dont Molière aurait certainement fait son miel, vont jusqu'à dispenser leurs certitudes positivistes, à vous suggérer, voire vous imposer la conduite à tenir lorsque le jour J frappera à la porte. Vous avez beau leur expliquer qu'en attendant ce jour fatal, dont vous n'ignorez pas qu'il arrivera, votre mère ou votre père, ou les deux, sont encore en vie, et que c'est elle, la vie, qui requiert votre attention, vous êtes de facto renvoyé à votre belle ignorance et incompétence. Et vous avez beau leur dire que nul ne maîtrise la mort d'un autre, nul ne sait qui de chacun partira le premier, vous passez à leurs yeux pour un membre de la famille qui n'a pas ou ne veut pas couper le cordon ombilical. Bref, vous ne regardez pas la mort qui vient en face. Rien de très méchant au demeurant, car ces médecins coordinateurs dans des Ehpad font de leur mieux, ou presque. Ils s'appliquent par exemple à respecter le protocole ; le fameux protocole, dont on vous rabat les oreilles pour mieux dissimuler l'hypocrisie ambiante qui règne dans les institutions que dans le passé on appelait « Maisons de retraite ». Les familles dont soumises à une rhétorique institutionnelle qui corrompt le discours, non seulement sur la fin de vie, mais sur la vie tout court avant que le dernier souffle ne soit rendu par un de ces résidents qui n'a pas demandé à être là où il est, mais qui la plupart du temps n'a plus le choix. Comme si la vie qui dure, aux dépends des institutions et du corps médical, était devenu le problème auquel apporter des solutions. Soyons clairs, nos parents, nos proches vont mourir, alors autant le savoir tout de suite.

Les Ehpad sont des lieux de passage, et de vie à trépas, l'intervalle est ténu.

Je n'ai jamais vu autant de silences autour des personnes qui meurent que dans un Ehpad. Aucune annonce, aucune parole de consolation pour celles et ceux qui restent, aucun devoir de mémoire. Juste le passage de la vie à la mort, telle que la loi biologique de la nature l'impose.

On ne peut penser la mort que depuis la vie

Alors oui, Yvette. Je reviens à elle, le temps d'une parenthèse.

Aujourd'hui comme demain, une vieille personne s'en est allée. Derrière les murs calfeutrés des maisons où des femmes et des hommes finiront leur vie, il y a des centaines et des centaines d'Yvette à qui je veux rendre aujourd'hui hommage. Je veux leur rendre, l'instant d'un texte, leur sourire généreux, leur regard discret, leur voix fébrile et nuancée. Je veux leur rendre leur nom, leur restituer leur dignité et leur grâce. Elle disait être juive, d'origine hongroise. Elle m'aimait bien et moi j'aimais bien Yvette.

Elle est morte dans sa chambre, sans faire de bruit, tout doucement, sans déranger, sans crier gare. De faiblesse, d'épuisement, de colère, d'indifférence ? Allons savoir. C'est précisément ce que nous ne savons pas ou que nous ne voulons pas savoir, tant le grand âge accompagné de tout son cortège de solitude, d'abandon, de dépendance extrême nous effraie ; tant l'attente d'une mort désirée ou anticipée par l'institution nous accable, quand ce n'est pas une mort désirée ou attendue par la personne elle-même. Quiconque a poussé un jour la porte d'entrée d'un Ehpad sait jusqu'où l'hôte principal de ces lieux a le visage de la mort – si tenté que la mort a un visage. On appelle ça vieillir. Nous nous inscrivons dans un mourir qui aura toujours déjà commencé. C'est le sens même de la vie. Être vivant jusqu'à la mort signifie que nous avons un savoir inné de la mort qui vient. Comment le savoir médical peut-il entrer en dialogue avec ce savoir inné, presque animal ? Nous mourons chaque jour un peu, mais il est des mourir plus indignes que d'autres. Mourir seul, par exemple, parce que personne autour de vous n'a vu venir la fin ou n'a souhaité y prêtre attention. Mourir au quotidien. Seul un vivant peut dire « je suis mort ».

La question est vraiment sensible, car *mourir* au quotidien contient une éthique du temps qui doit pouvoir opposer des résistances à ce que j'appellerai le *mal mourir*. Mourir alors qu'on se sent vivant : « je vous dis que je suis vivant ».

La fin de vie, la fin d'une vie n'est pas négociable. Aucune vie ne se brade, aucune mort non plus. La vie la mort. Rien à faire, nous vivons avec.

D'où la nécessité, l'urgence de faire effraction, de rompre cette chaîne de solitude, de ne pas lui laisser le dernier mot, de ne pas laisser nos aînés mourir sans crier garde :

« Voici ! J'ai mis aujourd'hui devant toi la vie et le bien, la mort et le mal. » (Deutéronome, 30,15)

« J'en atteste aujourd'hui contre vous les cieux et la terre : j'ai mis devant toi la vie et la mort, la bénédiction et la malédiction ! Mais tu choisiras la vie afin que tu vives, toi et ta descendance. » (Deutéronome 30, 19)

Alors oui, bien sûr, il va de soi que les subjectivités vieillissantes que nous sommes aimeraient choisir la vie, mais en fait, ce choix n'est jamais assuré. Il y va d'un travail sur le vivant. Le désir de vie quitte souvent les vieilles personnes. Il n'est pas certain qu'elles fassent le choix de la vie ou qu'elles souhaitent même le faire. On appelle cela « se laisser mourir ». Les vieilles personnes se laissent souvent mourir, par dépit, par chagrin, par mutisme, par repliement, par sentiment d'inutilité, par refus de s'alimenter. La liste est longue, trop longue pour être citée. Ici, c'est un suicide volontaire ; là, c'est un suicide assisté ? Allons savoir. Il y va d'une opacité existentielle difficile à déchiffrer qui satisfait au silence des institutions.

Nous devons respecter ce choix, mais ne pas l'encourager ou le susciter. C'est là le tragique contre lequel il faut lutter, qu'il soit question de maladie ou de vieillesse, ou des deux. La vie, qui en définitive est une survie, n'est jamais acquise. On ne peut pas penser la vie sans la mort et on ne peut penser la mort que depuis la vie. Autrement dit, on ne peut pas penser la vie sans la possibilité de son interruption ou de son altération dans le quotidien – c'est-à-dire la maladie, ou le vieillir, précisément. Faire le choix de la vie, cela ne signifie pas qu'on ne sera jamais malade ou que nous pourrons retarder l'inexorable. Cela signifie que la maladie ou la vieillesse, potentiellement présente au cœur même du vivant, est constitutive de la vie elle-même.

Rappelons-le : le débat sur *la fin de vie* ne peut pas être aligné sur le débat sur *la fin de la vie*. Et c'est bien là l'écart infime de langage où se noue toute la différence.

MADJID SI HOCINE
Gériatre hospitalier

CE QUE NOUS DIT LA « FIN DE VIE »

Dans ce temps particulier du soin, de l'accompagnement et de l'approche psychologique pour la famille et l'équipe, la lenteur peut être une alliée. Elle peut toutefois être perçue comme une perte de temps, une source de souffrance inutile faute de culture et de ressources suffisantes pour la comprendre comme une condition essentielle au rite de passage. La gériatrie, singulièrement, spécialité récente du vieillissement de la population, a dû intégrer très vite que le narcissisme de la performance du médecin pouvait s'exprimer aussi dans la réussite d'un accompagnement vers l'issue terrestre finale.

« Mourir ainsi, c'est vivre ! »

J'appartiens à cette génération de médecins n'ayant pas reçu de formation réelle à la prise en charge de la douleur et ayant encore moins entendu parler des soins palliatifs.

Il fut un temps pas si lointain où était expliqué qu'il fallait respecter la douleur du patient car c'était un élément de surveillance… Un temps où les molécules dédiées à la prise en charge de la douleur étaient le paracétamol injectable (« le prodaf »), l'aspirine, les anti-inflammatoires en perfusion et la noramydopyrine ! Le Dolosal® s'administrait dans l'ombre… Je n'ai pourtant pas été sur les bancs de la faculté avec Hippocrate !

Je me souviens encore de cette consigne donnée quand j'étais jeune attaché, frais émoulu de l'internat, alors qu'un patient hospitalisé était visiblement proche de la fin et que personne ne savait comment limiter les soins (concept abscons alors que ce siècle venait de naître), d'inscrire dans le dossier la mention « DSLS » (« Dieu seul le sait ») à l'intention du réanimateur de garde s'il venait à être appelé pour qu'il ne fasse pas de soins inutiles.

J'ai découvert l'existence de soins dits palliatifs par le biais de la capacité de gériatrie à la toute fin des années 1990, à l'époque seule voie d'accès à cette spécialité naissante et singulièrement par un article de Renée Sebag-Lanoë. C'était la première fois où une tout autre dimension du soin s'offrait au jeune médecin que j'étais, et je me mis à apprivoiser des drogues que je serai amené à utiliser de plus en plus, le temps passant, l'expérience se faisant, les mentalités changeant et la transformation des patients hospitalisés venant (bientôt plus lourds, plus vieux, plus « poly-insuffisants »).

On oublie aujourd'hui ce qu'a apporté la loi 4 mars 2002 relative aux droits des malades et à la qualité du système de santé en transformation majeure dans la prise en charge. On a vu progressivement se libéraliser l'usage de la morphine qui est sortie des coffres-forts. Jusque-là, il était plus facile de se procurer de l'héroïne qu'une ampoule de chlorhydrate de morphine ! C'est à partir de ce moment qu'ont commencé à s'imposer plus largement la prise en charge des douleurs et surtout le souci de la dignité de la fin de vie. Cela ne veut pas dire pour autant que les choses se soient faites rapidement ou que nous soyons désormais dans une situation idoine. On se trouve encore aujourd'hui confronté à des prises en charge non conformes à ce dont devraient bénéficier nos concitoyens dont la vie s'achève. Mais grâce à ce changement législatif, ces préoccupations ont été plus rapidement prises en charge par les médecins même si cette dynamique a été plus longue à se lancer dans certains services de spécialités.

Les progrès accomplis sont immenses, contrairement à ce que l'on peut penser. Qui aurait pu croire en 2002 qu'il existerait un jour des équipes mobiles de soins palliatifs un peu partout ? Qui aurait pu imaginer qu'un chirurgien viscéral du haut de sa magnificence puisse aujourd'hui appeler naturellement le médecin de soins palliatifs pour lui passer la main ? Pendant longtemps, on ne se préoccupait pas de ces malades qui n'intéressaient personne ou si peu. La morphine ne s'employait que rarement, on avait peur en l'utilisant d'induire une dépendance ou de mettre les patients en péril en raison du risque de détresse respiratoire…

La prise en charge palliative a longtemps consisté à attendre la fin derrière un paravent. Ceux qui avaient de la chance bénéficiaient du « cocktail lytique » notamment dans les services de cancérologie dont on accélérait parfois le débit quand le coma durait trop longtemps. Il y aurait beaucoup à écrire en interrogeant la mémoire des infirmières et des médecins de cette époque « d'avant ». Ils parleraient sans doute de leur souffrance et aussi peut-être de leur fierté d'avoir su aller plus avant que ce que leur autorisait la loi, un peu comme ces « faiseurs d'anges » qui se proclamèrent comme tels dans le manifeste des 331 en 1973.

En ce temps-là on ne disait pas toujours la vérité aux malades, parfois à la seule famille dans un coin de couloir. La fin de vie rimait avec une certaine forme de gêne, de culpabilité sans doute. Sentiment d'échec car on n'avait pas réussi à sauver le malade ! Basculer de ce sentiment à l'acceptation que réussir une fin de vie était aussi important que de provoquer la rémission d'un mélanome métastatique a représenté une révolution. Pendant très longtemps nous avons été formés et programmés pour guérir le malade et on était bien loin de l'adage pourtant si juste « Guérir parfois, soulager souvent, consoler toujours ».

La gériatrie, singulièrement, spécialité récente née du vieillissement de la population, a dû intégrer très vite que le narcissisme de la performance du médecin pouvait s'exprimer aussi dans la réussite d'un accompagnement vers l'issue terrestre finale. « *Mourir ainsi, c'est vivre !* » comme le disait Kateb Yacine.

Réfléchir à se réapproprier la mort

Il est vrai que c'était plus facile pour nous qui avions vocation à s'occuper de ceux que nous appelions avec affection nos vieux ! Nous étions plus aisément dégagés de l'obligation implicite de réussite qui corsette beaucoup de praticiens, car le succès d'une prise en charge ne voulait pas forcément dire la même chose que pour eux. Le regard étant plus global, envisageant l'ensemble des dimensions la personne âgée, avec une appréciation du contexte et en particulier celle d'une espérance de vie plus courte à ces âges extrêmes. Notamment à l'hôpital qui a inventé bien avant tout le monde le tri sélectif pratiqué depuis toujours dans les services dits « porte » des urgences.

Je dois avouer aujourd'hui, l'expérience venant, que j'accorde plus d'attention à un malade en fin de vie qu'à un insuffisant cardiaque en poussée, et le matin aux transmissions avec les infirmières je m'enquiert en premier de l'efficacité de la sédation d'un patient plutôt que de la saturation en oxygène d'un insuffisant respiratoire… La gériatrie a considérablement modifié pour moi et nombre de mes collègues les hiérarchies d'importance. La réussite de ces prises en charge est devenue chez moi presque une obsession.

Ces incontestables progrès ne doivent pas faire croire que la situation est réglée ou se réglera par une loi supplémentaire aux trois lois fondamentales déjà en vigueur (2002, 2005, 2016). La société de plus en plus technique et désacralisée, notamment en France, pays de tradition chrétienne où seuls 6 % des catholiques fréquentent régulièrement l'église, a désormais un problème avec la souffrance, ce qui est naturel, mais également avec la mort. L'absence d'espérance d'un au-delà réparateur prive d'une consolation évidente. Les croyants acceptent forcément beaucoup mieux la mort en raison d'un « après » porteur d'espérances.

On a coutume de dire que la mort a été évincée de la vie moderne, les cimetières autrefois au centre des villes sont désormais en périphérie. Plus de 40 % des Français choisissent la crémation. On ne veille plus les morts depuis bien longtemps, plus personne ne porte le brassard de deuil et la confiance dans le progrès médical est telle que des familles peuvent exprimer leur étonnement quand elles réalisent que la fin de leur proche est imminente. Désormais la plupart des Français ne voient leur premier défunt que tardivement compte tenu de l'incroyable allongement de l'espérance de vie. Tout cela est bien différent dans les sociétés encore « traditionnelles », à deux heures d'avion de Paris, où la mort est encore bien présente. La veillée est sacrée, tout le quartier ou le village y participe, se rend au cimetière, participe aux travaux pour le repas funéraire et le creusement de la tombe. J'apprécie ces veillées dans mon village de Kabylie où la mort est finalement joyeuse puisque tout le monde se retrouve, fait communauté, entoure la famille. Enfant, j'y accompagnais mon père qui considérait qu'il s'agissait d'un devoir même si nous étions des vacanciers de passage, et comme lui je me recueillais naturellement devant le défunt. Je mesure aussi la chance que nous avons en France où la critique est aisée, la satiété compliquée, de pouvoir bénéficier d'une prise en charge de la douleur et d'un accompagnement de qualité quand la maladie l'emporte…

Dans notre Occident moderne nous ne sommes plus préparés à la mort ! Quand elle survient, toute notre « toute-puissance technique et scientifique » montre ses limites et nous buttons sur l'écueil ultime. Nous qui vivons dans une société qui cultive à l'extrême la perfection des corps il nous faut alors supporter les chairs qui s'altèrent, les traits qui se creusent auxquels les socio-esthéticiennes qui interviennent en oncologie ou dans les Ehpad n'offrent qu'un sursis temporaire. Cette impréparation et ce « narcissisme » moderne, si on ajoute des soins palliatifs encore proposés parfois tardivement, parfois qualitativement perfectibles et pas partout accessibles quand on s'éloigne des grands centres, empêchent de « vivre » comme on le devrait sa mort et la mort de ses proches. C'est pourtant indispensable car cela fait partie de l'inévitable chemin vers la mort et le bien mourir. La mort est moins brutale quand elle est plus « familière ». Il est probable que l'ensemble de ces points participent à la demande d'aide à mourir ou d'euthanasie dans nos sociétés modernes. *A contrario*, on retrouve un état d'esprit bien différent dans les sociétés que l'on dit « traditionnelles », parce que Dieu y a encore une grande place, parce que l'accès à des soins techniques qui parfois nous font croire que presque tout est possible y est plus difficile voire impossible. L'expression « son heure est arrivée… » a encore tout son sens.

Il est donc probablement temps que notre société commence à réfléchir à se réapproprier la mort. Pour cela il faudrait en parler d'une manière adaptée dès l'enfance au collège peut-être et au cours de l'enseignement de philosophie, de sciences humaines et de littérature au lycée. Peut-être parviendrait-on alors à gagner du terrain face à cette appréhension. Peut-être arriverions nous aussi à accepter notre vieillesse, nos rides, nos incapacités croissantes, si naturelles mais en opposition avec les clichés de l'époque et qui sont l'équivalent de l'obsession de la ligne et de la chasse aux rondeurs physiologiques. Nous sommes – n'en déplaise à ceux qui ne comprennent pas l'époque – dans un temps où il faut redire les évidences que l'on croyait définitivement incrustées dans le marbre de l'héritage immémorial.

Reprendre conscience de ce que nous sommes

La fin de vie impose au moins deux approches. La première est technique, médicale, « fonctionnelle » imposant que soit mis à disposition partout (Ehpad, domicile, hôpitaux locaux et de proximité) un accès aisé :

– à une réflexion concertée, raisonnée et collégiale pour décider de la limitation de soins, de l'entrée dans une démarche terminale de soins ;

– à des professionnels formés, disponibles partout et à chaque instant, pouvant avoir recours à l'ensemble des moyens pour assurer un passage vers la fin digne et confortable, ce qui est encore loin d'être le cas, les exemples ne manquent pas…

Cela requiert une meilleure formation des soignants, une amélioration de la capacité d'anticipation et de repérage des situations précritiques.

Mais doit aussi coexister une seconde approche philosophique qui manque tant aujourd'hui. Qu'est-ce que la mort pour chacun d'entre nous, quelles questions éveille-t-elle ? Je l'ai constaté, l'accès à un psychologue formé aux soins palliatifs libère la parole, atténue l'angoisse et contribue à une certaine acceptation de la mort et des « inconforts » qui la précèdent. Les professionnels de santé sont sûrement ceux à propos desquels on se préoccupe le moins de mesurer leur rapport à la mort et aux morts (car elles sont toutes bien différentes) en dépit de son impact évident sur ce qu'ils vivent.

Travailler dans une unité de gériatrie aiguë, c'est être parfois confronté à des « séries » de décès de plusieurs patients en un ou deux jours, ce qui a un impact psychologique très fort. J'ai observé nombre de jeunes internes déstabilisés dans ces situations difficiles à vivre, ou se posant alors des questions sur leurs compétences. Les infirmières et les aides-soignantes qui ont une proximité physique pluriquotidienne avec les corps décharnés, douloureux, parfois malodorants, développent souvent des mécanismes de défense dont personne ne sait s'ils sont réellement efficaces (du reste, s'en préoccupe-t-on ?). Le décès de nos patients nous impose une introspection, consciente ou inconsciente, portant sur notre relation à la mort, avec parfois en arrière-plan une certaine culpabilité liée à ce que nous aurions pu manquer de faire pour éviter le décès ou s'agissant du retard de prise en charge palliative et de sa qualité. En bien des circonstances chacun doit se débrouiller seul avec ses questions, en dehors du recours possible à des comités d'éthique, à des formations ou à l'intervention de psychologues externes à l'institution.

De la même manière que la société, notre système de soins devrait réfléchir à trouver des accommodements raisonnables avec un phénomène archaïque presque désuet et naturel : la mort. Effort d'humilité, incontestablement. Il serait temps d'y travailler de la manière la plus simple pour favoriser une libre circulation de la parole dans chaque structure, de manière ordonnée et ritualisée dans le temps sous la forme de rendez-vous réguliers. Prendre une heure pour évaluer ce qu'a été le vécu des derniers décès comme on le fait avec les revues de mortalité et de morbidité (RMM) serait une bonne pratique. Cela valoriserait le travail d'accompagnement et son acceptation par les équipes : combien de fois n'a-t-on pas entendu dans les services de gériatrie : « C'est parce qu'il va mourir qu'on nous le met !… » Cette démarche aiderait sans doute à « purger » la souffrance sous-jacente et encore une fois trop souvent méconnue de ceux qui sont présents au cours des derniers moments, en particulier quand la nuit et les week-ends un médecin n'est pas toujours accessible pour majorer les prescriptions afin de prévenir des événements indésirables. Qui s'interroge à propos de l'impact du désarroi des personnels d'un Ehpad quand en plein mois d'août le corps du défunt reste dans sa chambre environné de ventilateurs pendant 24 heures faute d'un médecin pour signer le certificat de décès ?

Dans notre époque qui voue un culte à la vitesse de l'internet et des transports, à l'efficacité et à l'efficience, où tout se calcule, se mesure s'évalue, ne devrait-on pas accepter la lenteur indispensable au témoignage du respect et de la sollicitude ? Car on peut admettre que la demande d'euthanasie, celle plus triviale de « pousser la seringue », relèvent d'une impatience à en finir. Dans ce temps particulier du soin, de l'accompagnement et de l'approche psychologique pour la famille et l'équipe, la lenteur peut être une alliée. Elle peut toutefois être perçue comme une perte de temps, une source de souffrance inutile faute de culture et de ressources suffisantes pour la comprendre comme une condition essentielle au rite de passage. Il faudrait que les familles acceptent de faire confiance aux professionnels et que ceux-ci puissent être plus disponibles ne serait-ce que pour répondre à cette simple question : « Est-ce qu'il souffre ? » La certitude que ce n'est pas le cas permet d'accepter l'attente du décès sans en précipiter le cours. Elle est de nature aussi à limiter les demandes d'euthanasie et à rassurer les membres de l'équipe soucieux de la qualité de vie de la personne jusqu'à sa mort. La mort peut être lente à venir, mais peu importe si elle peut être considérée comme « réussie », c'est-à-dire qu'elle intervient dans les conditions de respect de l'intégrité de la personne qui bénéficie de présences et de soins attentionnés.

Que de chemin parcouru en environ un quart de siècle, mais pourtant combien sont encore nombreuses les insuffisances à combler ! Dans l'accès à des soins palliatifs conformes aux standards de la médecine et de l'époque, dans la disponibilité des lits en unité de soins palliatifs, dans la prise en compte d'un accompagnement digne jusqu'au terme de la vie. Ayons conscience du danger actuel, du risque que dans une période de contraction des ressources financières, les moyens ne permettent plus d'aller de l'avant dans l'engagement soignant. Il convient cependant de réhabiliter une démarche peu onéreuse, ne recourant pas à de grands moyens techniques ; celle que chacun d'entre nous doit consacrer à son approche de sa propre mort et de celle de ses proches. Cette réflexion doit retrouver sa place dans notre société. La fin de vie sollicite de notre part que nous reprenions conscience que nous ne sommes que des roseaux pensants, fragiles mais porteurs de valeurs d'humanité parfois quiescentes, plus vivaces et indispensables que certains l'estiment.

Véronique Lefebvre des Noëttes
Psychiatre et gériatre, Hôpital Émile-Roux, AP-HP, docteure en philosophie pratique et éthique médicale

GRAND ÂGE, VULNÉRABILITÉS ET DÉSIR DE MORT : QUELLES SOLIDARITÉS POUR DEMAIN ?

En ce qui concerne les personnes âgées, le suicide est plutôt l'expression d'une souffrance psychique que l'exercice d'une ultime liberté, et les demandes explicites d'euthanasie sont très rares et cèdent dès qu'une prise en charge adéquate est mise en place. D'une situation singulière et personnelle émerge une volonté sociétale de maîtriser l'immaîtrisable : la vieillesse et la mort, en médicalisant ce qui fonde notre humanité. Les personnes âgées nous disent leur peur de mourir et surtout de mal mourir dans l'abandon et la souffrance morale et physique. Elles ne nous disent pas leur peur de mourir quand les conditions d'un réel accompagnement sont réunies ; alors la mort est souvent attendue dans une relative sérénité.

Accompagner dans des conditions dignes les personnes âgées

Nous sommes toutes et tous vulnérables puisque nous naissons nus, sans défense, totalement dépendants et il nous faudra beaucoup plus que le gîte et le couvert pour vivre, mais bien de l'amour au sens d'*agapé*, celui qui donne sans condition, celui de nos parents, d'un soignant ou d'une personne suffisamment bonne, étayante et désirante dans son regard, ses gestes, sa volonté de nous protéger. Vulnérable vient de *vulnus* (qui peut être blessé) – nous sommes tous potentiellement soumis de la naissance à la mort à une blessure qu'elle soit symbolique, physique, psychique, émotionnelle ou sociétale. Mais il y a des situations de sur-vulnérabilités aux deux pôles de la vie : la naissance et la vieillesse.

Cette sur-vulnérabilité peut engendrer – du fait de la fragilité qu'elle provoque – des maltraitances, des abus de faiblesse, des assignations à disparaître parce qu'on se sent devenir une charge et que le regard sociétal vous réifie… : vous ne valez plus rien et coûtez cher. Le législateur a inscrit dans la loi pénale les facteurs aggravants de vulnérabilité que sont l'âge, la maladie, une infirmité, une déficience physique ou psychique, un état de grossesse. Notre solidarité ne devrait-elle pas se déployer afin de protéger les plus vulnérables ? Car c'est au nom même de cette solidarité qu'il deviendrait urgent de légiférer sur la fin de vie. Il faudrait le faire avant même de déployer les soins palliatifs pourtant inscrits dans la loi depuis 1999. La loi du 2 février 2016 créant de nouveaux droits en faveur des malades et des personnes en fin de vie n'est pas suffisamment connue et appropriée, notamment dans sa possibilité de pratiquer une sédation profonde et continue jusqu'au décès. L'accès aux soins de proximité, qu'ils soient somatiques ou psychiques, est dramatiquement difficile et nous attendons une loi grand-âge promise depuis des années. Quels sont les angles morts de ce projet de loi d'aide active à mourir ? Comment accepter que les psychiatres aient été écartés des débats alors qu'on ne peut dissocier souffrance physique et psychique ? Le grand âge est souvent synonyme de déficits, de pertes y compris de l'élan vital, et le long mourir en gériatrie paraît inutile et coûteux aux décideurs politiques et à la société. Nous interrogerons dans cet article ce désir de mourir au grand âge d'un point de vue psychopathologique mais aussi d'un point de vue sociétal. Quelles solidarités pouvons-nous mobiliser pour accompagner jusqu'au bout et dans des conditions dignes les personnes âgées ?

Grand âge entre peur de vivre et peur de mourir

« Il ne faudrait pas vieillir, la peau tombe, c'est la mort du corps avant la mort de la tête, c'est la dégradation ; moi j'ai peur de tout, j'ai peur de l'heure et du temps qui passe, il ne s'arrête qu'aux mauvaises heures… » me confie Germaine 89 ans, en fauteuil roulant totalement dépendante. La peur a une origine, une cause que l'on peut nommer, circonscrire : j'ai peur de tomber, j'ai peur de vieillir, j'ai peur de perdre la tête…, j'ai peur de mourir. La peur s'installe dans l'épaisseur de l'attente, et le grand âge est aussi le temps du « jamais plus » ; c'est le temps des deuils, des pertes, des chagrins, des séparations. Cet éprouvé ne sera jamais comparable à celui de l'espérance, quand bien même les durées mesurées seraient identiques.

Toutes ces nuances relèvent bien de l'expérience incarnée, intériorisée, du temps que nous vivons dans notre singularité. Le temps n'est pas une connaissance réductible à la date, ni à sa date de naissance ; c'est un éprouvé : « Je suis trop vieille pour mourir, la vie s'use sur mon corps, j'ai des fourmis qui montent sous la peau, elles vont rentrer dans mon cerveau… » me dit Madeleine, 98 ans, allongée telle un gisant sur son lit, en attendant la mort. Elle me raconte qu'elle comble ses heures creuses en comptant ses fourmis : « Bien sûr au début ça fait peur mais après ça fait une compagnie habituelle. » Ce temps-là, celui des années écoulées, de la vieillesse, de la lassitude, de la fatigue de vivre, ce sentiment d'avoir trop duré, appelle aussitôt celui du temps qu'il reste à vivre avant la mort. Le temps de la vieillesse paraît stratifié, sédimenté, fossilisant les doux souvenirs : « Vieillir, c'est toujours vivre mais lentement et puis ça empêche de mourir ! » « Dans ma tête j'ai tout le reste de ma vie, je ne m'ennuie jamais, mais je ne fais pas de bruit, je crois que Dieu m'a oubliée ! Mais à force d'attendre je n'ai plus peur de mourir » me dit Eugénie, 102 ans.

Parce que nous sommes incarnés, nous sommes soumis, de fait, aux assauts du temps. Ces empreintes du temps qui passe et qui nous façonnent dès notre conception, nous sommes les seuls êtres vivants à tenter de les réduire, de nous y soustraire. Y aurait-il une culpabilité, un défaut, une honte, une humiliation incarnée dans la première ride véloce, dans le processus du vieillir ? Est-il désormais légitime, obligatoire, de réparer, voire de contrer les effets du temps, au détriment de notre santé. Faudrait-il, suivre l'utopie transhumaniste qui annonce la mort de la vieillesse et « la mort de la mort » ! Faudrait-il comme le prônait Jacqueline Jencquel, militante de l'association pour le droit de mourir dans la dignité (ADMD), « une interruption volontaire de vieillir » ? Le grand âge est souvent assimilé à la démence sénile, au gâtisme. Il vient nourrir les craintes d'une mort encore plus indigne « puisqu'on n'a plus toute sa tête ».

Peur de perdre la tête

« J'avais tellement peur de perdre la tête que j'ai pris une femme et une maîtresse qui avaient le même prénom… » dit Roger, 81 ans, dont la maladie d'Alzheimer a été diagnostiquée il y a dix ans. La maladie d'Alzheimer est une grande faucheuse d'esprit, de conscience de soi, d'être au monde ; une grande pourvoyeuse de peurs, car si l'on peut nommer cette maladie on ne sait ni la diagnostiquer avec certitude, ni la guérir. Cette maladie cristallise toutes les peurs : l'inconnu de la cause, l'inconnu de l'évolution qui peut être rapide ou très lente, ou évoluant par paliers si des facteurs cardiovasculaires sont intriqués, l'inconnu dans les réactions face à l'imprévu, l'inconnu dans la non-reconnaissance des proches, des visages, de soi… Seule certitude, pour l'aidant, celle d'un nécessaire accompagnement peuplé de renoncements et de la peur « de finir comme maman » dans un hospice de « petits vieux ». Quand la démence évolue et que la dépendance physique et les troubles du comportement rendent impossible le maintien au domicile, vient alors le moment tant redouté du « placement » en Ehpad, vécu dans une angoisse indicible par les proches pris dans des conflits de loyautés « parce que j'ai promis à maman, que jamais je ne la placerais dans une maison de vieux… », dans une angoisse bruyante de la personne concernée qui ne donnera jamais son consentement et au mieux se résignera dans l'attente d'une mort prochaine, au pire « fuguera » pour rentrer « à la maison ». Car au fond de soi, on sent bien que partir c'est aussi partir pour toujours et l'Ehpad signe la mort sociale avant la mort. « Je préfère mourir que d'entrer dans un mouroir » me dira Jeanne, 89 ans, totalement dépendante et refusant de quitter son « chez elle ». Mais les malades d'Alzheimer n'ont pas envie de mourir, puisqu'ils présentifient leur passé : ils ont envie de vivre ! Alors que souvent les familles et la société souhaiteraient hâter leur mort.

Peur de mourir

Pour Freud, mon inconscient ne croit pas en ma mort, dans la mesure où nous n'avons aucun moyen de nous la représenter. La seule image que nous puissions en avoir est celle de la séparation. Ma mort est pensée comme une séparation d'avec moi-même. Cette image de la séparation se décline sous la figure du deuil. Le véritable objet de ma mort est donc sans doute la perte, la mutilation, l'amputation d'une partie de soi. On ne saura jamais ce qui est le plus effrayant, la perspective de ma mort ou celle de la mort de l'autre. Les personnes âgées nous disent leur peur de mourir et surtout de mal mourir dans l'abandon et la souffrance morale et physique. Elles ne nous disent pas leur peur de mourir quand les conditions d'un réel accompagnement sont réunies, alors la mort est souvent attendue dans une relative sérénité. « Vous me direz comment c'est, comment j'ai fait pour passer ; il faut rester, juste rester là, je ne veux pas partir seul, je suis déjà si seul… Je vais enfin retrouver les miens là-haut au ciel, j'ai rien fait de mal, j'ai fait mon possible alors je montrais bien là – haut d'un coup ? Pas de purgatoire hein !… Non je crois que le purgatoire c'est la vie sur terre, c'est bien quand on prend l'ascenseur ! » me murmure Marcel, 91 ans, veuf, un enfant handicapé qu'il ne voit plus, qui sent sa fin prochaine et garde une lucidité et une étonnante capacité de dire malgré sa démence évoluée.

Désir de mourir : ambivalence et temporalité

Edmond, 82 ans, est hospitalisé pour une tentative de suicide par défenestration (il habitait au premier étage) dans un contexte de grande solitude et de panique car ne payant plus son loyer il venait d'apprendre qu'il serait expulsé. Sauvé par des voisins puis dirigé vers les urgences par les pompiers, il répète au psychiatre de garde qu'il avait envie d'en finir. Mais déjà le lendemain, il critiquait son geste et demandait à être aidé. Deux mois plus tard il a pu intégrer un foyer-logement avec des aides et un suivi médico-social. Comme toutes conduites suicidaires, celles des personnes âgées provoquent émotion et culpabilité, individuelles et sociales. En France, environ 9 000 personnes se suicident chaque année, ce qui représente 25 morts par jour selon le Centre d'épidémiologie sur les causes médicales de décès (CépiDc – Inserm, 2021), qui dénombre 685 tentatives de suicide quotidiennes soit 200 000 par an. La tendance est à la baisse dans toutes les classes d'âge, sauf pour les personnes âgées. Mais ces chiffres sont sous-estimés de 10 % environ du fait de sous-déclarations ne prenant pas en compte les « accidents », les conduites à risques ou le syndrome de glissement (les personnes âgées qui dans un refus de soin actif arrachent les perfusions, recrachent les médicaments, refusent de se nourrir et se laissent glisser vers la mort).

Les personnes de plus de 70 ans représentent 30 % de l'ensemble des suicides soit 3 000 morts par an. Signalons que 75 % des décès par suicide concernent les hommes de plus de 65 ans car ils utilisent des moyens violents (pendaison, arme à feu, précipitation sous un train ou défenestration), et pour eux le ratio tentative de suicide/suicide abouti est proche de 1. En dépit de ce constat alarmant, ce phénomène est bien souvent invisibilité, banalisé et reste tabou. Car dans notre société utilitariste valorisant l'autonomie et la performance, la grande vieillesse est souvent assimilée à la décrépitude du corps et de l'esprit, aux pertes cumulées dont celle du rôle social. Ce regard sociétal assigne les personnes âgées à disparaître de la scène, à perdre leur estime d'elles-mêmes et à se sentir devenir un fardeau, et il s'agit d'une constante de plus en plus marquée. La plupart du temps les idées suicidaires des personnes âgées sont le signe d'une difficulté à faire face à une accumulation de difficultés sociales de la vie quotidienne (inadaptation de la ville aux déplacements, illectronisme, etc.), mais aussi des problématiques psychiques comme la dépression (présente chez 70 % des suicidants) ou somatiques comme les douleurs, les incapacités fonctionnelles. Citons encore comme facteurs de risque l'isolement, le veuvage, la perte de relations sociales et familiales, l'accès difficile à un système de soins (800 000 personnes en ALD (110 %) sont sans médecins traitant), la perte d'autonomie, l'institutionnalisation (d'après une étude du CREDOC en 2018 seules 18 % des personnes âgées consentent de leur plein gré à entrer en Ehpad), ou encore les situations de maltraitance, la précarité financière, les deuils, le sentiment d'inutilité et donc de perte de sens. Autant de ruptures de vie qui s'expriment par le passage à l'acte suicidaire mais dont des propos significatifs auraient pu attirer l'attention en amont comme : « À quoi bon... », « Je n'en peux plus... » « Je serais mieux mort... » « Je ne veux pas être un poids... » Mais expriment-ils forcément une volonté d'en finir ? Rien n'est moins sûr. Le plus souvent, quand la personne affirme vouloir mourir, elle exprime surtout qu'elle veut cesser de souffrir physiquement et/ou psychiquement. Il faut donc se donner le temps de cheminer avec elle pour construire un projet de vie et une alliance thérapeutique afin qu'une nouvelle cadence de vie émerge.

Quelles solidarités pour demain ?

D'enjeu sanitaire, le suicide des personnes âgées devient un enjeu sociétal, notamment sous l'effet d'arguments utilitaristes et financiers comme ceux développés par le président de la MGEN[1] qui, mettant en avant le « libre choix » en faveur du suicide assisté et/ou de l'euthanasie, énonce que « le taux de suicide des personnes âgées en France montre que la demande est déjà là »[2]. Mais de quelle demande s'agit-il ? De celle de la personne qui, à un moment donné, se trouvant dans une impasse existentielle décide de mettre fin à ses jours, à l'instar de Léontine, 98 ans, qui me dit « Je ne veux pas déranger et être un poids pour mes enfants. [...] Vivre comme ça, ce n'est pas une vie... » – elle est en fauteuil roulant. Et puis, elle ajoute : « J'aimerais quand même bien les revoir mes enfants et mes petits-enfants aussi. C'est eux le sel

1. Chez MGEN on s'empare de la question de la fin de vie, 2022, https://www.mgen.fr/le-groupe-mgen/qui-sommes-nous/rapport-dactivite/progres-social-et-sante/detail-de-larticle/news/chez-mgen-on-sempare-de-la-question-de-la-fin-de-vie/

2. « Matthias Savignac (MGEN) : "Sur la fin de vie, le rôle d'une mutuelle est de permettre à chacun d'avoir le choix" », *Marianne*, 21 avril 2024.

de la vie. » Cette temporalité-là est très importante ; après la crise suicidaire, la main tendue, la réflexion, la critique d'un geste désespéré et le retour à la vie. Rappelons que depuis 1791 le suicide n'est pas un droit mais une liberté, et que la liberté de choisir du suicidant est en fait entravée du fait d'une souffrance psychique intolérable que seul le projet suicidaire viendra apaiser. Se suicider est avant tout un drame personnel, familial et sociétal. Les programmes de prévention du risque suicidaire, notamment à destination des personnes âgées, ne sont pas assez connus. La prévention de leurs conduites suicidaires procède du repérage de la crise suicidaire et de l'évaluation du risque suicidaire. C'est du devoir de chacun d'aider une personne qui tente de se suicider, et plus particulièrement du médecin qui, en responsabilités (éthique, humaine, juridique au civil, au pénal (non-assistance à personne en danger) et ordinale), se doit de tout mettre en œuvre selon les données actuelles de la science, mais sans obstination déraisonnable afin de prendre en charge les suicidant.

En ce qui concerne les personnes âgées, le suicide est plutôt l'expression d'une souffrance psychique que l'exercice d'une ultime liberté, et les demandes explicites d'euthanasie sont très rares et cèdent dès qu'une prise en charge adéquate est mise en place. D'une situation singulière et personnelle émerge une volonté sociétale de maîtriser l'immaîtrisable : la vieillesse et la mort, en médicalisant ce qui fonde notre humanité. On assiste à une demande sociétale forte de faire évoluer les conditions de fin de vie, à l'instar des 75,6 % des votants de la convention citoyenne prenant position en faveur d'une aide active à mourir. Tout comme dans l'avis n° 139 du CCNE « Questions relatives aux situations de fin de vie : autonomie et solidarité » du 13 septembre 2022, et dans l'énoncé du projet de loi relatif à l'accompagnement des malades et de la fin de vie[1], c'est au nom du respect la liberté, de la fraternité et du devoir de solidarité que la société se dit prête à confier aux seuls médecins (dont le rôle est de soigner, d'écouter toujours, de guérir parfois mais surtout d'accompagner les plus vulnérables), la mise en place du suicide assisté (qui reste un suicide sur prescription médicale), et, si la personne ne le peut pas, d'une euthanasie (le médecin injecte alors le produit létal). La société admettrait implicitement alors une sorte de régulation de sa population vieillissante ou dépendante par l'auto-élimination des plus vulnérables, faute de déployer une loi grand-âge et des lits et unités de soins palliatifs sur tout le territoire français (aujourd'hui 50 % des besoins ne sont pas couverts).

1. https://www.assemblee-nationale.fr/dyn/16/textes/l16b2462_projet-loi

Le suicide est-il une affaire individuelle ou collective ? Une société juste et éthique peut-elle permettre aux personnes âgées de se suicider si c'est leur choix, mais de quel choix s'agit-il quand on se sent devenir un fardeau ? C'est ce que montre la récente dystopie *Plan 75 de* Chie Hayakawa[1], où au Japon, à partir de 75 ans, est proposé un accompagnement logistique et financier pour accepter l'euthanasie pratiquée de manière industrielle. Il ne s'agit plus de choix mais d'une incitation, dans un système social à bout de force. Nous n'en sommes pas loin quand on constate la situation scandaleuse dans certains Ehpad ou les morts de personnes âgées sur un brancard aux urgences, au même titre que l'enterrement de la loi relative au grand âge. Ne dit-on pas qu'une société se juge à la manière dont elle traite ses anciens ?

Devant la « pandémie grise » qui se profile avec plus de 30 % de personnes âgées et le développement au sein de notre population de la grande dépendance, quelles solidarités sommes-nous prêts à mobiliser ? N'a-t-on pas mieux à proposer que l'invisibilisation des vieux ou la relégation dans des Ehpad où la plupart n'ont pas choisi de finir leur vie. La pratique clinique au plus près des malades psychiques, surtout dans le grand âge, nous enseigne que le désir de mort est fluctuant, ambivalent et temporaire. Ne doit-on pas développer des soins psychiques de proximité, des soins palliatifs dignes de ce nom tant au domicile qu'à l'hôpital ? Doit-on pousser le cynisme jusqu'à prioriser une aide active à mourir y compris pour les personnes en grandes difficultés psychiques, sociales et poly-pathologiques comme étant « la solution pour tous » d'une mort digne ? Le grand âge ne doit-il pas au contraire convoquer notre principe responsabilité et notre sollicitude ? J'aime à rappeler l'avant-propos de Simone de Beauvoir dans son essai *La Vieillesse*[2] car il est d'une actualité saisissante : « Les vieillards sont-ils des hommes ? À voir la manière dont notre société les traite, il est permis d'en douter… L'adulte voit dans le vieillard non pas son semblable mais un autre, qui est le sage ou bien le fou. Qu'on le situe au-dessus ou bien au-dessous de notre jeune espèce, en tout cas on l'exile. La vieillesse est un secret honteux et un sujet interdit. »

N'est-il pas temps que notre solidarité s'exerce en priorité vers les plus précaires, fragiles, vulnérables d'entre nous dans une aide à vivre et non une aide à mourir ?

---

1. Duponchel M., « “Plan 75”, une dystopie implacable sur l'euthanasie au Japon », *Les Inrockuptibles*, 5 septembre 2022.

2. De Beauvoir S., *La Vieillesse*, Paris, Gallimard, 1970.

Marie de Hennezel[1]
Psychologue, écrivain

UN RISQUE D'AUTO-EFFACEMENT : INQUIÉTUDE CHEZ LES PERSONNES ÂGÉES

Nous ne sommes pas sans savoir que la décision de mettre fin à ses jours est parfois une décision ambivalente. Au moment de mourir, certaines personnes ont un sursaut de vie surprenant. Le désir inconscient de vivre encore un peu est parfois plus fort que la volonté d'en finir. Les âgés se demandent s'ils trouveront des médecins qui s'engageront à ne pas les abandonner et à leur permettre de terminer leur vie comme ils le souhaitent. Ou bien leur fera-t-on comprendre qu'ils sont devenus inutiles, qu'ils représentent un fardeau pour la société, et que l'élégance serait qu'ils consentent à s'en aller, à s'auto-effacer ?

Plus on vieillit, plus on s'inquiète d'une loi par défaut

Le terme a été employé pour la première fois par Jean-Christophe Combe, ancien directeur général de la Croix-Rouge française, alors qu'il était encore ministre des Solidarité, de l'Autonomie et des Personnes handicapées. Nous étions en plein débat sur la fin de vie. Exprimant ses inquiétudes concernant le message implicite envoyé par le texte de loi sur l'aide active à mourir, il avait déclaré : « Je n'aimerais pas que le vote de cette loi puisse conduire les personnes vulnérables à « l'auto-effacement[2] ».

Ce terme est constamment utilisé aujourd'hui dans les débats que j'anime avec des personnes de 80 à 100 ans, encore autonomes, en résidence senior service.

1. À lire notamment : M. de Hennezel, *Le Dictionnaire amoureux de la solitude*, Paris, Plon, 2025.

2. Tribune publiée dans *Ouest France*, 11 mars 2023

Si le projet de loi séduit une frange de « jeunes vieux » encore autonomes et en bonne santé, qui associent spontanément les notions de dignité et d'autonomie, qui redoutent de mal vieillir et mal mourir, qui veulent rester maîtres de leur destin, j'observe au contraire que plus on vieillit, plus on entre dans « l'âge cassant » avec ses risques de fragilités et de dépendance d'autrui, plus on s'inquiète d'une loi par défaut, qui masque le choix politique de ne pas mettre sur la table les moyens financiers qui permettraient un vieillir et un mourir digne, une loi qui pervertit la notion même de soin, puisque l'euthanasie devient un « soin ultime. »

La majorité de ces personnes âgées ont entendu la présentation du projet de loi par Emmanuel Macron. C'était en mars 2024. Le Président a parlé d'une loi de fraternité, « une loi qui concilie l'autonomie de l'individu et la solidarité de la nation ». Une loi qui trace un chemin qui n'existait pas jusqu'alors et ouvre la possibilité de demander une aide à mourir sous certaines conditions strictes.

Elles ont compris que la loi serait une loi équilibrée, encadrée, fraternelle. Or elles réalisent à quel point une loi, la plus permissive du monde, laxiste et propice aux abus, sans contrôle *à minima* serait dangereuse pour elles. Car, si elles souhaitent une mort digne, elles ne souhaitent pas pour autant qu'on leur donne la mort, ni que l'on fasse pression sur elles pour qu'elles la demandent.

Lorsque je les ai interrogées sur leurs souhaits, leurs positions sont très claires : nous voulons mourir chez nous, dans notre lit et pas à l'hôpital, sans souffrir, sans que cela traîne, sans être obligées de nous alimenter si nous n'avons plus faim. Nous voulons être accompagnées, entourées de vie, de paroles, de gestes de tendresse, de douceur. Mais ce vœu-là, est-il réalisable ?

Les âgés se demandent s'ils trouveront des médecins qui s'engageront à ne pas les abandonner et à leur permettre de terminer leur vie comme ils le souhaitent. Ou bien leur fera-t-on comprendre qu'ils sont devenus inutiles, qu'ils représentent un fardeau pour la société, et que l'élégance serait qu'ils consentent à s'en aller, à *s'auto-effacer* ? À la moindre plainte, ne leur proposera-t-on pas la mort comme porte de sortie ?

Solitaires pour beaucoup, souvent abandonnés par leurs proches, car la solidarité intergénérationnelle s'effrite, redoutant de terminer leur existence dans un établissement mal traitant faute de personnels, cette future loi les tourmente.

Comme tout le monde, ces personnes âgées exprimaient en 2024 leur crainte que l'intrication soins palliatifs et euthanasie, au sein d'une même loi d'aide à mourir et d'une nouvelle catégorie de soins, les soins d'accompagnement, ne signe la mort des soins palliatifs. En 2025, 2 propositions de lois distinctes sont présentées.

Elles ont bien compris que la création des maisons d'accompagnement prendra du temps, que le maillage en soins palliatifs de tous les départements ne se fera pas avant longtemps.

Elles savent qu'aujourd'hui 500 personnes meurent chaque jour sans avoir accès à ces soins.

Elles se posent donc légitimement la question : en attendant que fera-t-on dans les départements dépourvus d'offre palliative ?

Qui se formera au maniement subtil des antalgiques, à l'accompagnement de la souffrance globale, quand il suffira de pousser une seringue ? Un acte facile et peu coûteux, pour accomplir ce qui sera alors considéré comme un « soin ultime ».

L'affreuse solitude dans laquelle les très âgés terminent leur vie

Les personnes très âgées s'inquiètent aussi, légitimement, dans une société âgiste comme la nôtre – une société *qui n'aime pas les vieux,* me disait un jour Robert Badinter – des inévitables pressions qui seront exercées sur elles dès qu'elles émettront la moindre lassitude, la moindre plainte. Par un entourage lassé, ou des héritiers pressés, qui leur suggéreront peut-être qu'il serait temps qu'elles aient l'élégance de laisser la place à d'autres, de *s'auto-effacer*. Elles n'auront peut-être pas d'autre choix *in fine* que de demander qu'on les assiste dans leur suicide.

Dans ce cas, comment cela se passe-t-il ? Si aucun médecin, aucun soignant ne veut participer à cet acte radical ?

La loi prévoit la clause de conscience pour les médecins et les soignants, mais n'y aura-t-il pas des pressions exercées à titre individuel ou institutionnel pour faire plier les soignants réticents ?

Que se passera-t-il donc si aucun professionnel de santé n'accepte d'assister au suicide d'un malade ou d'une personne âgée, sachant que les directeurs d'établissement seraient tenus d'autoriser la pratique du geste ?

Le projet de loi prévoyait la possibilité d'impliquer un tiers, mais en séance publique, les députés ont supprimé (à une courte majorité et contre l'avis du gouvernement) la possibilité pour un tiers d'administrer la substance létale, estimant que cet acte peut entraîner un traumatisme émotionnel et une charge psychologique considérables.

Néanmoins, il faudra bien que quelqu'un soit présent lors de l'absorption du produit létal.

Encore une fois, si aucun professionnel de santé n'est présent pour veiller au bon déroulement de la procédure, que se passera-t-il ? Dans le contexte actuel de désert médical, l'interrogation est pertinente et plus chargée d'angoisse qu'on ne l'imagine.

Que se passera-t-il au moment de l'absorption du produit létal, si le corps de la personne refuse cette auto-délivrance et que la personne recrache ou rejette le produit ?

Nous ne sommes pas sans savoir que la décision de mettre fin à ses jours est parfois une décision ambivalente. Au moment de mourir, certaines personnes ont un sursaut de vie surprenant. Le désir inconscient de vivre encore un peu est parfois plus fort que la volonté d'en finir.

Les concepteurs de ce projet de loi ont-ils réfléchi aux conséquences de cette assistance au suicide pour celui qui sera convoqué pour l'assumer, qu'il soit ou pas un proche, en cas de refus d'un médecin ou d'un soignant d'être présent ? Cette personne qui devra éventuellement donner une dose supplémentaire, au cas où, pris soudain d'un désir de vivre encore un peu, la personne renversera sa potion ? Ont-ils réfléchi au deuil compliqué qui suivra ?

Dans ma longue pratique de psychothérapeute, j'ai parfois entendu les cauchemars qui accompagnent les deuils de médecins qui avaient eu un geste létal, ou de proches qui étaient pris dans un *double bind,* c'est ainsi que les Anglo-Saxons nomment la culpabilité inévitable de celui à qui on demande d'assister un suicide. Quoi qu'on fasse – qu'on assiste ou qu'on refuse d'assister – on se sent coupable.

Face à toutes ces inquiétudes, on répond que le projet de loi[1] interrompu dans son parcours législatif par la dissolution de l'Assemblée nationale en juin 2024 était encadré par des « conditions strictes », ce qui l'était sans doute avant que le Parlement n'ajoute des amendements qui ouvrent très largement l'accès à la mort provoquée et en facilitent la procédure. À la surprise générale, les députés ont adopté un « délit d'entrave à l'aide à mourir », avec un avis favorable de la commission spéciale pour l'examen du projet de loi relatif à l'accompagnement des malades et de la fin de vie et du gouvernement, amendement qui fait peser de fortes menaces sur la prise en charge des malades en fin de vie ou encore sur les politiques de prévention du suicide.

Dans le secteur des personnes âgées la question du suicide est très présente. Je l'observe dans les résidences services dans lesquelles j'interviens. Cette question mobilise les directions des résidences et

1. Projet de loi relatif à l'accompagnement des malades et de la fin de vie, n° 2462, 10 avril 2024.

le personnel, soucieux d'être à l'écoute de la détresse des résidents. Des suicides ont lieu à l'intérieur de ces résidences, comme partout en France. Les professionnels sont formés à essayer de prévenir le pire, à être attentifs aux signes avant-coureurs. À quoi cette loi une fois votée, les obligera-t-elle ? Seront-ils sollicités pour assister un suicide, alors que leur conscience s'y oppose ? Quelle véritable liberté auront-ils dans un contexte où les réseaux sociaux peuvent très rapidement les désigner comme des « récalcitrants » ?

Dans une tribune co-signée par un collectif de personnalités âgées de plus de 75 ans, parue dans *Le Monde*,[1] nous avons exprimé notre inquiétude et demandé à ce la loi d'aide à mourir ne voit pas le jour, avant que le territoire soit couvert de ressources palliatives.

Lors de ma propre audition devant la commission spéciale pour l'examen du projet de loi relatif à l'accompagnement des malades et de la fin de vie, j'ai demandé à ce qu'un amendement portant sur un *délit d'incitation au suicide assisté* soit déposé. Deux députés – Patrick Hetzel (LR) et Annie Vidal (Ensemble) – conscients du risque d'auto-effacement des plus âgés, ont suivi ma demande. Ils ont chacun dépose un amendement qui compléterait l'interdit d'abus de faiblesse déjà prévu par la loi. Car l'incitation au suicide, la pression psychologique qui pourrait être exercée, sont différentes de l'abus de faiblesse. Elles peuvent s'exercer sur une personne très âgée qui a tous ses moyens cognitifs, mais qui pourrait être sensible à la culpabilité de représenter un poids pour la société ou pour ses enfants. À l'incompréhension générale, cet amendement a été rejeté par le Parlement qui, comme je le rappelais plus haut, a adopté en revanche un amendement de *délit d'entrave au suicide.*

1. « La loi sur la fin de vie ne doit pas être votée avant que le territoire ne soit couvert de ressources palliatives », tribune, *Le Monde*, 14 mai 2024, co-signée par: Yann Arthus-Bertrand (77 ans), photographe, membre de l'Académie des Beaux-arts/Marie-Paule Debray (75 ans), neurophysiologue, membre de l'association Old'up /Marie de Hennezel (77 ans), psychologue, autrice, membre du conseil scientifique et stratégique de l'AD-PA, experte auprès de la Mutuelle Audiens et du Groupe Aegide-Domitys / Paule Giron (95 ans), journaliste, autrice, et membre de l'association Old'up / Philippe Gutton (92 ans) psychiatre, psychanalyste et professeur honoraire des universités, fondateur et co-directeur de la revue *Du neuf chez les vieux* / François Monconduit (84 ans), professeur de philosophie politique, membre de l'association Old'up /Jean-Daniel Remond (82 ans), auteur, biologiste et psychologue / Laurence Lucas Skalli (70 ans), psychiatre, fondatrice et présidente de Conscience sans Frontières / Christopher Thiéry (96 ans), président d'Honneur de l'Association internationale des interprètes de conférence (AIIC) / Valérie Winckler (80 ans), photographe, réalisatrice et autrice.

Nous sommes donc devant une situation proprement aberrante : l'incitation au suicide ne court aucun risque alors que l'entrave au suicide sera punie d'amendes et de prison.

La dernière inquiétude exprimée par les plus âgés concerne la confiance qu'ils font à leur médecin. Dès lors que donner la mort sera considéré comme un soin, comment les plus vulnérables d'entre nous, ayant le sentiment de ne plus avoir leur place dans le monde, pourraient-ils faire confiance ?

Pense-t-on sérieusement qu'une loi les autorisant à demander le suicide suffira à apaiser l'affreuse solitude dans laquelle les très âgés terminent leur vie ?

IV

SUICIDE ET EUTHANASIE : SOUFFRANCES, LIBERTÉS ET RENONCEMENTS

La pratique euthanasique développe sa propre dynamique résistant à tout contrôle efficace et tend nécessairement à s'élargir, avec un curseur qualitatif sans cesse mouvant qui ne revient jamais en arrière.
Elle intériorise des représentations sociales négatives d'un certain nombre de situations de vieillesse, de maladie et de handicap. Les contraintes économiques qui vont dans tous les cas augmenter peuvent susciter un sentiment de culpabilité chez les personnes en perte d'autonomie pouvant les conduire à formuler une demande d'euthanasie.

« Penser solidairement la fin de vie »,
rapport à François Hommande,
président de la République
française, commission de réflexion
sur la fin de vie en France,
18 décembre 2012.

Anne Caron-Déglise
Magistrate

SOUFFRANCE ET EXPRESSION DE LA VOLONTÉ DE MOURIR

Quelles garanties du respect des droits fondamentaux ?

Soulager la souffrance est un devoir inconditionnel et nous sommes tenus, collectivement et individuellement, de répondre à l'appel de l'autre pour reprendre la terminologie d'Emmanuel Lévinas. Mais sommes-nous certains de ce que l'autre, qui n'est pas nous-même, demande vraiment lorsqu'il souffre ?

Notre droit et la loi n'ont pas naturellement vocation à entrer dans ces dimensions si intimes des ressorts profonds de la « demande à mourir », au nom du respect de la vie privée et de la liberté de conscience de chacun. Mais nous savons aussi que le droit, dans une société démocratique, repose sur des grands principes qu'il partage avec les valeurs du questionnement éthique et, en particulier, celui du respect de la personne humaine et de son autonomie, incluant l'importance accordée à l'expression de la volonté.

L'approche du législateur est incomplète si elle omet qu'en droit, la fin de vie est toujours la vie et la personne un sujet de droit à part entière, dont la dignité et les droits fondamentaux doivent être respectés. En l'état, et c'est préoccupant, la proposition de loi n° 1100 relative à la fin de vie ne présente pas les garanties nécessaires à leur respect effectif.

Soulager la souffrance est un devoir inconditionnel qui exige des réponses individuelles et humaines

Nos concitoyens attendent-ils, dans leur grande majorité, que le législateur adopte une loi leur reconnaissant le droit de disposer de leur mort lorsqu'ils sont démunis face à des souffrances réfractaires ou insupportables ? La société dans son ensemble devrait-elle accepter que, dans certaines circonstances, des professionnels de santé ou des tiers – voire des proches dans la version précédente de la proposition de loi – puissent administrer un produit létal en aidant à mourir « des malades qui sont condamnés par la maladie mais qui ne veulent pas être condamnés à l'agonie », ainsi que l'expose la proposition de loi n° 1100 relative à la fin de vie ?

Soulager la souffrance est un devoir inconditionnel et nous sommes tenus, collectivement et individuellement, de répondre à l'appel de l'autre pour reprendre la terminologie d'Emmanuel Levinas. Mais sommes-nous certains de ce que l'autre, qui n'est pas nous-même, demande vraiment lorsqu'il souffre ? Lorsqu'elles sont directement confrontées aux conséquences de la maladie, la plupart des personnes malades souhaitent en réalité ne pas être abandonnées. En situation de fin de vie, subissant la douleur et la souffrance dans toutes leurs dimensions, y compris existentielle, elles éprouvent d'évidence un impérieux besoin d'être écoutées dans ce qu'elles ont à dire d'elles-mêmes et de leur expérience, dont elles seules ont la légitimité de parler, quand elles le peuvent. Lorsque le diagnostic médical d'une maladie incurable est posé, lorsque le cumul des pathologies, l'avancée en âge, la souffrance, la peur de peser sur ses proches envahissent l'être, qu'en est-il vraiment de la compréhension de ce qui arrive et des anticipations sur un futur dont l'horizon se ferme ? De la lassitude et de l'impuissance aussi.

Dans ces conditions, face à la perte de maîtrise de ce qui arrive au corps, il n'y a rien d'étonnant à voir se dresser la revendication de la prise en compte effective de la volonté individuelle au sens de liberté, mais aussi de la possibilité de faire des choix véritables, éclairés non seulement par la maladie et la perspective d'une mort prochaine et également par les réelles alternatives offertes dont nous savons qu'elles sont encore trop inégalement réparties sur le territoire, en particulier en soins palliatifs mais aussi tout simplement en accompagnement. Ces situations toujours singulières et complexes appellent des réponses humaines qui sont tout simplement la reconnaissance du besoin profond de lien et d'accompagnement. Les proches et les soignants le savent et s'y emploient avec un engagement exceptionnel. Une loi sur la fin de vie, nécessairement générale, peut-elle véritablement répondre à toutes les dimensions de la souffrance et, comme c'est le cas de la proposition de loi n° 1100, lorsqu'elle autorise le geste létal sans réellement offrir les garanties indispensables au respect des droits fondamentaux des personnes les plus vulnérables, quel signal envoie-t-elle la société et à chacun individuellement ?

Jusqu'où le droit et la loi doivent-ils encadrer les dimensions si intimes de la fin de vie ?

Notre droit et la loi n'ont pas naturellement vocation à entrer dans ces dimensions si intimes des ressorts profonds de la *« demande à mourir »,* au nom du respect de la vie privée et de la liberté de conscience de chacun. Mais nous savons aussi que le droit, dans une société démocratique, repose sur des grands principes qu'il partage avec les valeurs du questionnement éthique et, en particulier, celui du respect de la personne humaine et de son autonomie, incluant l'importance accordée à l'expression de la volonté. Dans sa construction légale et jurisprudentielle, il ne peut donc pas échapper au défi consistant à chercher à comprendre la question du sens existentiel d'une vie qui se termine mais surtout des conditions dans lesquelles elle se termine. Il le doit parce qu'il ne peut pas s'effacer et refuser d'entrer dans la complexité individuelle lorsque les réalités de la vie l'interpellent, lorsque des décisions sont prises sans respect de la volonté de personne, et lorsque tout simplement les droits fondamentaux sont en jeu.

Mais comment y entrer sans être ni instrumentalisé ni totalitaire ? À quelles conditions introduire du droit, c'est-à-dire des droits individuels et des limites, sans être ni trop complexe ni totalement désincarné ? Et comment, concrètement, légiférer pour la société tout entière là où il s'agit d'abord d'écouter, d'entendre la parole, les demandes et les refus de ceux qui semblent revendiquer la maîtrise de leur volonté propre au nom de la liberté mais ne maintiennent pas, dans la plupart des cas, une demande stable et continue de mourir si elles sont accompagnées et soulagées dans leurs douleurs ? Comment entendre les silences et traduire le sens exact de la volonté ?

Différentes affaires, largement relayées par les médias (Humbert, Lambert, Marwa) ont contribué à faire évoluer le droit vers une meilleure préservation de la dignité et de l'intégrité du patient en considérant en particulier que le respect de la vie d'autrui ne passe pas nécessairement par un maintien démesuré – disproportionné diraient les juristes – au regard de ce que la personne a à dire de ce qui est acceptable ou non pour elle en matière de traitement et de conditions de sa fin de vie, lorsqu'elle peut s'exprimer.

Le droit a bien fait le lien entre les souffrances exprimées, ressenties comme telles et, de 1999 à 2016, les lois ont en principe garanti le droit à l'accès aux soins palliatifs, encadré l'arrêt des traitements, permis d'introduire la notion de « pouvoir décider », avec une nuance toutefois puisque la « loi Leonetti » du 22 avril 2005 exigeait du médecin de « tout mettre en œuvre pour {...] convaincre (le malade) d'accepter les soins indispensables », alors que la « loi Claeys-Leonetti » du 2 février 2016 laisse au médecin référent le pouvoir d'exercer une force de persuasion pour convaincre tout en prenant en compte les directives anticipées lorsque le patient n'est plus en mesure d'exprimer sa volonté. La sédation profonde et continue jusqu'à la mort a été autorisée lorsque le pronostic vital d'un patient atteint d'une maladie grave et incurable est engagé à court terme. Les pratiques médicales d'apaisement des souffrances sont ainsi encadrées en acceptant qu'elles puissent avoir des effets sur la durée de la vie. Mais il est vrai qu'elles ne répondent pas à toutes les situations singulières.

Le législateur souhaite aller plus loin en écrivant dans l'exposé des motifs de la proposition n° 1110 : « que veut dire « vivre » quand vivre n'est plus que souffrance, sans espoir de guérison. » Il vient interroger les trois données principales en tension : le rôle des médecins et des équipes médicales, la souffrance insupportable des patients que rien ne peut soulager et la revendication d'autodétermination. Cette approche est incomplète si elle omet qu'en droit, la fin de vie est toujours la vie et la personne un sujet de droit à part entière, dont la dignité et les droits doivent être respectés[1]. Ce qui implique d'une part, d'interroger la demande d'être aidé à mourir, qui ne peut être que l'expression d'une volonté libre, éclairée, constante, et non la « manifestation de la volonté » ou un consentement à une proposition, et d'autre part, de prévoir des garanties dans la procédure mise en place.

Des garanties impératives de respect des droits fondamentaux des personnes, et en particulier des plus vulnérables

Les progrès scientifiques et thérapeutiques permettent de maintenir en vie un nombre toujours plus important de personnes atteintes d'affections graves et incurables qui engagent à terme le pronostic vital.

1. C. civ., art. 16 et CSP, art. L. 1110-2.

Lorsque des souffrances physiques ou psychologiques liées à l'affection sont « soit réfractaires aux traitements soit insupportable(s) selon la personne lorsqu'elle a choisi de ne pas recevoir ou d'arrêter de recevoir un traitement » faut-il accélérer la venue de la mort, et sur quelles bases juridiques, alors que la réelle volonté du patient est si difficile à constater au sens juridique du terme, et souvent fluctue ?

Parmi les conditions posées pour avoir accès à « l'aide à mourir », la proposition de loi utilise l'expression d'aptitude à « manifester sa volonté de façon libre et éclairée ». Le cadre juridique français tel que posé en droit civil, mais aussi en droit de la santé et dans le champ social et médico-social, repose sur le principe de l'autonomie de la volonté qui permet à tout adulte d'exercer librement sa liberté de choix puisqu'il est réputé responsable des conséquences de ses actes, de ses omissions ou de ses refus. Cette conception repose sur une approche subjective de la personne humaine, dans laquelle c'est la capacité d'autodétermination qui est mise en avant. La volonté est la source de l'engagement et sa mesure et la liberté de choix se présume.

Pourtant, dans la réalité de la vie des patients et des équipes, soignantes et médico-sociales, les personnes ne sont pas toujours en situation de décider ce qu'elles veulent vraiment ou encore de consentir à ce qui leur est proposé. Certaines d'entre elles sont de fait plus fragiles, plus vulnérables, que d'autres à cause de leur état, de santé notamment. Il en est ainsi en particulier des personnes souffrant de troubles intellectuels ou cognitifs du fait d'une maladie neurodégénérative lorsque des accompagnements, des soins, des traitements, des orientations en établissement, sont envisagés pour elles. Il en est aussi ainsi des personnes présentant des troubles psychiatriques, avec tous les paradoxes propres au fonctionnement des soins dits sans consentement et à la contrainte. Dans ces cas, les personnes concernées ne sont pas sans droits et la réelle capacité d'autodétermination est complexe à approcher. Il devient alors essentiel, et c'est très difficile, de s'assurer à chaque étape de ce qu'elles disent, de leur possibilité de comprendre les informations données et d'exprimer leur volonté, surtout si les alternatives sont inexistantes ou incomprises.

Il est en tout cas indispensable d'encadrer rigoureusement les conditions du recueil de l'expression de la volonté libre, éclairée, constante, d'être aidé à mourir. Il doit s'agir d'une demande et non d'une simple « manifestation » de volonté, insuffisante et sujette à toutes les interprétations possibles, ou d'un consentement à une proposition d'aide à mourir.

La rédaction de la proposition de loi manque de rigueur sur ce point comme sur la procédure qu'elle envisage sans formalisme, avec des délais particulièrement réduits, sans collégialité réelle (contrairement à l'arrêt des soins), ni recours effectif. La possibilité de recours n'est ouverte qu'à la personne elle-même, à l'exclusion de tout autre et notamment des proches, devant la juridiction administrative. Cette limitation de l'accès au juge doit nous alerter, comme l'apparente absence de réflexion sur la nature du recours, administratif ou judiciaire, alors même que la contestation d'une demande d'aide à mourir ne relève pas prioritairement des conditions matérielles dans lesquelles elle est reçue ou pratiquée mais bien des droits fondamentaux des personnes. En l'état, et c'est préoccupant, la proposition de loi ne présente pas les garanties nécessaires à leur respect effectif.

La fin de vie qui conduit à la mort est prévisible autant qu'inévitable mais elle est avant tout un événement contingent et singulier. Elle ne saurait être enfermée dans un seul langage, même juridique, au nom d'une autodétermination proclamée sans aucunement prévoir de garanties rigoureuses, au risque de voir se développer dans les faits une prise de décision totalement substituée et sans contrôle. Prendre soin des personnes les plus fragiles, en particulier lorsqu'elles s'approchent de leur mort, et retrouver la profondeur de cette vie qui n'est pas la nôtre mais qui nous oblige, chacun à notre place, à entendre son cri, à l'écouter et à agir au plus juste pour elle. Tel est le souffle que doit sans doute donner le cadre juridique et éthique dans lequel nous vivons ensemble.

Yves-Marie Doublet[1]
Docteur en droit

L'IMPOSSIBLE ÉCRITURE DES CRITÈRES DU DROIT À L'EUTHANASIE ET AU SUICIDE ASSISTÉ

Les hésitations du législateur montrent que s'il a l'ambition de maîtriser le choix ultime, sa vision prométhéenne de la fin de vie ne peut en réalité atteindre cet objectif de façon intelligible. C'est-à-dire, pour reprendre les termes de la jurisprudence constitutionnelle, de manière précise et non équivoque. Qu'il s'agisse de l'option de la qualification de la douleur ou de l'option de la variable temporelle, les critères du droit à l'euthanasie et au du suicide assisté se rédigent difficilement, parce que la mort ne peut être normée. Les leçons de l'étranger ont montré que des critères déjà peu restrictifs au départ ont toujours été en s'élargissant, favorisant des zones grises auxquelles la société n'a pas résisté et devant lesquelles les autorités de contrôle ont fermé les yeux. Les critères de l'euthanasie et/ou au suicide assisté s'écrivent mal et le contrôle a posteriori de l'application de la législation n'est en réalité qu'un enregistrement statistique, à la main de l'organisme d'évaluation de la loi. Quelle que soit l'option choisie, le dispositif ne peut être que lâche car il ne peut être défini rigoureusement au départ.

Les hésitations du législateur français

Lors de l'examen en première lecture du projet de loi relatif à l'accompagnement des malades et de la fin de vie sous la XVIe législature[2],

1. À lire notamment : Y.-M. Doublet, Suicide assisté, euthanasie. Le choix de la rupture et l'illusion d'un progrès, Paris, Fondation pour l'innovation politique, mars 2024.
2. https://www.assemblee-nationale.fr/dyn/16/textes/l16b2462_projet-loi.

un député s'est ému que les débats consacrés à la définition de ce que l'on a présenté comme l'aide à mourir[1] ressemblaient plus à ceux de l'Académie française qu'à ceux de l'Assemblée nationale[2]. Il n'apparaît pas cependant anormal que les députés prennent du temps pour débattre de ce sujet qui conditionne le recours à l'euthanasie et/ou au suicide assisté. S'il est un sujet où la main du législateur doit être tremblante dans le choix des mots, c'est bien celui de la fin de vie. Les trois versions des conditions de la mise en œuvre du geste létal, qui se sont succédé en l'espace de deux mois ont illustré la difficulté de l'exercice. Le projet de loi, les travaux de la Commission spéciale pour l'examen du projet de loi relatif à l'accompagnement des malades et de la fin de vie ainsi que la séance publique, ont en effet abouti à trois rédactions différentes du dispositif sur les conditions d'ouverture de l'euthanasie et/ou du suicide assisté. Ces tâtonnements donnent raison à la Commission sur les soins de fin de vie du Québec, lorsqu'elle observe que « la loi concernant les soins de vie – qui est la loi légalisant l'euthanasie dans cette province canadienne – ne peut prévoir tous les cas de figure et d'exception »[3].

Si l'on met de côté les règles de procédure pour se pencher exclusivement sur les conditions d'ouverture d'un droit à l'euthanasie et/ou du suicide assisté, deux approches sont possibles, en dehors des exigences de nationalité, d'âge et de discernement de la personne. Ces deux options ressortent des législations qui ont fait le choix de la légalisation du geste létal. Elles aident à comprendre les hésitations du législateur français.

Dans un livret sur la fin de vie à destination des professionnels de soins palliatifs[4], le ministère chargé de la Santé présente les deux démarches. Une première approche associe la fin de vie à l'évolution d'une pathologie grave, en phase avancée, potentiellement mortelle (cancer, défaillance d'organes, maladie neurodégénérative). Une seconde approche associe la fin de vie à une estimation de la durée de vie restante : le pronostic vital est engagé à court ou moyen terme. Le court terme est identifié à quelques heures ou quelques jours. Le moyen terme à quelques semaines ou quelques mois.

1. L'aide à mourir étant une expression qui ne correspond à aucune catégorie juridique en droit français, on lui préférera celle d'euthanasie et de suicide assisté.

2. https://www.assemblee-nationale.fr/dyn/16/comptes-rendus/seance/session-ordinaire-de-2023-2024/premiere-seance-du-mardi-04-juin-2024.

3. https://csfv.gouv.qc.ca/fileadmin/docs/rapports_annuels/csfv_rapport_activites_2023-2024.pdf.

4. https://sante.gouv.fr/IMG/pdf/fin-de-vie_lexique__maj__mars_2023.pdf.

Les exemples du droit comparé

De fait, les législations étrangères ont soit adopté le critère de la souffrance intolérable[1] avec des variantes, soit celui du diagnostic terminal avec une variable temporelle. Historiquement, c'est cette dernière approche de la souffrance qui s'est d'abord imposée dans la loi, en Oregon en 1997.

Le critère de la souffrance intolérable

Le critère de la souffrance intolérable est applicable aussi bien dans les législations et dans les pratiques (Suisse) qui portent à la fois sur l'euthanasie et le suicide assisté (Canada, Espagne, Luxembourg, Nouvelle Zélande, Pays-Bas par exemple) ou sur le seul suicide assisté (Autriche par exemple). Il a été retenu en Suisse[2] (1942), aux Pays-Bas (2001), en Belgique (2002), au Luxembourg (2008), au Québec (2015), au Canada (2016), en Espagne, au Portugal (2021) et en Autriche (2022).

Par exemple la loi belge du 28 mai 2002 requiert que « le patient se trouve dans une situation médicale sans issue et fait état d'une souffrance physique ou psychique constante et insupportable qui ne peut être apaisée ». Pour l'Académie suisse des sciences médicales, un patient est éligible au suicide assisté, si ses symptômes et/ou ses limitations fonctionnelles ont atteint un degré extrême et si ce ressenti doit être objectivé par un diagnostic ou un pronostic en ce sens. Ces éléments causent une souffrance que le patient juge insupportable[3]. Dans la législation néerlandaise, la souffrance du patient doit être insupportable et sans perspective d'apaisement.

Le Québec fait référence à des souffrances physiques ou psychiques persistantes, insupportables et qui ne peuvent être apaisées dans des conditions que la personne juge tolérable. Le Canada impose que la personne ressente des souffrances physiques ou mentales insupportables causées par la maladie, le handicap ou le déclin des capacités, qui ne peuvent pas être atténuées dans des conditions qu'il juge acceptables. La maladie doit être grave et incurable en Espagne, tandis qu'en Autriche,

1. Malgré les explications des experts cliniciens médicaux, aucune réglementation n'arrive à dénommer une souffrance physique « douleur » et une souffrance psychique « souffrance ». Cette situation est facteur de confusion, puisque la douleur est contrôlable par une équipe formée, alors que la souffrance ne peut l'être complètement.

2. La Suisse pratique le suicide assisté à l'inverse des autres États et provinces qui appliquent en vertu de la loi l'euthanasie et marginalement le suicide assisté.

3. https://www.samw.ch/fr/Ethique/Apercu-des-themes/Ethique-en-fin-de-vie.html.

la maladie doit être grave et permanente avec des symptômes persistants dont les conséquences affectent durablement la personne.

Avec le temps, certaines législations qui exigeaient que le patient soit exposé à un risque de décès prochain ont levé cette condition. La loi canadienne ne requiert plus depuis 2021 que la mort naturelle soit raisonnablement prévisible. D'autres assouplissements ont été introduits. La Belgique a procédé en 2014 à l'extension de la législation aux mineurs. Depuis le 30 octobre 2024, les patients au Québec peuvent faire une demande anticipée.

L'établissement du critère d'intolérabilité de la douleur n'épuise pas le débat. Dans la pratique, ce critère peut apparaître subjectif, avoir un champ d'application très large et être instrumentalisé par les médecins.

La Commission fédérale belge de contrôle et d'évaluation de l'euthanasie admet l'ambiguïté de la notion de douleur insupportable : « La commission estime que certains facteurs objectifs peuvent effectivement indiquer une souffrance insupportable mais cela est en grande partie d'ordre subjectif et dépend de la personnalité, des conceptions et valeurs propres du patient [1] ». L'ancien membre d'une commission néerlandaise de contrôle de la loi sur l'euthanasie n'a pas manqué d'alerter sur les critères toujours plus souples de son éligibilité, en évoquant son extension aux personnes souffrant de maladies chroniques, aux personnes handicapées, à celles ayant des problèmes psychiatriques[2]. La douleur insupportable peut s'expliquer également par le refus de traitement et par les effets secondaires de ce dernier. En Belgique, le droit à l'euthanasie est reconnu par la Commission de contrôle et d'évaluation lorsque les effets secondaires du traitement qui est administré sont insupportables[3]. Au Québec, le refus de traitement et les effets secondaires des traitements inacceptables pour la personne sont mis en avant dans respectivement 32 % et 18 % des cas d'euthanasies[4].

En France, les pathologies multiples sont une catégorie d'affection longue durée (ALD) exonérante[5]. Cette notion est une catégorie fourre-tout qui permet également une interprétation très large de la justification

1. https://organesdeconcertation.sante.belgique.be/fr/documents/cfcee-rapport-euthanasie-2022.

2. *Le Monde*, 1er décembre 2022, et *Le Figaro*, 9 décembre 2022.

3. K. Raus, B. Vanderhaegen, S. Sterckx, « Euthanasia in Belgium : Shortcomings of the law and its application and of the monitoring of practice », *The Journal of Medicine and Philosophy*, Vol. 46, Issue 1, février 2021, pp. 80-107.

4. https://csfv.gouv.qc.ca/fileadmin/docs/rapports_annuels/csfv_rapport_activites_2023-2024.pdf.

5. Article L. 322-3, 4° du code de la sécurité sociale.

du geste létal en Belgique et aux Pays-Bas. On observe une hausse de ce motif d'euthanasie dans ces deux pays. Estimée à 3 % en 2004-2005, cette affection atteignait 27 % des euthanasies en 2024 en Belgique[1]. Ce taux est de 17,6 % aux Pays-Bas[2]. Or derrière cette catégorie on trouve en Belgique des pathologies aussi diverses que des problèmes d'audition et d'ostéoporose. Cette qualification de polypathologies permet de recouvrir le critère de la « *fatigue de la vie* » qui n'entre pas officiellement dans le champ de la loi belge. Elle présente l'intérêt de contourner l'obligation de consulter un psychiatre, lorsque la pathologie est accompagnée par une dépression[3].

On ne peut faire le silence sur la prise en compte ou non des maladies mentales dans ce contexte. La loi canadienne a reporté leur inclusion dans le champ autorisé de l'euthanasie en mars 2024 puis en mars 2027. Mais le principe de leur intégration dans la loi demeure. Aux Pays-Bas *la Netherlands Association of psychiatry* a élaboré des lignes directrices pour ces pathologies. L'association flamande de psychiatrie en Belgique recommande que tous les traitements aient été essayés antérieurement et n'aient pas fait simplement l'objet de discussions. Elle suggère qu'un délai d'un an s'écoule entre la demande d'euthanasie et la réalisation de l'acte létal chez ces patients. Or cette dernière recommandation est loin d'être respectée[4]. En Autriche, la capacité de décision du patient doit être validée. Dans le cas où un des deux médecins consultés estime qu'une affection psychiatrique est à l'origine du désir de mourir, il doit demander au patient de consulter un spécialiste de ce domaine, le seul à pouvoir poser un diagnostic et à proposer des thérapies. Mais cette démarche se heurte en pratique à un manque de psychiatres. Dans l'État d'Oregon la consultation d'un psychiatre n'a porté que sur 0, 8 % des patients en 2023.

Dans ce débat, on ne peut pas faire non plus l'économie d'une réflexion sur le statut socio-économique des personnes entrant dans le champ de la législation. Une étude récente menée en Ontario, province la plus peuplée du Canada, est instructive. Il en ressort que 29 % des personnes euthanasiées dans cette province l'ont été dans sa partie la plus pauvre, alors que celle-ci ne compte que pour 20 % de la population de la province. Le problème du logement est important dans le recours

1. https://organesdeconcertation.sante.belgique.be/fr/documents/cfcee-rapport-euthanasie-2022-2023-fr.pdf

2. https://english.euthanasiecommissie.nl/the-committees/documents/publications/annual-reports/2002/annual-reports/annual-reports.

3. K. Raus, B. Vanderhaegen, S. Sterckx, *ibid.*

4. *Ibid.*

à la mort provoquée pour cette population vulnérable[1]. Le médecin chef légiste de la province fait valoir que la pauvreté, la dépendance des patients vis-à-vis des prestations sociales et leur instabilité de résidence expliquent le recours à l'euthanasie chez ce public fragile qui n'est pas en phase terminale. De fait alors que l'isolement social entre dans 15 % des euthanasies en phase terminale, ce facteur est de plus 39 % pour les euthanasies qui ne visent pas des personnes en phase terminale[2]. Ces situations observées par une équipe multidisciplinaire ont suscité au sein des professionnels de santé des questionnements sur l'application de la législation canadienne de l'aide à mourir. Elles ont incité ces professionnels à présenter des recommandations pour faire échec à ces dérives. Ils ont appelé de leurs vœux à impliquer davantage les psychiatres et les travailleurs sociaux dans la prise en charge des personnes souffrant de fragilités socio-économiques susceptibles de recourir à l'euthanasie.

En Oregon, la préoccupation financière des candidats au suicide assisté est un facteur explicatif de plus en plus significatif du recours au suicide assisté. Le dernier rapport d'application de la législation autorisant cette pratique dans cet État américain indique que plus de 9 % des suicides assistés ont été effectués en raison des implications financières des traitements pour soigner la maladie des patients. Ce taux était de 1 % en 2000. 193 personnes ont eu recours au suicide assisté en Oregon depuis 1998 pour des raisons financières. En Oregon, le taux de couverture par une assurance privée des personnes ayant eu recours au suicide assisté était de 22 % en 2023 contre une moyenne de 42 % entre 1998 et 2001. Dans ce même État, les dépenses de santé représentaient 22 % du budget des habitants en 2021 et les coûts des assurances privées ont augmenté de 36 % entre 2013 et 2021. 20 % des habitants n'ayant pas d'assurance privée invoquent ses coûts prohibitifs pour justifier ce défaut d'assurance[3]. En Californie, sur la période 2016-2020, le taux de couverture par une assurance privée des personnes ayant eu recours au suicide assisté était de 15 %. Il est descendu à moins de 11 % en 2022.

Le critère de maladie incurable qui vient s'ajouter dans certaines législations comme les lois espagnole et hollandaise, est également discutable. Ce n'est pas parce que la maladie est incurable, que les traitements qui peuvent lui être apportés n'offrent pas de perspective d'amélioration au patient. L'incurabilité peut en outre être réelle à un

1. https://www.bmj.com/content/387/bmj.q2382/rr.

2. https://apnews.com/article/canada-euthanasia-deaths-doctors-nonterminal-nonfatal-cases-cd7ff24c57c15a404347df289788ef6d. https://www.pbs.org/newshour/world/some-health-care-workers-in-canada-grappling-with-patients-requesting-euthanasia.

3. Impact of Health care cost on people in Oregon 2021.

moment et ne plus l'être quelque temps après, lorsque l'on prend la mesure des progrès de la science en oncologie et dans les maladies neurodégénératives. Enfin il y a une contradiction à évoquer l'incurabilité du traitement et à reconnaître un droit au refus de traitement.

Ces critères flous se doublent parfois d'une disposition qui oriente le choix du patient vers l'euthanasie. En Belgique si le législateur invite le médecin à évoquer le patient les possibilités qu'offrent les soins palliatifs et leurs conséquences, il doit arriver avec le patient à la conviction qu'il n'y a d'autre solution raisonnable – l'euthanasie – dans sa situation et que la demande du patient est entièrement volontaire [1]. Le dialogue avec le médecin, c'est-à-dire un rapport de forces inégal, aboutit au même résultat dans la loi hollandaise, puisque le médecin doit conjointement avec le patient être parvenu à la conviction qu'il n'existe pas d'autre solution que l'euthanasie[2].

On peut être tenté d'opérer un rapprochement entre cette difficulté à définir le critère de la souffrance et les critères des affections de longue durée (ALD), qui concernaient 13,7 millions de personnes en 2021 en France. Un rapport conjoint de l'Inspection générale des affaires sociale et de l'Inspection générale des finances a mis en lumière l'imprécision des critères médicaux de certaines ALD[3]. Si le périmètre de certaines affections est basé sur des critères médicaux clairs et objectifs comme le diabète, d'autres laissent plus de place à l'appréciation du médecin comme les affections neurologies et musculaires. Quant aux ALD hors liste, elles ne bénéficient pas de critères médicaux précis. Il en va ainsi de la notion de « qualité de vie dégradée ». Enfin une grande disparité de situations au sein d'une même ALD, pour des patients très différents en âge et en projet de soins peut exister.

Faut-il penser pour autant qu'un critère temporel serait plus pertinent ?

Le critère de la phase terminale avec un délai variable

Un groupe de territoires a opté pour une aide à mourir, majoritairement le suicide assisté, avec un diagnostic de phase terminale. Font partie de cet ensemble l'Oregon (1994), Washington (2008), le Vermont (2013), la Californie (2016), le Colorado (2016), le district de Washington DC (2017), Hawaï (2019), le Maine (2019), Victoria

1. Article 3 de la loi du 28 mai 2002.
2. Article 2, de la loi du 12 avril 2001.
3. https://www.igf.finances.gouv.fr/igf/accueil/nos-activites/rapports-de-missions/liste-de-tous-les-rapports-de-mi/revue-de-depenses-affections-de.html.

(2019), la Nouvelle Zélande (2019), le Nouveau Mexique (2021), l'Australie occidentale (2021), la Tasmanie (2023), le New South Wales (2023), le Queensland (2023). Ces territoires subordonnent la mise en œuvre de l'aide à mourir sur des personnes ayant un pronostic vital de six mois (Oregon, Californie, Maine, Nouvelle-Zélande) avec dans certains cas un pronostic vital d'un an pour les patients souffrant de maladies neurodégénératives dans des États australiens (Western Australia, New South Wales, Tasmania). Le Queensland a fixé un délai unique de douze mois[1]. Les travaux préparatoires de la loi dans cet État australien indiquent que ces douze mois ont été choisis pour couvrir des maladies non cancéreuses et les maladies non dégénératives, afin de ne pas opérer de discrimination entre maladies, contrairement à d'autres États australiens[2]. Quant au Royaume-Uni, il s'orienterait vers le suicide assisté chez des personnes ayant un pronostic vital à six mois. Une proposition de loi allant dans ce sens a été adoptée le 29 novembre 2024 par la Chambre des communes, les critères médicaux devant être validés par deux médecins indépendants l'un de l'autre et l'autorisation donnée par le juge civil préalablement à un délai de réflexion de quatorze jours.

Peu de données existent sur le chiffre de personnes éligibles à la procédure du suicide assisté et ayant survécu au délai de pronostic vital de six mois. Elles étaient estimées à 4 % en Oregon sur la période 1998-2021 et à 5 % en 2023[3]. La durée de vie moyenne entre la prescription du produit létal et la mort par suicide assisté sur la période 1998-2018 était de 18 mois. Entre 2019 et 2022, la durée la plus longue était de 46 mois. En moyenne la durée la plus longue sur ces quatre ans a dépassé de deux ans le pronostic vital de six mois, sachant que la mort a été provoquée par un suicide assisté[4].

L'étude précitée sur l'Ontario confirme la grande variété de la durée de la maladie jugée incurable sur 4 488 patients avec un horizon de mort prévisible. Cette durée se situait entre un an et cinq ans pour 37,5 % d'entre eux. Elle était de plus de cinq ans dans 19 % des cas, de 3 mois

---

1. https://www.health.qld.gov.au/research-reports/reports/departmental/voluntary-assisted-dying-review-board-annual-report/2023-2024.

2. https://documents.parliament.qld.gov.au/tableOffice/TabledPapers/2021/5721T659.pdf.

3. https://www.oregon.gov/oha/PH/PROVIDERPARTNERRESOURCES/EVALUATIONRESEARCH/DEATHWITHDIGNITYACT/Documents/year26.pdf.

4. T. Finegan, « Assisted Suicide and Slipery Slopes, Reflections on Oregon », The New Bioethics, vol. 30, 2024,2, https://www.tandfonline.com/doi/full/10.1080/20502877.2024.2338317#d1e102.

à un an pour 28,1 % et d'une durée inférieure à 3 mois dans 15,5 % des cas[1].

À propos d'une revue systématique chez des patients adultes ayant une maladie incurable, en soins palliatifs ou ayant une maladie au stade terminal, la précision de l'estimation de la prédiction clinique de survie varie de 23 à 78 %[2]. Une étude de cohorte réalisée en 2020 a montré que 20 % des estimations pronostiquées étaient correctes. Le décès était survenu dans le délai d'un mois par rapport à la mort prédite pour 42 % des patients.

Ces données internationales factuelles montrent la difficulté extrême pour la médecine à fixer un terme à la survenue de la mort. Elles devraient aider à éclairer les termes du débat engagé en France sur le sujet, depuis le dépôt du projet de loi relatif à l'accompagnement des malades et à la fin de vie sous la XVIe législature.

Les éléments du débat en France

Un des critères de l'euthanasie et/ou du suicide assisté dans ce projet de loi a été le critère du pronostic vital à court ou à moyen terme.

La définition du pronostic vital à court ou moyen terme

La loi du 2 février 2016 créant de nouveaux droits en faveur des malades et des personnes en fin de vie institue la sédation profonde et continue jusqu'au décès pour accompagner la mort qui vient, lorsque le patient souffre d'une affection grave et incurable, dont le pronostic vital est engagé à court terme et subissant une souffrance réfractaire aux traitements. Cette notion de pronostic vital engagé à court terme couvre une période de quelques heures à quelques jours[3].

L'étude d'impact du projet de loi indique que « le moyen terme se compte quant à lui en semaines ou en mois et correspond à la période pour laquelle l'évaluation peut être endossée par un professionnel de santé »[4]. Le même document écarte la fixation de tout délai, ce qui

1. https://www.documentcloud.org/documents/25238356-canada-euthanasia-2.

2. https://www.has-sante.fr/upload/docs/application/pdf/2024-07/cadrage_2024_07_12_moyen_terme_preparation_mel_vulf.pdf.

3. Y.M. Doublet, « La loi du 2 février 2016 créant de nouveaux droits en faveur des malades et des personnes en fin de vie », *Les Petites affiches,* 56, 18 mars 2016.

4. https://www.legifrance.gouv.fr/contenu/Media/files/autour-de-la-loi/legislatif-et-reglementaire/etudes-d-impact-des-lois/ei_art_39_2024/ei_tssp2407983l_cm_10.04.2024.pdf.

tombe sous le sens : « Compte tenu du fait que la finesse d'appréciation du "moyen terme" et que cette évaluation dépendent intrinsèquement des caractéristiques individuelles de chaque patient, de son pronostic, ainsi que de l'état des connaissances et thérapeutiques de la pathologie concernée, la possibilité de fixer un délai dans la loi n'a pas été retenue ».

Dans son avis du 4 avril 2024 sur le projet de loi, le Conseil d'État estime que : « Pour l'appréciation de l'échéance du moyen terme cette expression ne peut être entendue que dans le sens employé par la pratique médicale, pour laquelle elle correspond à un horizon temporel qui n'excède pas douze mois ». Il observe que les modalités d'appréciation de l'horizon de « moyen terme » pourront être utilement éclairées, selon les pathologies en cause, par des recommandations formulées par la Haute Autorité de santé[1].

Ce débat livre deux enseignements. On constate que s'il est facile de définir un pronostic vital à court terme, il en va tout autrement du pronostic vital à moyen terme. Comme le soulignait le président du Conseil national de l'ordre des médecins devant la Commission spéciale de l'Assemblée nationale : « Un patient, souhaitant savoir combien de temps il lui reste, ne cherche pas à connaître la date de sa mort. Il cherche à déterminer à partir de quel moment la vie ne lui sera plus supportable, ce qui est naturellement impossible à établir. C'est la raison pour laquelle seule l'appréhension au cas par cas peut prévaloir[2]. » La définition du moyen terme n'existe pas en droit comparé.

Par ailleurs, l'invitation adressée d'abord par le Conseil d'État puis ultérieurement par le gouvernement à la Haute autorité de santé à écrire de facto les conditions de la mise en œuvre du droit à l'euthanasie et/ou du suicide assisté illustre la difficulté du législateur à rédiger lui-même ces conditions, puisqu'in fine il délègue son pouvoir normatif à l'autorité administrative indépendante compétente, la Haute autorité de santé. Or le Conseil constitutionnel a jugé que le législateur ne doit pas reporter « sur des autorités administratives ou juridictionnelles le soin de fixer des règles dont la détermination n'a été confiée par la Constitution qu'à la loi »[3]. Sont en en jeu en effet des garanties fondamentales dont les règles ressortent à la compétence du législateur. L'établissement de ces recommandations nécessitait au surplus 18 mois, de l'aveu du directeur

1. https://www.conseil-etat.fr/avis-consultatifs/derniers-avis-rendus/au-gouvernement/avis-sur-un-projet-de-loi-relatif-a-l-accompagnement-des-malades-et-de-la-fin-de-vie.

2. https://www.assemblee-nationale.fr/dyn/16/rapports/finvie/l16b2634-t2_rapport-fond.

3. 2013-685 DC, 29 décembre 2013, cons.88. 2014-694 DC, 28 mai 2014, cons.7. 2016-741 DC, 8 décembre 2016, cons.5. 2021-960 QPC, 7 janvier 2022, § 17 et 18.

de cette autorité publique indépendante. En décembre 2024, la Haute autorité de santé a avoué son impuissance à définir le critère du pronostic vital à moyen terme. L'avis a été renvoyé à juillet 2025.

Ces difficultés se sont retrouvées lors de l'examen du projet de loi devant l'Assemblée nationale en première lecture.

Les tâtonnements du législateur

L'article 6 du projet de loi exigeait que le patient éligible à l'euthanasie et/ou au suicide assisté soit « atteint d'une affection grave et incurable engageant son pronostic vital à court ou à moyen terme ». Des objections à ce critère de moyen terme n'ont pas tardé à être émises. La Commission spéciale de l'Assemblée nationale a alors substitué à cette formulation l'exigence d'une « affection grave et incurable en phase avancée ou terminale ».

Plusieurs autorités n'ont pas manqué de réagir à cette nouvelle disposition[1] : l'Académie nationale de médecine a estimé que le qualificatif de phase avancée était inadapté et dangereux. « Une fois le pronostic vital effacé, il risque d'inclure les personnes atteintes d'une maladie certes a priori incurable mais avec laquelle il est possible de vivre longtemps. Il en est ainsi, par exemple, des malades atteints de maladies neurodégénératives sévères, des malades atteints de cancers avec métastases [...] ou [des personnes] atteintes d'une maladie chronique avec des complications ».

Le Conseil national de l'ordre des médecins a fait valoir de son côté que le « projet de loi amendé par la Commission spéciale introduisait une notion qui ne permettait pas au médecin de déterminer le stade à partir duquel le patient va pouvoir formuler une demande d'aide à mourir, et rend plus difficile l'appréciation de ce critère d'éligibilité ainsi élargi. Il faut que la loi soit claire et précise afin d'éviter toute confusion ».

Régis Aubry, membre du Comité consultatif national d'éthique, a rappelé que la vérité pronostique n'existait pas :

> Cette évaluation doit à mon sens être laissée à l'appréciation du médecin, se fondant sur les données de la science, sur l'approche des autres professionnels qui interviennent auprès de la personne malade et enfin sur la connaissance qu'il a de la personne malade. Un médecin, un professionnel de santé peut sans difficulté reconnaître la phase ultime ou agonique d'une maladie. Il peut approcher la notion de phase terminale, qui correspond à l'échappement des

1. https://www.assemblee-nationale.fr/dyn/16/comptes-rendus/seance/session-ordinaire-de-2023-2024/deuxieme-seance-du-jeudi-06-juin-2024#3501410.

> thérapeutiques spécifiques proposées, la rémission n'étant plus possible. Lors de la phase terminale, seule une prise en charge palliative est réaliste. Cette phase peut durer plusieurs mois. En revanche, la notion de phase avancée ne me semble pas définie de façon formelle et est beaucoup trop vague [...]. Elle signifie que la guérison n'est plus possible, mais elle peut, du fait de certains traitements, correspondre à des maladies dont le pronostic vital peut être de plusieurs années[1].

Lorsque l'on rapproche ces incertitudes des imprécisions, qui entourent l'évaluation de certaines ALD comme on l'a vu, on ne peut manquer d'être frappé au surplus par le risque à terme d'un télescopage entre ce critère de phase avancée et celui de certaines ALD.

Ces arguments n'ont manifestement pas convaincu, puisqu'en séance publique le critère de la phase avancée ou terminale a été maintenu. La référence à l'engagement du pronostic vital est venue toutefois atténuer la portée de ce critère.

Mais, qu'il s'agisse de l'option de la qualification de la douleur ou de l'option de la variable temporelle, les critères du droit à l'euthanasie et/ou du suicide assisté se rédigent difficilement, parce que la mort ne peut être normée[2]. Les leçons de l'étranger ont montré que des critères déjà peu restrictifs au départ ont toujours été en s'élargissant, favorisant des zones grises auxquelles la société n'a pas résisté[3] et devant lesquelles les autorités de contrôle ont fermé les yeux[4]. La robustesse des garde-fous tout comme l'exception à l'interdit de tuer sont toujours invoquées. Tout comme la proscription de l'euthanasie dans les législations pratiquant le suicide assisté. Mais une exception, même présentée comme telle, est une règle. Les critères de l'euthanasie et/ou du suicide assisté s'écrivent mal et le contrôle a posteriori de l'application de la législation n'est en réalité qu'un enregistrement statistique, à la main de l'organisme d'évaluation de la loi. Quelle que soit l'option choisie, le dispositif ne peut être que lâche car il ne peut

1. Cette déclaration peut être illustrée par une intervention du député Philippe Juvin lors des débats devant l'Assemblée nationale : « Le diabète est une maladie, grave, incurable, qui peut être en phase avancée, et on peut vivre trente ans avec. Certains malades qui sont atteints de cancers – c'est une maladie grave –, incurables, en phase avancée, vivront pourtant des années grâce aux nouvelles immunothérapies. Et donc cette rédaction est totalement inadaptée », deuxieme-seance-du-jeudi-06-juin-2024.

(https://www.assemblee-nationale.fr/dyn/16/comptes-rendus/seance/session-ordinaire-de-2023-2024/).

2. H. Korsia, *Aider à vivre*, Paris, Tract Gallimard, 2024, p. 28.

3. https://www.radiofrance.fr/franceculture/podcasts/les-echos-d-ailleurs/l-aide-medicale-a-mourir-l-exemple-quebecois-1691850.

4. Cf. dans ce livre, partie 6 : « Là où le suicide et l'euthanasie sont légalisés », p. ••••.

être défini rigoureusement au départ. Ces critères larges confèrent en pratique un grand pouvoir d'appréciation au médecin, qui bat en brèche le discours sur l'autodétermination individuelle du patient pour légitimer la légalisation de la mort provoquée.

Françoise Chastang
Psychiatre, CHU Caen Normandie

La demande d'aide à mourir, point d'ancrage de la relation éthique

La demande d'aide à mourir prend racine dans les concepts philosophiques de la liberté de faire en fonction de ses lois propres et de l'autodétermination, alors que ce que recherche la personne est plutôt la disparition de la souffrance. La visée du contrôle de la souffrance sous toutes ses formes au prix de la mort relève plus du registre d'une libération que d'une liberté, dans le sens où la personne accepterait de vivre si cette souffrance disparaissait. Donner la mort dans de telles conditions conduirait donc à confondre élimination de la souffrance et élimination du souffrant.

De l'autodétermination à la rencontre

« Puisque toute action aujourd'hui débouche sur le meurtre, direct ou indirect, nous ne pouvons pas agir avant de savoir si et pourquoi nous devons donner la mort. L'important n'est donc pas de remonter à la racine des choses, mais, le monde étant ce qu'il est, de savoir comment s'y conduire », écrivait Albert Camus[1]. Cette citation est d'actualité au moment où notre pays s'apprête à voter une loi sur l'aide à mourir, rejoignant ainsi les états de plus en plus nombreux qui légifèrent sur ce sujet médico-socio-politique.

La mort, qui fut pendant des siècles gérée dans l'intimité familiale, est devenue, à l'aune des progrès techno-scientifiques, une affaire médicale conduisant à mourir à l'hôpital. La controverse sur l'aide à mourir lance le débat sur le comment mourir au XXIe siècle. Elle met également en

---

1. Camus A. (2013). *L'homme révolté*, dans Camus, *Œuvres*, Paris, Gallimard, pp. 1097-1149.

lumière la tension entre l'autonomie au sens anglo-saxon, à savoir des actions régies selon les lois propres de la personne, et le devoir de solidarité sociale.

Au-delà des débats socio-politiques houleux et passionnés, il n'en demeure que chaque demande d'aide à mourir reflète la souffrance singulière d'un individu, cette souffrance étant quelle que soit son origine, physique, sociale, psychique ou existentielle, vécue comme unique, singulière et intolérable. La reconnaissance de la souffrance et de sa part psychique qui infiltre la personne et toute son existence et qui est le déterminant de la décision de mourir, ne peut se faire que dans un espace de rencontre nécessaire à l'écoute d'une histoire singulière.

Le projet de loi n° 2462 du 10 avril 2024 relatif à l'accompagnement des malades et de la fin de vie[1] reprenait les principaux aspects de l'avis n° 139 du Comité consultatif national d'éthique (CCNE)[2]. Il répondait aux situations complexes non envisagées dans le cadre de la loi du 2 février 2016 créant de nouveaux droits en faveur des malades et des personnes en fin de vie qui autorise une sédation profonde et continue jusqu'au décès dans des cas bien précis. Sous le terme « aide à mourir », le projet de loi sur la fin de vie[3] introduit pour les personnes de nationalité française, majeures, « aptes à manifester leur volonté de façon libre et éclairée » et atteintes d'affections graves, la possibilité de « recourir à une substance létale [...] afin qu'elle se l'administre ou, lorsqu'elle n'est pas en mesure physiquement d'y procéder, se la fasse administrer par un médecin ou par un infirmier ». Par ailleurs, ces personnes doivent être « atteintes d'une affection grave et incurable, qui engage le pronostic vital, en phase avancée ou terminale » et « présenter une souffrance physique ou psychologique liée à cette affection, qui est soit réfractaire aux traitements, soit insupportable lorsque la personne ne reçoit pas de traitement ou a choisi d'arrêter d'en recevoir ».

Sans les citer explicitement, l'avant-projet de loi décrivait les modalités du suicide assisté et de l'euthanasie d'exception, comme si ne pas les nommer en atténuait l'importance, la violence, la gravité, et les implications morales tant pour les personnes que pour la société. En y inscrivant l'expression « souffrance physique ou psychologique liée à cette affection », il ouvre la porte à l'application d'une loi future aux

1. Au moment où est rédigé cet article (février 2025) un texte de loi différent est évoqué. Cela ne met pas en cause l'intérêt de se référer à un projet de loi qui sera revu, bien que repris en certains points analysés dans cet article.

2. « Questions éthiques relatives aux questions sur la fin de vie : autonomie et solidarités », avis n° 139, CCNE, 13 septembre 2022.

3. Projet de loi relatif à l'accompagnement des malades et de la fin de vie.

pathologies dont le pronostic vital n'est pas engagé à court terme, voire aux souffrances psychiques, sans pour autant en définir les limites et la temporalité. Aux Pays-Bas et en Belgique, l'aide à mourir a été progressivement ouverte aux personnes en « phase avancée » de leur maladie sans que le pronostic vital soit mis en jeu, ou comme en Belgique aux « polypathologies » souvent mal définies. Les législations étrangères montrent également qu'exclure totalement les souffrances psychiques ou existentielles est illusoire. L'extension législative en est tellement complexe que le Canada a reculé l'échéance de l'ouverture de l'aide à mourir aux troubles psychiques exclusifs, et que la Belgique et les Pays-Bas alertent sur les limites toujours plus repoussées et les enjeux éthiques toujours plus sensibles.

L'évolution sociétale influe sur la façon de penser et de concevoir la mort qui se doit d'être maîtrisée comme tout autre aspect de la vie.

L'autodétermination est devenue une valeur supérieure dans la société actuelle. Ce changement de paradigme a généré un glissement vers la reconnaissance de nouveaux droits subjectifs allant dans le sens de « droits à… ». Apparaît ainsi une définition plus moderne de la dignité. La dignité n'est plus ontologique, inhérente à la condition humaine, mais elle est basée sur les valeurs de la vie, donc plus subjective, relative, réflexive, diluée voire absorbée dans la liberté individuelle et le droit à l'autodétermination.

La demande d'aide à mourir prend racine dans les concepts philosophiques de la liberté de faire en fonction de ses lois propres et de l'autodétermination, alors que ce que recherche la personne est plutôt la disparition de la souffrance. La visée du contrôle de la souffrance sous toutes ses formes au prix de la mort relève plus du registre d'une libération que d'une liberté, dans le sens où la personne accepterait de vivre si cette souffrance disparaissait. Donner la mort dans de telles conditions conduirait donc à confondre élimination de la souffrance et élimination du souffrant. Par ailleurs, la temporalité est un point essentiel du processus décisionnel. Or le délai entre la demande, la validation de la demande et la réalisation de l'acte, peut être très court alors qu'il s'agit de donner/recevoir la mort. Ne pas considérer cette temporalité serait faire fi tant de l'ambivalence de la personne par rapport une mort choisie, que de la complexité du fait psychique prélude de la demande[1].

1. F. Chastang (2023). « La mort choisie pour raison psychique ou existentielle : de l'autodétermination à la rencontre éthique », thèse d'université (éthique). Université Paris-Saclay. https://theses.hal.science/tel-04486350.

C'est ce que Cioran exprime très fortement lorsqu'il écrit : « Je passe mon temps à conseiller le suicide par écrit et à le déconseiller par la parole. C'est que dans le premier cas il s'agit d'une issue philosophique ; dans le second, d'un être, d'une voix, d'une plainte »[1].

C'est cette souffrance intolérable le plus souvent multidéterminée et le désespoir qui lui est lié qui sont le point central d'une décision, puis d'une demande d'aide à mourir, ce qui justifie l'attention à leur apporter afin de les reconnaître, les évaluer, les entendre et les prendre en considération.

Vers une rencontre éthique

C'est donc par le biais de cette souffrance qu'une personne pose une demande à mourir, et que son parcours est jalonné de consultations soignantes, chacune pouvant devenir une rencontre pour peu que les divergences de point de vue ne soient pas redoutées.

La rencontre est avant tout le mouvement vivant et dynamique qui nous fait sortir hors de chez nous, hors de nous, et nous conduit à la découverte de l'autre et du monde. C'est pour Martin Buber un « acte total » [2] qui engage dans la réponse à autrui, qui permet d'appréhender la différence, et dont la condition est l'humilité, qui seule « rend possible le véritable souci de soi... »[3].

Une rencontre devient éthique lorsqu'elle prend sincèrement en compte le point de vue de l'autre même s'il est divergent, et si, au-delà du point de vue, c'est la présence à l'autre qui est importante. Éviter toute discussion au nom d'une incompatibilité de points de vue serait se détourner d'une rencontre éthique et renvoyer à l'autre un défaut de soutien, comme un abandon. Les patients évoquent une désertion bien opposée à leurs attentes, qu'ils vivent comme une rupture d'engagement, comme si, face à ces divergences, le soignant n'assumait pas sa part de responsabilité humaine.

De cette rencontre peut surgir non pas une validation technique procédurale d'une demande d'aide à mourir telle qu'elle semble apparaître parfois dans certains pays, mais une recherche de sens, une révélation de l'ambivalence d'une personne face à sa vie, expression même de la souffrance multidéterminée, la dimension psychique et existentielle

1. E. Cioran (2011). *Ecartèlement.* Dans Cioran, *Œuvres,* Paris, Gallimard, pp. 903-1018.
2. M. Buber (1923, 2012). *Je et tu.* Paris, Aubier.
3. C. Pelluchon (2014). *L'autonomie brisée. Bioéthique et philosophie*, Paris, PUF.

présente dans plus de trois quarts des cas étant l'un des plus fréquents déterminants de la demande à mourir[1].

Cette demande peut être entrelacée de tentations suicidaires qui sont parfois des succédanés à l'euthanasie. Ce peut être une évidence pour la personne, comme la conclusion logique d'une réflexion menée de longue date, l'aboutissant d'une certaine familiarité avec la mort. Ce peut être également une revendication, l'exigence d'un droit à mourir[2]. Dans tous les cas, le risque est que la rencontre devienne l'affrontement de deux positions antagonistes, comme « un registre de combat qui dans la situation de soin, se joue peut-être moins entre les personnes qu'à l'intérieur de chacun, dans la conscience soudaine et malvenue d'être sans armure » [3], « dans la découverte risquée de soi » [4].

Toute demande d'aide à mourir est avant tout ambivalente et humaine, comme une sollicitation, une possibilité, un appel vers autrui. Une telle demande désarçonne, mobilise les défenses professionnelles, touche l'humain, et engendre un réel coût psychique. Elle engage les responsabilités professionnelles, humaines, éthiques et politiques, et elle dévoile des vulnérabilités partagées face à la finitude. Elle inscrit le patient et le médecin dans un espace-temps qui peut devenir une rencontre. Elle oblige le médecin non seulement à mobiliser ses compétences, mais aussi à se révéler en tant qu'humain confronté comme le patient à ses limites, en espérant que la personne reconstituera dans cet espace de rencontre sa capacité à désirer et à être au monde.

La rencontre comme une découverte de l'autre

C'est en ouvrant le champ de la discussion, que peuvent être abordés les possibles, l'ambivalence d'une telle décision, modifier les contours de la situation et de la décision de telle sorte que la personne, enserrée par cette souffrance dont elle veut se libérer y compris par la mort, sans autre choix selon elle que celui de la mort, puisse se retrouver dans une réelle position de choix.

Nous appellerons Pierre cet homme digne âgé de 70 ans, ayant toujours cherché à maîtriser les différents aspects de sa vie, que ce soit la conquête professionnelle dans le domaine des affaires et des responsabilités, la

1. Chastang, F. (2023), *ibid.*
2. Chastang, F. (2023), *ibid.*
3. Zielinski, A. (2011). « Fonds commun d'humanité », La vulnérabilité dans la relation de soin, *Cahiers philosophiques*, n° 125, pp. 89-106.
4. Levinas, E. (2013). *Autrement qu'être*. Paris, Le livre de Poche.

recherche du bien-être des siens, ou des aspects plus intimes de sa vie comme le dépassement de la perte d'un enfant de 4 ans écrasé par un véhicule sous ses yeux. Il est le pilier de sa famille, le patriarche respecté et obéi par tous. Pierre est rencontré car il a voulu se pendre dans son garage, lieu où il a toujours aimé se réfugier et bricoler. Victime les derniers mois de trois accidents vasculaires cérébraux successifs délabrants, il lie son geste à un état de santé préoccupant et déclinant qui ampute ses capacités physiques et cognitives. Ses handicaps sont pour lui autant de pertes d'autonomie et il éprouve une véritable incapacité à vivre ainsi. Il considère qu'il n'est plus lui-même, ce que confirme sa famille, qui se montre fataliste face au geste suicidaire interrompu de manière inopinée, et compréhensive face à sa demande de mourir, car la volonté du patriarche doit pour eux être respectée.

Pierre confirme son souhait de mourir, et déplore ouvertement que qu'il nomme l'incomplétude de la loi française qui selon lui ne lui laisse pas d'autre choix que le suicide. Au-delà de cette demande à mourir présentée comme codifiée et acceptée par chacun dans le respect et l'affection portés à Pierre, se cache néanmoins un état dépressif qui s'est aggravé au fil des mois et a largement contribué à la décision mortifère. Au fil des entretiens, Pierre reconstitue le fil des événements marquants de sa vie, pour certains heureux, pour d'autres éminemment traumatiques, autant de déprises nécessaires auxquelles s'ajoutent les séquelles des accidents vasculaires cérébraux signant pour lui non seulement la perte des valeurs essentielles de sa vie mais également un sentiment d'inutilité et de charge auprès de sa famille. Il reconnaît progressivement la réalité de son état dépressif et ses liens avec sa souffrance, puis, à l'étonnement de ses proches, accepte des soins psychiques avec l'espérance d'un mieux-être.

Une demande à mourir comprend toujours une part d'ambivalence, et c'est ce qui la rend si délicate à décrypter. Elle résulte toujours non pas d'un vrai choix, mais d'un conflit intime, d'une impossibilité à vivre ainsi. Le décryptage d'une telle demande nécessite du temps, plusieurs rencontres, une écoute attentive et humaine se dégageant de la dimension purement médicale et curative. C'est au fil du récit d'une histoire singulière que se dévoile le sens d'une demande d'aide à mourir.

Permettre à la personne de restaurer ce fil narratif quelle que soit sa décision finale est avant tout une forme de respect d'autrui et de son entourage. C'est d'une responsabilité humaine dont il s'agit, celle de traiter aussi bien l'autre que soi-même, non pas pour inverser son choix mais pour en faire émerger le sens. Cette qualité d'attention et de présence à l'autre témoigne également de notre propre façon de concevoir le soin et l'accompagnement, quand « soigner n'est plus guérir », lorsqu'« une vérité atteint sa limite, lorsque le fait brut d'être en vie est apparemment dissocié de toute qualité de vie », « lorsque la personne expérimente le deuil anticipé de sa propre vie[1]. »

Aller vers la découverte de l'autre, c'est prendre conscience de sa cartographie, de la subtilité impressionniste de sa souffrance, tout en tenant compte de nos propres vulnérabilités, de nos représentations de la valeur de la vie et de la mort, et de notre propre angoisse face à la mort, de nos mécanismes de défense, identification ou projection plus intenses, au risque de bloquer la parole du patient.

C'est dépasser les frontières de la médecine, en accepter la porosité, prendre le pari d'instaurer une relation humaine authentique, reconnaître la souffrance de l'autre ressentie comme insupportable au point d'envisager la mort comme unique solution ; accepter l'existence de cette zone frontière entre la vie et la mort comme l'orée d'une forêt mystérieuse, aller vers cette réflexion profonde qui convoque d'autres points de vue. C'est comme une errance transitoire dans laquelle s'expriment les vulnérabilités réciproques.

La rencontre comme restauration d'un récit

Toute personne a besoin d'un récit pour exister. Comme le souligne Cynthia Fleury, « Être humain digne de cette humanité passe par l'accès au récit, à la biographisation possible, à la reconnaissance de cette écriture, non seulement comme trace mais aussi comme commencement d'une épistémologie »[2]. Il est ainsi possible d'émettre l'hypothèse qu'une demande de mort anticipée correspond à une « dénarrativisation », à une rupture du fil narratif, de l'identité narrative d'une personne confrontée à l'expérience inédite de la mort. Dans les demandes d'aide à mourir, le patient a amorcé son dialogue avec la mort bien avant d'avoir rencontré le soignant. L'idée de la mort, plus présente et plus familière pour le patient, peut ainsi devenir inaudible pour le soignant. Dans tous les cas, c'est une déchirure du temps, de la vie, qui s'inscrit dans une temporalité devenue inacceptable, et seule la mort choisie peut mettre un terme à ce sentiment de totale impuissance. Le récit, en liant la part la plus archaïque d'un individu à la part la plus symbolique, réalise un

1. Ricœur, P. (2006). « Accompagner la vie jusqu'à la mort », *Esprit*, p. 316-320.
2. Fleury, C. (2023). *La clinique de la dignité*, Paris, Les éditions du Seuil.

travail de liaison psychique. Car le récit comprend deux dimensions : d'un côté, le récit du patient à l'épreuve de la vie avec l'intrusion du réel à savoir la maladie et la souffrance auxquelles il semble impossible d'échapper ; de l'autre, comment se réapproprier le réel, intégrer ses pertes et se recréer un espace à soi[1].

La rencontre comme défense des valeurs du soin

Défendre l'importance du soin psychique, c'est mettre en avant les vertus de la rencontre dès qu'une personne exprime son désir de mourir. Une décision de mourir n'est pas anodine, c'est en quelque sorte le franchissement de la barrière de l'impossible, c'est déjà un saut vers un autre rivage d'où nous contemple cette personne. Défendre les vertus et la valeur de la rencontre, ce n'est pas convaincre autrui que sa demande est une erreur, mais montrer que l'on perçoit tout un monde de souffrance et de pertes qui conduisent la personne à être hors de ce monde. Défendre le souci de l'autre peut se concevoir comme un acte de résistance face au délitement, tout en restant sensible à la critique démocratique et aux arbitrages politiques.

Ce qui conduit à repenser le soin. Une aide à mourir ne sera jamais un soin et encore moins « un soin comme un autre ». Elle s'inscrit dans un espace où le soignant peut avoir du mal à se mouvoir et se retrouver. Et s'il advient que l'aide à mourir soit ouverte aux troubles psychiques comme aux Pays-Bas et en Belgique, puis prochainement au Canada, que cette aide à mourir devienne même envisageable dans le cas de « fatigue de vivre », cette évolution socio-politique sera en profonde contradiction avec les valeurs de la prévention du suicide. Car seront alors confondues en une seule action mortifère élimination de la souffrance et élimination du souffrant, aide à mourir et aide au suicide.

Une demande d'aide à mourir confronte aux limites, aux limites que tolère ou non une société donnée, aux limites que s'autorise ou non une profession, en l'occurrence la profession médicale à laquelle sera déléguée cette pratique, aux limites morales des soignants et des citoyens.

Au cœur de la demande d'aide à mourir, souffrance et désespoir offrent une opportunité unique de rencontre, cette rencontre devenant éthique lorsqu'elle est relation de partage ouvrant sur un « *horizon*

1. Zielinski, A. (2011), *ibid.*, p. 89-106.

de sens »[1] réinventant une nouvelle façon d'être aux soins et de prendre soin.

Car la question du soin est centrale. La demande d'aide à mourir n'est aucunement « un soin comme un autre ». À travers une telle demande, il s'agit de penser le soin et de panser l'humain. L'enjeu est alors de franchir si on le souhaite et si on le peut les frontières de l'autre souffrant et de transformer cette relation initiale en rencontre, une rencontre qui sollicite une « vision capacitaire et imaginative du soin ». Une rencontre qui permet de « créer ensemble ce lien où s'échafaude une manière d'habiter le monde et où la raison ne plie pas devant l'arraisonnement ambiant et les pronostics d'effondrement »[2].

1. Pelluchon, C. (2014). *L'autonomie brisée, ibid.*
2. Fleury C. (2019), *Le soin est un humanisme*, Paris, Tracts n° 6, Gallimard.

Jean Furtos
Psychiatre des hôpitaux honoraire, fondateur de l'Observatoire national des pratiques en santé mentale et précarité (OSRPERE-SAMDARRA), Centre hospitalier le Vinatier, Lyon-Bron, psychiatre à l'hôpital de jour, Clinique La Chavannerie, Chaponost, emeis

UN INDIVIDU ISOLÉ, ÇA N'EXISTE PAS

Réflexions sur la liberté de l'euthanasie ou du suicide assisté

Un individu isolé est une fiction de la modernité, il n'y a pas d'individu sans relation, même déniée. Les Droits de l'homme portent certes sur l'individu, ce qui est surtout mis en avant actuellement, mais on oublie souvent que cet individu est membre de « la famille humaine », c'est-à-dire qu'il n'est pas isolé, qu'il est en interaction active, ou désactivée, ou non activée. Quoi qu'il en soit d'un désir euthanasique ou de suicide assisté, il est important d'activer cette présence de la famille humaine en laissant ouvert le rapport à l'inconnu et ce qui s'en suivra, et ce dans la non-toute-puissance de l'une ou l'autre partie.

La liberté de se défaire de sa vie

Il est important d'envisager, dans une première partie, le contexte anthropologique et social dans lequel se pose la question de la liberté, celle de l'auto-décision de mettre fin à sa vie.

La manière dont certains envisagent la législation sur l'interruption de la vie sous le mode de l'euthanasie ou du suicide assisté se pose comme si la vie était une maison que l'on peut vendre librement, ou dont on peut librement résilier le bail ; c'est sous ce mode analogique que l'on pense actuellement la liberté de se défaire de sa vie, car « c'est ma vie », « ma vie m'appartient comme ma maison ou mon appartement m'appartient ». Un suicide assisté serait la liberté de se défaire de sa maison du fait de la perte de la capacité d'habiter toute maison, tout appartement, la capacité en fait d'habiter son corps qui est notre maison.

Cela est pensable, possible, sur le modèle de l'individualisme, et la maison serait en effet le corps-maison dont on peut se débarrasser librement. Le médiateur de l'opération ne serait pas un notaire, mais le/les médecin/s en charge de faciliter l'appropriation du produit destiné à aboutir à la mort, et ce grâce à une loi de fin de vie. Mais des précautions de procédure doivent prendre en compte le fait suivant : la certitude que seul compte l'individu est une caractéristique de ce que j'appelle *l'hyper-individualisme contemporain.* Non pas celui des Lumières qui autorise chaque sujet humain à penser librement. L'apparition des Lumières au XVIIIe siècle, c'est l'Âge de la Raison lorsqu'on comprend que l'on peut trouver la vérité par soi-même, abandonner un certain nombre de certitudes, de préjugés : on ne sait pas *a priori* ce que l'on va penser, cela fait partie de la grandeur et de la difficulté de l'homme moderne, susceptible de produire un individualisme créatif et responsable. Cela permet au passage de penser ensemble, d'avoir des controverses, y compris sur la fin de vie, parfois des guerres, mais idéalement d'avoir un lien social réactif. Cela ouvre un rapport à l'inconnu sur le modèle de la découverte de l'Amérique par Christophe Colomb, qui croyait être arrivé aux Indes car l'Amérique n'existait pas dans les textes sacrés. Découvrir, c'est d'abord découvrir l'inconnu, être ouvert à l'inconnu, c'est la précarité de l'homme moderne face au réel qui se révèle à lui. La liberté de penser et de décider, à respecter, inclut le dialogue et la controverse, à respecter également.

Pourquoi alors ne serions-nous pas libres de rendre la maison de notre corps librement, comme on vend une maison ? Tout simplement parce que nous sommes en régime de coexistence avec d'autres que nous et que nous n'existons pas en dehors de cette altérité. L'individualisme strict, celui d'un individu isolé, est une création de la modernité actuelle, bien différente de celle des Lumières.

Comment en parler plus avant ? J'appelle *bonne précarité* la modalité de la coexistence, car nous savons que sans autrui nous ne pouvons pas vivre, c'est *notre précarité constitutive.* Cela est évident pour le bébé à un niveau relationnel et biologique, c'est vrai pour le grand âge, c'est vrai en cas de grave maladie, d'accident de la vie, de migration forcée, mais c'est vrai pour chacun d'entre nous : nous ne sommes pas faits pour vivre absolument seuls et nous ne le pouvons pas sans grave dommage pour notre santé mentale et sociale. Le signe de cette bonne précarité est que nous sommes capables de demander de l'aide en situation de besoin, et que si tout va bien, cette aide va nous être donnée. Nous sommes dans le donner-recevoir, et idéalement dans la réciprocité. Être autonome, ce n'est pas se passer d'autrui, c'est pouvoir demander ou refuser de l'aide en fonction des circonstances.

Cette bonne précarité permet une triple confiance :

– confiance en soi-même : si on m'aide, c'est que je suis bon, c'est que je le vaux bien ! La condition du bon narcissisme ;

– confiance en autrui : si l'on m'aide c'est que je ne vis pas dans un monde paranoïaque. Certes, il faut distinguer ceux qui me veulent du bien, et ceux qui me veulent du mal, il est important de connaître ses ennemis, mais *a priori* on peut m'aider à vivre, avec la conviction que je trouverai toujours quelqu'un pour m'aider en cas de difficulté ;

– troisième confiance, celle en l'avenir. Il y aura toujours quelqu'un qui pourra m'aider, ou je me débrouillerai seul, ou en cherchant de l'aide.

L'avenir n'est pas l'apocalypse, n'est pas la fin du monde, même si des épreuves difficiles sont à traverser et à surmonter.

Mais notre époque favorise l'hyper-individualisme, qui est le dévoiement de cette *bonne* précarité, (bonne en ce qu'elle permet de vivre avec et grâce à autrui) en *mauvaise* précarité : mauvaise en ce qu'elle favorise l'autarcie, une autonomie fallacieuse qui permet d'être en dehors du donner-recevoir : demander devient impossible, ce qui isole, ou alors, on est à l'inverse au niveau de l'hyper-exigence, j'ai droit à tout ce que je veux, je sais ce qui est bon pour moi, et mon besoin devient un ordre.

On comprend que la triple confiance de la bonne précarité est perdue :

– perte de la confiance en soi et perte de la confiance en l'autre, qui se transformer de manière réactionnelle en hyperindividualisme : il s'agit d'une forme de phobie sociale camouflée. Ainsi, on peut remarquer que presque personne ne s'adresse plus la parole dans les trains, si l'on ne se connaît pas. Chacun est seul sur son siège, avec son écran, son livre, sa revue. Il s'agit d'une forme de perte du *prochain* au sens propre de ce qui est proche de moi ;

– la perte de la confiance en autrui donne une société paranoïaque ou l'ennemi est omniprésent, avec en regard une victimologie au premier plan ; avec aussi une « désublimation » et l'expression sans filtre des pulsions, notamment agressives ;

– et perte de la confiance en l'avenir : il n'y a plus de politique, plus d'école, plus de médecine, plus d'amour, plus de planète viable, avec une vision apocalyptique de l'écosystème, une anxiété et une peur qui empêchent l'intelligence de l'action.

Le contexte anthropologique et social étant campé, on voit comment la liberté de se débarrasser de sa maison-corps peut se situer par rapport à la mauvaise précarité contemporaine ou au contraire garder position dans une bonne précarité.

La rencontre entre deux libertés peut être difficile

Dans une seconde partie, j'évoquerai maintenant cette bonne précarité dans des situations cliniques, en particulier suicidaires, où la coexistence des individus et l'importance de la bienveillance pour autrui sont vitales, au sens propre.

Je vais évoquer les situations suicidaires en dehors des suicides impulsifs, imprévisibles, qui ont bien entendu un sens mais qui sont difficiles à anticiper, et que l'on peut comprendre après coup ; en dehors également des suicides mélancoliques qui signent une haine active contre le moi du sujet et son indignité, qui nécessitent une prise en charge à la fois psychothérapeutique et un traitement psychotrope adapté, souvent en milieu hospitalier.

Dans ma longue expérience d'aide aux sujets suicidaires, qui date de 1975 et de mon travail au *Suicide Prevention Center* de Los Angeles, dans l'immense majorité des situations suicidaires, la décision du suicide a été prise d'une manière ou d'une autre parce que, dans une situation et un monde personnel intolérable, la personne aboutit à la conclusion implicite ou explicite que *plus jamais personne ne l'aidera à vivre l'intolérable*. C'est cette conception de l'absence absolue d'un autre aidant à vivre en situation de grande souffrance qui est selon moi la racine du geste suicidaire. Il s'en suit que le principe de la prévention dans la prise en charge d'un état suicidaire, c'est de signifier au sujet, que pour de vrai, un être humain, le thérapeute en l'occurrence, a un authentique désir de vie pour lui, une bienveillance fondamentale.

Je prends comme premier exemple celui de cette patiente qui un jour me dit : « Dr Furtos, il faut que je vous dise : si George meurt (c'était son mari sur lequel elle veillait depuis de longs mois dans le décours d'une maladie terminale), si Georges meurt, vous comprenez bien que je ne lui survivrai pas, je me suiciderai… » Évidemment, elle était libre de penser cela, et je le comprenais avec beaucoup d'empathie, mais, j'étais libre aussi, dans la relation, de lui répondre que j'étais en décalage avec elle. « Jacqueline, je comprends très bien votre point de vue, mais est-ce que vous acceptez mon point de vue un peu différent ? », elle me répond : « Oui bien sûr. » Alors je lui dis : « Vous pourriez aussi bien rester vivante et témoigner de l'amour que vous aviez pour lui. Je vous demande une seule chose, Jacqueline, quand Georges sera mort, appelez-moi... » Elle est d'accord, je lui donne mon téléphone. C'était une forme de contrat entre nous, un contrat entre deux libertés. Un jour, j'étais en vacances quelque part dans le Sud de la France, elle me téléphone : « Monsieur Furtos je tiens notre deal : Georges est mort qu'est-ce que je fais ? » Je lui réponds : « Écoutez Jacqueline, il faut l'enterrer... » Certains soignants et patients de l'hôpital de jour sont allés à l'enterrement, et elle a continué à vivre et à progresser d'une manière tout à fait stupéfiante d'ailleurs. Son chien l'a empêchée d'aller tous les jours au cimetière sur la tombe de son mari en refusant d'y entrer. En disant que c'était « le deal » avec Monsieur Furtos qui l'avait autorisée à continuer de vivre sans se suicider, elle a authentifié le principe pragmatique du contrat anti-suicide que j'ai écrit par ailleurs[1]. Par la suite, Jacqueline a arrêté le suivi à l'hôpital de jour et nous sommes restés en contact par SMS. Récemment pour la nouvelle année 2025, elle m'a envoyé un SMS pour me dire que tout allait bien avec son chien Haska avec lequel elle se promenait tous les jours. Je l'appelle par téléphone et elle m'annonce qu'elle a fait, il y a quelques mois, une tentative de suicide assez sérieuse, mais heureusement une amie s'était inquiétée de ne pas l'avoir au téléphone : elle était venue et avait appelé les pompiers. Là encore, le souci pour autrui avait été protecteur. Elle continue de vivre suffisamment bien.

Je prends un deuxième exemple, celui d'un patient que nous appellerons Olivier. C'était un homme qui avait été autrefois assez riche, à la tête d'une entreprise qu'il avait fondée, puis qu'il avait perdue suite à des achats compulsifs et des dépenses inconsidérées sans mise sous tutelle, à l'époque. Il avait été traité uniquement par de très fortes doses de psychotropes. Je le rencontre lorsqu'il est hospitalisé dans une clinique où je remplaçais un collègue durant un week-end. Il y a une rencontre ; une relation s'instaure entre lui et moi, et il m'a demandé de le suivre ensuite là où je travaille habituellement.

Il présentait une sorte de toute-puissance et de paranoïa où c'était toujours de la faute des autres s'il allait mal, une sorte de superbe magnifique d'ailleurs ; il était capable d'écrire des lettres d'insultes extraordinaires en sachant qu'il pouvait blesser l'autre, ce qui l'empêchait de souffrir lui-même et lui faisait du bien. Il m'a dit un jour avec conviction : « Je ne peux plus vivre comme je suis, il ne me reste qu'à me suicider... » Il m'avait déjà parlé du suicide avant, mais il m'avait rassuré : « Ne vous en faites pas, dormez tranquille, je ne vais pas me

1. Furtos J., dans Guyotat J., *Psychothérapies médicales*, Paris, Masson, 1978, Tome 2, p. 91-102.

suicider », parce qu'il avait compris que le suicide était pour moi un souci. Mais cette fois-là, il me parle du suicide avec une telle conviction que je comprends que c'est la dernière liberté qui lui reste. Et je ne lutte pas contre ce pouvoir qu'il a sur sa vie. Je me dis qu'en effet, pour lui, à ce moment de sa dignité perdue et de ses pensées, il peut vraiment se tuer. Il l'avait écrit dans une lettre qu'il avait envoyée à la préfecture et aux allocations familiales et qu'il m'a transmise : « Dans ces conditions, je vous informe, Docteur, que je suis obligé de me suicider… » une sorte de décision froide, quasi administrative, comme on reçoit une lettre d'une administration : « Dans ces conditions, vous n'avez plus droit à telle allocation. » Je lui dis, lorsque je le vois : « N'oubliez pas, Olivier, que si vous vous tuez je ne pourrai plus vous soigner... » J'ai dit cela avec beaucoup d'insistance. Quinze jours après il me dit : « J'ai réfléchi à ce que vous m'avez dit. Oui, vous m'avez dit que vous ne pourriez plus me soigner, que la relation thérapeutique s'arrêterait, j'ai compris que ce n'était pas uniquement parce que vous auriez un échec thérapeutique, c'était en fait parce que vous étiez inquiet pour moi parce que vous m'aimez bien. Vous savez que moi aussi je vous aime bien et que si je me tue la relation s'arrête. » Il avait tout à fait compris que le suicide est le meurtre de la relation, et ce faisant, il a évité l'isolement absolu de la mauvaise précarité. Il a continué d'évoluer avec des désirs suicidaires itératifs et une relation avec son chien et sa mère qui est en Ehpad, ce qui l'aidait relativement à vivre. Il ne venait plus me voir, nous étions en contact par SMS ou par téléphone. Récemment il m'envoie un long SMS très péremptoire où je comprends qu'il a décidé de mettre fin à ses jours avec un cocktail létal et que sa décision est inéluctable. Il s'agit d'une décision euthanasique eu égard à sa situation financière qui se dégradait à l'approche de la retraite, ce qui pour lui était l'horreur absolue, avec un vécu mélancolique au sens clinique du terme. Après un moment d'hésitation, après tout il fallait peut-être accepter son impossibilité à vivre, je décide de téléphoner au Samu de Lyon pour être en contact avec le Samu du département où il habite, afin que les pompiers aillent le voir et l'hospitalisent. Je donne mon téléphone pour être appelé par les intervenants, si besoin, ce qui sera fait. Il est hospitalisé et il me téléphone d'ailleurs juste avant avec une petite voix d'enfant, une voix brisée : « C'est vous qui avez appelé les pompiers ; je ne veux pas aller à l'hôpital… » Je lui dis que j'irai le voir s'il est hospitalisé et il accepte. Mais il ne restera pas à l'hôpital car il y rencontre une soignante très bienveillante qui comprend ce qui se passe pour lui, comprend la relation de bienveillance qu'il a avec moi, et lui permet de rentrer chez lui. Il m'envoie un SMS pour me dire qu'il a laissé tomber son désir de suicide et qu'il va accepter d'être hospitalisé dans la clinique où il était quand je l'ai rencontré pour la première fois, afin d'y être soigné. En réalité, on voit ici l'importance du désir de vie du thérapeute qui peut aller jusqu'à une certaine violence : envoyer des pompiers chez lui, ce qui aurait pu d'ailleurs se conclure par la violence thérapeutique d'une hospitalisation sous contrainte que je n'ai pas décidée à ce moment-là. Et nous continuons actuellement un suivi qui est compatible avec la vie et où il doit venir me voir pour être hospitalisé dans la clinique où il souhaite aller ; mais ce n'est pas encore fait.

On voit comment la rencontre entre deux libertés peut être difficile, et nécessiter un engagement du thérapeute. L'exemple donné, héroïque et exceptionnel, est illustratif de cette rencontre.

Il n'y a pas d'individu sans relation

Je prends maintenant un exemple non suicidaire mais remarquable, concernant une jeune femme de 30 ans. Eva est soignée pour *burn-out* au travail. Son mari présente une maladie de Charcot extrêmement évolutive. En arrêt du travail, elle s'occupe beaucoup de lui qui perd ses capacités dans le quotidien. Ils sont très proches et très aimants l'un de l'autre, sans enfant. Voilà qu'un projet émerge : Eva sait qu'elle ne pourra jamais reprendre son travail qu'elle a complètement désinvesti. Elle envisage de devenir professeur des écoles, et son mari en est d'accord : le projet de sa femme lui permet une pensée active pour l'avenir, tout en sachant qu'une mort l'attend dans les années qui viennent. Il l'encourage. Après avoir suivi sa formation elle est actuellement professeur stagiaire, ce qu'elle aime beaucoup. Corrélativement, il a fallu organiser plus d'aide à domicile pour son mari, puisqu'elle y est moins présente. Elle a demandé un lieu d'exercice proche de leur domicile, pour un temps de trajet court qui lui permette d'être proche de son mari, et j'ai fait un certificat médical dans ce sens.

Eva peut se sentir coupable de s'être éloignée de son mari invalide ; elle éprouve parfois des idées de mort mais aime son métier et l'avenir qu'il représente. Et son mari est anxieux d'être seul durant la journée, il ne récupère plus la nuit et nécessite beaucoup d'aide à domicile. Toutefois il est content pour son épouse, ému et fier de ce qu'elle réalise : « C'est un cadeau pour lui, il pourra partir en paix » dit-elle. Il anticipe sa mort prochaine, qui sera peut-être facilitée, on ne sait pas, mais il reste dans la perspective d'une relation où l'autre continue d'exister pour lui, et ce sera ainsi même après sa disparition.

Un dernier exemple, personnel puisque c'est celui de ma mère, décédée peu après ses 100 ans. Il concerne les directives anticipées, non écrites dans le cas particulier, mais exprimées explicitement après ses 90 ans à son fils médecin, et à de multiples reprises : « Si un jour je perds mon autonomie, je ne veux pas continuer de vivre, tu feras ce qu'il faut... » Cette femme très active, qui continuait à avoir de nombreuses activités, ne pouvait s'imaginer dépendante et passive. J'avoue qu'elle m'avait convaincu sur le plan du principe. Mais voilà qu'à 98 ans elle fait un AVC suite au refus de soigner une hypertension artérielle. Elle est hospitalisée et contrainte d'aller en Ehpad où elle a toujours exprimé explicitement un fort désir de vivre, de ne pas mourir, à ma grande surprise. « Je ne suis pas pressée d'aller de l'autre côté », disait-elle. Elle était accompagnée de près par ses enfants et l'une de ses belles-filles, avec une prise en charge remarquable de la part de l'équipe de l'Ehpad. Malgré son état de grande dépendance, elle est restée vivante jusqu'au bout, jusqu'à son troisième AVC qui l'a emportée. Tant qu'elle allait bien dans sa maison, son désir euthanasique exprimé avec conviction n'était pas en situation. C'est la situation et le rapport réel à autrui qui compte. À l'inverse, une autre personne aurait pu exprimer son opposition à l'euthanasie, et la souhaiter une fois en situation.

En conclusion, nous avons vu, et c'est ce sur quoi je voulais insister, qu'un individu isolé est une fiction de la modernité, il n'y a pas d'individu sans relation même déniée. D'ailleurs, si on regarde la Déclaration universelle des droits de l'homme de l'ONU en 1948, le préambule est très ouvert en ce sens : « Considérant la reconnaissance de la dignité inhérente à tous les membres de la famille humaine... » En effet, les Droits de l'homme portent certes sur l'individu, ce qui est surtout mis en avant actuellement, mais on oublie souvent que cet individu est membre de « la famille humaine », c'est-à-dire qu'il n'est pas isolé, qu'il est en interaction active, ou désactivée, ou non activée. Quoi qu'il en soit d'un désir euthanasique ou de suicide assisté, il est important d'activer cette présence de la famille humaine en laissant ouvert le rapport à l'inconnu et ce qui s'en suivra, et ce dans la non-toute-puissance de l'une ou l'autre partie, en écoutant avec respect le désir de quitter sa maison-corps, en fonction de ce que la loi autorise maintenant et dans l'avenir.

Je précise que dans ce texte, je n'ai pas envisagé *le rapport de l'autre en soi et de l'autre à l'extérieur de soi,* ce serait l'objet d'un autre travail.

Marc Lévêque
Neurochirurgien, algologue

PLUTÔT MOINS SOUFFRIR QUE MOURIR

Le débat actuel sur l'aide à mourir intervient à un moment de l'histoire médicale où, précisément, notre « pouvoir antalgique » n'a jamais été aussi fort. La panoplie médicamenteuse est étoffée, les alternatives non médicamenteuses s'accroissent et l'accélération technologique renforce le développement de la neuro-modulation. Quelles explications apporter à ce curieux paradoxe ?

La douleur demeure au centre de tous les débats

Le débat actuel sur « l'aide active à mourir » – ou encore « euthanasie », « suicide assisté », les termes ne changent pas fondamentalement la discussion, le principe restant celui d'administrer la mort – est, à notre sens, le sujet le plus important auquel notre communauté des professionnels de la douleur aura été confrontée.

Qu'il s'agisse des partisans ou des opposants à ce controversé projet de loi, la douleur demeure au centre de tous les débats. Pour les militants, mourir dans la souffrance serait « indigne », ce qui justifierait l'acte létal. Tandis que les adversaires rétorquent que la vie d'une personne en proie à la douleur – qu'elle soit physique ou psychique – doit être soulagée et non abrégée.

Ce débat répand, entre autres, dans l'esprit de nos concitoyens, que nous serions impuissants face à certaines douleurs insupportables, notamment, en fin de vie. C'est là une vérité que nous ne pouvons nier. Un constat d'impuissance, heureusement très rare, auquel la loi du 2 février 2016 créant de nouveaux droits en faveur des malades et des personnes en fin de vie y remédie avec la possibilité de « la sédation profonde et continue » que tout médecin devrait connaître.

Ce projet de loi en brandissant les douleurs rebelles et insupportables comme justification du texte, ancre dans l'opinion l'idée que nous serions dans l'incapacité de répondre à des douleurs, qui plus est lorsqu'elles deviennent atroces.

Une douleur, lorsqu'elle devient insupportable, demeure effectivement « une expérience sensorielle et émotionnelle désagréable », pour reprendre sa définition, mais est aussi un isolement. Elle est ressentie sans pouvoir être partagée. Les vers de Sabine Sicaud — enfant-poète morte à quinze ans, rongée par une ostéomyélite du pied, bête invisible aux minuscules dents – sont poignants.

> La plante ne dit rien. L'oiseau se tait. Que dire ?
> Cette douleur est seule au monde, quoi qu'on veuille.
> Elle n'est pas celle des autres, c'est la mienne.
> Une feuille a son mal qu'ignore l'autre feuille.
> Et le mal de l'oiseau, l'autre oiseau n'en sait rien.

Se sentir seul, c'est être en mauvaise compagnie et parfois avec de mauvaises pensées. Le suicide, ou l'envie d'en finir, devient le cri ultime d'un silence trop longtemps gardé.

La réponse, en plus d'être médicale, doit donc être humaine. Tout article sur la fin de vie est immanquablement illustré par une main tenant une autre main preuve, s'il en est, que l'accompagnement demeure le premier des médicaments.

Outre cette réponse humaine, fondamentale, le médecin a, en outre, entre ses mains un arsenal thérapeutique permettant, dorénavant, de venir à bout de la majorité des douleurs. Prenons l'exemple des douleurs cancéreuses, les progrès pharmacologiques, les avancés de la radiologie interventionnelle et de la chirurgie de la douleur montre, selon les référentiels de l'OMS, qu'ils permettent de soulager efficacement, y compris en fin de vie, 75 % des patients en phase palliative et 90 % des patients tous stades confondus[1]. Pourtant dans une étude européenne de 2014, un patient sur trois ne reçoit pas de traitement antalgique adapté à l'intensité de cette douleur, des résultats malheureusement stables depuis vingt ans.

Le débat actuel sur l'aide à mourir intervient à un moment de l'histoire médicale où, précisément, notre « pouvoir antalgique » n'a jamais été aussi fort. La panoplie médicamenteuse est étoffée, les alternatives

---

1. *Livre blanc de la douleur 2017. État des lieux et propositions pour un système de santé éthique, moderne et citoyen*, SFETD, éditions Med-Line, 2017.

non médicamenteuses s'accroissent et l'accélération technologique renforce le développement de la neuro-modulation. Quelles explications apporter à ce curieux paradoxe ?

Trois pistes de réflexion, au moins, s'offrent à nous.

La première pourrait être que l'enjeu du débat se situe, aussi, en dehors du champ de la douleur. Que cette dernière soit, d'une certaine manière, instrumentalisée afin de servir d'autres desseins. On pense, notamment, au coût économique de moins en moins soutenable que font peser des populations non productives (personnes de grand âge ou souffrant de cancers, de maladies neurodégénératives…) sur notre économie, tandis que, dans le même temps, notre dette devient abyssale. On comprend ainsi mieux le soutien, de plus en plus affiché, d'établissements mutualistes à ce projet de loi.

À moins qu'il ne s'agisse d'une pression normative qui s'exerce en priorité sur les plus fragiles. Ou bien a-t-on affaire à une nouvelle définition sociale de la « dignité » érigée comme standard ? Ce qui, soit dit en passant, serait illusoire « puisque nous naissons et mourrons dépendants et improductifs, que nous ne sommes jeunes qu'un tiers de notre vie. La dignité comme standard est encore discriminatoire. C'est à cause d'elle que la société écarte, rejette ou stigmatise les personnes âgées (âgisme) ou handicapées (validisme), qui intériorisent parfois elles-mêmes cette discrimination » nous rappelle cette tribune d'un collectif dans le journal l'*Humanité*[1].

La deuxième piste pourrait être que la tolérance à la douleur soit inversement proportionnelle à notre capacité à la soulager. Il s'agirait là du *paradoxe de Tocqueville* appliqué, non plus à l'égalité, mais à la douleur. Rappelons que le philosophe politique, auteur de *De la démocratie en Amérique,* avait noté, au sujet de l'égalité, que la frustration – subjective – s'amplifie avec la progression – objective – dans l'échelle sociale. En d'autres termes, plus la société est en mesure de corriger les inégalités, plus celles qui persistent sont vécues comme intolérables. Appliqué au sujet qui nous occupe cela donne : plus nous sommes capables de combattre la douleur, plus elle devient intolérable.

Enfin, cette peur de la société envers une douleur qui ne pourrait être soulagée – alors que nous possédons des outils de plus en plus efficaces pour cela – pose deux questions. Déjà celle de l'information des patients – et surtout celle des soignants ! –, sur les thérapies antalgiques existantes. De nombreux patients ne sont pas informés des moyens qui

1. Tribune, « Prendre soin ou euthanasier : un appel social et écologique à la gauche », tribune, *L'Humanité*, 26 avril 2024.

pourraient les soulager. « C'est dommage qu'on ne me l'ait pas proposé plus tôt… » est une phrase bien plus familière, pour un algologue, qu'une demande explicite de mort. « L'histoire de bien des méthodes nous apprend que, souvent, les médecins praticiens ont compris plus vite l'intérêt des faits nouveaux que ceux qui ont pour mission de les enseigner. Un malade ne doit pas continuer de souffrir pour la seule raison que celui qui le soigne ne sait pas qu'on peut le soulager. » Ces propos du chirurgien de la douleur René Leriche en 1939 demeurent d'actualité et pointe la nécessité criante d'un enseignement de qualité au sein d'une discipline, l'algologie, qui n'est toujours pas reconnue.

Un coupe-file pour en finir

D'autre part, et c'est le cœur du débat, la question de l'accessibilité à ces thérapies antalgiques sur notre territoire. Prenons un exemple qui concerne aussi bien l'algologie que les soins palliatifs : la pompe à infusion intrathécale (PIT). Ce dispositif implanté, à l'efficacité indéniable, est remboursé, en France, depuis 2009. La Haute Autorité de santé précise qu'il est « recommandé en cancérologie lorsqu'un syndrome douloureux n'est pas contrôlé par 300 mg de morphine ou plus précocement ». En dépit de cette recommandation claire, on déplore d'effarantes disparités entre régions. Si vous êtes d'Île-de-France ou de Provence-Alpes-Côte d'Azur vous aurez environ cinq fois moins de chances de bénéficier de cette thérapie que si vous êtes en Pays-de-Loire ! Sans compter que, trop souvent, cette technique efficace est proposée trop tard dans l'évolution de la maladie. Ce qui est vrai pour la PIT, l'est tout autant pour la toxine botulique, la stimulation médullaire, la stimulation magnétique transcrânienne. Certains noms mêmes restent ignorés, tant l'accès à ces chirurgies de la douleur demeure confidentiel : drezotomie, cordotomie, hypophysiolyse ou tractotomie mésencéphalique.

Cependant, le plus grave n'est pas la disponibilité très inégale de ces thérapies mais la difficulté d'accès, généralisée, aux structures douleur. Ces lieux qui renferment des compétences humaines et techniques spécifiques. Ainsi seulement 3 % des douze millions de patients souffrant de douleurs chroniques sont pris en charge dans les quelques trois cents centres dédiés et moins de 50 % des patients qui devraient bénéficier de soins palliatifs y ont accès.

À ces problèmes d'information ou d'accès se greffe la question des thérapies innovantes – médicamenteuses ou non – qui demeurent non remboursées, laissant des milliers de malades en proie à des douleurs parfois suicidaires. Ajoutons que 30 % des structures douleur publiques risquent de disparaître ces prochaines années par manque de moyens financiers ou humains et que la médecine de la douleur libérale est moribonde avant même d'avoir vécu.

Plutôt qu'une proposition de loi qui clive et se nourrit de l'angoisse d'une douleur insurmontable susceptible de survenir dans la vie de tout un chacun, n'y aurait-il pas mieux fallu un quatrième « plan douleur » – attendu de tous – garantissant à chacun le droit à être soulagé avec efficacité au lieu d'un droit à « mourir dans la dignité ». « Plutôt moins souffrir que mourir » aurait pu en être la nouvelle devise !

Sous couvert de « fraternité », de « solidarité » ou de « dignité » ce projet de loi va, paradoxalement, accroître les inégalités : à ceux qui connaissent ou qui en ont les moyens, une prise en charge optimale de leur douleur, aux autres l'« aide à mourir ».

Car si cette proposition de loi venait à être adoptée dans ses grandes lignes, nous avons déjà une certitude. Il sera beaucoup plus facile et rapide d'accéder à l'« aide à mourir » qu'à des soins algologiques ou palliatifs de qualité ! Le président de la République s'est engagé « À partir du moment où la demande est posée, il y a un minimum de deux jours d'attente pour tester la solidité de la détermination. Ensuite, la réponse doit intervenir dans un délai de quinze jours maximum. » Des délais intenables pour n'importe quelle consultation douleur classique, un coupe-file pour en finir.

Dernier détail, la facture sera moindre…

Émilie Olié
Professeur de psychiatrie – Université de Montpellier

Raphael Gourevitch
Psychiatre, GHU Paris Psychiatrie et Neurosciences

LA SOUFFRANCE PSYCHOLOGIQUE, JAMAIS ABSENTE DANS UNE DEMANDE D'AIDE À MOURIR : LA DÉFINIR, L'ÉVALUER, LA PRENDRE EN CHARGE

L'être humain a été sélectionné par l'évolution pour vivre et survivre. Mais pour certains, parfois, la vie ne vaut plus la peine d'être vécue car elle n'est que souffrance. Cette souffrance est intimement individuelle, difficile à verbaliser et à communiquer. Elle concerne la perception que le sujet a de lui-même, elle est une rupture qui semble irrémédiable. La proposition de loi relative à la fin de vie et qui envisage l'euthanasie et le suicide assisté regroupés sous le terme d'aide à mourir, inclut dans les critères d'éligibilité la présence d'une « souffrance physique, accompagnée éventuellement d'une souffrance psychologique liée à l'affection qui est soit réfractaire aux traitements, soit insupportable lorsque la personne ne reçoit pas de traitement ou a choisi d'arrêter d'en recevoir ». Une réflexion s'impose pourtant sur cette notion de souffrance : comment la définir ? Peut-elle être exclusivement physique ou psychologique ? Comment la mesurer, notamment dans son versant psychologique ? Comment s'assurer qu'elle est toujours prise en charge ?

Définir la souffrance dans les demandes d'aide à mourir

La souffrance, centrale dans les demandes d'aide à mourir, est une expérience intégrative associant des composantes physiques, psychologiques, spirituelles et sociales qui interagissent et s'influencent mutuellement. Une approche biopsychosociale permet de considérer la souffrance non pas comme une simple accumulation de symptômes, mais comme le résultat, à partir d'un substrat anatomique ou fonctionnel, d'interactions complexes entre les croyances, les valeurs, les relations et les expériences de vie du patient. Le concept de « souffrance intolérable » est au cœur des pratiques d'euthanasie et de suicide assisté. Pourtant, sa définition reste subjective et varie d'un patient à l'autre. Pour certains, cette souffrance est purement psychologique et découle de l'angoisse d'un futur incertain ou des séquelles d'une tentative de suicide. Pour d'autres, elle se traduit par un sentiment d'impuissance face à des symptômes physiques ou sociaux vécus comme insurmontables et qui pourraient pourtant être améliorés par une prise en charge adaptée. Dees et al.[1] ont proposé de définir la souffrance insupportable dans le contexte d'une demande d'euthanasie comme « l'expérience profondément personnelle d'une menace imminente réelle ou perçue pour l'intégrité ou la vie de la personne, ayant une durée significative et une place centrale dans l'esprit de la personne ». Pour évaluer le caractère intolérable de la souffrance, les médecins s'appuient le plus souvent sur des éléments dits « objectifs » tels que la maladie sous-jacente et ses manifestations, ainsi que le retentissement fonctionnel engendré. Pourtant ce sont plus souvent le manque de perspectives d'amélioration ou la perte de dignité du patient qui sont à l'origine de la demande d'euthanasie.

L'expérience subjective du patient, sous-tendue par sa personnalité, sa perception de sa santé physique et mentale, son histoire de vie et sa perception de l'avenir, est centrale. Rietjens et al.[2] ont interrogé différents médecins sur le caractère intolérable de la souffrance décrite dans plusieurs vignettes cliniques hypothétiques. Pour un patient dont la souffrance est principalement liée à des symptômes physiques avec une espérance de vie limitée, tous les répondants pensent que le patient souffre de façon insupportable. Mais dans les vignettes où la souffrance dans sa dimension physique est moindre que dans ses aspects psychosociaux et existentiels, les avis divergent. Cette étude

---

1. M.K. Dees, M.J. Vernooij-Dassen, W.J. Dekkers, G. Elwyn, K.C. Vissers, C. van Weel, Unbearable suffering of patients with a request for euthanasia or physician-assisted suicide: an integrative review. *Psychooncology*. 2010; 19(4):339–52. DOI: 10.1002/pon.1612. PMID: 19771571.

2. JA Rietjens, DG van Tol, M. Schermer, A. van der Heide, Judgement of suffering in the case of a euthanasia request in The Netherlands. *J Med Ethics*. 2009; 35(8):502–7. DOI: 10.1136/jme.2008.028779. PMID: 19644009.

démontre bien que la définition de la souffrance justifiant le recours à l'euthanasie reste floue, interrogeant sur ses composantes physique, psychologique, existentielle, ou encore sociale. Il serait erroné de penser qu'une douleur physique peut être libre de toute dimension psychologique : en d'autres termes, la souffrance psychologique n'est jamais absente d'une souffrance globale, et notamment lorsqu'il y a demande d'aide à mourir.

Le concept de douleur psychologique

La douleur psychologique, souvent confondue avec la souffrance, peut être une manifestation, parfois unique, de la souffrance. Elle nécessite d'être comprise, évaluée et prise en charge au même titre que la douleur physique dans toute demande d'aide à mourir. Dans cette perspective, il est impératif de placer la douleur psychologique au cœur de la réflexion clinique et éthique, afin d'assurer une évaluation globale et nuancée des demandes, tout en respectant la dignité et l'autonomie des patients.

Définition

La douleur psychologique, également désignée par des termes tels que *psychache* (cf. *infra*), douleur mentale, douleur émotionnelle, reste un concept complexe et multidimensionnel dont la définition précise continue de faire débat. Sa conceptualisation est rendue difficile par la diversité des définitions et des terminologies, reflétant des perspectives théoriques variées. Dès le XIXe siècle, Griesinger introduit le terme de *phrénalgie*, décrivant la douleur psychique comme un « déchirement de l'âme ». Cette approche, qui dépasse le strict cadre médical, reconnaît une douleur non physique mais comparable à la douleur corporelle dans ses effets d'alerte. Plusieurs théoriciens ont tenté de définir les mécanismes de la douleur psychologique. Frankl et Bakan l'associent à une rupture du sentiment de plénitude ou à une perte de sens. Baumeister met en avant l'écart entre le « Je » actuel et l'idéal du soi, entraînant une auto-déception, tandis que Herman et Janoff-Bulman insistent sur la perception négative du soi, souvent déclenchée par des événements perçus comme des échecs ou des pertes. Shneidman[1] élabore le concept

1. ES. Shneidman, Suicide as psychache. *J Nerv Ment Dis.* 1993 Mar; 181(3):145-7. DOI: 10.1097/00005053-199303000-00001. PMID: 8445372.

de *psychache*, définissant la douleur psychologique comme le résultat de besoins essentiels frustrés – notamment l'affiliation, l'autonomie, la défense et la domination. Ces frustrations engendrent des émotions intenses telles que le désespoir, la honte ou la solitude. La douleur psychologique est alors un mécanisme d'alarme (comme la douleur physique) signalant une atteinte à l'intégrite psychique de l'individu. Niall Bolger et Susie Orbach enrichissent cette perspective. Bolger décrit la douleur psychologique comme une « rupture du soi », marquée par un sentiment de blessure et de déconnexion, tandis qu'Orbach met l'accent sur la perception négative des changements du soi, souvent associée à des émotions intenses. Des efforts récents visent à intégrer ces différentes théories dans une définition unifiée. Meerwijk et Weiss[1] identifient plusieurs caractéristiques fondamentales de la douleur psychologique : un sentiment désagréable, une désintégration ou une déficience du soi, un état durable et insoutenable, souvent provoqué par des pertes ou des échecs. Les conséquences peuvent être positives, comme une croissance personnelle et un sens accru de la vie, ou négatives, telles que des pathologies ou des comportements suicidaires. Au total, ces auteurs proposent une définition synthétique de la douleur psychologique comme « un sentiment durable, insoutenable et désagréable résultant de l'évaluation négative d'une incapacité ou d'une déficience du soi ». Cette approche met en lumière l'interaction dynamique entre l'individu, son environnement et sa perception de soi, soulignant l'importance des événements menaçants pour les besoins fondamentaux et des stratégies d'adaptation.

Douleur psychologique et demande d'aide à mourir

La douleur psychologique est une composante constante et centrale des demandes d'aide à mourir : parfois déniée ou exprimée loin derrière la souffrance physique, elle n'en est en fait jamais absente. Ces requêtes traduisent souvent un désir d'échapper à une douleur perçue comme intolérable et multidimensionnelle, associant des composantes psychologiques (désespoir, perte de valeur personnelle, angoisse de l'avenir), physiques (douleurs chroniques ou invalidantes), sociales (isolement, sentiment d'être un fardeau pour les proches). L'interaction entre médecins et patients se disant déterminés à mettre fin à leurs jours est souvent façonnée par des biais d'ordre éthique, psychologique, social, culturel et professionnel. Ces influences incluent, entre autres,

1. EL Meerwijk, SJ. Weiss, Toward a unifying definition of psychological pain. *Clin Psychol Rev*. 2013 Feb ; 33(3):495-507. DOI : 10.1159/000348869. PMID : 24281693.

l'inacceptabilité morale du suicide, le rôle traditionnel du médecin en tant que guérisseur, les risques juridiques et la désapprobation sociale. De manière plus générale, tant les patients que les cliniciens sont guidés par des préférences parfois irrationnelles lorsqu'il s'agit de prendre des décisions impliquant des risques, le temps ou des compromis. Pour qu'une décision soit qualifiée de rationnelle, elle doit reposer sur deux piliers essentiels : une approche réaliste et une ambivalence minimale. Pourtant, comment peut-on rationnellement poser une question aussi existentielle que celle de « vivre ou ne pas vivre » ?

Douleur psychologique et esprit suicidaire

Le désir de mourir est souvent influencé par des symptômes potentiellement réversibles tels que la douleur, la dépression, ou des événements de vie négatifs. Cependant, ce désir peut être instable et évolutif, mettant en lumière l'ambivalence inhérente aux idées de suicide. Les idées suicidaires peuvent être classées en deux catégories souvent poreuses : réactives au stress (pensées suicidaires déclenchées par des événements stressants, souvent brèves et impulsives) ou non réactives (idées persistantes, ancrées dans une détresse chronique). Cette distinction souligne l'instabilité du désir de mourir. D'ailleurs, de nombreuses personnes survivant à une tentative de suicide décrivent leur acte comme une forme de communication, une recherche d'un autre mode de vie plutôt qu'un souhait absolu de cesser d'exister. Envisager la mort peut être aussi un mécanisme de *coping*, c'est-à-dire une stratégie pour faire face à une situation de stress. En effet, certains sujets sont capables de tolérer des niveaux élevés de douleur psychologique en se disant que si cela devient insupportable, ils ont dans tous les cas la possibilité d'y mettre fin via l'euthanasie, le suicide assisté ou un geste suicidaire.

La douleur psychologique est un élément central dans le désir de mort, dont la problématique suicidaire est une illustration. En effet la douleur psychologique est fortement liée aux idées et comportements suicidaires, ce qui en fait une cible prioritaire pour l'évaluation dans les demandes d'aide à mourir. Le suicide est souvent perçu comme un moyen ultime d'échapper à une douleur jugée intolérable et irrémédiable. Une étude réalisée par Bancroft et al.[1] auprès de 128 personnes ayant survécu à une tentative de suicide par surdosage a mis en évidence

1. J. Bancroft, A. Skrimshire, S. Simkin, The reasons people give for taking overdoses : a further inquiry. *Br J Med Psychol.* 1979 Jun ; 52(2):353-65. DOI : 10.1111/j.2044-8341.1979.tb02536.x. PMID : 508651.

que 52 % des participants souhaitaient obtenir un soulagement d'un état psychologique insupportable, tandis que 42 % cherchaient à fuir une situation perçue comme inextricable. Les études démontrent une forte corrélation entre la douleur psychologique et les idées suicidaires. À un instant donné, l'intensité de la douleur psychologique est corrélée à l'intensité des pensées suicidaires, tandis que son niveau maximal prédit la survenue de tentatives de suicide, indépendamment de la sévérité d'un épisode dépressif[1,2]. Une méta-analyse conduite par Ducasse et al.[3] a révélé que les niveaux de douleur psychologique sont significativement plus élevés chez les individus suicidaires que chez ceux ne l'étant pas.

Edwin Shneidman[4] a décrit six étapes clés dans le processus suicidaire, plaçant la douleur psychologique au cœur de cette dynamique :

1. Facteurs de stress : l'existence de facteurs de stress sociaux ou psychologiques, tels que le rejet ou des conflits interpersonnels.
2. Vulnérabilité biologique : l'influence de prédispositions génétiques ou biologiques pouvant amplifier la perception du stress.
3. Perception négative : la tendance à interpréter les facteurs de stress comme extrêmement négatifs et douloureux.
4. Caractère insupportable : l'intensification de la douleur psychologique jusqu'à devenir insupportable.
5. Solution perçue : la mort est envisagée comme l'unique moyen de mettre fin à cette douleur.
6. Seuil dépassé : le seuil de tolérance est franchi, conduisant à des comportements suicidaires.

Ces étapes illustrent le rôle central de la douleur psychologique dans la construction de ce qu'on appelle « l'esprit suicidaire », souvent accompagné d'une constriction mentale qui limite la capacité à envisager d'autres solutions que le suicide. La constriction mentale désigne un état où les capacités cognitives de la personne sont rétrécies, l'empêchant de considérer des alternatives à sa souffrance. Cet état de focalisation

1. Olié E., Guillaume S., Jaussent I., et al. Higher psychological pain during a major depressive episode may be a factor of vulnerability to suicidal ideation and act. *J Affect Disord.* 2010 Jan; 120(1-3):226-30. DOI: 10.1016/j.jad.2009.03.013.PMID: 19394086.

2. Alacreu-Crespo A., Cazals A., Courtet P., et al. Brief Assessment of Psychological Pain to Predict Suicidal Events at One Year in Depressed Patients. *Psychother Psychosom.* 2020; 89(5):320-323. DOI: 10.1159/000506957. PMID : 32268339.

3. Ducasse D., Holden RR, Boyer L., et al. Psychological Pain in Suicidality: A Meta-Analysis.*J Clin* Psychiatry. 2018 May/Jun; 79(3):16r10732. DOI: 10.4088/JCP.16r10732. PMID: 28872267.

4. ES. Schneidman, *Suicide as psychache. op. cit.*

intense sur la douleur renforce l'idée que la mort est la seule issue possible. Ce mécanisme est fréquemment observé chez les patients ayant un désir de mort. Il est toutefois réversible et la crise suicidaire en est un parfait exemple : tel patient suicidaire qui a franchi dans cet ordre les étapes 1 à 6, s'il survit, en reviendra aux premiers stades du processus et s'y stabilisera plus ou moins durablement, parfois définitivement. Les partisans de la proposition de loi croient pouvoir différencier demande d'aide à mourir et projet suicidaire. Mais « l'aide à mourir » telle qu'envisagée entrave ce processus de restauration, et fige la crise suicidaire à son acmé, empêchant la réversibilité.

Évaluation de la souffrance et de la douleur psychologique

L'évaluation de la souffrance dans le contexte des demandes d'aide à mourir pose des défis importants, en particulier pour intégrer les dimensions psychosociales, spirituelles et existentielles souvent négligées. Les pratiques actuelles se concentrent largement sur les aspects physiques et fonctionnels, tandis que des dimensions telles que la dépression, la perte de dignité, le sentiment de fardeau ou la douleur psychologique ne sont pas systématiquement explorées. Pourtant, ces dimensions sont essentielles pour comprendre les motivations profondes derrière ces requêtes. Trois échelles ciblant la douleur psychologique peuvent être citées :

– *Psychache Scale* développée par Holden en 2001, en 13 items repose sur la conceptualisation de la douleur psychologique comme un état subjectif défini par Shneidman

– *Orbach and Mikulincer Mental Pain Scale (OMMP)* développée par Orbach et Mikulincer (2003)[1], en 44 items mesure neuf dimensions centrales de la douleur psychologique : perte de contrôle (imprévisibilité et désespoir), irréversibilité (douleur perçue comme permanente), submersion émotionnelle (surcharge émotionnelle), éloignement social (isolement), blessures narcissiques (rejet et sentiment d'abandon). Sa longueur et sa complexité peuvent limiter son utilisation.

– *Physical and Psychological Pain Visual Analogue Scale (PPP-VAS)* développée par Olié et al. (2010)[2], la PPP-VAS est une échelle analo-

1. Orbach I., Mikulincer M., Sirota P., et al., Mental pain: a multidimensional operationalization and definition. *Suicide Life Threat Behav.* 2003 Fall; 33(3):219-30. doi: 10.1521/suli.33.3.219.23219.PMID: 14582833

2. Olié E. et al., Higher psychological pain during a major depressive episode may be a factor of vulnerability to suicidal ideation and act. *J Affect Disord.* 2010 Jan; 120 (1-3): 226-30.

gique simple et rapide. Elle demande au participant d'évaluer l'intensité de sa douleur psychologique actuelle et celle des 15 derniers jours sur une échelle de 0 à 10. Cet outil a démontré son utilité pour détecter des idées et tentatives de suicide récentes, passées et futures.

L'évaluation de la douleur psychologique nécessite de combiner des outils standardisés avec une approche personnalisée et basée sur des entretiens. Les outils comme la PPP-VAS, adaptés aux évaluations rapides, peuvent être utilisés en complément des échelles multidimensionnelles comme l'OMMP pour obtenir une vision plus complète de l'expérience subjective du patient. Il est également important de tenir compte du caractère dynamique de la douleur psychologique. Les échelles comme la PPP-VAS, qui mesurent des états actuels, et celles comme la *Psychache Scale*, qui évaluent des traits plus persistants, offrent des perspectives complémentaires essentielles à une évaluation approfondie.

Prendre en charge la douleur psychologique

Contexte des demandes d'aide à mourir

Les demandes d'aide à mourir nécessitent une approche globale, mobilisant des compétences variées pour comprendre et soulager toutes les dimensions de la souffrance. Pourtant, le rapport annuel de l'aide à mourir au Canada (2021)[1] révèle une sous-consultation des psychiatres (6 % des cas), des psychologues (moins de 5 %), et des travailleurs sociaux (24 %). Une meilleure intégration des équipes interdisciplinaires est cruciale pour évaluer la douleur psychologique et les comorbidités, telles que la dépression ou l'anxiété, qui peuvent être réversibles ; explorer les dimensions sociales et existentielles, en identifiant des facteurs modifiables comme le sentiment d'être un fardeau ou l'isolement ; offrir une perspective diversifiée sur les alternatives possibles, notamment des interventions psychothérapeutiques ou des soins palliatifs renforcés.

Il est aussi important de rappeler la forte prévalence des symptômes dépressifs chez les patients demandant une assistance médicale pour mourir qui est de 8 à 47 % ; cette prévalence est de 2 à 17 % chez les personnes ayant eu recours à l'euthanasie. Or la dépression péjore le pronostic de la maladie somatique, majore l'impact psychologique de la maladie, et est elle-même source de douleur psychologique. À l'inverse rappelons que la maladie chronique ou incurable, la douleur physique

1. https://www.canada.ca/fr/sante-canada/services/aide-medicale-mourir/rapports.html

réfractaire sont autant de facteurs favorisant la survenue d'épisodes dépressifs caractérisés. Il est probable que certaines demandes d'euthanasie soient au moins en partie sous-tendues par une problématique anxio-dépressive, qui pourrait être soulagée par la mise en place d'une thérapeutique adéquate. Face à une douleur psychologique intense, plusieurs approches cliniques se sont révélées prometteuses.

Sur le plan pharmacologique

Plusieurs méta-analyses ont montré que la kétamine racémique et l'eskétamine avaient des effets d'action rapide sur les idées suicidaires chez les individus souffrant de dépression unipolaire ou bipolaire. Une seule administration de kétamine réduit les idées suicidaires dans les 4 heures à 24 heures suivant la perfusion[1], avec des effets persistants jusqu'à une semaine après l'administration, tandis que la répétition des administrations assure que les effets perdurent jusqu'à 6 semaines[2]. Cet effet n'est que partiellement expliqué par l'effet antidépresseur et il serait médié par une diminution de la douleur psychologique[3]. Une étude menée par Yovell et al.[4] a rapporté la réduction des idées suicidaires et de la douleur psychologique chez des personnes suicidaires après la prise de très faibles doses de buprénophine pendant un mois. La buprénorphine est une molécule agissant sur le système opioidergique impliqué dans la douleur. Enfin, utilisée chez des patients atteints de cancers en phase avancée, la psilocybine a réduit de manière significative et durable la dépression et l'anxiété, tout en améliorant la qualité de vie et le sens existentiel de leur existence, indépendamment d'un soutien psychothérapeutique[5].

---

1. Wilkinson ST, Ballard ED, Bloch MH, et al. The effect of a single dose of intravenous ketamine on suicidal ideation: a systematic review and individual participant data meta-analysis. *Am J. Psychiatry*. 2017 Nov; 174(11):1074-1083. DOI: 10.1176/appi.ajp.2017.17040472. PMID: 28969441.

2. Phillips JL, Norris S., Talbot J., et al. Single, repeated, and maintenance ketamine infusions for treatment-resistant depression: a randomized controlled trial. *Neuropsychopharmacology*. 2020 Apr; 45(5):677-685. DOI: 10.1038/s41386-019-0570-x. PMID: 31759333.

3. Abbar M., Demattei C., El-Hage W., et al. Ketamine for the acute treatment of severe suicidal ideation: double blind, randomised placebo controlled trial. *BMJ*. 2022 Feb 2; 376:e067194. doi: 10.1136/bmj-2021-067194.PMID: 35110300.

4. Yovell Y., Bar G., Mashiah M., et al. Ultra-low-dose buprenorphine for severe suicidal ideation: a randomized controlled trial. *Am J Psychiatry*. 2016 Aug; 173(8):491-498. DOI: 10.1176/appi.ajp.2015.15040535. PMID: 26684923.

5. Griffiths RR, Johnson MW, Carducci MA, et al. Psilocybin produces substantial and sustained decreases in depression and anxiety in patients with life-threatening cancer: A

Sur le plan psychothérapeutique

Les bonnes pratiques médicales imposent de soulager la détresse des patients avant de considérer la mort comme une issue. Les cliniciens doivent éviter de supposer que l'accélération de la mort est la seule solution à une souffrance dite "irrémédiable". Une écoute attentive et des interventions adaptées peuvent réduire considérablement la douleur psychologique. Comprendre la douleur psychologique nécessite de dépasser les évaluations standardisées pour explorer les récits personnels du patient, ses valeurs, et sa perception de son avenir.

La thérapie d'acceptation et d'engagement (ACT) est une thérapie intégrative, associant des éléments de thérapie cognitivo-comportementale de troisième génération, d'entretien motivationnel et de thérapie existentielle. La thérapie ACT vise ainsi à développer la capacité à agir dans une direction valorisée, en acceptant l'apparition éventuelle d'événements psychologiques aversifs, à diminuer l'évitement expérientiel et à augmenter la flexibilité cognitive. La compétence d'acceptation des événements mentaux entraînée dans l'ACT permettrait de réduire la douleur psychologique. En outre, la thérapie ACT permet au patient d'agir en cohérence avec ses valeurs, indépendamment de son état affectif. Ceci permet de diminuer l'inadéquation entre l'idéal d'un sujet et la qualité de ses actions, réduisant par là même la douleur psychologique. L'utilisation de cette thérapie chez des personnes ayant des idées suicidaires a démontré son intérêt dans la réduction de ces dernières mais aussi de la douleur psychologique ressentie[1].

Conclusion

La douleur psychologique constitue une composante universelle et essentielle des demandes d'aide à mourir (même lorsque cette dernière est rationnalisée par une maladie ou une douleur physique et apparaît ainsi « raisonnable »). Cette douleur psychologique altère l'équilibre mental, le discernement, les capacités de jugement mais elle est également une porte d'entrée vers des interventions thérapeutiques visant à soulager cette détresse. La clé réside dans une

randomized double-blind trial. *J Psychopharmacol.* 2016 Dec; 30(12):1181-1197. DOI: 10.1177/0269881116675513. PMID: 27909165.

1. Ducasse D., Jaussent I., Artero S., et al. Acceptance and commitment therapy for the management of suicidal patients: A randomized controlled trial. *Psychother Psychosom.* 2018; 87(4):211-222. DOI: 10.1159/000488715. PMID: 29874680.

approche empathique, visant à écouter et à prendre au sérieux le vécu du patient, tout en explorant des solutions alternatives pour atténuer sa douleur. Plutôt que de voir la mort comme la seule réponse, il s'agit de considérer cette souffrance comme un appel à l'aide, exigeant une prise en charge globale et humaniste.

Alexandre Hayek
Psychiatre, coordonnateur pôle infanto-juvénile, Clinique L'Escale (Saint-Victoret), emeis

SUICIDE/SUICIDE ASSISTÉ DES ENFANTS ET DES ADOLESCENTS

Dans la population adolescente, réputée non responsable de ses actes, pourrait-on répondre favorablement à une demande de suicide assisté ? Du point de vue médical, répondre à une telle demande devrait être examiné dans le cadre d'une concertation collégiale permettant déjà de se prononcer sur l'incurabilité des troubles psychiatriques présentés. En quoi le suicide médicalement assisté pourrait-il être considéré comme un traitement humain et bienveillant, selon quels critères ? Si on en admettait une telle hypothèse dans des circonstances identifiées comme exceptionnelles, comment en convenir, en discuter y compris avec les parents ?

Le risque de passage à l'acte suicidaire

Le suicide se présente sous différentes formes chez l'enfant et l'adolescent. Il peut s'agir de « tentative de suicide », de comportements auto-agressifs ou auto-mutilatoires, de ruminations d'idées « noires, pessimistes, suicidaires », de suicides « réussis ».

La tranche de vie adolescente est le théâtre d'expression de symptômes divers qui peuvent être rattachés pour certains à la pathologie psychiatrique authentique mais aussi à des troubles « développementaux », à envisager dans une forme de construction de la personnalité.

Dans le premier cas, ils annoncent une maladie chronique avec laquelle le sujet devra apprendre à vivre, alors que dans le second cas ils constituent un passage, des sortes de rites initiatiques à la vie adulte qui dans la plupart des cas se révélera plus sereine.

Pourtant ces jeunes relevant de ces deux grandes catégories fréquentent les mêmes établissements scolaires, les mêmes unités d'hospitalisation complète ou de jour de pédopsychiatrie. Souvent les motifs d'admission sont semblables, centrés sur un élément central : le risque de passage à l'acte suicidaire. Indépendamment du trouble ou de la pathologie sous-jacente qui n'est pas encore identifié(e) clairement.

Depuis 2020 et la période du Covid-19, les troubles de la régulation émotionnelle sont en nette augmentation. Le confinement qui, initialement, a semblé bénéfique du point de vue du repositionnement de la cellule familiale comme centre de gravité des valeurs humaines, a fini par confiner ou contenir concrètement les possibilités d'expression verbale des souffrances et ressentis physiologiques ou non des adolescents. En effet, il n'était plus possible d'entailler au canif les espaces familiaux où il faisait bon se retrouver. Dès lors que le verbe se tait, les actes débordent, explosent pour dire sans le dire l'attente, l'inconfort, le mal-être ou le désespoir.

En psychiatrie, l'éventualité de la mort n'est malheureusement pas à exclure

Nous accueillons dans nos unités des adolescents exprimant leurs ressentis par des mises en danger que l'on voudrait empêcher.

Préadmission, admission, observation, déploiement du projet de soins, préparation à la sortie, tout est fait pour que notre patient(e) ne présente plus de « risque suicidaire » à la sortie. Il s'agit là du premier critère d'évaluation de la réussite ou de l'échec d'un séjour ou d'un suivi.

Le psychiatre est un médecin. J'ai tendance à me considérer davantage médecin que psychiatre.

En médecine, en chirurgie, en réanimation, il est admis que les équipes font de leur mieux pour dispenser les meilleurs soins à leurs patients mais, malgré tout, quotidiennement des décès surviennent dans ces services.

Le principe premier qui guide l'action du médecin est « *primum non nocere* ».

Ainsi, en médecine, chirurgie, réanimation ou encore en psychiatrie, il ne serait pas admis de nuire à un patient. Autrement dit, que l'action délibérée (euthanasie, pour le moment) ou incompétente (faute) d'un médecin conduise à la mort.

Certains suicides en psychiatrie peuvent-ils entrer dans le cadre d'une faute ? Le suicide serait alors directement la conséquence de mauvais soins. C'est possible.

Mais dans les autres cas – pour poursuivre l'inclusion de la psychiatrie dans la médecine – la mort est consubstantielle de l'exercice médical, et donc psychiatrique.

Il est sain je pense de le rappeler, et c'est ce que nous faisons en présentant notre action aux patients et aux familles.

Le rôle du médecin est de protéger la vie, j'en suis convaincu. Pour autant, pour ce qui le concerne, le psychiatre doit sauver. Serait-il un « sur-médecin », un « magicien », un « prophète » ?

En psychiatrie, pas de radios, pas de scanners, pas d'IRM, pas de TEP scans, pas de scintigraphies, d'endoscopies, de biopsies.

Non, rien qui permette à l'opinion, au grand public comme aux proches d'une personne décédée par suicide de comprendre que quelqu'un allant physiquement bien puisse mourir. *A priori*, selon l'opinion publique qui reprend les informations diffusées par la presse, il devrait sûrement être établi que cette mort est consécutive à un défaut de prise en charge…

Un suicide est considéré comme un échec évitable, là où un décès en réanimation ou en service d'oncologie serait attendu. On s'accorde là à considérer malgré tout que les médecins ont « fait tout ce qu'ils pouvaient ».

Rappeler aux patients, les premiers concernés, ainsi qu'aux familles en entretien de suivi psychiatrique que, malgré d'importants moyens mis en œuvre l'éventualité de la mort n'est malheureusement pas à exclure, paraît utile. Il va de soi que chez les enfants et adolescents, la mort en psychiatrie est souvent consécutive à un suicide.

Le suicide n'en reste pas moins un acte, une décision active de la part du patient. Cela constitue la principale différence avec un décès en service de médecine.

Ce que signifierait répondre à la demande de suicide assisté

Dans la population adolescente, réputée non responsable de ses actes, pourrait-on répondre favorablement à une demande de suicide assisté ?

Du point de vue médical, répondre à une telle demande devrait être examiné dans le cadre d'une concertation collégiale permettant déjà de se prononcer sur l'incurabilité des troubles psychiatriques présentés. En quoi le suicide médicalement assisté pourrait-il être considéré comme un traitement humain et bienveillant, selon quels critères ? Si on en admettait une telle hypothèse dans des circonstances identifiées comme exceptionnelles, comment en convenir, en discuter y compris avec les parents ?

Cela semble en fait délicat, complexe et peu souhaitable.

Les affirmations des mineurs évoluent, d'autant plus qu'ils traversent une période sensible de leur développement. On évoque ici la dysrégulation émotionnelle et les éléments de personnalité limite qui peuvent conduire le patient adolescent à se scarifier, à se livrer à des tentatives de suicide par surcharge médicamenteuse volontaire, strangulation, etc.

Au début de mon activité professionnelle, une jeune fille de 15 ans m'avait bouleversé car il n'y avait pas un jour sans qu'elle tente un passage à l'acte. L'un d'entre eux avait été de se scarifier avec une lame en se gravant le mot « MORT » sur l'avant-bras…

Elle disait ne pas croire une seconde aux perspectives que nous remettions sans cesse au travail avec elle, arguant qu'elle serait bientôt morte. Son parcours de soin a été jalonné d'admissions en pédiatrie, pédopsychiatrie, en hospitalisation complète, puis de jour, puis dans un secteur adulte à partir de sa majorité.

Nous avions délivré l'explication la plus claire possible à ses parents des symptômes et des diagnostics, assumant de prononcer une sortie d'hospitalisation alors que le sacro-saint « risque suicidaire » n'était pas nul. Toujours en proposant des temps d'accueil et du lien par la suite.

L'histoire de cette patiente nous amène, douze années plus tard, à recevoir sa visite. Elle s'est mariée, a des enfants et suit une formation pour devenir aide-soignante. Elle a fait appel à un dermatologue pour tenter de faire atténuer ou disparaître l'inscription « MORT » de son avant-bras. Elle reconnaît que sa « certitude » de mourir par suicide à 15 ans a totalement disparu.

Chez certains adolescents évoluant avec des troubles similaires à ceux décrits précédemment (troubles de la régulation émotionnelle), on constate parfois qu'ils considèrent le rapport à la mort grisant, s'agissant d'une recherche de leurs limites. Multipliant des tentatives de suicide qui ont pour finalité – dans nombre de cas – de tester le lien d'attachement, ils donnent à penser qu'ils évoluent virtuellement dans une forme de jeu vidéo alors que leur vie n'en est pas un. Certains y perdent une vie bien réelle, n'ayant pas compris qu'ils n'en avaient pas d'autres…

Il s'agit d'une des formes de suicide « réussi ». Mais dans de telles circonstances, il est permis de douter de l'intention réellement létale. Le caractère particulièrement dramatique et paradoxal de cette mort est que l'acte visait à se rassurer et à vivre étayé et accompagné.

Se confronter au passage à l'acte

Une pathologie psychiatrique émergente, telle qu'une schizophrénie ou un trouble de l'humeur bipolaire, chez des adolescents ayant une conscience partielle de leurs symptômes, vivant une adolescence quasi normale ou pseudo-normale en ayant bénéficié de liens sociaux protégés en milieu hospitaliser mais se rendant compte au fond d'eux-mêmes que leur chemin va diverger de celui de leurs compagnons de route, présente des risques suicidaires spécifiques. Le passage à la majorité, à une majorité dont ils savent qu'elle ne sera pas pour eux ordinaire tant les défis à assumer seront pesants, peut être déterminant dans la mise en place du mécanisme qui conduira au suicide.

Rien à voir avec le mécanisme précédent. L'acte est programmé, déterminé. Le jeune est calme, apaisé, paraît mieux, voire guéri. Une lettre peut même être laissée.

Ce peut être le cas s'agissant de pathologies psychiatriques incurables. Aurait-il fallu, dès lors que l'issue pouvait être le suicide, admettre d'évoquer une proposition de suicide assisté si la loi en rendait l'hypothèse envisageable ?

Concernant nos adolescents, je ne le pense pas. Car, aussi surprenant puisse être mon constat, le temps « gagné » avant la mort décidée peut avoir une signification tant pour le jeune que pour son entourage.

Je pense à cette adolescente qui a longtemps été accompagnée au sein de notre clinique en hospitalisation complète, puis de jour, avant d'en sortir à l'automne 2022. Durant plusieurs mois, au cours sa scolarité en terminale, elle avait souhaité continuer de me voir en consultation mensuelle. Elle bénéficiait également d'un suivi psychologique en ville tous les quinze jours. Cette personne présentait des troubles importants de la régulation émotionnelle avec des éléments de personnalité borderline et des manifestations symptomatiques centrées tantôt sur des troubles du comportement alimentaire de type anorexie, tantôt sur des consommations de toxiques multiples et variées. Elle présentait également des épisodes dépressifs profonds avec incurie et négligence de sa présentation.

Tout cela laissait présager de l'émergence d'un trouble bipolaire.

Cette jeune fille est brillante intellectuellement. Je la reçois une dernière fois mi-juin 2023. Elle se donnera la mort par pendaison peu de temps après à son domicile.

Tout le monde est abasourdi, y compris son psychologue qui l'avait vue le jour même.

Avec l'accord de ses parents, je reprends quelques éléments de la lettre qu'elle a laissée, cachée dans son bureau. Elle avait guidé sa mère vers l'endroit où la chercher avec un post-it négligemment posé sur son bureau. Cette lettre a donc été trouvée quelques jours plus tard, la veille de ses obsèques.

Ensuite, je reprendrai quelques lignes tirées de la conclusion de sa dissertation au bac philo, où elle avait choisi le sujet portant sur le bonheur. Ce bac qu'elle a réussi, à titre posthume…

Son témoignage posthume dans sa lettre d'adieu :

> Je suis infiniment désolée. J'avais toutes les cartes en main pour réussir, des parents aimants et géniaux, des amis avec une patience d'anges, l'argent, tout. C'est moi et moi seule qui ai tout gâché.
>
> Je n'ai jamais su être moi-même : par peur de la solitude d'abord, puis je me suis emmêlée dans mes mensonges, dans mes personnages jusqu'à me perdre totalement. Aujourd'hui, je n'ai plus aucune idée de qui je suis. Je blesse les gens pour qu'ils aient moins mal quand tout sera fini.
>
> Je suis cruelle et lâche. Je prends la fuite. Je n'ai pas peur de l'enfer : c'est tout ce que je mérite, je le sais bien.
>
> Maman, je sais que c'est plus facile à dire qu'à faire mais ne te blâme pas. Ce n'est pas ta faute, seulement la mienne, j'ai la totale responsabilité de ce qui m'est arrivé. Tu as fait tout ce que tu as pu. Tu es géniale. Je t'aime jusqu'à la lune. Et pareil pour toi papa, j'ai souvent été injuste avec toi qui voulais seulement bien faire mais tu étais un père exemplaire. Je te respecte énormément et je suis désolée. Ne vous en voulez pas, de toute façon il est trop tard. Il faut aller de l'avant maintenant même si c'est difficile.
>
> Je vous aime, je suis désolée, et lâche et cruelle et stupide et encore désolée.

Une partie de la conclusion de sa copie de bac philo sur le thème « Le bonheur est-il affaire de raison ? ».

> Le bonheur, ce n'est donc pas céder à toutes ses pulsions, ni posséder énormément mais plutôt se connaître soi-même et agir avec tempérance : on peut trouver du bonheur dans l'accomplissement (l'art, la recherche de vérité, faire le bien…), tout ce en quoi on voit du sens et qui nous éloigne de l'angoisse de la mort.

Cette jeune fille a donné ses organes et a donc permis à d'autres personnes de survivre. Sa sœur a confié à ses parents : « vous savez, elle a vécu pour vous ces dernières années ; il faut maintenant accepter de la laisser s'en aller. »

Comme si ce temps douloureux, émaillé de multiples mises en danger mais qui avait entraîné des soins, des entretiens familiaux, des thérapies et d'autres moments de partage, avait eu un sens, avait été utile.

Elle venait d'avoir 18 ans, a réussi son bac et était inscrite à la faculté qu'elle devait débuter à la rentrée 2023.

Ce suicide a été son choix, au moment où elle l'a décidé. L'anticiper, l'accompagner ne me semble pas relever du sens que j'accorde à un accompagnement attentif à la personne mais respectueux de nos limites réciproques.

Pour nos adolescents, la vie est une flamme qui parfois devient flammèche, à la merci d'un coup de vent. Il nous faut l'entretenir afin qu'elle reprenne de la vigueur. Dans certains cas et quand cela s'avère malheureusement impossible, il nous faut admettre que cette flamme soit transmise comme un flambeau pour maintenir le souvenir de la famille et aider les soignants que nous sommes à poursuivre leur chemin auprès de ceux qui sollicitent notre bienveillance.

Sylvain Pourchet
Médecin de soins palliatifs, Paris

Michèle-Hélène Salamagne
Médecin, ancienne responsable de l'unité de soins palliatifs, hôpital Paul Brousse, AP-HP, présidente de la SFAP (1993-1996)

LA DEMANDE D'EUTHANASIE[1]

Les situations qui conduisent aux demandes d'euthanasie sont à rechercher comme autant de possibilités d'intervention, car il existe une confusion entre faire disparaître la souffrance et faire disparaître le souffrant : adapter un traitement antalgique devant une douleur, s'abstenir de nouvelles investigations face à un épuisement, apporter du soutien à une famille dans une situation inextricable… Plus cette recherche est minutieuse et attentive, plus la transformation de la situation est accessible.

Le soin ne peut avoir d'autre ambition. Il est de la mission des professionnels de la santé d'informer la société de l'existence de situations dans lesquelles ils n'ont pas de légitimité.

Demandes d'euthanasie : qui entend quoi ?

Les demandes d'euthanasie s'inscrivent dans une situation de souffrance en impasse : c'est d'abord l'appel à l'aide d'un sujet « affronté à la mort dans son désir de vie » qu'il faut entendre (Jean-François Malherbe).

Le premier « médicament » administré au patient est le soignant lui-même. Entendre cette demande en s'asseyant, pour en signer la gravité,

1. Texte initialement publié dans *Face aux fins de vie et à la mort*, (sous la direction de E. Hirsch), Toulouse, Éd. érès, 2004, 2006, 2009, 2016.

la recevoir sans l'interpréter, sans vouloir en débattre, sans préparer une argumentation, est le premier temps du soin : le patient est reconnu, il est rassuré sur un point crucial : son appel de détresse est reçu.

Une fois la parole « accueillie », doit venir l'écoute orientée.

Entrer dans la demande

La formulation de la demande est souvent ambiguë.

Il existe une différence entre vouloir mourir et demander l'euthanasie, entre « je souhaite mourir », « laissez-moi mourir » et « faites-moi mourir ».

« Faire ce qu'il faut », « vous n'allez pas le laisser souffrir », « faire quelque chose »… sont des phrases à élucider sur-le-champ, avec leur auteur. « Que voulez-vous dire par-là ? », « Qu'est-ce que cela signifie pour vous ? » La réponse est souvent loin de l'anticipation que le soignant avait déjà bâtie.

L'euthanasie est parfois demandée au nom de la compassion : la vie est devenue intolérable, « laisser souffrir est inhumain ».

Les situations qui conduisent aux demandes d'euthanasie sont à rechercher comme autant de possibilités d'intervention, car il existe une confusion entre faire disparaître la souffrance et faire disparaître le souffrant : adapter un traitement antalgique devant une douleur, s'abstenir de nouvelles investigations face à un épuisement, apporter du soutien à une famille dans une situation inextricable… Plus cette recherche est minutieuse et attentive, plus la transformation de la situation est accessible.

Le « droit à mourir » est parfois revendiqué : « Je suis seul juge et pense que ma vie ne vaut plus la peine d'être vécue. » C'est l'application stricte du principe d'autonomie. Il ne s'agit pas de contester le bien-fondé d'une telle affirmation mais de comprendre que l'exercice de l'autonomie du patient n'implique pas forcément que l'on agisse selon son désir. C'est alors l'autonomie du soignant qui serait bafouée, le renvoyant à une place d'exécutant. Se soumettre au désir de l'autre serait abdiquer sa compétence, et partant, sa place de soignant.

Une relation ne peut s'établir que dans le respect de chacun.

Notons également dans la revendication du « droit à mourir », une confusion entre la « liberté de mourir », reconnue pour tout individu, et un « droit » qui n'existe ni socialement, ni légalement, ni éthiquement.

La demande d'euthanasie se voit ou se croit parfois justifiée par la nécessité économique : l'agonie coûte cher. Érigé en système, cet argument propose de supprimer le temps de l'agonie pour permettre de redistribuer l'argent vers d'autres secteurs. Sans aller aussi loin dans le raisonnement, mais de façon plus insidieuse, l'argument économie/performance (au travers, par exemple, de la « durée moyenne de séjour » à l'hôpital) fait pression sur les décisions médicales.

De leur côté, nombre de patients se reprochent d'être des fardeaux pour leur entourage.

Enfin, pour comprendre combien la question de l'euthanasie se pose de façon multiple, il est important de se souvenir qu'historiquement, l'euthanasie fut également proposée dans un but d'eugénisme, pour éliminer des personnes physiquement ou mentalement inadaptées au modèle social dominant. Il s'agit d'une théorie utilitariste qui fut assez populaire jusqu'aux conséquences de son application dans l'Allemagne nazie.

Derrière la demande

La demande d'euthanasie a une place, ou une fonction dans l'adaptation psychologique face à la maladie.

La maladie bouleverse profondément l'image que l'on se fait de soi-même : c'est une blessure narcissique. Pour tenter de s'adapter à cette nouvelle image (modifications du corps, dépendance, proximité de la mort), le patient met en place des mécanismes d'adaptation plus ou moins fonctionnels :

« La maladie n'existe pas et tout va bien : surtout ne parlons de rien ! » (dénégation) ;

« Puisque je ne peux rien faire contre la maladie, je peux choisir ma façon de mourir » (maîtrise) ;

« En fait c'est surtout ce grain de beauté qui me gêne : il faudrait faire quelque chose, non ? » (déplacement) ;

« J'ai fait une courbe de température et de tension tous les jours depuis la dernière consultation » (rites obsessionnels) ;

« Si vous soulagiez ma douleur, je n'aurais plus le sentiment d'exister » (régression) ;

« Je crois qu'avec l'esprit, on peut se guérir » (sublimation).

Les projections agressives cherchent à impliquer autrui, en l'occurrence le médecin : « Si je meurs, c'est que vous m'avez mal soigné. » À ce titre, l'acte de violence que constitue la demande d'euthanasie est une tentative d'extraire sa souffrance en la projetant sur l'autre.

En tant que tels, ces mécanismes d'adaptation sont à respecter. Mais s'ils se fixent, ils creusent bientôt l'écart entre la réalité de la situation médicale et ce qu'en dit le patient. Ce douloureux décalage (clivage) conduit à un risque de rupture de soi, à un sentiment de péril :

la violence, c'est-à-dire la demande d'euthanasie, paraît constituer une réponse adaptée.

Face à une situation de souffrance, l'imaginaire du patient est en permanence productif. Ce foisonnement est responsable de grandes angoisses par perte de repères. La recherche de limites, la confrontation à l'interdit vont permettre au patient de « revenir » dans le réel, souvent au prix d'une opposition ou d'un conflit. Réaffirmer l'interdit de l'homicide est alors protecteur. La première victime de la dictature de la souffrance est toujours le patient.

L'attitude médicale va alors consister en une écoute rassurante, structurée, non projective, renvoyant le malade à ses contradictions. En collaboration avec les autres membres de l'équipe, en s'adjoignant le concours de professionnels de la relation d'aide, la démarche d'adaptation peut être dynamisée : l'ambivalence, coexistence d'un désir de mort et d'un désir de vie, devient un vecteur d'équilibre entre l'acceptation et le déni.

La demande des proches

Une demande d'euthanasie peut également émaner d'un proche. Il s'agit d'adopter la même attitude d'écoute aux raisons qui ont conduit à la demande.

L'entourage d'une personne atteinte d'une maladie grave éprouve de profonds bouleversements émotionnels et doit composer avec cette souffrance. L'entourage doit également assumer ses désirs ambivalents sur le malade : envie qu'il vive car je l'aime, envie qu'il meure car « *il me fait souffrir* ».

De plus, chaque confrontation à la mort d'autrui réactive immanquablement notre propre angoisse de mourir.

« Si c'était moi, je vous demanderais de me tuer. » La projection est un mécanisme de défense pouvant conduire à une demande d'euthanasie car elle confond les souffrances : l'entourage manque de confiance dans sa propre capacité à s'adapter. Seule l'exclusion du malade semble pouvoir résoudre le dilemme. La relation impossible dans laquelle les proches sont piégés construit leur incapacité ultérieure à se reconnaître sujets dignes, s'ils se trouvent en pareille situation. Ils assimilent l'idée angoissante qu'une maladie ne manque pas de s'achever dans l'abandon.

Combien de malades en fin de vie, de familles, relatent une expérience passée de deuil tragique et tirent à partir de ce cas des conclusions non adaptées à la situation présente.

« Je ne peux le laisser partir dans cet état. » L'entourage réagit comme s'il était responsable de la situation du malade : c'est la culpabilité. Cette dernière ne pourrait qu'être aggravée en cas d'euthanasie : à la responsabilité fantasmée de la maladie s'ajouterait celle, réelle, de la mort.

Les traitements actuels permettent de prolonger la vie de nombreux malades. Pour autant, cette vie sollicite beaucoup l'entourage, un épuisement s'installe de façon attendue. La lassitude peut conduire à une demande d'euthanasie.

La peur de souffrir au décès d'un proche peut conduire l'entourage à un deuil anticipé : « pour moi c'est comme s'il n'était plus là », « ce n'est plus elle ». Le fait de se retirer ainsi de la relation avec le malade, conduit à une plus grande souffrance encore : une attente. La vie des proches est en suspens jusqu'au décès.

Il est très fréquent que l'agressivité, pendant de la tristesse et de l'angoisse, marque les relations des proches et des soignants ; elle permet un déplacement de la souffrance.

Le travail du médecin est donc de comprendre qui souffre dans cette situation. Le passage à l'acte ne répondrait ni à un désir du patient, ni au besoin de soutien que les proches manifestent à travers la demande d'euthanasie. Il condamnerait ces derniers à devoir assumer une responsabilité (la mort d'un des leurs) non choisie.

Au-delà de son engagement auprès du patient, le médecin a un rôle fondamental à jouer dans la prévention du deuil compliqué des proches.

La demande des soignants

La demande d'euthanasie peut enfin émaner directement des soignants.

Les soignants ont chacun leur propre expérience de la souffrance, faite d'histoires personnelles et des deuils répétés auxquels cette profession les expose. Eux aussi doivent se confronter à la peur de la mort.

Placés dans une situation d'impuissance, là où ils ont d'habitude la maîtrise, les soignants peuvent se sentir agressés, mis en accusation : ils se rendent coupables de ne pouvoir faire plus, d'être à l'origine de la demande par l'annonce du diagnostic ou de l'incurabilité.

Il faut donc se protéger, se défendre : l'un sera irritable (agressivité), l'autre cynique (dérision). Le mensonge peut sembler une voie possible pour éviter les sujets difficiles. Sans aller jusqu'au mensonge, les informations médicales données aux patients peuvent être incomplètes laissant la place à une interprétation optimiste et permettant d'éviter des questions plus précises (fausse réassurance). La gravité d'un symptôme peut être minimisée dans le contexte de la maladie générale (banalisation). À l'inverse, face à un patient pressant de questions, il va dire « toute la vérité » : une fuite en avant, souvent si violente qu'il n'est plus question de revoir le patient (évitement) : tout a été dit, il n'y a plus lieu de consacrer davantage de temps.

Le médecin peut entrer dans des explications précises, trop techniques pour la compréhension du malade (rationalisation).

Il suffit de demander au patient, après un tel entretien, ce qu'il a compris de son état. Le soignant réalise alors que tous ses mécanismes, en bloquant le dialogue, ont induit des souffrances plus insolubles encore. Vouloir sortir de l'impasse par l'identification projective conduit à des décisions prises dans « l'intérêt du patient » qui exposent en fait à des retours violents.

Sans formation spécifique, sans travail personnel, sans lieu d'échange pour réaliser et distancier ses propres conflits, la souffrance du soignant entre en résonance avec celle du patient et conduit à des situations émotionnelles insupportables. L'équilibre entre désir et interdit de tuer est rompu, conduisant à la perte de repères salutaires. Il convient de souligner l'importance des réunions d'équipes soignantes, groupes de parole, pour analyser une demande d'euthanasie, communiquer et dégager une attitude commune. La loi constitue, en dernier recours, un étayage.

Au-delà de la demande : comprendre les influences

Nous vivons dans une société tentée par l'idéalisation prosélyte des valeurs de maîtrise de soi, de bonne santé, de contrôle et d'autonomie. Quelle peut donc être la place du malade si la médicalisation de la mort s'inscrit dans cette illusoire représentation du monde ?

La seule parole socialement recevable autour de la question du mourir ne risque-t-elle pas d'être la demande d'euthanasie ?

Pourtant cette autonomie de fait qui est prônée n'existe pas. Seule une autonomisation peut se construire, par la relation.

Le malade vit une situation de dépendance et de vulnérabilité ; il est soumis à l'influence de sa famille, de ses proches, aux choix de ses soignants, au jeu des représentations sociales.

N'y a-t-il pas un « suprême paradoxe : on rejette quelqu'un de la communauté des vivants, et il pense vouloir personnellement sa mort » (Patrick Verspieren) ?

L'affirmation du patient : « Ma vie ne vaut plus la peine d'être vécue » peut s'entendre comme une question angoissée qu'il nous adresse : « À tes yeux, à toi qui en es le témoin, la fin de ma vie garde-t-elle une valeur, vaut-elle la peine d'être vécue ? Ai-je conservé, malgré les transformations physiques, ma qualité de personne et ai-je encore une "identité à advenir" dans le processus même de la mort ? » [...] Répondre par la négative, c'est faire mourir le patient deux fois : symboliquement et réellement. [...] On tue le sentiment d'identité puis la personne elle-même » (Emmanuel Goldenberg).

La place de la mort dans des études médicales centrées sur la guérison est celle d'un échec. La mort, vécue comme une « transgression » disqualifiant la règle médicale, devient source d'exclusion du groupe, au moment précis où la réassurance des pairs est recherchée.

S'il n'est d'autre référence que la stratégie du guérir, sans possibilité de s'identifier à d'autres modèles, donner la mort peut apparaître comme la réponse médicale à la souffrance.

En apprenant à prendre en compte dans son schéma décisionnel, les influences de sa subjectivité, de son individualité et de ses émotions, en intégrant la contradiction, c'est bien un référentiel neuf qui s'ouvre au médecin.

Une réflexion en perpétuel mouvement

Avec quelle définition de sa mission, quels concepts éthiques, philosophiques, sociaux, spirituels ou religieux le médecin aborde-t-il la question du soin, de la place de la vie ? S'accorde-t-il le « droit » de donner la mort, lui qui, comme tout humain, en a la possibilité ?

Accueillir une demande d'euthanasie oblige le médecin à une réflexion évolutive sur la mort depuis ses études jusqu'à la fin de sa carrière.

1. Apprendre à reconnaître la mort non comme un « accident » ou une « maladie » à guérir, mais bien comme un événement consubstantiel à l'existence. La tâche du médecin n'est pas de clore cette angoissante question de la mort en s'appropriant une toute-puissance, ni d'être l'instrument d'une toute-puissante autonomie du patient qui aurait remplacé la sienne.

« La mort n'est pas sur le même plan que les autres ennemis contre lesquels l'humanité se mesure ; aussi insaisissable que le temps et plus invincible encore, la mort n'est jamais pour l'homme un adversaire [...] Le combat contre la mort est un affrontement sans partenaire et l'idée même de victoire ou de défaite n'est plus qu'une métaphore » (Vladimir Jankélévitch).

La banalisation de l'euthanasie, qui cherche à faire de la mort une alternative thérapeutique, apparaît bientôt comme une pure défense, comme l'illusion de « tuer » la mort.

2. Développer d'autres méthodes de raisonnement (confrontation à des référentiels différents, historiques, philosophiques, psychologiques, de nouvelles compétences dans le soulagement des symptômes et l'accompagnement).

3. S'inquiéter des conséquences humaines qu'une reconnaissance de l'euthanasie médicalisée produirait.

On sait que la peur d'être tué peut persister, même quand la demande d'euthanasie a été formulée. Quelle relation se crée s'il n'est pas possible de parler de la mort au médecin sans crainte d'être euthanasié ? Où pourra s'exprimer la parole de souffrance si ce n'est auprès du soignant ? Réduire l'autre à l'expression de ses désirs, c'est le condamner au silence.

Construire un tel système engendre plus de souffrance encore et ne peut, à terme, qu'augmenter la violence des demandes.

4. S'inquiéter de ses conséquences sociales.

Quelle confiance pourrait s'instaurer vis-à-vis d'un corps soignant s'il existait une collusion entre son rôle, sa vocation de prendre soin et un pouvoir potentiel de vie et de mort sur l'autre ?

Réaffirmer le non de l'homicide et dans le même temps l'assurance de la permanence des soins attentifs, peut fonder une relation de confiance, aider à la structuration du patient, reconnu dans sa qualité d'homme.

Apprendre à recevoir une demande d'euthanasie, à en comprendre les ressorts pour mieux y « répondre » est l'un des projets des soins palliatifs. Ni solution, ni alternative à l'euthanasie, l'approche palliative a pour objet d'aider les soignants à se réapproprier les valeurs qui fondent leur profession. Auprès du patient, elle restaure une dynamique intrinsèque, seule capable de construire du sens, de produire de l'espoir, c'est-à-dire de générer de la vie jusque dans ses contradictions.

Le soin ne peut avoir d'autre ambition. Il est de la mission des professionnels de la santé d'informer la société de l'existence de situations dans lesquelles ils n'ont pas de légitimité. C'est au jeu social qu'il incombe d'occuper cette place de tiers entre patient et soignant, protégeant l'un et l'autre d'un enfermement mortifère.

Une réflexion à construire

L'évolution de notre société a conduit à un évitement progressif de la mort du quotidien. Le milieu médical, relayant le jeu social, loin de proposer une attitude cohérente de la prise en charge de la fin de vie, a parfois poursuivi le même mouvement de déni. Certaines portes de chambres se sont fermées sur des patients recevant des cocktails lytiques. L'euthanasie est alors non pas une réponse médicale mais le moyen (parfois simpliste) de ne pas avoir à en trouver.

Si les demandes d'euthanasie et la question de la sédation sont des questions complexes liées à la prise en charge des patients en fin de vie, on aurait cependant tort de n'envisager les soins palliatifs qu'à travers ces problématiques extrêmes et rares.

La réflexion et l'attention que ces questions nécessitent ne doivent pas monopoliser nos efforts et nous détourner du grand nombre des situations de souffrance qui dès aujourd'hui pourraient trouver solution.

Nous avons tenté de montrer comment une réflexion médicale pouvait se construire pour aborder les situations de demande d'euthanasie. Nous sommes engagés à comprendre ce qui mène à la formulation, à construire un rapport d'altérité. Refuser de pratiquer un homicide, au-delà du respect de l'individu et des règles qui régissent la vie en communauté, c'est renvoyer à la société les frontières de l'exercice médical.

Le médecin affirme son domaine de compétence en recevant et en accompagnant une demande d'euthanasie. Le médecin, depuis sa position, participe à la réflexion que chaque citoyen souhaite mener sur la façon dont il sera pris en charge à l'heure de sa mort.

Bibliographie

BALINT M., *Le médecin, son malade et la maladie*, Paris, Payot, 1970.

BASZANGER I., BUNGENER M., PAILLET A., *Quelle médecine voulons-nous ?*, Paris, La Dispute, 2002.

D'HEROUVILLE D., SERRYN D., RENNESON M., « Soins Palliatifs : une avancée légiférée », *La Revue du Praticien – Médecine Générale*, 2003 ; 17 (610) : 557-558.

FOLEY K. M., « Competent care for the dying instead of physician assisted suicide », *The New England Journal of Medicine*, 1997, vol 336 ; 1 : 54-58.

GOLDENBERG E., « Mort, angoisse et communication », *JALMAV*, 1991, 24 : 7-22.

HIRSCH E., *La révolution hospitalière. Une démocratie du soin*, Paris, Bayard, 2002.

JANKÉLÉVITCH J., *La Mort*, Paris, Flammarion, 1977.

MALHERBE J.-F., *Homicide et compassion : L'euthanasie en pratique clinique*, Montréal, Mediaspaul, 1996.

RAMEIX S., *Fondements philosophiques de l'éthique médicale*, Paris, Ellipses, coll Sciences Humaines et Médecine, 1996.

ROY D.J., « Ethics in Palliative care », *The Journal of Palliative Care*, 1987, 3 : 3-5.

M. RUSZNIEVSKI, *Face à la maladie grave*, Paris, Dunod, 1995.

SALAMAGNE M.-H., « Place de la médicalisation des soins palliatifs », *In* : Jacquemin D., *Manuel de soins palliatifs*, 2e édition, Paris, Dunod, 2001, 669-673.

SAUNDERS C., « Les demandes d'euthanasie », In : Saunders C., *Soins palliatifs, une approche pluridisciplinaire*, Paris, Lamarre-Edisem, 1994.

SCHAERER R., « Que faire en cas de demande d'euthanasie ? », *La Revue du praticien – Médecine Générale*, 1997, tome 11 ; 398 : 16-19.

SEBAG-LANOË R., *Mourir accompagné*, Paris, Desclée de Brouwer, 1996 (6e édition revue et augmentée).

VERSPIEREN P., « Sur la pente de l'euthanasie ? », *Études*, 1984, 360 ; 1 : 43-54.

WILKINSON J., « Ethical issues in Palliative Care », In Doyle D., Hanks G.W., Mc Donald (eds) : *The Oxford Textbook of Palliative Medicine*, Oxford, Oxford University Press, 1994 : 499-504.

Pascale Favre
Médecin, DEA de droit et économie de la santé, doctorante en éthique médicale

DERRIÈRE LES DEMANDES D'EUTHANASIE, UNE LIBERTÉ, VRAIMENT ?

Il convient de distinguer la demande théorique, abstraite, celle qui est exprimée par des biens portants, de celle des malades directement concernés, que ces derniers soient gravement invalidés par un handicap ou en situation de fin de vie. Pour les premiers, il peut s'agir de l'appréhension de souffrir, comme ils en ont fait l'insupportable expérience pour des proches, ou d'un refus anticipé de certaines représentations négatives, ou encore d'une posture idéologique libertaire. Les seconds exposent des motifs bien différents, reposant essentiellement sur les différentes formes d'angoisse qui accompagnent le chemin du mourir. Demande et volonté ne sont jamais superposables. Il revient au soignant de comprendre ce qui est dit de manière indirecte, de déceler les attentes profondes, de prendre le temps d'un dialogue qui questionne en profondeur la requête, bien sûr d'adapter au mieux les thérapeutiques (en particulier antalgiques) et surtout de s'engager dans une promesse de non-abandon.

Repérer plusieurs types de pressions

La dépénalisation de l'euthanasie – mot habilement maquillé sous l'expression « aide à mourir » – est fréquemment revendiquée au nom de l'autodétermination de chaque personne. « Choisir sa mort » se fait slogan séducteur. Pourtant l'écoute individualisée révèle, dans l'immense majorité des cas, une confusion majeure : les personnes expriment d'abord le refus de souffrir et le souhait bien légitime d'être convenablement soulagées. En outre, évoquer l'hypothèse d'une euthanasie à distance de toute situation pathologique n'a rien à voir avec les attentes exprimées au moment où la réalité de la maladie ou du handicap s'incarne. Il reste cependant incontestable que certaines demandes persistent dans le temps, celles-ci méritant une réponse adaptée, que tout projet ou proposition de loi devrait savoir à la fois permettre et encadrer.

Rappelons que l'euthanasie se distingue du suicide assisté par l'exigence de l'intervention directe d'un tiers, en l'occurrence un soignant, auquel il incombe d'injecter le produit létal. Il n'est pas anodin d'observer que dans la totalité des situations, les personnes qui demandent l'euthanasie auraient la possibilité de recourir au suicide assisté, en ayant recours au besoin – comme nous le montre la pratique en Suisse – à des techniques spécifiques. Constat qui n'est pas sans incidence sur le rôle de l'entourage et du médecin lui-même dans l'euthanasie, ni sans interrogation sur « la liberté » mise en avant.

Si la situation dans les différents pays est fortement marquée par des spécificités culturelles, des invariants se retrouvent dès lors qu'existe une loi. Ainsi peut-on schématiquement repérer plusieurs types de pressions – décrits ici avec un découpage simpliste, car en réalité ils s'intriquent – qui invalident notamment l'argument de la liberté.

Une pression normative

Un encouragement imperceptible

Sur un plan général, il est indéniable que l'offre crée la demande : dans tous les pays qui autorisent l'euthanasie, le nombre annuel d'actes augmente selon une courbe exponentielle. Dès lors qu'une loi existe, elle modifie l'approche de la situation pour tous les protagonistes. Comme le dit le docteur Claire Fourcade, « si elle n'oblige personne à recourir à l'euthanasie, tous sont amenés à l'envisager ». Tous, c'est-à-dire les patients atteints de pathologie chronique invalidante, de handicap, mais aussi les soignants et plus largement l'ensemble de la société, malades ou bien-portants vieillissants. Et s'il n'y a pas d'obligation formelle, la force des injonctions insidieuses est bien présente.

Un décalage entre les projections et la réalité

La banalisation du discours, l'euphémisation du vocabulaire voire l'occultation des mots[1] contribuent à faire oublier la gravité de l'acte de mort provoquée et son irréversibilité. En outre, la notion de temporalité est trop souvent négligée : la survenue d'une pathologie grave ou d'un accident modifie radicalement notre perception des choses ; plus encore elle fait de chacun de nous une autre personne, qui vit et pense autrement. Progressivement un cheminement s'instaure, avec des remises en question fondamentales… au fil du temps. De nombreux témoignages le confirment, dévoilant des capacités d'adaptation et de transformation de l'humain exceptionnelles. Une très belle illustration nous avait été offerte par Philippe Pozzo di Borgo[2], évoquant sa joie de vivre malgré un handicap sévère ; mais insistant sur le danger d'une loi qui l'aurait privé de cette vie-là, car si elle avait existé au moment même de son accident, il aurait demandé à mourir[3]… D'autres situations bien différentes comme le développement d'une maladie d'Alzheimer, nous invitent aussi à lâcher nos certitudes. Certes, la perspective pour le bien-portant que nous sommes de ne plus reconnaître nos proches ou de nous perdre dans notre propre ville est légitimement angoissante et simplement inenvisageable. Cependant l'expérience montre que les personnes porteuses de la maladie ne sont plus dans la même histoire de vie ; elles sont ailleurs, dans un autre temps, dans un autre monde et ne manifestent quasiment plus aucune demande de mort. Or, après quelques années de pratique de la loi, plusieurs pays ont accepté d'étendre la possibilité de la mort programmée à travers la rédaction de directives anticipées[4]. Il s'agit d'inscrire par anticipation une demande pour être euthanasié « le jour où » cette pathologie dégénérative sera installée… ce qui correspond à un état où la notion même de consentement éclairé sera devenue inapplicable. Pour éviter le refus des personnes qui une fois malades ne demandent plus elles-mêmes à mourir, les Pays-Bas ont pu suggérer le recours à l'administration d'un sédatif préalable à l'euthanasie – la « Koffee euthanasie »[5], tandis qu'au Canada, certains se questionnent sur l'opportunité

1. Favre P., « Les mots de la fin de vie, ne pas occulter les termes du débat », in Fondation pour l'innovation politique, mars 2024.

2. L'histoire de Philippe Pozzo di Borgo – décédé en 2023 – a inspiré le film *Intouchables* d'O. Nakache et É. Toledano, sorti en 2011. Son accident le rendant tétraplégique avait eu lieu en 1993.

3. Pozzo di Borgo Ph., « Euthanasie : n'abolissez pas nos vies », tribune, *Atlantico,* 8 avril 2021.

4. Au Québec, à partir du 30 octobre 2024.

5. « Dutch euthanasia rules changed after acquittal in sedative case : Doctors allowed to put sedative in patient's food or drink if they might become agitated », *The Guardian*, 20 novembre

d'attacher le malade pour contenir sa résistance lors de l'exécution de l'acte euthanasique… Ces situations ubuesques et néanmoins réelles doivent être une ultime sonnette d'alarme et nous interdire d'avancer sur ce terrain. Dès lors que le protocole remplace la singularité d'une prise en charge adaptée, dès lors que la loi couvre un acte dérogatoire à la pratique soignante, s'ouvre une immense zone grise, avec le danger de se déconnecter de toute humanité. L'impossibilité de circonscrire la pratique euthanasique est factuelle.

La loi est générale, normative voire incitative

Les lobbyistes de la mort programmée mettent régulièrement en avant des situations particulières douloureuses, certes dramatiques, générant une réaction émotionnelle forte, pour influencer la population comme le monde politique. Mais la loi ne peut se construire que dans une approche collective, qui doit tenir compte de son impact sur l'ensemble de la société. Une histoire singulière ne reflète qu'elle-même, elle n'est pas transposable à une autre personne, qui, même porteuse de la même pathologie, sera dans son propre cheminement ; elle est encore moins généralisable. Par-delà la diffusion appuyée[1] de ces témoignages, qui traduisent surtout l'angoisse des personnes gravement malades à l'idée d'être insuffisamment soulagées[2] et de vivre une fin de vie douloureuse, nous ne pouvons occulter le fait que, dans notre pays, 500 personnes chaque jour meurent sans avoir pu bénéficier des soins palliatifs dont elles auraient eu besoin[3]. Cette situation pourrait d'ailleurs s'aggraver, avec une augmentation des besoins de 23 % d'ici 2045 liée au vieillissement, à laquelle s'ajoute l'absence de soignants dûment formés au sein d'un système de santé exsangue, avec chaque jour des démissions plus nombreuses, susceptibles de s'intensifier encore dans l'hypothèse du vote d'une loi autorisant l'euthanasie. Le récent rapport « Vers un modèle français des soins d'accompagnement »[4] pointe « le manque d'attractivité des professions sanitaires, sociales et médico-sociales ; une étude de la DREES révèle que 44 % des EHPAD déclarent rencontrer des difficultés de recrutement, entraînant dans 63 % d'entre eux, la présence de postes non pourvus depuis plus de six mois ».

Et bien d'autres formes de pression existent.

2020.

1. La MGEN elle-même a adressé à tous les députés courant 2024 un courrier de ce type.

2. La peur de souffrir apparaît régulièrement comme le premier élément mis en avant par les personnes favorables à l'euthanasie.

3. « Soins palliatifs », Rapport de la Cour des comptes, 5 juillet 2023.

4. « Vers un modèle français des soins d'accompagnement », ministère du Travail, de la Santé, des Solidarités et des Familles, 11 décembre 2023.

Une pression médiatique

L'influence de « modèles » célèbres

Les décisions de mort programmée se montrent particulièrement sensibles aux modèles médiatisés. Les pressions les plus visibles sont liées à la mise en avant de l'euthanasie de personnalités connues. Un exemple récent est celui d'un ancien premier ministre néerlandais : Dries van Agt et sa femme Eugénie ont eu recours à l'euthanasie « en duo » lundi 5 février 2024, et sont tous deux décédés à l'âge de 93 ans. Ce type d'euthanasie concerne donc non seulement une personne malade mais aussi son conjoint, souvent indemne de maladie grave, ce qui remet en question l'appréhension usuellement admise de cet acte. Il est intéressant d'analyser la manière dont les faits ont été relatés par la presse, rappelant le catholicisme de la personne – comme un signal d'appel adressé aux autres membres de cette communauté – et évoquant un départ « main dans la main », l'histoire d'amour supplantant toute autre considération. Plus proche du conte de fées que de la réalité de la fin d'une vie, de deux vies même, la narration qui en est donnée conforte dans le fantasme de la seule douceur qui voudrait presque effacer la mort elle-même. Peut-être conviendrait-il de se questionner aussi sur notre rapport à la finitude et d'interroger le vécu de ceux qui restent. Surtout, les chiffres confirment que cette « héroïsation » de cette modalité du mourir, rendue plus puissante encore par la notoriété du couple, entraîne un accroissement des demandes identiques. De fait, depuis que les « euthanasies en couple » sont comptabilisées aux Pays-Bas, la tendance est grandissante : 26 en 2020, 32 l'année suivante, 58 en 2022.

L'effet Werther

De la même façon, s'agissant du suicide, le sociologue David Philips[1] a mis en évidence que le nombre d'actes est directement impacté par les révélations médiatiques relatives aux célébrités, que celles-ci d'ailleurs soient réelles ou imaginaires. Le suicide de Marilyn Monroe aurait été suivi d'une augmentation de 12 % du taux de suicide aux États-Unis le mois suivant sa mort, même s'il convient de rester prudent sur des statistiques insuffisamment rigoureuses.

---

1. Phillips D. P., « The influence of suggestion on suicide: Substantive and theoretical implications of the Werther effect », *American Sociological Review*, vol. 39, juin 1974, p. 340-354.

Mais c'est le héros du livre de Goethe, *Les souffrances du jeune Werther*, qui a donné son nom à ce phénomène de mimétisme. Ainsi « l'effet Werther » se réfère à une vague de suicides d'adolescents qui a suivi la publication de l'ouvrage, décrivant le suicide de Werther à la suite d'un chagrin d'amour. Suicides réalisés avec une identification très nette, allant jusqu'à imiter la tenue vestimentaire du jeune Werther et reproduire précisément le mode de l'acte. Il est d'ailleurs paradoxal, à l'heure où la majorité sexuelle est remise en question par quelques personnalités du spectacle, soulignant la fragilité psychologique des jeunes personnes, de constater dans plusieurs pays un élargissement de l'accès à l'euthanasie aux mineurs[1]. Le large usage des réseaux pour nombre d'entre eux ne peut qu'influencer sérieusement leur comportement. Le rôle des médias dans le risque de « contagion » d'une mort volontaire, même s'il est difficilement objectivable, est indéniable.

Une pression morale

D'une manière moins visible, dès la légalisation, l'idée même de l'euthanasie imprègne tout un chacun, la mort provoquée se banalisant dans le discours ambiant. Qu'il s'agisse de la peur d'une prise en charge insuffisante de la part des patients ou d'une proposition plus ou moins incitative de la part des soignants, la possibilité de l'euthanasie ouvre des perspectives jusque-là inenvisageables. « Pourquoi pas ? » est une question qui désormais s'installe dans toutes les têtes, comme un conditionnement souterrain permanent.

Le Québec va plus loin encore : le praticien peut signaler la possibilité du recours à l'« aide médicale à mourir » dès l'annonce d'une pathologie grave. Ainsi des patients se font euthanasier huit jours après leur diagnostic, sans avoir reçu aucun traitement. Peut-on vraiment parler de liberté ? N'y a-t-il pas plutôt incitation ?

Les modalités de prise en charge de la fin de vie

Le suivi soignant

Aucun pays à l'heure actuelle n'est en capacité de proposer des soins palliatifs adaptés à toutes les personnes dont l'état le requiert. Par

1. Notons par ailleurs que les Pays-Bas autorisent désormais l'euthanasie des enfants de moins de 12 ans, la décision d'euthanasie étant alors prise par les représentants légaux, « en concertation avec le médecin ».

carence donc, un grand nombre de patients restent exclus du parcours de soin dont ils auraient besoin. Les soins palliatifs, riches de créativité et de finesse, devraient intervenir très en amont pour éviter des souffrances aussi inutiles qu'inacceptables[1]. Dans un tableau clinique de douleurs mal soulagées, de symptômes inconfortables, les personnes sont dans une situation qui limite considérablement la notion de choix, voire qui l'annule : souffrir ou anticiper la mort ! Alors peut-on vraiment parler de liberté ?

Un environnement primordial

Par ailleurs, le tissu relationnel imprègne continuellement les décisions du patient.

Au-delà de la possibilité de pression directe, comme la maltraitance, son choix est conditionné par une multiplicité de facteurs, sans oublier la puissance des injonctions intériorisées. À la frontière entre pression morale et pression économique, le « refus d'être un fardeau pour les proches » est un argument régulièrement invoqué. Il est certain que les aidants vivent des moments difficiles, eux aussi souvent dans une ambivalence redoutable, avec des moments d'épuisement extrême qui peuvent être interprétés par les malades comme le signe « qu'il faut que ça s'arrête ». Si la majorité des familles souhaitent que la vie de l'être aimé se prolonge le plus possible, elles ont aussi des moments de désespoir, d'harassement qui peuvent faire souhaiter – au moins un instant – que l'autre meure. Et si le message n'est pas suffisamment compris par le patient, certains proches manifestent franchement leur désir de mort. Ainsi l'épouse d'un patient belge porteur d'une maladie d'Alzheimer a-t-elle exigé qu'il soit euthanasié, alors qu'il ne le souhaitait plus, arguant qu'il l'avait demandé dans ses directives anticipées[2]. En France, en l'absence même de toute loi autorisant l'euthanasie, un octogénaire[3] déclare avoir tué sa femme pour abréger les souffrances liées à son cancer qui étaient « insupportables ». Mais insupportable pour qui ? Et si douleur il y a, la réponse n'est-elle pas d'abord une prise en charge efficace de cette douleur ?

---

1. Dans un échange avec T. de Gabory, le docteur P. Vinay exige l'inscription des soins palliatifs dans un temps long (deux ans au moins) pour leur accorder le statut de soins palliatifs authentiques, septembre 2024, https://youtu.be/gdGxEvOS7_s?si=xAUwuCVvkXUPrm73.

2. Témoignage d'un médecin belge lors de l'émission « 27 », *Arte*, 20 novembre 2022.

3. En octobre 2023, à Nice.

Des pièges trop souvent éclipsés du débat

Dans la confrontation à la maladie grave, de nombreux éléments sont souvent négligés. Nous avons évoqué la question de la temporalité toujours différente au temps de la maladie. Dans un autre domaine, les projections de chacun sur la personne malade peuvent orienter une demande de mort. En effet, c'est par le regard de l'autre que chacun valide encore et toujours son estime de soi. Il n'est pas anodin de constater que le sentiment d'indignité est évoqué par plus de la moitié des demandeurs d'euthanasie au Canada.

Peut-être plus fort encore, le « modèle » héroïsé de ceux qui choisissent d'anticiper leur mort tend à s'imposer aux plus fragiles. Le « droit de mourir » peut être interprété comme un devoir présumé de mourir. De fait, dans tous les cas, la perspective d'un « droit de mourir » interroge le lien social : « Peut-on vraiment penser que chacun, en fin de vie, peut fixer un critère qui lui soit propre comme seuil de tolérance, sans penser qu'il soit, même à son insu, prescripteur pour les autres de ce qu'est une vie qui mérite ou pas d'être vécue ? [1]

Le poids du soignant

Au-delà de la pression familiale et sociétale, la portée de l'attitude du médecin lui-même s'avère déterminante sur la décision d'un patient. En ce temps de la maladie où la fragilité est extrême, chaque mot, chaque silence compte ; sans omettre la puissance des messages infraverbaux. Lorsqu'une loi autorise la pratique euthanasique, le médecin se trouve placé au cœur du processus. Censé répondre à une demande, certes, il n'en demeure pas moins seul pour décider de l'opportunité de la demande – les autres avis médicaux éventuels restant non contraignants – pour exécuter le geste ; pour rendre compte de son acte (la déclaration émane de lui-même) et bien souvent encore pour en juger au sein de la commission de contrôle, comme nous le montre la Belgique. C'est dire l'extrême pouvoir qui lui est ainsi délégué. Or, la position du médecin influence indubitablement le patient. Tel est le message porté par ce médecin belge qui déplore l'absence d'étanchéité entre ses propres valeurs et les décisions des patients, rapportant sa peur du pouvoir qu'il détient dans ces moments[2].

---

1. Entretien avec Muller-Collard M., « Moins on est capable de parler de la mort et plus on a envie qu'elle arrive vite », *La Croix L'Hebdo*, 6 décembre 2022.

2. Aviv R., « The Death Treatment : When should people with a non-terminal illness be helped to die ? », Letter from Belgium, *The New Yorker*, 22 juin 2015, témoignage du Docteur Wyffels, médecin de ville en Belgique qui dit pratiquer environ huit à dix euthanasies par an.

On ne peut exclure la part du transfert repéré par les psychanalystes. Les témoignages qui mettent en exergue la place prépondérante des praticiens se multiplient : « Des patients souffrant de pathologies que les hommes politiques et les décideurs en matière de soins de santé n'ont jamais considérées comme des raisons valables de mourir sont aujourd'hui aidés par des médecins désireux de hâter leur mort[1]. »

Le médecin favorable à l'euthanasie ne tient évidemment pas le même discours que celui qui s'y oppose. Le domaine le plus sensible est incontestablement celui de la psychiatrie. Accepter la demande de mort d'une jeune femme dépressive de 23 ans en posant le diagnostic de « pathologie incurable », affirmant par-là qu'aucune thérapeutique nouvelle ne pourrait la soulager, qu'aucun événement ne saurait intervenir dans sa vie pour en transformer la trajectoire, c'est ce que deux médecins psychiatres – « experts – ont décidé pour Shanti de Corte, qui a été euthanasiée en 2022 en Belgique. Or, l'ambivalence des patients souffrant de troubles psychiques est majeure. Alexander Raikin rapporte la situation de Rachel, une jeune femme présentant un tableau psychiatrique assez lourd, qui exprime sa peur d'être, depuis l'application de la loi au Canada, poussée par les médecins eux-mêmes au geste fatal, alors que ses appels à l'aide lors de ses pensées suicidaires vont toujours dans le sens d'une demande de vivre : « J'appelais la ligne d'urgence, la ligne d'urgence suicide. Beaucoup de ces professionnels de la santé mentale me conseillaient de consulter le site web de Dying with Dignity[2]. »

Au Canada toujours, les médias regorgent de récits de personnes qui demandent et obtiennent l'AMM[3] en raison de souffrances associées au manque d'accès à un soutien médical ou social[4] ; souvent à des composantes croisées de problèmes de handicap et de santé mentale[5]. Par exemple, le temps d'attente moyen pour être traité par un psychiatre peut dépasser jusqu'à 5 fois la période d'attente de 90 jours pour accéder à une injection létale (Moir et Barua 2021)[6].

---

1. Raikin A., « The End of Medicine, How death care pushed out health care », *National Review,* 2 octobre 2023, p. 27-32.

2. Raikin A., *ibid.*

3. AMM (« aide médicale à mourir ») : expression légale au Québec qui semble d'ailleurs grandement favoriser la multiplication des euthanasies (*cf.* « Comment l'euthanasie et le suicide assisté impactent-ils la pratique du soin palliatif ? » Herx L., Rencontre internationale fin de vie/euthanasie/suicide assisté, Alliance Vita, 28 février 2024.

4. Il est en outre notable qu'aucun de ces cas ou problème n'a été relevé dans les rapports annuels de Santé Canada sur l'AMM.

5. Y. Z., « Why is Canada euthanising the poor ? », *The spectator,* 31 December 2022.

6. Coelho R., Maher J., Sonu Gaind K., Lemmens T., « The realities of Medical Assistance in Dying in Canada », *Cambridge University Press*, 18 juillet 2023.

L'Europe n'est pas épargnée : la peur d'être euthanasié à l'occasion d'une hospitalisation ou d'un accident conduit certains Hollandais à choisir des résidences pour personnes âgées en Allemagne frontalière pour éviter ce risque[1].

Ainsi une incitation à l'euthanasie peut traduire l'incapacité médicale à faire face à une prise en charge complexe, par peur, par épuisement, par impossibilité voire par incompétence ! Rappelons que moins de 8 % des médecins consultés en Belgique pour une demande d'euthanasie sont formés aux soins palliatifs… ce qui dénonce une qualification notoirement insuffisante pour le suivi de la complexité des situations de fin de vie.

Une pression économique

Cette dimension, en dépit de sa prégnance, est niée plus encore que les autres. Pourtant certains ont déjà fait les comptes.

Chaque pays dispose de règles financières différentes en ce qui concerne l'organisation de la santé. Cependant, que les prises en charge soient publiques ou privées, généreuses ou plus restreintes, toutes les institutions sont contraintes par des limites budgétaires. Comme d'autres pays dans le monde, la France voit grandir la part de sa population vieillissante. Dès lors, la répétition des discours insistant sur le poids croissant du financement du grand âge – cette fraction de la population qui ne produit plus rien mais qui coûte de plus en plus cher – pointe directement « les responsables ». Ces injonctions silencieuses à l'égard des personnes vieillissantes poussent certaines d'entre elles à envisager d'anticiper leur mort, avec le sentiment de ne pas vouloir être un fardeau pour leur famille. Cette auto-élimination volontaire des vieux n'est pas nouvelle. Si « *La Balade de Narayama* » l'a illustré au cinéma d'une manière émouvante, des exemples bien réels ont été rapportés dans notre pays avant la mise en place du système des retraites. Sous la contrainte du manque d'argent pour simplement continuer à vivre, pour ne pas obérer le budget familial déjà restreint de leurs enfants, certaines personnes âgées en milieu rural partaient mourir seules dans des lieux retirés.

Notre société a fait le choix de la solidarité. Elle l'a encore prouvé au moment de l'épidémie de la Covid-19, priorisant la protection des personnes fragiles au détriment de valeurs économiques. Mais

---

1. « Angst vor Euthanasie: Hollands Senioren flüchten nach Deutschland », 4 février 2003, www.kath.net.

l'autorisation donnée par une loi à l'administration de la mort change la donne. L'observation de la situation au Québec 7 ans seulement après l'instauration d'une loi ouvrant la possibilité de l'euthanasie doit nous interpeller, avec maintenant près de 9 % des décès par euthanasie. Les critères d'admissibilité à l'acte suivent une spirale inflationniste incontrôlable. L'élargissement est d'abord législatif, avec suppression progressive des limites initiales, au motif d'exigences égalitaristes ; mais aussi et surtout il y a normalisation, tant dans la société elle-même que dans le milieu soignant. Rappelons que le mot « euthanasie » a été banni du lexique au Québec. L'expression d'« aide médicale à mourir » qui lui a été substituée en donne une représentation éminemment positive. Plus encore, les Québécois l'ont légalement qualifié de « soin », allant aujourd'hui jusqu'à parler très sobrement du « soin » lorsqu'ils exécutent une euthanasie. Cette enveloppe magique qui enrubanne l'acte n'efface pas pour autant les nombreux témoignages de personnes isolées, handicapées, pauvres aussi qui sont acculées à l'euthanasie faute de moyens, faute de liens, dans un désespoir profond. Parmi les motifs invoqués par les bénéficiaires en 2020, la dimension de se sentir une charge sur la famille, les amis ou les aidants est citée dans 35,9 % des cas ; l'isolement ou la solitude, 18,6 % ; la perte de dignité 53,9 %. Plus directement encore, l'impossibilité ou le manque de moyens financiers pour faire face au coût des dépenses liées à un handicap sont des arguments régulièrement invoqués par des Canadiens pour demander une euthanasie. Ces différentes difficultés se retrouvent souvent conjuguées. Selon un rapport de 2017 de Statistique Canada, près d'un quart des personnes handicapées vivent dans la pauvreté. Cela représente environ 1,5 million de personnes, soit une ville de la taille de Montréal. « Lorsque des personnes vivent dans une telle situation de pauvreté structurelle, l'aide médicale à mourir est-elle vraiment un choix ou une coercition ? C'est la question que nous devons nous poser », déclare le Dr Naheed Dosani. Ironiquement, ce qui avait commencé comme un argument de compassion pour permettre aux malades chroniques et aux personnes handicapées de disposer de leur corps s'est transformé en accusations de discrimination. « Nous envoyons essentiellement le message que les personnes handicapées qui ne sont pas en train de mourir ont une raison compréhensible de mettre fin à leur vie. Selon Lemmens, il s'agit là d'une discrimination[1] ». « Les révélations selon lesquelles certains anciens combattants canadiens se sont vus offrir l'aide médicale à mourir alors qu'ils cherchaient du soutien de la part

1. Leffler B., Dimain M., « How poverty, not pain, is driving Canadians with disabilities to consider medically-assisted death », in *Global News,* 8 octobre 2022.

du gouvernement fédéral ajoutent aux inquiétudes concernant la volonté d'Ottawa de permettre cette procédure pour des motifs de problèmes mentaux ; la caporale à la retraite et paralympienne canadienne Christine Gauthier a raconté au comité permanent des anciens combattants de la Chambre des communes qu'elle s'était vu offrir une mort assistée au cours de sa lutte de cinq ans pour obtenir une rampe d'accès pour fauteuil roulant chez elle[1] ». De même, en Californie – il s'agit ici de suicide assisté, l'euthanasie restant prohibée aux États-Unis – l'histoire de Stephanie Packer a défrayé la chronique après que cette jeune femme de 33 ans, mère de famille, atteinte d'une maladie auto immune dégénérative se soit vu refuser par son assurance le remboursement d'un nouveau traitement préconisé, refus assorti de la proposition de financer son suicide assisté…[2].

Peut-on vraiment parler de liberté, de libre choix, dans les situations de précarité financière, d'isolement ? Ne devrait-on pas plutôt parler d'euthanasie sociale ? Plus que jamais dans cette question dont l'enjeu touche à la vie même, il est indispensable de prendre la mesure de la dimension collective. Les personnes âgées et les personnes pauvres sont indéniablement celles qui risquent le plus d'être impactées. L'accent mis sur leur inutilité sociale et sur le coût généré par leurs soins n'est pas dénué d'effet sur leur vécu quotidien et peut être entendu comme un encouragement à une mort volontaire.

Une exploration de la demande indispensable

Pour conclure ; bâtir l'exigence d'une légalisation de l'euthanasie sur le principe de la « liberté » se révèle donc une construction erronée, oublieuse des pressions contextuelles.

Il convient de distinguer la demande théorique, abstraite, celle qui est exprimée par des biens portants, de celle des malades directement concernés, que ces derniers soient gravement invalidés par un handicap ou en situation de fin de vie. Pour les premiers, il peut s'agir de l'appréhension de souffrir, comme ils en ont fait l'insupportable expérience pour des proches, ou d'un refus anticipé de certaines représentations négatives, en particulier l'idée de vivre dans des conditions d'affaiblissement, que celles-ci soient liées à une pathologie ou plus simplement à l'âge, ou encore d'une posture idéologique libertaire.

---

1. « Inquiétudes chez les vétérans sur l'aide à mourir », *Le devoir*, 5 décembre 2022.

2. Peyser A., « Terminally ill mom denied treatment coverage – but gets suicide drug approved », *Social Links,* 24 octobre 2016.

Les seconds exposent des motifs bien différents, reposant essentiellement sur les différentes formes d'angoisse qui accompagnent le chemin du mourir. Surtout, la demande est ici oscillante, labile. L'aspect relationnel s'avère souvent déterminant. Demande et volonté ne sont jamais superposables. Il revient au soignant de comprendre ce qui est dit de manière indirecte, de déceler les attentes profondes, de prendre le temps d'un dialogue qui questionne en profondeur la requête, bien sûr d'adapter au mieux les thérapeutiques (en particulier antalgiques) et surtout de s'engager dans une promesse de non-abandon[1]. Toute demande est une adresse : elle signe l'existence d'une souffrance. L'attitude de son destinataire joue un rôle crucial, celle-ci peut induire persistance comme rétractation. La responsabilité de chacun d'entre nous est convoquée. Les médecins savent l'ambivalence et l'extrême fluctuation, évoluant au fil des événements de vie traversés par la personne, de la qualité de la prise en charge – les spécialistes en soins palliatifs constatent quotidiennement la disparition des demandes dès lors qu'existe véritablement un accompagnement adéquat – mais aussi de la nature de la réponse apportée à cette requête. Le tableau actuel de la considération apportée aux personnes vulnérables est affligeant. La loi du 8 avril 2024 portant mesures pour bâtir la société du bien vieillir et de l'autonomie – votée après de nombreux reports et plusieurs renoncements aux ambitions initiales – ne saura régler toutes les difficultés à venir. La médecine générale est exsangue, dans l'incapacité de prises en charge lourdes comme le sont les fins de vie à domicile. Les Ehpad – dont environ 20 % des résidents meurent chaque année – n'ont pour l'immense majorité pas même une infirmière la nuit… Les gouvernements successifs se sont montrés incapables d'appliquer la loi du 9 juin 1999 instaurant un accès universel aux soins palliatifs : les récentes promesses d'augmentation de budget alloué ne sont que des promesses. L'instauration de la faculté de demander une mort volontaire tenterait-elle de compenser ces carences majeures ? « Comment se fait-il que certains de nos congénères en viennent à demander la mort ? Ne serait-ce pas qu'ils ne trouvent plus leur place dans notre monde de performance et de perfectibilité et que nos sociétés ne leur offrent plus un lieu de séjour "habitable"[2] » ? Définitivement, parler de liberté ne peut exclure la fraternité[3].

---

1. Gomas J-M, Favre P., *Fin de vie : peut-on choisir sa mort ?*, Paris, Artège, 2022.
2. Chabert A-L, *Vivre son destin, vivre sa pensée*, Paris, Albin Michel, 2021, p. 122.
3. Cordier A., Lallemand R., « Aider à mourir, est-ce prendre soin? », *Esprit*, n° 502, octobre. 2023, p. 115-124.

Cela étant, il y aura toujours des demandes de mort persistantes. Faut-il rappeler qu'il y a chaque année en France 9 000 morts par suicide et 200 000 tentatives de suicide. Mais « donner la mort » n'est pas un soin. La fiabilité du rôle rassurant des soignants exige de les laisser en dehors du processus de mort volontaire ; ainsi pourront-ils poursuivre leur mission soignante… et une demande de mort pourra rester une porte ouverte sur des propositions plurielles.

La question de la « liberté » reste entière : « si l'autonomie est présentée comme un fondement de l'euthanasie, pourquoi impliquer les professionnels de santé en premier lieu »[1]?

Des expériences étrangères instructives[2]

À la lumière des risques de transformer en injonction pour les plus vulnérables ce qui serait un « choix » pour les plus forts d'entre nous – phénomène observable dans les pays ayant légalisé – plusieurs exigences s'imposent.

Le préalable est l'existence d'une véritable alternative à la mort volontaire, qui soit à la fois possible, réelle – une offre de soins adaptée – et surtout dûment proposée par un praticien compétent. Tout au moins, l'application des lois existantes et le développement d'une culture palliative devraient être une obligation pour que l'on puisse parler d'une liberté de choix.

Un deuxième point est celui d'exclure fermement l'euthanasie, les différents pays qui l'autorisent nous confirmant l'impossibilité de tout encadrement. Tous les clignotants sont au rouge dans les pays qui ont légalisé l'euthanasie : des actes toujours plus nombreux, par le biais d'un effacement progressif des critères initialement institués par le législateur ainsi que d'un assouplissement de l'interprétation des règles premières, qui conduisent à des élargissements réguliers de l'accessibilité à l'acte euthanasique. Indiscutablement, les pays qui ont choisi de respecter l'interdit de tuer et de n'autoriser que la possibilité du suicide assisté nous indiquent une évolution nettement plus modérée de cette modalité de la mort programmée. L'absence de toute fixation d'un rendez-vous et de toute réquisition d'une présence extérieure médicalisée, selon la

---

1. Lemmens T., « When Death Becomes Therapy : Canada's Troubling Normalization of Health Care Provider Ending of Life », *American Journal of Bioethics,* 2023, 23(11), 79-84, online, DOI : 10.1080/15265161.2023.2265265.

2. Cf. dans le livre, chapitre 6, « Là où le suicide et l'euthanasie sont légalisés », p. XX.

pratique en Oregon, laissant ouverte la temporalité du patient, semble la forme la plus ajustée au respect de l'autonomie jusqu'au bout. Peut-être cette dernière pourrait-elle répondre à la double injonction faite au gouvernement de respecter l'autonomie du patient – dans une société qui lui donne une place prioritaire – tout en protégeant au mieux la relation de soins. Certes, avec un encadrement rigoureux et des conditions qui n'impliquent pas le soignant volontaire au-delà de la vérification des critères et de la prescription du produit létal. Cette possibilité ne doit cependant pas occulter la difficulté d'articuler une dépénalisation du suicide assisté avec la prévention du suicide.

Enfin, l'imposition de critères objectivables et de délais sur un temps long avant d'accorder une autorisation de mort programmée, indispensable pour conforter la volonté du patient.

Toute évolution n'est pas un progrès[1]. La plus grande prudence est indispensable avant de modifier les lois sur la fin de vie. La priorité des enjeux collectifs doit rester la boussole suprême.

1. Voir sur cette notion l'excellente analyse de Y-M. Doublet, « Suicide assisté, euthanasie : le choix de la rupture et l'illusion d'un progrès », Fondation pour l'innovation politique, mars 2024.

Valérie Depadt
Maître de conférences en droit – Université Sorbonne Paris-Nord

L'AIDE MÉDICALE À MOURIR COMME UN ULTIME RECOURS

La question de l'aide active ne peut être posée qu'en cas d'impuissance de la médecine à calmer la souffrance. À ce sujet, les médecins témoignent qu'une fois la douleur – y compris psychique – est apaisée, la demande de mort devient exceptionnelle. Aussi, n'est-ce pas uniquement ces cas que devrait relayer la loi, en permettant l'aide au suicide non comme un « droit opposable et universel », mais comme une exception ?

Un « modèle français » de la fin de vie

En mars 2023[1], le président de la République a fait savoir qu'il souhaitait l'élaboration d'un « modèle français » de la fin de vie. Cette expression, qui traduit toute la difficulté d'une transcription juridique d'un droit à l'aide active à mourir, signifie certainement que la loi ne peut simplement acter la volonté des Français quant à l'ouverture d'un droit à une aide active à mourir. Elle doit la formaliser non comme satisfaction d'une demande à un nouveau droit-créance, mais dans le respect des valeurs essentielles d'humanité, de solidarité et d'accompagnement des plus vulnérables qui sont les nôtres.

En ce sens, une loi sur la fin de vie qui ouvrirait le droit à une mort provoquée doit d'abord apporter des propositions de vie en réponse aux craintes que les Français expriment d'être abandonnés en situation de souffrance.

1. https://sante.gouv.fr/soins-et-maladies/prises-en-charge-specialisees/les-soins-palliatifs-et-la-fin-de-vie/vers-une-nouvelle-strategie/article/fin-de-vie-vers-l-evolution-du-cadre-actuel-de-la-loi.

Aussi sombre que puisse être le pronostic médical d'un patient, un décès anticipé, assisté par la médecine, n'est pas une solution parmi d'autres. Il ne peut être envisagé qu'en dernière solution, comme un ultime recours.

Aussi, la loi devra-t-elle assurer qu'il n'en soit pas autrement.

Que signifie le dernier recours ? Il doit être traduit dans la loi par un certain nombre de limites, dont l'absence d'alternative constitue la mesure centrale (I), envisagée au travers de la volonté du patient, fut-elle anticipée (II), en tenant compte de la situation particulière que connaissent les personnes juridiquement protégées (II).

La programmation du décès comme recours ultime

Si une procédure d'assistance à une mort anticipée, quelle qu'en soit l'appellation, devait être légalement instituée, elle ne devrait pouvoir être mise en application sans que l'ensemble des soins médicaux envisageables, y compris dans le cadre des soins palliatifs, en l'état des possibilités scientifiques et techniques, ait été préalablement proposé au patient. Toute autre procédure ferait de l'aide active à mourir une alternative par défaut à des soins de fin de vie de qualité.

La loi future, si elle est votée, devra l'être dans le respect des droits des patients tels qu'ils existent aujourd'hui. Or, « toute personne prend, avec le professionnel de santé et compte tenu des informations et des préconisations qu'il lui fournit, les décisions concernant sa santé », « toute personne a le droit de refuser ou de ne pas recevoir un traitement » et « le médecin a l'obligation de respecter la volonté de la personne après l'avoir informée des conséquences de ses choix et de leur gravité »[1].

Ainsi, la médecine connaît une limite scientifique, lorsqu'en l'état des connaissances, aucun traitement ne peut plus raisonnablement être tenté, aucune alternative n'existe. Elle connaît également une limite personnelle au patient, lorsque ce dernier, parfaitement informé, refuse tout traitement.

Quelle que soit la situation, aucune décision létale ne peut être envisagée sans que la personne malade n'ait pu bénéficier de soins palliatifs, en établissement ou à domicile. Or, de nos jours, seul un tiers des personnes qui auraient besoin de ces soins y ont accès, faute des moyens

---

1. CSP, art. L. 1111-4.

suffisants accordés aux établissements hospitaliers[1] et d'une « culture de soins palliatifs » en ambulatoire insuffisamment développée.

En ce sens, les deux sujets de l'offre de soins palliatifs et d'un droit à choisir le moment de son décès sont liés. L'insuffisance des soins palliatifs fausse le débat, car dans le paysage médical désolé des soins de fin de vie, l'aide à mourir ne doit pas devenir le moyen d'éviter l'agonie. Là se trouve une condition essentielle à l'expression d'une volonté libre.

Il reste qu'en l'état de la médecine, si les soins palliatifs permettent dans bien des cas de calmer la souffrance, il existe des situations dans lesquelles ils échouent.

Aussi, lorsque la personne à qui des soins de fin de vie de bonne qualité et non limités dans le temps sont prodigués, maintient sa volonté de mettre fin à son existence, alors la question de lui donner les moyens d'abréger sa vie peut être posée.

La question de l'aide active ne peut effectivement être posée qu'en cas d'impuissance de la médecine à calmer la souffrance. À ce sujet, les médecins témoignent qu'une fois la douleur, y compris psychique, est apaisée, la demande de mort devient exceptionnelle. Aussi, n'est-ce pas uniquement ces cas que devrait relayer la loi, en permettant l'aide au suicide non comme un « droit opposable et universel »[2], mais comme une exception ?

D'un point de vue strictement juridique, en l'état actuel du droit, une exception d'euthanasie ou d'assistance au suicide apparaît particulièrement délicate à instituer, car il n'existe pas de prohibition expresse à l'euthanasie ou à l'assistance au suicide. Une exception ne pourrait donc être, en l'état du droit, envisagée qu'au regard de textes plus généraux relatifs à l'interdiction de tuer, comme l'assassinat ou l'empoisonnement. Mais les conditions d'application de ces textes, notamment l'élément intentionnel, s'accordent mal de la situation.

La question se pose alors des conditions qui entoureraient le geste létal, notamment de la désignation de la personne qui l'accomplirait.

Lorsqu'aucun traitement ne peut plus être proposé, lorsque les soins palliatifs échouent à accompagner un patient parce qu'impuissants à calmer la douleur ou refusés par le patient, il revient au corps médical de respecter la volonté du malade au plus près, tout en garantissant la qualité et la sécurité de l'acte létal. La qualité à laquelle il est ici fait référence comprend un point de vue médical, mais aussi psychologique.

---

1. Cf. A. de la Tour, « La prise en charge palliative : état, développement et perspectives », in *La mort provoquée, Les enjeux d'une légalisation*, Paris, Mare et Martin, 2024, p. 39.

2. Rapport de la Convention Citoyenne sur la fin de vie, avril 2023, p. 31.

C'est pourquoi, s'il peut être envisagé que, selon sa décision, le patient s'administre lui-même la substance létale, ou demande qu'elle le soit par un proche, l'acte ne pourra être réalisé que sous supervision médicale. Au-delà du débat sur la reconnaissance de cet acte comme un acte de soins ou non[1], il s'agit d'un acte médical. Tout compromis à ce sujet reviendrait à un abandon du patient par la médecine, une ignorance de son droit à « une fin de vie digne et accompagnée du meilleur apaisement possible de la souffrance »[2].

La prise en compte des mesures anticipatives

La décision d'une fin de vie anticipée doit être celle de la personne concernée. Or cette limite, qui apparaît comme une lapalissade face à une personne en possession de ses moyens, cesse d'en être une lorsque le patient n'est plus en mesure de faire connaître sa volonté. D'où le développement des mesures anticipatives, dont la raison d'être consiste à permettre à une personne de faire connaître sa volonté[3].

Deux mesures sont spécifiques au domaine médical : la personne de confiance et les directives anticipées.

Depuis la loi du 4 mars 2002 relative aux droits des malades et à la qualité du système de santé, il est permis (non imposé) à toute personne majeure de désigner une personne de confiance qui sera consultée au cas où elle-même serait hors d'état d'exprimer sa volonté et de recevoir l'information nécessaire à cette fin. Sa désignation, faite par écrit, est proposée à toute personne hospitalisée et cette désignation est valable pour la durée de l'hospitalisation, à moins que le malade n'en dispose autrement.

Au-delà de ce cas expressément prévu par la loi, elle relève de l'initiative personnelle et peut être faite à tout moment, sans être limitée dans le temps.

La loi de 2016, outre qu'elle a ouvert dans certaines conditions cette mesure aux personnes sous tutelle[4], a contractualisé le rôle de la personne de confiance en précisant que « *cette désignation est faite par écrit et cosignée par la personne désignée* »[5].

---

1. Pour une étude approfondie de la question, *cf.* E. Hirsch, *Soigner par la mort est-il encore un soin ?*, Éd. du Cerf, 2024.
2. CSP, art. L. 1110-5.
3. V. Depadt, « La fin de vie anticipée », in *La fin de vie, Préoccupations légales et éthiques, Droit et culture,* Paris, L'Harmattan, 2018, p. 113 et s.
4. Cf. *infra.*
5. CSP, art. L. 1111-6.

D'une façon générale, ce rôle consiste à accompagner le patient dans ses démarches, à l'assister lors des entretiens médicaux et à l'aider dans ses prises de décision. Au-delà de cette assistance, il prend toute sa mesure lorsque le patient se trouve hors d'état d'exprimer sa volonté et de recevoir l'information nécessaire à cette fin. En ces cas, la personne de confiance « rend compte de la volonté de la personne » et son témoignage « prévaut sur tout autre témoignage »[1].

La personne de confiance rapporte la volonté de la personne quant à sa fin de vie, mais témoigne également de ses valeurs, de ses croyances et de sa pensée. Son témoignage, en ce qu'il peut dépasser des considérations exclusivement relatives aux soins, est un facteur de respect du patient, au travers la prise en compte de toutes les facettes de sa personnalité. C'est pourquoi, le renforcement de l'information relative à la personne de confiance devrait être un préalable à l'évolution d'une loi sur la fin de vie. De même, en ces cas où une délibération collégiale apparaît nécessaire, celle-ci devrait comprendre la participation de la personne de confiance.

Depuis la loi du 22 avril 2005 relative aux droits des malades et à la fin de vie, il est permis à chaque personne majeure d'exprimer ses volontés quant à « la poursuite, de la limitation, de l'arrêt ou du refus de traitement ou d'acte médicaux[2] ».

La consultation des directives anticipées s'impose au médecin, car leur recherche est obligatoire lorsque le patient est hors d'état d'exprimer sa volonté et qu'une décision d'investigation, d'intervention ou de traitement est envisagée[3].

La loi de 2016 a également renforcé leur portée en les rendant contraignantes pour le médecin, autrefois simplement tenu de les consulter.

Cette disposition relève de la volonté de reconnaissance du patient en tant que sujet. Elle est une des mesures qui permettent le respect de la personne, au travers du respect de sa volonté anticipée puisque les directives ne sont consultées que dans le cas où la personne n'est plus en mesure de s'exprimer.

L'article L. 1111-11 CSP, qui définit leur régime, énonce clairement qu'elles expriment la volonté de la personne « relative à sa fin de vie ». Le Comité consultatif national d'éthique, dans son avis 139, recommande de les inclure « dans le processus d'accompagnement des patients qui s'apprêtent à vivre leur fin de vie »[4].

1. CSP, art. L. 1111-6.
2. CSP, art. L. 1111-11.
3. CSP, art. R. 1111-20.
4. CCNE, avis n° 139, 13 septembre 2023, p. 35.

Les directives anticipées, en ce qu'elles sont à durée indétermin*ée* « à tout moment et par tout moyen, révisables et révocables », permettent au patient de les revoir au fur et à mesure de son cheminement personnel, sans jamais se trouver emprisonné dans ce qui a pu être sa volonté à un moment donné et dans l'assurance de leur validité dans le temps.

Le projet de loi n° 2634 relatif à l'accompagnement des malades et de la fin de vie apportait, en son article 3, diverses améliorations au régime des directives anticipées : elles seront conservées dans le dossier médical partagé et leur existence sera régulièrement rappelée à leur auteur dans l'espace numérique de santé[1].

Il était également prévu que « dans le cadre des directives anticipées, la personne peut indiquer son choix individuel du type d'accompagnement pour une aide à mourir lorsque la personne perd conscience de manière irréversible. »

Une mesure de précaution s'avère sans doute nécessaire, à savoir la possibilité de vérification de l'authenticité des directives anticipées.

On constate, au regard du faible nombre de personnes ayant rédigé leurs directives anticipées, que les Français dans leur ensemble ne se sont pas appropriés cet outil d'anticipation de leur volonté. Si les mesures prévues vont certainement dans le sens de leur renforcement, elles ne pourront permettre l'économie d'une information élargie des directives anticipées, ainsi que d'une meilleure formation des personnels de santé, parmi lesquels les médecins traitants.

Bien sûr, les directives anticipées ont leur part de fragilité. On sait que la volonté peut évoluer, que les directives, valables jusqu'à leur consultation, peuvent être anciennes et devenues inappropriées. Mais en ces cas, le médecin n'est pas privé de sa liberté d'appréciation, puisque le caractère opposable des directives connaît une exception : lorsqu'elles lui apparaissent manifestement inappropriées ou non conformes à la situation médicale. La décision de refus de leur application est prise à l'issue d'une procédure collégiale définie par voie réglementaire et elle est inscrite au dossier médical[2].

Cette exception permet au corps médical de confronter la volonté prospective à la situation réelle et d'évaluer, tant que faire se peut, si le patient maintiendrait les directives à l'instant de la décision, dans le contexte présent.

---

1. Au moment où je rédige cet article (janvier 2025) le nouveau texte de loi n'est pas encore déposé. L'argumentation présentée dans cet article conservera sa pertinence au regard des évolutions législatives envisagées.

2. CSP, Art. L. 1111-11, al 4.

La situation particulière des personnes protégées

L'article 7 du projet de loi prévoit que « Le médecin demande à la personne si elle fait l'objet d'une mesure de protection juridique avec assistance ou représentation relative à la personne »[1].

Selon l'article 425 du code civil, toute personne dans l'impossibilité de pourvoir seule à ses intérêts en raison d'une altération, médicalement constatée, soit de ses facultés mentales, soit de ses facultés corporelles de nature à empêcher l'expression de sa volonté, peut bénéficier d'une mesure de protection juridique.

Les mesures de protection sont graduées, elles répondent au principe de nécessité, de proportionnalité et de subsidiarité. Alors qu'une mesure avec représentation à la personne est une tutelle, une habilitation familiale de représentation ou un mandat de protection future le prévoyant mis à exécution, une mesure d'assistance peut prendre la forme d'une curatelle, d'une habilitation familiale d'assistance ou d'un mandat de protection dont le contenu limite le mandataire à apporter au mandat son assistance, en dehors de toute représentation.

Toute mesure de protection nécessite, pour être prononcée et mise en œuvre, qu'un médecin agréé constate dans un certificat circonstancié l'état d'inaptitude de la personne. En matière de protection des personnes majeures, juges et médecins collaborent dans l'objectif d'une protection la plus adéquate possible de la personne vulnérable.

Le médecin, au travers d'un certificat circonstancié, constate la diminution du discernement de la personne et, dans les cas les plus graves, de son abolition.

Il est donc improbable qu'une personne protégée par une telle mesure puisse exprimer une volonté libre et éclairée, sachant que son état de faiblesse l'empêchera de se défendre contre toute influence extérieure et qu'il lui sera également probablement difficile de comprendre les informations qui lui seront fournies.

Pourtant, la voix de ces personnes doit être entendue, leur volonté doit être recherchée. Les personnes dans ces situations, en certains cas, ne seront pas en mesure d'exprimer une volonté libre et éclairée et dans les situations où elles pourront le faire, certaines précautions s'imposent.

Là encore, les directives anticipées s'avèrent un précieux moyen de connaître la volonté du patient vulnérable qui peut les avoir rédigées du temps de sa pleine aptitude intellectuelle. Lorsque tel n'est pas le cas,

---

1. Texte de la commission sur le projet de loi relatif à l'accompagnement des malades et de la fin de vie (n° 2462), n° 2634-A0, déposé le samedi 18 mai 2024, art. 7.

les personnes en tutelle sont autorisées à rédiger leurs directives, mais sous réserve de l'autorisation du juge ou du conseil de famille s'il a été constitué, la personne chargée de la mesure de protection ne pouvant ni l'assister ni la représenter à cette occasion.

Dès lors que la loi n'apporte aucune disposition relative aux autres régimes de protection, toute personne placée sous un régime autre que la tutelle est en mesure de rédiger de telles directives[1].

La prise en compte des directives par une personne dont la conscience est nécessairement altérée requiert une attention particulière.

Aussi, il serait envisageable que les directives soient incluses dans un faisceau d'autres éléments parmi lesquels la parole de l'organe protecteur, et de la personne de confiance.

Les directives, dans le cas des personnes protégées, ne peuvent être suivies de la même façon que pour toute personne. Il serait sécurisant au regard du respect de la volonté de leur auteur qu'elles soient, dans le cadre d'une évaluation globale de la situation, intégrées dans un faisceau d'indices parmi lesquels les observations éventuellement formulées par la personne chargée de la protection[2], par la personne de confiance ou par le médecin traitant. On peut aussi se demander si la juge, qui intervient pour les actes graves, ne devrait pas participer à la prise de décision. Le Conseil d'État, « considère [...] au titre des garanties nécessaires exposées au point 27, que le projet de loi doit prévoir que les personnes chargées de cette mesure de protection peuvent saisir un juge dans l'intérêt de la personne protégée »[3].

Face à leurs inquiétudes, les usagers du système de santé doivent être rassurés, savoir qu'ils seront pris en charge de la meilleure façon qui puisse être et que si cette prise en charge ne peut calmer leurs souffrances, une ultime solution pourra leur être apportée. Mais les usagers sont, peut-être d'abord, des citoyens, auxquels les pouvoirs publics doivent offrir une société qui privilégie la vie en apportant aide et attention aux plus vulnérables, en prodiguant les soins le plus longtemps et

1. Cf. G. Raoul-Cormeil, « La fin de vie du majeur protégé après la loi du 2 février 2016 », dans *Éthique et conditions de la fin de vie*, Paris, Mare et Martin, Coll. Sciences et Droit, 2016, p. 25.

2. Texte de la commission sur le projet de loi relatif à l'accompagnement des malades et de la fin de vie (n° 2462), n° 2634-A0, déposé le samedi 18 mai 2024, Art. 8, 3° : Lorsque la personne fait l'objet d'une mesure de protection juridique avec assistance ou représentation relative à la personne, (le médecin) informe la personne chargée de la mesure de protection et tient compte des observations qu'elle formule le cas échéant.

3. Conseil d'État, Avis sur un projet de loi relatif à l'accompagnement des malades et de la fin de vie, Assemblée générale du 4 avril 2024, n° 408204, p. 13.

le plus raisonnablement possible, puis en accompagnant dignement, humainement le décès « en dernier recours ». D'abord l'exercice du devoir de solidarité, puis le respect de l'autonomie lorsqu'aucune solidarité ne permet de calmer la souffrance.

Nicolas Bauer
Docteur en droit, European Centre for Law and Justice, Strasbourg

Agnès Certain
Pharmacien praticien hospitalier, enseignante chercheur en éthique, AP-HP

RESPONSABILITÉS, DROITS ET DEVOIRS DU PHARMACIEN

La proposition de loi relative à la fin de vie prétend obliger les pharmaciens à préparer et délivrer des substances létales en vue de l'euthanasie ou de l'assistance au suicide, inversant ainsi leur responsabilité. Un même acte, actuellement interdit et puni par trente ans de réclusion criminelle, deviendrait une obligation pour les pharmaciens, sous peine de sanctions disciplinaires. Les pharmaciens seront placés dans une situation professionnelle, juridique et éthique particulièrement délicate, et cela ne concernera pas uniquement les objecteurs de conscience. Ils se trouveront en effet confrontés à des contradictions remettant en cause le sens même de leur vocation.

L'article 8 de la proposition de loi n° 1100 du 11 mars 2025 relative à la fin de vie envisage de confier aux pharmaciens officinaux et hospitaliers la réalisation et la délivrance de produits létaux. Cette mission serait une obligation légale et professionnelle pour les pharmaciens, excluant tout droit à l'objection de conscience de leur part. Dans cette proposition de loi, les pharmaciens sont en effet les seuls professionnels de santé à être privés d'une reconnaissance de l'objection de conscience face à l'euthanasie et au suicide assisté.

Une telle différence de traitement était déjà envisagée dans le projet de loi n° 2462 du 10 avril 2024 relatif à l'accompagnement des malades et de la fin de vie. Une trentaine de pharmaciens, deux professeurs en faculté de pharmacie, ainsi qu'une trentaine de juristes ont protesté contre ce traitement différencié par une tribune publiée en mai 2024 dans *Le Figaro*[1]. Le Synprefh, principal syndicat de pharmaciens hospitaliers publics, a également fait part de son « incompréhension », face à une « discrimination » contre les pharmaciens, et « réclamé avec force l'octroi d'une clause de conscience »[2].

Malgré cette opposition des pharmaciens, la proposition de loi n° 1100 relative à la fin de vie maintient cette approche. Ce n'est pas la première fois que les pharmaciens sont ainsi traités comme de simples exécutants. En 2015, 85 % des pharmaciens consultés par leur Ordre avaient demandé la garantie d'une clause de conscience selon laquelle « le pharmacien peut refuser d'effectuer un acte pharmaceutique susceptible d'attenter à la vie humaine ». Ils n'avaient alors pas été entendus.

La réouverture du débat parlementaire sur la fin de vie constitue l'occasion d'approfondir le sujet, en l'inscrivant dans une réflexion éthique et juridique globale sur le rôle du pharmacien. C'est l'objectif de ce chapitre. Nous examinerons l'euthanasie et l'assistance au suicide au regard du rôle du pharmacien dans la « chaîne de soins » puis replacerons la demande d'une clause de conscience spécifique dans le cadre plus large des pratiques françaises et internationales en matière d'objection de conscience.

L'euthanasie et l'assistance au suicide, incompatibles avec le rôle du pharmacien dans la chaîne de soins

Une contradiction avec ses missions de soignant

Si le soin est entendu comme « *une activité dédiée à la santé et au bien-être de quelqu'un* »[3], le soignant en est l'agent naturel. Du temps d'Hippocrate, ce dernier était le médecin qui exerçait son art, comme seul interlocuteur du patient dans la relation de soin. Avec l'évolution des connaissances et des pratiques, de nouveaux acteurs de santé sont apparus : chirurgiens, pharmaciens, infirmiers, diététiciens, etc., concourant tous au rétablissement ou au maintien de la santé du patient.

---

1. Bauer, N. (initiateur), et al., « Fin de vie : le projet de loi menace la liberté de conscience des pharmaciens », *Le Figaro*, 13 mai 2024.

2. Synprefh, « Projet de loi relatif à l'accompagnement des malades et de la fin de vie », communiqué de presse, 15 mai 2024.

3. Lefève, C., « La philosophie du soin », dans *La Matière et l'Esprit*, n° 4, « Médecine et philosophie » (dir. D. Lecourt), Université de Mons-Hainaut, avril 2006, pp. 25-34.

Le soin est ainsi devenu une « chaîne », chaque acteur a un rôle tel un « maillon ». Cette chaîne de soins représente la mise en œuvre concrète du « parcours de soins » d'un patient[1] et repose sur la communication et la coopération.

Le pharmacien est un maillon indispensable de cette chaîne de soins. De son rôle antique de gardien des poisons, il garde la prérogative de garantir le bon usage des médicaments, bénéfiques ou toxiques selon la dose. Pour cela, il mobilise des compétences techniques, cognitives et relationnelles. Techniques, lorsqu'il se procure et stocke des matières premières et réalise des préparations ; cognitives, lorsqu'il vérifie la conformité des prescriptions et dispense les traitements appropriés ; relationnelles, lorsqu'il communique avec médecins, patients et aidants. Ne perdant jamais de vue le but ultime de ses actes, la santé du patient, il sait qu'il en est un contributeur avec les autres soignants. Une seule erreur de la part du pharmacien peut fragiliser voire rompre la qualité de la chaîne de soins et donc porter atteinte à la santé et au bien-être du patient.

Les missions du pharmacien sont décrites dans des textes réglementaires et déontologiques. Un acte de dispensation est ainsi défini comme la suite de plusieurs opérations exercées personnellement : une analyse d'ordonnance, une préparation de doses, une délivrance, une mise à disposition d'informations et de conseils nécessaires au bon usage du médicament, enfin un soutien du patient[2]. Une relation de soin singulière se tisse avec ce dernier, fondée sur la confiance. Cet engagement personnel du pharmacien est inscrit dans le Serment de Galien : « Je jure de ne jamais oublier ma responsabilité et mes devoirs envers le malade et sa dignité humaine. »

Plus encore, le pharmacien adhère aux principes éthiques partagés par tous les professionnels de santé, à savoir le respect de la dignité et de l'autonomie des patients ainsi que l'exercice de la bienfaisance, de la non-malfaisance et de la justice envers ces derniers[3].

La préparation et la délivrance de produits létaux par le pharmacien engendreraient plusieurs contradictions, à la fois logique, fonctionnelle, éthique. En effet, mettre à disposition des préparations mortelles va à l'encontre d'une contribution au soin dont la finalité est la santé, ce qui est pourtant la raison d'être du pharmacien au sein de la chaîne de

1. Ministère de la Santé et de l'Accès aux soins, page « Parcours de santé, de soins et de vie, Une approche globale au plus près des patients », consultée le 15 novembre 2024.

2. Code de la santé publique (CSP), art. R4235-48.

3. Beauchamp, T.L., Childress, J. *Principles of biomedical ethics*. New York : Oxford University Press, 1st ed, 1979 ; 5th ed, 2001.

soins. Un tel acte engendre plusieurs conflits éthiques liés à la violation des principes de dignité et de non-malfaisance, dus au patient par ce professionnel.

Une inversion de sa responsabilité juridique professionnelle

Le pharmacien a une responsabilité juridique professionnelle découlant de son obligation de respecter la vie et la santé humaines dans l'exercice de sa mission. Cette responsabilité est d'abord disciplinaire, applicable en cas de manquements devant l'Ordre national des pharmaciens[1]. Elle est aussi civile, pour réparer les éventuels préjudices causés à un patient, et pénale, en cas d'atteintes à la vie ou à l'intégrité physique d'une personne.

Sur le plan pénal, un pharmacien qui préparerait ou délivrerait une substance létale en vue de son administration s'exposerait à des poursuites pour complicité d'empoisonnement. Selon l'article 221-5 du Code pénal, le crime d'empoisonnement est constitué par « le fait d'attenter à la vie d'autrui par l'emploi ou l'administration de substances de nature à entraîner la mort » et est passible de trente ans de réclusion criminelle. Cette infraction est constituée en présence d'une intention de son auteur de donner la mort[2], y compris dans le cas où la victime serait consentante à son empoisonnement. Elle ne comporte pas de spécificité pharmaceutique. À ce jour, aucun pharmacien n'a été condamné pour empoisonnement ou complicité d'empoisonnement dans le cadre de sa profession.

En pratique, la responsabilité d'un pharmacien est rarement mise en cause pour des atteintes *volontaires* à la vie ou à l'intégrité physique des personnes, mais plutôt pour des atteintes *involontaires*. À titre d'illustration, la Cour d'appel de Paris a retenu en 2009 la responsabilité civile d'un pharmacien après un suicide médicamenteux rendu possible par une ordonnance falsifiée qui aurait dû attirer son attention[3]. La Cour d'appel a considéré que le pharmacien avait fait perdre une chance à la victime de voir déceler son projet de suicide et de bénéficier en conséquence d'une prise en charge médicale. Le pharmacien a été condamné à payer la somme de 20 000 euros en réparation du préjudice moral de la victime.

La jurisprudence témoigne du fait que la responsabilité du pharmacien découle de sa contribution professionnelle à la chaîne de soins.

1. CSP, art. R4234-1 à R4234-49.
2. Cass. crim., 18 juin 2003, n° 02-85.199 : JurisData n° 2003-019617.
3. CA Paris, 26 juin 2009, RG n° 0716021.

Comme l'ont exprimé plusieurs juridictions, le pharmacien n'est pas un « *épicier* »[1], mais intervient en tant que professionnel de la santé et du médicament[2]. Ainsi, en cas d'erreur sur une ordonnance médicale, le médecin prescripteur et le pharmacien sont en principe jugés solidairement responsables des préjudices subis. Par exemple, la Cour d'appel d'Aix-en-Provence a considéré en 2017 qu'un pharmacien aurait dû déceler le surdosage de médicament prescrit par le médecin, plutôt que d'exécuter l'ordonnance[3]. Le pharmacien a été jugé comme co-responsable, à égalité avec le médecin prescripteur, de l'accident thérapeutique subi par la patiente. Exceptionnellement, un pharmacien peut même modifier une prescription, en « cas d'urgence et dans l'intérêt du patient »[4].

La proposition de loi relative à la fin de vie prétend obliger les pharmaciens à préparer et délivrer des substances létales en vue de l'euthanasie ou de l'assistance au suicide, inversant ainsi leur responsabilité. Un même acte, actuellement interdit et puni par trente ans de réclusion criminelle, deviendrait une obligation pour les pharmaciens, sous peine de sanctions disciplinaires. En mai 2024, un amendement avait été déposé par trois députés socialistes pour prévoir, en complément, des sanctions pénales d'un an d'emprisonnement et 15 000 euros d'amende.

La protection de l'objection de conscience des pharmaciens, une exigence minimale de justice

Un droit déjà reconnu aux autres professionnels de santé

Le pharmacien est confronté de longue date à des tensions éthiques dans le cadre de sa pratique. Cela a été le cas à partir des années 1950 avec l'obligation, à l'hôpital, de délivrer les produits nécessaires au « cocktail lytique » ou « DLP », parfois administré avec une intention euthanasique[5]. Le déni de la liberté de conscience des pharmaciens a été

1. Voir : TGI Blois, 4 mars 1970, Doc. pharm., n° 1691, *Bull. Ordre pharm.*, n° 130, octobre-novembre 1970, p. 1037 ; CA Caen, 15 juillet 1993, JCP, 1993, IV, n° 2477.

2. *Ibid.* Voir aussi : CA Versailles, 18 mars 1983, Doc. pharm., n° 2490, Bull. Ordre pharm., n° 266, juin 1983, p. 569.

3. CA Aix-en-Provence, 10e chambre, 9 février 2017, n° 15/16314.

4. CSP, art. L5125-23-I.

5. DLP : Dolosal®, Largactil®, Phénergan® (un antalgique la péthidine, un neuroleptique la chlorpromazine, un antihistaminique la prométhazine) Schaerer, R., « Une histoire de la sédation en soins palliatifs », dans *Jusqu'à la mort accompagner la vie,* 2016/1, n° 124, Presses universitaires de Grenoble, pp. 11-19.

rendu plus évident avec l'arrivée des contraceptifs et abortifs : pilules et stérilets (années 1970), mifépristone ou RU486 (1988) et pilule du lendemain (1999). En effet, le refus de délivrer ces produits pour des raisons de conscience expose le pharmacien à des sanctions[1]. Cette situation est d'autant plus paradoxale que le pharmacien est tenu de refuser la dispensation d'un produit s'il estime qu'il pourrait nuire à la santé d'un patient[2].

La plupart des autres professionnels de santé bénéficient de clauses de conscience. Les médecins peuvent refuser des soins pour des motifs personnels[3]. En outre, une clause de conscience spécifique existe concernant l'interruption volontaire de grossesse (IVG) et inclut les médecins, sages-femmes, infirmiers et auxiliaires médicaux. Les pharmaciens en sont exclus malgré leur implication dans la délivrance de la mifépristone. Le médecin bénéficie aussi d'une clause de conscience relative à la stérilisation à visée contraceptive[4].

Des exemptions sont également prévues dans le cadre de la recherche sur l'embryon ou les cellules souches embryonnaires. Ainsi, depuis la loi de bioéthique de 2011, « aucun chercheur, aucun ingénieur, technicien ou auxiliaire de recherche quel qu'il soit, aucun médecin ou auxiliaire médical, n'est tenu [d'y] participer à quelque titre que ce soit [...] »[5]. Ainsi, un pharmacien-chercheur peut donc refuser de manipuler et de provoquer la mort d'un embryon, alors qu'en tant que pharmacien il ne peut pas refuser de contribuer à celle-ci par voie médicamenteuse.

La proposition de loi relative à la fin de vie du 11 mars 2025 fait perdurer ce modèle d'exclusion des pharmaciens de l'exercice de l'objection de conscience. Ainsi, à l'article 14, il est prévu une clause de conscience en matière d'« aide à mourir » pour les médecins, auxiliaires médicaux, aide-soignants, infirmiers, psychologues et autres professionnels du secteur socio-médical, mais pas pour les pharmaciens. Dans un avis d'avril 2024, le Conseil d'État a validé un tel régime différencié. Il reconnaît d'un côté que les missions confiées aux médecins et infirmiers « peuvent heurter leurs convictions personnelles dans des conditions de nature à porter atteinte à leur liberté de

1. Voir en particulier : Cass. crim., 21 octobre 1998, n° 97-80981 (sur CA Bordeaux, 14 janvier 1997, M. *Pichon et al.*), *Nouv. Pharm.*, juillet 1999, n° 363, p. 299.
2. CSP, art. R4235-61.
3. CSP, art. R4127-47.
4. CSP, art. L2123-1.
5. CSP, art. L2151-10 (anciennement art. L2151-7-1).

conscience »[1]. D'un autre côté, s'agissant des pharmaciens, le Conseil d'État estime à l'inverse que « les missions de réalisation de la préparation magistrale létale et de délivrance de la substance létale [...] ne concourent pas de manière suffisamment directe à l'aide à mourir pour risquer de porter atteinte à la liberté de conscience »[2].

Autrement dit, réaliser et délivrer la substance utilisée en vue d'une euthanasie ne constituerait pas une collaboration proche avec cette euthanasie et engageant la conscience des pharmaciens. Cet argument n'est intellectuellement pas convaincant. En effet, la substance létale étant indispensable à l'euthanasie, le pharmacien qui la fournit n'est pas moins engagé moralement que le praticien qui la prescrit ou l'administre. Si le pharmacien concerné s'oppose à l'euthanasie, ce qui lui est ordonné heurte ses convictions personnelles de plein fouet. Son droit à l'objection de conscience devrait donc être reconnu et garanti, au même titre que les autres professionnels de santé concernés.

Une liberté fondamentale reconnue au niveau international

En droit international et européen contemporain, l'objection de conscience a d'abord été reconnue comme un *devoir*[3]. Ainsi, même lorsqu'un régime ne reconnaît pas l'objection de conscience, il existe une obligation morale et pénale de la pratiquer pour éviter de commettre une grave injustice. C'est ce qui a justifié la condamnation par le tribunal de Nuremberg (1945-1946) de soldats ayant agi sur ordre dans le respect de la législation allemande. La Cour européenne des droits de l'homme (CEDH) a aussi reconnu un tel devoir d'objection de conscience[4].

L'objection de conscience est surtout appréhendée comme un *droit*. C'est alors une composante de la liberté de conscience, reconnue par l'article 18 du Pacte international relatif aux droits civils et politiques (1966) et par l'article 9 de la Convention européenne des droits de l'homme (1950). Le *droit à l'objection de conscience* est également consacré à l'article 10 § 2 de la Charte des droits fondamentaux de l'Union européenne (2000). Dans la hiérarchie des normes, ces dispositions supranationales s'imposent au droit français. Une partie

1. Conseil d'État, extrait du registre des délibérations, « Avis sur un projet de loi relatif à l'accompagnement des malades et de la fin de vie », séance du 4 avril 2024, n° 408204, § 38.

2. *Ibid.*

3. Voir à ce sujet les références juridiques citées dans : Puppinck, G., *Objection de conscience et droits de l'homme*, Téqui, 2020, pp. 40 à 45.

4. CEDH, *Polednová c. République tchèque* (déc.), n° 2615/10, 21 juin 2011 ; *K.-H.W. c. Allemagne* [GC], n° 37201/97, 22 mars 2001.

significative des requêtes invoquant ce droit au niveau international est relative au refus de tuer ou de coopérer à un tel acte.

Certes, la CEDH a refusé en 2001 de garantir le droit à l'objection de conscience d'un pharmacien français, sanctionné pour avoir refusé de vendre des pilules en raison de leur effet abortif[1]. Mais cette décision a été critiquée dans la doctrine plus récente[2] et s'expliquait par un débat sur le caractère contraceptif ou abortif de ces pilules. Il n'est donc pas possible d'en tirer une quelconque généralité. La CEDH n'a encore jamais été saisie à ce jour du cas de l'objection de conscience à une euthanasie ou à un suicide assisté. Dans un tel cas, l'objection de conscience serait d'autant plus protégée qu'elle résulterait d'un conflit insurmontable avec des convictions personnelles sincères, fortes et cohérentes[3].

Dans une résolution de 2010, l'Assemblée parlementaire du Conseil de l'Europe a défendu le droit à l'objection de conscience face à toute « assistance » à l'euthanasie, en utilisant des termes qui s'appliquent au rôle que le Gouvernement français a envisagé de confier aux pharmaciens. La résolution indique que « nul hôpital, établissement ou personne ne peut faire l'objet de pressions, être tenu responsable ou subir des discriminations d'aucune sorte pour son refus de réaliser, d'accueillir ou d'assister [...] une euthanasie »[4].

En Belgique et aux Pays-Bas, où l'euthanasie est autorisée depuis plus de vingt ans, les pharmaciens n'ont jamais eu l'obligation d'y prendre part. Il en va de même au Luxembourg pour l'euthanasie et le suicide assisté ainsi qu'au Canada pour l'« aide médicale à mourir ». Aux États-Unis, les pharmaciens préparant les substances létales sont tous volontaires, que ce soit dans le cadre de la peine capitale ou du suicide assisté. L'Espagne, qui a légalisé l'euthanasie en 2021, respecte également la liberté de conscience des pharmaciens. Si la France obligeait les

1. CEDH, *Pichon et Sajous c. France* (déc.), n° 49853/99, 2 octobre 2001.

2. Voir par exemple : Hervieu, N., discussion de l'article « L'objection de conscience devant la Cour européenne des droits de l'homme », août 2011, sur le blog « Thomas More ».

3. Voir à ce sujet : Comité des droits de l'homme, *Yeo-Bum Yoon et Myung-Jin Choi c. République de Corée*, communications n°s 1321/2004 et 1322/2004, CCPR/C/88/D/1321-1322/2004, 3 novembre 2006, § 8.3; CEDH, *Bayatyan c. Arménie* [GC], n° 23459/03, 7 juillet 2011, §§ 110 et 124 ; *Campbell et Cosans c. Royaume-Uni*, n°s 7511/76 et 7743/76, 25 février 1982, § 36; Commission EDH, *McFeeley et autres c. Royaume-Uni* (déc.) (Plénière), n° 8317/78, 15 mai 1980, § 29.

4. Assemblée parlementaire du Conseil de l'Europe (APCE), Résolution 1763 (2010), « Le droit à l'objection de conscience dans le cadre des soins médicaux légaux », adopté le 7 octobre 2010.

pharmaciens à participer activement à l'euthanasie ou au suicide assisté, elle ferait figure d'exception.

Aménager un espace de dialogue

Si le texte de la proposition de loi n° 1100 relative à la fin de vie reste inchangé, les pharmaciens seront placés dans une situation professionnelle, juridique et éthique particulièrement délicate, et cela ne concernera pas uniquement les objecteurs de conscience. Tous les pharmaciens se trouveront en effet confrontés à des contradictions remettant en cause le sens même de leur vocation. Il est donc impératif de poursuivre les travaux en aménageant des espaces de dialogue, à la fois au sein de la profession et avec les institutions gouvernementales, parlementaires, syndicales et ordinales. Un objectif essentiel est d'identifier les problématiques pharmaceutiques, déontologiques, éthiques et de santé publique, et de proposer des solutions respectueuses du rôle des pharmaciens en tant qu'acteurs à part entière de la chaîne de soins. Ces discussions doivent conduire, au minimum, à un amendement du projet de loi garantissant à tous les pharmaciens le droit à l'objection de conscience.

V

ACCOMPAGNER : NOTRE DEVOIR DE NON-ABANDON

L'Assemblée note que les soins palliatifs permettent aux personnes atteintes de maladies graves, qui souffrent ou sont en état de grande détresse, d'exercer leur libre arbitre. Cette approche ne traduit donc pas uniquement un besoin, mais favorise directement la reconnaissance des droits de la personne et du citoyen et le droit de participer à la vie sociale jusqu'à la mort.

« Les soins palliatifs :
un modèle pour des politiques
sanitaires et sociales novatrices. »
Résolution 1649 (2009),
Conseil de l'Europe,
28 janvier 2009.

Claire Fourcade
Médecin, hôpital privé du Grand Narbonne, présidente de la Société française d'accompagnement et de soins palliatifs[1]

SOINS PALLIATIFS, L'EXTENSION DU DOMAINE DES POSSIBLES

Pouvons-nous, voulons-nous construire une société de l'accompagnement, une société qui prend soin, une société de l'interdépendance plutôt que de l'indépendance ou de la dépendance, une société qui envisagerait l'autonomie non pas comme la capacité à faire seul mais la capacité à savoir quand on a besoin des autres ? Pouvons-nous imaginer une société où nous serions tous accompagnants et tous accompagnés ?

> La question n'est pas de nier le caractère tragique de la mort, de prétendre résorber celle-ci dans l'ordre des choses. Elle est de savoir comment nous habitons ensemble cette tragédie.
>
> Olivier Rey, L'idolâtrie de la vie[2].

Comment aider à vivre à l'ombre de la mort ?

La mort reste et demeure l'horizon de toute vie. Nous sommes tous concernés par cette question de la vie jusqu'à sa fin, par la mort, la nôtre ou celle de nos proches, et par les conditions dans lesquelles elle surviendra.

Quels choix collectifs faisons-nous pour affronter cette réalité souvent douloureuse ? Quels moyens nous donnons-nous pour que cette mort advienne dignement ? Quelle place faisons-nous à celui qui meurt ?

1. À lire notamment : C. Fourcade, *Journal de la fin de vie*, Paris, Fayard, 2025.
2. O. Rey, *L'idolâtrie de la vie*, Paris, Gallimard, « Tracts », 2020.

Comment aider à vivre à l'ombre de la mort ? Comment entendre l'homme souffrant et la globalité de sa plainte ?

Peut-être la question à laquelle notre société réfléchit sans relâche depuis des décennies est-elle : comment souhaitons nous habiter ensemble le tragique de la mort ?

Nous ne sommes pas seulement une somme d'individus dont les décisions ne concerneraient qu'eux-mêmes, ou leur cercle proche. Nous vivons en société, nous faisons société. Nous sommes tous impliqués et chacune de nos décisions vient dire à tous l'attention que notre société porte à ceux qui sont rendus vulnérables par la souffrance.

La souffrance est une expérience à la fois physique, psychologique, sociale, existentielle et spirituelle. Elle demeure subjective et singulière, tissée et construite par notre histoire, notre éducation, nos rencontres, l'instant dans lequel elle survient et notre manière d'être au monde. Elle est parfois si grande qu'elle peut conduire certains à demander la mort car « plutôt mourir que souffrir ». Cette demande de mort doit pouvoir s'exprimer librement. Elle n'appelle aucun jugement et dans tous les cas, elle doit être entendue, écoutée et accueillie.

Mais l'enjeu du débat sur la fin de vie ce n'est pas la demande de mort, c'est la réponse collective que nous envisageons d'y apporter. Et c'est en réalité un triple enjeu : quelle place pour l'État c'est-à-dire la loi, la société, nous tous, et les soignants dans la réponse à une demande de mort ?

C'est d'abord un enjeu pour l'État.

Pour reprendre les mots de Robert Badinter lors de son audition devant la commission Leonetti en 2008 : « L'État a-t-il le droit et le pouvoir de dire : parce que vous voulez mourir, je vais vous tuer ? » L'État doit-il promettre d'éviter « toute souffrance » à chacun des citoyens et trouver une solution à chaque situation individuelle bien souvent d'une redoutable complexité et dont l'impact émotionnel fort brouille la réflexion ? Le peut-il ? À quelle condition ? Comment alors mettre des limites ? Au nom de quels critères décider que certaines souffrances seraient plus légitimes que d'autres ? Peut-on répondre par la mort à la souffrance de l'autre ?

Doit-il, au contraire, pour parvenir à penser ensemble l'impensable et le tragique, se limiter à fixer le cadre collectif de l'accompagnement des personnes les plus vulnérables ?

Ce débat est aussi un enjeu pour toute la société.

La loi exprime ainsi les valeurs et les choix d'une société. Elle porte un message collectif et fait rempart à la pulsion de mort. Parfois des patients souhaitent mourir. Parfois leurs proches le souhaitent également, parce que c'est trop long, trop difficile, trop de souffrance aussi pour eux. Et parfois les soignants le souhaitent aussi, confrontés à l'impuissance, la douleur ou la perte de sens. La loi fait rempart à toute cette souffrance. En rendant impossible la réalisation de ce vœu de mort, elle en rend possible l'expression.

Nous disposons aujourd'hui d'une loi, bénéficiant d'un large consensus, qui affirme en substance à chacun, qu'il soit malade ou en bonne santé notre engagement de société : « Vous comptez pour nous tous et nous tenons à vous. Pour cette raison nous demandons aux soignants de tout faire pour vous soulager et nous ne pouvons consentir à vous faire mourir. » Certes, nous n'avons pas encore su l'appliquer complètement mais le message collectif est là : vous comptez pour nous !

Une évolution de ce message serait-elle vraiment sans effet sur ceux qui doutent de leur place parmi nous ?

Pour chacun d'entre nous se pose alors cette question : de quelle société voulons-nous ? Pouvons-nous, voulons-nous construire une société de l'accompagnement, une société qui prend soin, une société de l'interdépendance plutôt que de l'indépendance ou de la dépendance, une société qui envisagerait l'autonomie non pas comme la capacité à faire seul mais la capacité à savoir quand on a besoin des autres ? Pouvons-nous imaginer une société où nous serions tous accompagnants et tous accompagnés ? Car l'accompagnement est bien l'affaire de tous.

C'est enfin un enjeu pour les soignants.

Les soignants assument une place particulière dans ce débat, et la loi est aussi un message qui leur est adressé. Quand l'État affirme « nous tenons à vous », il ne s'adresse pas seulement aux personnes malades ou à leurs proches, mais également aux soignants : « Les personnes dont vous prenez soin comptent pour nous. Ce que vous faites compte pour nous tous. Vous prenez en notre nom le risque du compagnonnage avec la mort. C'est la mission que nous vous confions ; ce que vous faites a du sens et de l'importance pour nous. » Si la loi est modifiée, le message adressé aux soignants en subit l'impact et change aussi. Est-il encore possible alors de tenir la promesse du non-abandon ? Cette promesse qui est la seule que nous pouvons tenir, puisque l'engagement de guérir ou même d'essayer de guérir n'est plus possible lorsque la maladie prend le dessus. Nous pouvons seulement nous engager à être là jusqu'au bout, quoi qu'il arrive. Si le message collectif change, comment alors redonner sens aux soins dans un monde de la santé qui en manque déjà tellement ?

Les soins palliatifs : une révolution d'humanité et d'humilité dans le soin

Les soins palliatifs sont nés subversifs en France il y a plus de trente ans. Ils sont nés d'une triple révolte et d'une utopie.

Une révolte contre une médecine de plus en plus technique qui, forte de ses immenses progrès, se pensait surpuissante et avait pu croire et laisser croire que la mort, la maladie ou la souffrance seraient bientôt dépassées.

Une révolte contre les conditions dans lesquelles on laissait advenir cette mort, contre ces portes plus jamais ouvertes lors des « grandes visites du professeur », contre l'abandon si fréquent de ces patients qui s'obstinaient à mettre en échec le pouvoir de la médecine. À la fin du dernier siècle, on mourrait souvent mal en France et dans une indifférence quasiment générale.

Une révolte aussi contre la mort provoquée souvent devenue le seul moyen d'abréger la souffrance. Cette époque de l'utilisation massive des « cocktails lytiques », mélange de drogues destinées d'abord à « lyser » la douleur mais qui lysaient en réalité les patients dans le silence, derrière des portes fermées. Peu de gens s'en souviennent aujourd'hui mais la mort provoquée qu'il faut bien appeler euthanasie, fut à cette période une modalité commune et banale du mourir en France. Faute de mieux souvent, et pour ne pas s'avouer vaincu parfois. À défaut de pouvoir gagner la bataille contre la mort, la médecine entendait au moins garder la maîtrise de l'instant.

Mais les soins palliatifs ne sont pas seulement un cri de colère, ils sont aussi une utopie, un trait de génie dont seuls sont capables ceux qui sont confrontés à des questions de vie ou de mort. Alors que deux options seulement semblaient envisageables, l'abandon ou l'acharnement et son double mortifère l'euthanasie, les pionniers d'une nouvelle philosophie du soin ont alors proposé une troisième voie. Ils ont été les premiers à dénoncer le scandale de laisser mourir dans la douleur, la solitude ou la peur en même temps que le scandale de faire mourir. Les soins palliatifs sont nés de leur curiosité, de leurs questions, de leur obstination et constituent un immense progrès pour notre société.

Les soins palliatifs veulent libérer la personne des symptômes de sa mort pour qu'elle demeure jusqu'au bout disponible à la vie qui l'anime. Ne plus souffrir, ne pas s'étouffer, se libérer de la peur, manger par plaisir et non par nécessité, pouvoir aimer, rire, dormir, pardonner, pleurer si l'on veut, toucher, parler… Vivre. Et pour cela il faut chercher encore et toujours, écouter, inventer. La qualité de vie devient la priorité autour de laquelle doit s'ordonner toute la réflexion. Écrasé par la biologie, vaincu par son corps défaillant qui se détache de lui et devient peu à peu objet, pensé déjà ou se pensant lui-même comme mort, le patient reste autant que jamais un vivant, avec des besoins de vivant, des soucis de vivant, des angoisses de vivant. Comment vivre pleinement et dignement ces derniers moments ? Comment vivre le mieux possible le temps qui reste à vivre ? Non pas survivre mais vivre.

Les soins palliatifs illustrent parfaitement la dimension relationnelle de l'autonomie et la dimension de créativité et de liberté du soin pour « appeler à l'existence quelque chose qui n'existait pas auparavant » (Hannah Arendt). Ils sont une incarnation de l'alliance thérapeutique où patients et soignants s'éclairent mutuellement pour trouver la voie du meilleur possible. Ils sont une nouvelle façon d'envisager, de regarder, de valoriser l'être humain et la recherche patiente de ce qui est encore possible et désirable. Ils sont une révolution d'humilité pour le monde médical et pour notre société. « Une acceptation que la mort est possible et que vouloir l'empêcher ne peut résumer l'action du médecin. »[1] Ils sont un progrès inouï, une manifestation possible de ce que pourrait être le soin tout au long de la vie et une incitation à parier sur le « nous », la fraternité, la solidarité. Les soins palliatifs sont un choix de société : non pas une société ultralibérale de l'individu autonome, indépendant de tous, maîtrisant sa vie et sa mort mais une société de la solidarité et de l'interdépendance prête à secourir la fragilité, une société du *Care*.

Ils sont la dernière demeure de l'utopie en même temps que la mise en acte du serment d'Hippocrate : « Je ferai tout pour soulager les souffrances. Je ne prolongerai pas abusivement les agonies. Je ne provoquerai jamais la mort délibérément. »

Les soins palliatifs sont un éloge de l'interdisciplinarité. Nous croisons nos regards, nos expériences et nos langages pour penser ensemble et créer de l'intelligence collective. Plus subversifs encore, dans ce monde parfois fermé qu'est l'hôpital, les soins palliatifs ont fait entrer des bénévoles formés à l'écoute qui témoignent que l'homme souffrant ou mourant ne concerne pas seulement la médecine ou les soignants mais bien l'ensemble de la société.

Les soins palliatifs sont un éloge de l'équipe. Nous partageons avec nos patients un bout du chemin, le bout de leur chemin. Ils partent mais nous devons revenir pour pouvoir repartir à nouveau avec d'autres. Ce

1. J.-P. Bénézech, *Dernières nouvelles palliatives,* Montpellier, Sauramps Médical, 2022.

chemin ne s'emprunte qu'en équipe, encordés, liés les uns aux autres pour retenir celui qui tombe ou qui irait trop loin.

Les soins palliatifs sont un éloge de la lenteur. Prendre le temps de s'écouter, de se comprendre, de construire avec les patients et leurs proches les solutions qui leur conviennent. Préférer toujours le sur-mesure au prêt à porter (ou au prêt à penser), l'artisanat à l'industrie et le singulier au pluriel.

Les soins palliatifs sont aussi un éloge du regard. Le regard que nous portons les uns sur les autres. Ce regard qui peut mépriser, dévaloriser ou ignorer mais qui peut aussi soigner, respecter ou humaniser.

Les soins palliatifs sont une retenue de la puissance

Les soins palliatifs sont un éloge des mains.

Ces mains qui touchent, lavent, massent, aident, apaisent, installent, rassurent,

Ces mains qui parlent aux patients et leur disent toute l'attention et le respect qui sont portés pas seulement aux corps abîmés et blessés mais aussi aux personnes fragilisées et vulnérables.

Ces mains qui disent mieux que tous les mots la dignité des personnes.

Les soins palliatifs sont un éloge de la parole : les mots qui rassurent, qui apaisent, qui aident à comprendre, à penser, qui disent l'échange et construisent tout doucement la confiance. Mais ils peuvent aussi être un éloge du silence car parfois ce qui se vit est indicible. Juste se tenir là, écouter, être une présence humaine aux côtés d'un frère humain qui souffre ou qui s'en va. Accepter de ne pas saturer le temps de mots mais de partager ensemble celui d'un silence.

Les soins palliatifs sont un éloge et un aveu de faiblesse. Un service de soins palliatifs est un lieu d'observation privilégié des fragilités humaines. Nos patients sont fragiles et vulnérables comme le sont leurs proches dans ces moments de détresse. Ils évoquent la mort, la souhaitent parfois, puis parlent d'autre chose, de projets et d'espoir. Ils sont ambivalents, comme nous le sommes nous-mêmes souvent. Se tenir droit face à la mort jusqu'au bout, la regarder venir et même la demander est difficile et rare. Seuls des gens forts en sont capables.

Les soins palliatifs sont une retenue de la puissance. Travailler en soins palliatifs, c'est reconnaître que l'homme est mortel. Et savoir donc que la médecine n'est pas toute-puissante. Travailler en soins palliatifs, c'est souhaiter cette retenue de la puissance. C'est avoir fait l'expérience du vertige du pouvoir médical et se donner les moyens de ne pas en abuser. Même en soins palliatifs, les outils de la puissance sont là. Calmer la douleur. Ou pas. Décider du niveau de conscience. Faire taire ou laisser crier. Il faut alors prendre son temps, écouter, car, comme l'écrit la philosophe Sylviane Agacinski, « là où la puissance s'exerce sans retenue, il n'y a pas d'éthique possible ».

Les soins palliatifs, ce sont tous ces soignants qui font face à la mort avec courage et humilité et construisent au quotidien la fraternité avec les plus fragiles d'entre nous. Ces soignants qui se tiennent assis au bord du lit de ceux qui meurent pour leur dire qu'ils comptent pour nous tous et qu'ils vont manquer à notre communauté humaine. Ces bâtisseurs d'un projet progressiste : construire l'apparente utopie d'une médecine qui accepte son impuissance à vaincre la mort mais qui jamais ne renonce à soulager et accompagner.

Ces soignants qui, pas à pas, luttent pour redonner aux patients le pouvoir qu'ils reprennent aux professionnels de santé. Les soignants refusent aujourd'hui le pouvoir de décider qui doit vivre et qui peut mourir, le pouvoir de dire l'incurabilité, le pouvoir de dire le temps qu'il reste à vivre, le pouvoir d'évaluer le discernement et la capacité à consentir, le pouvoir de prescrire, préparer, assister et même injecter la mort. Qui refusent d'avoir le pouvoir de faire mourir quand ils n'ont pas celui de guérir. Ils sont nombreux ceux qui côtoient au quotidien ces confins de la vie et se rejoignent sur cette position du refus de la toute-puissance.

Que nous soyons aide-soignant ou médecin, infirmier ou bénévole, assistant social ou psychologue, nous sommes là parce que ce qui compte c'est la personne. Celle qui est devant nous : faible, malade, vulnérable, fragile, cassée, mourante mais aussi celle que nous sommes, nous hommes ou femmes, soignants et citoyens.

Les soins palliatifs sont une médecine puissamment politique, au sens noble du terme. Ce qui compte ce n'est pas le pouvoir, ce n'est pas la performance, ce n'est pas de gagner toujours. Ce qui compte c'est « de guérir parfois, de soulager souvent et d'écouter toujours » ; c'est de prendre soin les uns des autres, c'est d'aimer.

Un autre monde est possible. Un autre soin est possible. Nous pouvons ensemble garder ou retrouver cette espérance.

Alexis Burnod
Médecin urgentiste et de soins palliatifs, Institut Curie, Paris

TOUS VULNÉRABLES

La question de la mort provoquée dépasse largement la question de la fin de vie puisqu'elle est légalisée dans certains pays pour des personnes handicapées, atteintes de maladies psychiques ou neuro-dégénératives. Certains la revendiquent pour les personnes âgées souhaitant achever ainsi une vie accomplie : des députés hollandais ont proposé un projet d'accès à l'euthanasie à toute personne de plus de 75 ans qui le souhaite, sans condition médicale. L'accès repose en fait sur un critère commun : celui de la vulnérabilité. La vulnérabilité véhicule-t-elle donc tant d'idées négatives ?

Le dernier service à rendre à une demande réitérée ?

Ce vendredi 18 heures au service des urgences cancérologiques, Sylvie, une femme de 62 ans se présente avec une forte fièvre. Je ne la connais pas. La lecture de son dossier médical m'informe qu'elle est suivie pour un cancer pulmonaire en phase avancée. Elle a reçu trois lignes de chimiothérapie et malgré ses traitements, elle garde une bonne autonomie et affiche un grand sourire au milieu de ses traits tirés et de son état fébrile. Elle vit à domicile avec son compagnon breton peu bavard. Elle m'accueille chaleureusement : « Docteur je compte sur vous pour me remettre sur pieds, j'ai dans deux jours un voyage prévu en Suisse… »

L'examen clinique permet rapidement de diagnostiquer une infection urinaire qui, sous antibiotiques, sera rapidement guérie, et Sylvie pourra réaliser son voyage.

Notre discussion révèle quelque chose d'inattendu. Je comprends que son séjour en Suisse n'est pas une promenade de santé. Elle y va pour y réaliser dans trois jours son suicide. Il s'agit d'un suicide assisté qu'elle a planifié depuis plusieurs mois. Elle m'explique en détail la procédure. Avec l'aide d'une association auprès de laquelle elle a déjà versé 5 000 euros non remboursables sur les 10 000 euros au total, elle a eu l'accord, compte tenu de sa situation médicale et de son consentement, qu'il lui soit fourni le produit létal à boire en présence d'un personnel habilité. L'organisation de ce qui suivra après son décès fait partie du forfait. Elle a prévu de se rendre à Zurich avec son conjoint et quelques amis, de profiter d'un bon diner au restaurant et d'une nuit à l'hôtel la veille du rendez-vous.

Le lundi, elle rejoindra un bénévole de l'association dans un hôtel particulier. Elle s'allongera sur le grand lit au dossier relevé et confirmera sa décision. Sylvie portera alors à sa bouche le verre posé sur la table contenant le produit, le boira d'une traite. Elle s'endormira en quelques minutes puis arrêtera de respirer.

– J'aurais préféré faire cela ici mais je sais que vous n'allez pas vouloir m'aider.

– Je reconnais madame que dans votre situation fragile nous avons davantage envie de contribuer à vous offrir un accompagnement et des soins avec plus de douceur que le programme un peu radical ou brutal que vous me racontez.

– Soyez rassuré docteur, je suis une enfant de mai 1968 : interdit d'interdire, la liberté, l'autonomie, pas de mariage et pas d'enfant, j'ai toujours tout géré dans ma vie. Je décide tout, je maîtrise tout et suis militante depuis très longtemps en faveur d'une mort choisie et programmée quand on le souhaite. J'ai été marquée par la fin de vie de ma maman il y a vingt ans. Je l'ai vue souffrir ; je ne veux pas souffrir comme elle. Je ne veux pas connaître la dégradation ni la dépendance, ni être vulnérable et faible. Cela me fait peur. Je ne veux pas être un poids pour la société et mon conjoint. Et puis maintenant que je l'ai dit à tout le monde, je ne vais quand même pas me défiler !

Il s'en suit une longue discussion passionnante et respectueuse. Sylvie pose plein de questions. Je comprends qu'elle ignore tout ce qu'il est possible de réaliser comme accompagnement avec l'équipe de soins palliatifs et les progrès permettant de lutter efficacement contre la douleur et de soutenir les proches. La démarche palliative permet en effet, chaque fois que possible au domicile, d'aider les personnes gravement malades à vivre dignement le temps qui leur reste en offrant le maximum de qualité de vie et d'autonomie. Le personnel soignant doit répondre à au moins deux exigences : une expertise de compétence en matière de soulagement, en particulier le soulagement des douleurs et une écoute active pour co-construire un projet de soins en phase avec la personne malade et avancer avec elle, auprès d'elle.

Sylvie rentre chez elle. Je rentre chez moi.

Cette rencontre m'a bouleversé. Je replonge intensivement dans des lectures sur le web concernant le suicide assisté, l'euthanasie et les évolutions législatives dans plusieurs pays. Cette rencontre sera l'occasion de rediscuter en équipe de notre réaction et comportement en cas de demande d'une mort provoquée. Nous prenons le temps de lire et de résumer les textes produits par différentes instances publiques ou associations et suivons les nombreuses auditions organisées notamment par le parlement sur le sujet. Nous rencontrons lors de conférences ou de réunions à distance nos collègues suisses, canadiens et belges qui interviennent dans le cadre d'une autre législation que la nôtre. Tous racontent l'adhésion initiale à un texte permettant de poser un geste de dernier recours en cas de situation exceptionnelle où le soulagement est impossible après avoir tout essayé. L'idée même d'une possible sortie de vie si l'existence est trop pénible est plutôt rassurante, au cas où. Tous relatent aussi l'extension progressive de l'accès à une mort provoquée, au point de devenir incontrôlable sous la pression d'organisations en faveur d'une « aide au suicide » pour tous sans condition. Ils racontent comment désormais des personnes qui ne sont ni en fin de vie, ni gravement malades, ni douloureuses sont accompagnées vers une mort provoquée, réclamée bien souvent en raison de l'angoisse d'un futur incertain et solitaire ou d'un sentiment d'exclusion sociale. Des malades ont peut-être pu mettre ainsi fin à un état de trop grande souffrance. Le dernier service à rendre à leur demande réitérée ? D'autres ont clairement été insidieusement incités à passer le pas et ont cédé aux sirènes sociétales en exprimant un consentement fragile. Quel niveau de consentement a pu réellement être recueilli chez le conjoint, parmi les 104 couples euthanasiés aux Pays-Bas en 2024 ?

Affronter l'idée de traverser ensemble nos vulnérabilités

Quelle que soit l'opinion de chacun relative à l'intérêt de modifier la loi, nous avons cherché à comprendre les raisons d'une telle demande. Pourquoi cet engouement à la possibilité de recourir à l'intervention d'un médecin pour une mort provoquée, puisque 22 ans après la légalisation belge on observe encore 15 % d'augmentation des actes euthanasiques ?

Selon nos collègues étrangers, la raison principale qui incite une personne même en bonne santé à réclamer la légalisation d'une possible procédure euthanasique, c'est la peur. Peur de l'avenir, peur d'être un jour fragile ou dépendant, peur d'être malade, peur d'être vulnérable.

Nous avons peur d'être vulnérables alors qu'il s'agit d'une des composantes intrinsèques de notre condition humaine. Tout ce qui est vivant est vulnérable, que ce soit la nature ou nous-même. Alors pourquoi sommes-nous si anxieux à l'idée de traverser un jour des expériences de vulnérabilité ? La peur de se retrouver seul ?

La question de la mort provoquée dépasse donc largement la question de la fin de vie puisqu'elle est légalisée dans certains pays pour des personnes handicapées, atteintes de maladies psychiques ou neuro-dégénératives. Certains la revendiquent pour les personnes âgées souhaitant achever ainsi une vie accomplie : des députés hollandais ont proposé un projet d'accès à l'euthanasie à toute personne de plus de 75 ans qui le souhaite, sans condition médicale. L'accès repose en fait sur un critère commun : celui de la vulnérabilité. La vulnérabilité véhicule-t-elle donc tant d'idées négatives ?

La question de la vulnérabilité s'est pourtant imposée à nous autrement dans l'espace médiatique en 2024, et avec des messages qui nous ont tous impressionnés.

11 millions de spectateurs ont suivi avec émotion dans les salles de cinéma le film *Un p'tit truc en plus*. Le message incarné par ces personnes en situation de handicap peut se résumer : « Accueillez notre vulnérabilité, osez partager la vôtre et vous verrez comment ensemble la vie sera différente et plus conviviale… »

Quelques milliards d'entre nous ont été bluffés et émus par les prouesses des athlètes paralympiques venus décrocher des médailles d'or de résilience malgré un parcours chaotique dans leur existence et les blessures de la vie. Certains ont traversé des périodes de doutes profonds avec des désirs d'en finir avec l'existence. Lors d'interviews, ils ont rappelé notre tendance à penser trop souvent à leur place ce qu'est leur qualité de vie sans imaginer qu'elle diffère de nos représentations péjoratives de ce que nous n'éprouvons pas. « J'ai accepté mon handicap en fauteuil roulant, mais je vis toujours très difficilement certaines phrases terribles prononcées par des valides comme ce fut le cas une fois au restaurant : "à sa place je me suiciderais"… », témoigne l'une de ces sportives.

Trois personnes atteintes par la maladie de Charcot ont créé l'association *Les Invincibles*. Ce qui les réunit, « c'est une furieuse envie de vivre, d'aimer, de créer, d'animer et d'embarquer un maximum de personnes dans cet élan de vie et de solidarité ». Ils sollicitent la société pour qu'elle soit plus respectueuse et inclusive à l'égard des personnes vulnérables dans le handicap, qu'elle se mobilise en faveur d'un meilleur accès au soin, du soutien de la recherche en faveur des personnes atteintes de maladies dégénératives. Olivier Goy intervient ainsi pour témoigner à quel point l'expérience de la vulnérabilité l'a transformé, provoquant chez lui une fureur de vivre.

Ces militants de la vie témoignent « d'un esprit invincible » qui permet de « vaincre psychologiquement grâce à cinq piliers : la résilience, vivre l'instant présent, adapter sa perception et son regard sur le handicap, la solidarité et la convivialité ».

Les situations de grande vulnérabilité ne peuvent se vivre dignement en société qu'entourées, accueillies et accompagnées.

40 bateaux engagés dans la course à la voile Le Vendée globe ont quitté les Sables d'Olonne le 10 novembre 2024 pour un tour du monde en solitaire et sans assistance. Parmi eux, 2 skippers ont pris le départ sous la voile *Vulnérable* plutôt que de valoriser le nom de leur sponsor. Avec leur staff, ils se sont engagés à défendre la vulnérabilité, celle de chaque personne et aussi de notre planète : « Nous sommes tous vulnérables sur une planète vulnérable. » Se fixer l'objectif de poursuivre ensemble l'aventure humaine nous impose de prendre soin de chacun d'entre nous et du devenir de notre planète. Notre vie est plus acceptable et soutenable dans le sens qu'on lui reconnaît lorsque l'on accepte de mettre en commun nos fragilités et d'accueillir celle des autres. Leur tour du monde est aussi un tour sur eux-mêmes dont ils nous proposent de partager la philosophie et les enseignements : se reconnaissant seuls, vulnérables à la merci des tempêtes et des océans, ils en ont une expérience de dépassement. Ils ont pu explorer avant la course leurs failles personnelles et les fragilités structurelles de leurs bateaux afin d'être capables d'affronter les imprévus de la traversée. Les interventions présentées sur le site *vulnerable. org* ont donné à comprendre comment l'inclusion des personnes en situation de handicap améliore l'état d'esprit et la qualité de vie des équipes en entreprise tout en constituant des leviers de créativité et de performance. Ces témoignages encouragent à un changement de regard et à une mobilisation de nos sollicitudes et de nos solidarités dans le respect de l'autre.

Lundi matin, nous retrouvons un message sur le répondeur du secrétariat du service de soins palliatifs : « Bonjour, c'est Sylvie. Je ne suis pas partie en Suisse. Mais j'ai besoin de pouvoir faire confiance, ne me laissez pas tomber ! Rappelez-moi s'il vous plaît… »

En équipe, nous avons contribué à l'accompagner pendant 3 mois à son domicile avec l'aide de son conjoint qui n'était en fait pas très adhérent au projet suisse mais avait accepté de respecter sa décision. Tous deux se sont rendus à quelques rendez-vous en hôpital de jour dans le service pour ajuster les traitements et l'orientation du projet de soin.

Nous avons partagé ensemble la conduite à tenir en cas d'aggravation ou de maintien difficile à la maison. Sylvie a exprimé le souhait de pouvoir être admise en unité de soins palliatifs en cas de besoin. Elle s'est dite réconfortée et soutenue par la réactivité des soins si nécessaire, mais aussi rassurée de savoir que l'on pourrait, en cas d'éventuelle souffrance physique ou psychique réfractaire, la faire dormir : afin de ne pas souffrir avant de mourir et que la mort intervienne pendant son sommeil.

Sylvie, très fatiguée par la maladie, a été à sa demande transférée un matin en unité de soins palliatifs pour y demeurer quinze jours. Nous avons pu lui rendre visite dans sa chambre où elle était entourée d'amis.

> Vous m'avez permis de consentir à l'imprévu et de lâcher prise, ce que je n'avais jamais fait. J'ai vécu une période de ma vie que je croyais impossible à vivre. Je pensais que ce temps était inutile et sans valeur, qu'il valait mieux l'éliminer alors qu'il a été incroyable et précieux. Merci…

Quelques jours plus tard, elle terminait sa vie paisiblement.

Si les raisons principales de vouloir en finir plus tôt avec la vie sont, comme l'indiquent de nombreuses études, la peur d'être vulnérable ou abandonné ou un poids pour la société alors, l'offre de soins et la solidarité déployées sont des réponses capables de reverser une partie de ces demandes.

Osons donc partager notre vulnérabilité et accueillir celle des autres pour se sentir toujours en société. Tout le monde est gagnant. Soutenons toutes les initiatives associatives et entrepreneuriales qui favorisent du lien entre les générations, aident la sortie de toute exclusion et facilitent la vie au quotidien par le soin et la solidarité. C'est un projet politique au service de l'intérêt général et en plus, ça maintient l'envie de vivre.

Clémence Joly
Chef de service de soins palliatifs, Centre hospitalier de Pont-Audemer

LA RESTAURATION DE L'IDENTITÉ FAVORISE-T-ELLE L'EXERCICE DE LA LIBERTÉ EN FIN DE VIE ?

La question de la liberté traverse la vie de l'homme et elle se pose avec encore plus d'acuité à l'approche de la mort. La liberté est entre autres mise en avant dans les débats sur la fin de vie et les conditions du mourir comme revendication de pouvoir choisir le moment et les modalités de sa mort. Cette liberté de choisir sa mort, revendiquée comme un droit, peut être analysée sur les plans politique, philosophique, clinique. Le niveau politique correspond à la revendication d'une liberté individuelle. Le niveau philosophique questionne la valeur, mais peut aussi interroger l'altérité. Ces deux niveaux rendent compte souvent d'un sujet abstrait voire désincarné. C'est au niveau clinique – au niveau de la personne malade et du soin à lui apporter – que nous voulons nous placer ici en analysant les relations entre identité en fin de vie, restauration de l'identité et liberté. Après avoir analysé la crise de l'identité en lien avec la maladie grave et l'approche de la mort et présenté une situation clinique, nous verrons le lien entre identité et liberté, puis le rôle des soignants pour finir sur un élargissement de la vision de la liberté en fin de vie.

En fin de vie, une identité bouleversée

Le patient en fin de vie a une histoire, une histoire de vie, une histoire personnelle et une histoire de sa maladie, de la façon dont il l'a vécue, dont elle l'a atteint voire transformé. Claire Marin considère que « la maladie [grave] est une expérience totale qui bouleverse tous les liens, tous les marqueurs de l'identité d'un sujet, qui contamine tous les aspects de son existence, une puissance modificatrice à laquelle rien ne résiste »[1]. Les personnes en fin de vie, atteintes d'une maladie grave et incurable, ont souvent vécu plusieurs épreuves. L'annonce du diagnostic peut être un choc voire avoir un effet de sidération. Cela peut faire vaciller le sujet. Les repères s'effacent, il n'y a plus aucun fondement stable. La plupart du temps, peu à peu, et surtout si la personne est entourée et accompagnée, la vie de la personne et de ses proches se réorganise avec la nouvelle réalité de la maladie. Mais avec l'aggravation de la maladie, les éventuelles douleurs ou autres symptômes gênants, une chirurgie qui peut être mutilante, les effets secondaires des traitements, la fatigue qui s'installe, l'épreuve est sans cesse renouvelée[2]. Le patient peut ne plus se reconnaître. L'habitude de son corps se délite[3] : son corps ne lui obéit plus, il est transformé par l'amaigrissement, un délabrement, des gonflements, une nouvelle couleur (pâleur, couleur jaune de l'ictère, noire des hématomes), les intrusions de matériel (perfusions, poches, sondes…). La douleur, si elle dure, prend souvent toute la place. Le sujet, envahi par sa douleur, est prisonnier de l'instant, empêchant tout recul, sans écart possible, sans pouvoir imaginer un futur. Sur le plan psychique, les remaniements et modifications aussi sont nombreux pour le patient et son entourage. Anxiété, tristesse voire dépression, inquiétudes pour l'avenir, pour ses proches, désorientation, éventuelles pertes cognitives. Le patient ne reconnaît plus ses comportements. Lui qui était autonome dans les activités de la vie quotidienne a maintenant besoin d'aide, il devient dépendant, ce qui peut le conduire à se sentir un fardeau, à se sentir coupable ou humilié. Un travail de deuil de ses capacités voire d'une identité perdue est à faire. C'est parfois aussi le moment d'un retour sur soi-même, sur sa vie, sur ce qu'il a réalisé, ses valeurs.

Le patient est-il encore lui-même ? Est-il encore sujet de sa propre existence ou est-il exproprié de lui-même par la maladie ?[4] Du fait des changements du corps, de la fatigue, de la lassitude, de la perte du sentiment de soi, de la place et de l'attitude de l'entourage, la personne peut se sentir dépossédée d'elle-même. Sa puissance d'agir diminue, elle perd le pouvoir de décision : « La maladie est la disparition d'une certaine marge de manœuvre sur laquelle s'appuie le sentiment de liberté

1. Marin C., *Violence de la maladie, violence de la vie*, Paris, Armand Colin, 2008, p. 15.
2. Marin C., *Hors de moi*, Paris, Éd. Allia, 2018, p. 16.
3. Marin C., *ibid.*, p. 54.
4. *Ibid.*, p. 79.

du sujet. »[1] Tel patient est trop essoufflé pour monter à l'étage de sa maison, tel autre ne peut plus faire son jardin, doit être hospitalisé, doit renoncer à l'anniversaire de son petit-fils, ne peut plus s'occuper de son conjoint lui-même malade, etc. La perte de la capacité d'agir peut également être le fait de complexités administratives ou institutionnelles : on devient dépendant de l'horaire d'arrivée des soignants à son domicile pour un soin, on attend des semaines la réponse d'une administration… La perte du contrôle et de la capacité d'agir, nourrissant un sentiment d'impuissance dévastateur pour la vie psychique, peut amener à une idée de deshumanisation et de dévalorisation. À cela s'ajoute un vécu du temps, une temporalité qui peut éloigner encore le patient de ses proches et être incompréhensible pour le monde qui l'entoure : accélérations, arrêts, temps fractionné, sentiment d'urgence, échéances[2].

À l'approche de la mort, une crise du sens s'ajoute à la crise de l'identité. Chez le patient coexistent la conscience de l'inévitabilité de la mort et le souhait de continuer à être. Souvent appelé abusivement par les soignants ou les proches le déni, il s'agit en fait d'une dissociation psychique. Le patient questionne le sens de la souffrance, le sens et la direction des soins, le sens de vivre le temps qui reste : « *à quoi ça sert ? C'est trop long…* », le sens du lien à autrui. Les proches aussi sont impactés : épuisés par un accompagnement prolongé, inquiets, fuyants, dans un deuil anticipé, refusant d'accepter la situation, en désaccord sur le lieu du décès, en colère, etc. L'environnement sociétal questionne aussi le sens de ce que vit le patient : le sens d'une agonie, le coût des soins, le coût des arrêts de travail des proches, etc. Les relations à autrui et aux institutions sont ainsi transformées, marquées parfois par une rupture, conduisant au travail de deuil d'une identité perdue.

Crise de l'identité et crise de sens peuvent conduire à une sensation d'effritement, de délitement[3] de la personne. Or le sentiment d'identité s'appuie sur une certaine continuité, sur une expérience de l'unité. Et pour être libre, il faut pouvoir dire « Je ». Si le sentiment d'unité de la personne est blessé, non seulement l'exercice de sa liberté mais également l'appréciation de sa liberté s'en trouvent modifiés ou diminués. D'où l'importance de penser l'identité[4]. Penser cette identité troublée

1. *Ibid.*, p. 55.

2. « Liberté : ouvrir le champ des possibles », Groupe de réflexion éthique de la SFAP, *Médecine Palliative* (2024) ; 23 : 129-134.

3. Marin C., *Hors de moi*, *ibid.*, p. 26.

4. Pelluchon C., *Paul Ricœur, philosophe de la reconstruction*, Paris, PUF, 2022, p. 50.

qui se transforme, qui n'existe plus, s'éparpille, qui se dissout et dont la réalité est pourtant nécessaire pour se sentir libre.

L'histoire de Marc

L'histoire de Marc et de sa rencontre avec une biographe hospitalière relate comment un accompagnement, par une approche narrative, peut permettre à une personne, en faisant le récit de sa vie, de retrouver une liberté (liberté d'être elle-même par exemple).

Marc a 44 ans. Il a 3 filles de 24, 19 et 9 ans. Cette famille est très isolée socialement. La maman est partie il y a plusieurs années. Atteinte de troubles psychiatriques, elle n'a plus le droit de voir sa fille de 9 ans. Le diagnostic de cancer du poumon de Marc a été posé il y a un an, alors qu'il était en prison. Des métastases cérébrales sont apparues rapidement. Les traitements sont en échec et la maladie progresse très vite. Marc connaît le diagnostic, l'étendue de sa maladie et le pronostic à court terme. Dès la première consultation avec le médecin de soins palliatifs, il met son rôle de père en avant. Il dit « le temps presse », « je dois encore régler plusieurs choses pour que mes filles soient bien après : trouver un logement digne, anticiper mes obsèques, pour qu'elles soient tranquilles ». Il sait pourquoi il est venu à cette consultation : il veut qu'un médecin hospitalier dise à sa dernière fille la gravité de la maladie. Exprimé par un médecin, cela aura du poids pense-t-il.

Une hospitalisation à domicile (HAD) est mise en place pour perfuser un traitement contre l'œdème cérébral qui lui donne des maux de tête importants. Les infirmières de l'HAD ne le trouvent pas à son domicile car il est parti au restaurant avec ses filles. Alors qu'il est de plus en plus essoufflé, il recourt à l'oxygène seulement ponctuellement. Il préfère faire des « exercices de respiration » : cela valorise sa capacité à rester actif, à se battre, pour lui et ses filles.

Devant son aggravation, il finit par accepter une hospitalisation pour soulager sa dyspnée et se reposer. Dès son arrivée, il pose ses conditions : pas de traitement par perfusion, traitement d'une infection (imaginaire) dont il est persuadé qu'elle est responsable de l'aggravation, avoir de l'oxygène en bouteille pour être mobile. Bien que très fatigué et en difficulté respiratoire, il ne renonce pas. Il quitte sa chambre d'hôpital pour aller dans une pharmacie en ville changer son fauteuil roulant qui ne lui convient pas ; il va dîner en ville avec ses filles sans prévenir les infirmières. Au bout de trois jours, ne supportant pas d'être enfermé, en colère de façon diffuse contre les traitements et l'hôpital, il décide de rentrer chez lui, malgré la gravité de son état. Il répète qu'il lui reste peu de temps à vivre, qu'il ne veut pas perdre du temps à l'hôpital et qu'il veut être avec ses filles. Il a promis à la plus jeune de l'emmener se faire percer les oreilles. De retour à la maison, l'accompagnement avec la biographe hospitalière initié à l'hôpital se prolonge. Marc a classifié ses urgences en termes d'écriture. Il souhaite d'abord écrire une lettre commune à l'intention de ses trois filles, éditée en trois exemplaires aux couleurs préférées de chacune. Ces lettres remises, Marc prépare un message qui sera lu lors de ses obsèques, mélange de remerciements, de conseils et d'amour. Il envisage d'écrire une lettre à sa dernière compagne. Il aimerait ensuite écrire sa biographie. Il confie à la biographe :

> Ma vie a été bouleversante, mais j'ai toujours essayé. Nous avons traversé tant de choses, tellement d'épreuves ensemble qui nous ont rendus forts. Si je n'avais pas vécu tout ça, je ne serais peut-être pas la personne que je suis aujourd'hui. On en apprend tous les jours et on grandit. La vie est une leçon jusqu'à la mort.

Alors qu'il avait dit ne plus vouloir retourner dans l'hôpital de référence, loin de chez lui, mais être soigné en proximité pour valoriser les relations familiales, il demande un jour, en grande détresse respiratoire, à être emmené dans le service de spécialité loin de chez lui comme dans un dernier sursaut pour continuer à vivre. Il exige un avis d'un « professeur parisien » ou du professeur qui l'a soigné en prison ; il redemande une chimiothérapie, espérant être sauvé. Mais son décès survient au bout de trois jours.

Dans la situation de chaos vécue par Marc, la mise en récit, qui est une reconstruction, lui permit de retrouver une identité narrative[1] et une estime de soi. La biographe qui l'a accompagné témoigne :

> Au départ, il craignait ce genre de contrainte pratique, l'immobilisme, l'enfermement dans le temps, le lieu… mais il fut vite rassuré. Les entretiens ont pu avoir lieu là où il le souhaitait : à l'hôpital, chez sa fille (où il se sentait entouré), chez sa mère et même sur l'esplanade de l'hôpital. Une fois la première rencontre effectuée, les explications données, il se sentit en confiance. C'est cette confiance qui lui a permis de se dévoiler. Il savait que ni lui, ni ses mots (et donc ses actes) ne seraient jugés. N'est-ce pas là la plus grande liberté que l'on puisse offrir à un homme, celle d'être lui-même ? […] Son passé était un poids difficile à porter. […]

1. Pelluchon C., *Ibid.*, p. 15.

Le poids du passé éreinte parfois celui qui veut avancer et l'entrave au point qu'il ne puisse le faire. Verbaliser devient alors un moyen de s'en détacher en matérialisant le passé au travers d'un écrit, mais surtout en redonnant sa place dans la temporalité de la vie. Le récit de soi amène au fait que le passé appartient au passé, explique ses incidences sur le présent et libère ainsi le futur. Marc en était là. La liberté donnée de se raconter lui donnait la liberté d'être ce qu'il croyait être et de révéler ce qu'il était au plus profond de lui-même.

Liens entre identité et liberté

L'approche narrative de l'accompagnement (la biographie hospitalière n'étant pas exclusive) « permet au soi de ne pas considérer son histoire comme une succession d'événements imposés de l'extérieur. La narration procure une identité narrative au patient en rendant visible une vie[1] ». La personne peut alors « ressaisir l'unité de sa vie à un niveau supérieur[2] ». Dans son livre sur Paul Ricœur, Corine Pelluchon précise qu'il y a toujours plus d'ordre ou d'unité dans le récit d'un malheur que dans le malheur lui-même[3]. Si la souffrance déchire le « tissu inter-narratif » et apparaît comme une « rupture du fil narratif »[4], alors pouvoir se raconter aide la personne à retrouver une cohérence dans son parcours et à habiter le monde. Retrouver de la cohérence dans ce qui est vécu et donc son identité personnelle, en lien avec son histoire et avec les autres, fait advenir une profondeur et jaillir une liberté inattendue. La reprise du fil narratif d'une vie ou d'une « séquence de vie » fracassée par une maladie grave ou l'approche de la mort peut apporter un véritable apaisement. Cela permet aux personnes de se retrouver elles-mêmes, d'être plus en lien avec leur moi profond, voire de se « mettre au monde ».

Pour être libre, il convient de savoir qui on est et de pouvoir dire *Je*, de se poser comme sujet : sujet de ses désirs, sujet de ses actes. En fin de vie ou lors d'une maladie grave, la recherche d'une cohérence, la reconstruction d'un « puzzle de vie », avec et pour les autres représente un effort pour exister qui « témoigne du désir d'être du sujet, du

1. Gagnou-Savatier E., « La narration éthique, une ressource dans le processus de sense-making ? » *Revue Française Gestion* (2018) ; 275 : 95-111.
2. Pelluchon C., *Paul Ricœur, philosophe de la reconstruction*, *ibid.*, p. 14.
3. *Ibid.*, p. 124.
4. *Ibid.*, p. 199.

conatus »[1], de la persistance de la liberté de l'être jusqu'au bout. Être en vérité avec soi-même libère. Libéré de mauvaises images de soi, libéré de contraintes qu'on s'impose, libéré de peurs, libre d'être soi-même, on peut reprendre toute sa place et continuer à poser des choix, *vivant jusqu'à la mort*[2]. La liberté retrouvée n'est pas que pour soi, elle est avec et pour les autres. Marc, cité plus haut, a, comme tout être humain mais sans doute encore plus du fait de la gravité de sa maladie, besoin des autres pour exercer sa liberté et agir (aides physiques, institutionnelles, soins). Car « la relation (relation soignant-soigné, relation à la famille et aux proches, relations plus larges à la société) est le socle à partir duquel une liberté peut s'exprimer dans un contexte de maladie grave »[3]. Et il exerce sa liberté aussi pour les autres, pour ses filles en particulier : sortir avec elles, les mettre à l'abri, leur transmettre quelque chose par l'intermédiaire de lettres.

La philosophe Mylène Botbol-Baum va plus loin en établissant un lien direct entre le récit et l'affirmation de la liberté puis en évoquant le rôle des soignants : « Pour le patient vulnérabilisé, immobilisé, le récit est le seul mode d'action et d'affirmation de sa liberté, le seul moyen de rester connecté à son passé et au futur de sa destinée. [...] Je dirais que l'éthique narrative s'appuie cliniquement sur le fait empirique que tout patient arrive à l'hôpital avec une histoire dont la cohérence narrative est interrompue par la maladie, voire l'approche du mourir. Ces moments de crise existentielle révèlent la spécificité de cette personne dans ses volontés et sa liberté menacée par la contingence de la maladie où l'événement inéluctable du mourir doit être impérativement réinscrit dans un processus de sens socialement partageable. Dans cette visée, la compétence narrative des soignants consiste à être capable d'adopter le point de vue des patients, d'en être le relais en écoutant l'histoire qu'ils ont à raconter non pas pour construire ou interpréter mais pour en éditer la cohérence.[4] »

1. *Ibid.*, p. 13.

2. Ricœur P., *Vivant jusqu'à la mort*, Paris, Éd. du Seuil, 2007.

3. « Rapport d'information fait au nom de la mission d'évaluation de la loi n° 2005-370 du 22 avril 2005 relative aux droits des malades et à la fin de vie » présenté par J. Leonetti, pp. 116-117 (consulté le 25 mars 2024, https://www.assemblee-nationale.fr/13/pdf/rap-info/i1287-t1.pdf).

4. Botbol-Baum M., « Pourquoi la narrativité ? Tentatives d'approches méthodologiques de l'éthique médicale », Centre de documentation et de recherche sociales CEDORES, 2001.

Le rôle des soignants dans la restauration de l'identité

Les soignants et les accompagnants bénévoles ont ainsi un rôle important à assumer pour aider les patients à retrouver « le fil de la merveille » comme le dit joliment Christine Singer[1]. Les soignants ouvrent un espace où les personnes peuvent se raconter, discuter lors d'une toilette, écouter un patient raconter l'histoire de sa maladie et la façon dont il l'interprète, l'écouter raconter ses souvenirs, rechercher avec lui ce qui lui convient le mieux, ce qui est (encore) possible. La façon dont est effectué un soin (de façon automatique ou attentive et respectueuse), la façon dont on aborde une personne, la qualité de présence qu'on lui offre, sont autant de marques de respect et de signes que la personne compte, que son histoire compte. Le langage du corps – corps du malade, corps du soignant, interaction des corps – intervient dans la restauration de l'identité. La façon dont on accueille la personne (rester assis derrière un bureau ou se lever pour aller la chercher en salle d'attente), dont on entre dans une chambre (frapper avant d'entrer), dont on examine un malade (ne pas dénuder totalement le malade, lui demander la permission), dont on fait une toilette à un malade dépendant (avec de l'eau tiède, avec un massage qui détend, en rajoutant une touche de parfum…), dont on donne confiance pour faire quelques pas, ce sont autant de contributions à restaurer naturellement le sentiment d'identité d'une personne gravement malade. Un corps souffrant et abîmé mais contenu, une personne étayée, une estime de soi retrouvée, une famille soutenue sont autant de possibilités pour retrouver un sentiment d'unité corporelle et psychique, un sentiment de réhumanisation, de continuité de l'identité, d'une identité retrouvée. Même pour les personnes souffrant de démence comme lors de la maladie d'Alzheimer, « la tâche des soignants est de réveiller ces capacités [cognitives, verbales, physiques] parfois dormantes, parfois inactives, en tout cas souvent inactivées. […] L'attention aux sensations est une manière d'accéder à l'ipséité d'une personne qui souffre de troubles de la mémoire ou de déficits cognitifs sévères »[2]. Ainsi cette psychologue dans un Ehpad qui a fait rechercher la biographie écrite antérieurement par un ancien moine désormais dément, pour retrouver avec lui son histoire de vie, ses valeurs, ses souvenirs ; autant de repères pour persister dans la cohérence de son identité et préserver une capacité d'agir. Ou encore cette infirmière à qui une patiente proche de la mort avait confié qu'elle avait eu, avant son mariage, un enfant qu'elle a dû abandonner. Seul son deuxième mari

1. Singer C., *Derniers fragments d'un long voyage*, Paris, Albin Michel, 2007, p. 22.
2. Pelluchon C., *Paul Ricœur, philosophe de la reconstruction*, *ibid.*, p. 139.

était au courant. Elle ne l'avait jamais révélé à ses enfants venus plus tard ni à personne avant d'en parler à cette infirmière. En parler avec un tiers l'a soulagée. Devait-elle en parler à ses autres enfants ? Elle s'interrogeait. L'infirmière lui a proposé de servir d'intermédiaire. Finalement, la patiente n'a pas souhaité en parler et est morte avec son secret. Cependant, par son attitude respectueuse et empathique l'infirmière lui a offert un espace de délibération. La patiente s'en est saisie et s'est libérée d'un poids. Sans doute cela lui a-t-il suffi puisqu'elle n'a pas souhaité dévoiler à d'autres l'existence de cet enfant. Pouvoir dire, raconter alors qu'elle savait qu'elle allait mourir, tout en étant respectée par une autre (ici l'infirmière) lui a permis de choisir librement de ne pas révéler son secret.

L'affirmation de la liberté en fin de vie

Quand on pense liberté en fin de vie, on pense spontanément et de manière réductrice à la capacité de choisir seul la date de sa mort comme un sujet auto-entrepreneur de lui-même, sans lien avec les autres. Or la liberté en fin de vie ne se résume pas à la possibilité d'un choix. La liberté ne se confond pas avec l'exercice de la volonté comme puissance. Le concept d'autonomie envisagé comme autodétermination et liberté de choix est insuffisant pour saisir ce qui se joue en fin de vie. Comme Ricœur, nous ne voulons pas faire de la liberté humaine seulement une capacité abstraite de choix : « Elle est en lien avec la condition concrète de l'homme où la nature, le corps, autrui et la société sont tous en jeu. »[1] Il est possible d'attester sa liberté jusqu'à la mort, même dans ce qui semble être une passivité complète, pourvu que l'on soit en relation, que l'on soit accompagné, dans l'altérité. L'homme souffrant est encore capable et agissant. La complexité et la richesse de ce que vivent les personnes à la fin de leur existence, quelles qu'en soient les circonstances, nous amènent à changer notre regard sur ces moments ultimes qui effraient. Certes, les capacités fonctionnelles voire psychiques s'amenuisent, l'angoisse peut être prégnante mais la vie est là, présente partout chez le malade. Jusque dans l'agonie, moment historique de dévoilement de soi, lieu d'une rencontre avec soi[2], moment où toutes les fibres de notre être refusent la mort quand bien même nous savons

1. Kuang Q., « Une ontologie de la liberté dans l'œuvre de Paul Ricœur », Thèse pour obtenir le grade de docteur de l'Université de Strasbourg, 2016.

2. Humbert B., *Vivre la mort. Nous pouvons réapprendre à mourir*, Paris, Éd. Artège, 2023, p. 50.

qu'elle l'emportera, l'homme peut choisir son attitude face à cette épreuve : vais-je m'anesthésier ? Vais-je renoncer ? Vais-je consentir ? Vais-je me révolter ?[1] Dans l'agonie, l'être de l'homme est mis à nu, l'exposant dans ses profondeurs ultimes. Lieu d'une passivité radicale, la liberté y a cependant une place. Elle se loge entre sa facticité et sa réponse[2]. Comme si la liberté s'immisçait partout. Preuve que l'agonie est encore la vie, la vie profonde, mystère d'une identité toujours en devenir, d'une identité en devenir jusqu'au bout. Pour le psychanalyste Michel de M'Uzan cette liberté jusque dans l'agonie est encore dialogale : protection des proches jusque dans la lutte, attente d'un proche, expression de l'amour, « ultime expérience relationnelle » [3], « embrasement du désir »[4].

Pour aller plus loin encore, nous pouvons évoquer l'agonie de Maurice Hallwachs à Buchenwald décrite par Jorge Semprun[5]. Jorge Semprun vient visiter son vieux professeur dans son block tous les dimanches. Ils discutent philosophie, littérature, cours à La Sorbonne, nouvelles de la guerre, avenir, Hallwachs étant plus faible à chaque visite. Lors de sa dernière visite, les lèvres de Maurice Hallwachs qui, « parvenu à la limite des résistances humaines [...], se vidait lentement de sa substance, [était] arrivé au stade ultime de la dysenterie qui l'emportait dans la puanteur » et malgré « la détresse immonde, la honte de son corps en déliquescence », frémissent en entendant Semprun lui réciter quelques vers de Baudelaire[6]. Dans les yeux de son ami mourant, ce dernier voit « une flamme de dignité, d'humanité vaincue mais inentamée ». Le vieux professeur « constate l'approche de la mort » et en mesure « les enjeux, librement : souverainement » [7]. On ne peut imaginer agonie plus terrible que celle d'un déporté dans un camp de la mort. Et pourtant, ce sont les mots « librement » et « souverainement » que Jorge Semprun écrit. Son accompagnement maintenait son ami dans le fil de sa vie, lui permettait d'habiter encore le monde. Dans une cohérence à lui-même, à ce qu'il a vécu (enseignement, choix d'entrer dans la Résistance) et malgré l'horreur, une profondeur et une liberté jusque dans la terrible

1. *Ibid.*, p. 80.
2. V. Frankl, *Découvrir un sens à sa vie grâce à la logothérapie*, Paris, J'ai lu, 2012, p. 113.
3. De M'Uzan M., « Le travail du trépas », in *De l'art à la mort*, Paris, Gallimard, 1977, p. 185.
4. *Ibid.*, p. 189.
5. Semprun J., *L'écriture ou la vie*, Paris, Gallimard (Folio), 1994, p. 214.
6. *Ibid.*, p. 38.
7. *Ibid.*, p. 37.

agonie sur le châlit d'un camp de la mort sont perçues et rapportées par l'auteur de *L'écriture ou la vie*.

Particulièrement en fin de vie, la question de la liberté est vertigineuse. Si nous avons insisté sur l'importance de la restauration de l'identité pour l'exercice de cette liberté, ce n'est pas le seul facteur pouvant aider le malade. L'accompagnement proposé à ce dernier aide à « ré-ouvrir » le temps, à laisser encore ouvert le champ des possibles. Dans ce temps ouvert, la liberté peut jaillir et s'immiscer dans les recoins de la vie : comme un « encore possible », comme une capacité de commencement, jusqu'au bout, comme un souffle de vie, dans la profondeur de l'être. Ce n'est pas une liberté absolutisée comme puissance de soi[1]. C'est dans une « immaîtrise » que se joue le surgissement du possible. Le psychiatre Viktor Frankl considère qu'entre le stimulus (la facticité) et la réponse, il y a la liberté de l'être humain. L'acte libre est toujours à refaire, à réinventer, dans l'acceptation de l'imprévisible[2]. D'autres aspects de la liberté en fin de vie auraient pu être analysés : les liens entre liberté et vérité, entre liberté et consentement, liberté et souffrance, liberté et responsabilité, liberté et défi, liberté et relation à autrui. Comme tout au long de l'existence, la liberté en fin de vie est dialogale, simplement parce que le malade a besoin des autres pour pouvoir l'exercer. Elle l'est aussi parce qu'elle est une liberté pour les autres. Le temps « ré-ouvert », ré-investi dans le présent, en fin de vie, est souvent à destination des autres, des proches, les personnes se recentrant sur ce qui est essentiel pour eux[3]. C'est par amour pour un proche qu'un patient peut accepter une hospitalisation redoutée ou attendre que la personne aimée soit « prête » pour donner son dernier souffle.

Pour conclure, l'accompagnement des personnes en fin de vie est un enjeu de fraternité. Les accompagnants (bénévoles, soignants, institutions – les familles étant elles-mêmes en détresse) ont une responsabilité pour ouvrir un espace où le patient peut retrouver son ipséité, transformer la souffrance en une histoire signifiante et aider les personnes à retrouver une identité ouverte au sens, à l'inventivité. Tout ce qui contribue au rétablissement identitaire de la personne, en aidant cette dernière à retrouver de la cohérence dans sa vie, est un chemin vers l'expression et l'exercice de sa liberté.

---

1. Atlan H., Vergely B., *Sommes-nous libres ?*, Paris, Salvator, 2012, p. 56.
2. Frankl V., *Découvrir un sens à sa vie grâce à la logothérapie*, *ibid.*, p. 91.
3. Fegg M.J., Wasner M., Neudert C., Borasio G.D., « Personal values and individual quality of life in palliative care patients », *J Pain Symptom Manag.* (2005) ;30 :154-159.

Isabelle Casini
Cheffe de service, Pôle territorial douleur accompagnement soins palliatifs (TERDASP) Alpes-Maritimes Ouest

Sophie Gutierrez, Frédéric Normant
Psychologues, Pôle territorial douleur accompagnement soins palliatifs (TERDASP) Alpes-Maritimes Ouest

LE PARCOURS DE SANTÉ EN SOINS PALLIATIFS

Notre démarche en soins palliatifs est une façon d'aborder les situations complexes et individualisées lorsque les questions relatives à la qualité de la fin de vie et au respect des choix de la personne vont se poser. Elle est susceptible d'être mise en œuvre dès l'annonce d'une maladie grave dont on sait que la personne n'en guérira pas, ou lors de la survenue d'une complication sévère.

De nombreuses pathologies sont concernées (cancers, maladies chroniques, neurologiques, insuffisance d'organes, etc.) et de ce fait, l'articulation de la filière de soins palliatifs avec les filières existantes territoriales (gériatrie, oncologie, pédiatrie, urgences) est souhaitable.

Le stade de la maladie et l'identification des patients

La médicalisation, la technicisation de la fin de la vie ainsi que la valorisation de l'action, du « faire » à tout prix se sont accentuées ces dernières années. L'organisation des soins dévalorise l'éthique du *care*[1] qui renvoie à l'attention et au prendre soin d'autrui, privilégiant le *cure* dont la visée principale est de traiter pour guérir. La fin de la vie n'est

1. C. Fourcade, « Soins palliatifs, nous sommes "en *care*" », *Médecine palliative*, vol. 21, n° 4, 2022, pp.169-170.

plus alors plus perçue que comme un temps essentiel de l'expérience humaine.

De plus, chaque professionnel de santé en fonction de sa spécialité, peut avoir sa propre conception des soins palliatifs [1] : certains les considèrent comme une annonce de mort, d'autres les associent à l'arrêt des traitements actifs et à un échec de la médecine.

Pour nous, équipes des soins palliatifs, il s'agit d'une approche multidimensionnelle centrée sur le patient et son entourage.

En oncologie, le bénéfice de l'intégration précoce d'un suivi palliatif est démontré sur la qualité de vie des patients, sur la meilleure gestion des symptômes et sur la survie globale. Cette approche peut réduire les sentiments de désespoir et d'impuissance, souvent à l'origine des demandes d'euthanasie[2].

En effet, cette identification[3] permet d'assurer la continuité des soins de support [4] tout au long de la maladie et d'intégrer les équipes de soins palliatifs au plus tôt dans la prise en charge.

L'identification est parfois complexe en raison d'un manque d'informations, de communication, de retard dans l'annonce, de la chronicité de la pathologie et d'une méconnaissance des outils d'évaluation.

Il est indispensable que l'équipe en charge du patient analyse la situation en lien avec les spécialistes de la pathologie tant :

– Sur le plan clinique : nous devons établir un diagnostic, définir le stade de la maladie et son pronostic, identifier les besoins physiques, psychologiques, sociaux, spirituels et logistiques, connaître les valeurs, les souhaits du patient et de son entourage.

– Sur les plans juridique et déontologique : de nombreuses lois[5], décrets et circulaires [6] encadrent les soins palliatifs et introduisent des droits pour les patients (directives anticipées, sédation profonde et continue, etc.) et des devoirs pour les soignants. Les équipes doivent réactualiser leurs connaissances dans ces domaines.

---

1. J.-C. Mino, P. Moulin , « Les conceptions du mot soins palliatifs sur le terrain des équipes transversales en France », *Anthropologie et Sociétés*, vol. 45, n° 1-2, 2021.

2. SFAP, « Face à une demande d'euthanasie ». Pôle éthique et recherche, 2004.

3. D. Martin, B. Chappes., « Identification des patients en soins palliatifs et parcours de soins », *Douleur, Paris* Elsevier Masson, 2024, pp. 228-229.

4. S. Salas, A. Foglarini, « Guide de bonnes pratiques en soins palliatifs et cancers de mauvais pronostic », « Médecine Palliative et Cancer », DSRC OncoPaca-Corse, 2024.

5. Loi n° 2016-87, 2 février 2016 créant de nouveaux droits en faveur des malades et des personnes en fin de vie.

6. Instruction interministérielle du 21 juin 2023 relative à la poursuite de la structuration des filières territoriales de soins palliatifs 2024-2034.

– Sur le plan éthique [1] : la fin de vie génère des situations difficiles et ponctuées par de nombreux enjeux éthiques. Le devoir de solidarité envers les personnes les plus fragiles et le respect de l'autonomie de la personne vont guider les réflexions.

Que faire, ne pas faire, que décider ? Les équipes se questionnent au quotidien sur le sens du soin, de l'accompagnement. Alors s'ouvre une réflexion éthique qui interroge sur la finalité de la prise en charge.

Vers une intégration de la démarche palliative dans le parcours de santé[2]

Nous devons intégrer les soins palliatifs au parcours de santé. Ce parcours se définit comme : « La trajectoire globale des patients et usagers dans un territoire de santé donné, avec une attention particulière portée à l'individu et à ses choix nécessitant l'action coordonnée des acteurs… »

La logique de parcours est encore freinée par des pratiques professionnelles très techniciennes et des organisations cloisonnées, ce qui favorise un clivage entre soins curatifs et soins palliatifs.

Comme nous l'avons vu, par l'identification précoce nous dépassons ce clivage et repensons les enjeux de l'accompagnement.

Dans notre démarche palliative [3] :

– Nous respectons la dignité du patient, reconnaissons la valeur intrinsèque de chaque individu, quel que soit son état de santé. La présence à l'autre nécessite de créer les conditions d'une relation authentique, empreinte de solidarité. Quel regard puis-je porter sur cet être souffrant que je soigne et que j'accompagne ?

– Nous rappelons que le cœur de la démarche palliative est un accompagnement centré sur le patient et sa singularité. Les échanges réguliers qu'il peut entretenir avec les équipes médicales et les membres de la famille sont fondamentaux. Ils permettent de délivrer une information claire et adaptée sur les options de soins et les décisions médicales à chaque stade de l'évolution de la maladie tout en restant respectueux[4] de la temporalité du patient. Ces rencontres favorisent la réflexion relative

---

1. P. Vassal, F. Chapuis., N. Kopp., « Proposition d'un paradigme pour une démarche éthique en soins palliatifs », *Éthique et santé*, 2004/1, pp. 88-94.

2. « Parcours de soins d'une personne ayant une maladie chronique en phase palliative », HAS, 2013.

3. « L'essentiel de la démarche palliative, HAS, 2016.

4. J. Rietjen, L. Sudore., M. Connolly, « Définition et recommandation pour la planification préalable des soins », *Lancet Oncology*, vol. 18, n° 9, 2017, pp. 543-551.

à ses préférences, valeurs, priorités et objectifs de soins en anticipation d'une perte de la capacité de discernement. Que sait le patient de sa maladie, qu'en pense-t-il, quelles sont ses priorités, que désire-t-il entendre ? Peut-il décider ? Est-il libre dans la détresse, l'angoisse de la mort prochaine, la douleur, la souffrance, la dépendance physique ou psychique ?

Le plan de soins anticipé est alors réalisé. Il inclut les directives anticipées et facilite les prises de décision dans les situations d'urgence.

– Notre objectif est de soulager les souffrances (principe de bienfaisance et de non-malfaisance), afin d'offrir au patient la meilleure qualité de vie possible et d'accompagner ses proches.

Dans les cas de limitation, d'arrêt de thérapeutiques actives ou de mise en place d'une sédation profonde et continue maintenue jusqu'au décès, la démarche palliative oblige à prendre les décisions à la suite d'une procédure collégiale[1]. Cette procédure doit toujours consister en un processus délibératif et ne pas être réduite à sa dimension procédurale. Dans cet esprit, chaque participant doit pouvoir argumenter puis débattre dans le cadre d'une concertation interdisciplinaire en respectant l'éthique de la communication, sans hiérarchisation des arguments en fonction du statut des professionnels qui y sont associés. La position de chacun doit pouvoir évoluer en synergie avec les arguments des autres participants afin d'aboutir à une appréciation juste et proportionnée dans l'intérêt de la personne soignée. Ce processus doit faire l'objet d'une mention écrite et argumentée dans le dossier médical du patient.

– Nous devons anticiper les besoins du patient et de ses proches tout au long de la prise en charge. Pour ce faire, nous rédigeons des prescriptions anticipées personnalisées, nous élaborons des protocoles et renseignons la fiche *Samu pallia*. La continuité des soins 24 h sur 24 h est assurée par des appuis territoriaux en soins palliatifs, quel que soit le lieu de prise en charge.

– Nous accompagnons les proches et les aidants, répondons à leurs besoins émotionnels, psychologiques, financiers et spirituels. Même après le décès, les proches en deuil peuvent être soutenus.

Ainsi, raisonner en termes de parcours représente un enjeu majeur et incontournable en matière de qualité, efficience et coopération.

Le travail en équipe pluri et interdisciplinaire est au cœur de notre démarche.

Il s'agit de créer une équipe de première ligne (médecins, infirmiers), qui peut faire appel si besoin à d'autres professionnels (psychologue,

---

1. Article R. 4127-37-2 du Code de la santé publique.

assistant social, kinésithérapeute, aides-soignants, pharmacien, auxiliaire de vie) et à des intervenants comme les représentants des spiritualités et religions, les bénévoles d'accompagnement.

Le soutien et l'aide d'une équipe de soins palliatifs sont nécessaires tout au long de la prise en charge. Cette collaboration selon un principe de non-substitution et de compagnonnage permet de mobiliser *savoir-être* et *savoir-faire* dans le domaine des soins palliatifs.

Des réunions interdisciplinaires[1] régulières, associant tous les acteurs de proximité sont indispensables afin d'élaborer puis de réactualiser avec le patient et son entourage le plan personnalisé de soins tout au long de la maladie. Chacun doit connaître son rôle et ses fonctions, sa responsabilité et son champ d'autonomie dans le domaine de ses compétences. Chacun doit aussi reconnaître les rôles, fonctions et compétences des autres intervenants. L'identification d'objectifs et de projets communs, la reconnaissance des procédures de décision sont indispensables. Cette interdisciplinarité requiert de la rigueur, de l'ouverture et de la tolérance.

Que ce soit au domicile ou en institution, il s'agit de développer une démarche éthique en favorisant la réflexion des soignants[2] dans une délibération d'équipe confrontée à des situations difficiles où les émotions, les idéologies, les croyances, les certitudes et les sensibilités de chacun interfèrent.

Les attentes et les besoins des uns et des autres, qu'il s'agisse des patients et des différents professionnels, peuvent être divergents.

Collaboration et coordination avec les structures existantes

Comme nous l'avons vu précédemment, dans la démarche palliative la coordination du parcours de santé se décline sur plusieurs niveaux :

– au niveau individuel dans la prise en charge et l'accompagnement du patient et son entourage ;

– au niveau du management d'équipe pluri professionnelle et interdisciplinaire.

Notre attention se portera maintenant sur la coordination au niveau territorial.

1. C. Joly., A. Lainé, A. Catan, F. Pochard, « L'interdisciplinarité : une visée, une nécessité et une exigence au service du malade », *Éthique et santé*, vol. 8, n° 3, 2011, pp. 119-124.

2. F. Baumann., « Introduire la réflexion éthique, dans la pratique quotidienne du médecin », *Éthique et santé*, vol. 4, n° 1, 2007, pp. 30-32.

Rappelons qu'idéalement, chaque patient devrait pouvoir bénéficier d'un accès équitable aux soins palliatifs, quelle que soit sa situation géographique, sociale ou économique, (principes de justice et de solidarité). On estime que 50 % des Français qui devraient bénéficier de soins palliatifs n'y ont pas accès[1].

Une coordination territoriale de pilotage est nécessaire et doit rassembler tous les acteurs de soins : les professionnels de santé libéraux, le dispositif d'appui à la coordination (DAC), les établissements de santé, les institutions sociales et médico-sociales, la filière de soins palliatifs, les représentants des usagers, les bénévoles d'accompagnement.

La notion d'interprofessionnalité pose la question des langages spécialisés (vocabulaire notamment médical, psychologique, éthique) avec parfois la difficulté de s'entendre, de se comprendre. De même, les modalités d'exercice et les temporalités respectives des différentes structures impliquées sont très variables et peuvent conduire à des incompréhensions.

La coordination doit inclure des espaces de dialogue pour évoquer les décisions, les désaccords, résoudre des conflits éventuels. La communication entre les acteurs doit faciliter la coordination et favoriser le raisonnement en parcours : « *Travailler ensemble [...] c'est communiquer, au sens de construire et développer un espace d'intersubjectivité, de compréhension réciproque…* »

La coopération n'est pas toujours spontanée et elle nécessite une co-construction des acteurs, dans l'objectif de faire vivre une réflexion éthique ouverte à une transformation des pratiques, de retravailler les fondements et les postures d'intervention, dans ses objectifs et ses modalités : « La multiplicité des points de vue et des aspects relatifs à une situation exige le dépassement des approches partielles ou segmentaires. ».

Ces réunions de coordination permettent une meilleure pertinence et efficience du système, où tous les professionnels s'organisent de telle sorte que soient délivrées les bonnes prestations aux bons patients, au bon moment et par les bons professionnels.

Qui intervient ? Quand ? Comment ? Avec qui ? Qui coordonne les différentes actions ? Qui est responsable ?

Nous devons désigner un coordinateur du parcours de santé pour organiser les interventions, pour faire collaborer les différents professionnels des champs sanitaire, social et médico-social, pour garantir l'approche holistique et éviter les redondances ou les lacunes.

---

1. F. Cousin, T. Gonçalves, « Atlas des soins palliatifs et de la fin de vie en France », 2023, www.parlons-fin-de-vie.fr

Dans les situations de parcours complexes, la cohérence de la coordination est garantie par la filière de soins palliatifs. Celle-ci permet, en s'appuyant sur le maillage territorial, de graduer les prises en charge. Pour une meilleure lisibilité pour tous les acteurs (professionnels, patient, famille) un numéro unique est souhaitable, et en regroupant sur un même lieu les différentes compétences de la filière palliative (consultations externes, hôpital de jour, équipe territoriale, unité de soins palliatifs). L'accompagnement palliatif améliore le vécu du patient et de son entourage, quelle que soit sa modalité.

La mise en place d'un dossier médical partagé, accessible à tous les professionnels impliqués dans la prise en charge de ces patients, est une condition indispensable à l'efficience de la prise en charge. Il permet de centraliser tous les documents (directives anticipées, personne de confiance, prescriptions anticipées personnalisées, comptes rendus d'examen, d'hospitalisation, plan personnalisé de soins, protocoles de soins, fiche de signalement Samu, etc.) qui sont consultables par tous les acteurs en temps réel, y compris lors des astreintes.

Le public doit être mieux informé des possibilités de traçabilité qu'offre le numérique, via « Mon espace santé ».

Formation/recherche, évaluation continue et retour d'expérience

Le développement de la culture palliative passe par la formation initiale et continue de tous les acteurs (professionnels de santé, bénévoles d'accompagnement, auxiliaires de vie, aidants) prenant en charge les patients.

L'analyse de situations vécues en équipe interdisciplinaire ou lors de rencontres interprofessionnel permet d'améliorer la connaissance et la compréhension des rôles de chacun, de favoriser une pratique réflexive commune et de renforcer le travail inter-équipes de soignants et autres intervenants[1]. La méconnaissance est un frein à une coordination efficace.

L'accompagnement des patients en soins palliatifs implique une approche humaine, collaborative et réfléchie. Lorsque l'identification en soins palliatifs se fait précocement, l'étayage du patient et de son entourage est d'autant plus consistant et adapté.

Dans notre pratique quotidienne, nous constatons la difficulté de s'ajuster aux besoins complexes et parfois changeants des patients, suivant l'évolution de la maladie.

---

1. O. David, « La coopération dans les réseaux de soins palliatifs à domicile », *La revue de l'infirmière*, vol. 59, n° 161, 2010, pp. 36-37.

Afin d'être optimal pour assumer ces besoins, le travail en équipes pluri et interdisciplinaires est soutenu par une communication transparente entre tous les acteurs autour de l'élaboration du plan anticipé de soins, de projets communs en respectant les souhaits et valeurs du patient qui se situe toujours au centre des réflexions.

Pour penser en termes de parcours et coordination, un changement culturel des professionnels de santé est indispensable pour une prise en charge optimale.

La coordination territoriale de ce parcours incombe naturellement à la filière palliative qui rassemble toutes les compétences en ce domaine et garantit la continuité, la qualité et l'équité des soins.

La formation initiale et continue de tous les acteurs est donc primordiale en revalorisant le *care* et le travail d'interdisciplinarité et de collaboration.

ÉLISABETH HUBERT
Ancienne ministre de la Santé, présidente de la Fédération nationale des établissements d'hospitalisation à domicile (FNEHAD), médecin

« MON DOMICILE, LÀ OÙ, AVEC L'HAD, JE PEUX FINIR MA VIE... »

7 Français sur 10 souhaitent finir leur vie à leur domicile... et pourtant seuls un tiers de nos concitoyens voient leur vœu entendu. Une enquête publiée il y a quelques années par l'INED illustrait cruellement la situation : si un mois avant leur décès, 45 % des personnes résidaient encore à leur domicile, la proportion se réduisait à 30 % dans les 7 jours avant le décès pour atteindre entre 15 et 20 % le jour du décès. Aujourd'hui, les établissements d'HAD, acteurs expérimentés et incontournables des soins palliatifs, permettent aux malades, qu'ils habitent en ville ou dans les territoires ruraux, de voir respecté ce voeu de mourir chez soir.

Une société qui ne sait pas accompagner la vulnérabilité

Les chiffres, aussi choquants soient-ils, sont le reflet d'une réalité coupable : notre société ignore la demande des malades et des personnes âgées de rester chez eux jusqu'au bout de leurs vies. Elle ne sait pas répondre à ce souhait si humain de passer les jours précédents son décès dans ce qui a été son lieu de vie habituel, entouré des siens.

La science serait-elle appelée à progresser et nos modes de vie à s'améliorer au prix de l'abandon des plus vulnérables à l'approche de leur mort ? Vivre sa vieillesse et affronter la maladie à son domicile seraient devenus des incongruités impensables ? Ne devrions-nous pas davantage nous instruire d'autres cultures pour qui l'accompagnement des malades et des personnes âgées est indissociable de l'humanité et du lien intergénérationnel ? La France, si prompte à se prévaloir des valeurs de solidarité et de fraternité ne devrait-elle pas davantage mettre ses actes en accord avec ses discours ?

La lecture des nombreux rapports publiés sur les soins palliatifs et les résultats en demi-teinte des divers plans initiés par les autorités sanitaires, nourrissent le sentiment d'impuissance ressenti et entretiennent un certain fatalisme : que ce soit à l'hôpital ou à domicile, un patient sur deux ne bénéficiera pas de cet accompagnement pourtant justifié par son état de santé. Illustration de cette situation sur laquelle les politiques et les médias communiquent largement, en 2025, 21 départements dont certains pourtant urbains et peuplés, ne disposent pas d'unité de soins palliatifs.

Mourir dignement chez soi est médicalement possible

Et pourtant, aussi ignorée soit elle, une solution existe. Certes, elle ne compensera pas la totalité de l'insuffisante offre en soins palliatifs et n'exaucera pas toujours ce souhait intime de mourir dans le lieu de son choix. Mais en France, depuis la fin des années 1950, une activité de soins existe qui permet bel et bien de finir sa vie à son domicile : l'hospitalisation à domicile.

Telle qu'elle est conçue en France, elle n'a son équivalent dans nul autre pays : aucune nation n'a mis en œuvre un tel système, couvrant tout un pays y compris les territoires les plus ruraux et les plus isolés, accessible à des patients de tous âges et pas seulement aux personnes âgées, ouvert aux pathologies les plus lourdes et pas seulement à certains soins, remboursé par les organismes de protection sociale obligatoire ou complémentaire. Au contraire, de nombreux pays laissent un reste à charge important aux patients, notamment quand ils sont soignés hors des murs de l'hôpital.

Substitution à la conventionnelle hospitalisation avec hébergement, l'hospitalisation à domicile a pour objectif de prendre en charge des patients souffrant de pathologies aiguës ou chroniques, relevant de soins complexes et justifiant bien souvent, non seulement les interventions de professionnels de santé mais aussi des métiers du psycho-social.

Obligatoirement exercée par des structures dûment habilitées par les agences régionales de santé, certifiées par la Haute autorité de Santé, disposant du statut d'établissements de santé, l'hospitalisation à domicile est astreinte à des obligations rigoureuses de qualité, de sécurité et de continuité des soins.

Encore trop méconnue, l'HAD est une véritable activité hospitalière

Encore trop méconnus du fait d'un système de santé français très hospitalo-centré en France, les établissements d'HAD sont pourtant présents dans tous les départements français, métropolitains ou ultramarins, y compris les 21 dans lesquels ne figure aucune USP (unité de soins palliatifs).

Ces 281 structures d'HAD, publiques, associatives ou privées, sont toutes, quels que soient leurs statuts, soumises aux mêmes réglementations, aux mêmes obligations de fonctionnement, bénéficient des mêmes financements et développent les mêmes activités de soins.

Ces HAD emploient des médecins dont la plupart sont titulaires de diplômes universitaires (DU) de soins palliatifs ou douleur et qui sont généralistes, gériatres, urgentistes, pédiatres, oncologues… ; des infirmiers/ères, elles aussi parfois titulaires de DU de soins palliatifs et qui ont précédemment exercé notamment à l'hôpital, en ambulatoire ou en Ehpad ; des aides-soignants/tes ; des assistants/tes sociales et des psychologues ; et de plus en plus des pharmaciens/nes, des diététiciens, des ergothérapeutes, des kinésithérapeutes, des professionnels qualifiés en sophrologie, en socio-esthétique. Salariés des HAD, ils travaillent de façon collégiale et coordonnée, entre eux bien sûr, mais aussi avec les praticiens hospitaliers et libéraux, prescripteurs les uns et les autres de l'HAD et avec leurs collègues professionnels soignants exerçant en ville.

Les établissements d'HAD sont les principaux acteurs des soins palliatifs en France

En 2023, ces HAD ont réalisé 300 000 séjours au bénéfice de 168 000 patients (certains patients font des séjours répétés pour les besoins de leurs traitements).

Les indications de soins de ces malades sont vastes et leur durée variable, parfois une journée mais possiblement des semaines ou des mois : pansements longs et techniques pour des plaies de diverses origines ; antibiothérapie pour des pathologies lourdes ; cures de chimiothérapie ; traitements injectables nécessités par des maladies rares ou dont le caractère novateur impose un suivi particulier ; soins de support pour des malades traités pour des cancers en hospitalisation de jour ; soins de longue durée pour des malades atteints de maladies neurodégénératives telles que la sclérose en plaques ou la maladie de Charcot, etc.

30 % des séjours en HAD sont qualifiés « soins palliatifs », soit 82 000. Ce chiffre est à mettre en comparaison avec les 45 000 séjours réalisés par toutes les unités de soins palliatifs.

En fait, au vu des typologies des pathologies des patients pris en charge par les HAD (plus de 40 % présentent une pathologie cancéreuse), c'est près d'un patient sur deux qui est à un moment ou un autre de son séjour en HAD, inclus dans une démarche palliative, dont un nombre significatif de résidents en Ehpad. Ainsi entre 2019 et 2021, durant la crise du Covid, le nombre de séjours d'HAD SP a cru de 30 %.

Aujourd'hui, les dispositifs d'HAD sont des acteurs majeurs, expérimentés et incontournables des soins palliatifs et de la fin de vie : ils en sont la forme la plus aboutie au domicile, que celui-ci soit situé en ville ou dans les territoires les plus ruraux.

Les HAD réunissent, sous leur égide, les capacités d'évaluation, d'organisation, de coordination et d'effectuation des soins

Structures légères, les seuls besoins immobiliers étant des bureaux et des locaux de stockage, les HAD sont dédiés à 100 % aux soins des patients qui leur sont confiés. Prescrite par un médecin hospitalier ou libéral, l'hospitalisation à domicile s'adresse à des patients dont la prise en charge ne saurait être assurée par le seul secteur ambulatoire, que ce soit pour des raisons de complexité technique, des multi-interventions ou d'une nécessaire continuité des soins la nuit et le week-end.

À l'heure où le mot coordination recouvre bien des notions, celle assurée par les établissements d'HAD est aisément qualifiable : médicale par le biais de leurs médecins salariés, soignante par des infirmières qui assurent spécifiquement cette fonction, et psycho sociale par les travailleurs sociaux et les psychologues salariés de l'HAD.

Les professionnels d'HAD, chacun dans leur domaine, vont, dès la demande du médecin, prendre connaissance du projet thérapeutique du malade, procéder à une évaluation de ses besoins, s'assurer que la demande relève bien d'une hospitalisation à domicile, préparer l'admission en organisant les soins, en prévoyant la logistique et parfois en mobilisant des aides humaines ou financières pour soulager l'entourage. Pour les situations les plus urgentes, dans les heures qui suivent la demande, les soignants des établissements d'HAD doivent être en mesure de se rendre au domicile du patient, d'assurer la logistique des interventions, de délivrer les soins et d'administrer les médicaments prescrits, souvent sous forme injectable.

L'hospitalisation à domicile est avant tout un travail d'équipe : chaque professionnel y assure un rôle essentiel avec des missions précises qui lui sont propres et laissent une large place à l'autonomie et au sens de l'initiative. Ces professionnels rendent compte de leurs interventions et de leurs constats lors de réunions pluridisciplinaires, souvent hebdomadaires mais parfois plus fréquentes si l'état de santé du patient justifie de réévaluer ses besoins et ses prescriptions.

Dotés d'outils numériques, les professionnels des HAD communiquent entre eux, tracent précisément les soins et les administrations de traitements et partagent de façon sécurisée ces informations avec les professionnels libéraux qui interviennent à leurs côtés au chevet du malade et les praticiens hospitaliers dont l'expertise est régulièrement sollicitée.

Le sens de l'hospitalisation à domicile : une mission au cœur de l'humain

Côtoyer chaque jour la mort est inhérent à l'activité d'hospitalisation à domicile. Accompagner les dernières semaines de malades atteints de cancer, de maladies neurodégénératives, de pathologies chroniques ; entendre les souhaits des patients et de leur entourage ; apaiser les souffrances physiques et psychiques des malades sont les missions quotidiennes des professionnels exerçant en HAD.

Depuis deux ans que le débat sur la fin de vie occupe le devant de la scène, la description de certaines situations et les propos tenus à l'Assemblée nationale et dans les médias faisant le lien entre aide médicalisée à mourir et développement insuffisant des soins palliatifs, heurtent celles et ceux qui ont fait leur métier d'accompagner à domicile les derniers jours de malades.

Au-delà du débat sur le besoin en soins palliatifs, ce que craignent avant tout nos concitoyens, c'est de « mal mourir », de souffrir, que les soins adaptés à leur état de santé ne leur soient pas délivrés. Ils redoutent de mourir loin de la chaleur d'un foyer, de finir leur vie seuls.

Confrontés quotidiennement à la maladie et intervenant jour et nuit pendant de longues semaines auprès de patients fragilisés, en proie au doute, parfois en situation de détresse, mais aussi encore capables d'éprouver des joies et des bonheurs, voire de faire des projets, les professionnels des HAD constatent que les questions de la mort et de son moment recouvrent une réalité aussi complexe et diverse que l'est la nature humaine.

De plus en plus, de mieux en mieux nous parvenons à soulager les souffrances physiques et psychiques éprouvées par les patients.

Certains malades indiquent, il est vrai, leur souhait d'en finir. Mais en fait, nous le constatons, ces propos sont des appels au secours face à la solitude, à l'indifférence et à la peur.

Autant qu'une sollicitation à soulager les symptômes, ce sont des demandes d'empathie, de compréhension, d'amour. S'exprime aussi de cette façon, le besoin d'être assuré de laisser une trace, un souvenir, un regret après la mort.

Le rôle de l'HAD est d'accompagner ces moments, de permettre que les mots soient formulés et d'aider à surmonter ces épisodes d'angoisse.

Combien de fois avons-nous vu des patients que nous estimions à la veille de leur décès, continuer à vivre, tout simplement parce qu'ils voulaient, encore une fois, participer à un événement heureux ; le retour d'un enfant, une naissance, un anniversaire…

Tous les professionnels soignants présents chaque jour auprès des patients le disent : oui ils ne veulent pas souffrir ; oui ils refusent l'acharnement thérapeutique ; oui à juste raison ils veulent une fin de vie douce ; oui la mort est une rupture. Mais, contrairement à ce que certaines prises de position laissent supposer, la demande de mise en œuvre d'une procédure d'euthanasie ou de suicide assisté est rarissime. La lecture des directives anticipées, quand elles sont rédigées, est à cet égard édifiante.

Être handicapé, être dépendant de soins n'est pas source d'indignité !

Les témoignages de personnes atteintes par maladie ou accident de déficits moteurs gravissimes, ont montré combien le respect témoigné par les soignants et par leurs aidants a permis que soit préservée leur dignité d'homme et de femme et qu'un sens soit donné à leur vie, malgré leur grande dépendance.

N'est-ce pas cette considération que nous, soignants, devons toujours manifester aux malades ?

Comment la confiance que placent en nous les patients ne serait-elle pas amoindrie si, au même titre que nous administrons des thérapeutiques pour soigner, soulager et guérir, nous étions conduits, en hospitalisation à domicile, à injecter un produit létal ? Quel regard les patients porteront-ils sur les soignants si ces derniers doivent également endosser le rôle d'administrateur de la mort ?

Comment les soignants pourraient-ils effectuer une démarche qui va à l'encontre de leur déontologie et de leur enseignement, qui sont de tout mettre en œuvre pour sauver et guérir les malades ?

Le droit à mourir avec une assistance médicale serait « l'ultime espace de liberté et de dignité », comme on l'entend dire par les tenants d'une loi sur l'aide active à mourir. Mais en quoi la maladie et les souffrances qu'elle peut engendrer sont-elles sources d'indignité ?

La mission du législateur est de protéger les plus vulnérables

En instituant ce droit, pour quelques-uns, « d'une fin de vie libre et choisie » ne menaçons-nous pas les droits à vivre de milliers d'autres ? N'est-ce pas dans la protection du plus grand nombre et des plus faibles que résident la vraie fraternité et la solidarité ?

En octroyant ce droit à mourir « médicalement », comment ne pas craindre que dans le futur, notre société n'en soit pas à reprocher à des personnes atteintes de maladies incurables de ne pas faire usage de ce droit ?

N'est-ce d'ailleurs pas au nom de cette nécessaire protection que depuis des années le Parlement souhaite mieux accompagner la dépendance des personnes âgées ? N'y a-t-il pas une certaine contradiction entre cette volonté réaffirmée à chaque législature et cette demande d'une assistance médicalisée active à mourir ? N'est-ce pas donner du crédit à celles et ceux qui estiment trop coûteuses les charges engendrées par les personnes âgées et handicapées ?

N'est-ce pas le rôle du législateur que de protéger les plus humbles et les plus fragiles ainsi que de les préserver des risques de tous abus directs ou indirects ?

Dominique Pothier, député de Moselle, a rappelé lors d'un débat organisé en décembre 2024 par le FNEHAD dont le thème était « Est-ce à la loi d'arbitrer les sujets de société ? », cette réflexion de Paul Ricœur : « Si l'éthique de détresse est confrontée à des situations où le choix n'est pas entre le bien et le mal, mais entre le mal et le pire – même alors le législateur ne saurait donner sa caution[1]. »

Souhaitons que cet enseignement soit en mémoire de nos élus quand ils devront légiférer.

---

1. Ricœur P., « Accompagner la vie jusqu'à la mort », in : *La pensée Ricœur, Esprit*, mars-avril 2006, p. 316.

François Genin
Co-fondateur de Voisins et Soins

ENGAGEMENT CITOYEN DANS L'ACCOMPAGNEMENT À DOMICILE

La majorité des personnes en fin de vie connaissent une solitude qui rend la situation difficilement supportable : 49 % d'entre elles âgées de 80 ans ou plus vivent seules[1]. Pour celles qui ont la chance de ne pas vivre seul, c'est l'épuisement des aidants qui guette. Parce que l'accompagnement à domicile est en moyenne d'une durée de plus de trois mois, il a un caractère très naturel, inscrit dans la vie du quotidien même si ce temps est empreint d'une dimension toute spéciale. Il est très différent de ce qui peut être vécu en unité de soins palliatifs et sollicite une présence citoyenne attendue dans ses réponses adaptées.

Une approche citoyenne existe

En 2023, la Cour des comptes[2] et le gouvernement retenaient les chiffres de 380 000 personnes en fin de vie ayant besoin d'accompagnement chaque année en France. Le "papy boom" portera ce besoin à 440 000 personnes d'ici 2035.

La couverture actuelle du besoin est évaluée à 190 000 personnes ; l'écart reste immense, en particulier pour ce qui concerne l'accompagnement à domicile qui est pourtant le lieu où la très large majorité de nos concitoyens souhaitent vivre leurs derniers jours. Cette situation se traduit par un nombre trop important d'hospitalisations inappropriées qui pèsent sur une structure déjà exsangue.

Or une approche citoyenne existe. Elle est fondée sur la mobilisation, à l'échelle du quartier ou de quelques villages, de soignants et de

1. Insee, 2022.
2. « Soins palliatifs », Rapport de la Cour des comptes, 5 juillet 2023.

volontaires-bénévoles. Le modèle conjugue l'indispensable présence médicale au domicile et l'importance vitale des liens humains et sociaux autour de la personne malade et de ses proches lorsqu'ils sont affrontés à cette ultime vulnérabilité qu'est la mort.

Cette approche novatrice est autant humaine que rationnelle : elle permet de prévenir les hospitalisations évitables pour une période – les trois derniers mois de vie – qui représente 10 % des journées d'hospitalisation. À ce titre, elle peut contribuer de manière significative à la maîtrise des dépenses de santé.

Elle a été remarquée par la Cour des comptes et est soutenue par l'OMS comme « le seul modèle réaliste pour atteindre une couverture significative au service des personnes en fin de vie ». Elle « montre le chemin pour passer des soins palliatifs aux “soins palliatifs pour tous”. »[1]

Étrangement, aujourd'hui, la définition que donne la Haute autorité de santé (HAS) des soins palliatifs : « soulager les douleurs physiques du patient, prendre en compte sa souffrance psychologique, spirituelle et sociale » est mieux mise en œuvre à l'hôpital qu'à domicile.

Il y a encore quelques décennies, la majorité des personnes vivaient là où elles étaient nées et avaient grandi ; l'entourage familial et amical aidait à traverser les épreuves et ne manquait pas à l'appel à l'approche d'un décès. La plupart des gens avaient vu leurs parents accompagner leurs propres parents dans ce moment difficile, le plus souvent à domicile ; les gestes étaient connus. Le médecin de famille était là, il faisait partie des proches ; sa présence apportait les repères médicaux et la réassurance nécessaires.

Isolement social et isolement médical

Le contexte d'aujourd'hui est fort différent : l'éloignement géographique des familles, l'individualisme, le tabou qui entoure désormais la mort créent une situation considérablement plus compliquée du point de vue humain.

La majorité des personnes en fin de vie connaissent une solitude qui rend la situation difficilement supportable : 49 % d'entre elles âgées de 80 ans ou plus vivent seules[2]. Pour celles qui ont la chance de ne pas vivre seul, c'est l'épuisement des aidants qui guette. Il se traduit par

1. Stjernsward J., 2005, Directeur de l'unité Cancer et Soins Palliatifs à l'OMS.
2. Insee, 2022.

ce chiffre inquiétant d'un aidant sur trois qui meurt avant la personne aidée[1].

Par ailleurs, l'isolement médical est aujourd'hui réel pour celles qui ne peuvent plus se déplacer : non seulement 11 % des Français n'ont pas de médecin traitant mais de surcroît la pratique des visites à domicile est en voie de disparition avec une diminution de plus de 80 % en une vingtaine d'années[2]. De plus, le tabou de la mort atteint également les médecins et crée une difficulté existentielle que cerne bien l'Étude Texier[3] : « Alors même qu'ils ont l'habitude d'accompagner des patients en fin de vie, 13 des médecins interviewés [sur 20] ont exprimé un refus de prise en charge du patient en soins palliatifs. Les sept autres évoquaient le refus de prise en charge s'ils se trouvaient exposés à des difficultés. Dans la majorité (70 %) des cas, les médecins interrogés ont exprimé une souffrance personnelle. »

Au final, lorsque le médecin traitant ne visite pas à domicile, que la situation n'est pas réévaluée et les traitements ajustés régulièrement, alors les infirmières – pivots essentiels de la prise en charge à domicile – n'ont d'autre solution que d'orienter vers l'hôpital. Conséquence : la très grande majorité des personnes qui relèvent des soins palliatifs décèdent à l'hôpital (75 % selon une étude de l'Observatoire Régional de Santé d'Île de France[4]).

Une solution dédiée à l'accompagnement à domicile

Hier : familles, amis et médecin de famille. Aujourd'hui : des volontaires formés et des soignants mobilisés ensemble à l'échelle du quartier ou du village.

Le modèle expérimenté par *Voisins & Soins* depuis 2017[5] prend en compte ces deux paramètres essentiels (isolement social et isolement médical) pour le déploiement de l'accompagnement à domicile des personnes en fin de vie. Il est l'adaptation au contexte français d'une approche qui inspire de nombreuses initiatives de par le monde.

1. Baromètre OCIRP 2016.
2. 14 millions de visites à domicile en 2022 à comparer à 77 millions en 2000.
3. Texier G. et al., 2012, « Refus de prise en charge du patient en soins palliatifs (en phase terminale) à domicile par son médecin généraliste : est-ce une réalité ? », *Médecine palliative – soins de support – accompagnement – éthique*, vol. 12 (2), 2013, p. 55-62.
4. « Soins palliatifs en Île-de-France » ; ORS IDF, 14 février 2022.
5. Entre 2017 et 2024, plus de 700 personnes ont été accompagnées dans une quinzaine de localités.

Il est mentionné dans le rapport de la Cour des comptes sur les soins palliatifs[1] :

> Il existe une démarche intéressante de mise en œuvre des soins palliatifs, fondée sur l'entraide de voisinage, encore peu développée en France : il s'agit d'une aide apportée par le voisinage au domicile des patients dans une situation nécessitant des soins palliatifs. Au Royaume-Uni, ce sont les « community » qui jouent ce rôle (communauté qui a le sens de communauté de voisinage de quartier mais qui peut correspondre à un quartier où vit une « communauté » aussi). En France, le projet « Voisins et Soins » développe une prise en charge en soins palliatifs qui s'appuie sur la société civile (voisins, amis). Les malades bénéficient de l'aide de volontaires (qui va au-delà de l'écoute) habitant le même quartier et de professionnels de santé spécialisés en soins palliatifs (médecins, infirmiers, psychologues).

Cette approche répond parfaitement aux mesures préconisées par le rapport « Vers un modèle français des soins d'accompagnement »[2] en faveur du domicile :

– Renforcement de la médecine de ville ;
– Création de collectifs d'entraide ;
– Mobilisation citoyenne et des collectivités locales ;
– Développement du bénévolat d'accompagnement et de service ;
– Soutien aux aidants.

Face à l'isolement social et l'isolement médical décrits plus haut, le modèle que *Voisins & Soins* expérimente apporte des réponses concrètes, complémentaires des dispositifs existants, dans une dynamique de fraternité et de solidarité locale.

Il s'agit d'équipes à taille humaine, rassemblant à l'échelle d'un quartier ou de quelques villages une dizaine de personnes : 7 volontaires non-soignants qui s'engagent pour une demi-journée par semaine et, au cœur de cette équipe, un médecin (une demi-journée par semaine), une infirmière (une journée par semaine) et des psychologues (une à deux vacations par semaine). Une telle équipe accompagne en parallèle 5 personnes en fin de vie et leurs proches, pendant une durée moyenne de 3 à 4 mois, soit quinze à vingt par an.

1. Cf. note n° 453.

2. « Vers un modèle français des soins d'accompagnement », ministère du Travail, de la Santé, des Solidarités et des familles, 11 décembre 2023.

Des équipes mixtes rassemblant soignants et non-soignants

En ces temps où la démographie médicale est loin de répondre aux besoins, l'engagement à temps très partiel, le fonctionnement en équipe, le caractère local de l'activité et la souplesse du modèle permettent de mobiliser les soignants nécessaires. Il peut s'agir de libéraux heureux d'y consacrer une fraction de leur temps d'activité, de soignants salariés à temps partiel à l'hôpital ou encore de soignants retraités.

Ces soignants se positionnent dans le prolongement du médecin traitant et de l'infirmière libérale ; ils complètent la capacité de visite à domicile ou prennent le relais. Ils n'ont pas besoin d'être formés et expérimentés en soins palliatifs : ils ne remplacent pas les équipes spécialisées (équipes territoriales et équipes mobiles de soins palliatifs). Au contraire, ils ont vocation à s'appuyer sur elles.

De leur côté, les volontaires non-soignants s'engagent en ayant généralement fait cette expérience que la fin de vie, si elle a un caractère dramatique qui ne pourra jamais être gommé, est aussi et surtout un temps de vie. Ils se retrouvent dans cette expression formulée par un proche aidant : « On croit que ce sont les vivants qui ferment les yeux des mourants ; mais en réalité, ce sont les mourants qui ouvrent les yeux des vivants. »[1]

Fonctionnement

Les personnes accompagnées sont toujours confiées à l'équipe, jamais à une personne en particulier. Celle-ci se réunit chaque semaine pour que tous les membres de l'équipe soient sur la même page concernant chacune des personnes accompagnées ; c'est à partir d'une véritable vie d'équipe qu'est dispensé l'accompagnement.

Le psychologue de l'équipe joue un rôle essentiel dans les réunions hebdomadaires en éclairant la situation de la personne accompagnée, celle des proches et leur évolution tout au long de l'accompagnement. Un second psychologue anime un groupe de parole toutes les six semaines afin que soient déposées les émotions qui peuvent être vécues.

Point important : sans la présence de soignants dans l'équipe, la mobilisation des volontaires serait impossible. Comment accompagner humainement une personne en fin de vie si sa situation médicale n'est

1. Cité par Gian Domenico Borasio in *Mourir. Ce que l'on sait, ce que l'on peut faire, comment s'y préparer*, Lausanne, Presses polytechniques et universitaires romandes, 2014.

pas prise en charge ? En sens inverse, la pratique des soignants à domicile est transformée par la présence des volontaires ; elle leur permet de se concentrer sur leur art médical, infirmier, psychologique sans avoir à assumer seuls la dimension humaine et existentielle qui surgit et imprègne ce temps si particulier de la vie.

Ramener la mort dans le champ de la vie

Parce que l'accompagnement dure en moyenne plus de trois mois, il a un caractère très naturel, inscrit dans la vie du quotidien même si ce temps est empreint d'une dimension toute spéciale. Il est très différent de ce qui peut être vécu en unité de soins palliatifs où les personnes en fin de vie sont là pour leurs tout derniers jours (moins de 2 semaines en moyenne) : entrer, à l'hôpital, dans la chambre de quelqu'un qui va mourir dans les jours qui viennent n'a pas grand-chose à voir avec le fait d'être accueilli à domicile, donc d'une certaine manière invité pour des échanges qui vont s'approfondir au fil des semaines, progressivement, sans que la mort soit le sujet qui occupe toute la place, maintenant, tout de suite.

En moyenne, une visite de bénévole et une visite de soignant par semaine suffisent. C'est peu et pourtant cela transforme la situation. Une personne et ses proches étaient isolés face à cet événement si dense de la fin de la vie ; les voisins et les amis pouvaient se sentir mal à l'aise et s'être mis en retrait ; de même pour le médecin traitant. Désormais, une équipe est là, formée sur le sujet, organisée pour ces visites afin d'entourer, de contribuer au soulagement de la douleur et à la gestion des symptômes. Des personnes étaient seules et désemparées face à l'épreuve ; l'isolement social et médical disparaît et laisse la place à une gratitude manifeste et exprimée.

Les équipes accompagnent aussi bien des personnes vivant à leur domicile individuel que celles vivant en Ehpad ou dans les maisons de retraite du quartier.

Une approche rationnelle

L'action de ces équipes permet au plus grand nombre de vivre leurs derniers jours dans leur environnement familier : parmi les personnes qui sont accompagnées à leur domicile personnel, 64 % de celles qui ont été accompagnées en 2024 sont décédées chez elles ; c'est à comparer à une moyenne nationale de 33 %[1]. En institution, 87 % sont mortes sur leur lieu de vie, *versus* 75 % en moyenne nationale.

Ces chiffres introduisent à un autre aspect : la grande rationalité de ce modèle. L'approche ne relève pas seulement de la compassion et de la dimension humaine de l'aide qui est apportée dans un temps de grande vulnérabilité, elle est également très efficiente.

10 % des journées d'hospitalisation en France concernent des personnes qui sont dans leurs trois derniers mois de vie. Or, selon une étude menée par un cabinet indépendant, ce dispositif permet de réduire de plus de moitié les journées d'hospitalisation dans les 3 derniers mois de vie. Le calcul est simple : 10 % x 50 % représentent un potentiel d'allègement de la charge de l'hôpital de 5 %, ce qui est considérable et particulièrement précieux dans le contexte actuel de cette institution.

Ces chiffres matérialisent ce que l'intuition permet d'appréhender facilement : si une personne est plus apaisée parce qu'entourée humainement ; si sur son lieu de vie, une infirmière la visite très régulièrement et un médecin chaque fois que nécessaire, que ce dernier a le temps et la disponibilité pour expliquer l'évolution de la maladie, les événements prévisibles, rédiger les prescriptions anticipées, alors la plupart des hospitalisations inappropriées sont évitées. Le nombre de décès dans le couloir des urgences également, qui adviennent parce que personne n'était là pour indiquer que les choses étaient en train de suivre leur cours naturel et qu'il s'agissait plutôt de les vivre, le plus calmement possible, dans la chaleur d'un foyer et de la présence des proches.

Cette réduction des hospitalisations se traduit bien entendu par des économies substantielles qui contribuent à la maîtrise des dépenses de santé.

Une approche complémentaire

Cette approche ne doit pas être opposée aux dispositifs existants, qu'il s'agisse des unités de soins palliatifs, des équipes mobiles ou des équipes territoriales, des services d'hospitalisation à domicile indispensables lorsque les situations présentent un certain niveau de criticité sans requérir une institutionnalisation[2].

---

1. Chiffre Insee corrigé des données DREES.

2. Dans 15 % des situations accompagnées par les équipes, il est fait appel à l'HAD pour les dernières semaines de l'accompagnement.

Elle est complémentaire de tous ces services et permet d'accompagner de manière précoce les situations moins complexes qui se traduisent pourtant, en l'absence de dispositif adapté, par nombre d'hospitalisations évitables et non souhaitées. Comme indiqué plus haut, les équipes soignantes dans ce modèle interviennent dans le prolongement du médecin traitant et des infirmières de ville ; elles ne remplacent pas les structures d'appui.

Une approche sociétale

Le Pr Jan Stjernsward, mentionné plus haut, évoquait un autre aspect propre à ce modèle : en plus de sa dimension compassionnelle et de son efficience du point de vue de l'organisation des soins, cette approche recèle une vertu pour nos sociétés qui ont ces dernières décennies caché la mort derrière les murs de l'hôpital après l'avoir banalisée au cinéma et dans les jeux vidéos : elle ramène la mort dans le champ de la vie de la cité. Des citoyens se mobilisent au service d'habitants de leur quartier affrontés à cette ultime vulnérabilité qu'est la mort.

Aussi cette approche citoyenne est-elle un vecteur de solidarités vécues de manière concrète et à l'échelle locale de la cité – le quartier ou les quelques villages alentour.

Nous l'avons vu, le besoin qui reste à couvrir est immense. Ce modèle peut y contribuer de manière significative et présente des bénéfices sur chacune de ses facettes : efficience dans l'organisation des soins, accompagnement humain et prise en compte des vulnérabilités, dimension citoyenne et sociétale, soutien aux aidants et prévention des deuils pathologiques…

Pour qu'il participe à sa pleine mesure au développement de l'accompagnement des personnes en fin de vie, le modèle est construit afin que n'importe quel citoyen, en recrutant sept volontaires, un médecin pour 1/2 journée par semaine, une infirmière pour un jour par semaine et quelques heures de psychologue, puisse lancer une équipe avec le soutien d'une association apportant les formations, la structuration juridique et le système d'information.

Le service proposé est gratuit pour ses bénéficiaires. Pourtant, même s'il est frugal, le modèle à un coût : l'animation du réseau des bénévoles et l'emploi de soignants professionnels constituent une charge financière.

Jusqu'à ce jour, l'expérience *Voisins & Soins* est financée depuis 2017 par des dons. Seule la prise en charge par l'Assurance-maladie permettra de passer au stade de l'essaimage du modèle.

Avec pour enjeu, une avancée significative dans le sens d'une fraternité et d'une solidarité concrète à l'endroit des personnes en fin de vie, pour leur bien, celui de leurs proches, de notre système de santé et de l'ensemble de la société.

Laurent Bureau
Bénévole d'accompagnement en unité de soins palliatifs

MON EXPÉRIENCE DE BÉNÉVOLE D'ACCOMPAGNEMENT EN UNITÉ DE SOINS PALLIATIFS

Être bénévole d'accompagnement ne va pas de soi. Certains éprouvent une angoisse trop forte de la maladie et de la mort. Mais pour ceux qui le peuvent, il s'agit d'un exercice d'une richesse humaine exceptionnelle. Car si on donne son temps, son attention, son sourire, on reçoit, énormément. Il est important d'en être conscient.

La simple présence humaine peut apaiser

Être « bénévole d'accompagnement en USP » cela ne va pas de soi.

La première rencontre est insolite. On entre dans la chambre d'hôpital de personnes qu'on ne connaît pas. Au sens de la loi, la chambre du malade c'est son domicile, il y accueille qui il veut. Je me présente d'entrée en précisant que je ne suis pas médecin, que je ne peux pas soigner, que la seule chose que je puisse faire, si ça leur fait plaisir, c'est de passer un petit moment avec eux. Sinon je me retire et les laisse se reposer.

Après divers échanges la question qu'on me pose le plus souvent – que ce soient les malades ou leur entourage – est « Pourquoi vous faites ça ?.. » Ma réponse consiste à dire :

> Vous savez, c'est très simple, il suffit de comprendre que nous dépendons tous les uns des autres. Quand on a compris ça, la vie est beaucoup plus facile. Je vous donne un exemple, si j'avais dû fabriquer les vêtements ou les chaussures que je porte aujourd'hui, eh bien je serais… tout nu ! Je ne sais ni cultiver le coton, ni tondre les moutons, ni travailler le cuir… Si je suis habillé, à peu près normalement, c'est parce que des personnes que je ne connais pas et que je ne connaîtrai jamais, qui ne me connaissent pas plus, qui probablement

travaillent dans des pays lointains où elles sont peu payées, ont fait ce travail dont je ne suis pas capable.

Cette explication permet en général de poser une relation d'égalité ; je ne suis pas le sachant, ils ne sont pas les assistés.

Après des échanges, parfois plus profonds, souvent la personne ou ses proches me remercie pour ce que je fais. Là aussi j'apporte en général un éclairage qui permet de poser une relation d'égal à égal et qui apporte une autre réponse au "pourquoi ?". J'ai une conviction profonde qui est que ce qui nous rend heureux c'est ce que nous faisons pour les autres. « Moi aussi je vous remercie de la confiance que vous m'accordez en m'accueillant dans votre chambre et de la confiance de nos échanges. »

Certes être bénévole d'accompagnement ne va pas de soi et ce n'est pas possible pour tout le monde. Certains éprouvent une angoisse trop forte de la maladie et de la mort. Mais pour ceux qui le peuvent, il s'agit d'un exercice d'une richesse humaine exceptionnelle. Tant que je pourrai poursuivre ce bénévolat, je le continuerai. Car si on donne son temps, son attention, son sourire, on reçoit, énormément. Il est important d'en être conscient.

Cela ne va pas non plus forcément de soi, vis-à-vis de son entourage. « Tu n'as pas trouvé quelque chose de plus gai pour t'occuper ?.. » est une réaction courante dans nos entourages. Un grand merci à mon épouse qui partage avec une grande bienveillance ma démarche d'écoute et d'accompagnement.

J'illustrerai mon propos par l'évocation de quelques rencontres qui m'ont marqué.

Après ma formation par l'association JALMALV, je venais de commencer mon bénévolat à l'USP Jean Jaurès à Paris. J'entre dans la chambre 504, une femme, Andrée, y est arrivée le jour même. Elle est fatiguée, elle me propose de m'asseoir à côté d'elle. Assez rapidement elle me demande : « Ça ne vous dérange si je prends votre main ?... » Tremblement de terre... Inexpérimenté, imprégné des principes de neutralité enseignés au cours de ma formation, je m'interroge : que faire ? Je me lance. « Je pense que ce n'est pas interdit ; disons donc que c'est possible... » Je lui donne ma main et nous sommes restés ainsi silencieux, environ dix minutes. Quand je suis parti elle m'a confié : « Vous ne pouvez pas savoir le bien que vous m'avez fait... »

Le transport en ambulance, pour des personnes gravement malades est sûrement éprouvant. À leur arrivée, au cours d'un premier échange le médecin du service leur explique ce que sont les soins palliatifs. La personne a de quoi être bouleversée. Nous ne pouvons pas soigner, mais la présence d'une personne – certes que l'on ne connaissait pas jusqu'alors – permet au patient de se sentir encore reconnu par les vivants, digne d'une attention et non comme somme le malade dont la mort est proche. D'autant plus que le bénévole n'éprouve pas la tristesse et le chagrin qui bien souvent affectent l'entourage. Une présence humaine, même silencieuse, la chaleur d'une main, même celle d'un inconnu, est précieuse car elle peut apaiser.

Plus récemment, l'infirmière au poste de soins m'informe que Pierre qui vient d'arriver réclame une sédation rapide. Je ne suis pas très rassuré, mais je me rends dans sa chambre. Je frappe, j'entre, je me présente. Je lui indique que je viens tous les mardis et nous parlons de choses et d'autres. Un échange convivial, presque complice, s'établit. Il semble avoir oublié son attente d'une sédation… Puis, après une quinzaine de minutes d'échange, il me confie : « J'espère que la sédation interviendra vite... » Je le regarde et lui réponds : « Pierre, supposons que la sédation intervienne demain, alors quand je reviendrai mardi prochain nous ne pourrions plus échanger… » Silence, puis sourire de sa part et bien sûr de la mienne. Nous continuons à parler un peu et au moment où je le quitte on se serre la main chaleureusement. Je lui lance : « À mardi !… » Il me regarde fixement dans les yeux : « Vous ne pouvez pas savoir le bien que vous m'avez fait... » Des moments comme celui-ci sont magiques. La demande de sédation s'estompe très souvent quand la douleur est contrôlée et que la personne vit l'intensité du moment présent, du bonheur de rencontres qui donnent sens à son existence.

Récemment, en faisant le point au poste de soins, une infirmière me propose de me rendre « à la 523. Tu y vas si tu veux, mais elle n'est pas communicante... ». J'entreprends ma « tournée » habituelle. Arrivé à la 523, je frappe et me présente. En effet Ginette, 91 ans, n'est pas du tout communicante. Je décide de m'installer à côté d'elle et reste là à lui sourire, timidement. Parfois elle me regarde, sans aucun échange, mais le plus souvent elle détourne le regard. Je demeure auprès d'elle et continue à lui sourire. Son regard se fait moins fuyant ; elle me regarde plus souvent et esquisse parfois un discret sourire. Je décide donc de prolonger ma présence. Un regard plus intense et parfois un sourire, plus franc. Après que nous nous sommes ainsi « apprivoisés », je lui propose de revenir mardi prochain. Je lui souris ; elle aussi. Je la salue d'un geste de la main et d'un sourire ; elle aussi lève sa main pour me dire au revoir. Son sourire est très émouvant. Moments magiques. Elle n'a pas prononcé un seul mot… La communication n'est pas seulement verbale ; la présence silencieuse et souriante nous lie l'un à l'autre et contribue au bien-être.

Paule aurait dû achever son existence à 98 ans dans une unité de soins palliatifs. Le hasard d'une relation familiale ancienne a fait que je suis allé la rencontrer dans sa maison de retraite. Dès mon arrivée j'ai compris que Paule était au bout du bout de sa vie. Les professionnels de l'établissement n'étaient pas formés à l'accompagnement d'une personne dans son état. Une seule infirmière intervenait sur les cinq étages pendant la nuit. Avec une de ses nièces, nous sommes allés rencontrer le médecin encore présent en cette fin d'après-midi. Heureusement cette femme médecin était attentive à la démarche des soins palliatifs. À ma demande elle a appelé l'hôpital Jean Jaurès où j'aurais dû être présent à la même heure. Ils ont convenu du transfert de cette dame le lendemain. Elle est cependant décédée en début de nuit. Les conditions de cette fin de vie illustrent d'évidence que, même à Paris, l'offre de soins palliatifs s'avère largement insuffisante. Dans nombre d'Ehpad les soignants ne sont encore assez formés à l'accompagnement d'une fin de vie. Une fin vie de vie dans la dignité, sans douleur ni souffrance doit être considérée comme relevant des droits de la personne.

Paul, pour ce qui le concerne, a été accueilli en soins palliatifs. Les extrémités de ses membres étaient violacées ; il était parfois fatigué et ne souhaitait pas de visite. Parfois il était éveillé et gardait l'esprit vif, malgré ses 100 ans. Nous avons eu à plusieurs reprises des échanges chaleureux. Il appréciait mes visites. Il savait sa fin de vie proche et la souhaitait, mais il était satisfait de la bonne prise en charge dont il bénéficiait dans cette USP. Il se savait entouré par des professionnels attentifs et bienveillants, bénéficiant de soins appropriés qui lui évitaient presque totalement les douleurs. De manière régulière des bénévoles venaient échanger avec lui. Après un séjour de quelques semaines, il est rentré chez lui où la continuité des soins serait assurée, différemment. Mais salon son choix il serait chez lui.

Suzanne est morte à l'hôpital des suites d'un cancer. Son état, l'évolution de sa maladie, auraient dû la conduire vers une USP, d'autant que les soins qui lui étaient administrés l'étaient, selon sa famille, de façon machinale, « administrative », sans aucune considération envers sa personne. Il semblait s'agir pour les soignants d'assurer les soins prescrits, *a minima*, sans une once d'empathie pour la personne soignée. La famille en souffrait pour elle qui, de ce fait, cherchait à ne pas prolonger une situation douloureuse de fin de vie. Elle ne s'alimentait plus. J'ai évoqué avec la famille (frère médecin et fils de profession intellectuelle) l'hypothèse de lui chercher une place en soins palliatifs. Mais les soins palliatifs – y compris dans un milieu cultivé – sont perçus comme une voie sans issue : on n'en ressort pas vivant : « Si elle se trouve en USP, elle n'en sortira pas vivante... » Ce préjugé empêchait la famille d'envisager que la qualité des soins apportés en USP, le dévouement et le professionnalisme du personnel accompagnant contribueraient à un mieux-être dans un contexte apaisé permettant à Suzanne de vivre cette fin de vie plus sereinement et de la partager en famille.

Au cours de dix années d'accompagnement hebdomadaire dans cette seule USP – admirable comme tant d'autres sans doute – j'ai vécu tant d'autres moments émouvants dont je pourrais témoigner.

Laetitia Dosne
Fondatrice, directrice générale, HELEBOR

FAIRE DU BIEN À CEUX QUI ONT MAL

Nous œuvrons avec passion et énergie pour aider au mieux les équipes soignantes qui interviennent à l'hôpital ou au domicile. Nous voulons faire plus, en hommage à toutes les personnes qui n'ont pu bénéficier de soins palliatifs alors qu'elles en auraient eu besoin et pour toutes les personnes qui en bénéficieront grâce à notre travail commun et engagé. Tous les acteurs en soins palliatifs veulent faire plus.

Parler et penser à notre propre finitude n'est pas facile

Chacun d'entre nous a accompagné dans l'épreuve de la maladie grave et de la fin de vie une grand-mère, un grand-père, son père, sa mère ou un ami et malheureusement, parfois, un enfant. Nous avons tous éprouvé des vécus différents et pour certains d'entre nous des expériences douloureuses et des regrets de n'avoir pu donner à notre proche malade de meilleurs soins, une meilleure qualité de vie jusqu'au bout. Nous avons été parfois démunis, en tant que proche aidant, ou peu soutenus et souvent épuisés ; ou alors, nous ne savions tout simplement pas vers quelle structure nous adresser et qui appeler.

En 2002, à la suite d'un décès qui m'a marquée, je suis devenue accompagnante bénévole en soins palliatifs. J'y ai trouvé du sens et de la richesse. Et tant de questions se sont alors bousculées dans mon esprit. Mais pourquoi 75 % des personnes qui devraient bénéficier de soins palliatifs n'y ont-elles pas accès ? Pourquoi les soins palliatifs sont-ils si peu connus ? Pourquoi en parler ou même juste les évoquer reste tabou et fait si peur ? Certes, parler et penser à notre propre finitude n'est pas facile. Mais naître et mourir font bien partie de la vie et de notre vie à tous !

Deux ans après, j'ai décidé de quitter le milieu confortable des cosmétiques pour m'engager pleinement dans les soins palliatifs. Je me suis alors occupée de la communication de l'ASP fondatrice, association d'accompagnants bénévoles, durant quatre ans. Quatre années qui m'ont permis de prendre conscience du besoin et de l'urgence de développer les soins palliatifs. J'ai compris que les acteurs engagés en soins palliatifs manquaient non seulement de moyens financiers, mais aussi de temps et d'interface avec le monde de l'entreprise et des fondations pour développer leurs projets. Il fallait inventer une structure nationale pour accompagner la dynamique en marche depuis une quinzaine d'années, créer un maillage entre les porteurs de projets en soins palliatifs, les partenaires financiers et le grand public.

Mes douze ans d'accompagnement bénévole en soins palliatifs à l'hôpital Georges-Pompidou à Paris (AP-HP) et à l'hôpital Delafontaine à Saint-Denis ont également été une découverte bouleversante, forte et ancrée à jamais en moi : le dévouement sans relâche des soignants – médecins, infirmiers, aides-soignants ; le temps passé au chevet d'un malade juste en lui tenant la main ou en restant assis en silence ; les accompagnants bénévoles, les psychologues qui se donnent corps et âme pour apporter écoute, réconfort et chaleur aussi bien à la personne malade qu'à ses proches.

Je me suis alors demandé ce que je pouvais faire pour contribuer au développement des soins palliatifs en France, pour aider tout simplement. J'avais compris que les acteurs engagés en soins palliatifs manquaient de temps, de savoir-faire et de moyens financiers pour développer des projets qui pouvaient apporter une forte valeur ajoutée aux personnes malades et à leurs proches et pour les aider dans leur prise en charge. Et c'est ainsi que j'ai créé HELEBOR il y a quinze ans, avec cette conviction forte que nous avions des solutions formidables pour prodiguer les meilleurs soins et donner la meilleure qualité de vie jusqu'au bout mais qu'elles n'étaient pas connues. Faire du bien à ceux qui ont mal, c'est bien l'essence même du travail des soignants en soins palliatifs.

Apporter de la vie aux jours quand on ne peut plus apporter des jours à la vie

Les soins palliatifs, c'est une médecine d'une grande humanité qui est prodiguée aux personnes quel que soit leur âge, atteintes d'une maladie grave, évolutive ou terminale. Des soignants fantastiques soulagent les douleurs, réconfortent, écoutent et font de leur mieux pour maintenir la qualité de vie jusqu'au bout. Notre devise en soins palliatifs, c'est bien d'apporter de la vie aux jours quand on ne peut plus apporter des jours à la vie.

Chaque jour à l'hôpital et au domicile, des soignants exceptionnels, formés, qui ne comptent pas leur temps prodiguent, les meilleurs soins adaptés à l'évolution de la maladie du patient, à ses besoins et à ses désirs : écoute, réconfort, soulagement de la douleur sont les vertus de la médecine palliative au service de la personne malade et ses proches. Les soins palliatifs sont un droit pour tous ; alors est-il normal qu'au XXIe siècle, des personnes gravement malades ou en fin de vie ne soient toujours pas soulagées de leur douleur, ne soient pas entourées, réconfortées et meurent mal, voire seules ?

HELEBOR, structure nationale, a pour mission de créer et de développer des projets sur-mesure qui contribuent à améliorer la qualité de vie des personnes malades et de leurs proches. En nous entourant d'experts des soins palliatifs, nous créons et développons des projets d'information pour faire connaître les soins palliatifs ; des projets qui font du bien tout simplement – biographie hospitalière, art-thérapie, socio-esthétique et tant d'autres ; des projets de recherche pour améliorer la douleur notamment des enfants gravement malades ; des projets autour de l'inclusion et la solidarité, comme la création de jardins thérapeutiques, d'aires de jeux inclusives, de lieux de vie adaptés. Notre objectif est de répondre au mieux aux besoins et aux attentes du terrain.

Nous avons pour mission de soutenir les structures du sanitaire et du médico-social, de répondre aux besoins des équipes soignantes, de construire avec elles des projets pour faciliter la prise en charge des personnes malades et améliorer leur qualité de vie, enfin de soulager la souffrance et l'épuisement des familles, des aidants. Faire du bien à ceux qui ont mal !

Nous œuvrons avec passion et énergie pour aider au mieux les équipes soignantes qui interviennent à l'hôpital ou au domicile. Nous voulons faire plus, en hommage à toutes les personnes qui n'ont pu bénéficier de soins palliatifs alors qu'elles en auraient eu besoin et pour toutes les personnes qui en bénéficieront grâce à notre travail commun et engagé. Tous les acteurs en soins palliatifs veulent faire plus.

Mon expérience d'accompagnante bénévole m'a apporté une conviction, renforcée par mon travail à HELEBOR aux côtés des professionnels des soins palliatifs.

Les personnes gravement malades qui demandent à mourir, en dehors de la part infime de celles qui demandent à abréger leur vie pour des raisons idéologiques, ont peur de souffrir et de mourir seules. Elles vivent une solitude dans leur corps et dans leur âme. Elles craignent de dépendre des autres, si toutefois il y a une famille. Ces demandes d'aide à mourir ou d'euthanasie interviennent dans le cadre d'une société qui a oublié ce qu'est la solidarité, une société qui a laissé l'homme seul. Dans une société individualiste, les hommes sont seuls et meurent seuls, à défaut d'autre solution.

Or lorsque ces mêmes personnes sont accompagnées, elles ressentent une présence à leurs côtés, elles sont écoutées. Elles comprennent qu'elles ont une valeur pour d'autres, et qu'elles ont encore un rôle à jouer dans la société.

Durant mes accompagnements bénévoles, en douze ans seules deux personnes ont demandé à mourir : l'une parce qu'elle était éloignée de son fils, l'autre parce qu'elle souffrait terriblement. Pour la première, le fils a été retrouvé et est venu au chevet de son père. Il l'a accompagné jusqu'à son décès. Pour la seconde, il s'agissait d'un traitement de la douleur non adapté ; l'ajustement des traitements a soulagé ses douleurs et elle n'a plus demandé à mourir.

Les demandes d'aide à mourir sont souvent motivées par une défaillance d'une prise en charge de qualité, provoquant souffrance physique et psychique, et/ou un désespoir lié à la solitude. Les soins palliatifs l'ont démontré tant de fois ! Ils sont la solution : ajustement des thérapeutiques, présence soutenue, accompagnement, écoute, réconfort. Ils s'inscrivent dans la vie des personnes gravement malades.

Alors, j'interpelle les pouvoirs publics pour créer une filière de soins palliatifs, pour rendre obligatoire un stage d'un mois en soins palliatifs pour tous les étudiants en médecine, pour informer massivement le grand public avec des outils adaptés. Faisons connaître davantage la médecine palliative, donnons envie aux soignants et futurs soignants de travailler en soins palliatifs !

Nous, acteurs de soins palliatifs, voulons donner accès aux soins palliatifs à toutes les personnes gravement malades qui en ont besoin. C'est bien un droit pour chacun. Ne l'oublions pas. Mais si nous n'avons pas les moyens financiers pour faire plus, si la formation soins palliatifs des étudiants en médecine n'est pas rendue obligatoire, si nous manquons de soignants en France, si nous manquons de structures d'accueil, nous n'y arriverons pas. Donnez-nous les moyens de mieux travailler pour prendre en charge tous ceux et toutes celles qui ont besoin de nos compétences et de nous.

VI

LÀ OÙ LE SUICIDE ET L'EUTHANASIE SONT LÉGALISÉS

Les personnes souffrant d'une maladie grave et incurable attendraient de la société non seulement qu'elle soulage leurs souffrances mais également qu'elle hâte leur mort si elles le souhaitent, et ce même si leur pronostic vital n'est pas forcément engagé à court terme.
À la différence des patients relevant des lois de 2005 et de 2016, les personnes couvertes par une nouvelle législation dont les contours sont esquissés depuis quelques mois, ne seraient pas celles qui vont mourir mais celles qui veulent mourir. On quitterait ainsi le terrain médical pour s'engager sur un terrain de société.

Yves-Marie Doublet,
Suicide assisté, euthanasie : le choix de la rupture et l'illusion d'un progrès,
Fondation pour l'innovation politique, mars 2024.

François-Xavier Putallaz
Ancien professeur de philosophie – Université de Fribourg[1]

SUICIDE ASSISTÉ : LE CONTRE-EXEMPLE SUISSE

En Suisse, l'assistance au suicide n'est encadrée par aucune loi spécifique, car le Conseil fédéral a estimé inconvenant de légiférer en la matière[2]. La pratique repose donc sur deux articles du Code pénal. Le premier punit l'euthanasie, exactement dénommée « meurtre sur la demande de la victime ». Le second, qui date d'une centaine d'années, dépénalise l'assistance et même l'incitation au suicide, à condition que le mobile n'en soit pas égoïste. Ce curieux article, dont les experts des années 1918 estimaient qu'il « sera, sans doute, rarement appliqué », avait été élaboré en raison d'une situation rarissime interne à l'armée, après qu'un soldat « perdu d'honneur » eut emprunté l'arme d'un camarade pour mettre fin à ses jours. Dès le début donc, l'assistance au suicide a été conçue en dehors de tout contexte médical ; l'usage inédit de la capsule-suicide renoue ainsi avec le projet initial, manifestant aux yeux de tous que le ressort du suicide assisté ne relève pas de la médecine.

1. À lire notamment : F.-X. Putallaz, *La déroute de la raison. Les enjeux du suicide assisté*, Paris, Éd. du Cerf, 2024 ; F.-X. Putallaz, B. Schumacher (dir.), *Le suicide. Regards croisés*, Paris, Éd. du Cerf, 2019.

2. La Suisse est un État confédéral, où les cantons ont compétence pour promulguer des lois en matière de santé. À ce jour, seuls 4 cantons sur 26 se sont engagés dans une voie législative en matière de suicide assisté, au risque d'adopter des lois rapidement obsolètes : Vaud, Neuchâtel, Genève, Valais. Pour les raisons du refus de légiférer au plan national, voir : Département Fédéral de Justice et Police, « Assistance au décès et médecine palliative : la Confédération doit-elle légiférer ? », Rapport du 24 avril 2006.

Quand il devient impossible de fixer des critères objectifs

Souvent vantée en raison de son modèle libéral en matière d'assistance au suicide, la Suisse a peu à peu laissé cette pratique entrer dans les mœurs : fréquemment les faire-part de décès mettent sur un même plan la gratitude exprimée aux équipes soignantes et les remerciements adressés aux associations d'aide au suicide.

Cette tendance à la banalisation est néanmoins régulièrement agitée par des soubresauts : en première mondiale, la capsule suicidaire « Sarco » de conception australienne a été utilisée en septembre 2024 dans le canton de Schaffhouse : une personne y a mis fin à ses jours par simple activation d'un bouton délivrant de l'azote dans cet espace confiné. Si d'aucuns s'inquiètent de cette mécanisation, c'est peut-être pour une raison inavouée : la capsule « Sarco » fait éclater au grand jour que l'assistance au suicide ne relève ni des soins, ni de la médecine, puisqu'aucune indication médicale n'est requise pour se suicider.

Depuis une vingtaine d'années, l'aide au suicide déborde le cadre des exceptions où on voulait la maintenir, témoignant de l'impossibilité à fixer des conditions objectives pour la contenir. Voici quelques jalons de l'élargissement des cercles y ayant accès.

2004 : personnes en fin de vie.

2005 : personnes étrangères.

2007 : patients souffrant « d'une maladie ou de séquelles d'accident, graves et incurables ».

2014 : patients atteints de « polypathologies invalidantes dues à l'âge ».

2018 : tout patient avec « symptômes de la maladie et/ou des limitations fonctionnelles » qui « lui causent une souffrance qu'il juge insupportable ».

2024 : un médecin est acquitté pour avoir assisté une personne en pleine santé, souffrant de son veuvage.

Loin d'être accidentel, ce processus d'élargissement est inéluctable, pour la raison suivante : si chacun est réputé libre de choisir sa mort, aucune indication médicale ne sera habilitée à limiter le « droit de se donner la mort ». Pourquoi faudrait-il en effet être malade pour jouir de cette « liberté » ?

On ne s'étonnera donc pas que le nombre de suicides assistés ait bondi de 825 % sur cette même période. La Suisse compte ainsi presque cinq suicides assistés par jour, auxquels s'ajoutent quelque trois suicides d'autre type.[1] Il s'agit désormais d'une préoccupation de santé publique, au point que certaines autorités peinent à promouvoir une politique de prévention du suicide : la légitimation et l'augmentation massive des suicides assistés tendent à brouiller les signaux de prévention.

Quand le nominalisme prétend changer les choses en modifiant les mots

Pour éviter ce grave écueil, la stratégie consiste à différencier le suicide du suicide assisté. Puisqu'il est difficile de nier les faits, puisque l'acte de se donner la mort (*sui*, *caedere*) reste un suicide quand bien même les circonstances de la maladie peuvent l'excuser, et puisque la nature d'un tel acte comporte une objectivité normative, il ne reste qu'un subterfuge : modifier les mots. Certaines associations dédiées à ce « service » ont déjà banni le terme préjudiciable de « suicide », pour lui substituer le vocable plus acceptable d'« autodélivrance », tout comme le projet de loi française évite les termes « suicide » ou « euthanasie » pour leur préférer l'ambigu syntagme d'« aide à mourir ».

Il a quelques années, l'Office Fédéral de la Statistique en Suisse (OFS) a décidé de ventiler ces décès sous deux rubriques bien distinctes : les « suicides assistés » d'une part, les « suicides » d'autre part. Mais cette manière de faire se heurte à une impasse que les autorités rechignent à admettre. En effet, au lieu d'être considérés comme une « mort violente », du fait qu'ils sont assistés, dit l'Office fédéral, ces suicides ne sont pas la cause du décès : ce qui aurait provoqué la mort, ce seraient les maladies conduisant à ce geste, cancer de l'intestin ou des poumons par exemple. L'OFS décrète ainsi que « la cause principale du décès est la maladie ou l'état qui a motivé le recours au suicide assisté[2] ». Pareille allégation est absurde, pour trois raisons.

Premièrement, on confond la « cause » et le « motif ». Une analogie simple le fera comprendre : si un sentiment d'urgence – un rendez-vous important que je ne veux pas manquer – me pousse à dépasser les limitations de vitesse sur l'autoroute et qu'un accident survient, qui oserait affirmer que c'est l'imminence de mon rendez-vous qui a causé l'accident, et non l'infraction que j'ai commise ? Dans notre cas, on admettra certes qu'un *motif* puisse pousser au suicide et même

1. Ne sont pas comptabilisés dans ces chiffres annuels les quelque 200 suicides assistés de personnes non domiciliées sur le territoire suisse.

2. Communication de l'OFS du 27.2.2024.

l'excuser, mais certainement pas qu'il puisse devenir la *cause* du décès.

Deuxièmement, en Suisse l'assistance au suicide est admise par les milieux médicaux si un patient éprouve une souffrance jugée insupportable, en raison notamment de « limitations fonctionnelles ». Or, puisque de telles limitations fonctionnelles ne produisent pas forcément le décès, et que le suicide n'en serait pas non plus la cause, la question rebondit : quelle a donc été la cause du décès de tous ces gens ? Un très sérieux office de la Confédération suisse vient d'inventer des décès sans cause !

Troisièmement, si, selon l'hypothèse de l'OFS, c'est la maladie qui était principalement la cause du décès et pas le suicide, on devrait dire la même chose des suicides par arme à feu ou saut dans le vide chez des personnes atteintes de maladie, de dépression ou de démence. Ces autres suicides deviendraient à leur tour des non-suicides, au motif que la cause principale en serait la maladie.

Ce subterfuge sans grande subtilité permet à l'OFS d'afficher un message tout positif : « Le nombre de suicides a encore diminué en 2020 », et « après le pic de la période de 1980 à 1985, il n'a cessé de baisser pour atteindre 972 en 2020 et passer ainsi sous la barre des mille cas pour la première fois depuis 1964 »[1]. Hélas, la réalité est la suivante : en 2023, avec ses 71 822 décès, la Suisse de 9 millions d'habitants déplore 2 724 suicides, c'est-à-dire 7 à 8 suicides par jour, toutes causes confondues.

D'aucuns estimeront que le procédé utilisé par l'OFS est manipulatoire. Mais un tel jugement moralisant interdirait d'aller au fond des choses et de cerner les contours d'une idéologie bien plus inquiétante : celle d'un « nominalisme » sommaire. Jusqu'ici, notre commune humanité considérait que certains actes comportent une structure intrinsèque les qualifiant moralement. Les diverses circonstances, aggravantes ou atténuantes, en modulent la gravité, jusqu'à parfois les excuser ; cependant la nature de l'acte n'en est pas pour autant modifiée. L'acte de se donner volontairement la mort reste un suicide, et il ne change pas de nature sur un lit d'hôpital : si les circonstances de la maladie peuvent certes en atténuer la gravité, elles n'en modifient pas pour autant la structure intrinsèque.

Mais voici que, observant que les situations sont chaque fois différentes, on ajoute qu'elles sont si diverses qu'elles ne portent en soi aucune norme universelle. Cette « morale de situation » prétend donc qu'il n'existe pas de morale universelle, qu'aucun acte n'est

1. Communiqué de l'OFS du 03.10.2022, https://www.bfs.admin.ch/news/fr/2022-0732, consulté le 8 janvier 2025.

« intrinsèquement mauvais », et qu'il n'existerait donc que des cas singuliers, irréductibles les uns aux autres : suicide dans un cas, délivrance dans un autre.

Une fois rejetée toute universalité dans la nature des actes humains, il faut néanmoins s'orienter dans cette disparité de situations hétérogènes. Ne reste dès lors qu'un seul recours : le langage. On appelle « nominalisme » ce courant philosophique prétendant que l'universel n'existe ni dans les *choses*, ni dans les *concepts*, mais seulement dans les *mots* (*nomina*) surimposés aux choses de manière conventionnelle : la clarté et la précision de la pensée se réduirait alors à l'ordre dans lequel nous établissons les dénominations pour classifier des objets. Par conséquent, pour fixer une norme, « il n'y a qu'un moyen, c'est de bien faire la langue » et « tout l'art de raisonner se réduit à l'art de bien parler[1] ».

Un simple détour le fera comprendre. J'ai sur ma gauche deux stylos et sur ma droite une montre déposée sur cette table de travail ; ces trois objets sont classés en fonction de catégories relevant de leur utilité. Mais je peux fort bien déplacer l'un des deux stylos, en métal argenté, et le ranger avec la montre : d'un côté un objet en plastique, de l'autre deux objets gris métallisé. Les catégories imposées par le vocabulaire modifient ainsi l'ordre des choses dans le monde.

D'un côté, on range d'ordinaire ensemble le suicide et le suicide assisté, considérés comme des actes de même type, à savoir des violences visant et produisant la *mort*. De l'autre, les soins palliatifs sont des aides apportées aux malades dans le but de les soulager et les accompagner dans leur fin de *vie*. Mais on peut fort bien déplacer l'un de ces objets et disposer l'aide au suicide du côté de l'assistance médicale afin de l'intégrer dans la catégorie des soins ; pour ce faire, il suffira d'inventer cette nouvelle rubrique d'« aide à mourir ». Il restera d'un côté le suicide, à prévenir, de l'autre des actes de compassion, à favoriser. Le suicide ne serait plus un suicide dès lors qu'il serait assisté en fonction de procédures médicales. Tel est le subterfuge opéré par l'OFS, peut-être en toute bonne foi.

À cette curieuse idéologie se rattache également la présentation du projet de loi française donnée par le Président de la République. Il commence par citer le texte : « L'administration de la substance létale est effectuée par la personne elle-même », après qu'elle a reçu la prescription du produit : ce qui est *exactement* la définition du suicide assisté. En même temps il affirme sans la moindre hésitation que « ce nouveau

1. Condillac, *Logique*, chapitre V. Sur cette question, voir É. Gilson, *Linguistique et philosophie*, Paris, Vrin, 1967.

modèle français ne propose pas le suicide assisté »[1]. Comment tenir cette double affirmation sans se contredire ? Il suffit de modifier les mots et de reconfigurer les catégories verbales : ajoutez un seul terme et le changement de classification est consommé. Il suffit de redéfinir arbitrairement le suicide assisté comme un « choix inconditionnel » : « Ce n'est pas […] un suicide assisté, poursuit le Président, qui correspond au *choix* libre et *inconditionnel* d'une personne à disposer de sa vie. » Or, comme le projet de loi pose des *conditions*, il ne proposerait donc aucunement le suicide assisté. Le tour est joué : on a changé le sens des choses par simple modification du vocabulaire.[2]

Cette forme de nominalisme s'appuie sur un préjugé : il suppose que les mots signifient directement les choses, et qu'« il faut bien nommer le réel sans créer d'ambiguïtés[3] ». Dans ce contexte, on se réclame souvent d'une phrase d'Albert Camus : « Mal nommer un objet, c'est ajouter du malheur au monde »[4], sans s'aviser du fait que les mots ne nomment pas les objets : les *mots* conventionnels signifient en réalité des *concepts universels* non-conventionnels, lesquels signifient les *choses*. S'il importe bien sûr que les termes soient sans ambiguïté, c'est afin d'exprimer des concepts clairs et distincts ; mais dans leur universalité, ce sont ces concepts qui signifient les choses singulières et les situations particulières, lesquelles, il est vrai, ne sont pas toujours claires. Voici les concepts clairs : dans le cas de l'euthanasie et du suicide assisté, c'est une *personne* qui délibérément provoque la mort dans le but de faire mourir. Dans le cas d'un retrait thérapeutique, c'est la *maladie* qui emporte le malade : le patient, les proches et l'équipe soignante y consentent. Tel est, sans la moindre ambiguïté, l'univers éthique qui sépare l'accompagnement aux vivants (aide à mourir, *Sterbehilfe*) et la volonté de mort (prestation de service pour faire mourir, *Suizidbeihilfe*). La grande histoire de l'éthique médicale s'est construite autour de cette distinction centrale, dont trois instances attestent de l'importance capitale. D'abord, notre humanité ne s'y est pas trompée, depuis le Serment d'Hippocrate : loin de se vouloir passéiste, ce rappel souligne seulement

1. Entretien d'Emmanuel Macron accordé à *La Croix* et *Libération*, 10 mars 2024.

2. Il en va de même pour l'euthanasie, arbitrairement redéfinie comme « le fait de mettre fin aux jours de quelqu'un, avec ou *même sans son consentement* ». Or, comme la législation exige bien sûr le *consentement* du malade, le projet de loi ne proposerait donc pas l'euthanasie ! Le tour est joué. Mais quelle est la racine secrète d'une telle prétention à une parole qui *fait être* ce qu'elle dit ?

3. *Ibid.*

4. Cette phrase se lit dans le compte rendu d'un ouvrage de Brice Parain en 1944 : A. Camus, *Œuvres complètes*, vol. 1 (1931-1944), Paris, Gallimard, 2006, p. 908.

qu'en ce domaine de l'éthique et de la raison pratique, il est peu vraisemblable que tout le monde se soit toujours fourvoyé.[1] Ensuite, la foi chrétienne, ainsi que d'autres grandes religions, éclaire par en dessus l'incontournable exigence morale du « Tu ne tueras point », y compris toi-même. Enfin, toute intelligence loyale distingue entre le refus de s'acharner à maintenir quelqu'un en vie à tout prix, et l'acte de lui (se) donner la mort. La médecine accompagne les personnes, le suicide assisté en revanche interrompt le soin. Qui peut faire accroire que relèverait de la médecine la décision de lutter contre la souffrance par élimination du patient, sujet de la souffrance ?

Les mots et les concepts sont donc très clairs[2]. Mais les situations, elles, ne le sont pas toujours. Quand une dame âgée décide d'interrompre son traitement de dialyse lorsqu'elle apprend qu'elle devra quitter son appartement pour une maison de retraite, cette décision relève-t-elle d'un refus de s'obstiner ou d'une volonté suicidaire ?[3] Une chose est certaine : on ne sortira pas de ces *situations* si on y ajoute de la confusion dans la *pensée* et de l'obscurité dans le *langage*.

Quand les intérêts détrônent le bien

En Suisse, la pratique du suicide assisté va poursuivre sur sa lancée pour une raison simple : presque tout le monde y trouve son *intérêt*. L'évolution démographique et le vieillissement de la population induisent une convergence inédite avec la situation financière : des pratiques hâtant le décès auraient-elles le mérite de réaliser quelques économies ? Des familles, parfois épuisées, n'attendent-elles pas fébrilement « que cela finisse » au plus vite ? Des malades eux-mêmes ne formulent-ils pas, fût-ce maladroitement, une demande de mourir ? Dans une petite commune rurale, le maire, tout occupé à bien d'autres tâches, fut interloqué lorsque l'un de ses administrés lui confia son soulagement, après que sa maman eut fait appel à une association d'aide au suicide, car la famille éviterait ainsi de vendre la maison pour honorer les frais engendrés par leur aïeule. Même des équipes soignantes estiment

1. En éthique, « il est peu vraisemblable que les uns et les autres se soient trompés du tout au tout ». Aristote, *Éthique à Nicomaque* I, 9, 1098b27-28.

2. Sur cette question, voir mon essai *La déroute de la raison. Les enjeux du suicide assisté*, Paris, éditions du Cerf, 2024.

3. Sur ce cas singulier, voir ma petite étude : « La dignité humaine face au défi du libre choix », dans : *Manuel francophone d'étude de cas cliniques en Bioéthique*, éd. C. Byk, Paris, éditions ESKA, 2017, p. 15-21.

parfois judicieux d'en finir, tant la situation devient pesante, pour elles et pour leurs patients âgés et esseulés.

Aussi n'est-il pas surprenant que beaucoup aient *intérêt* à ce qu'on recoure au suicide assisté. Pour ce faire, il suffit de mettre en balance les avantages et les désavantages d'un soin, jusqu'au moment où la balance penche du côté du suicide librement évalué[1]. Pareille estimation du « pour » et du « contre » semble courante, puisque toute évaluation médicale pondère le rapport bénéfices-risques d'un traitement et évalue les avantages de l'effet visé par rapport aux effets secondaires indésirables. Ce qui semble problématique dans notre cas, c'est que l'intangibilité de la vie humaine, qui sert d'ordinaire de cadre à cette pondération, se trouve désormais elle-même invitée au jeu de la balance : d'un côté les plaisirs espérés de la vie, de l'autre les souffrances vécues ou redoutées. On passera alors sans solution de continuité des soins palliatifs à l'aide au suicide sitôt que l'équilibre de la balance est rompu. Pour ce faire, on en appelle à la *qualité de vie* versus *la vie*.

Une telle conception, dite « utilitariste », évalue tout acte en fonction exclusive de ses *conséquences* prévisibles : sera justifiée une action ou une abstention qui maximise le bien-être dans l'intérêt d'un maximum d'êtres concernés. Le maître-mot de l'utilitarisme sera donc « l'intérêt ». L'expansion du suicide assisté et de l'euthanasie semble imparable dans la mesure où leur mise en œuvre répond à l'intérêt d'un grand nombre de citoyens et de citoyennes.

Et pourtant, l'éthique dit autre chose. N'est-elle pas commandée par le *bien* plutôt que par le seul *intérêt* ? Dans son for intérieur, chacun sait d'expérience qu'il accomplit certains actes parce qu'ils sont *bons*, fût-ce à l'encontre de ses propres *intérêts* immédiats. Certaines situations, rares et héroïques, le rappellent assez : l'opinion est unanime pour louer l'intervention courageuse de passants qui maîtrisent un forcené pour l'empêcher de commettre un méfait. Se mettant en danger, et ne cherchant pas d'abord leur intérêt, ces personnes sont honorées pour leur sang-froid dans leur décision d'accomplir quelque chose de *bien*. Pareillement pour les professionnels, pompiers, équipes de secours ou policiers, qui prennent des risques dans l'honnête exercice de leurs fonctions, en vue du *bien commun* de la population. Tels les soignants qui, ne comptant pas leurs heures, à l'encontre de leur intérêt, se dévouent pour les malades dont ils ont la charge. C'est finalement le lot de chacun de nous, de tel père ou de telle mère qui consacre sa vie au bien de son enfant.

---

1. Contrairement à l'euthanasie, le suicide assisté requiert dans tous les cas *la capacité de discernement* de celui qui s'y livre.

C'est pourquoi, même si beaucoup semblent avoir *intérêt* à l'aide au suicide, il est loin d'être acquis que ce soit là un *bien*. En effet, l'assistance au suicide introduit une grave *injustice*, c'est-à-dire un mal, à l'égard des proches, du personnel soignant et des malades.

Les premières études semblent indiquer que 20 % des proches affectés par un suicide assisté souffrent de stress posttraumatique et 16 % risquent une grave dépression.[1] Sans insister sur la démobilisation induite chez les soignants[2], ce sont les malades eux-mêmes qui en pâtissent. Quiconque a accompagné un parent jusqu'au bout de sa vie sait combien celui-ci est enclin à se sentir un fardeau : il se reproche de coûter cher et surtout de donner du souci aux gens qui l'aiment. Or, si on prend soin de lui, c'est par amour, par solidarité fraternelle et par justice. Mais quand une loi légalise le suicide assisté, le malade a désormais le choix entre rester ou partir. Et s'il est toujours là, c'est qu'il a *décidé* de rester. Il aura délibérément choisi de devenir un fardeau financier et affectif. Le voilà désormais coupable d'*être* malade ! À la douleur de la maladie, à l'angoisse de mourir, on lui sert de surcroît le malheur d'être coupable. N'est-ce pas injuste ?

Y a-t-il une solution ?

Puisqu'il s'agit de raison pratique et non de rationalité spéculative, on comprend que les véritables « éthiciens » sont les personnes présentes au chevet des malades : médecins, soignants, accompagnants et proches. C'est évidemment dans le développement des soins palliatifs que se trouve la voie authentique susceptible de relever le défi. Plus onéreux qu'une dose de produit létal (pentobarbital de sodium), les soins palliatifs requièrent le soutien inconditionnel des pouvoirs publics.

Mais sur un plan législatif ? Le contre-exemple suisse pourrait orienter vers une politique qui, si elle se veut humaniste, reste fondée sur trois principes forts : l'*exigence* de soulager la souffrance et d'accompagner les malades de manière intégrale (soins palliatifs) ; la *liberté* de refuser un traitement et d'y renoncer si celui-ci s'avère inefficace ou insensé (refus de l'obstination déraisonnable) ; l'*interdit* de l'homicide (euthanasie et suicide assisté). La Confédération suisse

1. B. Wagner et al., « Death by request in Switzerland : posttraumatic stress disorder and complicated grief after witnessing assisted suicide », dans *European Psychiatry* 27/7 (2012), p. 542-546.

2. L. Henry, « L'euthanasie, maltraitance du soignant ? », *Nova et Vetera* 99/2 (2024), p. 199-223.

a fort heureusement renoncé à légiférer en la matière : légaliser revient en effet à cautionner et donc à encourager une pratique qu'on souhaiterait au contraire circonscrire. Il est illusoire de tabler sur une loi, même stricte, car les garde-fous tombent les uns après les autres au fil du temps.

Or la Suisse a manqué une belle occasion il y a quelques années, occasion qui ne se présentera pas de sitôt tant il est vrai qu'on ne revient pas aisément en arrière en ces matières. Le Code pénal suisse prévoit en effet une dépénalisation de l'aide au suicide.[1] Dans certaines situations tout à fait exceptionnelles, où une décision est prise d'abréger la vie d'un malade, on peut imaginer qu'un tel acte, même s'il reste objectivement contraire aux buts de la médecine, ne soit pas de surcroît sanctionné par une procédure judiciaire. Mais pour qu'une telle situation reste véritablement exceptionnelle, ne serait-il pas judicieux que la décision soit prise en accord avec le médecin traitant, lequel en assumerait lui-même la responsabilité plutôt que la déléguer à des associations anonymes ? Tout soignant est en effet naturellement réticent au suicide assisté : dans sa relation de confiance avec le patient, qu'il connaît depuis des années, il ne ferait usage de cette option qu'en toute dernière extrémité, et probablement jamais, surtout que la pratique lui enseigne que, lorsque le patient est correctement pris en charge, la demande de suicide n'est guère réitérée. Loin de connaître la funeste explosion de 825 % en 20 ans, la Suisse aurait pu maintenir le suicide assisté dans un cadre de pure exception : au lieu d'être prôné comme un « bien », il serait resté une sorte de « moindre mal » sur un plan politique.

Tel fut le projet du gouvernement suisse, lorsque le Conseil fédéral proposa en 2009 de modifier le Code pénal en y ajoutant une simple clause : « Celui qui, poussé par un mobile égoïste, *et agissant dans le cadre d'une organisation d'assistance au suicide*, aura [incité une personne au suicide, ou lui aura] prêté assistance en vue du suicide, sera, si le suicide a été consommé ou tenté, puni d'une peine privative de liberté de cinq ans au plus ou d'une peine pécuniaire. » Cette proposition, la seule intelligente de ces dernières décennies, a été balayée lors de la consultation des milieux concernés où elle ne récolta que 2 % d'avis favorables. Le processus était en effet déjà trop engagé pour que la mentalité ambiante accepte un tel coup de frein.

Mais ce n'est peut-être pas le cas des pays qui ne connaissent pas un tel processus d'érosion. Si le contre-exemple suisse peut être de

1. Il conviendrait au passage de pénaliser sans conditions toute *incitation* au suicide.

quelque utilité, c'est au moins pour inciter à la circonspection : une fois le principe du suicide assisté adopté, rien ne sera susceptible d'enrayer la mécanique, jusqu'au jour où on remarquera enfin, effaré par la mise en service de la capsule-à-mourir, que le suicide assisté n'a pas grand-chose à voir avec la médecine.

Pierre Corbaz
Médecin généraliste FMH (Fédération des médecins suisses), docteur en philosophie[1]

QUELQUES QUESTIONS ÉTHIQUES POSÉES À UN MÉDECIN SUISSE PAR L'ASSISTANCE AU SUICIDE

Les ambivalences et les ambiguïtés provoquées par l'idéologie de « la mort dans la dignité » là où pourtant cette idée ne devrait pas prêter à confusion, induisent des controverses portant sur les conditions de vie indigne d'être vécue. De telle sorte que s'imposeraient des normes de dignité d'une vie à vivre ou à laquelle renoncer. Certains soignants considèrent que cet acte fait partie d'un dernier chemin parcouru aux côtés de celui qui souffre. D'autres pensent que cette tâche ne fait pas partie de notre rôle et que si l'accompagnement de la vie jusqu'à la mort subie est notre fait, il n'est pas question d'agir dans le but de la provoquer.

Le contexte légal helvétique en quelques mots

L'assistance au suicide est un acte qui consiste à donner les moyens pratiques à une personne suicidaire, quels que soient les mobiles de cette dernière, de parvenir à son but. La législation suisse est, à ce propos, particulière puisque le Code pénal, article 115, ne condamne une telle pratique que si celui qui s'en rend responsable est soutenu par un mobile égoïste. Si tel n'est pas le cas, l'acte tombe dans un vide juridique et n'est pas concerné par la justice.

Code pénal suisse, article 115 :

> Celui qui, poussé par un mobile égoïste, aura incité une personne au suicide, ou lui aura prêté assistance en vue du suicide, sera, si le suicide a été consommé

1. À lire notamment : Corbaz P., *Médecine des confins de la vie*, Vevey, Éd. de l'Aire, 2009.

> ou tenté, puni d'une peine privative de liberté de cinq ans au plus ou d'une peine pécuniaire.

L'assistant ne doit donc pas être, notamment, l'héritier du suicidaire ou payé pour son action.

Cette formulation ne comporte pas d'autres conditions, comme le moyen utilisé, l'état de santé psychique ou physique du suicidaire, la proximité de la fin de sa vie, la profession de l'assistant ou l'appartenance de celui-ci à une structure ou organisation. De plus, le suicide en lui-même n'est pas, dans notre pays, considéré comme un délit.

Par ailleurs, si ce geste peut être envisagé par certains comme un dernier acte d'autonomie, le législateur ne considère pas son assistance comme un dû, c'est-à-dire comme un devoir pour quiconque ou pour la société. Il ne s'agit pas d'un droit dit fondamental comme la scolarisation ou l'accès aux soins médicaux.

Cependant, la Loi sur la santé publique vaudoise impose, dans le cadre d'un établissement hospitalier ou d'un établissement médico-social subventionné (équivalent d'un Ehpad en France) l'obligation d'accueillir un suicide assisté pour son résident s'il ne peut être transféré raisonnablement à son domicile[1].

L'association EXIT ADMD (Droit de mourir dans la dignité) est bien implantée en Suisse Romande et s'est munie de critères d'acceptation qui lui sont propres, en particulier : être majeur, capable de discernement (pour qu'il comprenne la portée et les conséquences de son acte) et « être atteint soit d'une maladie incurable, soit de souffrances intolérables, soit de polypathologies invalidantes liées à l'âge », ces derniers critères cités n'étant pas contenus dans le Code pénal.

Notons encore que l'assistance au suicide ne doit pas être confondue avec une euthanasie qualifiée à l'article 114 du CP de meurtre sur demande de la victime. L'acte doit donc obligatoirement être effectué par le suicidant.

Textes déontologiques

Donc jusqu'ici aucun problème : une femme, un homme est considéré a priori capable de discernement sans avoir à le prouver ; c'est sa perte ou son absence qu'il faut démontrer selon le Code civil suisse. Cette personne demande à un tiers dépourvu de mobile égoïste d'assister son

1. Loi sur la santé publique du canton de Vaud. LSPVd, art. 27d.

suicide, de lui fournir les armes pour l'exécuter et celui-ci se réalise quel qu'en soit le motif. Quelques démarches prudentes plus tard, visant surtout à certifier que le survivant n'est pas coupable, en particulier de meurtre, qu'il s'agissait bien d'un suicide, et les pompes funèbres font leur travail…

Mais le candidat au suicide vient me parler, je suis son médecin généraliste (ou son soignant au sens large, les infirmières et infirmiers étant soumis à semblables devoirs), et l'affaire se complique.

Au début de mon activité professionnelle j'ai prêté serment et accepté, par cet engagement formel, de mettre mes pas sur le chemin escarpé de la médecine, d'en suivre les principes, de respecter ses bornes et ses interdits.

La loi me reste extérieure, ses obligations ne s'appliquent à moi que parce que je vis dans ce pays ; nous évoluons dans un contexte social hétéronome. Dans un État de droit, la société cadre formellement mes actes, décide pour moi et me punit en cas de transgression.

Par mon engagement volontaire et par mon serment professionnel, j'ai accepté d'intégrer les règles déontologiques de mon métier dans mon tribunal intérieur. Ces textes dont le plus ancien et le plus connu nous vient, traversant plus de deux mille ans, de la Grèce antique, font partie de mon cadre éthique fondamental. Je me suis engagé à les suivre, mon autonomie, mon jugement en est imprégné comme ma dignité professionnelle. La société, qui connaît certaines de ces règles, en est rassurée d'autant plus que j'ai prononcé mon serment, en particulier d'Hippocrate, devant son représentant à la Préfecture de mon canton.

Mais encore, et en particulier depuis les procès de Nuremberg et le code éponyme, il est devenu moralement acceptable, voire en certains cas souhaitable, que les critères déontologiques surpassent ceux de la loi. Il me semble dès lors utile, à ce stade de ma réflexion, de compléter l'exposé succin des textes de loi par une brève présentation de diverses règles déontologiques, qui posent un cadre moral à mon artisanat du soin.

La place du soignant dans le suicide assisté

Le choix du patient capable de discernement étant posé, considéré comme l'expression de sa réflexion autonome, une question se pose alors au médecin, comme à ses collègues des diverses professions du soin : doit-il prendre part à sa décision ?

Certains d'entre nous considèrent que cet acte fait partie d'un dernier chemin parcouru aux côtés de celui qui souffre. D'autres pensent que cette tâche ne fait pas partie de notre rôle et que si l'accompagnement de la vie jusqu'à la mort subie est notre fait, il n'est pas question d'agir dans le but de la provoquer.

La loi ne nous confère pas cette tâche et nos serments professionnels – Hippocrate pour les médecins et Nightingale[1] pour les infirmiers – qui constituent d'importants éléments de notre identité, nous en dissuadent. Les directives médico-éthiques de l'Académie suisse des sciences médicales[2] (ASSM), annexes du code de déontologie de la FMH, ont un caractère fortement contraignant pour le corps médical. Celles-ci sont relativement restrictives par rapport au rôle du médecin dans l'assistance au suicide, mais reconnaissent le poids du conflit éthique chaque fois posé, chaque fois crucial, et dont la solution uniment bonne est hors de portée.

De plus, si je suis employé d'une structure de soins, je suis soumis par mon contrat d'engagement aux règles institutionnelles.

Quelques questions éthiques

- La souffrance du soignant appel à la réflexion éthique

Le patient, je l'ai écrit ci-dessus, vient me parler, me consulter dit-on parfois et donc, le *Petit Robert* me le confirme, me « demander avis, conseil » voire même « se laisser guider par [moi] ». Et de fait, sans le secours du dictionnaire, je sais, car l'expérience me l'a appris, qu'il me demande presque toujours, une parole, une action, même de façon non verbale.

Et le débat éthique entre en jeu. Jusqu'ici tant la loi que les règles déontologiques m'ont posé un cadre de pensée de type universel relatif à une société, à une profession. Nous étions dans le domaine général et anonyme des codes. Mais depuis que le patient – celui qui souffre comme le dit l'étymologie de ce mot – a passé la porte de mon cabinet et s'est assis face à moi, les bonnes solutions s'estompent devant cette question lancinante : « pourquoi m'en parle-t-il ? » Pourquoi lui si autonome et souffrant de ce qu'il estime être une vie invivable et à la suite d'une décision dite mûrement pesée, n'agit-il pas en avalant par exemple en une dose le traitement lourd quotidien que je viens de lui prescrire pour le mois à venir ? Il sait, car il lit les recommandations de

1. Afin de ne pas surcharger le texte, je renonce à les citer ici. Ils sont accessibles facilement.

2. https://www.assm.ch/fr/Ethique/Directives.html : ces directives médico-éthiques à disposition sont le reflet de réflexions profondes et bien étayées.

prescriptions des médicaments, qu'il en mourrait… Certes s'il choisit de s'adresser à l'association EXIT ADMD plutôt que d'utiliser sa réserve de comprimés ou de solliciter l'armurier du quartier, son interlocuteur lui demande un rapport médical significatif rédigé par mes soins relatant le poids de ses pathologies inexorables. Mais il pourrait me le demander simplement, comme on peut le faire avant un voyage outre-mer…

Dans le monde de la généralité, de l'universalité désincarnée par essence de la règle, il est possible de faire juste mais face à l'individualité de mon patient je m'ouvre au doute, à l'incertain et je commence à éprouver le malaise de mon indécision. Il n'y a pas de solution uniment bonne.

Je suis son médecin, et ne pas agir c'est encore agir. Il m'en parle et me taire est une parole, mon silence crie. Dès lors que ce patient s'adresse à moi, mon silence même dans mon refus d'engager le dialogue est indirectement une prise de position. Accompagnant au long cours la personne qui n'en peut plus de souffrir, j'ai toujours refusé d'être présent lors de son suicide assisté, n'acceptant pas d'être possiblement dans les arrière-pensées du suicidant celui qui au dernier moment s'opposerait. J'épargnais ainsi probablement quelques remords à ma mémoire…

Le « bon » et le « mauvais » suicide

Sommes-nous dans le domaine d'un suicide dit philosophique ? Sommes-nous assignés à résidence dans la vie ou, comme le dit Nietzche[1], face à une idée puissamment consolatrice qui aide, écrit-il, à bien passer plus d'une mauvaise nuit ? Les interdits religieux ou les impératifs catégoriques de Kant ont-ils ici droit de parole ?

Je ne sais mais le patient m'en parle et au coin de son œil sourd une larme… Poussière ou tristesse ? Mes neurones miroirs me font repousser l'explication ophtalmologique. Et soudain, ce qui ne me regardait pas, dans l'optique d'un citoyen autonome décidant de façon raisonnée de mourir avec l'aide d'une organisation *ad hoc*, ce qui ne me regardait pas me dévisage. Et, pour le médecin qu'il consulte, tristesse n'est pas très éloigné de dépression, de diagnostic, donc de maladie et pourquoi pas de traitement.

Or, dans mon pays, seuls deux moyens permettent d'enfermer une personne contre son gré : le jugement légal d'un délit ou une privation de liberté en milieu de soins dite « à des fins d'assistance » pour protéger

1. Nietzche F., *Par-delà le bien et le mal. Prélude d'une philosophie de l'avenir,* (1886).

le patient contre lui-même, c'est-à-dire particulièrement contre le suicide… Dois-je appeler l'ambulance et l'hospitaliser contre sa volonté comme je l'ai fait il y a des décennies pour la patiente venue me dire adieu « parce qu'elle m'aimait bien » avant, disait-elle, de sauter du pont dédié aux désespérés de ma ville ? Elle est décédée paisiblement vingt années plus tard d'un cancer pulmonaire… Ou alors dois-je lui serrer la main avec bienveillance et le laisser partir vers sa nuit ? Une chose ou son contraire : deux actes aux conséquences diamétralement opposées… Respecter son autonomie, possiblement altérée par un état dépressif, ou être bienfaisant ? Mais encore : faire son bien ou mon propre bien que je projette dans son existence ?

Y a-t-il de « bons » suicides et d'autres « mauvais » ? La frontière floue, indistincte qui sépare d'ordinaire les deux paradigmes, le bien du mal, semble dans le regard sociétal se rigidifier lorsqu'il est question de suicide assisté. Et le médecin qui, puisqu'il est consulté et qu'on le prie, de ce fait de donner son avis devrait décider de quel côté son cœur et sa conscience balancent. S'agit-il d'une dépression réactionnelle au cancer et de douleurs, inconforts, souffrances rendus insupportable par cette dépression, diagnostic justifiant un traitement médicamenteux, parfois à l'hôpital ? Ou s'agit-il d'une maladie incurable et de souffrances devenues intolérables, de polypathologie invalidante consécutive à l'âge, diagnostics éligibles à une assistance au suicide par EXIT ADMD ?

En ce moment de crise, l'artisan du soin doit-il faire abstraction de son propre ressenti, de sa morale personnelle pour concentrer ses pensées et ses analyses critiques uniquement sur la personne, sur sa souffrance, tenant compte de son autonomie décisionnelle ?

Les conséquences d'une décision de suicide assisté

Le médecin de famille généraliste, comme l'infirmier à domicile ou en Ehpad est un témoin privilégié du contexte de vie. Un patient en souffrance est-il seul dans sa décision ? Un second nœud de souffrances et de ressenti s'ajoute à ce qu'il éprouve : celui de ses proches.

Depuis de long mois, parfois des années dans les polypathologies liées à l'âge ou certaines maladies neurologiques ils peuvent être mis à contribution parfois de façon si importante que leur propre vie en est entravée, que leur santé s'en ressent jusqu'à l'épuisement. Nous devons inclure dans ce réseau de soins les professionnels, les aides, parfois peu formés et donc possédant moins de moyens de recul critique ou les infirmières et infirmiers. Jusqu'à sa décision de suicide assisté le patient dépendait d'eux pour vivre, se nourrir, éviter les escarres, rester propre malgré l'incontinence, respirer parfois quand les bronches s'encombrent par les fausses routes. Subitement le contrat moral qui les liait se rompt comme si leur engagement moral et pratique était réduit à néant. En sont-ils soulagés ou accablés ?

Ne pas tenir compte de leur ressenti, de leur sentiment de culpabilité pour avoir prononcé la mauvaise parole un soir de fatigue, pour n'avoir pas assez fait lorsque des vacances étaient nécessaires ou pour tout autre motif, s'apparente à de la maltraitance à l'égard de ces proches, professionnels ou affectifs. Tenir compte d'eux est indispensable que le suicide soit réalisé ou non. La vie du suicidé s'arrête mais les proches portent ce fardeau dans leur mémoire pour des années. Les entourer est alors nécessaire car bienfaisant. Quant aux professionnels, ils sont peut-être moins impliqués affectivement et parfois bien formés et soutenus par leurs collègues pour faire face, mais tenir compte de leur fragilité est un devoir sociétal.

Le médecin face au conflit des dignités, un glissement sémantique

L'association EXIT et les mouvements associés insistent sur le droit de mourir dans la dignité et le reprennent dans leur présentation : ADMD (Association pour le droit de mourir dans la dignité). « Dignité », un mot qui oblige et tend à fermer la réflexion. Si l'on demande à nos concitoyens s'ils veulent mourir dans la dignité, leur réponse est évidente : « Je préfère en effet mourir de façon digne. »

Ce concept recouvre deux sens bien différents :

Le premier, celui que l'on pourrait qualifier d'ontologique : la dignité liée au fait d'être un homme, une femme est affirmé dans le préambule de la Déclaration universelle des droits de l'homme de 1948 qui reconnaît « la dignité inhérente à tous les membres de la famille humaine ». Cette dignité est universelle, pérenne et inconditionnelle, elle n'est pas sujette à se voir contestée en raison de l'apparence, de la faiblesse, des handicaps ou des souffrances.

La déclaration de Genève de l'Association médicale mondiale de 2020 m'enjoint à respecter l'autonomie et la dignité de mon patient et m'interdit que « des considérations d'âge, de maladie ou d'infirmité, de croyance, […] ou tout autre facteur s'interposent entre mon devoir et mon patient ».

Hippocrate pour ce qui le concerne n'établit pas de distinction entre *hommes libres* ou *esclaves*.

Il n'y a pas, selon cette approche, de mort potentiellement indigne : la femme, l'homme est digne de son humanité jusqu'à son dernier souffle quelles que soient son apparence, sa souffrance, ses qualités ou toute autre condition.

Toutefois un contenu peut être attaché à la dignité, celui de la dignité conditionnelle, celle des acquis, des qualités, de la profession, du statut social, des capacités, du paraître. Ce sens de la dignité n'est pas pour autant en soi péjoratif, on en trouve une trace dans la Déclaration des droits de l'homme et du citoyen de 1789 : « Les citoyens étant égaux, sont admissibles à toutes dignités, place et emplois publics ». J'acquiers ainsi la dignité de médecin, de policier, de bûcheron en répondant à certaines conditions et en particulier en réussissant les diverses compétences validées par une évaluation dans le cadre d'un examen.

Les ambivalences et les ambiguïtés provoquées par l'idéologie de « la mort dans la dignité » là où pourtant cette idée ne devrait pas prêter à confusion, induisent des controverses portant sur les conditions de vie indigne d'être vécue. De telle sorte que s'imposeraient des normes de dignité d'une vie à vivre ou à laquelle renoncer.

Si je me refuse à vouer aux gémonies le choix de certains patients d'en finir en se donnant la mort, le généraliste que je suis ne peut cependant que s'interroger sur l'évolution marquée du taux de suicides assistés en Suisse qui depuis près de 25 ans s'est pratiquement multiplié par quinze alors que le taux de suicides non assistés a chuté d'un tiers. Cette évolution est d'autant plus étonnante que les soins palliatifs ont vu leur efficacité se renforcer de façon significative pendant la même période. J'ai pour ma part, accueillant en Ehpad une centaine de patients atteints de troubles cognitifs avancés et ceci pendant plus de vingt-cinq années, mis en place et assumé nombre de protocoles de soins palliatifs et n'ai que très rarement vécu des situations où ces techniques restaient inopérantes, où la douleur et l'inconfort ne cédaient pas la place à l'apaisement.

Il n'est pas question dans cette réflexion de prendre à partie l'assistance au suicide dans le contexte légal helvétique qui me semble adéquat. Cela étant les questions éthiques que cette pratique suscite ne peuvent être dissimulées.

Les coûts de la santé dans un contexte utilitariste

L'utilitarisme influence notre contexte moral objectif[1]. Cette grammaire éthique conséquencialiste semble peu contestable : parvenir

1. Le contexte moral objectif pourrait être défini comme un bruissement d'idées et de convictions qui crée une pensée sociétale. Ce terme est évoqué par Mark Hunyadi dans *Je est un clone : l'éthique à l'épreuve des biothechnologies*, Paris, Éd. du Seuil, 2004.

à maximiser le bonheur et à limiter le malheur du plus grand nombre d'entre nous.[1]

Le bonheur et l'absence de malheur ont forcément un coût : la question du suicide assisté en témoigne à sa manière.

En Suisse, les primes perçues par les assurances maladies obligatoires creusent chaque année un peu plus les budgets familiaux suivant ainsi les coûts de la santé. Les politiques de tous bords tentent vainement de les freiner mais semblent oublier une évidence : dans notre monde occidental, une vie sauvée par la puissance des capacités innovantes de l'oncologie, de la cardiologie ou de l'infectiologie a souvent pour conséquence de substituer à la mort certaine une maladie chronique qui génère des coûts significatifs. Il en est de même avec la longévité et ses conséquences du point de vue de la perte d'autonomie et des troubles cognitifs s'agissant notamment de la maladie d'Alzheimer.

Au moment où je rédige cet article (en janvier 2025), des parlementaires suisses proposent d'augmenter les primes d'assurances pour les personnes qui atteignent leur soixante-cinquième anniversaire, rompant ainsi le principe de solidarité.

Dans son film documentaire *EXIT, le droit de mourir*[2], Fernand Melgar restitue quelques échos du congrès international de cette association organisé au Japon. Ce qu'il renonce à dévoiler dans ce film, mais qu'il m'a relaté dans un entretien privé, c'est le discours d'ouverture de cette rencontre : un industriel invité à s'exprimer y déclarait que l'assistance au suicide devait être soutenue puisqu'elle permettait de réduire les coûts de la santé dans les pays développés.

L'assistance au suicide n'est pas la mission d'un médecin. Il me semble néanmoins recevable que l'aide apportée par un tiers désintéressé ne soit pas sanctionnée par la loi et même qu'une association puisse s'en charger. Pourtant la normalisation de ces procédures au cours des vingt dernières années m'inquiète. Mon souci se rapporte au fait que notre pensée sociétale diffuse trouve acceptable, voire souhaitable, que des malades des confins de leur vie perdant leur pseudo-dignité du paraître soient déchus de leur dignité humaine au point d'estimer nécessaire de prendre les devants sur la mort en congédiant eux-mêmes leur vie.

1. Voir à ce propos les travaux de John Stuart Mill et Jeremy Bentham.

2. Melgar F., *EXIT, le droit de mourir*, 2005.

Quelle tâche pour le médecin ou le soignant ?

Lorsque la question de l'honnêteté est posée par le journaliste Rambert au docteur Rieux dans *La Peste*[1], Albert Camus lui fait répondre : « Je ne sais pas ce qu'elle est en général. Mais dans mon cas, je sais qu'elle consiste à faire mon métier. »

Pratiquer mon métier, est-ce seulement prodiguer des soins au mieux de ma science et de ma conscience ? Est-ce accepter de me soumettre aux règles que je me suis engagé à suivre au début de mon artisanat de soignant, mettant ainsi mes pas sur un chemin escarpé de devoirs et de doutes ? Est-ce intervenir comme expert dans un débat d'idées sociétal et tenter d'en éclairer le cours ? Est-ce aussi, lorsque je pose ma blouse blanche, entrer en dialogue comme citoyen, détaché de mon activité, laissant de côté mon exigence professionnelle ?

Ma réflexion relative au suicide assisté ne tente pas d'être exhaustive. Mes pensées ont cheminé à travers différents aspects de mon métier. Devoirs éthiques, lois et ressenti personnel se sont entremêlés dans l'approche de quelques données juridiques et déontologiques helvétiques. J'ai également questionné la place du soignant dans cet acte et identifié quelques motifs de souffrance, de malaise qui représentent pour moi les symptômes d'un conflit éthique.

Lorsque le patient me consulte et m'exprime ses peines, dois-je dès lors le protéger contre sa fin programmée ou alors – quelque soit mon opinion personnelle – respecter son autonomie ? Dois-je tenir compte du contexte familial et professionnel dont je suis souvent le médecin de famille ou le collègue ? Mes questionnements relatifs au mésusage sémantique du concept de dignité sont-ils ceux du citoyen ou du médecin traitant ? La réification du patient aux confins de la vie, dans un contexte de mentalités sociales qui le considèrent comme un fardeau plus qu'un humain digne de droits imprescriptibles, n'appelle-t-elle pas une sollicitude de ma part, une capacité d'exprimer un refus ?

1. Camus A., *La Peste*, Paris, Gallimard, 1947.

Pierre Jova
Journaliste à l'hebdomadaire La Vie[1]

L'EUTHANASIE EN BELGIQUE : VINGT ANS DE BANALISATION ET DE CONTRÔLE INOPÉRANT SUR FOND D'OMERTA

L'expérience belge est édifiante : vingt ans après sa dépénalisation, l'euthanasie s'est banalisée, et la loi, inefficacement contrôlée, élargit sans cesse ses critères. Les motifs de l'euthanasie évoluent sensiblement. La notion floue et subjective de polypathologies intègre la baisse de la vue ou de l'audition, l'insuffisance cardiaque, l'incontinence et la polyarthrite. Potentiellement, toutes les personnes âgées confrontées aux affres de la vieillesse sont concernées. Les euthanasies pour motifs psychiques ont quasiment doublé entre 2022 et 2024, passant de 26 cas à 55. La question sociale rejaillit lors d'euthanasies de personnes handicapées.

« Je suis favorable à ce qu'on évolue vers le modèle belge »

C'était à Fouras, en Charente-Maritime, le 31 mars 2022. En campagne pour sa réélection, Emmanuel Macron est interpellé par Guy Ménard, atteint de la maladie de Charcot et projetant d'être euthanasié en Belgique. « Je vous donne un avis personnel, lui répond le Président de la République : je suis favorable à ce qu'on évolue vers le modèle belge. » Cette confidence fut le point de départ du processus législatif dans lequel la France est aujourd'hui engagée.

La Belgique est le second pays du monde à avoir dépénalisé l'euthanasie en 2002, après les Pays-Bas en 2001. La loi l'autorise pour un

1. À lire notamment : P. Jova, *Peut-on programmer la mort ?*, Paris, Éd. du Seuil, 2023.

patient, belge ou non, se trouvant « dans une situation médicale sans issue et fait état d'une souffrance physique ou psychique constante et insupportable qui ne peut être apaisée et qui résulte d'une affection accidentelle ou pathologique grave et incurable[1] ». Le patient doit présenter sa demande « de manière volontaire, réfléchie et répétée » à un médecin. Celui-ci a l'obligation de solliciter l'avis d'un confrère, mais il n'est pas contraignant. Dans le cas où le décès « n'interviendra manifestement pas à brève échéance », le praticien doit « consulter un deuxième médecin, psychiatre ou spécialiste de la pathologie concernée », et observer un délai d'un mois entre la demande écrite du patient et l'euthanasie.

Le geste létal, effectué par un médecin, consiste généralement en l'injection par intraveineuse d'un anesthésiant, puis d'un paralysant neuromusculaire provoquant l'arrêt respiratoire. Toute euthanasie est déclarée *a posteriori* à la Commission fédérale de contrôle et d'évaluation (CFCEE), pour vérifier a posteriori sa conformité à la loi. La CFCEE publie des statistiques attestant d'une croissance exponentielle des euthanasies déclarées, passant de 235 en 2003 à 3 991 en 2024, soit 3,6 % des décès[2].

Ce cadre posé, intéressons-nous à l'apparente unanimité qu'il suscite. « En Belgique, la dépénalisation de l'euthanasie recueille une large adhésion dans la société »[3], déclare l'avocate bruxelloise Jacqueline Herremans, présidente de l'Association pour le droit de mourir dans la dignité (ADMD)[4]. « Cette loi est une richesse », renchérit le quotidien bruxellois *Le Soir*, louant un texte qui « laisse à chacun le soin et le droit de se déterminer »[5].

La société belge fait plus confiance aux experts qu'aux intellectuels

L'immense majorité des médias français prennent ce récit pour argent comptant, sans connaître les spécificités de la Belgique. Dans ce royaume divisé entre la Flandre néerlandophone, et Bruxelles et

1. Article 3 de la loi relative à l'euthanasie, *Le Moniteur belge*, 28 mai 2002.

2. Communiqué de presse CFCEE – Chiffres de l'année 2023, organesdeconcertation.sante.belgique.be, 27 février 2024.

3. Fin de vie : « Le respect de l'autonomie du patient est le maître mot », *Le Monde*, 1er décembre 2022.

4. L'Association pour le droit de mourir dans la dignité (ADMD) a été fondée en France en 1980, suivie en Belgique francophone de l'Association belge pour le droit de mourir dans la dignité, rebaptisée ADMD en 1982. C'est de cette organisation dont il est question dans ces pages.

5. « Mineur euthanasié : pourquoi cette loi est une richesse », *Le Soir,* 18 septembre 2016.

la Wallonie francophones, s'ajoute le clivage entre catholiques et « laïques », chaque camp ayant son propre parti, quotidien, mutuelle et université – l'Université catholique de Louvain face à l'Université libre de Bruxelles (ULB). Aux côtés des six cultes reconnus par l'État, la « laïcité organisée » est censée représenter les agnostiques et athées. Elle a des liens organiques avec l'ULB, les partis libéraux et plus encore le Parti socialiste (PS) francophone, longtemps hégémonique en Wallonie. La dépénalisation de l'euthanasie, votée grâce à la défaite électorale des chrétiens-démocrates en 1999, est un trophée identitaire de cette mouvance.

Conflictuelle et fragile, la Belgique compense ses divisions par une culture du consensus, entretenue par les coalitions parlementaires au pouvoir. « Tout se passe comme si on avait peur que la confrontation, le débat mène au conflit, à la violence[1] », observe Jean Quatremer, correspondant du quotidien français *Libération* à Bruxelles, constatant une « incapacité belge » à s'insurger : « L'absence de débat, le consensus mou généré par le système électoral, la peur d'alimenter le séparatisme en allant au contact frontal ont anesthésié le sentiment d'indignation. » Fataliste devant une classe politique régulièrement agitée par des scandales de corruption[2] et habituée à l'instabilité gouvernementale, la société belge fait plus confiance aux experts qu'aux intellectuels.

Or, le sujet de l'euthanasie est confisqué en Belgique par un réseau « d'experts » ne pouvant prétendre à l'impartialité. Ainsi, Jacqueline Herremans, trésorière du Centre d'action laïque, la branche francophone de la « laïcité organisée », ne cache pas avoir participé à l'écriture de la loi de 2002. Candidate PS aux élections communales de 2024, proche du bourgmestre (maire) de Bruxelles Philippe Close[3], cette avocate pugnace bénéficie des solidarités de ce parti ayant constitué un écosystème d'associations et d'entreprises publiques dirigées par des obligés ou d'anciens élus, et disposant de relais médiatiques. En recueillant la parole de Jacqueline Herremans – ou de médecins associés à l'ADMD, comme François Damas – sans recul critique et sans respecter la diversité de sources, la presse française, et plus encore belge francophone, est victime d'un « effet tunnel ». Leur présentation idyllique de la loi nourrit

1. J. Quatremer : « Belges, Indignez-vous ! », *Moustique*, 19 juin 2015.

2. Citons notamment les affaires Publifin (depuis 2016) et Nethys (depuis 2019), mettant en cause des élus de la province de Liège, accusés d'avoir reçu d'importantes rémunérations de sociétés publiques dont ils étaient les administrateurs.

3. Neveu de Philippe Mahoux, ex-sénateur PS, de Namur, co-auteur de la loi de 2002 et membre du comité d'honneur de l'ADMD.

un flux marginal[1] de Français allant se faire euthanasier en Belgique, et flatte les Belges francophones en leur donnant l'impression d'être « en avance » sur leur grand voisin.

Dans ce contexte, la banalisation de l'euthanasie, dont témoigne l'augmentation croissante des chiffres, n'est guère étonnante. Des célébrités, comme Hugo Claus[2] ou Marieke Vervoort[3] l'ont légitimée. Des figures de l'Église catholique, comme le prêtre médiatique Gabriel Ringlet et l'évêque d'Anvers Johan Bonny, l'ont gratifiée d'une caution religieuse. Des livres pour enfants et adolescents promeuvent l'euthanasie[4]. Bien que la loi n'en fasse pas un droit, elle est perçue comme telle par l'opinion publique. En décembre 2022, un clip diffusé par le ministère fédéral de la Santé la présentait comme la meilleure manière de mourir : « Les soins palliatifs, c'est long et difficile », affirment les actrices, en pleine séance de yoga, invitant à remplir une déclaration anticipée d'euthanasie[5].

À rebours de ce tableau digne du *Candide* de Voltaire – « tout va le mieux du monde » –, soulignons plusieurs faits troublants. D'abord, l'euthanasie a profondément modifié la relation entre le patient et le médecin. Certes, la loi accorde à juste titre une place centrale au malade, mais elle a paradoxalement sombré dans deux écueils contradictoires. D'un côté, en respectant la « souffrance » subjective du patient, elle exerce une pression sur le médecin, tenu de se plier à sa demande[6].

---

1. Selon les chiffres de la CFCEE, 53 Français ont été euthanasiés en Belgique en 2022, 101 en 2023 et 106 en 2024. Soit, respectivement, 0,0007 %, 0,015 % et 0,016 % des décès de notre pays. Le nombre réel est peut-être supérieur car, jusqu'en 2024 les déclarations ne mentionnent pas obligatoirement le domicile du patient – elles doivent désormais le faire. Ces chiffres relativisent toutefois fortement l'effet de loupe médiatique laissant croire à une « ruée » de malades français.

2. Écrivain flamand, atteint de la maladie d'Alzheimer, euthanasié en 2008.

3. Sportive handisport flamande, déplorant une tétraplégie progressive, euthanasiée en 2019.

4. A. Javaux, C. Huque, A. Poumay, C. Waxweiler, *Paulette – L'euthanasie racontée aux petits et aux grands* (Mijade, 2019) : l'histoire d'une poule euthanasiée, dont la lecture est recommandée à partir de 4 ans. Citons également Jacques Brotchi, *Dis, c'est quoi l'euthanasie ?* (La Renaissance du livre, 2020) : dialogue entre un ex-parlementaire libéral co-auteur de la loi de 2002, et sa petite-nièce.

5. La vidéo a été supprimée de la chaîne YouTube francophone du ministère fédéral belge de la Santé, mais elle peut encore être visionnée dans sa version néerlandophone : Wilsverklaring euthanasie, FOD Volksgezondheid, 6 décembre 2022.

6. Dans *L'après-midi sera courte* (L'Harmattan, 2018), l'essayiste bruxelloise Nadia Geerts raconte l'euthanasie de sa mère, qui critique le médecin réticent à la pratiquer : « Vous me décevez, Docteur. Je pensais que je pouvais compter sur vous, qui défendez publiquement le droit (sic) à l'euthanasie… », p. 16.

À l'hôpital, en particulier dans les unités de soins palliatifs, la coercition se répercute sur les soignants refusant de pratiquer l'euthanasie au titre de leur objection de conscience.

D'un autre côté, l'euthanasie a renforcé le paternalisme médical. Certains médecins qui la pratiquent bénéficient d'une aura médiatique qui consolide leur pouvoir. Il n'est plus rare que l'euthanasie soit inclue dans l'offre thérapeutique ou proposée comme la meilleure solution. « Certains médecins la proposent rapidement après le diagnostic », nous confiait Cécile Daoût, infirmière en chef en soins palliatifs d'un groupe hospitalier de Wallonie. « L'un d'entre eux m'a dit avoir soumis trois alternatives à une jeune fille atteinte d'une maladie neurologique, au début de son état pour anticiper sa future fin de vie : le placement en institution, la sédation profonde, ou l'euthanasie. La liberté des patients est altérée[1]. » Cette pratique est contraire à la loi, précisant que la demande doit émaner du patient seul, « sans pression extérieure[2] ».

Consacrant l'autonomie absolue de l'individu, la loi n'oblige pas à consulter l'entourage, qui n'a aucun moyen de s'opposer à la décision prise. Le récit dominant fait la part belle aux euthanasies célébrées par la famille du malade, après avoir été annoncées par faire-part. Bien moins connues sont les euthanasies qui donnent lieu à des drames familiaux. En 2020, Claire Dierckx, 27 ans, atteinte d'une maladie neurodégénérative, voit son père, souffrant de cette même affection génétique, demander et obtenir l'euthanasie. « J'ai vécu sa décision comme un échec », témoigne sa fille : « Énormément de gens justifient l'euthanasie par l'amour. Moi, je n'ai vu que violence dans le processus. J'étais si meurtrie que j'ai voulu faire un procès à l'État belge ! »[3]

D'autres proches ont été mis devant le fait accompli. En 2008, Marcel De Ceuleneer apprend que sa mère de 88 ans a été euthanasiée dans sa maison de retraite, sans que la famille ni le personnel en aient été avertis[4]. Le 20 avril 2012, Tom Mortier reçoit le courriel de Wim Distelmans, oncologue flamand et président de la CFCEE, lui indiquant avoir euthanasié la veille sa mère de 64 ans, suivie pour dépression[5]. Ulcéré, il poursuivra le médecin devant la justice belge, puis européenne.

1. P. Jova, *Peut-on programmer la mort ?*, Paris, Éd. du Seuil, 2023, p. 32-33.
2. Article 7 de la loi relative à l'euthanasie, *Le Moniteur belge*, 28 mai 2002.
3. C. Dierckx : L'audace de vivre, *La Vie*, 18 octobre 2024.
4. « Ma mère ne répondait pas aux critères pour être euthanasiée », *Le Soir*, 15 janvier 2011.
5. « The Death Treatment » (Le traitement de la mort), *The New Yorker*, 15 juin 2015.

Les « défaillances du contrôle *a posteriori* de l'euthanasie pratiquée »

Autre réalité dérangeante : les motifs de l'euthanasie évoluent sensiblement. En 2024, la première cause est le cancer (54 %), mais la seconde concerne les polypathologies, somme d'affections chroniques surtout liées à l'âge, passées de 17,2 % en 2020 à 26,8 %. Cette notion floue et subjective intègre la baisse de la vue ou de l'audition, l'insuffisance cardiaque, l'incontinence ou la polyarthrite. Potentiellement, toutes les personnes âgées confrontées aux affres de la vieillesse sont concernées. Ce qui n'est pas sans interroger le message envoyé par une société à la fois vieillissante et empreinte d'âgisme – la discrimination systémique à l'égard des anciens.

En outre, certaines requêtes laissent transparaître des motifs sociaux. « Nous pouvons faire gagner beaucoup d'argent », confiait un couple bruxellois demandant l'euthanasie pour polypathologies : « Un home correct coûte plus cher que le montant de nos pensions, donc, nous devons puiser dans nos économies. » Et leur fils d'ajouter : « Tant pour eux que pour nous, leurs enfants, c'est la meilleure solution. [...] Cela peut sembler ridicule, mais ne serait-ce que d'un point de vue pratique, il nous serait impossible de venir ici chaque jour, nous occuper de notre père ou de notre mère[1]. »

La question sociale rejaillit lors d'euthanasies de personnes handicapées. En 2023, Joke Mariman, atteinte du syndrome héréditaire d'Ehlers Danlos, a été euthanasiée après avoir échoué à recevoir du gouvernement régional flamand une meilleure allocation pour vivre dignement[2]. Une autre femme souffrant du même symptôme a demandé l'euthanasie pour des mêmes raisons similaires : « Je n'ai pas le temps d'attendre des années pour une allocation[3]. »

Enfin, les euthanasies pour motifs psychiques, qui ont quasiment doublé entre 2022 et 2024, passant de 26 cas à 55, soulèvent de graves questions cliniques et éthiques. Plusieurs itinéraires ont défrayé la chronique, comme Aron Wade, célèbre acteur flamand souffrant de dépression et d'anxiété, euthanasié à 54 ans, en 2024. Ou Shanti De

1. « Mourir ensemble : le choix de l'euthanasie en couple », *Moustique*, 19 juin 2015.
2. « Ondanks zware handicap, nooit genoeg zorgbudget : Joke Mariman (43) kiest voor levenseinde met hulp van artsen » (Malgré un handicap grave, un budget de soins jamais suffisant : Joke Mariman (43 ans) choisit de mettre fin à sa vie avec l'aide des médecins), vrt.be, 19 septembre 2023.
3. « Shanna ziet geen andere uitweg dan euthanasie » (Shanna ne voit pas d'autre issue que l'euthanasie), *Nieuwsblad*, 22 septembre 2023.

Corte, 23 ans, survivante des attentats de Bruxelles en 2016, accablée par la dépression et le stress post-traumatiqué, ayant été euthanasiée à 23 ans, en 2022. De nombreux praticiens rappellent pourtant que l'incurabilité des souffrances psychiques n'est pas scientifiquement établie, et que cette offre de mort ruine la thérapie[1].

Par ailleurs, l'affaire Tine Nys[2] a souligné les risques d'emprise sur des personnalités fragiles, et a levé le voile sur un système de médecins flamands « fléchant » les demandes d'euthanasie pour qu'elles aboutissent. Un échange révélé dans la presse entre la psychiatre Lieve Thienpont et le président de la CFCEE[3], le second reprochant à la première de « garantir » l'euthanasie à ses patients, laisse supposer que certains cas ne répondent pas aux critères légaux.

Établie par le législateur en 2002 pour assurer le « contrôle » et l'« évaluation » de l'euthanasie, la CFCEE entretient le doute sur l'effectivité de sa mission. Selon une étude de 2012, 42 % des euthanasies francophones et 27 % en Flandre n'étaient pas déclarées[4]. La télévision publique belge francophone a elle-même découvert une euthanasie clandestine en tournant une émission – élogieuse – de la loi, en 2021[5] ! N'ayant pas les moyens de vérifier le nombre exact de cas, la Commission se fie aux dossiers qui lui sont présentés. « Les cas douteux, évidemment, les médecins ne les déclarent pas, alors on ne les contrôle pas », balaie Wim Distelmans[6].

Étrangeté que ce dirigeant de l'association pro-euthanasie LEIF[7] préside la Commission – depuis sa création – aux côtés de Jacqueline

1. Citons cette lettre ouverte de 150 neurologues, psychiatres et psychologiques dans le quotidien flamand *De Morgen* : « Mogen we nu (eindelijk) vragen stellen ? » (Pouvons-nous (enfin) poser des questions ?), demorgen.be, 9 janvier 2018.

2. Euthanasiée à 38 ans, en 2010, cette Flamande avait été diagnostiquée autiste, après plusieurs thérapies, des tentatives de suicide et une rupture amoureuse finale. En 2020, ses sœurs ont poursuivi les médecins, estimant qu'elle n'avait pas reçu les soins nécessaires avant de pouvoir décider de mettre fin à sa vie.

3. « AP Exclusive : Doctors clash over euthanasia for mentally ill » (Exclusivité AP : Des médecins se disputent sur l'euthanasie des malades mentaux), Associated Press, Maria Cheng, 26 octobre 2017.

4. J. Cohen, Y. Van Wesemael, T. Smets, J. Bilsen, L. Deliens, Cultural differences affecting euthanasia practice in Belgium : one law but different attitudes and practices in Flanders and Wallonia (Différences culturelles affectant la pratique de l'euthanasie en Belgique : une loi mais des attitudes et des pratiques différentes en Flandre et en Wallonie), Social Science & Medicine, septembre 2012, p. 845-853.

5. La loi sur l'euthanasie en Belgique a 20 ans, chaîne YouTube de la RTBF, 1er décembre 2021.

6. *Compléments d'enquête*, France 2, le 30 octobre 2014.

7. Forum d'information sur la fin de vie (LEIF), alter ego du forum EOL en Flandre.

Herremans ! Dans la liste des 32 membres effectifs et suppléants de la CFCEE, on retrouve des artisans de la dépénalisation de l'euthanasie[1], des médecins qui la pratiquent[2] et des personnalités liées à la « laïcité organisée »[3]. Saisie par Tom Mortier, la Cour européenne des droits de l'homme s'est émue en 2022 que les médecins de la CFCEE contrôlaient leurs propres euthanasies, et constatait les défaillances du contrôle *a posteriori* de l'euthanasie pratiquée[4].

Autre bizarrerie : en 2022, la CFCEE n'avait transmis qu'un seul dossier au procureur du roi sur les quelque 27 000 euthanasies déclarées depuis vingt ans. En 2018, le neurologue Ludo Vanopdenbosch a démissionné de l'instance, après qu'elle ait validé une euthanasie sans le consentement du patient. « Cette décision démontre que la CFCEE est inopérante », écrit-il, affirmant que la commission « non seulement viole sciemment la loi, mais œuvre à le dissimuler[5]. » À l'entendre, les membres ne souhaitaient pas contacter le parquet pour des motifs politiques : « La défense de l'euthanasie dans n'importe quelle situation, la crainte de décourager la pratique d'euthanasie en Wallonie, la volonté de défendre l'euthanasie en cas de démence. »

Ludo Vanopdenbosch touche du doigt des vérités qui dérangent. Le réseau pro-euthanasie veille à ce que la loi ne soit jamais remise en cause, et ses solidarités organiques s'activent à la moindre contestation. Les soignants essayant de rouvrir le débat[6] sont marginalisés, et le procès Tine Nys a été accusé de mettre en péril « une loi humaniste[7] ». En 2021, des chercheurs de l'université de Gand constatant « qu'en Belgique, une tendance existe vers une utilisation plus large de l'euthanasie pour une variété toujours plus grande d'indications[8] », furent l'objet de discrètes mais fermes pressions.

---

1. Comme les ex-parlementaires libéraux Jacques Brotchi et Annemie Van de Casteele, mais aussi Wim Distelmans et Jacqueline Herremans.
2. Comme Nina Kjeldahl, médecin généraliste à Uccle, ainsi que Wim Distelmans.
3. Comme Eliane Janssens, coordinatrice du Service laïque d'aide aux personnes à Charleroi.
4. Affaire Mortier c. Belgique, requête n° 78017/17, Cour européenne des droits de l'homme, arrêt du 4 octobre 2022.
5. « Pourquoi j'ai démissionné de la commission euthanasie », *Le Journal du médecin*, 23 mars 2018.
6. Citons l'ouvrage collectif *Euthanasie, l'envers du décor. Réflexions et expériences de soignants*, dirigé par Timothy Devos, éditions Mols, 2016.
7. « Procès de « l'euthanasie » à Gand : une saillie judiciaire contre une loi humaniste », *Le Soir*, 31 janvier 2020.
8. K. Raus, B. Vanderhaegen, S. Sterckx, « Euthanasia in Belgium : shortcomings of the law and its application and of the monitoring of practice » (« L'euthanasie en Belgique : les

Pour que la machine ne s'arrête pas, il faut intensifier la pratique de l'euthanasie, moins répandue en Wallonie qu'en Flandre – en 2024, 23,8 % des déclarations étaient rédigés en français, contre 76,2 % en néerlandais. Et ouvrir de nouveaux champs d'application de la loi. L'extension majeure de l'euthanasie a eu lieu en 2014, avec son ouverture aux mineurs, sans limite d'âge[1]. La prochaine, réclamée depuis plus de 10 ans par l'ADMD[2], fait l'objet d'une proposition de loi déposée par les libéraux flamands et cosignée par le PS : elle vise à permettre l'euthanasie de personnes « devenues incapables d'exprimer leur volonté[3] », sur la base de directives anticipées. Seraient concernés en particulier les malades d'Alzheimer.

L'objectif ultime reste de permettre l'euthanasie pour toute personne ayant le sentiment d'avoir « accompli sa vie », sans conditions médicales. Cet horizon figurait en toutes lettres dans le programme du PS pour les élections fédérales de juin 2024[4]. L'euthanasie pour « vie accomplie » existe cependant déjà *de facto*, grâce aux polypathologies invoquées par les personnes âgées.

L'expérience belge est édifiante : vingt ans après sa dépénalisation, l'euthanasie s'est banalisée

« Si vous regardez la trajectoire réelle de la législation belge, ce n'est pas une pente glissante[5] », se défendait – contre toute évidence – Frank Vandenbroucke, ministre fédéral belge de la Santé, interrogé par la BBC fin 2024. « Quel message cela envoie-t-il aux personnes handicapées et à leur droit de vivre pleinement leur vie ? », lui demande la journaliste, évoquant l'euthanasie pour motifs psychiques de deux frères jumeaux

lacunes de la loi, de son application et du contrôle de la pratique »), *Journal of Medicine and Philosophy*, vol. 46, n° 1, p. 80 107, 2021.

1. Officiellement, six mineurs ont été euthanasiés depuis 2014. « *Nous estimons cette extension aux mineurs indispensable et urgente* », écrivait, avant le vote de la loi, l'éditorialiste vedette du *Soir*, Béatrice Delvaux : « Euthanasie : une extension indispensable et urgente », *Le Soir*, 27 novembre 2013.

2. « Faut-il étendre le champ de la loi sur l'euthanasie ?, » *La Libre Belgique*, 17 mai 2013.

3. Proposition de loi modifiant la loi du 28 mai 2002 relative à l'euthanasie en vue d'étendre la déclaration anticipée d'euthanasie aux personnes devenues incapables d'exprimer leur volonté, Chambre des représentants de Belgique, 4 septembre 2024.

4. « Garantir le droit de mourir dans la dignité [...] en menant une réflexion sur la liberté de décider mourir dans la dignité indépendamment de l'état de santé ». Garantir le droit à disposer de son corps et à l'autonomie sexuelle, site du Parti socialiste (ps.be).

5. *Sunday with Laura Kuenssberg*, BBC, 24 novembre 2024.

de 45 ans, sourds et perdant la vue. « Pas du tout », balbutie le socialiste flamand, énonçant que « cette perspective créait une souffrance insoutenable ». Autrement dit : c'est invivable d'être aveugle et sourd, plutôt mourir.

Ce validisme – oppression sociale que subissent les personnes handicapées – est une violence qui en prépare d'autres. En 2024, le président des mutualités chrétiennes belges, Luc Van Gorp, a suggéré l'élargissement de l'euthanasie aux personnes âgées « qui ne souhaitent plus vivre ». Son organisation venait de publier une étude sur le vieillissement de la population, estimant que les Belges de plus de 80 ans passeront de 640 000 à 1,2 million en 2050. « Pourquoi voudriez-vous nécessairement prolonger leur vie ? Ces personnes ne le souhaitent pas elles-mêmes et, sur le plan budgétaire, cela ne fait que coûter de l'argent à l'État[1]. » Ce raisonnement semble avoir été adopté par les autres mutuelles belges. La Mutualité socialiste diffuse sa propre brochure sur l'euthanasie, et son association satellite Liages, mène une véritable campagne à destination des personnes âgées[2]. Quant à la Mutuelle libérale, elle a signé un partenariat avec l'organisation LEIF de Wim Distelmans[3].

L'expérience belge est édifiante : 20 ans après sa dépénalisation, l'euthanasie s'est banalisée, et la loi, inefficacement contrôlée, élargit sans cesse ses critères. Soit explicitement par des votes parlementaires, soit par l'interprétation extensive qu'en donnent la CFCEE et les médecins. Le tout, permis par une concorde de façade dissimulant la confiscation opérée par une camarilla politique. La France est prévenue. Elle serait bien inspirée de ne pas évoluer vers ce modèle prouvant que tout « moindre mal » est voué à devenir une autoroute de plus en plus large, qui laisse les plus vulnérables sur le bord. L'urgence est d'assurer le droit élémentaire de vivre jusqu'au bout dans la dignité, pas d'encourager leur effacement.

Quant à la Belgique, elle devrait relire un de ses plus éminents lettrés, Simon Leys – de son vrai nom Pierre Ryckmans. Ce pourfendeur

---

1. « Moeten ouderen die levensmoe zijn de mogelijkheid krijgen om uit het leven te stappen ? » (Les personnes âgées qui en ont assez de la vie devraient-elles avoir la possibilité de partir ?), *Nieuwsblad*, 8 avril 2024.

2. En 2024, dans le cadre de « Mortels cafés » organisés à Bruxelles et en Wallonie, 4 séances sur 10 furent consacrées à l'euthanasie, contre 2 aux soins palliatifs : « Parler de la mort autour d'un café ? Découvrez les Mortels Cafés de Liages ! », liages.be

3. « Liberale Mutualiteit gaat hulp bieden bij waardig levenseinde : "Geen promotie voor euthanasie, gewoon correcte informatie" »(La Mutualité libérale offre son aide pour une fin de vie digne : "Pas de promotion de l'euthanasie, juste une information correcte"), *Het Laatste Nieuws,* 10 octobre 2022.

du totalitarisme, premier à dénoncer les crimes du maoïsme, essuyant le mépris des élites européennes entichées de la Révolution culturelle, s'était très tôt élevé contre l'euthanasie. Habitant en Australie, il écrivit en 1995 au gouverneur général Bill Hayden, qui souhaitait être euthanasié par crainte de devenir sénile : « Une société qui cesse de percevoir qu'elle doit respecter la "grandeur naturelle" d'un vieillard sénile, incontinent et amnésique autant qu'elle doit respecter la "grandeur institutionnelle" de son gouverneur général a tout simplement abandonné le principe même de la civilisation et franchi le seuil de la barbarie[1]. » Hélas !, nul n'est prophète en son pays.

1. « An open letter to the Governor-general » (Lettre ouverte au Gouverneur général), *Quadrant*, septembre 1995.

Theo A. Boer
Professeur d'éthique des soins de santé – Université protestante de théologie, Utrecht (Pays-Bas), membre du Conseil néerlandais de la santé ; membre d'un comité régional d'examen de l'euthanasie 2005-2014

L'EUTHANASIE LÉGALISÉE VA TOUJOURS PLUS LOIN

Plus la mort est invoquée comme un remède efficace à une souffrance insupportable, plus nous en sommes venus à croire que nous ne pouvons pas faire face à cette souffrance. Il s'agit là d'un cercle vicieux. Les partisans de l'euthanasie affirment que grâce à l'aide légale à mourir, l'autodétermination de l'individu est respectée et ses souffrances sont abrégées. Ils affirment que ceux qui ne veulent pas recourir à l'euthanasie sont libres de mourir d'une mort naturelle. Personne ne les y obligera. Même les médecins ne seront pas contraints de donner cette mort. Je pense que cette affirmation est trompeuse et naïve, et qu'elle ne tient compte ni de la dynamique sociale de l'euthanasie, ni de la dynamique de l'offre et de la demande.

La normalisation de l'euthanasie

Les Pays-Bas ont été le premier pays à légaliser l'euthanasie. Cela a été précédé par un accord entre le procureur général, le ministère de la Santé et l'organisation des médecins néerlandais KNMG au milieu des années 1980. La première réglementation légale a suivi en 1994 sous la forme d'une annexe à la loi sur les enterrements. En vertu de cette loi, l'euthanasie, en tant que forme de mort non naturelle, devait être signalée au procureur. Si cinq critères étaient remplis, le procureur n'engageait pas de poursuites. Ces critères étaient (et sont encore aujourd'hui) les suivants : (1) il existe une demande informée (orale ou écrite) d'un patient consentant ; (2) la souffrance est perçue par le patient comme insupportable (également perceptible par le médecin) ; (3) il n'existe aucune option de traitement curatif ou palliatif acceptable ; (4) un deuxième médecin indépendant a vu le patient et a donné son avis sur les trois critères susmentionnés ; (5) l'interruption de la vie doit être effectuée de manière médicalement prudente. En 1998, au vu du nombre croissant de rapports, le gouvernement néerlandais a créé cinq comités régionaux d'examen. Ces comités, composés d'un président juriste, d'un médecin et d'un éthicien, soumettent un projet de prescription au procureur général, lequel prend ensuite la décision finale : poursuivre ou ne pas poursuivre ? La tâche du procureur a encore été réduite depuis la dernière loi sur l'euthanasie de 2001 : il ne reçoit que les rapports jugés non conformes à la loi par les comités de révision. Les autres rapports restent entre les mains des comités.

Le système néerlandais d'examen est unique au monde en raison de sa rigueur aux trois stades du processus. Avant qu'un médecin ne décide d'une euthanasie, un médecin indépendant (ainsi qu'un deuxième collègue dans des cas particuliers tels que les cas psychiatriques ou de démence) doit donner son avis. Une fois l'euthanasie pratiquée, les comités de révision reçoivent un ensemble complet d'informations sur lesquelles ils se prononcent. En outre, le fonctionnement de la loi fait l'objet d'une évaluation scientifique tous les cinq ans. Néanmoins, il y a des raisons de s'inquiéter, particulièrement en ce qui concerne quatre aspects : les normes ouvertes de la loi combinées aux pouvoirs étendus des comités de révision ; le nombre d'actes en forte augmentation, qui complique le travail des comités ; l'expansion des pathologies éligibles ; et la normalisation de l'euthanasie.

Des normes ouvertes combinées à des pouvoirs étendus des comités

Dès le départ, les Pays-Bas ont opté pour un nombre limité de critères d'éligibilité, à savoir les cinq susmentionnés. D'autres critères qui s'appliquent dans d'autres pays n'ont pas été retenus. Par exemple, une espérance de vie naturelle ne dépassant pas six mois ; une relation entre le médecin et le patient avant l'euthanasie ; la pleine conscience du patient au moment de l'euthanasie ; l'implication de la famille dans le processus et l'exclusion des maladies psychiatriques. Cependant, la morale évolue et l'interprétation de la loi doit donc évoluer avec elle. Les comités d'examen sont responsables de cette interprétation de la loi, ce qui leur confère une responsabilité exceptionnellement lourde : dès lors qu'un comité accepte un rapport comme étant « prudent », personne ne peut faire appel de cette décision ; ce jugement a effectivement le statut d'un jugement de la Cour Suprême… Cela a eu des conséquences majeures sur les jugements rendus dans quelques affaires marquantes (comme l'euthanasie d'un patient psychiatrique mineur, par exemple). Par la suite, dans des cas similaires les autres comités ne peuvent pas juger différemment, à moins de pouvoir démontrer que les circonstances diffèrent pour des raisons essentielles. Il aurait été souhaitable que les comités, conscients de leurs responsabilités, décident plus souvent de rejeter une euthanasie innovante. Ce n'est que de cette manière qu'une telle euthanasie peut être soumise au contrôle d'un tribunal. Ainsi, la solidité du contrôle néerlandais est en même temps l'un des principaux facteurs de risque !

Cependant plusieurs euthanasies ont été contestées par des comités – *a posteriori* – au cours des 23 années qui se sont écoulées depuis l'introduction de la loi sur l'euthanasie : environ 120 euthanasies ont été considérées comme « imprudentes », mais seulement pour l'une d'entre elles le procureur a décidé d'engager des poursuites[1]. Dans tous les autres cas, le médecin déclarant mis en cause avait déjà fait savoir qu'il n'agirait plus jamais de la sorte. Néanmoins dans presque tous les cas il s'agissait d'erreurs mineures. Par exemple, la volonté de la personne n'était pas assez claire ; la souffrance insupportable n'avait pas été décrite de manière assez convaincante ; le médecin consultant n'avait pas été suffisamment indépendant ; un médecin avait quitté (temporairement) le domicile du patient avant même que celui-ci ne soit décédé ; un mauvais médicament avait été utilisé. Ces jugements de « négligence » ont d'ailleurs constitué un lourd fardeau pour les médecins rapporteurs, malgré l'acquittement.

Pendant ce temps, les véritables cas profondément contestables et marquant une rupture avec les principes initiaux – euthanasie pour les maladies chroniques, les maladies psychiatriques, la démence, l'autisme, les maladies du troisième âge – ont été approuvés par les comités de suivi sans que le procureur n'y ait accès. Cela signifie qu'en ce qui concerne l'application de la loi sur l'euthanasie, la société a été placée devant le fait accompli. Les rapports annuels signalent systématiquement que la jurisprudence évolue en fonction de l'évolution des opinions de la société et des professionnels de la santé.

1. Il s'agit d'un cas de démence avancée pour lequel une patiente incompétente a été euthanasiée sur la base de sa directive écrite. Le médecin a été acquitté par la Cour suprême en avril 2020 : « Dutch court approves euthanasia in cases of advanced euthanasia », *The Guardian*, 20 avril 2020.

Des chiffres en hausse qu'il convient d'analyser

Un pays sur le point de légaliser la mort assistée serait bien avisé d'examiner également l'évolution des chiffres. Aux Pays-Bas, le nombre de rapports est passé de 1 883 cas en 2002 à 9 068 en 2023[1]. Cela représente une augmentation de près de 500 %, alors que la mortalité a augmenté de 22 % au cours de la même période. Dans le même temps, l'euthanasie représente environ 5,5 % des décès – une tendance à la hausse. Mais lorsque les gens disent que « 5,5 %, ce n'est pas beaucoup », il faut savoir qu'il s'agit de moyennes. Dans certaines régions du pays, l'euthanasie représente entre 15 et 20 % de tous les décès[2]. Dans d'autres régions (plus conservatrices et rurales) les chiffres sont plutôt inférieurs à 1 %, mais même ces régions sont en train de rattraper leur « retard ». Cette augmentation continue signifie également que la procédure d'examen est en train de s'effondrer. Les comités ont engagé des membres et des secrétaires supplémentaires tous les deux ans, mais cela n'a pas suffi pour faire face à l'augmentation des chiffres. Les comités ont donc décidé de travailler plus efficacement : environ 95 % de tous les rapports sont traités par des secrétaires sans qu'aucun autre membre du comité n'intervienne. Bien que ces membres aient accès aux rapports, la plupart d'entre eux n'ont pas le temps de s'en occuper. Seuls 5 % des cas sont encore traités en comité. Il est inévitable que l'examen se fasse avec moins de soin. L'argument avancé par le gouvernement est que les médecins et les patients savent certainement désormais comment les choses doivent se passer. Mais je sais par expérience que c'est précisément parmi les cas d'euthanasie dits « non contestables » (si l'on regarde bien) que l'on trouve parfois des cas qui nécessiteraient une enquête : solitude, pression de la famille, refus injustifié de donner une chance à un traitement potentiellement efficace. En outre, la transparence attendue de la loi sur l'euthanasie laisse également à désirer. Selon les évaluations quinquennales de la loi, il existe toujours une zone grise de 10 à 15 % au sein de laquelle la prudence en fin de vie requise par la loi n'est pas établie. Cette zone grise est en partie due à la forte augmentation du nombre de sédations palliatives. Environ 25 % des décès aux Pays-Bas impliquent aujourd'hui une sédation palliative ordonnée par

---

1. Regionale Toetsingscommissies Euthanasie, *Jaarverslag 2002*. Den Haag : Regionale Toetsingscommissies Euthanasie, 2003 ; Regionale Toetsingscommissies Euthanasie, *Jaarverslag 2023*. Den Haag : Regionale Toetsingscommissies Euthanasie, 2024.

2. Groenewoud S., Boer T., Atsma F., Arvin M., Westert G., « Euthanasia in the Netherlands : a claims data cross-sectional study of geographical variation », *BMJ Supportive & Palliative Care* 2021 ; 0:1-11.

un médecin[1]. Il s'agit d'une sédation profonde au cours de laquelle la personne n'est plus réveillée et où aucune nourriture ni aucun liquide n'est administré pendant la sédation. Bien entendu, selon les directives médicales, notamment néerlandaises, la suppression de nourriture et de liquides ne peut avoir lieu que si le patient a une espérance de vie d'environ une semaine au maximum. Mais de nombreuses rumeurs circulent selon lesquelles la sédation palliative serait également utilisée chez les personnes ayant une espérance de vie plus longue, comme certaines personnes atteintes de démence. À cela s'ajoute le problème selon lequel un médecin peut également se tromper lorsqu'il estime l'espérance de vie d'une personne. Il est très probable qu'un nombre indéterminé de patients meurent ainsi non pas de leur maladie mais d'une accélération de la sédation qui devient ainsi « sédation euthanasiante ».

Les pathologies éligibles en expansion

Au-delà de l'augmentation des chiffres, les raisons de l'euthanasie ont changé. Si dans la phase initiale de mise en œuvre de la législation une maladie en phase terminale était presque toujours la raison immédiate d'une demande d'euthanasie, aujourd'hui, les patients dont l'espérance de vie est plus longue sont de plus en plus souvent concernés. Dans des centaines de cas, il s'agit de personnes qui auraient pu avoir encore des dizaines d'années à vivre. L'euthanasie passe ainsi du statut de dernier recours pour éviter une mort insupportable à celui de moyen de mettre fin à une vie insupportable. Cette extension de la pratique de l'euthanasie s'inscrit dans un discours de justice : « Pourquoi l'euthanasie pour "A" et pas pour "B", qui pourrait souffrir encore plus gravement ? Pourquoi pour "A" et "B" et pas pour "C" ? ». Je considère qu'une telle extension serait également inévitable en France. Le plus étonnant est la vitesse à laquelle se produisent ces évolutions. En fait, je l'observe dans toutes les juridictions : les partisans de l'euthanasie (ou d'autres formes d'aide à la mort) se montrent d'abord satisfaits de la moindre forme de légalisation. Lorsqu'ils découvrent qu'il n'est pas possible d'aller plus loin à ce stade, ils revoient alors leurs objectifs à la baisse : l'essentiel est qu'il y ait eu un début. Une fois ce début atteint, ils plaident pour d'autres options sur cette base. Je ne connais pratiquement aucun militant de l'euthanasie qui soit satisfait de l'euthanasie pour les seuls patients en phase terminale. Et certainement pas au sein de l'association néerlandaise d'euthanasie

1. Stichting Farmaceutische Kengetallen. (2017). *Palliatieve sedatie vaker ingezet bij sterfgevallen.*

NVVE, dont je suis membre. Au fond, l'objectif est absolu : l'autodétermination complète de sa propre fin de vie, avec l'aide d'un médecin et, de préférence, le docteur doit également procéder lui-même à l'interruption de la vie, car la plupart des gens trouvent trop éprouvant, sur le plan émotionnel, le fait d'organiser et effectuer soi-même sa mort. Ainsi, dans les pays où l'euthanasie est légale, le corps médical se retrouve tôt ou tard confronté à une nouvelle lourde tâche. En plus de « prévenir », « guérir », « soulager » et « réconforter », « tuer » est désormais une tâche essentielle du médecin. Très clairement, à mon avis, la question n'est pas de savoir si cette évolution se produira ; il s'agit tout au plus de savoir à quel rythme.

La normalisation

Les partisans de l'euthanasie affirment que grâce à l'aide légale à mourir, l'autodétermination de l'individu est respectée et ses souffrances sont abrégées. Ils affirment que ceux qui ne veulent pas recourir à l'euthanasie sont libres de mourir d'une mort naturelle. Personne ne les y obligera. Même les médecins ne seront pas contraints de donner cette mort. Je pense que cette affirmation est trompeuse et naïve, et qu'elle ne tient compte ni de la dynamique sociale de l'euthanasie, ni de la dynamique de l'offre et de la demande. À titre de comparaison, l'utilisation du téléphone portable est officiellement volontaire et de nombreuses personnes conviendront qu'elle a de nombreux effets positifs. Mais après 25 ans de téléphonie mobile, presque personne ne peut plus dire que l'utilisation d'un téléphone portable soit purement volontaire. Une pratique sociale est apparue. Non seulement tout le monde l'utilise – donc ceux qui refusent, s'excluent – mais un nombre croissant de fonctions sociales ne sont plus accessibles sans mobile. Pensons par exemple à la double authentification dans les échanges de courriers électroniques et les virements bancaires. L'aspect le plus manipulateur du mobile est peut-être le fait que nous en sommes tous venus à penser que nous sommes totalement libres de le choisir. De la même manière, l'aspect le plus dangereux de la normalisation de l'euthanasie est que nous nions ses mécanismes sous-jacents, que nous ne voyons pas ou ne voulons pas voir ses aspects négatifs et que nous accusons ceux qui les soulignent d'être « étroits d'esprit », « arriérés », ou « fondamentalistes ». Le récit change, lentement mais sûrement.

Enfin, un dernier enjeu doit nous interpeller : la crainte qu'à long terme l'euthanasie ne contribue pas à prévenir les situations complexes, mais qu'au contraire elle les exacerbe. Plus la mort est invoquée comme un remède efficace à une souffrance insupportable, plus nous en sommes venus à croire que nous ne pouvons pas faire face à cette souffrance. Il s'agit là d'un cercle vicieux. Confrontés à la souffrance, à la dépendance à l'égard des membres de la famille et la dépendance à l'égard des soins, à la vieillesse, à l'alitement, nous perdrons de plus en plus notre capacité de résistance. Cela finira par concerner non seulement les personnes vulnérables, mais tout le monde.

Trudo Lemmens
Professeur et titulaire de la chaire Scholl en droit et politique de la santé – Université de Toronto

Pier-Luc Turcotte
Professeur adjoint à la faculté des sciences de la santé – Université d'Ottawa

L'AIDE MÉDICALE À MOURIR AU CANADA ET LE RÔLE DES TRIBUNAUX

Le Canada est l'un des rares pays où la légalisation du suicide assisté et de l'euthanasie a été introduite en réponse à des décisions judiciaires. On peut se demander si le fait de présenter l'accès à une forme d'aide à mourir comme un droit constitutionnel n'était pas une erreur dès le départ, car cela a eu un impact néfaste sur la discussion sociétale entourant les risques de dérives de l'aide médicale à mourir. La rhétorique de droit constitutionnel de « mourir dans la dignité » a sapé le droit à la vie et le devoir sociétal de soutenir les personnes afin qu'elles vivent dans la dignité.

L'influence des tribunaux sur les choix politiques concernant l'AMM

Dans le cadre des discussions sur le projet de loi d'initiative parlementaire visant à légaliser le suicide assisté dans le Royaume-Uni (le projet de loi Leadbeater), un des mécanismes initialement présenté comme une balise essentielle pour la protection des patients contre une mort prématurée, était une révision judiciaire après l'approbation d'une demande de suicide assisté par les médecins[1]. Des juristes avaient exprimé des préoccupations quant à la capacité d'un juge de se prononcer au terme

1. Terminally Ill Adults (End of Life), Bill 012 2024-25, [projet de loi Leadbeater].

d'un tel processus[1]. Ils se demandaient notamment comment un juge pourrait évaluer la rigueur de raisonnement de l'évaluation médicale et détecter, par exemple, toute présence de coercition et d'influence indue en s'appuyant sur des documents soumis. En plus, l'absence d'une procédure d'appel pour les membres de famille a été sévèrement critiquée[2]. En réaction, le comité parlementaire qui étudie le projet de loi a remplacé la révision judiciaire par une révision multidisciplinaire, d'un comité composé d'un travailleur social, un psychiatre, et un juriste. On peut se demander si ce comité, qui ne doit pas rencontrer le patient en personne, offre plus de protection, sans l'autorité émanant d'un juge.

Ce que nous constatons, en analysant ici le contexte canadien, c'est que des tribunaux ne peuvent offrir une protection essentielle en dernier recours contre la mort prépaturée, particulièrement quand des procédures entourant l'euthanasie et le suicide assisté (« aide médicale à mourir » [AMM]) ne fournissent clairement pas une protection adéquate.

Mais l'expérience canadienne offre également un avertissement contre une dépendance envers la « sagesse » des tribunaux lorsqu'il s'agit de déterminer en tant que société, si l'AMM devrait être légalisée en principe et dans quelle mesure. Nous discuterons d'abord brièvement de ce dernier point, mais nous concentrerons ensuite sur la manière dont la législation de l'AMM au Canada a créé une incertitude quant au rôle des tribunaux de vérifier le respect des interdictions du droit pénal en matière d'homicide et d'incitation au suicide. La législation a diminué fondamentalement la protection offerte par ces interdictions, et les tribunaux ont du mal à déterminer leur rôle par rapport à l'AMM. Pourtant, des cas récents nous montrent comment certains juges semblent remettre en question des aspects de la pratique de l'AMM.

L'expérience du Canada démontre d'abord le risque de se fier aux tribunaux et d'invoquer des concepts de droit constitutionnel et de droits humains en relation avec des politiques sociales complexes et lorsque des droits concurrents nécessitent une évaluation réfléchie des conséquences de l'action législative. Le Canada est l'un des rares pays où la légalisation du suicide assisté et de l'euthanasie a été introduite en réponse à des décisions judiciaires[3]. Alors qu'une province, le Québec avait entamé un débat social autour de la question en décembre 2009,

1. Munby J., « Assisted Dying: What role for the judge: some further thoughts. Transparency Project », 14 novembre 2024.

2. Eastham J. 2024. « Families cannot contest assisted dying rulings under Bill » *The Telegraph*, 27 novembre 2024.

3. Cf. Lemmens T., Turcotte P-L, « Transformer la mort en thérapie: leçons du régime canadien « d'aide médicale à mourir », p. 541.

c'est la décision de la Cour suprême de 2015 dans l'affaire *Carter c Canada* (Procureur général) qui a obligé le parlement canadien à introduire une forme de légalisation de l'aide médicale à mourir. Une décision d'un tribunal inférieur du Québec, dans l'affaire *Truchon c. Canada* (Procureur général) en 2019, a ensuite été utilisée par le gouvernement fédéral pour mettre en avant qu'une extension de l'AMM en dehors du contexte de fin de vie était nécessaire et urgente, ce que le parlement canadien a approuvé. Les organisations professionnelles de la santé ont ensuite interprété d'une façon superficielle les décisions judiciaires comme si elles avaient reconnu un droit constitutionnel quasiment sans contrainte à « mourir dans la dignité ». À ce titre, les événements entourant la légalisation de l'AMM canadienne révèlent les dangers de s'appuyer sur les tribunaux pour évaluer et concevoir des politiques sociales complexes.

Pourtant, les tribunaux continuent d'être chargés de questions politiques importantes concernant l'AMM. Il y a actuellement trois contestations judiciaires distinctes de la constitutionnalité de la loi canadienne sur l'AMM. Deux ont été lancées par des organisations qui poussent pour élargir encore plus les options de l'AMM. Une contestation constitutionnelle a d'abord été lancée, relative à la suspension, jusqu'en 2027, de l'AMM pour maladie mentale[1]. Comme mentionné ailleurs, l'AMM a en principe été approuvée pour les situations où la seule condition d'admissibilité est d'avoir une maladie mentale, mais cet élargissement est actuellement suspendu jusqu'à au moins 2027, pour permettre aux systèmes de santé provinciaux d'être mieux préparés[2]. Pour les partisans d'un élargissement de l'AMM, cette suspension violerait les droits constitutionnels des personnes atteintes de maladie mentale, qui devraient avoir un accès immédiat à l'AMM, avant 2027. La deuxième contestation vise à garantir que les institutions de soins de santé soient obligées de permettre l'AMM dans leurs locaux. Certains hôpitaux d'affiliations religieuses et des hospices soutiennent que leurs objections de conscience et/ou religieuses doivent être respectées. Un hôpital de Vancouver a, par exemple, suggéré de construire un couloir vers un bâtiment voisin pour permettre un transport facile des personnes souhaitant mourir avec l'AMM, mais il n'autoriserait pas l'AMM dans

1. « Assisted dying law faces constitutional challenge over exception for mental disorders », *The Canadian Press,* 19 août 2024.

2. Lemmens T. et Gaind KS., « Medical Assistance in Dying: Implications of Legal Expansion for Persons with Mental Illness », Szigeti A. et al., eds, *Anthology of Canadian Mental Health Law*, Toronto, LexisNexis, 2024, pp. 1013-1051.

l'hôpital principal[1]. Cette décision constituerait une violation du droit à l'AMM.

En revanche, une coalition d'organisations de personnes handicapées et deux personnes handicapées individuelles invoquent devant les tribunaux que le régime d'AMM dans son ensemble violerait le droit à la vie, à la liberté et à la sécurité des personnes handicapées, ainsi que leur droit à une protection égale contre une mort prématurée, puisqu'il leur offre un accès rapide à la mort même lorsqu'elles ne s'approchent pas du tout de leur mort[2]. En effet, l'expansion de la loi a créé un régime d'accès spécifique pour les personnes handicapées qui ne sont pas en fin de vie : elles peuvent demander l'AMM sans qu'on la leur refuse, alors que les personnes non handicapées recevraient des mesures de prévention du suicide si elles demandaient à être tuées au moyen d'une injection létale[3].

Il reste à voir comment les tribunaux, et peut-être un jour la Cour Suprême, réagiront à ces demandes contradictoires. S'ils prennent les droits des personnes handicapées au sérieux, ils pourraient confirmer que pousser l'AMM comme thérapie médicale en dehors de la fin de vie menace directement la vie et la dignité des personnes handicapées et d'autres personnes aux prises avec des problèmes de santé ; que cela va à l'encontre de l'engagement de la société à valoriser la vie des personnes âgées, malades et handicapées ; et que cela va à l'encontre de tous les efforts de prévention du suicide. Ces remises en question pourraient entraîner un resserrement modeste de l'AMM et un retour à l'AMM en tant que procédure exceptionnelle et de dernier recours. Mais si les tribunaux s'alignent avec le raisonnement de la juge dans l'affaire *Truchon*, ils pourraient plutôt remettre aux médecins plus de pouvoir discrétionnaire, et élargir la pratique davantage.

On peut se demander si le fait de présenter l'accès à une forme d'aide à mourir comme un droit constitutionnel n'était pas une erreur dès le départ, car cela a eu un impact néfaste sur la discussion sociétale entourant les risques de dérives de l'AMM. La rhétorique de droit constitutionnel de « mourir dans la dignité » a sapé le droit à la vie et le devoir sociétal de soutenir les personnes afin qu'elles vivent dans la dignité.

---

1. Voir le commentaire intéressant de Peters G., « Reality, not religion, is the reason people need MAID-free health care », *Policy Options*, 26 avril 2024.

2. « Disability rights groups launching Charter challenge against MAID law », *The Canadian Press,* 26 septembre 2026.

3. Grant I. 2024. « Legislated Ableism : Bill C-7 and the Rapid Expansion of MAiD in Canada », *McGill Journal of Law and Health*, 2024, 15(2), pp. 259-335.

L'impact de la légalisation de l'AMM sur le rôle des tribunaux concernant la protection de la vie

Les développements au Canada révèlent également comment la légalisation de l'AMM a créé de la confusion concernant la manière dont les tribunaux devraient valoriser et protéger la vie. Rappelons que ces institutions sont celles sur lesquelles les patients et leurs familles comptent souvent en dernier recours pour la protection de leurs droits, y compris dans le contexte médical. Le Code criminel canadien continue d'interdire en général l'aide au suicide et l'homicide ou toute autre aide à mourir, même si cette dernière est permise dans un contexte médical tant que les critères de la loi concernant l'AMM sont respectés. Mais la loi a transféré tellement de pouvoir discrétionnaire aux médecins et aux infirmières praticiennes spécialisées, que les juges semblent maintenant incertains quant à leur capacité d'intervenir.

Deux cas d'injonction de 2024 – en Alberta et Colombie Britannique – illustrent de manière frappante l'incertitude quant au rôle des tribunaux dans la protection de la vie des personnes qui ont reçu une approbation pour l'AMM, même dans des circonstances douteuses. Dans le premier cas d'injonction, un juge devait confirmer ou infirmer une injonction provisoire qui avait été accordée à un père qui tentait d'empêcher des médecins de mettre fin à la vie de sa fille de 27 ans[1]. La fille vivait avec ses parents et aurait un trouble du spectre de l'autisme, selon les arguments que le père a présenté en cour. Sa demande d'AMM avait été approuvée, mais le père a soutenu qu'il y avait des problèmes à la fois procéduraux et substantiels quant à cette approbation. Selon le père, les symptômes physiques dont elle prétendait de souffrir relevaient plutôt de problèmes de santé mentale, et la loi ne permet pas encore l'AMM uniquement pour des raisons de maladie mentale.

En ce qui concerne la plainte procédurale : les services de santé de l'Alberta, l'agence de santé officielle de la province, auraient contribué au « magasinage » de médecins pouvant offrir l'AMM. Lors de sa première demande, un médecin a approuvé sa demande, tandis que le deuxième l'a rejetée. Comme la loi exige un accord de deux évaluateurs, cette demande avait donc échoué. Lorsqu'elle a postulé de nouveau quelques mois plus tard, la même chose s'est produite mais à l'inverse : un premier médecin a rejeté sa demande, un deuxième l'a acceptée. Pour résoudre l'impasse avec un vote décisif, les Services de santé de l'Alberta ont alors contacté le premier médecin qui avait initialement

1. WV v MV, 2024, Alberta Court of Queen's Bench 174.

approuvé sa demande, contribuant ainsi directement au magasinage d'un médecin pour obtenir une approbation de l'AMM.

Le juge a convenu que le père avait une cause d'action raisonnable, car dans les circonstances l'évaluateur confirmatif ne semblait pas indépendant. Mais sur les questions de substance, il a déclaré que la loi canadienne ne prévoyait aucune base pour un contrôle judiciaire d'une approbation de l'AMM, qu'il a qualifiée de décision purement médicale. Pourtant, les critères d'admissibilité à l'AMM sont à la base une exemption à une interdiction du code pénal ; et l'application du code pénal relève clairement des tribunaux et non de la pratique médicale. Puisque la maladie mentale seule n'est pas encore une base légitime pour l'AMM, nous devons donc présumer que les deux médecins qui ont approuvé sa demande avaient identifié une autre maladie ou affection qui la rendait admissible. On peut présumer que cette maladie devait être grave et incurable, puisque c'est une exigence explicite de la loi. Mais le juge a explicitement refusé de vérifier ces informations, invoquant plutôt le droit à la vie privée de la personne.

Le juge s'est appuyé sur le raisonnement utilisé dans un autre cas, en 2020, où la cour d'appel de la Nouvelle-Écosse avait rejeté la demande d'injonction d'une conjointe qui essayait de prévenir la mort par AMM de son mari[1]. La femme avait invoqué que son mari présentait une diminution de sa capacité de discernement, attribuable à la démence et la maladie mentale, et que sa condition physique ne le rendait pas admissible à l'AMM. Le mari était un homme de 83 ans qui souffrait, selon certains médecins, « de la BPCO [bronchopneumopathie chronique obstructive] (en stade terminal) et dyspnée associée, ainsi que la fragilité associée », qui le rendaient admissible à l'AMM. La cour d'appel confirmait que l'approbation d'une procédure d'AMM ne pouvait pas être questionnée devant les tribunaux, car le parlement fédéral avait explicitement donné ce mandat aux médecins, leur remettant ainsi un pouvoir discrétionnaire. La cour d'appel considérait que l'épouse n'avait pas qualité pour agir dans ce cas. Notons qu'il s'agissait d'un homme avec une maladie et un âge avancé et que les juges avaient quand même analysé en détail la condition médicale de l'homme dans leur jugement, contrairement au juge de Calgary, qui refusait de même identifier la base pour l'approbation pour l'AMM.

Invoquant ce cas de la cour d'appel comme précédent, celui-ci a rejeté la demande d'injonction, qu'il aurait pu accorder pendant que l'affaire judiciaire se poursuivait sur des bases procédurales. Ce qui est le plus

1. Sorenson c. Swinemar, 2020, NSCA 62.

remarquable, c'est la manière dont il a pesé – comme doivent le faire les juges dans les affaires d'injonction – quelle décision causerait, en attendant, le plus grand préjudice : permettre à la procédure d'AMM de se poursuivre, ou suspendre la procédure létale pour l'instant. Le juge a conclu que le préjudice pour la jeune femme de la priver du droit de recevoir l'AMM – même si ce n'était que temporairement suspendu – était plus grave et l'emportait sur le préjudice pour le père. « Le préjudice pour M.V. [la jeune femme] si une injonction est accordée », a statué le juge, « touche au cœur de son être. [Elle] priverait M.V. du droit de choisir entre vivre ou mourir avec dignité »[1]. Ce préjudice pour M.V. l'emportait sur le préjudice pour les parents, qui était uniquement présenté comme le chagrin de perdre leur fille. Le juge a suggéré que les parents pourraient « peut-être trouver un certain réconfort dans le fait qu'ils ont fait de leur mieux pour persuader M.V. de la valeur de sa vie et de l'engagement de ses parents à l'aimer et à la soutenir[2] ».

Ne pas pouvoir accéder à une mort par injection létale effectuée par un professionnel médical et au moment de son choix constituerait alors un préjudice plus grave que le préjudice de voir sa vie se terminer dans des circonstances procédurales pour le moins douteuses. Le juge n'y mentionne même pas comment la mort de la jeune femme par l'AMM constituerait, en soi, un préjudice potentiellement le plus grave pour elle.

Le juge avait pourtant suspendu sa décision, laissant l'injonction provisoire en place pour une période de 30 jours, dans le but de permettre au père de faire appel de ce jugement. Mais le père a ensuite abandonné sa procédure d'appel pour essayer de se réconcilier avec sa fille, qui s'est finalement fait dire qu'elle devrait refaire une demande d'AMM. Notons que l'injonction temporaire initiale, qui a ensuite été rejetée, a quand même sauvé la vie de la jeune femme qui, selon les informations à notre disposition, est toujours en vie.

Dans un autre cas d'injonction de 2024, un juge de la Colombie-Britannique a émis une injonction provisoire empêchant un médecin de fournir l'AMM à une femme de 53 ans de l'Alberta, à la demande de son conjoint[3]. Selon les documents de la demande d'injonction, la dame demandait l'AMM en raison d'effets secondaires causés par des médicaments psychiatriques. Ses propres médecins de l'Alberta étaient d'avis qu'elle ne souffrait pas d'une condition irrémédiable

1. *Ibid.*, § 151.

2. *Ibid.*, § 153.

3. A.Y. c N.B. 2024 BCSC. Voir la discussion (et un lien aux jugements) dans Grant I., Lemmens T. et Coelho R., « MAID and the law : B.C. case shows how courts offer crucial oversight when lives are at stake », *The Conversation*, 11 décembre 2024.

(une exigence législative pour être admissible à l'AMM) et qu'elle pouvait recevoir des soins adéquats pour soulager ses problèmes de santé. Mais, selon la demande du plaignant, des médecins de la Colombie-Britannique l'avaient considérée admissible à l'AMM, via une vidéoconférence, sans avoir étudié le dossier médical complet de la patiente. Le juge a accordé une injonction la journée avant qu'elle ne reçoive l'injection létale à Vancouver. Le juge semblait troublé par la procédure d'approbation et exprimait des doutes quant aux fondements de son admissibilité. Le juge nommait aussi les médecins impliqués, dont une, Dre Wiebe, qui est très connue pour sa pratique de l'AMM. Selon ses propres aveux, cette dernière a donné la mort par AMM à des centaines de patients[1].

Peu de temps après, une famille a intenté une poursuite judiciaire contre la même médecin, Dre Wiebe, pour avoir mis fin à la vie d'un homme de 52 ans, qui souffrait de problèmes de santé mentale ainsi que de douleurs chroniques au dos[2]. La déclaration de la poursuite invoquait que ces douleurs étaient, selon ses médecins, guérissables, allant donc à l'encontre du critère d'irrémédiabilité. Une demande antérieure d'AMM avait pourtant déjà été acceptée dans le passé par la Dre Wiebe et un autre médecin, mais le patient avait alors renoncé à la procédure, indiquant à ce moment qu'il préférait des soins de réadaptation. Mais en 2022, il avait été hospitalisé, en traitement mandaté sous le régime de la loi sur la santé mentale pour le protéger contre des idées suicidaires. Pendant son séjour, il avait reçu une autorisation à quitter l'hôpital psychiatrique pour la journée, et il aurait pris un rendez-vous avec la Dre Wiebe, pour qu'elle lui administre une injection létale. La poursuite civile est dirigée contre divers médecins qui ont soit échoué à protéger le patient, soit été directement impliqués dans une procédure d'AMM qui a mis fin à la vie du patient, mais aussi contre les établissements de soins de santé, les autorités provinciales de santé, ainsi que les autorités judiciaires fédérales. La poursuite vise également la loi canadienne sur l'AMM dans son ensemble et allègue que le régime d'AMM, basé sur le droit pénal, a violé les droits constitutionnels à la vie et à la sécurité de leur père/mari, ainsi que son droit à une protection égale contre une mort prématurée. La famille de cette personne invoque alors des arguments

---

1. Kirkey S., « This doctor has helped more than 400 patients die. A judge just blocked one of her cases » *The National Post*, 6 juillet 2024.

2. Notice of Civil Claim, VVM & RVM c. Canada AG *et al.*, Supreme Court of British Columbia, 13 décembre 2024.

que la coalition d'organisations de personnes handicapées, comme mentionnées plus haut, met aussi en avant.

Aspect troublant de la pratique de l'AMM au Canada

Ces cas d'injonction et cette poursuite judiciaire révèlent que le régime d'AMM du Canada est de plus en plus exposé à des remises en question, en particulier par la voie des tribunaux. Les questions sont soulevées d'une part par des personnes qui se tournent vers les tribunaux, dans une tentative de sauver leurs membres de la famille du suicide supporté et organisé par le système médical et soutenu par l'État. Et d'autre part, maintenant aussi par des personnes qui veulent rendre responsables de la mort prématurée de leurs proches les médecins, dont certains semblent zélés à mettre fin à la vie des patients, ainsi que les institutions et le gouvernement en charge du régime d'AMM.

Ces cas semblent aussi illustrer un aspect troublant de la pratique de l'AMM au Canada, mentionné dans notre autre chapitre : comment certains médecins semblent prioriser l'accès à la mort comme une « thérapie » médicale au lieu d'offrir d'autres soins, même dans des situations où leurs confrères spécialistes et/ou prestataires de soins impliqués directement dans les soins de la personne sont convaincus que des alternatives thérapeutiques existent pour soulager la souffrance, et sont dédiés à soigner la personne plutôt que de mettre fin à leur vie. Et, comme nous l'avons expliqué dans l'autre chapitre, il est remarquable que ce zèle observé chez certains médecins déterminés à achever la vie des personnes semble être encouragé et parfois facilité sans questionnement sérieux par le système de santé. Ce phénomène a récemment été exposé aussi par l'un des auteurs (TL), avec Christopher Lyon et Scott Kim, dans l'*American Journal of Bioethics* : la pratique d'AMM au Canada est dominée par un petit groupe très concentré de pratiquants zélés, qui ont obtenu une influence disproportionnée dans le développement de la loi et des normes de pratique, et même, jusqu'à un certain point, sur le contrôle et la surveillance post-factum de la pratique[1]. La pratique de certains de ces médecins semble maintenant se faire questionner dans ces procédures judiciaires.

Pour les juridictions qui songent à permettre une forme de l'AMM dans le futur, une des leçons à tirer processus canadien, c'est qu'ils

1. Lyon C., Lemmens T. et Kim SYH, « Canadian Medical Assistance in Dying : Provider Concentration, Policy Capture, and Need for Reform », *The American Journal of Bioethics*, 10 janvier 2025,1-20 DOI : 10.1080/15265161.2024.2441695.

devraient s'assurer que des procédures d'appel soient bien spécifiées dans la loi. Les membres de la famille et des proches, qui sont le plus souvent le dernier recours pour des personnes vulnérables, devraient avoir une opportunité de demander une réévaluation des décisions qui autrement mènent à la mort de leur être cher, un acte dont on ne peut pas suffisamment souligner l'irrévocabilité. Dans le contexte de la prévention du suicide, le rôle des proches est clairement reconnu et accentué. Il nous semble farfelu et dangereux de l'exclure dans le contexte d'un régime qui donne tant de pouvoir aux médecins et autres prestataires de soin. Une fois que la loi reconnaît l'AMM comme une forme de procédure médicale, et surtout en l'absence de procédures d'appel très claires, il y a un risque bien réel que d'autres institutions, incluant les tribunaux, cherchent à se cacher derrière des décisions médicales pour éviter d'assumer la responsabilité de la protection de la vie des personnes.

Dietmar Weixler
Médecin, président de la société autrichienne de soins palliatifs, Österreischische Palliativgesellschaft

LA LÉGISLATION AUTRICHIENNE RELATIVE AU SUICIDE ASSISTÉ

Une loi légalisant le suicide assisté est entrée en vigueur le 1er janvier 2022. Cette législation est proche de celle de l'Oregon. Elle a été validée par la Cour constitutionnelle le 12 décembre 2024, à l'exception de deux dispositions sur le renouvellement du testament de mort et sur la publicité pour l'aide à mourir. La Société autrichienne des soins palliatifs est opposée à toute législation de suicide assisté. Actuellement ce qui nous importe le plus est de surmonter des discussions idéologiques polarisées, pour parvenir à des positions constructives et à une clarification des responsabilités. Le monde des soins palliatifs se consacre entièrement aux besoins des patients dont la volonté prime, avec un souci ni de prolonger inutilement leur vie, ni de l'abréger.

Une procédure détaillée mais d'application insatisfaisante

Les critères exigés pour une demande de suicide assisté sont une maladie sévère et incurable avec des symptômes persistants dont les conséquences affectent de manière durable le patient. La maladie ne doit pas nécessairement faire l'objet d'un pronostic vital à court terme (contrairement à l'Oregon où le décès est censé intervenir dans les 6 mois). L'état de souffrance ne peut être évité ni apaisé. Une capacité de consentement depuis la 1re visite au médecin jusqu'à l'acte de suicide assisté.

Le patient doit consulter deux médecins indépendants l'un de l'autre, l'un devant être spécialisé en soins palliatifs. Ils doivent notamment le conseiller sur toutes les alternatives au suicide. Dans le doute sur l'aptitude du patient à une décision libre et autonome, ou sur l'existence d'une pathologie psychiatrique, il devra consulter un psychiatre, un psychothérapeute ou un psychologue.

Si le médecin valide la demande, il établit une prescription précisant les caractéristiques du produit létal, sa posologie et son mode d'emploi. Ensuite, une période de réflexion de 12 semaines[1] est imposée à l'issue de laquelle le patient peut passer à la phase suivante, la consultation d'un notaire. La singularité de la réglementation autrichienne est le passage obligatoire du patient par un notaire, qui devra s'assurer du consentement de la personne. Ce dernier est chargé d'établir un « testament de mort » précisant les circonstances de la demande du patient. Ce document est transmis au registre central du ministère de la Santé. Le pharmacien ne pourra délivrer la potion létale que sur présentation de la prescription du médecin et du document établi par le notaire.

Interviennent donc au total deux médecins, un notaire et un pharmacien qui tous doivent s'assurer que les critères légaux sont remplis. Puis un médecin certifie *in fine* que le décès du patient s'est déroulé conformément à la loi. Le ministère de la Santé tient le registre des « testaments de mort » transmis par les médecins constatant le décès. Le suicide assisté est en Autriche une affaire privée sous le contrôle de 5 professionnels indépendants les uns des autres, dont aucun ne peut être juge et partie.

Sur le papier la procédure peut sembler satisfaisante : passage par deux médecins, voire par un troisième, psychiatre, en cas de soupçon d'affection psychiatrique, puis par un notaire, enregistrement de la délivrance du produit létal par le pharmacien qui l'a délivré, et *in fine* par le médecin constatant le décès, ayant constaté le décès. La vérification du consentement des personnes sur le point d'accomplir un acte lourd de conséquences est parfaitement dans les attributions des notaires. En principe, chacune de ces 4 (ou 5) parties-prenantes devrait assurer une parfaite traçabilité en signalant l'accomplissement de l'étape lui incombant au niveau du Ministère de la Santé. Cela devrait donc conduire à un processus de contrôle totalement robuste. Mais le problème est que la filière médico-légale est défectueuse en Autriche, si bien qu'il est pratiquement impossible de savoir combien de patients s'étant vu délivrer le produit létal l'ont effectivement ingéré. Les médecins jouissent d'une clause de conscience dans cette procédure.

---

1. Période réduite à 2 semaines au cas où la mort est considérée comme imminente.

La capacité de décision du patient doit être validée de façon professionnelle. Dans le cas où un des deux médecins consultés estime qu'une affection psychiatrique est à l'origine du désir de mourir, il doit demander au patient de consulter un spécialiste de ce domaine, le seul à pouvoir poser un diagnostic et à proposer des thérapies. Mais il y a en Autriche un manque de psychiatres et de psychologues, de sorte que cette étape de consultation est couramment escamotée.

La loi a préféré laisser ouverte la question du pronostic vital engagé, estimant sans doute qu'il était le plus souvent difficile de statuer sur l'imminence de la mort. À moins qu'il ait estimé que ce paramètre n'était pas pertinent. Le résultat est que de nombreux patients dont le diagnostic vital n'est pas engagé à court terme mettent en œuvre la procédure. Cela contribue à engorger les consultations, d'autant plus que les critères de la souffrance sont purement qualitatifs et soumis à l'appréciation du patient. Les spécialistes de soins palliatifs font donc dans la réalité de plus en plus de consultations de prévention du suicide, y compris avec des patients insatisfaits d'une première consultation infructueuse, espérant avoir gain de cause lors d'une 2e ou 3e tentative.

Le dispositif du suicide assisté

L'acte de suicide assisté doit être en principe pratiqué dans un cadre privé. Le patient lui-même doit s'administrer le produit létal, en ayant la possibilité de différer son geste jusqu'au moment où il le décidera.

Le législateur a prévu que les actes de suicide assisté se déroulent par défaut dans un cadre privé où le patient est seul, ou entouré de ses proches. C'est ainsi qu'ont eu lieu les suicides dont nous avons eu connaissance, à trois exceptions près. Mais dans la mesure où il s'agit désormais d'un droit fondamental inscrit dans notre constitution, rien ne peut empêcher qu'un patient sollicite l'assistance au suicide lorsqu'il réside dans un établissement de fin de vie.

Fin février 2023, il n'y avait pas eu encore de publication officielle du nombre de suicides assistés. L'estimation donne pour la première année environ 60 procédures engagées et 20 décès. Ce nombre est à mettre en regard de 92 100 décès en 2022 pour une population de 9 millions d'habitants.

Alors que la demande de suicide assisté était présentée comme résultant d'une démarche volontaire et rationnelle, nous observons aujourd'hui qu'elle est majoritairement celle émanant de personnes vulnérables, ayant peur de mourir dans la douleur physique, ou dans le désespoir engendré par la solitude. Ce sont des situations auxquelles les soins palliatifs peuvent en grande partie remédier. En dernière analyse, nous restons convaincus que le suicide d'un être humain ne sera jamais un remède à sa solitude ou à la souffrance qu'il ressent.

Il existe en Autriche un consensus pour considérer comme fondamentale la clarté d'esprit et l'autodétermination dûment vérifiées chez un candidat au suicide juste avant l'acte qu'il doit accomplir lui-même. Étant donné la réponse apportée par notre législation aux candidats résolus à terminer leur vie, nous ne voyons pas ce qu'une solution d'euthanasie, au demeurant très violente pour les médecins, apporterait en plus. D'ailleurs, nous ne percevons pas dans l'opinion publique de revendication allant dans ce sens.

La loi oblige le patient à consulter non seulement un médecin de confiance, quelle que soit la spécialité, mais aussi un médecin spécialiste en soins palliatifs qui a pour charge de présenter au patient une alternative crédible au suicide. Cette décision partait d'une bonne intention, mais, d'une part, nous n'étions pas formés à ces entretiens qui relèvent pour une grande part de la prévention du suicide, un domaine étranger à notre compétence. D'autre part, l'expérience montre que ces entretiens absorbent une part disproportionnée de notre temps, au détriment de nos patients courants, alors que nous sommes déjà surchargés en temps normal et en sous-effectif chronique. Pour nombre d'entre nous, la représentation que nous avons de la médecine palliative a été profondément remise en cause par cette implication étrangère à notre vocation et à nos principes éthiques.

Les médecins de soins palliatifs étaient très peu préparés à ce tournant dans la façon de regarder la fin de vie, même si des mouvements l'évoquaient depuis longtemps. La percée a été obtenue par quelques activistes très engagés influençant les juristes, qui à leur tour ont convaincu notre Cour constitutionnelle de rendre caduc un article du code pénal qui interdisait de fournir à quiconque une aide pour se tuer. Notre loi « de disposition de mort » (Sterbeverfügungsgesetz) est en conséquence d'inspiration très juridique. Sa rédaction n'a fait l'objet d'aucune concertation avec le corps médical. Une nouvelle pratique a été imposée aux soignants du jour au lendemain, sans aucune préparation technique et organisationnelle, et sans accompagnement psychologique des praticiens concernés. Selon nous, cette loi a donc toutes les chances de constituer à terme une pente glissante.

L'acte de suicide assisté n'est pas un geste médical

La majorité des médecins de soins palliatifs a choisi cette spécialité médicale pour accompagner les patients avec sollicitude jusqu'à leur mort naturelle, en apaisant par tous leurs moyens les souffrances physiques ou psychiques. L'idée que nous puissions faciliter la mort de l'un d'entre eux, fût-ce par un acte de suicide, est totalement étrangère à notre éthique. Nous espérons, sans en être assurés, que les vocations de médecins palliatifs ne se tariront pas.

On constate, beaucoup d'incompréhension et de mal-être individuel, sur fond de conflit de valeurs chez les médecins de soins palliatifs. Nous ne reviendrons sans doute pas à la situation précédente, une majorité d'Autrichiens ayant voulu ce changement et continuant à l'approuver. Si la loi est intégrée désormais dans notre arsenal législatif, les difficultés auxquelles les soins palliatifs sont confrontés justifient en tout cas notre demande insistante de revenir sur la disposition impliquant si fortement les praticiens des soins palliatifs dans la procédure, en amendant la loi. Nous sommes nombreux à exercer notre clause de conscience pour ne pas être mêlés à cette procédure. Le rôle d'information et de conseil auprès des patients que certains de nos collègues acceptent de jouer n'est pas considéré comme une « assistance », pas plus que la délivrance d'une prescription pharmacologique lorsque le patient satisfait les critères d'éligibilité. On pourrait parler d'assistance si un médecin allait chercher le produit en pharmacie, et *a fortiori* s'il facilitait le geste létal, ce qui légalement ne peut pas être le cas.

Le produit létal retiré en pharmacie n'est pas remboursé par le système d'Assurance-maladie, puisque ce produit ne vise en rien à soigner.

L'extension du champ des personnes éligibles au suicide assisté est une préoccupation. Nous la redoutons, de même que les représentants des associations de personnes en situation de handicap, ainsi que les psychiatres. En ce qui nous concerne, nous sommes fermement opposés à tout élargissement des critères d'éligibilité au suicide assisté.

La Société autrichienne des soins palliatifs est opposée depuis le départ à toute législation de suicide assisté. Ceci étant, nous sommes pragmatiques et actuellement ce qui nous importe le plus est de surmonter des discussions idéologiques polarisées, pour parvenir à des positions constructives et à une clarification des responsabilités. Le monde des soins palliatifs se consacre entièrement aux besoins des patients dont la volonté prime, avec un souci ni de prolonger inutilement leur vie, ni de l'abréger.

C'est la raison pour laquelle nous voulons être déchargés de cette mission de prévention du suicide et nous consacrer entièrement au soin des personnes en fin de vie qui veulent vivre intensément leurs derniers moments.

Nous assistons à une course de vitesse entre, d'une part, les besoins en soins adaptés aux personnes en fin de vie, qui s'accroissent inexorablement du fait des progrès de la médecine et de l'évolution de notre pyramide des âges, et, d'autre part, la mise à disposition de structures adaptées pour le grand âge, notamment avec les soins palliatifs. Tout cela dans un contexte où les générations nombreuses de soignants formées dans les années 1960 à 1980 partent en retraite sans être remplacées de façon adéquate. Notre ministre de la Santé a déclaré que notre système irait dans le mur si des mesures vigoureuses n'étaient pas prises.

Étant donné la situation précaire des systèmes de soins en Autriche, notamment ceux qui sont au service des plus âgés, on peut malheureusement s'attendre à ce qu'augmentent les demandes de suicide assisté.

Trudo Lemmens
Professeur et titulaire de la chaire Scholl en droit et politique de la santé – Université de Toronto

Pier-Luc Turcotte
Professeur adjoint à la faculté des sciences de la santé – Université d'Ottawa

TRANSFORMER LA MORT EN THÉRAPIE : « LEÇONS DU RÉGIME CANADIEN D'AIDE MÉDICALE À MOURIR »

Évolution fulgurante de la pratique

En 2016, le Canada a créé une exemption aux interdictions du Code criminel concernant le conseil, l'incitation ou l'aide au suicide (suicide assisté), ainsi qu'à l'homicide[1]. L'exemption légalisait ce qu'il a euphémiquement appelé « aide médicale à mourir » [AMM]. La légalisation a été une réponse à la décision de la Cour suprême de 2015 dans l'affaire *Carter c. Canada (PG)*[2], qui avait jugé qu'une interdiction *absolue* de l'AMM violait le droit constitutionnel à « la vie, la liberté et la sécurité de la personne »[3].

La loi de 2016 avait comme objectif explicite de trouver un équilibre entre d'une part l'accès à l'AMM pour ceux qui souhaitent contrôler leur mort dans des circonstances de souffrance intolérable causée par une maladie grave et irrémédiable ; et d'autre part, la protection de ceux qui pourraient choisir de mourir, dans un moment de grande vulnérabilité, de façon prématurée, ainsi que la protection de normes sociétales fondamentales : éviter les perceptions négatives contribuant à diminuer la valeur de la vie des personnes âgées, malades ou handicapées ; affirmer la valeur égale de toutes les vies ; et, enfin, prévenir le suicide en tant qu'objectif de santé publique.

1. Code criminel, LRC 1985, c C-46, art 241 et art. 222.
2. Carter c. Canada (Procureur général), 2015 CSC 5 [Carter 2015].
3. Charte canadienne des droits et libertés, art 7, partie I de la Loi constitutionnelle de 1982, constituant l'annexe B de la Loi de 1982 sur le Canada (R-U), 1982, c 11.

Les critères d'admissibilité inscrits dans la loi définissaient le concept de « condition médicale grave et irrémédiable », mentionné par la Cour suprême comme une justification pour l'AMM. Une condition médicale grave et irrémédiable consistait en : 1. une maladie, une affection ou un handicap grave et incurable ; 2. un déclin avancé et irréversible des capacités ; 3. des souffrances physiques ou psychologiques persistantes et intolérables qui ne peuvent être atténuées dans des circonstances jugées acceptables par la personne ; et 4. une « mort naturelle raisonnablement prévisible » (MNRP)[1]. L'accès était restreint aux adultes admissibles aux services de santé provinciaux qui donnaient leur consentement éclairé à la procédure.

La mesure de sauvegarde entourant la situation de MNRP dans la loi de 2016 reflétait que la pratique était limitée au contexte de fin de vie. Le terme vague signifiait qu'il n'était pas nécessaire d'avoir un pronostic précis relativement à l'espérance de vie. Cependant, des partisans d'une version élargie de l'AMM avaient dès le début critiqué le critère de la MNRP, perçu comme une restriction inappropriée d'un « droit constitutionnel à l'AMM », notion apparue selon leur interprétation de la décision Carter, même si un tel droit élargi n'avait pas été explicitement mentionné dans la décision[2].

Très rapidement, le Canada a été témoin d'une évolution fulgurante de la pratique, caractérisée par une augmentation rapide des cas d'AMM et par un élargissement de la pratique. La loi permet également le suicide assisté par prescription de médicaments (sauf au Québec, ou la loi permet seulement l'euthanasie), mais la mort administrée directement par un médecin ou une infirmière (euthanasie volontaire) représente la quasi-totalité des cas d'AMM (plus que 99.9 %)[3].

Même si la pratique est restée limitée aux personnes s'approchant de leur mort naturelle jusqu'en 2021, en moins d'une décennie, le Canada est devenu le pays avec le plus grand nombre de décès par euthanasie : 60 301 depuis 2016[4]. La proportion de personnes décédées par AMM au Canada représente maintenant environ 4,7 % de

---

1. PL C-39, Loi modifiant la Loi modifiant le Code criminel (aide médicale à mourir), 1e sess, 44e lég, 2023 (sanctionné le 9 mars 2023), LC 2023, c 1.

2. Lemmens T., Kim H., Kurz E., « Why Canada's Medical Assistance in Dying Law should be charter compliant and what it may help to avoid », *McGill J Law & Health,* 2019, 11(1): S61-148, pp. S87-S95.

3. Quatrième rapport annuel sur l'aide médicale à mourir au Canada 2022. Gouvernement du Canada, Santé Canada. 2023.

4. Cinquième rapport annuel sur l'aide médicale à mourir au Canada, 2023. Gouvernement du Canada, Santé Canada, 2024.

l'ensemble des décès[1], ce qui s'approche du pourcentage aux Pays-Bas et est déjà supérieur à celui de la Belgique, deux pays avec des régimes d'euthanasie étendus depuis 2002. Une province, le Québec, ayant adopté sa propre loi en 2015, est devenue la juridiction avec le pourcentage le plus élevé au monde, avec 7,3 % de l'ensemble des décès[2].

Alors que la loi de 2016 limitait la pratique à un contexte de fin de vie, les critères ont rapidement été interprétés, y compris dans certaines affaires judiciaires, de manière très large et flexible[3]. Des partisans d'une version élargie de l'AMM ont rapidement entamé de nouvelles procédures judiciaires contre la restriction de la procédure à des personnes en fin de vie. En 2019, une décision d'une juge de la Cour supérieure du Québec a ensuite déclaré que le critère de MNRP (et de « fin de vie » dans la loi québécoise), violait le droit à la vie, à la liberté et à la sécurité ainsi que le droit à l'égalité des personnes atteintes d'une condition médicale grave et irrémédiable qui ne sont pas en fin de vie[4].

Au lieu de faire appel de ce jugement, qui n'était pas contraignant pour les tribunaux supérieurs ni pour ceux en dehors de la province du Québec, en 2021, le gouvernement a poussé le parlement à élargir la loi, rendant l'AMM disponible pour tous les adultes atteints d'une maladie grave et incurable, combinée à un état avancé de déclin irréversible des capacités, et qui souffrent de manière intolérable[5]. Deux ans plus tard, le Québec a adopté une loi visant l'élargissement de la pratique aux « personnes ayant une déficience physique grave entraînant des incapacités significatives et persistantes », et a procédé à sa mise en œuvre en avril 2024, au même moment où la province était déjà celle avec les taux de morts par AMM les plus importants au monde. La loi a été adoptée de façon accélérée, ce qui a affecté la participation des personnes et communautés visées par celle-ci ; les opinions dissidentes ont été ostensiblement réduites au silence[6].

En vertu de la nouvelle loi fédérale de 2021, il existe maintenant deux voies d'accès à l'AMM au Canada : la voie 1 pour les personnes qui

1. *Ibid.*

2. Commission sur les soins de fin de vie, Rapport annuel d'activités – 2023-2024 (cinquième rapport annuel), Santé Canada, 2024.

3. Cf. *supra*, Lemmens, Kim, Kurz. 2019.

4. Truchon c., Procureur général du Canada, 2019, QCCS 3792.

5. PL C-7, Loi modifiant le Code criminel (aide médicale à mourir), 2e sess, 43e lég, 2021 (sanctionné le 17 mars 2021), LC 2021, c 2.

6. Turcotte P-L, « Se dépêcher à faire mourir avant de faire vivre », *Le Devoir*, 1er juin 2023.

s'approchent de leur mort naturelle, et la voie 2 pour les personnes qui n'ont pas une MNRP[1]. Le critère de MNRP détermine désormais si une personne peut avoir un accès plus facile et plus rapide à l'AMM, ou si des procédures supplémentaires d'évaluation sont nécessaires. Pour ceux dans la voie 1, la nouvelle loi a supprimé plusieurs sauvegardes, y compris une période de réflexion obligatoire de dix jours qui existait sous la première loi. En vertu de la nouvelle loi, les patients peuvent en principe obtenir l'AMM le même jour si deux évaluateurs donnent leur accord. La nouvelle loi a aussi introduit pour ces patients une « renonciation au consentement final », qui supprime la mesure de sauvegarde exigeant une confirmation explicite du patient juste avant de mettre fin à sa vie.

La loi de 2021 a également introduit l'AMM pour les personnes dont la seule condition sous-jacente est une maladie mentale, mais sous une « disposition de suspension », qui ne la rendrait disponible que dans le futur. Cette disposition de suspension visait à permettre l'exploration de la manière de mettre en œuvre un tel élargissement et de déterminer si des mesures de sauvegarde supplémentaires étaient nécessaires. Cette suspension a été prolongée par le parlement jusqu'au moins 2027[2]. Le gouvernement a indiqué qu'il ne s'agissait que d'un report, et non d'un abandon de la légalisation de l'AMM pour les maladies mentales.

Un rapport parlementaire antérieur avait notamment recommandé que le Parlement modifie la loi pour permettre l'AMM pour les mineurs matures et pour permettre aux personnes atteintes de démence de recevoir l'AMM sur la base de demandes anticipées[3]. Le Québec a, en fait, déjà légalisé cette dernière mesure en 2024, mais la province travaille encore sur la manière de la mettre en œuvre[4]. Il reste à voir comment cet élargissement sera rendu possible, considérant que la loi pénale (fédérale) ne permet pas encore ce que le Québec a en principe légalisé. Mais le gouvernement fédéral a indiqué qu'il n'intenterait pas de poursuites judiciaires envers des médecins qui agissent dans les paramètres de la loi québécoise, rendant certaines dispositions du Code criminel alors

1. « La loi canadienne sur l'aide médicale à mourir », Gouvernement du Canada.

2. Lemmens T. et Gaind KS., 2024. « Medical Assistance in Dying : Implications of Legal Expansion for Persons with Mental Illness », Szigeti A. et al., eds, *Anthology of Canadian Mental Health Law*, Toronto, LexisNexis, p. 1013-1051.

3. « L'aide médicale à mourir au Canada : les choix pour les Canadiens », Comité mixte spécial sur l'aide médicale à mourir, 2023.

4. Loi concernant les soins de fin de vie, c S-32.0001, Québec.

inopérantes dans une partie du pays[1]. Il a également lancé une consultation publique sur le sujet, selon toute vraisemblance cherchant une justification pour élargir la loi et se conformer à la loi québécoise[2].

Comment expliquer l'expansion significative de l'AMM au Canada ?

Le professeur Daryl Pullman a récemment exploré pourquoi un nombre nettement plus élevé de personnes meurent avec la participation directe des prestataires de soins de santé en comparant le régime d'AMM/euthanasie du Canada avec le régime de suicide assisté en Californie (EU)[3]. Il identifie plusieurs raisons : le fait que dans presque tous les cas au Canada, il s'agit d'une injection létale par des professionnels de la santé (euthanasie) plutôt qu'un suicide assisté avec des médicaments auto-administrés ; les critères d'accès vagues et largement interprétés de la loi ; « l'acquiescement et [...] l'indifférence des autorités fédérales et provinciales, des tribunaux et des associations médicales » ; et enfin, l'échec à traiter la mort assistée comme un dernier recours[4].

Ces derniers points révèlent selon nous pourquoi le régime canadien entraîne des pourcentages nettement supérieurs de décès par euthanasie, même par rapport aux autres régimes d'euthanasie libéraux, et ce, malgré une accumulation de rapports de pratiques potentiellement problématiques. Ces points sont également liés à d'autres éléments, comme l'origine de la loi dans les litiges constitutionnels, qui ont eu un impact important sur la forme du débat et des politiques canadiennes. Nous fournissons ici quelques pistes pour expliquer pourquoi le Canada devrait être un signal d'alarme pour toute juridiction, y compris la France, qui envisage de légaliser une forme d'euthanasie ou de suicide assisté.

Une rhétorique de droit constitutionnel à l'AMM

1. « Déclaration du ministre de la Santé et du ministre de la Justice et procureur général du Canada sur les demandes anticipées d'aide médicale à mourir », 28 octobre 2024.

2. « L'aide médicale à mourir », Conversation nationale sur les demandes anticipée, 12 décembre 2024.

3. Pullman D., « Slowing the Slide Down the Slippery Slope of Medical Assistance in Dying: Mutual Learnings for Canada and the US », *Am J Bioethics,* 2023, 23(11): 64-72. DOI: 10.1080/15265161.2023.2201190 [Pullman, 2023].

4. *Ibid.*

La décision Carter de la Cour suprême n'a pas créé un droit constitutionnel *illimité* à l'AMM, mais a seulement invité le Parlement à légaliser *une forme* de « mort médicalement assistée »[1]. Elle a émis des paramètres larges pour la réforme de la loi et confirmé le rôle du droit pénal dans la protection de la vie. Pourtant, malgré les limitations de l'affaire, une rhétorique de « droit constitutionnel à l'AMM » a rapidement été adoptée, entraînant une priorisation de l'accès et l'expansion plutôt que de la protection[2]. La décision Truchon d'un tribunal inférieur du Québec était une décision de première instance qui n'était pas contraignante pour les tribunaux supérieurs ou en dehors du Québec[3]. Pourtant, le gouvernement fédéral a invoqué cette décision, prétendant que ses mains étaient liées, pour pousser à l'expansion de l'AMM, y compris pour les maladies mentales.

En choisissant de ne pas faire appel de la décision *Truchon*, le gouvernement a ignoré la demande des principales organisations de personnes handicapées[4]. Dans une lettre au gouvernement, trois experts internationaux en droits humains, plus précisément le Rapporteur spécial de l'ONU sur les droits des personnes handicapées, l'Expert indépendant sur la jouissance des droits humains par les personnes âgées et le Rapporteur spécial sur l'extrême pauvreté et les droits humains, ont averti que l'expansion de l'AMM au Canada menaçait le droit à la vie et le droit à la protection légale des personnes handicapées et des personnes âgées[5]. Ils ont rappelé comment le régime d'AMM au Canada pouvait contribuer à renforcer des présomptions capacitistes et âgistes sous-jacentes. Sur le plan strictement procédural aussi, la manière dont la loi sur l'AMM du Canada a été adoptée, en ignorant la forte objection

1. Shariff M., Ross D., Lemmens T., « Assisted death for mental illness: Parameters for expansion or restriction under Canada's Charter and Federal System », *Manitoba Law J.*, 2024; Grant I. 2023 « Legislated Ableism: Bill C-7 and the Rapid Expansion of MAiD in Canada », *McGill J Law & Health*, 2023, 15(2): pp. 259-334; [Grant 2023]; Lemmens, Kim, Kurz 2018.

2. Gaind KS., Lemmens T., Coelho R. et Maher J., « Canada's Medically Administered Death (MAD) Expansion for Mental Illness: Targeting the Most Vulnerable », *World Med J.*, 2022, 71(4), p. 72-82.

3. Lemmens T. et Jacobs L., « The latest medical assistance in dying decision needs to be appealed: Here's why », *The Conversation,* 10 octobre 2019.

4. Frazee C., « MAiD Resistance in Canada: Sounding the Five-Minute Entreaty », *Can J Disability Studies,* 2024, 13(2) : 2 1-175.

5. Quinn G., Mahler C. et De Schutter O. 2021. « Mandates of the Special Rapporteur on the Rights of Persons with Disabilities; the Independent Expert on the Enjoyment of Human Rights by Older Persons; and the Special Rapporteur on Extreme Poverty and Human Rights », 3 février 2021, OL CAN 2/2021.

de presque tous les groupes de défense des droits des personnes handicapées, a clairement violé le concept de « rien sur nous sans nous », un principe de participation pourtant enchâssé dans la Convention internationale relative aux droits des personnes handicapées[1].

La province du Québec se démarque aussi par une tendance à laisser croire qu'il existerait un « consensus social large » – régulièrement répété dans les médias par différents acteurs – alors que ce « consensus », surtout pour la dernière révision de la loi, semble fabriqué par l'invisibilisation des inquiétudes réelles exprimées par des groupes de défenses de droits, dont ceux des personnes handicapées, qui demandent des balises supplémentaires pour éviter des dérives[2].

La répétition d'une rhétorique de « droits », avec des allusions fréquentes à une logique de « discrimination », a profondément déformé et submergé le débat canadien. L'examen de la proportionnalité, qui est traditionnellement intégré à l'analyse constitutionnelle et des droits humains, doit s'appuyer sur des arguments cliniques, politiques et éthiques substantiels et fondés sur des preuves. Pourtant, au Canada, cet examen de la proportionalité a été largement éclipsé par le déploiement superficiel d'une telle rhétorique de droits.

Promotion de l'AMM comme thérapie

L'accent mis sur le droit d'accès et la sous-estimation du droit et du besoin de protection se reflètent dans plusieurs aspects du régime d'AMM au Canada. Cet accent sur l'accès est intégré dans l'interprétation large des critères d'admissibilité, de même dans les politiques fédérales et provinciales et dans les directives émises par les organismes professionnels dans ce contexte. Une attention insuffisante a été accordée à la protection contre une mort prématurée, que la Cour suprême a réaffirmée comme un objectif clé du régime réglementaire d'AMM, lequel après tout, reste construit comme une exemption au droit pénal interdisant l'assistance au suicide et à l'homicide.

Selon la loi sur l'AMM, les prestataires de soins doivent s'assurer que les patients sont *informés* de toutes les options, et, pour les patients n'approchant pas de leur mort naturelle (la voie 2), qu'ils ont *« soigneusement*

1. Beco G., « Disability in International Human Rights Law », « Participation : 'Nothing About us Without Us' », Ch. 9. *Oxford Academic* (en ligne), 2021.

2. Turcotte P-L et Lemmens T., « La normalisation troublante de la mort médicalement administrée au Québec et au Canada : état des lieux », *Aporia* 2024, 16(2), pp. 3-14.

envisagé » ces options. Mais il n'y a pas d'obligation de s'assurer que les options soient mises à disposition, et en outre, refuser les options de traitement ou de soutien n'empêche pas les patients d'obtenir l'AMM[1]. De plus, la période d'évaluation de 90 jours de la voie 2 peut être raccourcie, tandis que de nombreux délais d'attente pour les soins de santé ou le soutien aux personnes handicapées dépassent de loin cette période.

Les lois belges et néerlandaises, en revanche, exigent explicitement que les médecins s'assurent qu'il n'y a pas d'autres options médicales disponibles. En pratique, certains médecins belges et néerlandais peuvent être devenus trop à l'aise à fournir l'euthanasie lorsque les patients refusent les traitements typiquement offerts[2]. En effet, le refus persistant de traitement peut rapidement transformer l'euthanasie en la dernière option perçue comme étant disponible. Mais cette vision de l'euthanasie comme un dernier recours reflète une approche fondamentalement différente au regard du rôle des médecins dans la promotion de la résilience et de l'adaptation à une nouvelle condition. De plus, comme les médecins sont dans ces pays légalement obligés de refuser l'AMM si d'autres options restent disponibles, la loi facilite l'enquête disciplinaire professionnelle auprès de ceux qui y contreviennent. La loi canadienne met plutôt l'accent sur le droit d'obtenir l'AMM lorsque les patients considèrent les traitements typiques comme intolérables. Une simple déclaration dans les dossiers des patients indiquant qu'ils ont refusé tous les autres traitements protège à première vue les médecins de toute responsabilité.

Un accent mis sur l'accès à l'AMM pratiquement sur demande se reflète, par exemple, dans les directives élaborées par l'Association canadienne des évaluateurs et prestataires de l'AMM (ACEPA, une organisation qui a reçu 3,3 millions de dollars canadiens du gouvernement fédéral pour éduquer les médecins sur l'AMM), dans un rapport fédéral sur l'AMM pour les maladies mentales, ainsi que dans un récent modèle de norme de pratique élaboré par Santé Canada.

L'ACEPA met l'accent sur le choix du patient et recommande, par exemple, que les prestataires de soins de santé introduisent l'option de

1. Lemmens T., Shariff MJ. et Herx L., 2022. « L'Aide Médicale à Mourir et le sacrifice de la norme de qualité de soins de la pratique médicale », Vézina N., Fréchette P. et Bernier L., eds, *Mélanges Robert P. Kouri – L'humain au cœur du droit*, Blais Y., Cowansville (Québec) 2022, pp. 621-644https://policyoptions.irpp.org/magazines/february-2021/how-bill-c7-will-sacrifice-the-medical-professions-standard-of-care/.

2. Chabot B., « Worrisome Culture Shift in the Context of Self-Selected Death » (Lemmens T., traduction), NRC Handelsblad, travail original publié en 2017.

l'AMM pour toute personne qui pourrait y être admissible[1]. Il y a déjà eu des controverses autour de situations où l'AMM est offerte à des personnes à la recherche de soins ou de soutien en matière de handicap sans que ces personnes l'aient même demandé[2]. Des membres de l'ACEPA semblent aussi normaliser l'offre d'AMM lorsque les patients font face à de longs délais d'attente pour le traitement[3]. L'ACEPA fournit également des conseils sur la manière dont les évaluateurs de l'AMM peuvent transformer une demande de voie 2, soumise à des sauvegardes additionnelles, en une demande de voie 1. Un guide de l'ACEPA sur la manière d'interpréter la loi précise :

> Une personne peut répondre au critère de « raisonnablement prévisible » si elle a démontré une intention claire et sérieuse de prendre des mesures pour que sa mort naturelle se produise bientôt ou pour rendre sa mort prévisible. Les exemples peuvent inclure des déclarations indiquant le refus de traitement antibiotique d'une infection grave actuelle ou future, l'arrêt de l'utilisation de l'oxygénothérapie, le refus de se tourner si elle est quadriplégique, ou l'arrêt volontaire de l'alimentation et de l'hydratation[4].

Alors que de nombreux experts s'opposent explicitement à l'AMM lorsque la maladie mentale est la seule condition sous-jacente, son inclusion dans l'expansion de la loi (bien que suspendue jusqu'en mars 2027), ainsi que dans un rapport récent d'un groupe d'experts fédéral, montre clairement que l'exigence de la présence d'une condition irrémédiable n'est pas un obstacle. Un groupe consultatif d'experts fédéral, mis en place par le gouvernement fédéral pour fournir des orientations sur la future mise en œuvre de l'AMM pour les maladies mentales, reconnaît que les prédictions d'irrémédiabilité sont cliniquement problématiques, mais suggère que l'AMM devrait néanmoins être disponible pour respecter les droits des patients[5].

Un « modèle de norme de pratique » publié par Santé Canada réaffirme la même chose[6]. Son approche de « l'objection de conscience »

---

1. « Interprétation et rôle de l'expression « mort naturelle raisonnablement prévisible » dans la pratique de l'aide médicale à mourir », Association canadienne des évaluateurs et prestataires de l'AMM (ACEPA), 2022.

2. Henderson C., « I went for a mastectomy and they offered me assisted dying, cancer patient reveals », *The Telegraph*, 14 octobre 2024.

3. Raikin A. 2022. « No Other Options », *The New Atlantis*, 16 décembre 2022.

4. ACEPA, 2022.

5. Rapport final du Groupe d'experts sur l'AMM et la maladie mentale, Santé Canada, 2022.

6. « Modèle de norme de pratique en matière d'aide médicale à mourir (AMM) », Santé Canada, 2023.

met l'accent sur l'accès à tout prix, suggérant que les prestataires de soins de santé qui s'opposent à l'offre d'AMM dans des cas spécifiques soient dès lors compris comme des « objecteurs de conscience » ; et ce, même s'ils pratiquent l'AMM dans d'autres situations. Plusieurs provinces canadiennes obligent les objecteurs de conscience à référer les patients à d'autres professionnels prêts à fournir l'AMM. Des médecins qui savent que d'autres options médicales aideraient potentiellement le patient peuvent se sentir obligés par leur éthique professionnelle de refuser l'AMM et d'insister pour essayer d'autres options en premier. Mais en vertu de cette norme de pratique, ces médecins risqueraient une discipline professionnelle pour ne pas avoir référé leur patient à un médecin prêt à mettre fin à leur vie.

Silence institutionnel face à des pratiques douteuses

L'échec ou le refus institutionnel d'enquêter sur des pratiques douteuses d'AMM ont déjà été documentés[1]. En 2022, la Commission des soins de fin de vie du Québec, la seule agence provinciale de surveillance au Canada créée explicitement pour examiner tous les cas d'AMM, a transmis 15 cas problématiques au Collège des médecins (l'organisme de réglementation professionnelle de la province) pour une enquête disciplinaire (pour la période de 2023-2024, la Commission a rapporté 18 autres cas étant non conformes à la loi[2]). Le président de la Commission avait alors remis la profession médicale à l'ordre quant à son devoir de respecter la loi, y compris : que la vieillesse en soi n'était pas une base valide pour l'AMM ; que le consentement restait crucial ; et que le « magasinage » de médecins pour obtenir un deuxième avis était inacceptable. Réagissant à ce rapport, le président du Collège des médecins a publiquement banalisé la « sortie » de la Commission, se rangeant du côté d'un porte-parole de l'organisation lobbyiste, l'Association québécoise pour le droit dans la dignité, qui accusait la Commission d'intimidation envers les médecins, et déclarant qu'aucun des cas ne méritait de discipline professionnelle, encore moins de poursuites pénales. Le président du Collège des médecins a également

1. Anderssen E. 2023. « A complicated grief: Living in the aftermath of a family member's death by MAID », *Globe & Mail*, 28 janvier 2023.

2. Commission sur les soins de fin de vie, Rapport annuel d'activités – 2023-2024 (cinquième rapport annuel), Santé Canada, 2024.

déclaré que le nombre record de décès par AMM au Québec n'était pas problématique.

Les rapports officiels fournissent pourtant des raisons de s'inquiéter, par exemple lorsque Santé Canada identifie la nature de la « souffrance insupportable » chez ceux qui sont morts par AMM en 2023. Il s'agit entre autres de : charge perçue par la famille, les amis ou les soignants (45,1 % pour la voie 1 ; 49,2 % pour la voie 2) ; contrôle inadéquat de la douleur (54,4 % pour la voie 1 ; 58,5 % pour la voie 2) ; et isolement ou solitude (21,1 % pour la voie 1 ; 47,1 % pour la voie 2)[1]. Au Québec, entre 2023 et 2024, la perception d'être un fardeau était une cause de souffrance rapportée dans près de la moitié des cas d'AMM (47 %)[2]. Le sentiment d'être un fardeau peut s'expliquer de différentes façons, mais il est difficile de nier que l'accès ou le manque d'accès à des ressources de soutien social puissent jouer un rôle dans ce sentiment, et être reçu comme un motif valable pour être admissible à l'AMM. Une proportion non négligeable (2,8 %) n'avait en outre reçu aucun soin palliatif ni de soutien aux personnes handicapées, bien qu'un besoin ait été exprimé[3]. Et même si le rapport de Santé Canada indique que 75,0 % ont reçu des soins palliatifs, l'accès était inégal entre les personnes de la voie 1 (76,9 %) et celles de la voie 2 (29,6 %). De plus, on observe une diminution du nombre de personnes ayant requis et reçu des services de soutien aux personnes handicapées depuis 2022, passant de 36,8 % à 33,8 %[4]. Il n'y a en outre aucun détail sur la qualité de ces services, et les récipiendaires ne sont plus là pour en témoigner.

Le bureau du coroner en chef de l'Ontario, qui révise tous les cas d'AMM en Ontario, a récemment publié des données montrant que l'élargissement de l'AMM aux personnes qui ne sont pas en fin de vie (voie 2) affecterait davantage des groupes plus marginalisés. Comparativement à la voie 1, l'AMM a été administrée plus fréquemment pour la voie 2 à des personnes en situation d'instabilité résidentielle (48,3 % contre 34,3 %), de déprivation matérielle (28,4 % contre 21,5 %) ou d'exclusion du marché du travail (56,9 % contre 41,8 %)[5]. En ce qui concerne l'instabilité résidentielle, des écarts significatifs entre les deux voies

1. *Ibid.*
2. *Ibid.*
3. *Ibid.*
4. *Ibid.*
5. « MAiD Death Review Committee Report ; Navigating Vulnerability in Non-Reasonably Foreseeable Natural Deaths », Office of the Chief Coroner, 2024. Voir l'analyse dans Gaind SK. 2024. « MAiD deaths and marginalized people : coroner's reports shed light on assisted death in Ontario », *The Conversation*, 24 octobre 2024.

ont également été rapportés dans le dernier rapport de Santé Canada[1], suggérant que le phénomène dépasse les frontières de la province de l'Ontario. Les rapports montrent également qu'un plus grand nombre de femmes que d'hommes reçoivent l'AMM sous la voie 2, lorsqu'elles ne s'approchent pas de leur mort. Des reportages d'investigation détaillés documentent des circonstances troublantes dans lesquelles des personnes ont été approuvées pour l'AMM, voire l'ont reçu. Telle la mort tragique de Rosina Kamis : une jeune femme qui semblait lutter contre la solitude et l'isolement et qui a exprimé qu'elle ne voulait pas mourir et qu'elle préférerait plutôt du soutien pour continuer à vivre. Un prestataire d'AMM a mis fin à sa vie dans son petit appartement de Toronto. Une vidéo dans laquelle elle témoignait de son désespoir et de sa solitude a été partagée par des amis pour être diffusée après sa mort[2]. Des cas similaires et les données des rapports officiels font état de déséquilibres entre le soulagement des souffrances intolérables et la protection contre une mort prématurée, un principe pourtant au cœur de la politique d'AMM canadienne.

Quelles leçons tirer pour la France ?

Les juridictions comme la France qui étudient la légalisation d'une forme de mort médicalement administrée devraient tirer des leçons du régime canadien d'AMM. Après avoir observé de près son évolution, en particulier au Canada, nous ne pouvons pas conseiller en toute confiance à d'autres pays de suivre la même voie. Le régime canadien a été façonné dès son origine par son entrelacement dans les litiges constitutionnels. La rhétorique d'un « droit constitutionnel à l'AMM », habilement promue par les partisans et acceptée sans critique par d'autres, a facilité une expansion fulgurante. Une fois mise en place, une dynamique de normalisation de la mort médicalement administrée devient très difficile à critiquer, en particulier lorsque le corps médical l'a pleinement adoptée comme partie intégrante de sa pratique. La nature radicale de la procédure peut y jouer un rôle : il devient difficile pour les forces professionnelles et politiques impliquées d'admettre qu'une pratique bien intentionnée, ayant mis fin à la vie de tant de personnes, ait pu entraîner

1. Commission sur les soins de fin de vie, Rapport annuel d'activités – 2023-2024 (cinquième rapport annuel), Santé Canada, 2024.

2. « Do You Want to Die Today : Inside Canada's Euthanasia Program » video, *Al Jazeera*, Fault Lines, 17 November 2023, https://www.aljazeera.com/program/fault-lines/2023/11/17/do-you-want-to-die-today-inside-canadas-euthanasia-program.

des erreurs tragiques, voire qu'elle puisse être en train de dériver de sa mission originale. Dans un contexte où chacun a des intérêts à défendre, il est parfois plus simple de banaliser les préoccupations que d'admettre ces erreurs et d'agir en conséquence. Une fois la pratique introduite, une poussée pour l'accès élargi à l'AMM semble plutôt s'ensuivre quasi-immédiatement, que ce soit en assouplissant les critères, en retirant des mesures de sauvegarde ou en proposant de nouvelles populations auxquelles la pratique serait ouverte.

Malgré des différences fondamentales, les régimes d'euthanasie et de suicide assisté au Canada, aux États-Unis et dans d'autres pays partagent tous la même présomption qu'il est plus important de faciliter la mort des personnes handicapées, malgré la reconnaissance que leurs souffrances auraient pu être traitées par des aménagements, des interventions ciblées et un soutien de qualité, même en fin de vie ; et que la prévention du suicide n'est plus aussi importante pour les personnes handicapées, qu'elles soient en fin de vie ou non[1]. Plusieurs défenseurs des droits des personnes handicapées et universitaires dans le champ des études du handicap qualifient cette présomption de fondamentalement capacitiste. Ces régimes d'euthanasie et de suicide assisté promeuvent le choix de mourir dans un contexte où la pauvreté et les échecs des soins de santé et du soutien social minent l'autonomie et créent une coercition structurelle[2]. Les développements au Canada montrent comment les professionnels de la santé et les institutions peuvent rapidement normaliser et justifier des pratiques qui semblent s'écarter des normes professionnelles de soins les plus élémentaires ; et comment fournir la mort sur demande peut être transformé en une « thérapie » médicale, même pour des souffrances seulement indirectement liées à la maladie.

Nous devons nous demander si le recours à l'AMM n'en vient pas à permettre une remise en question dangereuse de la manière dont nous évaluons la valeur de la vie des personnes âgées, malades ou handicapées. Une fois que nous acceptons que les médecins puissent offrir une solution médicale pour une large gamme d'expériences de souffrance, il devient très difficile de limiter la pratique à des cas exceptionnels ou de l'utiliser en dernier recours.

---

1. Braswell H., Garland-Thomson R., « When Anti-Discrimination Discriminates », *The American Journal of Bioethics*, 2023, 23:9,35-38, DOI : 10.1080/15265161.2023.2237808.

2. Peters G. 2025. « Creating a Killable Class and Manufacturing Selective Suicidality. Thoughts of a Past and Future Ironing Board », Coelho R., Gaind KS ; et Lemmens T., eds., *Unravelling MAID in Canada : Euthanasia and Assisted Suicide as Medical Care*, Montréal, McGill-Queen's University Press, pp. 204-276.

Nous constatons avec inquiétude comment, après moins de dix ans de légalisation de l'AMM, la gravité de la mort en tant que résultat irréversible de l'AMM semble de plus en plus banalisée au Canada ; comment des organisations professionnelles et les autorités exhibent une confiance inébranlable envers des médecins et infirmières praticiens, qui ont reçu des pouvoirs discrétionnaires extraordinaires ; et comment la « liberté » des personnes de décider de mettre fin à leur vie avec l'aide d'un professionnel de la santé revêt un caractère presque sacré, contredisant les stratégies de prévention du suicide parallèlement promues.

Toute juridiction envisageant une forme de légalisation de l'euthanasie ou du suicide assisté devrait réfléchir attentivement à ce que cette légalisation signifiera pour la pratique des soins de santé, les droits des patients, les familles et la société dans son ensemble. L'expérience canadienne devrait servir de très sérieuse leçon de prudence avant de s'engager dans cette voie.

Nota : Ce chapitre s'appuie sur les travaux de Lemmens (2023 ; 2024) et de Turcotte et Lemmens (2024) adaptés pour les fins de cette publication et mis à jour avec des nouvelles données et d'autres sources.

Laurent Frémont, Emmanuel Hirsch
Fondateurs et coordonnateurs du Collectif Démocratie, éthique et solidarités

CONCLUSION

Se rassembler en faveur des droits fondamentaux que tout État démocratique doit garantir

Une présence, une sollicitude, un accompagnement, une fraternité qui ne cèdent pas aux tentations de la compassion médico-légale de la mort provoquée

Fins d'une vie. Les devoirs d'une démocratie. Dans son titre même, cet ouvrage collectif prenait position en affirmant d'emblée les principes qui animent la démarche du Collectif Démocratie, éthique et solidarités depuis sa création le 15 mai 2024.

Ce n'est pas la *fin de vie* mais les *fins* d'une vie, ce qu'elles représentent, incarnent, constituent, ce à quoi vise l'existence d'une personne inquiète de l'instant présent par les controverses publiques qui lui donnent à penser qu'il pourrait être considéré indigne qu'elle souhaite la poursuivre en dépit d'une maladie, d'un handicap ou d'une perte d'autonomie, qui mobilisent nos réflexions et nos engagements. Mais c'est aussi ce qu'une démocratie, en tant que telle, est en devoir de témoigner de ses valeurs et de ses responsabilités quand les droits fondamentaux de la personne peuvent être menacés par des mentalités, des décisions et des renoncements qui attentent à sa vie, ce souci du bien commun qui n'abdique pas lorsque nos essentiels sont bafoués, qui nous rassemble et qu'il y a urgence à partager en société.

Nous voilà au terme de ce parcours mené avec ceux qui témoignent de leur quotidien à travers leurs attachements inaliénables à leur place dans notre monde, leurs histoires, leur position reconnue parmi nous avec leurs proches, leurs passions, leurs convictions, leurs résolutions et leurs revendications, y compris celle d'une souveraineté sur une existence qu'ils aspirent à vivre dans sa plénitude sans qu'on leur assigne le devoir d'évaluer en quoi elle a ou non intérêt et justification à se poursuivre.

A-t-on au juste conscience de l'indécence et de l'indignité de ces discours sentencieux prononcés avec l'aplomb des détenteurs d'un savoir, y compris sur ce qui défie nos certitudes, imposant à nos urgences de démocrates l'agenda d'une législation relative à la délivrance d'une vie que nombre des personnes qui pourraient y aspirer expriment parfois, en ultime recours, en éprouvant de leur vivant la relégation de la vie, la souffrance existentielle de ne plus importer socialement que dans un droit à revendiquer une mort anticipée ?

Notre Collectif Démocratie, éthique et solidarités s'est fixé pour règle d'action le respect inconditionnel de la personne et de ses proches qui, vulnérables, confrontés aux incertitudes, aux peurs, aux solitudes, aux souffrances de la maladie et parfois d'une perspective de mort, espèrent de notre communauté une présence, une sollicitude, un accompagnement, une fraternité qui ne cèdent pas aux tentations de la compassion médico-légale de la mort provoquée. Notre responsabilité se situe dans ce souci de la personne en ce qu'elle est, digne d'une considération humaine, d'une attention politique et de pratiques publiques justes et non discriminatoires. Aucune législation favorable à l'euthanasie en vigueur depuis 2001 dans les pays qui l'ont adoptée, ne peut attester que ces valeurs d'humanité et de société soient préservées dans leur exigence et leur effectivité, que les principes de dignité, de loyauté, de liberté, d'autonomie et d'équité soient en toutes circonstances respectés, quelles que soient les règles établies.

C'est pourquoi il nous était important, en responsabilité, de réunir dans cette contribution au débat public, les expériences, les expertises et les compétences qui s'expriment au moment où la France souhaite s'engager en faveur d'une libéralisation de l'euthanasie et du suicide assisté.

Il est possible d'habiter les derniers moments de vie avec humanité, attention et dignité

Réfléchir à la fin d'une vie constitue l'un des exercices les plus exigeants de la pensée éthique et politique contemporaine. Il ne s'agit pas simplement d'organiser les derniers instants de l'existence à l'aune de critères techniques, médicaux ou juridiques. L'enjeu, plus fondamentalement, est de déterminer ce que nous voulons faire de la fragilité humaine lorsqu'elle ne peut plus être ni maîtrisée ni sublimée ; de définir ce que signifie accompagner l'autre lorsque toute promesse de guérison s'efface, et d'assumer les responsabilités collectives qui découlent de cette réalité irréductible : celle de notre finitude partagée. En fait de se prononcer sur ce qu'est faire société, ce à quoi cela engage, y compris dans notre devoir d'opposer une argumentation critique à la tentation d'une avancée plus idéologique que fondée sur une évaluation prudente et raisonnée des conséquences d'une législation rompant, sans réversibilité possible, d'une part avec les fondements de l'éthique du soin et de l'accompagnement, d'autre part avec une certaine idée de la sollicitude et de la fraternité.

Au fil des contributions rassemblées dans cet ouvrage, une conviction s'impose : penser la fin de vie n'est pas seulement un enjeu médical ou juridique ; c'est affronter un questionnement essentiel sur le sens de la vie en société, sur les fondements de notre démocratie et sur la manière dont nous choisissons collectivement de vivre – et de mourir – ensemble, en prenant acte de la complexité du réel, de la diversité des situations vécues et de la nécessité de dépasser les oppositions simplistes entre liberté individuelle et normativité sociale.

À travers les analyses proposées, il devient manifeste que la question de la fin de vie ne saurait être pensée isolément, à la manière d'un problème technique appelant une solution fonctionnelle. Elle convoque un tissu d'interrogations fondamentales sur la condition humaine, sur la nature du lien social, sur le rôle de l'État dans la régulation du vivre-ensemble et, en définitive, sur les finalités de notre démocratie.

Ce qui traverse l'ensemble de l'ouvrage, c'est la prise de conscience que l'individu en fin de vie n'est jamais réductible à une somme de besoins cliniques ou de choix autonomes. Il demeure un sujet relationnel dont l'identité, la souffrance et le désir de reconnaissance dépendent des interactions sociales, des récits portés sur lui, et de la qualité de l'écoute dont il bénéficie dans le cadre d'un échange réciproque. Penser l'aide à mourir dans ce contexte, ne peut faire abstraction de l'environnement social, économique et affectif dans lequel cette demande s'exprime et peut évoluer. Autrement dit, une démocratie responsable ne peut évaluer la légitimité d'une demande d'euthanasie ou de suicide assisté sans interroger ce qui a pu rendre cette demande pensable, acceptable, voire inévitable.

Les discours contemporains sur la fin de vie font souvent appel à des registres valorisés dans les sociétés libérales : l'autonomie, la maîtrise, la liberté de choix. Mais cette rhétorique ne doit pas occulter une réalité moins visible, mais tout aussi structurante : la vulnérabilité constitutive de l'existence humaine. La valorisation exclusive de l'autonomie nous conduit à marginaliser, voire à disqualifier, les formes de vie qui ne peuvent plus correspondre à l'idéal du sujet souverain. Or, c'est précisément dans l'accompagnement de ces existences fragiles, dépendantes, parfois mutiques, que se révèle la qualité morale d'une société.

À cet égard, les soins palliatifs, tels qu'ils sont conceptualisés et pratiqués dans une approche intégrative du corps, de la psyché et de la relation, offrent un horizon alternatif au paradigme de la maîtrise et de la toute-puissance. Il ne s'agit pas d'un refus de la mort, ni d'un acharnement thérapeutique déguisé, mais d'une reconnaissance de la valeur de l'existence jusqu'à son terme, fût-elle douloureuse, incertaine ou désespérée. Les soins palliatifs nous rappellent que la mort ne peut être une réponse à l'isolement, à l'absence de prise en charge ou à la peur de devenir un « fardeau » ; ils rappellent qu'il est possible d'habiter les derniers moments de vie avec humanité, attention et dignité.

L'ouvrage soulève en creux une interrogation fondamentale : la démocratie est-elle en mesure de porter une politique du soin qui ne soit pas inféodée à la seule logique économique ou utilitariste ? La réponse à cette question conditionne notre capacité à faire face, de manière solidaire, à la souffrance, à la dépendance, à la vieillesse, au handicap et à la mort. C'est en ce sens que les enjeux de la fin d'une vie sont éminemment politiques. Ils ne concernent pas uniquement les individus qui approchent la mort, mais la collectivité tout entière, dans sa manière de représenter, de traiter, voire de reléguer ses membres les plus vulnérables.

L'histoire récente montre que les législations sur l'aide à mourir ont tendance, une fois adoptées, à se déplacer progressivement : ce qui était présenté comme une exception devient une norme ; ce qui devait concerner des cas extrêmes se banalise. Dans ce contexte, la prudence législative ne relève pas du conservatisme moral, mais d'un souci de justice intergénérationnelle et de cohésion sociale. L'ouvrage invite ainsi à une éthique de la délibération, à une vigilance démocratique permanente, et à une conception du droit qui ne se contente pas d'enregistrer les demandes, mais qui protège activement les conditions de leur libre formulation.

Enfin, en plaçant la fin de vie au cœur du projet démocratique, ce livre engage à penser une société qui ne détourne pas le regard devant la souffrance, mais qui choisit de la reconnaître, de l'accueillir et de la porter ensemble. Il rappelle que la mort, loin d'être un simple événement biologique, est un acte de culture, un fait social, une expérience qui met à l'épreuve nos représentations, nos institutions, et nos solidarités. En cela, il constitue moins une conclusion qu'une ouverture : celle d'un chantier éthique et politique qui ne pourra être clos tant que des femmes et des hommes continueront à mourir seuls, invisibles, ou réduits à un choix qu'ils n'ont jamais véritablement eu les moyens de faire.

Accompagner la fin de vie, c'est faire le pari de l'attention contre l'indifférence, de la présence contre l'abandon, de la relation contre la solitude. C'est reconnaître qu'une démocratie se mesure aussi – et peut-être d'abord – à la manière dont elle se tient aux côtés de celles et ceux qui n'ont plus de force pour crier, mais dont la vie mérite encore d'être accompagnée, honorée et partagée.

Sylvie Froucht-Hirsch
Médecin anesthésiste-réanimateur

Postface

PRENDRE ENCORE SON TEMPS, UN TEMPS DE VIE, UN DROIT DE VIE

Il faut au soignant de l'humilité pour affronter et assumer l'incertain, ce qui par nature trace autour de lui le cercle de ses limites. Évoquer à distance de la vraie vie, celle du quotidien du soignant, la notion de « belle mort » relève d'une idéalisation à distance de la mort. Cette fin de vie est peu prévisible en ce qu'elle a d'unique, d'irréductible à des catégories, à des simplifications. Je ressens comme une insulte faite à ce que je suis, à mes engagements et à la tradition éthique qui inspire notre communauté soignante que l'on envisage de nous assigner la fonction de celui qui pourrait tuer.

Qui peut témoigner de la mort avec certitude ?

On souhaiterait se retourner, se détourner, éviter les fins de vie et la mort.

Y faire face comme à un défi ? S'agirait-il en fait d'un acte de courage, aux limites du soin ?

Cette rencontre est si souvent incertaine, hésitante, parfois même fuyante : un visage qui regarde l'autre, cet autre qui observe, scrute, dévisage, inquiet de tout.

Qui peut témoigner de la mort avec certitude ?

Personne ne peut restituer son expérience. Il faut au soignant de l'humilité pour affronter et assumer ce qui par nature trace autour de lui le cercle de ses limites lorsque « nous ne pouvons pas aller plus loin... ». La mort ne se partage pas, au mieux elle s'accompagne.

La « bonne présence » est davantage une « juste présence » à « juste distance », afin de respecter ce que d'autres vivent et éprouvent sans les déposséder de ce temps humain de la dernière rencontre avant la séparation. Si le soignant ne peut plus guérir, lui reste cette mission de favoriser ce temps de l'existence fragile dans sa précarité et plus encore dans sa valeur et sa signification jusqu'à son dernier souffle.

La notion de fin de vie est difficile à définir.

La mort de l'autre à l'hôpital ou en établissement médico-social est souvent dissimulée, évitée, fuie ; on passe vite devant la chambre. La voix est chuchotée. La personne est déjà absente, ou du moins reléguée, comme s'il convenait de protéger les vivants de cette mort à proximité.

Le soignant peut l'éprouver comme un échec thérapeutique, qu'il a pressenti : « Il ne va pas s'en sortir… » Qu'en est-il alors du raisonnable ou du déraisonnable, de l'obstination ou du renoncement ? Qu'en est-il de la raison lorsque l'on meurt ? Quelles sont les limites qui déterminent et décrètent une fin de vie, que l'*on est en* fin de vie, proche de la mort ?

Est-ce sur la base d'indices concordants, d'observations cliniques ? : « Il ne va plus pouvoir bouger son côté gauche et plus tard son côté droit… Il ne pourra plus parler et ne comprendra peut-être pas… Son champ visuel va être altéré. » Son épouse explique : « Il n'aurait certainement pas voulu vivre comme ça… »

Mais le processus peut être progressif. La personne ne quitte plus sa chambre, puis son fauteuil, puis son lit ; ne veut plus de visites, refuse les soins, puis l'alimentation, jusqu'à s'absenter de sa vie, indifférente à tout. « Est-ce vivre que de vivre ainsi ? » se demande un conjoint.

Comment exprimer ce qu'il est si difficile de communiquer en de telles circonstances ? Comment demeurer dans le respect et l'écoute, prémunir toute forme de maltraitance, de précipitation, d'abus, d'excès, d'envie tacite ou exprimée « que tout se termine au plus vite, coûte que coûte » ? Surtout lorsque le sentiment de souffrance semble avoir tout envahi, au point de ne plus pouvoir rien se dire. Comment vivre l'instant présent, ne pas abolir le rythme de la vie, prendre encore son temps, un temps de vie, un droit de vie ?

Il n'est rien de codifiable dans ce qui relève d'une rencontre humaine incertaine et complexe, en ce moment d'une histoire humaine qui vacille et peut s'interrompre d'un instant à l'autre.

Nos guides de bonnes pratiques sont certes des repères, mais peut-on réduire à des protocoles l'incertitude, l'émotion, les dilemmes de discussions contradictoires avec et au sein d'une famille, la difficulté d'argumenter la prise de décision d'un arrêt de traitement, y compris dans le cadre de l'arbitrage collégial ? Une famille parfois réduite à une ou deux personnes ou alors très nombreuse ; ses membres peuvent être tristes, émus, calmes, voire impassibles, mais aussi véhéments voire violents et revendicatifs dans leur incompréhension de ce qui se passe et cette sensation de désastre et d'injustice à laquelle nous ne sommes jamais préparés. Quelle est notre légitimité professionnelle à faire intrusion dans leur univers, à intervenir dans leur espace intime, à tenter d'expliquer ce qui serait préférable pour cette personne qui va mourir et dont souvent nous ne connaissons que si peu de son histoire de vie ?

Résister pour une certaine idée que l'on se fait d'une société humaine

Évoquer à distance de la vraie vie, celle du quotidien du soignant, la notion de « belle mort » relève d'une idéalisation à distance de la mort. C'est l'expression du souhait de mourir sans avoir trop à le vivre et à le penser, comme *une fin de vie* qui peut durer au point d'en souffrir et de ne plus le supporter. Cette fin de vie est peu prévisible en ce qu'elle a d'unique, d'irréductible à des catégories, à des simplifications. Il s'agit en fait de la fin de notre vie, là où elle s'achève et comme elle s'achève selon ce que nous avons été, qui nous est constitutif, que nous sommes y compris comme être de relation. Ne peut-on pas aspirer à la vivre, tout simplement, à pouvoir la vivre comme le temps d'un achèvement qui ne saurait nous être contesté ?

Dans le contexte des débats sur la fin de vie, il est davantage question de la mort anticipée de cette vie encore à vivre, que des conditions de vie qui donnent une valeur et un sens à ce que nous aspirons encore à vivre pour autant que le contexte humain et social nous le permette. La responsabilité alors n'est pas que celle de la communauté médicale ; elle concerne nos solidarités sociales, notre mobilisation à témoigner une présence sans faille à la personne jusque dans les derniers temps de sa vie.

Fin de vie ou vie de la fin ? Inverser ces termes est important : la vie jusqu'à son terme, reconnue sans condition, digne d'attention et d'espérance, redevable de notre bienveillance, de notre présence indéfectible auprès de la personne. Croire en elle et en sa vie c'est résister avec elle, pour elle, pour une certaine idée que l'on se fait d'une société humaine. C'est refuser le discours qui se voudrait humaniste ou charitable, favorable à donner la mort plutôt qu'à accompagner celui qui va mourir, à vouloir convaincre que notre démocratie sera plus digne de ses valeurs, plus fraternelle, si elle se dote d'une législation qui permet l'euthanasie ou le suicide assisté.

« Vous saurez faire ce qu'il faut… » Cette femme me confie ses directives au cours de la consultation d'anesthésie. Elle doit bénéficier du traitement d'un anévrisme intracrânien sous anesthésie générale. Je lui demande de préciser : « Que voulez-vous dire ?

— Que s'il se passe quelque chose, je ne veux pas être réveillée, je ne veux pas être paralysée. »

Ma réponse la déçoit :

« Nous allons vous soigner mais en aucun cas décider de ne pas vous réveiller au risque d'une hémiplégie. Cela reviendrait à accepter une demande de vous tuer qui n'est ni justifiée, ni concevable dans notre éthique professionnelle, ni admis par la loi. »

Je comprends parfaitement l'appréhension de cette femme qui craint la survenue d'un handicap et je m'explique avec elle à la fois pour la rassurer et pour qu'elle comprenne que notre mission est de tout mettre en œuvre pour qu'elle puisse bénéficier des meilleurs traitements et franchir cet épisode certes délicat avant de reprendre le fil de sa vie. Car c'est ce qui est justifié par les circonstances. Il ne s'agit pas pour moi de refuser d'accéder à sa demande, d'en décider. Mais elle ne concerne pas ma fonction professionnelle, au service de sa vie, de sa santé et de son rétablissement y compris s'il y avait par la suite à vivre une situation de handicap.

Je sais endormir et ne pas réveiller ; dans mon exercice professionnel tout est pensé et organisé pour que cela ne soit décidé que, lorsqu'à la suite d'une analyse concertée des données médicales, tenant compte des préférences de la personne, poursuivre un traitement s'avérerait injustifié et déraisonnable. Alors seulement nous pourrions affirmer que nous attestons que la vie touche à sa fin et que nous accompagnons de nos soins et de notre sollicitude les derniers instants d'une existence, à notre juste place.

Être la personne qui euthanasie ne saurait trouver sa légitimité, sa justification, sa raison d'être dans la fonction du médecin. Je ressens même comme une insulte faite à ce que je suis, à mes engagements et à la tradition éthique qui inspire notre communauté soignante que l'on envisage de nous assigner la fonction de celui qui pourrait tuer. Ma présence auprès de la personne sera toujours une présence de vie à vie et jamais celle de vie qui donne la mort.

Jean-Thomas Stern

Agrégé de philosophie, a écrit avec son épouse Catherine Laborde deux livres à quatre mains dont Amour Malade[1]*, consacré à la maladie à corps de Lewy dont elle était atteinte*

TOUTE VIE EST DIGNE D'ÊTRE AIMÉE

Ce n'est ni le passé ni la compassion qui nous lient de manière indéfectible. C'est un projet d'avenir qui se résume à peu de chose. Mais ce peu de chose est une grande chose, peut être même la plus grande dont nous sommes encore humainement capables, l'un comme l'autre, malgré l'impasse désespérante où piétinent désormais nos existences.

Je dois sans faillir ni défaillir t'accompagner jusqu'à l'instant où ta main lâchera la mienne parce que tu ne seras plus de ce monde. Il est impératif de ne pas laisser seul devant la mort les êtres qui nous sont chers, à moins d'accepter de les laisser mourir hors de l'humanité, dans une solitude innommable.

Former un fleuve sur lequel nous sommes toi et moi embarqués

Un jour vint où je compris que nous ne serions plus tous les deux. Tu es là, vivante, et moi aussi, je suis là, vivant à tes côtés, mais nous ne serons plus tous les deux, comme nous l'avons si fort, si souvent et si longtemps été. Nous restons deux mais ne formons plus un tout. Ce tout s'est fracassé en deux : une aidée, toi, atteinte de la maladie à corps de Lewy ; un aidant, moi, autrefois ton amant et toujours ton mari.

Nous voilà dépendants l'un de l'autre et pourtant, chaque jour, chacun pour soi, un peu plus seuls.

Je me souviens d'un soir – il y a deux ans – où je m'activais en tous sens pour recevoir des amis que j'avais invités à dîner. Il me fallait cuisiner, dresser la table, préparer l'apéro, prendre une douche, te faire

1. C. Laborde, T. Stern, *Amour Malade*, Paris, Plon, 2020.

prendre une douche, m'habiller, t'habiller. Je finis par exploser et te hurle :

— J'en ai marre de me retrouver toujours seul à tout faire !

Et tu m'as répondu, plutôt doucement :

— Moi aussi je suis seule…

On ne saurait mieux dire. On ne saurait mieux se dire.

Voilà le vrai danger qui menace ce que j'ose encore appeler notre amour, le ver dans le fruit, le diable dans ce paradis qui s'est effondré sous les coups de ta maladie, à peine avions nous tenté de le construire.

Sommes-nous à deux devenus en couple, une machine à devenir seuls ?

« Je suis condamnée au silence », me confies-tu une autre fois.

Et de te voir bafouiller, prendre un mot pour un autre quand tu veux répondre à quelqu'un – car à ce stade de ta maladie tu entends et comprends le langage mais tu ne peux plus ni l'écrire ni le parler sans une difficulté croissante – me conduit à réaliser à quel point autour de toi tout se ferme et t'enferme, puisque tu ne peux presque plus rien dire clairement, si ce n'est que tu t'excuses de n'avoir, encore une fois, pas réussi à dire ce que tu voulais dire.

Car qui parle ne tente pas uniquement de se faire comprendre. Il est aussi dans chaque phrase qu'il prononce le porte-parole de son aptitude au langage et donc de son droit à se faire valoir comme être humain. Et qui perd la parole perd une partie de son humanité.

Nous sommes tous les deux entourés de nos petits enfants que leurs parents applaudissent dès qu'ils se mettent à prononcer leurs premiers mots. Ce sont des applaudissements de bienvenue : les voilà arrivés parmi nous, les humains ; ils ont rejoint cet immense groupe où ils passeront comme nous la passons, leur vie.

Mais quand on perd la parole on se met en route vers ce *no human's land* où aucun de nous ne souhaite séjourner. Parce que la compassion, la pitié, l'agacement ou l'embarras gêné qu'on inspire ne servent qu'à dissimuler la plupart du temps un ostracisme qui, s'il s'avouait à lui-même dirait : « Nous sommes navrés mais vous n'êtes plus des nôtres. »

Et moi me suis-je dit devant ton désastre, qui va me porter, me supporter, me soutenir dans l'épreuve que tes souffrances m'infligent ? J'ai vite dû en faire le constat : il n'y aura que moi.

Ta maladie et ton malheur m'avaient rendu subitement invisible aux yeux de ceux qui s'inquiétaient avec plus ou moins de compassion ou de voyeurisme – l'une va rarement sans l'autre – de ton sort.

Personne n'a envie d'être malade, c'est évident. Mais personne non plus n'a trop envie d'être aidant à votre place.

Dans *La Solitude des Mourants*, Norbert Elias nous rappelle que notre gêne et nos dérobades devant l'agonie et la mort, sont à la mesure du rejet qui entourait le monde du sexe, à l'époque victorienne. Il est vrai que nous avons relativement au sexe évolué depuis le début du vingtième siècle : il a progressivement perdu son statut de tabou.

Mais dans le monde de la vieillesse, de la maladie et de la mort, c'est l'inverse : tout doit disparaître. Ou plutôt l'inéluctable destin qui nous conduit tous à disparaître brutalement ou progressivement se doit d'apparaître le moins possible.

Nous vivons à l'abri des hôpitaux, où les agonies se gèrent médicalement et des Ehpad, où l'on met des êtres qui n'ont rien à voir les uns avec les autres, à décrépir entre eux – le plus loin possible de la présence de la mort. Nous avons beau savoir qu'elle viendra inéluctablement nous chercher, nous l'avons inscrite pour le temps de notre vie, aux abonnés absents. Dès lors tout ce qui en approche, tout ce qui y mène se charge de l'aura négative du tabou et nous invite à la fuite.

Mais moi, en t'aidant, il m'a fallu changer de perspective et regarder d'un autre œil la vie et la mort. J'ai dû me résoudre à l'évidence qu'elles confluent l'une dans l'autre, pour former un fleuve sur lequel nous sommes toi et moi embarqués. On s'étonnera peut-être que je définisse mon destin d'aidant à partir d'une sorte de révélation métaphysique, dont je pense de surcroît qu'elle ne m'est pas réservée, mais plutôt qu'elle est commune à toutes celles et à tous ceux qui se retrouvent dans une position identique à la mienne.

Serais-je capable d'un tel dévouement, d'un tel dénuement, d'un tel dénouement ?

Ne devrais-je pas plutôt m'attarder à décrire par le menu les tâches quotidiennes contraignantes auxquelles tout aidant se retrouve un jour ou l'autre confronté (habiller l'aidée, la laver, gérer son incontinence – le pire quand a on vécu la dévotion amoureuse pour le parfum de l'aimée –, la véhiculer, surveiller ses prescriptions médicales, etc.).

Je ne nie pas que la vie de nombre d'aidants se transforme en une somme d'ingérables travaux d'Hercule qui peuvent même les conduire jusqu'à l'épuisement. Mais je reste persuadé qu'un aidant ne se définit pas au plus profond par sa fonction, mais par le choix qu'il a fait de l'endosser – choix dont il pourrait se défausser, par le recours aux institutions disponibles ou quelque autre subterfuge. Et ce choix c'est celui de ne pas laisser marcher seul vers la mort un être auquel il est quoi qu'il fasse attaché.

Pascal disait, lapidaire : « on meurt seul donc on vit seul. » Mais n'importe quel aidant qui accompagne un être en perte irréversible d'autonomie, sait qu'on ne vit jamais seul, que – pour reprendre une formule d'Élias – « nous faisons tous partie les uns des autres[1] » et qu'il est de ce fait impératif de ne pas laisser seul devant la mort les êtres qui nous sont chers, à moins d'accepter de les laisser mourir hors de l'humanité, dans une solitude innommable. Si tu étais devenue sous l'effet de ta maladie totalement une autre, ça serait beaucoup plus simple : il me suffirait alors de me dire que je ne te reconnais pas, que tu n'es pas ou plus celle que j'ai connue et que je suis, de ce fait, totalement libéré des liens que nous avions tissés l'un avec l'autre.

Bien sûr, je comprends de moins en moins ce que tu racontes, tant ton langage s'embrouille et devient confus. Ton corps vieillit à une telle vitesse que j'ai peine à me souvenir combien je l'ai désiré. Les tremblements qui t'agitent me donnent à chaque fois envie de regarder ailleurs, voire de ne plus être là. Et pourtant, rien n'y fait, je ne peux voir en toi une étrangère qui m'indiffère. Est-ce le poids des souvenirs qui ravive ta force d'attraction et m'empêche de me détacher de toi ? Est-ce l'aptitude en moi de souffrir, de et avec ta souffrance la sympathie – au sens étymologique du terme – que je te porte, à mon corps défendant ? Sans doute. Tout cela joue mais n'est pas l'essentiel. Ce n'est ni le passé ni la compassion qui nous lient de manière indéfectible. C'est un projet d'avenir.

D'avenir ? Mais quel avenir pourrions-nous bien avoir toi et moi ? Il se résume à peu de chose. Mais ce peu de chose est une grande chose, peut être même la plus grande dont nous sommes encore humainement capables, l'un comme l'autre, malgré l'impasse désespérante où piétinent désormais nos existences

Ce que tu me demandes, sans jamais le dire, sans qu'il soit besoin que tu le dises – car je l'entends dans ton silence, dans ta douloureuse solitude – c'est de mourir dans mes bras.

La lucidité qui te reste quand la maladie fluctue et te laisse un peu de répit exige, sans qu'il te soit besoin de supplier ou de quémander quoi que ce soit, cette ultime preuve d'amour : je dois sans faillir ni défaillir t'accompagner jusqu'à l'instant où ta main lâchera la mienne parce que tu ne seras plus de ce monde.

---

1. N. Elias, *La Solitude des Mourants*, Paris, Pocket, 2002.

Serais-je capable d'un tel dévouement, d'un tel dénuement, d'un tel dénouement ? Seras-tu encore là, comme tu l'es encore aujourd'hui, suffisamment au fait de toi et de moi, pour vivre en pleine conscience cet instant. Et moi où en serais-je ? Je n'en sais rien. Et cette ignorance me ronge. Elle est l'insoluble dilemme – celui qui sépare la vie et la mort – que je ne saurai résoudre, si ce n'est d'une formule : toute vie, la tienne comme la mienne est non seulement digne d'être vécue, mais aussi et surtout, digne d'être aimée.

Lundi 7 octobre 2024 au soir je te dis, te serrant dans mes bras :
— Je n'ai plus peur.
Tu me réponds :
— Moi non plus.
Le 28 janvier 2025 à l'aube, tu rends ton dernier souffle.

ANNEXES

ANNEXE N° 1

« Les nouveaux députés devront s'engager politiquement et éthiquement sur l'accompagnement de la fin de vie en société des personnes malades », Collectif Démocratie, éthique et solidarités, communiqué de presse n° 2, 17 juin 2024

La dissolution de l'Assemblée nationale le 10 juin 2024 a interrompu le vote en première lecture du projet de loi relatif à l'accompagnement des malades et de la fin de vie. Il devait intervenir le 18 juin 2024.

Le Collectif Démocratie, éthique et solidarités s'est constitué le 15 mai 2024. Il réunit des membres de la société civile attachés à faire valoir les valeurs du bien commun et à ce que soient préservés les principes du vivre ensemble au service de la personne vivant une maladie chronique ou incurable, ou des situations de handicap ou de dépendance.

La sollicitude témoignée à la personne en situation de souffrance existentielle, et en certains cas de souffrance physique ou psychique, justifie en première intention une réponse médicale dans un environnement humain et social bienveillant.

1. Avant de rédiger un cinquième texte législatif, appliquons et améliorons la loi du 9 juin 1999 visant à garantir le droit à l'accès aux soins palliatifs et la loi du 2 février 2016 créant de nouveaux droits en faveur des malades et des personnes en fin de vie.

2. Les soins palliatifs constituent l'avancée de démocratie en santé reconnaissant à la personne le droit de vivre sa vie en toute autonomie, et d'être respectée dans ses choix, selon ses valeurs, ses aspirations et ses possibilités. Ils lui assurent le bien-être et le maintien des liens relationnels indispensables à son parcours de vie en société, tout comme la qualité de membre à part entière de la communauté humaine jusqu'à sa mort.

Si la mise en œuvre du plan décennal des soins palliatifs doit être soutenue et son effectivité garantie par une loi de programmation pluriannuelle, la diffusion d'une culture des soins palliatifs s'impose dans la proximité et le quotidien du soin dès lors qu'ils apparaissent de manière unanime comme une priorité pour nos concitoyens.

3. Si un nouveau projet législatif était présenté dans les prochains mois, il devrait s'envisager avec une rigueur de méthode et d'analyse, dans un esprit de respect inconditionnel de l'intégrité de la personne en situation de vulnérabilité : autant d'exigences qui se sont avérées insuffisamment prises en compte depuis l'annonce d'une modification législative favorable à l'acte létal médicalisé à la suite de la Convention citoyenne.

4. Dans un domaine aussi intime, sensible et strictement personnel, le droit doit intervenir en posant de vraies garanties, tout particulièrement à l'égard des personnes les plus vulnérables. Le projet de loi visait à déterminer des procédures de l'acte létal médicalisé sous forme de suicide assisté ou d'euthanasie sans être en capacité d'en fixer clairement les limites et donc de contenir le risque d'extension d'une pratique intentionnellement létale de la sorte instituée.

5. L'accès à la prévention, à l'accompagnement et aux soins pour tous, dans des conditions dignes et justes, au domicile comme dans les établissements de santé et du médico-social, est un prérequis qui conditionne toute modification législative relative aux soins en fin de vie.

Il en est de même en ce qui concerne l'accès aux compétences avérées dans la prévention et la lutte contre la douleur, dans la prise en charge des souffrances et dans l'accompagnement des situations complexes.

6. Solliciter le médecin afin qu'il pratique un acte létal ne serait recevable que si des circonstances spécifiques à l'état de souffrance de la personne, après avoir effectivement exploré et mis en œuvre les possibilités de soin requis, étaient de nature à justifier, en dernier recours et de manière exceptionnelle, la transgression que représente un geste intentionnel d'euthanasie. Dans ce cas, à la suite de l'examen collégial pluridisciplinaire de la demande, ce geste létal devrait être autorisé par un magistrat.

Certaines personnes souffrent de troubles psychiques non repérés, ni évalués ou traités. Il serait inacceptable d'autoriser un acte létal uniquement pour des motifs d'ordre psychiatrique.

7. Dans toute nouvelle approche d'une législation, un accord sérieux devrait s'établir sur des définitions et des critères scientifiques, à la fois stricts et incontestables. La notion même de « fin de vie », pour autant que l'on puisse s'accorder sur une quantification du temps qu'elle est censée représenter, s'est avérée inopérante au cours des débats parlementaires.

L'expression « aide à mourir » sollicitée de manière volontairement confuse pour ne pas mentionner explicitement le recours au suicide assisté ou à l'euthanasie, ne saurait être reprise sans en préciser la signification.

8. Il convient de tirer les enseignements du recours aux arguments éthiques présentés pour justifier une modification législative et de les discuter. Quelles sont la réalité et la robustesse des arguments présentés ? Qu'en est-il de leur impact notamment sur la déontologie médicale ? On ne peut éluder ce débat.

9. Le respect de la dignité et des droits de la personne malade relève d'une exigence de sollicitude, de présence, d'accompagnement en société affirmant des valeurs de solidarité et de fraternité inconciliables avec un acte létal.

Le Collectif Démocratie, éthique et solidarités interviendra en responsabilité afin de contribuer aux débats politiques et à la mobilisation de la société en faveur des droits de la personne en situation de vulnérabilité, vivant une maladie chronique ou incurable, des situations de handicap et ou de dépendance, ou confrontée aux conséquences du vieillissement sur son autonomie.

ANNEXE N° 2

« Le choix responsable du Premier ministre François Bayrou est de distinguer les soins palliatifs de la mort provoquée », Collectif Démocratie, éthique et solidarités, communiqué de presse n° 4, 22 janvier 2025

Le Collectif Démocratie, éthique et société reconnaît la valeur et la signification du choix de François Bayrou de distinguer les soins palliatifs de la mort provoquée : un engagement politique lucide et courageux qui contribue à reprendre une concertation sur des bases dignes de nos principes de démocrates.

Dans un contexte institutionnel révélateur de tensions sociales profondes, invoquer l'urgence politique à légaliser la mort médicalement provoquée est difficilement compréhensible à un moment où il est nécessaire de construire un projet de société sur la base des valeurs exigeantes qui rassemblent et donnent confiance.

Cette impatience à légiférer renforce les inquiétudes et les soupçons, tout particulièrement concernant les personnes en situation de vulnérabilité dans la maladie ou la dépendance, ainsi que les professionnels de santé ou du secteur médico-social qui observent les carences de toute nature contraignant à des pratiques inconciliables avec leurs conceptions humanistes et démocratiques du soin.

L'obstination à reprendre un processus législatif qui avait révélé nombre d'insuffisances et d'approximations avant la dissolution de l'Assemblée nationale constitue le signal inquiétant d'une méconnaissance des attentes réelles des Français. Ils aspirent tout d'abord à pouvoir être soignés dans les meilleures conditions et au droit de vivre une vie digne, respectée dans une société solidaire.

La désocialisation, la solitude et l'abandon sont éprouvés comme une « mort sociale ». Ces circonstances inacceptables en appellent à une mobilisation de notre société dans ses solidarités de proximité. Une revendication unanimement partagée par les Français est le droit de vivre leur vie jusqu'à la mort dans un environnement social bienveillant à domicile.

Les souffrances de la personne malade, ses détresses humaines et sociales, celles de ses proches méritent des choix institutionnels et organisationnels bénéficiant des dispositifs et des compétences adaptés, notamment lorsqu'un accès inconditionnel aux soins palliatifs s'impose.

Avant de rédiger un cinquième texte législatif, appliquons et améliorons déjà la loi du 9 juin 1999 visant à garantir le droit à l'accès aux soins palliatifs et la loi du 2 février 2016 créant de nouveaux droits en faveur des malades et des personnes en fin de vie.

Vingt ans après le vote de la loi du 22 avril 2005 relative aux droits des malades et à la fin de vie (dite « loi Leonetti »), il convient de s'inspirer d'un modèle de prudence et d'équilibre dans l'approche éthique de la fin d'une vie.

Toute évolution législative devrait s'envisager avec une rigueur de méthode et d'analyse, dans un esprit de respect inconditionnel de l'intégrité de la personne en situation de vulnérabilité. Dans un domaine aussi intime, sensible et strictement personnel, le droit doit intervenir en posant de vraies garanties. Également, un accord sérieux doit s'établir sur des définitions et des critères scientifiques, à la fois stricts et incontestables.

La notion même de « fin de vie », pour autant que l'on puisse s'accorder sur une quantification du temps qu'elle est censée représenter, s'est avérée inopérante au cours des débats parlementaires, tout comme elle est impossible à définir en pratique clinique. L'expression « aide à mourir » sollicitée de manière volontairement confuse pour ne pas mentionner explicitement le recours au suicide assisté ou à l'euthanasie, ne saurait être reprise sans en préciser la signification et l'intention.

L'accès aux compétences requises dans la prévention et la lutte contre la douleur, dans la prise en charge des souffrances et dans l'accompagnement des situations complexes secondaires à la perte d'autonomie est un préalable qui aujourd'hui n'est pas appliqué comme il se doit.

Certaines personnes souffrent de troubles psychiques non repérés, ni évalués ou traités. Il est inacceptable d'autoriser un acte létal par défaut d'accès à un suivi médical consécutif aux défaillances chroniques de notre système de santé dans un contexte de pratiques dégradées.

Pour le Collectif Démocratie, éthique et solidarités, nos responsabilités politiques sont davantage engagées dans la reconnaissance de ces priorités et dans les réponses sociales, institutionnelles que nous devons leur apporter, que dans l'acharnement à imposer coûte que coûte une législation en faveur d'un acte létal médicalisé.

ANNEXE N° 3

« L'aide à mourir » à la française : une rupture démocratique et éthique[1]

Prévenir toute forme de rupture d'un lien social fragilisé

La loi légalisant une mort provoquée en France commence son parcours parlementaire. Que l'on soit favorable ou défavorable à cette évolution, il nous faut poser un constat clair : au-delà de la transgression de l'interdit de donner la mort qui est en soi un sujet essentiel, le projet de loi ouvre la porte, dès sa première lecture en commission spéciale à l'Assemblée nationale, à des interprétations et des extensions extrêmes. Il démontre publiquement ses conséquences invraisemblables, jusqu'à présent dissimulées par les euphémismes langagiers, l'inanité des procédures d'encadrement proposées et les promesses d'une retenue qui n'est d'ores et déjà pas tenable. Cette rupture anthropologique abolit tout cadre éthique, tout principe préservant nos valeurs fondamentales.

Plus encore semblent d'emblée contestées et insoutenables les résolutions du Président de la République pour permettre de nouvelles approches de l'engagement de la société et donc de chacun d'entre nous, auprès de la personne malade en fin de vie, soucieuses du respect de sa dignité, de son intégrité, de ses droits et du bien commun.

Le constat est peu contestable. Nos valeurs communes, le bien public, vivre ensemble, ce qui fait société, fraternité mais aussi la confiance dans l'accompagnement jusqu'au bout des personnes devenues les plus vulnérables, sont autant de repères gravement menacés par la nouvelle rédaction du projet de loi. Au moment où ce qu'expriment profondément nos concitoyens est un besoin urgent, vital, d'être entendus dans ce qu'ils vivent au quotidien, lorsqu'ils sont confrontés, pour eux-mêmes ou pour ceux qui comptent pour eux, à la fin de la vie, les réponses ne peuvent être réduites à une ouverture accélérée de procédures sans retour ni recours, dès lors qu'un nombre croissant de soins primaires ne

1. « L'aide à mourir » à la française : une rupture démocratique et éthique », CDES, *Libération*, 3 juin 2024.

sont plus accessibles. Notre exigence commune est d'en avoir pleinement conscience pour prévenir toute forme de rupture d'un lien social fragilisé.

Le projet de loi n° 2462 (déposé le 10 avril 2024) relatif à l'accompagnement des malades et de la fin de vie propose des pratiques de l'aide active au suicide assisté et à l'euthanasie, sans les nommer. En l'état actuel du texte, la France sera considérée comme l'exception (et non comme le modèle) validant une loi permissive qui bouleversera profondément le sens des pratiques médicales, les relations entre la personne malade ou en situation de dépendance et celui qui la soigne ou l'accompagne, mais également ses proches.

Le suicide assisté comme l'euthanasie ne relèvent pas de la définition et de l'acception d'un acte de soin

Les députés de la commission spéciale ont adopté des amendements qui accentuent les vulnérabilités de la personne âgée ou malade, atteinte de handicap, de poly-pathologies ou en situation de dépendance, qui, sans être en fin de vie ou que des critères sérieux soient posés sur son état de santé, pourrait solliciter un soignant ou même un proche pour la faire mourir. Aucun dispositif rigoureux et fiable (pire un flou procédural se met en place avec les amendements) n'est envisagé pour accueillir, comprendre et évaluer les motivations de la demande de mort, pour tenir compte des facteurs sociaux, financiers, psychologiques ou médicaux qui peuvent la déterminer et pour prendre en compte les temporalités de la démarche de la personne malade. Un médecin sera seul à décider, dans des délais extrêmement rapides, et toute attention manifestée à la personne pour l'inciter à surseoir ou à renoncer à une aide médicale à mourir est menacée d'une poursuite judiciaire pour délit d'entrave. L'acte létal est susceptible d'intervenir indifféremment en tout lieu, y compris dans des établissements contraints à le rendre possible même si les soignants s'y opposent. La clause de conscience individuelle est refusée aux pharmaciens et aucune clause de conscience collective d'établissement n'est prévue. *A contrario*, rien n'est fait pour prendre en compte un délit d'incitation.

Les soins palliatifs ont pour vocation d'accompagner la personne dans sa vie jusqu'à sa mort, de faire disparaître la souffrance, pas le souffrant. Les soins d'accompagnement promus par le texte ne sont pas assimilables ou complémentaires de l'aide active à mourir, évoquée comme une alternative ou un aboutissement de l'accompagnement dans le projet de loi. Elle est d'une autre nature, que ce texte s'obstine à ne pas reconnaître. Cette confusion fragilise la démarche palliative et brouille dans un contexte de crise de notre système de santé le sens des valeurs soignantes; en dépit d'annonces gouvernementales d'un soutien financier au cours des dix prochaines années. C'est dire que le projet de loi, rédigé en dissimulant la réalité des finalités d'un acte létal intentionnel et en confondant soins de la mort avec soins de la vie, contredit également l'élaboration exemplaire de nos lois de 2005 et de 2016, considérées au plan international comme un "modèle français" et faisant consensus. Le suicide assisté comme l'euthanasie ne relèvent pas de la définition et de l'acception d'un acte de soin.

Notre devoir de vigilance et de clarification du débat public

Les circonstances nous imposent un devoir de vigilance et de clarification du débat public portant sur l'aide à mourir. Comme citoyens, soucieux d'assumer notre part de responsabilité et de nous opposer utilement et sans concessions aux dérives provoquées par la rédaction actuelle du projet de loi, nous avons constitué le Collectif Démocratie, éthique et solidarités.

Nous constatons qu'en l'état actuel, l'aide à mourir conçue par ce texte expose les plus vulnérables d'entre nous à des risques réels d'injustices, de violences, de maltraitances, d'abus d'influence ou encore d'abandon, contraires aux droits fondamentaux que tout État démocratique doit garantir. Elle ouvre la voie à des pressions psychologiques et économiques qu'elle n'encadre pas, les seules dérives passibles de poursuites judiciaires concernant les médecins qui refuseraient le geste létal pour des motifs éthiques et déontologiques. Elle a également pour effet de remettre en cause les valeurs et le sens du soin, de la relation à l'autre, de nos solidarités humaines et sociales, indispensables pour faire face aux défis existentiels les plus délicats, auxquels nous confrontent l'approche de la mort et les souffrances qui l'accompagnent.

Liste des contributeurs

Marie-Frédérique Bacqué
Professeur de psychopathologie, SuLiSoM, UR 3071 – Université de Strasbourg, directrice du Centre international des études sur la mort

Nicolas Bauer
Docteur en droit, European Centre for Law and Justice, Strasbourg

Charles Betka
Informaticien, atteint de SLA

Theo A. Boer
Professeur d'éthique des soins de santé – Université protestante de théologie, Utrecht (Pays-Bas), membre du Conseil néerlandais de la santé ; membre d'un comité régional d'examen de l'euthanasie 2005-2014

Bertrand Bonnefond
Ancien ouvrier forestier à Blois, créateur du Café Charcot (2003 à 2014) et membre fondateur de l'association Les Papillons de Charcot (2006-2016)

Christine Bonnefond
Compagne de Bertrand Bonnefond, aidante-experte

Laurent Bureau
Bénévole d'accompagnement en unité de soins palliatifs

Alexis Burnod
Médecin urgentiste et de soins palliatifs, Institut Curie, Paris

Anne Caron-Déglise
Magistrate

Isabelle Casini
Cheffe de service, Pôle territorial douleur accompagnement soins palliatifs (TERDASP) Alpes-Maritimes Ouest

Agnès Certain
Pharmacien hospitalier, enseignante chercheur en éthique, AP-HP

Anne-Lyse Chabert
Chargée de recherche en philosophie, CNRS, laboratoire IHRIM, ENS, Lyon

Françoise Chastang
Psychiatre, CHU Caen Normandie, docteure en éthique médicale

Yasmine Chemrouk
Chercheure associée, SuLiSoM, UR 3071 – Université de Strasbourg, psychologue clinicienne, CHU d'Orléans

Aline Cheynet de Beaupré
Professeur de droit privé – Université d'Orléans

Danielle Cohen-Levinas
Philosophe, psychanalyste, professeure à la Faculté des Lettres – Sorbonne-Université

Pierre Corbaz
Médecin généraliste FMH, docteur en philosophie

Alain Cordier
Ancien vice-président du Comité consultatif national d'éthique

Valérie Depadt
Maître de conférences en droit – Université Sorbonne Paris-Nord

Vincent des Portes
Professeur de neuro-pédiatrie – CHU de Lyon, Université Lyon I

Laetitia Dosne
Fondatrice, directrice générale, HELEBOR
Directrice générale, HELEBOR

Yves-Marie Doublet
Docteur en droit

Pierre-Henri Duée
Directeur de recherche honoraire de l'Inrae, ancien président de la section technique du CCNE

Pascale Favre
Médecin, doctorante en éthique

Laurent Frémont
Juriste, enseignant à Sciences Po, Paris, coordonnateur du Collectif Démocratie, éthique et solidarités

Sylvie Froucht-Hirsch
Médecin anesthésiste-réanimateur

Claire Fourcade
Médecin, hôpital privé du Grand Narbonne, présidente de la Société française d'accompagnement et desoins palliatifs

Jean Furtos
Psychiatre des hôpitaux honoraire, fondateur de l'Observatoire des pratiques en santé mentale et précarité (OSRPERE-SAMDARRA), Centre hospitalier le Vinatier, Lyon-Bron, psychiatre à l'hôpital de jour, Clinique La Chavannerie, Chaponost, emeis

Jean Gauthier
Cardiologue, thérapie cellulaire, Facultés de médecine et de pharmacie La Timone Marseille (UAM)

François Genin
Co-fondateur de Voisins et Soins

Jean-Marie Gomas
Gériatre, médecin de la douleur et des soins palliatifs

Raphaël Gourevitch
Psychiatre, GHU Paris Psychiatrie et Neurosciences

Sophie Gutierrez
Psychologue, Pôle territorial douleur accompagnement soins palliatifs (TERDASP) Alpes-Maritimes Ouest

Alexandre Hayek
Psychiatre, coordonnateur pôle infanto-juvénile, Clinique L'Escale (Saint-Victoret), emeis

Marie de Hennezel
Psychologue, écrivain

Emmanuel Hirsch
Professeur émérite d'éthique médicale – Université Paris-Saclay, membre de l'Académie nationale de médecine et de l'Académie nationale de chirurgie, coordonnateur du Collectif Démocratie, éthique et solidarités

Élisabeth Hubert
Ancienne ministre de la Santé, présidente de la Fédération nationale des établissements d'hospitalisation à domicile (FNEHAD), médecin

Cyrille Jeanteur
Ingénieur polytechnicien (X85) retraité, Locked In Syndrom (1997)

Magali Jeanteur
Médecin, épouse-aidante

Olivier Joël
Ancien universitaire – Université Paris-Dauphine

Clémence Joly
Chef de service de soins palliatifs, Centre hospitalier de Pont-Audemer

Pierre Jova
Journaliste à l'hebdomadaire *La Vie*

Jean Lacau Saint Guily
Médecin cancérologue, professeur émérite, Sorbonne Université

Véronique Lefebvre des Noëttes
Psychiatre et gériatre, Hôpital Émile-Roux, AP-HP, docteure en philosophie pratique et éthique médicale

Trudo Lemmens
Professeur et titulaire de la chaire Scholl en droit et politique de la santé – Université de Toronto

Jean Leonetti
Ancien ministre, membre de l'Académie nationale de médecine

Marc Lévêque
Neurochirurgien, algologue

Daniel Loisance
Professeur honoraire de chirurgie cardiaque – Université Paris-Est Créteil Val de Marne, membre de l'Académie nationale de médecine

Denis Malvy
Professeur de médecine, membre de l'Académie nationale de médecine

Olivier Mariotte
Président de nile

Frédéric Normant
Psychologue, Pôle territorial douleur accompagnement soins palliatifs (TERDASP) Alpes-Maritimes Ouest

Émilie Olié
Professeur de psychiatrie – Université de Montpellier

Pierre-François Perrigault
Chef de service d'anesthésie-réanimation Gui de Chauliac, chef du pôle neurosciences tête et cou, CHU de Montpellier

Philippe Petit
Médecin spécialiste en santé publique, chargé des questions éthiques à France Cérébrolésion

Sara Piazza
Psychologue clinicienne, Centre hospitalier Delafontaine, Saint-Denis

Sylvain Pourchet
Médecin de soins palliatifs, Paris

François-Xavier Putallaz
Ancien professeur de philosophie – Université de Fribourg

Pierre-François Pradat
Neurologue, hôpital de la Pitié-Salpêtrière Paris, AP-HP

Gérard Reach
Professeur émérite – Université Sorbonne Paris Nord

Jacques Ricot
Agrégé, docteur en philosophie, département de philosophie – Université de Nantes

Michèle-Hélène Salamagne
Médecin, ancienne responsable de l'unité de soins palliatifs, hôpital Paul Brousse, AP-HP, présidente de la SFAP (1993-1996)

Livia Sani
Chercheure associée, SuLiSoM, UR 3071 – Université de Strasbourg, psychologue clinicienne

Jean-Marc Sauvé
Fonctionnaire honoraire

Didier Sicard
Professeur émérite de médecine à l'Université Paris Cité, président d'honneur du CCNE

Madjid Si Hocine
Gériatre hospitalier

Jean-Thomas Stern
Agrégé de philosophie, écrivain

Alain Toledano
Cancérologue, professeur directeur de la chaire Santé intégrative au Cnam, président de la Société française d'oncologie intégrative et de l'Institut Rafaël

Pier-Luc Turcotte
Professeur adjoint à la faculté des sciences de la santé – Université d'Ottawa

François Vialla
Professeur de droit privé, École de droit de la santé, chaire Épione, Université de Montpellier

Dietmar Weixler
Médecin, président de la société autrichienne de soins palliatifs, Osterreischische Palliativgesellschaft

Paul-Henri Wicky
Médecin réanimateur, Paris

Table des matières

II
FIN DE VIE, QUELLE SOCIÉTÉ VOULONS-NOUS ?

III
RESPONSABILITÉS, DROITS, ENGAGEMENTS ET SOINS

VI
LÀ OÙ LE SUICIDE ET L'EUTHANASIE SONT LÉGALISÉS

ANNEXES

Imprimé en France

Composition : Atlant'Communication

Dépôt légal : avril 2025
Achevé d'imprimer : avril 2025